BRENDA JAGGER

L'AMOUR REVIENT TOUJOURS

Traduit de l'anglais
par Micheline Lamarre
et Marie-Pierre Pettitt

FRANCE LOISIRS
123, Boulevard de Grenelle, Paris

Ce livre a été publié sous le titre original
A SONG TWICE OVER
par William Collins & Sons, Londres

Une édition du Club France Loisirs, Paris,
réalisée avec l'autorisation des Éditions Belfond

ISBN 2-7242-7210-2

CHAPITRE 1

Il ne fait pas de doute qu'une femme, avec un enfant dans les bras et guère plus que le prix de son billet de train en poche, a besoin d'un homme pour l'aider. Cara Adeane, qui faisait la traversée depuis l'Irlande pour échapper à la misère, sans certitude de manger à sa faim une fois arrivée, devait se résoudre à en choisir un.

Elle avait embarqué la veille et passé une nuit détestable sur un banc parmi la foule, son enfant endormi sur les genoux. En ce matin nuageux, dans la brise salée, elle avait quand même trouvé le moyen de se lisser les cheveux et de se rafraîchir ; puis, ayant repéré sur le pont supérieur un endroit stratégique sur des ballots de marchandises, elle s'y était assise, sereine, comme après une nuit dans un bon lit.

Elle avait dix-neuf ans et voyageait seule avec deux sacs de tapisserie, son fils de trois ans et une ombrelle. Liverpool n'était plus qu'à une heure de route et elle devait rapidement faire la connaissance d'un passager pour l'aider à débarquer.

De préférence jeune, bien bâti et complaisant. Et, quoiqu'il se trouvât beaucoup d'hommes sur le pont, aucun d'eux, au premier coup d'œil, ne faisait l'affaire. Manœuvres et journaliers, ils venaient, pour la plupart, de la côte ouest et s'étaient embarqués sur ce bateau vétuste, chargé de bétail et de grain, pour venir grossir les rangs de leurs quelque cinquante mille compatriotes qui effectuaient chaque année la traversée en cette saison.

1840 n'était pas à proprement parler une année de famine ni de vaches maigres, parce qu'il n'y avait jamais de vaches grasses en Irlande. C'était l'été, la saison de la faim. On avait épuisé les réserves de pommes de terre et il fallait attendre la nouvelle récolte. Alors les jeunes gens affamés préféraient s'engager pour creuser des canaux et construire des voies ferrées en Angleterre plutôt que rester chez eux désœuvrés et le ventre vide.

Mais pas un de ceux-là pouvait être d'un quelconque secours à Cara Adeane. Élevée à la ville, elle en avait les manières et ne ressemblait pas aux filles de la campagne qui marchaient pieds nus et avaient grandi dans une cabane de torchis. Cara possédait une expérience du monde durement acquise ; et elle portait de vraies bottines de chevreau, comme une dame.

Elle n'en était pas une, bien sûr, et ne voyait aucune raison de feindre. Son père était la brebis galeuse d'une famille de petits commerçants et d'instituteurs de Dublin. Sa mère, brodeuse qualifiée, avait autrefois gagné sa vie comme femme de chambre. Malgré l'enfant qui dormait blotti contre elle, Cara n'était pas mariée.

Elle n'avait pas honte de son fils. Ce sentiment ne lui était jamais venu à l'esprit. Elle n'avait pas à justifier son existence, mais à le transporter, lui, ses sacs et son ombrelle, avec un minimum d'efforts, jusqu'au train qui la mènerait à Manchester, puis à Leeds. De là, avec un peu de chance, elle se rendrait en carriole à Frizingley, petite ville de la chaîne Pennine où ses parents l'attendaient.

Cara avait toujours été éblouie par le charme et la faconde de son père, le fantasque et séduisant Kieron Adeane, tour à tour docteur en droit, en philosophie ou en musique, selon l'avantage qu'il y trouvait. Pour lui, l'herbe qui poussait de l'autre côté de la montagne serait toujours plus tentante que celle qu'il foulait. Il avait pour habitude de foncer seul en avant, afin de « s'établir ». Il appelait ensuite sa famille à le rejoindre.

Il les avait ainsi « appelées » des quatre coins de l'Irlande, de Dublin et deux fois d'Angleterre. Il les avait « appelées » d'Écosse et même de France. Cara suivait sa mère, qui n'était vraiment heureuse que lorsqu'elle retrouvait son mari. En grandissant, Cara s'était efforcée de résister aux cajoleries de son père pour suivre sa propre route ; mais bientôt la liberté ne lui paraissait plus si excitante, son esprit de rébellion s'essoufflait et elle courait le rejoindre.

C'est ce qu'elle était en train de faire ; il en serait peut-être toujours ainsi. Son naturel optimiste, hérité de son père, l'incitait à penser qu'aucune expérience ne pouvait être entièrement négative si l'on en tirait une leçon. A son côté, elle avait appris beaucoup.

A Edimbourg, par exemple, Kieron s'était lancé dans une affaire de chimie. Il avait inventé un régénérateur capillaire et un élixir de jeunesse qui devaient lui assurer la richesse. Pendant ce temps, au fond d'une boutique obscure, Cara avait acquis l'art d'épingler des velours et des brocarts somptueux sur des femmes entre deux âges solidement corsetées. Elle avait également pratiqué l'art de la flatterie bien dispensée, essentielle dans le commerce de la couture.

On quitta l'Écosse précipitamment après s'être aperçu que le régénérateur capillaire n'avait d'autre effet que de provoquer des boutons sur le cuir chevelu des patients. La famille se rendit à Manchester.

Là, dans un réduit, Cara avait cousu des chemises de batiste à se faire saigner les doigts. Elle avait appris l'endurance ; non pas la patience, mais l'art d'attendre son heure

Peu après, il y avait eu Kilkenny. Son père vendait une mixture supposée fortifier les chevaux. Cara s'était presque sentie en vacances dans une gracieuse demeure géorgienne où elle servait comme femme de chambre. Elle y avait renouvelé sa garde-robe tout en apprenant les bonnes manières.

Elle avait connu des modistes et des marchands de tissus de toutes sortes, tant en Irlande qu'en France. Elle avait travaillé douze heures par jour debout derrière un comptoir, et dormi dessous, comme il était d'usage pour les apprentis. Elle avait servi en cuisine dans un hôtel meublé fréquenté par des marins et des dockers. Elle fut obligée d'employer son salaire à la défense de son père quand on eut accusé sa mixture d'avoir causé la mort d'une jument qui souffrait de coliques. Cette année-là, l'état de santé de sa mère s'était dégradé.

Il y eut de pénibles moments, en particulier lorsque son père échappa de justesse à la déportation en Australie. Mais sa mère ne sombra pas dans la dépression et Cara put abandonner ses tâches ingrates dans la cuisine du meublé pour travailler chez un fabricant d'éventails.

On évita donc la catastrophe pour repartir de zéro. Kieron, loin de se laisser abattre, ne parlait plus que de l'« argent d'Amérique », celui de sa sœur Térésa. Elle possédait une boulangerie à New York ; Kieron s'en prétendait l'héritier. On attendait toujours la lettre qui inviterait la famille à rejoindre tante Térésa à New York, en espérant qu'elle contiendrait l'argent du voyage, ainsi qu'un supplément qui permettrait l'achat de vêtements et de chaussures pour Cara, afin qu'elle ne fît pas honte à « chère tante Térésa » devant ses amis.

Enfant, Cara avait souvent rêvé à ce voyage, avec fièvre ; la lettre arriverait demain. Un jour, elle comprit que, même pour son père, ce n'était qu'une fable. Une ombre d'espoir restait, après tout, préférable au manque total d'espoir. Elle avait alors enfoui ce rêve au plus profond d'elle-même. A dire vrai, Térésa n'avait jamais vu d'un bon œil la « mésalliance » de son frère avec une femme de chambre française, et il n'était pas étonnant qu'elle n'eût jamais songé à inviter une nièce et une belle-sœur inconnues à partager sa vie, certainement riche et passionnante.

L'« argent d'Amérique » ne serait jamais qu'une chimère. C'était l'avis d'Odette Adeane, la mère de Cara. Son mari cessa, alors, d'envoyer des missives affectueuses à sa « très chère sœur Térésa ». A présent il donnait des conférences traitant des méfaits des corsets trop serrés et vantant les bienfaits de ses sels miraculeux. Comme il ne réussissait pas davantage dans cette voie que dans les autres, il décida, comme on joue à pile ou face, de tenter une fois de plus sa chance en Angleterre. Il projetait de s'établir dans une ville du Yorkshire où, un de ses amis — « un gars important, sur lequel on peut compter » — lui avait laissé entendre qu'il trouverait un travail intéressant.

Ce n'était pas vraiment une offre, mais si là-bas un emploi offrait des perspectives d'avenir correspondant aux exceptionnelles qualifications de Kieron Adeane, il fallait saisir la chance.

Le jour même, il fit ses bagages et, la main sur le cœur, déclara :

— Odette, mon amour, en Angleterre je ferai de toi une reine.

— Oui, Kieron, je sais.

Ils se forçaient tous deux à le croire, Kieron parce qu'il avait besoin de garder confiance en lui, Odette parce que, après vingt années d'insécurité, elle l'aimait toujours.

— Je pars en éclaireur, ma chérie, puis je t'appellerai.

Quatre mois plus tard, Odette l'avait rejoint ; puis il avait fait parvenir à Cara l'argent du voyage. Il la priait d'abandonner sur l'heure ses éventails pour retrouver les siens. La lettre était enthousiaste et tout semblait lui sourire.

Il expliquait à Cara qu'il avait obtenu un poste de direction dans une usine de textile où, compte tenu de l'importance de la main-d'œuvre immigrée, il rendait d'inestimables services. D'autre part, il était devenu très influent au sein de la communauté irlandaise.

Cara, qui savait depuis longtemps lire entre les lignes paternelles, en avait déduit qu'il était employé de bureau. Douze heures par jour, il devait aligner des additions et des soustractions sur des livres de comptes. En outre, il rédigeait sans doute les lettres de compatriotes qui ne savaient pas écrire à leurs familles qui ne pouvaient pas les lire.

Il lui apprenait aussi qu'Odette avait trouvé un excellent emploi chez une modiste locale. Cette dame, célibataire, la considérait comme sa propre fille ; en contrepartie, Kieron se chargeait volontiers de ses affaires. Il évoquait l'âge de la dame en question et laissait entendre que tous les espoirs étaient permis.

Des années de servitude et de tracas pour sa mère, comprit Cara. Puis on découvrirait, le jour de l'enterrement, un cousin ou un neveu aux prétentions tout à fait légitimes.

Ils avaient déjà connu ce genre d'attente. Cara, la lettre à la main, se demandait s'il n'était pas plus sage de continuer à peindre des éventails. Elle la relut plusieurs fois. Ses parents paraissaient bien logés à Frizingley, ville du Nord, née du miracle industriel, qui ne cessait de s'accroître. On y utilisait des machines à vapeur et des métiers à tisser mécaniques ; pouvait-on y gagner de l'or à foison ? Cette fois, son père semblait résolu à faire fortune malgré la poussière de charbon, la fumée des cheminées d'usine et le bruit sourd du bétail humain attelé au harnais de l'industrie.

Bien sûr, l'endroit n'était guère joli. Mais les Adeane jouissaient d'un certain confort, assurait Odette. Les lits étaient bons, on se chauffait au charbon, on se nourrissait de pain et de tourtes à la viande, la chance était avec eux. Odette s'émerveillait d'apercevoir, au travers de toute cette fumée, tant d'attelages élégants et de chevaux fringants, de dames vêtues à la dernière mode et chapeautées de façon somptueuse.

Ainsi, son père l'avait de nouveau « appelée ».

« Nous sommes très bien installés, mon petit cœur », écrivait-il C'était possible... Mais s'il ne lui avait pas envoyé d'argent, elle aurait hésité à le croire. Maintenant encore, elle n'était pas entièrement convaincue.

« Tu manques à ta mère qui se tourmente pour notre petit Liam. » De cela, au moins, elle était certaine. Elle n'avait qu'à regarder son fils pour réaliser à quel point il avait besoin de sa grand-mère.

L'été arrivait, avec la famine. Les demandes d'éventail se raréfiaient et, pour une femme seule avec un enfant à charge, il était difficile de trouver un emploi. Alors, elle avait donné son congé, fait ses bagages, pris son fils et, une fois de plus, partait retrouver son père.

Cara n'avait pas d'exigences excessives. Elle avait ajusté ses espérances à la réalité : un abri, des repas et l'affection rassurante de sa mère lui suffisaient ; mais il fallait qu'il y eût au moins cela. Elle ne voulait plus penser au mirage américain, tout en gardant la conviction que le destin n'était pas d'être pauvre. En cela, elle ressemblait à son père. Qui avait tort ?

En attendant, elle se trouvait sur le pont d'un cargo grinçant et craquant de toutes parts, assise sur un ballot de marchandises. Son fils, épuisé, demeurait amorphe et silencieux, sans même essayer de se lever.

Cara avait trouvé une manière bien à elle de ne pas expliquer les circonstances de la naissance de Liam.

Quand une femme s'extasiait :

— Quel beau petit garçon !

Elle répondait avec un sourire modeste :

— Oui, merci.

— Et... son père ?

Alors, avec toute la tristesse d'une jeune veuve — ce qui ne manquait pas en Irlande —, elle baissait les yeux et souriait d'un air résigné.

— Il est... parti. Si jeune ! J'essaie d'accepter. N'est-ce pas le mieux ? Je fais ce que je peux.

Ce n'était pas la vérité, mais pas tout à fait un mensonge. Son amant était vraiment « parti », chez lui, à Donegal, puis en Amérique. Il avait quitté Cara avant qu'elle ne découvrît sa grossesse. Plus tard, elle pensa qu'il aurait dû envisager cette éventualité, et conclut, en toute sincérité, qu'elle aussi.

— Je t'appellerai, lui avait-il dit.

C'était une phrase familière.

Il avait écrit. La « nouvelle vie » dont il avait rêvé n'avait rien d'idyllique. Il pouvait à peine subvenir à ses propres besoins, comment aurait-il pu entretenir une femme enceinte ? Il sembla inutile à Cara de lui révéler son état. Il se serait rongé d'angoisse et de mauvaise conscience. Elle avait choisi de les lui épargner.

Odette s'était occupée d'elle et avait accueilli le bébé comme un don du ciel. Kieron lui avait tenu la main durant tout l'accouchement, lui contant des histoires de chevalerie et disant qu'il la trouvait belle. Elle ne désirait rien d'autre. Elle avait alors seize ans. A dix-neuf ans, à présent, elle prenait soin de préserver sa vertu, seul moyen connu d'elle pour éviter d'être mère à nouveau. On pardonnait une erreur de jeunesse, pas une seconde faute. Et Cara tenait à sa réputation.

Quand elle pensait à son amant, aujourd'hui, c'était avec une vague nostalgie, mais sans rancœur. Elle l'avait aimé, même si elle ne savait plus très bien comment. Il ne lui semblait pas porter une tendresse excessive à son enfant, car elle se comportait avec Liam comme avec elle-même, veillant à ce que rien ne pût leur nuire. Il faisait partie d'elle. Sa grand-mère le gâtait plus que nécessaire ; quand il parlait, ce qui était assez rare, il avait presque l'accent français.

C'était à cause de Liam qu'elle avait tant besoin qu'on l'aidât à débarquer. Seule, il lui eût été facile de se rendre à terre et de convaincre les autorités qu'on l'attendait bien à Frizingley, qu'elle ne faisait pas partie de ces deux ou trois millions d'Irlandais chassés chaque année de chez eux par la famine. Il n'y avait pas de travail en Angleterre pour cette multitude grandissante. Dans le meilleur des cas, on leur offrait un repas chaud avant de les rapatrier.

Cara n'avait guère confiance dans les horaires de trains mentionnés par son père jusqu'à Manchester et Leeds, ni dans l'adresse qu'il lui avait indiquée, concernant un colporteur qui la conduirait à Frizingley. Elle avait besoin d'un compagnon de voyage, jeune de préférence, suffisamment présentable pour accompagner une femme en bottines de chevreau et capeline de paille aux rubans de soie, et qui se chargerait de ses deux sacs tandis qu'elle-même porterait Liam. Avec une telle escorte, elle échapperait à la vigilance des officiers de l'Immigration, des tenanciers de bordel et des rabatteurs d'ouvrières pour les ateliers. L'homme idéal aurait également de bonnes raisons d'éviter les contrôles officiels et serait disposé à faire une partie du voyage en sa compagnie. Et si jamais il s'attendait à être payé de retour, il suffirait de faire des promesses qu'elle ne tiendrait pas ; car elle avait appris à ses dépens que, si un homme ne risque rien au commerce amoureux, il n'en est pas de même pour une femme.

Elle n'espérait pas rencontrer un gentleman, espèce rare sur le pont d'un cargo. La veille au soir, comme elle montait à bord, elle avait aperçu un homme appuyé au bastingage, au-dessus d'elle, qui la regardait franchir la passerelle d'un pied sûr, malgré ses sacs et son fils. Il était jeune, mince et droit ; sa silhouette évoquait la corde tendue d'un arc. Il y avait en lui une force vitale qui plaisait à Cara. Le visage était intelligent, le regard qui s'attardait sur elle possédait un mélange d'insolence et d'ironie. Elle l'avait revu ce matin, sur le pont. Elle le cherchait, bien qu'il ne s'en doutât pas.

« Bonjour », avait-elle dit en passant près de lui, de façon à lui faire comprendre qu'il l'avait assez regardée. Elle prononçait l'anglais avec un soupçon d'accent irlandais mêlé d'une pointe de français. Il avait souri et levé son chapeau, tout aussi défraîchi que le mien, avait-elle noté, mais au moins ce n'était pas une simple casquette. Elle était passée devant lui d'un mouvement rapide, en s'arrangeant, en dépit des sacs et de l'enfant, pour retrousser sa jupe sur la demi-douzaine de jupons qu'elle portait. Puis, elle s'était installée sur ce ballot plutôt confortable. Elle l'attendait.

Il ne vint pas tout de suite. D'autres tentèrent leur chance avant lui. Cara les découragea gentiment. Par une prudence naturelle, elle avait pour principe de ne jamais offenser personne. Ayant remarqué l'intérêt du jeune homme, elle craignait déjà qu'une autre ne l'intéressât davantage... Le bord de sa capeline protégeait ses yeux du soleil et de la réverbération de la mer ; elle examina rapidement le pont et ne vit aucune femme susceptible de rivaliser avec elle, rien que quelques paysannes et des veuves encombrées d'enfants grognons qui, contrairement à Liam, s'obstinaient en dépit du calme à s'agiter et se plaindre du mal de mer.

Le jeune homme au chapeau lustré finit par l'aborder.

— Bonjour, dit-il.

Sa voix se voulait neutre. Son accent était trop léger pour être identifié, son regard pénétrant avait déjà établi la comparaison entre la robe de Cara, usée mais élégante, et sa redingote élimée quoique bien coupée, et fait le rapprochement entre le foulard écarlate noué autour de son cou et les jupons empesés de Cara. L'inconnu se dit qu'une femme qui prenait la peine de s'habiller de cette façon dans des conditions si précaires, uniquement par fierté personnelle, méritait d'être considérée.

Elle ne devait pas non plus être d'un abord facile. On attendait sans doute à Liverpool un homme seul et sans bagages ; on ne penserait pas à un voyageur chargé d'un enfant, de deux sacs et d'une femme, aux longs cheveux noirs et aux yeux couleur de mer. C'était un garçon passionné, impulsif, qui aimait prendre des risques pour le plaisir. Dès l'instant où il avait aperçu Cara sur le quai, traînant son chargement comme si elle méprisait ceux qui ne possédaient rien, il avait compris deux choses : il l'approcherait parce qu'elle pouvait lui être utile ; de toute façon il l'aurait abordée.

— Je m'appelle Daniel Carey.

— Cara Adeane.

— Où allez-vous ?

— A Frizingley, dans le Yorkshire.

— Et moi à Leeds.

Ils se sourirent, satisfaits de savoir qu'ils avaient choisi juste. Ils suivaient la même direction.

— On vous attend à Liverpool ?

— Non.

— Vous aurez besoin d'aide.

Elle sourit et acquiesça. Ses longues mains brunes esquissèrent un geste d'impuissance en direction des sacs ventrus. Il remarqua qu'elle ne portait pas d'alliance. Il avait l'esprit large et ne s'en offusqua pas.

— Dans ce cas, si vous voulez bien me permettre de vous aider… ?

Elle permettait, bien sûr, et n'ignorait pas ce qu'on lui demanderait en échange. Il s'assit à côté d'elle. Le regard audacieux de Cara semblait faire des promesses que démentait sa voix pleine de retenue. Elle désirait le captiver.

Lorsqu'il se pencha vers elle, ne retenant que ces promesses tacites, elle demanda d'un ton modeste :

— Vous n'avez pas de bagages ?

— Non.

Elle sourit.

— Que vous est-il arrivé ? A quoi essayez-vous d'échapper ? Votre famille ?

Il lui retourna son sourire. Son regard sombre et perspicace rencontra celui de Cara et le retint un moment. Ils se reconnaissaient. Il avait vingt-trois ans et préférait oublier jusqu'au souvenir de sa famille.

Pour lui, la « douceur du foyer » avait pris fin abruptement. En une nuit, l'adolescent studieux était devenu un adulte responsable. Mais ce qu'il devait fuir, en admettant que ce fût le cas, importait peu à cette fille. La seule chose qui comptait pour elle était qu'il la protégeât jusqu'à Leeds. Ils étaient cependant fort différents sur un point :

lui avait foi en de grands idéaux de justice sociale et de liberté ; Cara, en ce matin d'été, ne croyait qu'en elle-même.

— Avez-vous déjà fait cette traversée ? demanda-t-il.

— Oui, deux fois. Et vous ?

— Je vais, je viens.

Elle l'avait bien compris et devinait également que les autorités, qui surveillaient les libéraux et craignaient de voir éclore en Angleterre des troubles comparables à ceux de la Révolution française, commençaient à s'intéresser à lui et à ses amis. Il n'était ni un voyou ni un criminel, tout au plus un idéaliste — et Dieu sait si les Adeane en avaient connu. Il luttait pour obtenir des avantages que d'autres n'entendaient pas lâcher. On parlait beaucoup, par exemple, de l'ouverture des ports anglais au grain étranger meilleur marché, avec pour résultat de faire baisser le prix du pain. On évoquait aussi le droit de vote pour le peuple, de préférence à scrutin secret, de façon qu'ils gardent leur liberté de choix. Aucune de ces idées n'avait la faveur des grands propriétaires ou des patrons, ni des ministres de la Reine. Ils craignaient que la Révolution française, si sanglante, ne parvînt à Londres avec sa guillotine, ses charrettes de condamnés et ses dangereux principes des Droits de l'Homme.

Elle se demandait à quelle sorte d'égalité, de fraternité et de liberté Daniel Carey pouvait souscrire. Elle connaissait ces principes par cœur pour les avoir entendus exposer avec chaleur, poésie ou violence, tel un évangile, dans chaque meublé, atelier et arrière-boutique où elle était passée. Elle avait toujours écouté en souriant ces utopies, sans y croire. Elle ne se sentait pas concernée par l'idéal de Daniel Carey ; pour lui, ce ne devait pas être la première fois.

Le visage mince du jeune homme s'éclaira d'un sourire un peu inquiétant. Cara baissa la tête, tandis que les yeux de Daniel, tachetés de brun et d'ambre comme une agate, continuaient à l'observer sans gêne. Elle perdit son aplomb. Il regardait le reflet profond de ses cheveux et ses mains un peu trop larges et brunes, capables de travailler dur, mais n'ayant, de toute évidence, jamais manié la houe ni arraché les pommes de terre. En cet instant, ce que Cara aurait voulu, c'était qu'il l'admirât.

— Et que faites-vous dans la vie, monsieur Carey ?

— Oh... ce que je peux. J'enseigne parfois.

Cela n'impressionna pas Cara. Ses oncles paternels étaient maîtres d'école. « Des gens au cœur sec », disait son père.

— Êtes-vous déjà allé en France ?

— Oui.

C'était mieux ; la plus grande preuve de raffinement qu'il puisse donner. Les maîtres d'école n'ayant pas l'habitude de se rendre en France pour un oui ou pour un non, Daniel se démarquait de ses collègues par son audace et son originalité. Il avait dû être obligé d'aller à Paris pour des raisons politiques. Cara connaissait Paris, mais son voyage avait eu des motifs plus prosaïques. Il s'était senti sûrement plus concerné par les droits de ses compagnons de misère que par les satins brodés et les aigrettes qui, pour sa part, l'avaient enchantée.

— Qu'avez-vous fait là-bas ?

— J'ai regardé autour de moi.

— Et à présent ?

Il lui fit un petit salut et lui décocha son sourire en biais.

— Eh bien ! Que dire... J'escorte de belles étrangères jusqu'à Leeds.

Elle ne s'attendait pas à ce qu'il en dît plus et n'y tenait pas. Elle le classa dans la catégorie des individus dangereux ; il disparaîtrait, si c'était son intérêt, au moment où elle aurait le plus besoin de lui ; elle devrait se garder de trop compter sur lui.

Même s'il était beau, et attirant. Aurait-elle un jour le loisir de céder à ce genre d'attirance ? Il lui rappelait son père. Il y avait peu de différence entre les chimères de Kieron Adeane, créateur de mirages, et les rêves d'une autre sorte de Daniel Carey. Le résultat serait le même pour leurs compagnes : logements misérables, linge usé et angoisse éternelle du loyer en retard, des notes de médecins impayées et des dettes. Sa mère avait patiemment, doucement, édifié sa vie au bord d'un gouffre. Cara, elle, ne le voulait pas.

Liam bougea. Il ouvrit des yeux aussi sombres et veloutés que le cœur d'une violette et, trouvant la mer trop vaste, le ciel trop distant et rien d'intéressant sur le pont surpeuplé, il se rendormit dans la jupe de sa mère. Ou il fit semblant. Elle ne savait jamais bien, avec lui. Il s'était montré très tranquille depuis que sa grand-mère bien-aimée s'était embarquée pour l'Angleterre. Trop ? Peut-être, mais elle avait eu beaucoup à faire pour trouver le moyen de le nourrir et de le vêtir convenablement. Elle avait parcouru Dublin en tous sens pour chercher du travail et n'avait pas pris le temps de le faire parler. Elle se dit tout à coup, avec un sentiment de gêne et de culpabilité, qu'elle n'avait même pas expliqué à Liam le but de leur voyage. Il ignorait qu'ils allaient rejoindre Odette. Elle baissait les yeux sur lui. Elle éprouvait à son égard une affection inquiète qu'elle essayait toujours de dissimuler.

— C'est un bel enfant, dit Daniel Carey.

Il avait été lui-même, autrefois, un petit garçon secret et silencieux, observant le monde avec un œil curieux et parfois critique. Sa mère avait été très belle également et, sans doute, plus douce que Cara.

A présent, son image s'estompait dans ses souvenirs. Elle n'avait pas été heureuse ; elle lui rappelait souvent que le dévouement à la cause des masses souffrantes avait tué son père. Elle avait assumé ses obligations sociales et charitables, l'emmenait, dans sa voiture aux coussins de soie lilas, déposer des invitations à des réunions pour la réforme sociale, ou distribuer des couvertures aux pauvres. Un jour, lors d'une famine, ils furent pris dans une émeute. La troupe tira. Sa mère fut mortellement atteinte.

Il y avait longtemps qu'il n'avait pas rêvé de taches rouges sur la soie lilas. Et sur ses mains.

Un oncle avait recueilli Daniel en France, où il avait passé le reste de son enfance. Cet oncle éditait un journal de tendance radicale et vivait à l'étranger pour échapper à la prison, après avoir été condamné à une lourde peine pour refus de payer l'impôt du timbre sur sa publication, qui l'aurait obligé à augmenter le prix de vente du journal, le rendant trop cher pour les ouvriers. Ce qui était le but du gouvernement. Daniel avait cru qu'il serait bon avec lui, mais s'aperçut vite que l'intérêt porté au bien-être des « masses » ne laissait à son oncle aucun loisir pour s'occuper d'un neveu, même orphelin.

Daniel ne lui en avait jamais voulu. Cela l'avait endurci, rendu déterminé. Son oncle était mort ruiné et déçu. Daniel vivait à présent comme bon lui semblait, et du mieux qu'il pouvait, d'un petit revenu hérité de sa mère, suffisant s'il n'avait été si enclin à le jeter par les fenêtres, non pas d'une façon insouciante, ni même généreuse, mais joyeusement, pour éviter de posséder. L'argent n'avait pas grand intérêt pour lui. Il lui permettait seulement de voyager à sa guise pour « observer » le monde autour de lui.

Son oncle lui avait appris que, s'il voulait comprendre ce qu'était la pauvreté, il devait d'abord en souffrir. Non pas la bohème d'un étudiant, mais la vraie pauvreté, celle qui torture, celle dont on meurt. Le propre père de Daniel était mort ainsi, après avoir payé les dettes des autres, alors qu'il ne réclamait que rarement ses honoraires d'avocat. L'oncle de France avait eu une mort similaire. Daniel, lui, n'avait pas l'intention de finir comme eux. Il s'était préparé à cette vie, s'entraînant à l'endurance, s'astreignant à se dépouiller peu à peu de tout ce qui encombre la chair et l'esprit ; il avait appris à tempérer ses émotions, à contrôler ses appétits, à se faire des muscles et des nerfs d'acier. Il se construisait ainsi, jour après jour, une force de caractère qui allait jusqu'au stoïcisme. Cette force lui servirait au moment opportun. Il n'agissait ni par idéal ni par croyance en un pouvoir quelconque ; sa vision des choses était plus vaste. Il luttait pour améliorer le sort de tous les misérables.

Daniel voyait bien que cette fille si maîtresse d'elle-même, qui se tenait sur ces ballots poussiéreux comme sur un trône, ne pouvait comprendre cet idéal. Elle venait, le plus simplement du monde, d'ouvrir un paquet contenant du pain et du bacon. Elle en proposa à Daniel, qui refusa. Il ne pouvait accepter quand la plupart des émigrés autour d'eux avaient sans doute le ventre creux depuis la veille. Il était fier de jeûner avec eux. Cara, mi-amusée, mi-méprisante, haussa les épaules et, sans se déconcerter, partagea le pain avec son fils. Puis, elle croqua une pomme sans paraître remarquer les regards avides d'une douzaine d'enfants. Des hommes et des femmes, debout derrière elle, détournèrent la tête avec dignité.

Elle avait évité de les regarder afin de ne pas se laisser envahir par la pitié. Un quignon de pain, un peu de bacon et une pomme n'auraient pas suffi à les rassasier, alors, à quoi bon se donner mauvaise conscience ? Cara avait travaillé dur pour gagner le repas. Elle devina que Daniel aurait aimé la voir offrir à tous ces maigres provisions.

Elle le trouva téméraire et fascinant.

Il la trouva insensible et magnifique.

Il la désirait. Ce n'était pas l'envie fugace et légère qu'il ressentait pour les femmes qui lui plaisaient, mais un désir aigu, presque douloureux. Il ne s'agissait pas seulement de la posséder, mais de la prendre. La garder peut-être ? Tout à fait déraisonnable. Même pour elle, il n'était pas disposé à modifier le cours de sa vie et était trop honnête, malgré son manque d'intérêt pour le mariage, pour demander à une femme de la partager. Mais il ne pouvait plus la quitter des yeux, c'était aussi simple que cela. Elle aussi le regardait mais ne se posait pas autant de questions que lui. Le désir créait entre eux un courant de langueur, intensifiait leurs regards, aiguisait leur perception et leurs émotions. L'entrée dans le port de Liverpool rompit la magie.

— Nous arrivons, dit-il.

Le tumulte soudain sur le pont surprit Cara comme si elle s'éveillait. Liverpool. Elle n'avait jamais autant regretté d'être arrivée au terme d'un voyage.

— Mon Dieu, reprit Daniel, j'oublie toujours à quel point ces villes sont tristes et grises !

Parmi les passagers, il remarqua une vieille femme, venant sans doute d'une cabane de torchis du Donegal, qui croyait que les derniers shillings dépensés à traverser cette mer houleuse et froide l'avaient amenée à New York, la terre promise. Si elle ne trouvait personne pour l'accueillir à Liverpool, ce qui était probable, la police la ramasserait pour vagabondage ; elle serait internée dans l'un de ces récents asiles de pauvres et, pour finir, réexpédiée au Donegal.

Et cette veuve, entourée d'enfants, qui aurait du mal à trouver un travail et un logement, à laquelle on offrirait le salaire dérisoire réservé aux Irlandais.

Une femme se pressait contre le bastingage avec des cris d'excitation ou d'angoisse. Des enfants chétifs, à l'expression égarée, pointaient leurs museaux comme des fouines.

Un groupe de misérables se tenait à l'écart, silencieux, aux aguets, déguenillés à faire peur aux habitants de cette cité prospère, qui ne s'étaient jamais trouvés réduits, comme eux, à vivre dans des fossés recouverts de branchages. Sans doute quelque propriétaire avait-il fini par leur offrir le prix de la traversée pour ne plus les supporter sur ses terres, ni sur sa conscience.

— Pauvres bougres, dit Daniel Carey.

Il jucha Liam sur ses épaules, empoigna les deux sacs et attendit le moment propice pour se hasarder avec Cara sur le quai. Les gens se bousculaient, points sombres serrés les uns contre les autres, s'arrêtant un instant, repartant dans une autre direction, trébuchant. Quelques voyageurs étaient attendus par des parents. Dans des brouettes, on entassait à la hâte une vie entière : des sacs, des paquets, un bébé, une grand-mère hébétée. La famille en guenilles, habituée à se cacher, avait disparu comme si elle n'avait jamais existé. Mais la veuve, après avoir fait quelques pas sur le sol anglais, s'arrêta, les bras ballants, ne sachant de quel côté se tourner, ou ayant perçu l'inutilité d'aller plus loin. Elle s'assit par terre, ses enfants autour d'elle, attendant en silence, avec un désespoir poli, la suite des événements, sans plus de force pour se demander s'ils avaient ou non vécu le pire.

Daniel n'avait pas besoin d'entendre son histoire pour savoir que le désespoir l'avait amenée là ; son mari avait dû mourir un an auparavant, et avec lui avaient disparu la maison et le lopin de terre. Le propriétaire les avait repris pour ne pas s'encombrer d'une femme seule et de ses enfants. Bien sûr, il n'y avait pas de bail. Les paysans louaient par accord verbal, le seul valable était celui du propriétaire, ce qui lui laissait toute latitude pour expulser ses locataires quand bon lui semblait. Alors que la veuve possédait encore quelques biens qui auraient pu la faire vivre, elle s'était retrouvée sans toit. L'autre famille avait dû subir le même sort, mais depuis plus longtemps.

— Pauvres bougres, répéta Daniel.

Son expression se durcit. Puis il haussa les épaules et dit :

— Bon ! Nous paraissons mieux nourris et nous sommes mieux vêtus. Nous passerons.

— Nous passerons, murmura Cara pour elle-même.

Et elle descendit la passerelle, légère, balançant son ombrelle avec grâce. Alors elle ajouta :

— Nous passerons, parce que nous avons plus de bon sens qu'eux.

CHAPITRE II

Cara s'attendait à ce que Daniel la quittât à Leeds, comme il en avait manifesté l'intention. En fin d'après-midi, ils trouvèrent la ruelle mentionnée par Kieron dans sa lettre. Elle était située derrière Boar Lane et donnait sur une petite place encombrée. Le colporteur commençait sa tournée chez les modistes et dans les merceries de Bradford et de Frizingley. Daniel fit ses adieux à Cara et lui souhaita bonne chance. La carriole s'ébranla. Alors, à la surprise de la jeune femme, il la rattrapa, sauta en marche et s'assit à côté d'elle.

— Je ferais aussi bien de vous accompagner jusque chez votre père, dit-il. Ce n'est pas loin et la pluie ne menace pas.

Cara s'avoua, à regret, qu'elle désirait sa compagnie. Cependant, rien ne l'obligeait à le lui montrer.

— J'ai cru comprendre que vous aviez des amis à Leeds, dit-elle.

— C'est exact.

— Ne vont-ils pas vous attendre ?

— Non. Je dois rencontrer l'éditeur du *Northern Star*. Mais rien ne presse... il est en prison pour acte de sédition.

Et, s'adossant aux ballots de calicot imprimé, il sourit.

— De quel genre de sédition s'agit-il ?

Daniel lui parut soudain très à l'aise ; il possédait bien son sujet.

— Il réclame le droit de vote pour les ouvriers. Il propose aussi que les membres du Parlement perçoivent un salaire, ce qui les mettrait à l'abri du besoin et, par là même, hors de portée des pressions. Il serait alors possible d'élire des hommes comme votre serviteur. Me suivez-vous ?

— Très bien.

— Ces choses vous intéressent-elles ?

— Pas du tout. Que changeraient-elles à ma vie ?

— Beaucoup, peut-être. Admettons que je sois élu, qui sait si je ne ferais pas voter une loi obligeant les femmes aux cheveux noirs et aux yeux bleus à porter des robes de soie ? Mais soyons sérieux ! Ma préoccupation du moment est de vous déposer, saine et sauve, devant la porte de vos parents. J'essaierai ensuite de persuader ce brave homme de me ramener à Leeds. Je présume qu'il sera heureux d'avoir de la compagnie à son retour.

Daniel n'était pas monté dans la carriole pour exposer son point de vue sur la réforme électorale, mais parce qu'il n'avait pu se résoudre à se séparer de Cara. Cela paraissait suffisant pour justifier, à ses yeux, son impulsion précédente et il ne tenait pas à explorer plus avant les méandres de ses sentiments. L'étrange langueur qui les avait saisis pendant la traversée s'était de nouveau emparée d'eux mais, cette fois, plus profonde, plus pernicieuse. Ils se taisaient, l'esprit et le corps absorbés dans la contemplation l'un de l'autre. Ils écoutaient le bruit de leur respiration, s'imprégnaient de l'odeur de leurs cheveux et de leur peau. La route défilait, les villages gris s'estompaient au loin les uns après les autres, ils ne percevaient rien, ne voyaient rien qu'eux-mêmes.

La carriole s'arrêta.

— Oh... Sommes-nous déjà arrivés ?

Comme à l'approche du port de Liverpool, la voix de Cara était hésitante et son intonation pleine de regret.

— Quel endroit déplaisant ! dit Daniel avec hargne.

Il sauta de la voiture et en tira les sacs de Cara. Puis il prit l'enfant dans ses bras et le déposa sur le sol détrempé. La rue n'était pas pavée.

Un endroit déplaisant ? Cara s'arracha à la contemplation de Daniel et tâcha de reprendre ses esprits. Elle regarda autour d'elle. « L'endroit n'est guère joli », avait écrit son père. Sur ce point, il n'avait pas menti.

La rue était lugubre. Ils se trouvaient dans le centre d'une vieille bourgade sur le déclin qui avait dû être agréable autrefois, avant que la fumée des usines vînt l'assombrir. Aujourd'hui, des baraques d'ouvriers jaillissaient du sol comme des champignons après la pluie et se pressaient autour des filatures. La rue dans laquelle habitaient ses parents avait sûrement été pittoresque dans le temps. Ses maisons étroites et hautes longeaient un ancien canal de navigation. Ces demeures avaient perdu, depuis longtemps, leur statut de « résidences » et n'étaient plus que des meublés. Le canal, qui charriait les résidus industriels et les déchets ménagers, était devenu un vaste égout.

— Quel trou affreux ! dit de nouveau Daniel comme s'il la tenait pour responsable de la laideur ambiante. Croyez-vous que vous serez plus heureuse ici que dans une cabane à Tipperary ?

Elle pensa qu'elle s'y trouverait au moins dans son élément, mais se tut. Elle savait qu'une cabane de torchis ne menait à rien, sinon à une autre masure. Il n'y avait pas d'avenir à Tipperary. On n'échappait pas à sa misère. Ici, malgré la poussière de charbon et le ciel bas, des hommes et des femmes s'habillaient avec recherche et conduisaient des attelages élégants. Sa mère le lui avait écrit. En Irlande, seuls les lords et les ladies pouvaient s'offrir ce luxe.

Il était pourtant vrai que de cet endroit suintait la tristesse. Le jour déclinait, l'atmosphère était moite et les passants avaient l'air harassé Ils voûtaient les épaules, en prévision de l averse qui menaçait, indifférents à l'arrivée de l'Irlandaise. Ils voyaient tant d'allées et venues ; la ville regorgeait d'étrangers.

— Eh bien ! dit vivement Cara, nous y sommes !

L'instant n'était plus aux déclarations. Les sacs se trouvaient dangereusement proches des sabots des chevaux et Liam était sur le point de tomber dans le caniveau. Cara pensa qu'Odette, qui devait les guetter derrière ses rideaux, allait se précipiter d'un moment à l'autre sur son petit-fils. Daniel se trouverait exclu de leur intimité. Elle eut peur : le reverrait-elle jamais ? Il posa la main sur le bras de Cara. Elle frissonna. Il était trop tôt pour dire les mots d'amour qui se bousculaient dans la tête du jeune homme, mais il voulait à tout prix retenir son attention. Alors il dit d'une manière directe, sachant qu'elle comprendrait :

— Vous me devez quelque chose, Cara.

Elle n'avait pas l'intention de le nier. Le voyage s'était révélé plus difficile qu'elle ne l'avait imaginé, et sans Daniel elle n'y serait pas arrivée. A Liverpool, il n'y avait qu'un train par jour avec des wagons de troisième classe et dix personnes se battaient pour chaque place libre. C'était, au surplus, des wagons sans toit. Liam en avait perdu son apathie. Il hurlait, terrifié par la férocité de la foule. Cara avait eu peur ; elle n'était pas toujours brave. Les gens prêts à tuer pour monter à bord du train lui avaient fait perdre son sang-froid. Elle avait serré Liam contre elle, terrifiée à l'idée de le voir piétiné. Alors, sans brutalité mais avec une détermination efficace, Daniel leur avait ouvert un chemin dans la cohue.

Dans le train, Cara avait mis du temps à reprendre souffle ; elle se bouchait les oreilles afin de ne plus entendre les pleurs de Liam, incapable de les supporter ni même de les arrêter. Daniel avait pris le petit garçon sur ses genoux et lui avait montré, à l'avant, les messieurs en haut-de-forme lustré qui voyageaient sur l'impériale ; il lui avait expliqué que dans les diligences les gentilhommes sportifs mettaient un point d'honneur à s'asseoir à côté du cocher.

Cara avait pensé que sa mère n'aurait pas agi différemment. Puis, se sentant coupable de cette comparaison, elle se dit que son père, le charmant et irresponsable docteur Adeane, en aurait fait tout autant.

A partir de Manchester, le voyage avait pris un tour plus agréable. Le wagon, bien qu'à claire-voie, possédait un toit, heureusement car il s'était mis à pleuvoir. Ils avaient attendu le train durant des heures et Daniel avait su rendre ce moment supportable, voire amusant. Il avait trouvé un banc propre pour s'installer, leur avait offert des biscuits génois. Il y avait peut-être investi ses derniers deniers.

Elle en fut touchée et trouva les gâteaux délicieux, les meilleurs qu'elle eût jamais goûtés. Assise sur ce banc de gare, près du jeune homme, elle ressentait une émotion proche du bonheur, ce qui lui était presque étranger. Elle éprouvait aussi de l'anxiété à la pensée que Daniel avait les poches vides à cause d'elle ; comment le dédommager de sa générosité sans risquer de l'offenser et sans qu'il puisse refuser ? Cet élan de reconnaissance était tout à fait inhabituel chez Cara.

A Leeds, Daniel n'était déjà plus un étranger. En descendant du train, ils s'étaient amusés à faire la course ; Daniel, marchant à grandes enjambées et portant Liam sur ses épaules, l'avait taquinée parce qu'elle n'arrivait pas à suivre son allure et elle s'était prise au jeu, avait allongé le pas. Ils étaient arrivés dans le hall, hors d'haleine et riant aux éclats.

— Peut-être pourrais-je faire le reste du chemin avec vous ? avait alors demandé Daniel.

Sa main reposait sur l'épaule de Cara. Cette caresse la bouleversait. Le jeune homme ne se trouvait qu'à quelques centimètres d'elle. Il lui fit son curieux sourire de biais. « Vous me devez quelque chose, Cara. »

Elle le reconnaissait. Elle éprouvait envers lui une gratitude dont elle ne se serait pas crue capable. Mais payer sa dette, il n'en était pas question. Les risques étaient considérables : celui d'être mère à nouveau et cet autre, plus grave encore, de voir sa vie sombrer dans l'incohérence aux côtés de cet homme.

Cara s'en tiendrait au programme qu'elle s'était fixé : sourire et promettre.

— Je vous dois beaucoup, je le sais.

— Quand vous reverrai-je ?

— Demain.

Ce serait toujours demain. S'il venait, elle trouverait une excuse pour le congédier. S'il venait ? Dans un élan qui la surprit, Cara jeta ses bras autour du cou de Daniel et lui donna un baiser rapide mais intense. Elle mit dans ce geste tout son désespoir d'avoir à lui mentir. Elle souhaitait, à cet instant, qu'il ne revînt pas, tout en en trouvant l'idée insupportable.

— Votre mère vous attend, dit Daniel doucement.

Cara baissa les bras et prit ses sacs et son fils. Elle détourna la tête, les yeux pleins de larmes.

La maison dans laquelle vivaient les parents de Cara se trouvait en haut de la rue St Jude, fort étroite. Elle frappa et remarqua, sans surprise, que ce n'était pas une demeure privée, comme son père le lui avait laissé entendre, mais un meublé ou une médiocre pension. Cet endroit ne lui offrirait rien de plus que la chambre sans air qu'elle venait de quitter à Dublin. Elle éclaircirait la question avec son père plus tard. Elle savait bien que sa mère ne l'encouragerait pas en ce sens mais lui offrirait son affection et la chaleur de son accueil. Et puis Liam allait enfin se mettre à parler.

— Nous allons voir grand-maman Odette, lui dit-elle.

Liam s'accrochait à sa jupe. Elle vit qu'il ne la croyait pas.

— Liam... ?

Cara sentit sa vieille anxiété s'évanouir. Elle avait souvent expliqué à son fils que la séparation avec Odette était provisoire et qu'un jour, ils la retrouveraient. Dans un instant, il verrait qu'elle disait vrai. La porte s'ouvrit sur une femme vieille et grise comme du granit. Elle se tenait sur le seuil comme une sentinelle, leva un sourcil soupçonneux devant l'audace de cette intruse, flanquée de deux sacs et d'un enfant geignard, qui avait manifestement l'intention de pénétrer chez elle.

— Que puis-je pour vous ? dit la femme.

— Je suis Cara Adeane.

— Ah oui ?

Cette introduction sembla suffisante à Cara. Elle se demandait toutefois pourquoi Odette ne s'était pas précipitée derrière la femme pour les serrer tous deux contre elle. Elle commençait à se poser des questions. En cet instant, Cara avait besoin de sa mère ; dans ses bras s'apaisaient les petites douleurs et les grands chagrins de l'enfance. Cara s'y était souvent réfugiée, et Liam aussi.

— Je suis Cara Adeane, répéta-t-elle sèchement.

— Vraiment ! Vous me l'avez déjà dit. Eh bien moi, je suis Sairellen Thackray. Cela vous dit quelque chose ?

Cara se mordit la lèvre. Ce dragon détenait le fil d'Ariane qui conduisait à sa mère, et, s'il fallait user de son charme pour parvenir jusqu'à elle, Cara se servirait du sien.

— Je vous prie de m'excuser, madame Thackray.

La femme hocha la tête, ce qui signifiait « Oui, ma fille, c'est beaucoup mieux ainsi ».

— Mais, reprit Cara, je crois que mon père et ma mère attendent mon arrivée... ?

— Vos parents ?

Cara eut soudain la gorge sèche.

— M. et Mme Kieron Adeane, dit-elle. Le docteur Adeane. Sont-ils ici ?

Ils ne pouvaient se trouver ailleurs ! Cara refusait de croire que son père lui eût joué un tour pareil. Elle percevait la rumeur de la ville grise dans son dos, menaçante. Ses rues grouillaient d'inconnus prêts à se saisir d'elle avec la férocité d'une meute de chiens traquant du gibier. A moins qu'elle ne parvînt à les distancer...

Elle pensa à Liam.

La femme dit à contrecœur :

— Je ne puis rien pour vous, ma fille. C'est ainsi !

Son intention n'était pas de blesser Cara, mais sa nature réaliste lui interdisait de donner de faux espoirs.

La gorge de Cara était maintenant douloureuse.

— Que se passe-t-il ? demanda-t-elle faiblement.

— Votre mère est sortie et ne me demandez pas où ! Pourquoi serais-je au courant de ses affaires ? Quant à votre père, il est parti.

Le mot n'avait qu'une signification pour Cara et elle était impensable.

— Il est bien parti ! Non, oh non !

Liam sentit que la panique gagnait sa mère et, comme Odette n'avait toujours pas fait son apparition, il se remit à pleurer.

Cara ne l'entendit pas, obnubilée par la pensée de son père. Il était fantasque et indépendant, dépensier mais toujours là quand on avait besoin de lui. Cara s'était souvent querellée avec lui, mais elle l'aimait. Il avait quelque chose de merveilleux et, parfois, se montrait si tendre ! Elle ne connaissait pas d'homme plus amusant et plus charmant que lui. Elle savait déjà qu'il lui manquerait toujours...

— Du calme, ma fille. Votre père n'est pas mort.

Mais Cara ne pensait pas à cela, elle se demandait à la faveur de quelles circonstances et vers quels horizons il avait disparu. La réponse lui parvint aussitôt, lapidaire. Sairellen Thackray n'entendait pas faire traîner l'affaire.

— Votre père s'en est allé mardi matin, ma fille. Il est parti pour l'Amérique.

La douleur de Cara se transforma en fureur. Elle fut saisie d'un désir, familier, de casser quelque chose, doublé d'une étrange envie de rire. Elle fit un pas et pénétra dans la maison de Mme Thackray dans un état proche de l'hystérie. Elle nota, néanmoins, malgré son agitation, que le « Vous feriez mieux d'entrer » fut lancé par la femme sans bienveillance. La situation dans laquelle se trouvaient Cara et son enfant ne lui inspirait pas de considération particulière, mais elle ne tenait pas à ce que la jeune femme se donnât en spectacle sur le pas de sa porte.

La cuisine était petite, surchauffée, pleine de buée et remarquablement propre : le sol de pierre était impeccable, les murs immaculés et le fourneau de fonte astiqué à la pâte de plomb. Sairellen Thackray était une excellente femme d'intérieur. Elle grattait régulièrement sa table de cuisine et la passait à l'eau de Javel, tout comme elle battait ses pauvres tapis chaque matin dans la cour. Des draps séchaient autour du feu en dégageant une odeur tonique de savon fort.

La nature avait doté Mme Thackray de mains puissantes et d'un dos capable de supporter les fardeaux. Ils ne lui avaient pas manqué, et elle ne tenait pas à prendre en charge ceux de Cara.

— Asseyez-vous, dit-elle.

Cara, dans un état second, s'assit sur une chaise de bois dur devant la table. Elle en avait oublié Liam et ne remarqua pas non plus le jeune homme absorbé dans sa lecture au coin de la cheminée. Elle était suspendue aux lèvres de Sairellen Thackray.

Celle-ci n'était pas une mauvaise femme, mais elle avait l'habitude d'économiser ses mots et allait droit au but.

Cara apprit ainsi qu'une lettre était arrivée d'Amérique.

— Il paraît que vous avez une tante à New York. Au dire de votre père, ses affaires seraient prospères. Elle lui aurait écrit de venir la rejoindre parce qu'elle souhaitait lui demander conseil pour agrandir son commerce. Elle s'est décidée bien vite, il me semble. Votre père également. D'après ce que j'ai compris, il doit faire venir votre mère là-bas dès qu'il en aura l'occasion et vous par la suite.

Cara ferma les yeux.

— C'est tout ? demanda-t-elle.

Sairellen aurait pu en dire beaucoup plus. Mais elle venait d'assister au naufrage de la mère et ignorait ce que la fille était à même d'endurer. Si les traits et la silhouette de la jeune femme rappelaient ceux de son père, elle ressemblait peut-être à Odette par le caractère. Mme Thackray ne tenait pas à prendre le risque de la voir s'effondrer parce ce qu'on ne pouvait s'offrir le luxe de s'occuper d'elle.

Sairellen Thackray n'était pas prodigue de son affection, la réservait ainsi que son énergie, ses conseils et ses trésors occasionnels, tels que des œufs et du beurre, à ceux qu'elle appelait les siens. Cependant, elle aurait pu avoir beaucoup d'amitié pour Odette Adeane, qu'elle considérait comme une femme généreuse ne voulant voir en chacun que le meilleur. La façon dont elle avait accepté l'abandon de son mari — Sairellen ne trouvait pas d'autre mot —, ses efforts déchirants pour cacher sa détresse, la fausse gaieté qu'elle avait manifestée au moment du départ de Kieron, jusqu'à son effrondrement lorsqu'elle s'était retrouvée seule, tout avait irrité Sairellen. Certains auraient sûrement qualifié l'attitude d'Odette de « noble ». Mais elle n'avait pas d'admiration pour ce genre d'héroïsme. Placée dans la situation d'Odette, elle aurait plutôt assommé son mari avec ce qui lui tombait sous la main et l'aurait ensuite dépouillé du contenu de ses poches. Pour elle et pour ses enfants. Kieron Adeane était une canaille. Tous ceux qui n'étaient pas en adoration devant lui — et, bizarrement, il s'en trouvait quelques-uns — s'en apercevaient. Sairellen était à présent face à sa fille, peut-être prête à l'excuser comme le faisait sa femme.

Sairellen ne niait pas que Cara fût belle. Mais l'expérience lui avait appris que la beauté présentait des inconvénients, comme celui d'induire à certaines tentations, auxquelles, de toute évidence, la jeune Mlle Adeane n'avait pas résisté. A la voir, on pouvait l'imaginer frivole et, si elle suivait les traces de son père, il était à craindre qu'elle ne fût pas une travailleuse acharnée. Sairellen, qui n'était pas disposée à perdre son temps avec des incapables, fut sur le point d'écarter définitivement Cara quand, sous l'effet de la colère, les yeux bleus de la jeune femme virèrent au vert, comme ceux d'un chat.

— Je vois ! dit-elle. Je parierais que ma tante a envoyé l'argent pour un seul billet.

La voix était coupante et sarcastique. Sairellen se sentit soulagée.

— Probablement, répondit-elle.

— Elle n'a jamais aimé ma mère. Une fois, auparavant, elle fit parvenir à mon père une somme d'argent destinée au voyage d'une personne. Nous avons tout dépensé en taffetas pour des robes d'été. Pourquoi s'en est-il servi cette fois-ci ?

Sairellen secoua la tête.

— Bien sûr, vous n'en savez rien. Mais vous pourriez peut-être me dire quand il a reçu cette fameuse lettre et combien de temps après il s'est décidé à m'écrire ?

— Ça oui.

Sairellen se fit un plaisir de donner des précisions.

— Je vois, répéta Cara.

Elle ferma de nouveau les yeux. La manière adroite avec laquelle son père avait manœuvré pour saisir l'occasion qui se présentait tout en ménageant sa conscience lui apparut aussi claire qu'à Odette et Sairellen. Personne ne pourrait l'accuser d'avoir abandonné sa femme dans une ville étrangère quand il avait pris la précaution de faire venir sa fille pour l'assister.

« Je t'appellerai, ma chérie, je ferai de toi une reine en Amérique. »

Odette, pourtant si confiante, ne l'avait pas cru cette fois-ci ; mais elle ne l'avait pas blâmé non plus. Sairellen s'émerveillait de la dévotion que pouvait inspirer un coquin à une femme de bien.

« Que Dieu le garde ! » avait été le seul commentaire de celle qu'on abandonnait. Bien que prononcé avec tristesse, il signifiait cependant : « Il ne pouvait faire autrement, c'était sa dernière chance. »

Cara dit :

— Si jamais je le revois, je l'étrangle.

— C'est ça, répondit Sairellen.

Sur ce, elle se leva et posa une tasse de thé devant Cara. Puis, elle prit l'enfant et l'installa près du feu devant un panier plein de chatons. Liam ne s'y intéressa pas ; il se sentait perdu dans ce monde nouveau dont sa grand-mère ne faisait pas partie.

— Vous l'étrangleriez, disiez-vous ?

Cara desserra ses poings crispés et ouvrit les mains. Sairellen nota la longueur des doigts et l'aspect solide de ses paumes. La jeune femme semblait tout à fait capable de faire ce qu'elle avait dit.

— Exactement.

— A condition que vous le revoyiez ? Et, d'après vous, quelles sont vos chances que cela arrive ?

— Très incertaines.

Sairellen hocha la tête et fit une grimace qui lui tenait lieu de sourire. Elle s'assit en face de Cara, qui remontait dans son estime. Elle se garda de le montrer, par prudence. Il n'y avait pas de place pour Cara, ni dans son foyer, ni dans sa vie. Il était préférable, honnête, de ne lui laisser aucune illusion à ce sujet.

— C'est bien mon avis, ma fille. Il est peu probable que votre père réapparaisse. Votre mère n'en parle pas, mais j'imagine qu'elle pense la même chose. Je vais vous raconter la fin de l'histoire. Votre père m'a fait comprendre qu'il n'avait pas laissé votre mère sans rien.

— C'est certain, coupa Cara, il l'a laissée avec moi. Mais pourquoi ne l'a-t-il pas renvoyée à Dublin ?

— Il y a une raison à cela, ma fille, si vous me laissez parler.

Sairellen n'aimait pas être interrompue. Elle n'était pas bavarde et n'ouvrait la bouche que pour lancer des ordres ou donner des informations.

— Avant de partir, votre père s'est assuré que vous viendriez ici. Il savait que votre mère avait un toit décent, le mien, ainsi qu'un travail qui lui permettait de vivre. Il lui a également laissé de l'argent — tout ce qu'il possédait, d'après ce que je sais. C'était il y a dix jours. L'argent s'en est allé d'abord, puis l'emploi. Voilà où nous en sommes. A l'heure qu'il est, votre mère est en train de supplier qu'on veuille bien la reprendre. Si cela n'arrive pas, à moins qu'elle ne trouve quelque chose d'autre, vous me suivez...

Cara la suivait parfaitement. Cependant, un point restait obscur.

— Dans une de ses lettres, mon père m'a parlé d'une certaine

Mlle Baker, une modiste qui employait ma mère et la traitait comme une amie.

— Ah oui ! Il y a bien une Mlle Baker, mais elle vient de donner son congé à votre mère sans lui délivrer de certificat de travail et en lui retenant ses gages.

— Que dites-vous ?

Cara pouvait à peine le croire. Sa mère était la brodeuse la plus talentueuse de Dublin, et même de Paris ! Consciencieuse, aimable avec les clients, elle avait une influence bénéfique sur n'importe quel atelier. Elle était aussi d'une honnêteté rigoureuse et d'un tact parfait. Mlle Baker aurait dû s'estimer heureuse d'employer une femme comme sa mère. Il était incroyable qu'elle l'eût renvoyée, alors qu'elle aurait dû tout faire pour la retenir.

— J'ose à peine le dire, reprit Sairellen avec amertume, mais cela s'est passé de cette façon, ma fille. Une fois votre père parti, votre mère est tombée dans un état d'hébétude. Elle s'asseyait à cette table et fixait le mur. Deux jours de suite elle ne s'est pas rendue à son travail, laissant Mlle Baker se débrouiller avec ses capotes et ses aigrettes. Quand elle y retourna, ce fut pour pleurer dans les cartons à chapeaux...

— Ce n'est pas une raison pour lui refuser une lettre de référence. Je ne comprends pas, je pensais que cette femme avait de l'affection pour ma mère...

— Qui vous a dit cela ?

Cara hésitait à répondre, redoutant le pire. Sairellen secoua la tête.

— Non, ma fille, ce n'était pas pour votre mère qu'elle avait de l'affection.

— Vraiment ? Cela aussi nous est déjà arrivé ? Connaissez-vous cette femme ?

— Je ne la connais que trop. C'est une vieille fille acide comme le vinaigre. Et... les vieilles filles peuvent aussi éprouver des sentiments qui tournent au rance quand elles les contiennent trop. Ernestine Baker doit avoir un peu plus de quarante-cinq ans. Imaginez le choc pour elle de découvrir qu'elle était jalouse de votre mère !

Cara fit un signe de la tête pour indiquer qu'elle comprenait, mais qu'elle avait d'autres questions à débattre.

— Savez-vous ce qu'a fait ma mère de l'argent laissé par mon père ?

— Non. Mais une chose est sûre, c'est qu'elle ne m'en a pas donné pour payer le loyer.

— Mais qu'en a-t-elle fait alors ?

Chez les Adeane, le mot loyer avait toujours été de mauvais augure. En l'occurrence, il venait d'être prononcé d'un ton sarcastique, accompagné d'un haussement de sourcils qui n'annonçait rien de bon. Cara sentait que l'heure était grave. Et, avant d'entamer la série de promesses et de sourires typiquement Adeane, comme, « Si vous pouviez me donner jusqu'à la fin de la semaine, madame Thackray, je suis certaine que... » et « Par la même occasion, si je puis être d'une quelconque utilité dans la maison... », elle devait connaître la vérité sur la situation familiale.

— Votre père a laissé des dettes, déclara Sairellen.

— Des dettes ?

La gorge de Cara se dessécha, comme après une longue marche dans la poussière. Elle pensa rapidement qu'il y avait dettes et dettes. Il y en avait d'exigibles et d'autres... Il était difficile de réclamer de l'argent à une femme sans appui ; de cela, elle faisait son affaire.

— Il y a, dans le pays, reprit Sairellen, un homme qui a coutume de prêter de l'argent. Ce n'est qu'une infime partie de ses affaires. Il possède, par exemple, le *Fleece*, l'auberge sur la place, et votre père lui doit cinquante livres, ce qui représente une fortune aussi bien pour vous que pour moi. Pour cet homme c'est une plaisanterie. Mais pour les récupérer, il procédera de la même façon que s'il s'agissait de cinquante mille livres. Uniquement par jeu. Ce personnage a l'habitude de faire des prêts alors qu'il sait qu'on ne pourra pas le rembourser. De cette façon, il tient ses débiteurs à merci. Votre père n'avait plus qu'une solution, s'éclipser. Cela vous expliquera également qu'il lui était impossible de renvoyer votre mère en Irlande.

— Et cet homme a hérité de l'argent de ma mère ?

Sairellen fit un signe de tête affirmatif, tout en observant Cara serrer de nouveau les poings puis dérouler ses doigts souples et puissants.

— C'en est un de plus à étrangler, n'est-ce pas, ma fille ?

Cara se serait bien laissée aller à étrangler tout le monde. Son père d'abord, Mlle Baker ensuite, pour finir, le propriétaire du *Fleece*. Mais plutôt que de divaguer, il fallait parer au plus pressé.

— Y a-t-il du travail par ici ?

— Quel genre de travail ?

— N'importe lequel.

Sairellen sourit. C'était la réponse qu'elle attendait, celle qu'elle aurait donnée en pareille circonstance. Elle aussi avait passé la majeure partie de sa vie à accepter les travaux qu'on lui offrait ; c'est-à-dire, n'importe quoi. Ses souvenirs remontaient bien au-delà de l'arrivée de la machine à vapeur et des engins mécaniques. Elle se rappelait un monde différent, quarante ans auparavant, mais à des milliers d'années par l'esprit. Frizingley n'était, alors, qu'une vieille paroisse qui abritait quelques auberges de poste disséminées dans des rues tranquilles, pavées de la pierre grise des collines alentour. La chaîne Pennine abritait tout ce dont ces hommes rudes avaient besoin pour mener à bien leur laborieuse production de tissu. Les moutons de la lande possédaient une bonne toison, les ruisseaux couraient nombreux pour y laver la laine brute et faire tourner les roues des moulins. Les femmes, industrieuses, filaient tout au long du jour, assises sur le pas de leur porte. La laine était ensuite tissée à la main, sous le toit du cottage. On ne produisait qu'une pièce par semaine ; toute la famille descendait ensuite en charrette à la halle de Frizingley pour le marché du jeudi. Les générations travaillaient ensemble dans leur propre maison. On essayait d'abattre la besogne d'une semaine en six jours, parfois cinq. Les jours restants faisaient office de vacances.

En ce temps-là, les gens ne se plaignaient pas et aucune fumée d'usine ne s'élevait au-dessus de la vallée. Il n'y avait pas de visages inconnus, ni à Frizingley ni aux environs, tous avaient grandi ensemble. Excepté les jours de marché où l'on voyait des colporteurs, quelques étrangers venus du Lancashire ou du Cheshire, et, parfois, un prédicateur méthodiste qui faisait son sermon dans un champ, le long des berges du canal, ou dans une cour de mine.

Le canal était agréable à cette époque. Il charriait tranquillement jusqu'à Leeds les produits fabriqués dans les cottages de Frizingley. Les jours, les années et même les générations différaient peu les uns des autres.

Le père de Sairellen avait tissé la lourde laine peignée depuis l'adolescence. Filée d'abord par sa mère, elle l'avait été ensuite par sa femme, puis par Sairellen et ses sœurs. Il fallait plusieurs femmes pour donner du travail à un seul tisserand. Quand la tâche de la journée était achevée, Sairellen et ses sœurs couraient dans le pré voisin. Il n'y avait plus de prairie, à présent, rien que des rues grises où s'alignaient en rangs serrés les baraques des ouvriers. Elles allaient boire le lait de la vache, cueillir des mûres dans la lande, ou encore ramasser des champignons dans le pré communal.

C'était une vie simple et fruste, loin d'être paradisiaque, comme certains inclinaient à le croire maintenant mais qui respectait au moins la dignité et la liberté de chacun. L'ère des machines y avait mis fin et il n'y avait rien à gagner à s'appesantir sur le passé.

Tout avait commencé avec des engins qui débitaient quatre-vingts fils à la fois. Ils avaient tué l'usage des rouets. Les tisserands ne se plaignaient plus d'attendre la laine, ils avaient plus de travail qu'ils n'en pouvaient fournir. C'est alors qu'apparurent les métiers à tisser mécaniques qui signèrent l'arrêt de mort des artisans.

Ces métiers, actionnés par la vapeur, gardaient la cadence des monstres qui filaient la laine. Il fallut des usines pour les abriter.

Rares furent les hommes de ce Yorkshire qui acceptèrent de se soumettre à la tyrannie des patrons de filatures. Ils refusèrent de faire partie de ce bétail humain, soumis à une cadence infernale et contrôlé par l'horloge, le cœur de l'usine. Beaucoup tombèrent dans la misère. Ils furent réduits à briser leurs précieux métiers pour en faire du bois de chauffage. D'autres prirent la route, comme des vagabonds, pour trouver du travail ailleurs.

De toute façon, les patrons des filatures n'avaient plus besoin d'eux. Les nouveaux métiers étaient si légers à manœuvrer que les femmes et les enfants, main-d'œuvre moins onéreuse et plus docile, faisaient l'affaire. Ils allèrent jusqu'à faire venir des charretées entières d'orphelins des asiles du sud. Certains n'avaient pas plus de cinq ans ; leur pénible labeur terminé, ils dormaient dans un coin d'entrepôt, sur des ballots de laine inutilisée. Ceux d'entre eux qui avaient survécu végétaient dans des maisons sordides, tassées les unes contre les autres, qui avaient poussé comme des champignons dans la prairie de l'enfance de Sairellen. A présent, ils envoyaient leurs enfants à l'usine.

Le père de Sairellen, homme austère, avait juré qu'il préférait voir ses filles mortes plutôt qu'ouvrières dans une filature. Il refusait de les imaginer parquées dans des ateliers sales, au milieu d'une chaleur étouffante et d'une promiscuité de mauvais aloi, à la merci de contremaîtres et d'ingénieurs sans morale. Mais ses filles s'en étaient allées, les unes après les autres. Sairellen, mariée à dix-sept ans, s'était retrouvée veuve à dix-neuf, déjà mère de deux enfants. Son second mari, Jack Thackray, l'avait demandée en mariage un an après son veuvage.

Les ennuis de Sairellen avaient commencé avec lui. Jack s'était épris des nouveaux idéaux exposés dans la presse radicale proscrite. Le droit de vote pour les gens du peuple était d'une si grande importance à ses yeux qu'il en était mort, voici vingt-deux ans, fauché par le sabre d'un soldat anglais sur le champ de bataille de St Peter's Fields à Manchester. On avait donné l'ordre de dégainer les sabres pour disperser une foule pacifique qui demandait un changement, bien léger, dans la manière dont on élisait les membres du Parlement. Sairellen n'oubliait jamais cette date.

Elle fut longue à se remettre de ce deuil. Mais avec les enfants à nourrir et le loyer à payer, la vie continuait et sa douleur ne fut qu'une affaire privée. Un groupe de journalistes radicaux lui avait offert de l'argent en souvenir de son mari. Sa reconnaissance avait été digne mais sans excès.

Elle avait utilisé son capital pour prendre le bail d'une maison qu'elle avait transformée en pension pour ouvriers décents. Ils étaient en général quatre par chambre. Elle louait, à l'occasion, un petit grenier mansardé à un couple marié. Les lits étaient durs et étroits, mais propres. Elle servait le thé et du porridge chaque matin et une soupe d'orge et de légumes le soir. Le dimanche, on avait droit au bacon et, parfois, à un jambon. Elle offrait aussi les œufs des poules qui couraient dans sa cour et, de temps à autre, en faisait cuire une qui avait cessé de pondre. C'était une maison bien tenue ; Kieron Adeane avait été une erreur. La fille de ce dernier n'y avait pas sa place ; elle était belle et avait un enfant. Elle ne serait que source d'ennuis dans cette maison peuplée d'hommes seuls.

Par ailleurs, des trains, des charrettes déversaient chaque jour dans la ville de nouveaux contingents d'ouvriers. C'étaient de vrais bataillons qui battaient le pavé, prêts à tout. Des quelques centaines de familles que Sairellen avait connues dans son enfance, la population de la ville était passée à trente mille âmes, mal logées, sous-payées et, pour la plupart, étrangères. Les chances de Cara de trouver du travail étaient minces. Aucun patron de filature ne voudrait perdre son temps et son argent à la former quand, chaque matin, se pressait devant ses grilles une meute d'ouvriers qualifiés. Il n'avait que l'embarras du choix. Elle n'aurait pas plus de succès auprès des épouses de ces messieurs. Sa somptueuse crinière et ses yeux bleu de mer, typiquement irlandais, ne prêchaient pas en sa faveur. Que resterait-il à la jeune femme hardie quand la faim la tenaillerait ? Le bordel, pensait Sairellen, il n'y aurait pas d'autre issue et, pour Odette, l'asile.

La vie qu'avait menée Sairellen ne lui avait pas permis de se laisser aller à la pitié. Elle ne souhaitait ce genre de fin ni à Odette, ni à sa fille, mais la croyant inévitable, elle préférait garder ses distances.

— Pour vous dire les choses crûment, la chambre de votre mère n'est payée que jusqu'à vendredi prochain. Passé cette date, si elle trouve du travail, elle sera la bienvenue. Sinon... Mais je n'ai aucune chambre pour une femme avec un enfant. Me comprenez-vous ?

Cara approuva de la tête et sourit. C'était un sourire un peu figé, mais, néanmoins, un sourire.

— Très bien. En quelque sorte, vous me jetez à la rue.

— Exactement. Il vous reste à peu près deux heures avant la tombée de la nuit.

Le jeune homme, qui lisait au coin du feu, leva la tête de son livre. Il s'était tenu si tranquille que Cara l'avait à peine remarqué.

— Mère... ? dit-il.

Ce n'était pas vraiment une interrogation, ni même un reproche, mais quelque chose entre les deux. Sairellen se retourna et lui sourit. Elle ne paraissait pas surprise de son intervention.

Sairellen Thackray avait mis au monde treize enfants et en avait perdu douze. La plupart étaient morts en bas âge du choléra ou de la rougeole. Une fille était morte à la naissance, deux garçons à la suite d'un accident du travail, un autre avait succombé à une blessure reçue dans une manifestation de protestation contre le travail des femmes et des enfants dans les mines. Il ne lui restait que Luke, son dernier-né ; il avait vingt-six ans et elle en était fière.

Elle n'avait jamais ressenti le besoin de le lui exprimer. Enfant, il se rendait régulièrement à l'école le dimanche avec le plus grand sérieux pour y apprendre à lire et à écrire. Une chance que Sairellen n'avait pas eue. Elle avait bien émis quelques grognements d'approbation, mais rien de plus. Plus tard, il avait étudié à l'Institut de Mécanique. Il passait son temps plongé dans des livres d'histoire ou dans l'étude de cartes anciennes. Elle avait manifesté un peu plus d'enthousiasme quand il avait été promu contremaître aux filatures Braithwaite. Elle faisait en sorte qu'il y eût toujours pour lui un dîner chaud et une chemise propre, qu'il rencontrât le moins possible ses locataires et ne lui prenait sur son salaire pas un penny de plus que nécessaire. Elle le laissait en paix avec ses livres et l'interrogeait rarement au sujet de ses activités, tant amoureuses que sociales. Elle avait confiance en son sens de la décence.

Sairellen savait que son fils n'était pas beau, mais c'était sans importance. Il était grand, anguleux, mal bâti, avec une crinière blonde et un regard gris à l'expression assurée dans un visage aux traits lourds. Son élégance morale l'exposait à se faire exploiter, parce qu'il avait eu une jeunesse plus facile que celle de sa mère.

Sairellen s'était doutée qu'il ferait objection à ce qu'on jette à la rue une femme et un enfant.

Elle approuvait les principes de Luke, mais elle lui avait souvent expliqué que Frizingley regorgeait de chiens perdus et de chiots errants, comme ce petit Liam. Que des chattes aux yeux brillants, telle Cara, vagabondaient partout, prêtes à faire du charme au premier venu afin de trouver une place auprès de l'âtre. Que la ville était pleine de pauvres créatures, dignes dans leur malheur, comme Odette. Et, même avec la meilleure volonté du monde, il était impossible de les recueillir tous ; il valait mieux ne pas leur laisser de faux espoirs.

Dans un sursaut de fierté, Luke se leva et s'avança vers sa mère, sans agressivité. Il avait l'air, au contraire, de bonne humeur.

— J'espère que tu vas les laisser passer la nuit ici, mère ?

— Et pourquoi ?

Elle aimait ces confrontations, parce que personne d'autre, à présent, ne s'opposait à elle.

— Pour la seule raison qu'Odette est une femme généreuse et qu'elle a compté les jours et les heures qui la séparaient de leur arrivée.

— Je n'ai pas de place pour eux, Odette le sait bien.

Luke sourit.

— Vraiment ! Mais tu m'as dit que tu lui ferais la surprise de laisser le petit garçon dormir dans son lit cette nuit. Tu as ajouté que nous installerions dans la cuisine un fauteuil près du feu pour sa fille.

Cara venait de trouver son champion. Ses yeux se mirent à briller et elle se serait précipitée vers lui si Sairellen ne s'était placée entre eux dans l'intention de couper court à toute démonstration. Elle jeta à Cara un regard perspicace et méfiant qui indiquait clairement qu'elle ne tenait pas à voir son fils exposé à la tentation. Cara était une jolie femme en détresse et son fils, un homme comme les autres.

Luke n'attendait aucune reconnaissance. Il retourna à son fauteuil avec une expression d'amusement tranquille et étendit ses longues jambes dans la direction du pare-feu. A l'autre extrémité de la cheminée, Liam était toujours immobile devant son panier plein de chatons. Il gardait un mutisme hébété. Cara entreprit, alors, de plaider, très habilement, sa propre cause.

Elle fit valoir qu'un fauteuil lui suffirait amplement et qu'il n'était même pas besoin d'entretenir le feu. Elle ajouta que tout cela était déjà un luxe et qu'elle ne manquerait pas de s'en aller le lendemain à la première heure.

— J'espère bien, dit Sairellen.

— Mais en attendant, continua Cara, si vous vouliez être assez aimable pour me donner l'adresse de Mlle Baker, je pourrais faire un saut jusque chez elle pour aller chercher ma mère. J'en profiterais pour dire un mot à cette femme des gages qu'elle lui doit encore. Je ne serai pas longue.

— Et qu'allez-vous faire de l'enfant ? s'enquit Sairellen.

Le regard de Cara devint transparent, son expression innocente. Ses lèvres esquissèrent un sourire angélique.

— Ce serait dommage de le traîner là-bas, le pauvre petit, il est si calme ! Il va certainement s'endormir et je ne serai partie qu'une demi-heure.

Sairellen hocha la tête.

Un instant plus tard, Cara dévalait la rue St Jude. Elle devait trouver sa mère et elle avait chassé de son esprit toute autre préoccupation. Dans un moment comme celui-ci, il fallait procéder par ordre d'urgence et résoudre chaque problème l'un après l'autre sous peine de perdre le contrôle de ses nerfs.

Cara établissait un plan. Son premier objectif était de tirer sa mère des griffes de Mlle Baker, la rassurer, puis la conduire auprès de Liam.

Elle s'occuperait, ensuite, de la modiste elle-même et essaierait de lui soutirer quelque argent. Et, si cette dernière se laissait charmer, elle tenterait alors de lui faire accepter d'employer la fille à la place de la mère. Puis, viendrait le tour du sinistre propriétaire du *Fleece*. A cette pensée, le cœur lui manqua. Il s'agirait d'apprendre à quelle portion de son salaire il pouvait prétendre. Ce serait, enfin, la tournée humiliante pour trouver un emploi. Les tenancières de maisons closes en étaient exclues, mais elles ne seraient pas longues à se montrer. Cara croiserait ces femmes d'âge mûr, à l'aspect engageant, qui patrouillaient en général dans les gares, les auberges de poste et sur les places publiques pour recruter des filles.

L'idée qu'elle aurait pu s'en tirer avec une solution de ce genre ne l'avait jamais effleurée. Elle sentit soudain la main d'un homme se poser sur son bras et tourna vivement la tête, prête à la riposte : c'était Daniel Carey. Elle laissa échapper un gémissement.

— Oh ! non.

Plainte qui exprimait à la fois le respect de ce qu'ils auraient pu être l'un pour l'autre et la colère que ce ne fût pas. Daniel ne retint que la colère.

— Que faites-vous là ?

Cara se trouvait dans la situation la plus désespérée de sa vie, au bord du gouffre. Impossible d'accorder du temps à Daniel, elle devait sauver ce qui pouvait encore l'être. Elle savait aussi que donner libre cours à ses sentiments pour le jeune homme ne ferait que précipiter le désastre.

Elle luttait contre les émotions qui l'envahissaient, en se disant que, quand tout irait mieux, elle prendrait le temps de penser à elle-même. Elle éprouvait un élan de joie fou à la vue de Daniel, en même temps que la nécessité de l'éconduire. La terreur de ne pas le revoir lui nouait la gorge et les larmes qu'elle essayait de refouler donnèrent à sa voix une intonation désagréable.

— Le colporteur ne vous a-t-il pas ramené avec lui en carriole ?

— En carriole ? Ah ! Oui. J'y suis monté, mais j'en suis descendu.

Daniel s'aperçut que sa phrase n'avait pas de sens pour Cara. Il était en effet monté à côté du colporteur, mais, après un mile en sa compagnie, le besoin de la retrouver l'avait poussé à sauter en marche pour reprendre le chemin de Frizingley. Là, il s'était mis à errer dans la rue St Jude, sans but précis. A présent, il n'avait plus qu'une idée, l'attirer dans ce passage étroit entre deux entrepôts et la serrer dans ses bras.

— J'avais besoin de vous voir, Cara. Immédiatement. Et puis, je ne voulais pas risquer de perdre votre trace.

Cara n'avait jamais éprouvé plus grande joie : il venait de dire exactement ce qu'elle désirait entendre. Elle s'accorda un bref instant de jubilation, un moment bien à elle et sut que rien, jamais, ne serait plus exaltant que la passion qui se dégageait de l'esprit et du corps de Daniel.

Des larmes de frustration l'étouffèrent. Daniel, aussi peu habitué à aimer qu'elle, ne comprenait pas l'ambivalence qui la faisait le repousser d'une main tandis qu'elle l'agrippait de l'autre. Elle refusait ses baisers pour s'abandonner l'instant d'après.

— Cara, viens avec moi, supplia-t-il.

— Mais où ?

— Pars avec moi, n'importe où.

Elle en fut choquée.

Il en avait oublié les parents de la jeune femme et même Liam, et ce qui l'amenait à Leeds. Rien ne comptait plus que Cara, même si elle ne ressemblait pas à celle qu'il s'était attendu à aimer. Car il l'aimait, de façon soudaine et si peu raisonnable que c'était comme un éblouissement.

Daniel s'était montré tendre avec les femmes, mais aussi léger et presque distrait. Il cajolait ou taquinait, pour obtenir ce qu'il désirait. Avec Cara, c'était bien différent ; il ne pouvait supporter l'idée qu'elle lui échappe, il fallait qu'elle soit à lui.

Il se débattait dans le courant de ces émotions nouvelles et lui en voulait de ne pas deviner ses sentiments ; il était en colère contre lui-même à cause de son impuissance à les lui exprimer.

Ils se querellèrent avec amertume.

— Tu ne me crois pas capable de prendre soin de toi ? Tu n'as pas confiance en moi ?

Elle fut surprise de cette remarque. On ne fait pas confiance aux hommes ; on les aime, à la rigueur...

— Tu ne me reverras plus, Cara !

— Je n'en mourrai pas, répliqua-t-elle sèchement.

Mais, quand il se détourna, elle se sentit déjà morte.

Elle ne lui avait rien dit de ses angoisses ; lorsqu'il aurait tourné le coin de la rue, elle n'aurait aucun moyen de le retrouver. Et, qui sait où elle serait elle-même demain ?

— Daniel appela-t-elle dans un murmure et sans aucun espoir de l'atteindre.

Elle s'appuya au mur, faible et abandonnée.

Puis elle lissa ses cheveux, tira sur sa jupe et se redressa. Elle devait se calmer et se composer une attitude, en vue d'atteindre son but : défendre sa mère, raisonner Mlle Baker et apitoyer le propriétaire du

Fleece. La dernière chose et peut-être la plus difficile serait de trouver quelqu'un, quelque part, qui, avec la grâce de Dieu, consentît à lui donner du travail.

Mais, à l'intérieur d'elle-même, elle ne cessait d'appeler Daniel.

CHAPITRE III

Gemma Dallam n'oublia jamais sa première rencontre avec l'Irlandaise, parce que c'était le jour où elle se décida à épouser Tristan Gage, filleul de sa mère.

La décision ne fut ni facile ni romantique mais, compte tenu de sa situation, logique.

Gemma devait se marier. Sa mère et elle-même, bien que pour des raisons différentes, étaient tombées d'accord. Sans beauté, riche et âgée de vingt-deux ans, ce qui n'était déjà plus la fleur de l'âge, elle avait beaucoup de sens pratique et l'esprit vif. Sa petite taille n'empêchait pas de grandes ambitions. Tout cela rendait fort improbable qu'on la courtisât par amour, c'est pourquoi Gemma avait fixé son choix sur Tristan Gage, léger, charmant et peu exigeant. Elle estimait qu'il serait plus malléable qu'un homme à la personnalité marquée qui ne manquerait pas d'exercer ses droits d'époux.

Tristan était pauvre et sans foyer. Il trouverait certainement à son goût de demeurer dans ce manoir, unique aux yeux de Gemma, quelque peu inconfortable mais ancien et beau. Son père en avait fait l'acquisition grâce aux bénéfices de ses ateliers de tissage. Oui, pensait Gemma, il valait mieux que ce fût Tristan plutôt que Ben Braithwaite, jeune aristocrate de la Braithwaite et fils, manufacture de laine peignée. Ben avait hérité d'une vaste maison sombre assortie à ses filatures, de toutes les traditions Braithwaite et d'une tribu de cousins qu'il aurait fallu recevoir. En outre, les intérêts de la famille primaient sur tout, sans parler de la malice de sa mère veuve.

Mieux valait épouser Tristan. Il ne prenait rien au sérieux, si ce n'est la disposition de son jabot de dentelle ou la coupe de sa redingote, mais plutôt lui qu'Uriah Colclough, maître de forges et prédicateur laïque indépendant qui ne manquerait pas d'exiger de Gemma qu'elle suive à la lettre ses principes moraux.

Tristan ne considérait la fortune de Gemma qu'en termes vagues de pur-sang, de chiens de race et de bonne chère, et tiendrait pour un manque de savoir-vivre de la questionner sur ses propres dépenses. Tandis que Jacob Lord, des Brasseries Lord, était connu pour être fort tatillon quand il s'agissait d'argent. Il y avait, aussi, l'héritier d'un baronet qui la ferait peut-être Lady Lark, de Moorby Hall, mais la saignerait à blanc pour acheter à sa demi-douzaine de frères un siège au Parlement, un commandement dans un régiment d'élite ou une plantation de canne à sucre à Antigua.

Tristan n'aimait pas Gemma d'amour, mais se montrerait correct. Tel un chat au pedigree prestigieux, il n'exigerait d'elle qu'un coussin de soie et une bonne ration de crème. Tandis que les autres auraient la prétention de faire d'elle une « épouse », c'est-à-dire l'ange de leur foyer, la source de leurs plaisirs en même temps que la mère de leurs enfants. A sa charge les chemises amidonnées et les soupers chauds ! Gemma devrait s'incliner devant l'autorité de son seigneur et maître, qui lui offrirait en retour sa protection. Elle n'aurait pour tout désir que les siens et d'autres opinions que celles choisies pour elle. Elle épouserait ses croyances religieuses et s'abandonnerait avec innocence à ses caprices sexuels. D'autre part, elle céderait à cet homme tout ce qu'elle possédait et même ce dont elle hériterait. Alors, il dirait : « Ma femme et moi ne faisons qu'un. »

La mère de Gemma avait pour sa part choisi d'appartenir à son mari, ce qui dans son cas s'était révélé très heureux.

Tristan Gage n'était pas taillé pour porter de telles responsabilités. Il traversait la vie comme un papillon, et il y avait peu de risque qu'il s'encombrât de principes gênants tels que possession et autorité conjugale. En outre, il n'avait d'avis particulier sur aucun des sujets qui importaient à Gemma.

Tristan n'accomplirait jamais rien de remarquable dans son existence, ne ferait qu'embellir le monde en l'ornant de sa charmante présence. Mais il laisserait à Gemma de l'espace pour respirer et s'épanouir.

Ce fut dans le jardin de son père, alors qu'elle ramassait des pétales de roses, que vint à Gemma l'idée de ce mariage. Épouser Tristan lui parut soudain non seulement la meilleure solution, mais l'unique. Posant son panier, elle se dirigea vers la maison pour lui annoncer la nouvelle. Mme Drubb, la gouvernante, l'arrêta pour l'informer qu'une « personne » demandait à voir ces dames.

— Une personne, dites-vous, madame Drubb ?

La curiosité poussa Gemma jusqu'au parloir qui se trouvait derrière la cuisine. On y recevait les visiteurs qu'il n'était pas convenable de faire entrer au salon. Mme Drubb faisait en général un tri sévère et les indésirables étaient rejetés sans pitié. Gemma était curieuse de voir la « personne » qui s'était faufilée entre les mailles du filet tendu par Mme Drubb.

— C'est une couturière, mademoiselle Gemma.

— Et pourquoi la recevrais-je ? Ma mère est-elle occupée ?

— Non. Mais je n'aimerais pas la déranger pour une étrangère.

Amusée, Gemma se demanda quel pouvait être le genre de la femme qui avait réussi à intimider, ou à circonvenir Mme Drubb. Ce devait être quelqu'un de redoutable, ou bien de vraiment pitoyable pour avoir touché ce vieux cœur maussade. Gemma tenait à jeter un coup d'œil dans la pièce.

— Quel genre de femme est-ce, madame Drubb ?

— Très bavarde, Mademoiselle.

Ainsi, l'étrangère avait forcé le barrage en enjôlant le cerbère. Elle devait être maligne. La première chose que remarqua Gemma, après le sac de tapisserie usé et le vieux carton à chapeau portant une inscription française, fut la beauté de l'étrangère. Mais cela n'avait pas dû émouvoir Mme Drubb. Elle n'était pas d'une beauté classique, celle d'une femme du monde au teint de porcelaine, aux yeux pensifs et à la silhouette fragile, ce que la mère de Gemma qualifiait de « à la mode ». La jeune femme ressemblait plutôt à une bohémienne, par la hardiesse des couleurs et son maintien. Ses cheveux d'ébène, l'ambre de sa peau et ses yeux turquoise faisaient un contraste éblouissant. Trop de beauté, trop évidente, pensa Gemma. Une femme de qualité se serait efforcée de paraître plus effacée afin de ne pas affoler les imaginations et ne pas attirer l'attention.

De toute évidence, c'était le genre de fille que l'on évite d'employer comme femme de chambre si l'on tient à préserver la paix de la maison, la tranquillité d'esprit des maîtres d'hôtel et la vertu des plus jeunes fils. Mais Gemma, qui n'était pas une beauté, avait décidé de ne jamais se montrer mesquine à ce sujet. Elle s'avança donc vers l'étrangère et lui fit un accueil bref mais aimable.

— Je suis Mlle Dallam. Que puis-je pour vous ?

— Je m'appelle Cara Adeane, mademoiselle Dallam. Je suis couturière en même temps que modiste et je viens d'arriver dans la région…

— D'où venez-vous ? Êtes-vous irlandaise ?

Gemma pensa que ce ne serait une recommandation ni pour sa mère, ni pour Mme Drubb.

— J'arrive de Paris, mademoiselle Dallam, de la rue Saint-Honoré plus exactement. Je travaillais dans la maison qui fournissait Mme Juliette Récamier, avec une couturière de grand talent qui m'a appris tout ce que je sais. Elle m'a d'ailleurs autorisée à copier certains de ses modèles. Puis-je vous montrer ce que j'ai apporté ?

— Vous avez dit Mme Récamier ?

Gemma sourit et n'en crut pas un mot.

Cara lui retourna son sourire, tout en soulevant d'une main le couvercle du carton à chapeau et défaisant prestement, de l'autre, le fermoir compliqué de son sac. Elle se mit à éparpiller des échantillons de tissus aux couleurs d'arc-en-ciel ; un châle de soie blanc brodé de fleurs argent, un autre parsemé de myosotis, qu'elle jeta de façon négligente mais avantageuse sur le dos d'une chaise. Elle sortit des jupons de soie surpiqués et des mousselines empesées, avec des ruchés et des volants, tous différents et garnis de dentelle. Cara insista avec révérence sur la finesse du travail. Elle parla « chantilly », « valenciennes », « point de Venise ».

— La qualité se distingue toujours, n'est-ce pas ? dit-elle.

— Absolument, murmura Gemma, pour qui la dentelle n'était, somme toute, que de la dentelle.

Puis Cara passa aux chapeaux. Elle exhiba d'abord une capote de paille naturelle dont le bord était doublé d'un ruché de soie, avec des roses sur le dessus. Elle montra, ensuite, un simple bonnet campagnard agrémenté d'un volant de dentelle et de nœuds et, pour finir, une coiffure spectaculaire, à large bord, faite de rubans de velours noir et de plumes blanches.

— Vous comprendrez que ce ne sont là que des exemples de ce que je peux réaliser. C'est la façon et le style qui importent. Vous avouerez que cela sort de l'ordinaire ! Je n'ai ici qu'un choix restreint, bien sûr, parce que je ne peux en transporter davantage. Mais il m'est possible de faire tout ce que vous souhaitez, du bonnet de nuit bordé de dentelle à la robe de bal. Un trousseau complet, en quelque sorte.

Gemma sourit de nouveau. Elle appréciait le rapide exposé professionnel fait par cette fille qui sortait d'un univers si différent du sien. Était-elle à l'aise ? Gemma n'en aurait pas juré. Elle semblait avoir un peu plus de vingt ans et devait, par conséquent, songer au mariage ; elle était audacieuse et possédait de la faconde, mais ne devait être ni trop scrupuleuse, ni trop honnête. On avait appris à Gemma que l'honnêteté est proportionnelle au niveau de la classe sociale ; dans les classes inférieures, l'honnêteté est moindre. Elle ne se sentait pas en droit de blâmer Cara. En fait, se disait Gemma, elle devait être plus jeune qu'elle ne le paraissait. Son père, avec le visage sévère qui convenait à un industriel chef de famille, aurait qualifié la fille de grue, avec dans le regard une étincelle d'amusement que seule Gemma aurait comprise. Sa mère, elle, aurait traité la jeune femme avec une supériorité cachant sa timidité, ou plus exactement la méfiance qu'on a envers un animal sauvage, espérant qu'il est domestiqué.

Gemma ne connaissait rien, après tout, des rues de Frizingley, environnement naturel de celle qui se tenait devant elle. Elle ne savait rien de la ville, à part ce qu'elle avait observé de son coupé, en été, lorsqu'elle réussissait à persuader sa mère d'aller dans les boutiques. Celle-ci avait peur de la foule, du bruit, de l'atmosphère chaude et électrique qu'elle croyait à tout moment capable de pousser les gens à l'émeute. De plus, elle redoutait d'attraper les germes d'une maladie infectieuse. De temps à autre, Gemma se rendait, toujours en landau, à la manufacture de son père. On lui montrait les bureaux, les locaux où l'on entreposait les échantillons et les modèles, mais jamais les ateliers de tissage.

Gemma était instruite et d'une éducation accomplie, capable de diriger les domestiques, de tenir les livres de comptes et de passer les commandes pour garder à jour le stock de provisions et de linge. Elle pouvait organiser un dîner ou n'importe quelle réception, même pour une assistance nombreuse. En outre, elle avait étudié le français, l'italien, le latin et l'allemand et possédait des notions de mathématiques. Et, bien que sa mère l'ait toujours suppliée de n'en pas faire mention en société, elle était au courant des tendances du gouvernement et connaissait le nom et les points de vue de chacun de ses ministres. Elle avait sa propre opinion sur le problème de l'importation du blé et aurait su expliquer pourquoi la loi qui l'interdisait devrait être abolie. Enfin, elle en savait beaucoup plus que son père ne l'eût imaginé sur l'industrie textile à Frizingley. Malgré tout cela, elle n'avait jamais dépassé seule la clôture du jardin de ses parents. Elle était toujours accompagnée d'un chaperon, une bonne, un cocher, ou sa vieille gouvernante. Il fallait préserver la délicatesse et la réputation d'une jeune fille de son rang.

C'était une règle qui ne devait pas être transgressée avant le mariage. Alors, Gemma et sa dot passeraient de la tutelle de son père à celle de son mari.

Elle tentait d'imaginer les restrictions que Tristan serait susceptible de lui imposer et doutait fort qu'il se préoccupât de lui demander, chaque soir, de quelle manière elle avait rempli sa journée. Elle sourit à Cara Adeane, tout en pensant que l'Irlandaise, habituée à aller et venir à sa guise, ne comprendrait pas les réticences de Mlle Dallam, de Frizingley Hall, au sujet du mariage. Gemma n'envisageait pas le statut de femme mariée par besoin de sécurité ou d'affection ; elle était protégée et aimée. Elle souhaitait simplement s'affranchir de la main, bienveillante, posée en permanence sur son bras et qui prétendait l'écarter de tout ce que l'on jugeait inconvenant pour sa personne. Elle voulait se libérer de la voix sentencieuse qui lui susurrait à l'oreille, depuis l'enfance, les interdits de son monde : ne pas se mêler de politique, ne pas manger de fromage, ne jamais contredire un homme.

La belle fille qui se trouvait en face d'elle et buvait des yeux le luxe qui l'entourait ne saisirait pas facilement ces raisons. Gemma, à l'inverse, savait qu'elle ignorait ce qu'était que gagner sa vie. Travailler à l'extérieur était impensable pour une femme de la bonne société. Sa destinée était donc de vivre du travail des autres et Gemma, avec honnêteté, admettait qu'elle ne saurait pas comment réagir sans la sécurité que lui offrait la fortune de son père. La liberté, dans ce cas, paraîtrait sans doute précaire : liberté d'avoir faim, comme cette fille si elle ne réussissait pas à vendre ses châles et ses bonnets.

— Nous nous fournissons toujours chez Mlle Baker de Market Street, dit Gemma.

Elle ne désirait pas être désagréable mais ne voulait pas donner de faux espoirs à Cara. Elle doutait fort que sa mère acceptât d'acheter quelque chose à l'Irlandaise. Et Gemma n'avait pas l'autorisation de passer des commandes sans permission.

Elle comptait bien changer cela quand elle serait mariée.

— Mais oui ! Bien sûr... Mlle Ernestine Baker, dit Cara.

Sa voix, à l'accent chantant, parut légèrement amusée tout en tenant à rester bienveillante sur le sujet. Les yeux bleus, pétillants, invitaient cependant à se moquer — oh ! bien gentiment — de cette brave, mais terne Mlle Baker.

— Je la connais, la pauvre femme ! Elle fait de son mieux pour rester à la page. Mais les modes passent vite de nos jours et les femmes se lassent rapidement... Sa vue baisse, c'est un fait. Cela m'attriste pour elle. A son âge, c'est inévitable, que voulez-vous ! Malheureusement, ce genre de couture nécessite une vue parfaite. Non pas que Mlle Baker couse elle-même ses vêtements... ciel ! non. Elle emploie des orphelines aux yeux d'aigle pour cela. Je veux parler de la coupe et de la broderie... Cela demande du flair. Et les orphelines, dans ce cas, ne suffisent plus. Enfin, moi, je ne m'y fierais pas.

— Je n'en doute pas, dit Gemma qui avait fort envie de rire.

Mlle Baker lui avait récemment fait une robe du soir et Gemma n'avait pas remarqué sa vue basse. La voix mélodieuse de l'Irlandaise, sa pétulance, ses gestes gracieux la séduisaient.

— Depuis quand êtes-vous à Frizingley ? demanda-t-elle.

— Trois mois, madame.

Gemma entrevit trois mois de labeur acharné, à courir par tous les temps d'une porte à l'autre en traînant ce sac et ce carton à chapeau sur lequel on avait peint, de fraîche date, « Mlle Cara Adeane, couturière et modiste ». Des mois sans grand succès, pensa Gemma, car elle n'avait détecté aucune anxiété particulière chez Mlle Baker, qui se trouvait à Frizingley Hall, quelques jours auparavant, pour présenter des modèles d'hiver à Mme Dallam.

Gemma prit brusquement conscience que, derrière son enjouement, cette fille devait être lasse, d'une lassitude que, dans son univers protégé, Gemma n'avait jamais éprouvée. Elle devait avoir faim, et soif peut-être ?

Des règles inflexibles, dictées par une toute-puissante étiquette, régissaient l'offre des boissons, et Gemma ne s'était jamais laissée aller à les transgresser. On servait le thé à ses pairs, au salon. On pouvait faire la charité d'un morceau de pain à un mendiant, mais seulement à la porte. On apportait de la soupe aux nécessiteux dans leur masure. Ou, comme sa mère, on attendait dans la voiture, non sans quelque appréhension, que le cocher eût délivré à l'intérieur de la maison la nourriture chaude enveloppée dans du foin. Les servantes offraient, quelque fois, par un après-midi chaud, une pinte de bière à un fournisseur à la porte de la cuisine. On n'y trouvait rien à redire. Mais les visiteurs de l'espèce de Cara n'avaient droit à rien, si ce n'est une dizaine de minutes prises sur un temps précieux, et un congé poli. On ne devait pas encourager les quémandeurs. La position de sa mère était ferme à ce sujet et ce n'était sûrement pas l'affaire d'une jeune fille d'innover.

Mme Dallam, tout comme Mme Drubb, aurait été horrifiée de voir que Gemma avait perdu la tête au point d'offrir un siège et une boisson à cette fille. Mais Gemma venait de décider d'accepter la demande de Tristan — il lui avait dit, à sa façon timide et charmante : « Vous savez, ma chère, je retiendrai mon souffle jusqu'à ce que vous m'ayez donné votre réponse. » Alors, pourquoi ne suivrait-elle pas dès à présent ce que lui dictait son propre jugement ? Le fait même d'hésiter lui sembla contrariant.

— Seriez-vous assez aimable pour patienter un moment, mademoiselle Adeane. Je vais trouver ma mère pour lui expliquer le but de votre visite. Je vous en prie, asseyez-vous, ces sacs doivent être lourds. Je vais demander que l'on vous serve du thé.

Gemma venait de passer outre aux conventions de son monde. Elle attendit un moment, comme si quelque chose allait se briser dans la pièce. Et, comme rien de tel n'arrivait, elle sortit, un sourire tranquille aux lèvres, dans l'intention d'annoncer la nouvelle à Tristan d'abord et à sa mère ensuite.

Mabel Dallam, épouse bien-aimée de l'industriel John-William Dallam, avait senti, depuis son réveil, que quelque chose d'heureux allait se produire. Elle était sujette à ce genre de pressentiment et aimait à penser qu'elle était un peu « voyante ». Depuis le petit déjeuner, elle avait fait part de ses prémonitions à qui voulait l'entendre : la femme de chambre, Mme Drubb et même Tristan et sa sœur Linnet. Tous deux étaient ses filleuls et vivaient avec elle depuis si longtemps qu'elle ne supporterait pas la pensée de s'en séparer. Si Gemma avait la bonne idée d'agréer la demande de Tristan, le problème serait résolu.

Mabel Dallam, la quarantaine passée, était une femme d'un « certain âge », dont le teint de porcelaine, les traits délicats, les fins cheveux blonds et la silhouette de jeune fille donnaient une impression de fragilité émouvante.

Conformément à sa propre échelle de valeurs, elle était une femme heureuse. La vie lui avait apporté tout ce qu'elle avait désiré, excepté un fils ; si sa fille était favorable à ce projet d'union avec Tristan, cette lacune serait comblée. Il n'était pas question d'obliger Gemma à se marier. Elle avait éliminé d'elle-même un certain nombre de prétendants et on avait pris la précaution de ne placer sur sa route que des jeunes gens qui convenaient. Mabel se demandait ce qui risquait de déplaire à sa fille chez Tristan.

Mabel s'était mariée dès qu'elle avait pu : en sortant du pensionnat, à seize ans. Du premier coup, elle avait décroché le favori de la saison, convoité par ses sœurs et ses cousines. Éclatante de fierté, elle s'était avancée à l'autel au bras de John-William Dallam, de vingt ans plus âgé, comme son propre père avait été de vingt ans l'aîné de sa mère. Les gentlemen ne se mariaient pas avant de pouvoir assumer financièrement leur foyer. John-William désirait convoler de la même manière que tout ce qu'il faisait, c'est-à-dire grandiose. En partie à cause de leur différence d'âge et grâce, aussi, à la docilité de son caractère, Mabel trouvait naturel qu'il dirigeât et qu'elle le suivît.

Elle l'adorait et avait placé sa vie entre ses mains. Que John-William décidât d'une chose, Mabel s'inclinait ; il avait son absolue confiance. En conséquence, son existence avait été facile, harmonieuse et dépourvue d'anxiété. Aux côtés de John-William, elle n'avait jamais eu besoin de s'inquiéter de quoi que ce fût, ni même de prendre une décision. Elle avait choisi, une fois pour toutes, le jour de son mariage, de s'en remettre entièrement à lui.

Elle n'avait jamais été accablée de soucis domestiques. Son mari avait fait fortune avant leur mariage et avait choisi, pour témoigner de son succès, cette grande maison dans laquelle il employait une nombreuse domesticité, dont l'admirable Mme Drubb. Il s'était fait un point d'honneur de considérer sa femme comme l'ornement de sa demeure, et Mabel s'était fait une joie de l'être. Elle regardait John-William plutôt comme un père que comme un amant et se flattait de n'être qu'une femme-enfant choyée et protégée.

Elle était cependant consciente que, au-delà du porche de la maison, s'étendait un vaste monde. Elle l'entrevoyait, l'été, en passant en landau dans Market Street, un mouchoir de batiste imprégné d'eau de lavande sous le nez. Elle se félicitait alors que sa bonne fortune ne l'eût pas obligée à s'y aventurer. Et, quand John-William devenait un petit peu trop autoritaire, elle s'ingéniait à le dérider d'une manière bien à elle. Elle n'élevait jamais la voix.

Mabel n'était ni très intelligente, ni très instruite et l'admettait. Elle reconnaissait que les chiffres étaient pour elle un mystère et qu'elle n'avait lu que quelques romans, mais les hommes se souciaient peu d'avoir des femmes bas-bleus. La douceur et la grâce étaient tout ce qui leur importait. Or Mme Dallam était gracieuse en tout. Tout chez elle était charmant ; ses robes à volants enrubannées, la façon dont elle grignotait quelques fruits confits en guise de déjeuner et son papier à lettres parfumé à la violette. Pour remettre son courrier, elle sortait dans un coupé aux coussins de soie, abrité d'un dais à franges. Un bonnet de dentelle était posé sur ses anglaises dorées. Ses mains voletaient tout au long de la journée, comme des papillons, autour d'une pièce de broderie à laquelle on ne la voyait jamais faire un point.

Elle n'était pas seulement touchante par son impuissance à résoudre les problèmes d'ordre pratique, mais aussi par la reconnaisance qu'elle manifestait à ceux qui l'aidaient. Les domestiques avaient envers elle une attitude protectrice et lui consacraient plus de temps que leur service ne l'aurait demandé. Elle charmait également par sa générosité spontanée ; il était aussi aisé de l'émouvoir que de lui faire tirer les cordons de sa bourse. Et, si John-William n'y avait pas veillé de près, il eût été facile de profiter d'elle.

Mabel était satisfaite de son sort et s'estimait dans une situation idéale. Elle se conformait aux règles de l'étiquette comme si elles avaient été faites pour elle. Sa propre expérience du mariage — seule carrière ouverte aux femmes bien nées — était si agréable qu'elle était déconcertée de voir sa fille unique encore célibataire à vingt-deux ans.

Bien sûr elle aimait sa fille et aurait été étonnée si on lui avait rappelé sa légère déception quand sa précieuse enfant s'était mise à ressembler à son père. Gemma était Gemma et, par conséquent, parfaite. Lorsque Mabel avait choisi le nom de sa fille, les « gemmes » auxquelles elle avait songé étaient des diamants étincelants plutôt que l'améthyste brute, enchâssée dans une lourde monture d'or, qu'était devenue Gemma. Non qu'elle fût forte ou mal bâtie, mais plutôt un peu plus charpentée que la mode ne l'exigeait. Elle avait hérité de la solidité de son père, ainsi que de ses mains carrées.

Gemma avait également les yeux bruns de John-William au lieu du regard bleu évanescent de Mabel, avec les sourcils accusés de celuici ; elle les fronçait de la même manière. Elle avait aussi son teint olive et ses cheveux raides, châtains. Le plus grave, selon Mabel, était qu'elle manquait de la plus élémentaire coquetterie qui aurait pu compenser les oublis de la nature.

La mère de Mabel avait insisté pour que sa fille portât, nuit et jour, des corsets à baleines depuis l'âge de treize ans. Mabel les avait abandonnés à son mariage, quand dormir en corset était devenu inopportun. Mais Gemma avait pleuré pour ne pas porter ces objets de torture ; sa mère n'avait jamais eu ni la détermination, ni le cœur de l'y obliger et avait permis que l'on desserrât les lacets. La taille de Gemma avait alors forci en proportion du reste de son corps, ce qui faisait paraître sa poitrine plus menue.

En revanche — Mabel insistait beaucoup là-dessus — le sourire de Gemma était ravissant, son tempérament loyal et généreux et ses talents nombreux. Elle était probablement trop instruite pour une jeune fille de son milieu, destinée par sa fortune au désœuvrement. Mabel s'était, une fois, laissée aller à parler un peu haut à Mme Braithwaite parce qu'elle avait osé qualifier Gemma de « robuste ». La même chose était arrivée avec Lady Lark, de Moorby Hall, qui, elle, avait traité sa fille « d'érudite ».

« Robuste » et « érudite », Mabel en tremblait encore. Elle se consolait en se disant que les calomnies de ces deux femmes avaient été provoquées par le dépit de voir leur fils rejeté. Gemma venait en effet de refuser les demandes en mariage de Ben Braithwaite et de Félix Lark. Elle avait également éconduit Uriah Colclough, des fonderies et Jacob Lord, des brasseries. Gemma, après tout, pouvait épouser qui elle voulait. Mabel avait décidé de fermer les yeux sur le fait que, en ce qui concernait Frizingley, le choix des prétendants possibles était pratiquement épuisé.

C'est alors qu'à l'horizon apparut Tristan Gage. Il n'eut pas l'air de faire grande impression sur Gemma, mais Mabel détecta, enfin, d'heureuses prémices de noces. Elle se mit à rêver au futur marié, si romantique. Il n'était, hélas ! pas aussi riche que les Braithwaite ou que les Colclough. Il n'avait pas de titre comme Felix Lark, mais était aussi bien né. De plus, il sortait du « grand monde » londonien, ce qui le distinguait de cette bonne société provinciale et séduisait Mabel, laquelle n'avait jamais osé s'aventurer aussi loin.

La mère de Tristan avait été la meilleure amie de Mabel. A quatorze ans, Laura Gage était déjà fascinante et très à la mode. Elle avait fait un beau mariage (alors que Mabel s'était seulement « bien mariée ») en épousant le fils cadet d'un baronnet. Celui-ci espérait hériter de l'un des nombreux titres de sa famille, dont le séparaient la santé fragile d'un cousin et le grand âge d'un oncle. Mais le sort en avait décidé autrement. Le jeune parent malade avait survécu et l'oncle s'était marié, presque sur son lit de mort, et avait même trouvé le moyen de produire un héritier. La fortune, que ce soit sous la forme d'investissements, de revenus ou de jeux de hasard, n'avait pas souri à Laura Gage.

Néanmoins, malgré toutes ces épreuves, Laura avait eu, aux yeux de Mabel, une existence palpitante. Elle avait habité Belgravia, Knigtsbridge, Cheltenham et Bath. Elle revenait dans le nord, une ou deux fois l'an, pour voir sa famille et, bien sûr, Mabel. Elle s'arrangeait, alors, pour lui emprunter — oh ! d'une façon discrète et tout à fait charmante — de petites sommes d'argent. Elle se montra reconnaissante lorsque Mabel, avec le tact qui la caractérisait, convertit en argent ses cadeaux de Noël et d'anniversaire aux enfants Gage.

Après la mort de leur père, Mabel les invita chez elle. Linnet était, à cette époque, une ravissante jeune fille de quatorze ans. Tristan était plus jeune d'un an. Par la suite, Mabel écrivit souvent à Linnet sans soupçonner qu'elle avait trouvé dans cette fille menue, blonde et si féminine, un reflet d'elle-même qui lui manquait chez Gemma.

Laura Gage et Mabel Dallam avaient toujours dit que Linnet deviendrait une beauté. Elle était destinée à épouser un gentilhomme titré. Des fiançailles, contractées à l'âge de dix-neuf ans, tournèrent court. Plusieurs prétendants ne donnèrent aucune suite à leur projet quand ils apprirent qu'elle n'avait pas de dot. A vingt-quatre ans, Linnet avait toujours ce teint de porcelaine si prisé et, comme l'avait prévu la « chère tante Mabel », elle était délicieuse, mais était totalement épuisée, bien qu'elle ne l'eût jamais admis, d'avoir soigné sa mère pendant la maladie qui avait eu raison d'elle, dans des conditions de pauvreté telles que Mabel en avait été bouleversée.

Elle s'était précipitée à la rescousse de l'orpheline et l'avait invitée à Frizingley. Avec son esprit vif et ses manières « londoniennes», qui rappelaient celles de sa mère, Linnet avait achevé de séduire Mabel.

Les longues vacances d'été de la Chambre des Communes avaient ramené de Westminster Tristan à présent adulte. Il essayait de subsister en tant que secrétaire d'un politicien obscur. Linnet prétendait qu'il gâchait sa vie. Tristan était devenu un jeune Adonis nonchalant. Grand et blond, il possédait la sveltesse racée d'un lévrier. Il ne faisait pas mystère de ses ennuis ni de l'estime qu'il portait à l'excellente table de tante Mabel.

Celle-ci s'était mise à espérer que Gemma succomberait au charme du jeune homme. Elle savait que, dans ce cas, John-William ne refuserait pas son consentement au mariage ; il avait les moyens d'offrir ce luxe à sa fille, n'ayant, d'autre part, jamais eu l'intention d'imposer un mari à Gemma.

Le jour même de l'arrivée de Tristan, Mabel avait fondé l'espoir d'unir son filleul à sa fille. La nouvelle demeure dont elle rêvait se trouvait située aux environs de Frizingley, dans un endroit préservé. Ils y vivraient tous ensemble, loin du bruit de la ville. A ce moment Gemma et Tristan pénétrèrent dans le salon ; elle, grave et « robuste », lui, nonchalant et pâle. Ils ne se tenaient pas la main, mais quelque chose avertit Mabel qu'ils venaient, ou allaient le faire. Le cœur lui manqua et elle se tourna vers Linnet.

Pour Linnet Gage, le mariage de son frère avec Gemma, ou plus exactement la dot de Gemma, était d'une importance vitale. Négligeant, pour la première fois, de se précipiter sur le flacon de sels de la « chère tante », elle la laissa se débrouiller avec ses palpitations et se précipita au-devant du couple. Elle était gracieuse jusque dans ses moments de nervosité, seule sa voix trahissait son agitation intérieure.

— Tristan ?

— Oui, répondit-il vivement.

Il ne tenait pas à prolonger plus avant l'attente anxieuse de sa sœur, sachant trop bien ce que représentait pour elle ce mariage. Elle allait enfin bénéficier de la sécurité d'un foyer en même temps que d'un rôle établi dans la société de Frizingley, à coup sûr provinciale et limitée, mais ils étaient convenus ensemble qu'il était préférable d'y évoluer que de s'accrocher aux franges du grand monde londonien, comme l'avait fait leur mère. Cette vie de faux-semblants n'avait trompé personne et elle en était morte. Il y avait aussi, pour Linnet, la possibilité d'y dénicher un mari millionnaire. Tristan avait beaucoup d'admiration pour sa sœur et, bien qu'à sa manière paresseuse, il suivait toujours ses conseils. Il lui semblait que ces Braithwaite et ces Colclough pourraient s'estimer heureux s'ils obtenaient la main de Linnet.

— Linnet, Tante Mabel ! Ne suis-je pas le plus comblé des hommes ? Gemma a dit oui.

Linnet pressa alors avec ferveur sa joue pâle contre celle de son frère et gratifia Gemma d'un baiser rapide tout en lui murmurant :

— Chérie, nous allons être sœurs.

Puis, se rappelant soudain les vapeurs de la « chère tante », elle lui apporta coup sur coup son mouchoir de batiste, son flacon de sels et son papier à lettres parfumé à la violette pour qu'elle puisse faire porter un mot à son mari aux filatures.

— Ma petite fille chérie, je suis si heureuse !

Mabel nageait dans la béatitude. Elle ne cessait d'embrasser Gemma.

— Mon Dieu ! Le fils de Laura ! Je vous souhaite autant de bonheur que ton père et moi en avons eu.

Gemma souriait de la joie de sa mère. Elle savait que le bonheur de ses parents était réel et s'attristait un peu de sa propre incapacité de désirer le même. Elle aimait pourtant son père. Elle admirait ses qualités d'homme d'affaires, sa solidité et respectait son intégrité et son jugement. Mais devenir l'épouse d'un tel homme aurait signifié une lente suffocation, peu importait que ce fût dans le velours et la soie. Elle aimait aussi Mabel, mais savait depuis longtemps que sa mère n'était qu'une poupée, qu'une colombe roucoulante. Elle était heureuse que ce genre d'union leur convînt ; en ce qui la concernait, ce ne serait qu'un piège.

Mabel, qui n'imaginait d'autre bonheur que le sien, parut un instant soucieuse.

— Tu seras heureuse, n'est-ce pas, ma chérie ?

— Oui, mère. Très heureuse.

— Alors, buvons du champagne pour fêter l'événement. Préviens Mme Drubb. Oh ! A propos, chérie, que penserais-tu d'un mariage à Noël ? Ce serait ravissant ; du houx dans l'église, du velours blanc et des roses de Noël. C'est la période idéale.

Elle voyait déjà, à la fin de l'été, l'arrivée d'un bébé qu'elle couvrirait de caresses et de dentelles. Ce serait une excellente raison de persuader John-William d'acheter la maison dont elle rêvait, loin de cette hideuse ville enfumée. Cet enfant aurait besoin d'air frais et John-William tiendrait compte de cet argument.

— La liste des invités, dit-elle soudain, le trousseau, les demoiselles d'honneur. Ciel ! Que de complications !

— Chère tante Mabel, murmura Linnet, je suis là pour vous aider.

Elles s'assirent côte à côte en papotant. Tristan souriait dans le vague en regardant par la fenêtre. Il se sentait de trop, mais ne voulait pas paraître discourtois en filant. Quand il avait rencontré Gemma, il était sur le point d'amener son cheval au maréchal-ferrant.

— Nous ferions bien d'aller prévenir mère, avait-elle dit.

Ce fut Gemma qui lui donna la permission de s'éclipser.

— Vous alliez faire ferrer votre cheval, Tristan, n'est-ce pas ? Vous devriez partir, lui dit-elle avec un sourire qu'il trouva à la fois franc et amical.

— Eh bien ! Si vous n'y voyez pas d'inconvénient...

— Aucun.

Il lui fit à son tour un sourire plein de charme et de reconnaissance. N'importe quelle jeune fille, même Linnet, aurait exigé qu'il jouât les empressés le reste de la journée. Si Gemma en avait manifesté l'envie, il s'y serait soumis de bonne grâce. Il ne se cachait pas qu'il n'était qu'un coureur de dot, ce dont il avait souvent plaisanté avec ses amis de collège, mais y a-t-il une autre solution quand les coffres de la famille sont vides, que l'on n'a rien d'un génie et que l'on tient à conserver son rang ? Cependant il estimait qu'une jeune fille qui apporte sa fortune a droit à certains égards ; il ignorait ce que Gemma attendait de lui, mais n'était pas assez stupide pour penser qu'il ne devait cette union qu'à sa bonne mine. Ce que Gemma désirait, il était juste qu'il le lui donnât. Tristan était un gentilhomme et respecterait les règles du jeu.

— Allez-y, Tristan. Le maréchal-ferrant est un homme tout-puissant et déteste qu'on le fasse attendre.

Il lui fit un autre sourire, éblouissant cette fois et s'en alla en sifflotant, de façon à convaincre ceux qu'il croiserait qu'il était amoureux. Gemma lui était reconnaissante de ne pas afficher une émotion qu'il ne ressentait pas.

Beaucoup de jeunes filles, à Frizingley, allaient envier Gemma. Mabel parlait toujours avec volubilité. Bientôt, son père allait revenir des filatures et, avant de donner un consentement définitif, voudrait débattre des clauses du contrat ainsi que des arrangements que nécessitait sa dot. Il ne manquerait pas de parler de la carrière de Tristan ; la position de secrétaire d'un obscur politicien ne l'impressionnait pas. Gemma se disait qu'une fois ces problèmes d'ordre matériel réglés, elle réussirait à le persuader d'offrir à sa mère la maison dont elle rêvait afin de lui laisser celle-ci.

John-William n'abandonnerait jamais Frizingley Hall si ce n'était pour Gemma. L'achat de cette étrange et sombre demeure représentait le couronnement de sa carrière. Avec ses plafonds bas, ses minuscules fenêtres à meneaux, ce manoir avait été, durant des générations, le siège de la famille Goldsborough, seigneurs de Frizingley. Il n'avait jamais oublié sa joie le jour où il avait fait de son épouse la maîtresse de Frizingley Hall.

Mabel n'avait jamais apprécié le manoir. Son histoire, ses lettres de noblesse, d'un si grand prix aux yeux de John-William et de Gemma, ne compensaient pas sa situation en bordure de Frizingley. Jadis, la maison se trouvait en dehors de la ville, sur une pente boisée, mais elle avait été l'une des premières touchées par l'expansion industrielle. Les Goldsborough ne se rendirent pas compte lorsqu'on découvrit du minerai de fer sur leurs terres et qu'ils en cédèrent les droits d'exploitation à M. Colclough, premier de la lignée, que cela l'amènerait à construire une fonderie. L'usine, à son tour, nécessita l'embauche de main-d'œuvre qu'il fallut loger. C'est pourquoi l'on voyait à présent des alignements de pauvres maisons, des rangées de misérables boutiques ainsi qu'une quantité impressionnante de pubs, car il était de notoriété publique que les ouvriers qui travaillaient aux aciéries étaient des assoiffés. Arriva ensuite un certain M. Lord, également premier de sa lignée. Il ouvrit une brasserie. Les maisonnettes se multiplièrent et le tapage s'accrut. Des chevaux, attelés à des charrettes grinçantes, montaient et descendaient la colline tout au long du jour. On fut envahi de gamins qui ramassaient du crottin pour le revendre, en pataugeant dans les rigoles des égouts au milieu des mouches et des chiens. Les Goldsborough, consternés par la profanation de leurs prairies, le massacre de leurs arbres et désespérés de voir leur seigneuriale intimité envahie, vendirent le manoir à M. John-William Dallam, des filatures du même nom. Il faut dire qu'ils avaient perdu le peu de fortune qu'il leur restait.

La famille se dispersa. Quelques-uns épousèrent des filles bien dotées, d'autres trouvèrent refuge dans l'armée, les plus hardis s'en furent dans des pays exotiques établir des plantations de café, ou de thé. On racontait que l'un des membres du clan était allé en prison. Un seul d'entre eux avait réapparu à Frizingley, le « capitaine » Goldsborough, de sinistre réputation. Son allure militaire, sa peau tannée par le soleil des tropiques avaient contribué à cette appellation. Il était venu, quelques années auparavant, reprendre possession des propriétés immobilières en ruine qui constituaient l'héritage des Goldsborough. Puis il s'était établi au *Fleece*. Et, bien qu'il fût gentilhomme de naissance et d'éducation, il avait souvent rendu Mabel fort nerveuse, balayant le rêve romantique que le dernier des Goldsborough aurait pu être un mari idéal pour Gemma.

« Ce n'est pas envisageable », avait décrété John-William. La désaffection de Mabel pour le manoir datait de cette époque, mais ce n'était qu'un prétexte. Elle avait commencé à se lasser de ses poutres et de ses planchers grinçants quand les Braithwaite avaient fait construire leur château néogothique et que les Colclough ainsi que les Lord avaient émigré hors de la ville. Leurs spacieuses demeures, hautes de plafond, avec des balcons de fer forgé et des ornementations de maçonnerie faisaient l'envie de Mabel.

Peu après, elle avait commencé à fréquenter les Lark, de Moorby Hall. Eux possédaient une demeure « Queen Anne ».

Gemma n'était impressionnée ni par le capitaine Goldsborough, ni par les portraits de ses ancêtres qui ornaient la galerie du premier étage. Elle aimait ces pièces fraîches, sereines du poids des ans, recelant des coins d'ombre traversés de rais de lumière inattendus. Le jardin, avec ses vieux arbres et ses allées de pierres effritées par le temps, était clos par un mur où grimpait le lierre. D'un côté, il était aussi paisible qu'un cloître, de l'autre, il donnait sur une rue bruyante dont l'animation était, pour Gemma, une source de stimulation plutôt qu'une nuisance.

Elle était certaine qu'avec un peu d'ingéniosité elle persuaderait son père de lui céder la maison, afin d'y vivre à sa guise et commencer enfin sa vie d'adulte.

Sa mère discourait toujours avec fièvre.

— Des jupons, dit-elle. Et des chemises, bien sûr. Il en faut au moins quatre douzaines de chaque, n'est-ce pas ? Mon Dieu ! Je me demande si Mlle Baker aura la possibilité de nous fournir tout cela en temps. Que faisons-nous pour les robes des demoiselles d'honneur ? Et pour les robes du soir ? Mais j'y pense, toutes nos invitées vont également se commander de nouvelles tenues. La pauvre femme ne pourra jamais faire face à cette avalanche de travail. Je sens que je vais faire des cauchemars à la pensée qu'elle nous laisse tomber.

— Il y a beaucoup d'autres couturières, murmura Linnet. A Manchester, par exemple, ou bien à Londres.

Linnet était en train d'aiguiller habilement la « chère tante » en direction de la capitale. Un voyage là-bas serait fort plaisant, pensait-elle, tout en projetant de se constituer un trousseau aux frais de Mabel. Gemma, dont l'esprit était toujours à l'organisation de sa vie future, sentit que les rênes lui échappaient. Elle se rappela soudain l'Irlandaise qui attendait au parloir avec son sac si lourd et ses dentelles.

— Oh ! Mère, à propos, dit-elle vivement afin que Linnet pût déceler l'autorité qu'elle mettait dans sa voix, une jeune femme attend au petit salon. Elle est couturière et, si j'en juge d'après ce qu'elle m'a montré, elle paraît avoir beaucoup de talent. Comme nous parlons chiffon, je vais la chercher.

Et elle s'engouffra dans le couloir. Si Gemma n'était pas encore la maîtresse de maison, elle n'était plus tout à fait une jeune fille soumise. Elle poussa la porte du parloir et dit très aimablement :

— Mademoiselle Adeane, je viens juste de me fiancer. Vous pouvez me féliciter.

— Mais comment, mademoiselle Dallam !

D'un œil expert, Cara prenait déjà les mesures de Gemma. Elle imaginait du satin broché pour la robe de mariée, des vêtements de voyage pour la lune de miel hivernale, des chapeaux à plumes ainsi que des gants brodés.

— Vous allez avoir besoin d'un trousseau, dit-elle.

— Je crois bien, répondit Gemma. Voulez-vous m'accompagner au salon que nous puissions en parler.

Le sourire de Cara ne portait plus aucune trace de lassitude.

— Avec joie, mademoiselle.

A son grand étonnement, elle nota une pointe de malice dans le sourire grave que lui retournait Gemma tandis que les sourcils bruns se fronçaient avec espièglerie.

— Parfait. Si j'étais à votre place, j'éviterais de mentionner Mme Récamier. Cela pourrait créer quelques confusions. Quant à la dentelle, ma mère ne fera pas la différence entre « chantilly » et « point de Venise ». En revanche, j'ai l'impression que ma future belle-sœur y trouvera son compte.

CHAPITRE IV

Linnet Gage ne partageait pas l'enthousiasme de Gemma pour sa « protégée », comme elle l'appelait. Si elle ne la critiquait pas ouvertement, elle s'arrangeait cependant pour laisser tomber d'une voix unie à l'oreille de Mabel quelques remarques désobligeantes sur le manque de fiabilité des étrangers : « On peut se demander d'où sortent des filles comme celle-ci, ou, pire, où elles vont. »

Or Mabel, tout à l'enchantement de son nouveau statut de mère d'une future mariée, ne prêtait aucune attention aux insinuations doucereuses de Linnet. Les évocations de logements sordides, de petite vertu et de gin lui passaient par-dessus la tête, et elle ne se laissait pas non plus émouvoir par le spectre des microbes — pourtant sa grande terreur — transmis par la voie d'un ourlet de robe, d'une semelle de chaussure, ou d'une aiguille à broder. On aurait dit que Linnet voulait la persuader que les germes de la typhoïde, du choléra et de la vérole allaient se déposer dans les incrustations de dentelle de la lingerie ; contaminer les douzaines de jupons, de chemises de nuit, de camisoles et cet autre sous-vêtement que Mabel avait commandé pour Gemma à titre d'essai mais qu'elle ne nommait jamais. Linnet se méfiait instinctivement de l'Irlandaise parce qu'elle était belle et qu'elle avait été amenée par Gemma.

Cara avait quitté le manoir et hâtait le pas en direction de la rue St Jude. En longeant les baraquements de la brasserie ainsi que ceux des aciéries, elle ne sentait plus ni le poids de son sac, ni celui de son carton à chapeau. Elle jubilait. L'hostilité de Mlle Linnet Gage ne la troublait pas outre mesure. Elle l'avait perçue, car détecter les antipathies et les désarmer faisait partie de son métier. Elle ne sous-estimait pas, pourtant, l'influence que cette jeune fille sans fortune, mais maligne, pouvait exercer dans une maison, particulièrement sur une femme comme Mme Dallam dont l'esprit était, à coup sûr, fort indécis. Miraculeusement, et pour des raisons sur lesquelles elle n'avait pas le temps de s'interroger, Mlle Gemma Dallam s'était entichée d'elle. Et, par chance, la jeune fiancée serait bientôt maîtresse d'une demeure dans laquelle il y aurait des domestiques à habiller et de l'argent à dépenser. Après ces trois interminables mois sans travail, excepté quelques chapeaux à remodeler pour presque rien ou bien une vieille robe du soir à mettre au goût du jour, elle tenait enfin une vraie commande.

En songeant à la qualité du travail qu'il lui faudrait fournir pour impressionner Mme Dallam et satisfaire à l'examen de Mlle Gage, Cara avait décidé de ne rien coudre elle-même mais d'en charger sa mère qui était infiniment plus habile qu'elle à cette besogne. Elle s'était cependant bien gardée de mentionner ce détail devant les Dallam.

Depuis l'arrivée de sa fille à Frizingley, le moral d'Odette s'était amélioré, bien que Cara la trouvât encore trop tranquille. Taciturne et perdue dans ses songes, Odette n'avait pas le tonus nécessaire pour faire bonne impression sur les clients.

Le soir de son arrivée, après avoir quitté Daniel, Cara avait trouvé sa mère dans l'état qu'elle redoutait tant : murée dans une douleur sans espoir et sans larmes. Elle rappela à Cara la veuve de Liverpool, assise à même le sol du quai, attendant, avec une désespérance glacée, d'être ramassée par les autorités et enfermée dans un asile ou bien laissée en liberté pour mourir de faim. Son sort ne semblait plus la concerner.

L'expression d'Odette était semblable à celle de cette femme, audelà de l'angoisse. Elle était prête à mettre le cou dans le nœud coulant de la corde, mais avec dignité, et presque du soulagement. Cara avait pris sa mère dans ses bras et l'avait secouée pour l'obliger à réagir. Puis elle lui avait rappelé l'existence de Liam.

— Mère, je t'aime, avait dit Cara. Je t'aime et j'ai besoin de toi. Liam aussi.

Avec un pauvre sourire, Odette avait baissé la tête en signe d'acquiescement ; mais elle ne désirait pas sortir de la torpeur maladive dans laquelle l'avait plongée le départ de son mari, qui, en lui faisant perdre le goût de vivre, l'avait aussi préservée de l'acuité d'une trop grande douleur.

— Il est parti si loin cette fois, Cara.

— Je sais, mère.

Les mots aigres et les reproches avaient expiré sur les lèvres de Cara. A quoi bon dépenser son énergie ; son père ne reviendrait pas et sa mère le savait. Tant qu'il serait dépendant de sa sœur, il ne demanderait pas non plus à Odette de le rejoindre. Cela, elle le savait aussi. Et, en admettant qu'à New York il eût une vie plaisante, il se pouvait qu'avec la maturité il perdît le goût de rêver. Alors, pressentait Cara avec amertume, il ferait une croix sur son passé et construirait une nouvelle vie.

Elles devaient donc s'organiser sans lui.

— Il paraissait las, avait murmuré Odette, et il avait peur.

— Moi je n'ai pas peur, mère.

Elle mentait. Serrées l'une contre l'autre dans le jour déclinant sur cette ville étrangère, son courage était un leurre, comme souvent. L'angoisse la tenaillait. Seul un demeuré aurait pu échapper à ce sentiment, pensa-t-elle.

— Je ne vois plus d'avenir pour nous, Cara.

Mais la jeunesse de Cara, son appétit de vivre se révoltaient. Elle avait dix-neuf ans et au moins une centaine d'années devant elle.

— Il y a toujours une solution à tout, mère.

Odette avait fait son pauvre sourire, puis secoué la tête et s'était de nouveau retirée en elle-même, retombée dans la torpeur qui la recouvrait comme un suaire. Elle n'attendait plus rien, elle avait tout perdu, argent, emploi, mari. Il ne lui restait que la dette qu'elle ne pourrait jamais rembourser. Elle se sentait lasse, mais sans crainte. Elle n'avait qu'un désir, s'asseoir n'importe où et attendre la fin.

Cara saisit sa mère par le coude et l'entraîna vers la maison des Thackray. Une fois là, elle la poussa vers Liam, puis, avant que Sairellen ait pu l'arrêter, elle repartit chez Mlle Ernestine Baker dont le cœur aride et virginal avait été éveillé à l'amour et en avait mesuré la cruauté par la faute de son père, Kieron Adeane.

Alors, dans la boutique sombre et imprégnée d'odeurs de tissu, elle s'était offerte humblement comme nouvelle victime destinée à apaiser la colère jalouse de la modiste. La vieille fille était ulcérée d'avoir entretenu des sentiments si coupables pour un vaurien d'Irlandais, lequel les avait à peine remarqués et, pis, lui avait préféré sa terne petite épouse étrangère.

« J'ai une grande expérience dans la profession », avait murmuré Cara d'un ton soumis qui signifiait : « Vous avez maltraité ma mère, si tel est votre bon plaisir, vous pouvez agir de même avec moi. » Odette n'avait pas compris le besoin de Mlle Baker de lui faire mal. Cara savait qu'une vieille chatte jalouse a tendance à griffer. Et celle-là pouvait l'égratigner aussi fort qu'il lui plairait pourvu qu'elle lui donnât du travail.

— Quel genre d'expérience ?

Cara s'était bien gardée de souffler mot de Paris. L'aspect contraint de Mlle Baker et la qualité discrète de sa marchandise n'avaient rien de commun avec la rue Saint-Honoré. Elle s'était étendue sur son apprentissage à Edimbourg, ville plus sérieuse, ainsi que sur son travail comme ouvrière qualifiée à Dublin.

— A mon avis, avait susurré la modiste, les personnes d'origine celte ne sont pas fiables. Et, croyez-moi, c'est une opinion assez répandue dans cette ville. Vous trouverez bien des portes fermées aux... Celtes.

— Je suis certaine que vous avez raison, avait émis Cara dans un souffle.

L'intonation de sa voix promettait une soumission totale. Elle s'offrait à expier la faute de son père, de n'importe quelle manière et aussi longtemps que la modiste l'entendrait, pourvu qu'on lui payât ses gages.

La vieille fille à la réputation sans tache s'était laissé tenter.

— Les horaires de travail de notre établissement, avait alors dit Mlle Baker, le dos raide, les lèvres pincées, certaine que cette écervelée ne pourrait s'y astreindre, sont de douze heures par jour ; de six heures du matin à six heures du soir, y compris le samedi. Cela, bien sûr, quand nos conditions de travail sont normales. Dans les périodes chargées, à Pâques par exemple, lorsque ces dames renouvellent leur garde-robe, ou à l'occasion d'un bal donné à la salle des fêtes — toutes mes clientes y sont évidemment conviées —, j'entends que mon personnel reste à l'atelier jusqu'à ce que tout soit terminé. Cela donne quelque dix-huit heures par jour, parfois vingt.

— Bien sûr, mademoiselle Baker.

Le ton de Cara sous-entendait que ces conditions lui paraissaient normales et qu'elle possédait trop de bon sens pour imaginer que la modiste payait des heures supplémentaires.

— Parfait, avait continué Mlle Baker étirant ses lèvres minces en un sourire satisfait et exposant ainsi aux regards une denture proéminente. Laissez-moi vous donner, Adeane, un aperçu de l'effort qui va vous être demandé. L'hiver dernier, juste avant la saison des fêtes, les commandes de robes furent si importantes que mes ouvrières, ainsi que mes apprenties n'eurent pas une minute pour changer de vêtements pendant sept jours entiers. Elles restèrent à l'atelier tout ce temps et dormirent à tour de rôle sur le matelas que j'avais mis à leur disposition. Elles ne quittaient même pas le travail pour prendre leurs repas. Je les faisais servir à leur table. Pour gagner du temps, je demandais à la femme qui fait office de cuisinière de couper leur viande. Ma réputation d'excellence dans ce métier est telle que ces dames de Frizingley et celles des environs refusent de se fournir ailleurs que chez moi.

— On ne peut que vous en féliciter, mademoiselle Baker.

— N'est-ce pas ? D'autre part, j'exige de mon personnel une conduite irréprochable, ainsi qu'un caractère égal. Les petites mains quittent souvent leurs ateliers à une heure avancée et rentrent chez elle à la tombée de la nuit. Inévitablement, il arrive qu'elles se fassent accoster par des hommes d'un genre douteux. Ce qui a donné à cette profession une réputation de laxisme moral que je ne tolère pas chez mes employées. On prétend même, avec de bonnes raisons sans doute, que durant la morte-saison certaines couturières arrondissent leurs revenus en accordant leurs faveurs à des hommes pour de l'argent. Vous comprenez ce que je veux dire ?

— Oui, mademoiselle Baker.

— Je vous prie donc de noter que je n'admets en aucune façon que les fluctuations saisonnières affectent le niveau de moralité de mes ouvrières. J'ai eu, dans le temps, une concurrente dont le commerce ne s'est jamais relevé de la conduite relâchée de ses employées pendant la crise de 1831. Ces dames ne tiennent pas à ce que leurs vêtements soient épinglés sur elles puis cousus par des mains douteuses. Ce n'est pas seulement l'indécence qui les effraie mais aussi la possibilité d'attraper certaines maladies.

— Je vous comprends, mademoiselle Baker.

— Je récapitule donc : pas de scandale. Il est également hors de question que vous vous pavaniez devant les clientes, ni que vous fassiez le moindre commentaire sans y avoir été expressément invitée. Par moi, s'entend. Auquel cas, vous vous contenterez d'abonder dans mon sens. Le reste du temps, quand on vous appellera pour un essayage, gardez la bouche pleine d'épingles et les yeux fixés sur votre travail.

— Oui, mademoiselle Baker.

Cara calcula rapidement que son salaire suffirait à payer la pension d'Odette chez Sairellen Thackray et, avec un peu de chance, celle de Liam. Sa propre subsistance ainsi que le paiement de la dette contractée par son père étaient un autre problème.

S'il était douteux que la loi anglaise la tînt pour responsable de ce remboursement, il était certain que le code personnel du propriétaire du *Fleece* l'y obligerait.

Cette nuit-là, Liam partagea le lit d'Odette. Avec joie, supposa Cara, car elle n'eut ni le temps, ni la force de le lui demander. Elle s'installa dans la cuisine sur le fauteuil de bois, seul accommodement que Sairellen consentit à lui offrir. La pièce était froide la nuit et paraissait désolée sans son feu, sa buée et les odeurs de linge qui séchait et de ragoût qui mijotait. Luke Thackray, sans sympathie particulière, mais tranquillement, fit ce que sa conscience lui dictait : il apporta un oreiller, puis une couverture et commença à empiler du charbon dans la cheminée.

— C'est ça, mon garçon, dit sarcastiquement sa mère, ne lésine surtout pas, empile tout ça. Il y en a d'autre à la mine. Pas besoin de t'en faire pour ce qui reste dans la cave de ta mère.

Luke savait bien que ce n'était là que la manifestation d'une affection bourrue. Il aurait pu lui rappeler qu'ayant payé sa part de charbon il était en droit d'en user comme bon lui semblait. Mais il sourit à Sairellen et entreprit, avec une précision d'architecte, de construire une pyramide de boulets destinée à se consumer lentement et à tenir toute la nuit.

Le jeune homme était ainsi fait.

Le lendemain, à quatre heures et demie du matin, il lui avait apporté un bol de thé brûlant. Il avait même poussé la délicatesse jusqu'à lui donner un broc d'eau chaude et une cuvette pour sa toilette afin qu'elle pût se montrer sous son meilleur jour pour sa première apparition à l'atelier de Mlle Baker. Par extraordinaire, Sairellen avait rompu avec ses principes habituels concernant les chiens errants. Elle savait bien qu'un ouvrier mal nourri perd tôt ou tard son gagne-pain. Elle avait donc offert à Cara la tartine au lard qu'elle préparait habituellement pour le petit déjeuner de Luke à l'usine.

Luke rentrait déjeuner chez lui. Sairellen lui servait en général une tourte aux pommes de terre et au bacon avec une soupe d'orge. Les travailleurs, tout comme les machines, avaient besoin de combustible pour fonctionner. Sairellen se demandait de quelle façon Cara calmerait sa faim pendant ses douze heures de captivité. Alors, craignant de regretter son bon mouvement, elle avait rapidement fourré dans les mains de la jeune femme une seconde tranche de pain accompagnée de lard, le tout enveloppé dans une serviette rouge et blanche soigneusement nouée. Un vrai casse-croûte d'ouvrier.

— Pas assez délicat pour Mlle Baker, je suppose. Mais si cela peut t'empêcher de tomber d'inanition dans les cartons à chapeau, comme ta mère...

Cara lui avait souri avec reconnaissance, puis elle était sortie dans l'air humide de Frizingley, Luke Thackray sur ses talons, portant lui aussi son casse-croûte empaqueté sous son bras. Il se fondit dans la colonne de fourmis qui progressaient à trois ou quatre de front en direction de l'usine. Ceux qui avaient le pied moins léger redoutaient toujours d'être en retard et de ne pouvoir franchir les grilles. Chez M. Ben Braithwaite, tout comme chez M. John-William Dallam, on les fermait cinq minutes après la sirène, à cinq heures et demie. Elles n'étaient rouvertes qu'à huit heures pour la pause du petit déjeuner. Et qui, dans cette foule, pouvait s'offrir le luxe de soustraire de son maigre salaire deux heures et demie de travail ?

Le plus gros de la troupe était composé de femmes emmitouflées dans des châles qui les protégeaient du froid tout en respectant leur anonymat. Leurs sabots de bois résonnaient sur les pavés. Il y avait beaucoup d'enfants aussi, quoiqu'ils fussent un peu plus âgés que ceux que l'on avait l'habitude de voir, sept ans auparavant, avant la notification de l'« Acte » interdisant aux patrons d'employer des enfants de moins de neuf ans. Cara, ce matin-là, en avait pourtant remarqué un bon nombre qui ne paraissait pas dépasser les six ou sept ans. Mais qui mieux qu'une mère connaissait la date de naissance de son enfant ? Croire ces femmes sur parole arrangeait beaucoup de contremaîtres. C'est pourquoi on voyait arriver à l'usine, par paquets, de pauvres enfants chétifs au teint terreux, à la colonne vertébrale déviée et aux jambes torses. On obtenait ce résultat, rachitisme ou dégénérescence, pour avoir forcé trop tôt de jeunes os tendres. L'« Acte » impliquait également une réduction des heures de travail ; pas plus de quarante-huit heures par semaine pour les enfants entre neuf et treize ans. A partir de dix-huit ans, les horaires pouvaient atteindre soixante-huit heures.

Sairellen Thackray avait connu pire de son temps. Odette, elle-même, avait eu des journées plus longues que celles de sa fille, le nez sur un travail exténuant, dans des ateliers exigus où les inspecteurs chargés de faire respecter le décret ne se montraient jamais ; d'ailleurs il n'était pas certain qu'on les eût laissés entrer.

Les parents envoyaient leurs enfants au travail parce qu'ils avaient besoin d'argent. Il en avait toujours été ainsi. Et Gemma, en jeune fille évoluée, détestait le spectacle de ces petits, vieillis prématurément, franchissant chaque matin les grilles des filatures de son père. Celui-ci lui avait rappelé sèchement qu'elle n'avait qu'à suivre l'exemple de sa mère ; éviter de les regarder. Cette scène était si familière à Cara, que, ses préoccupations l'emportant, elle n'y prêtait plus attention.

Un enfant venait de se cogner à Cara et Luke, qui observait la jeune femme aidant le gamin à reprendre son équilibre, lui demanda à brûle-pourpoint.

— N'auriez-vous pas préféré emmener votre petit bonhomme à l'usine, ou à la mine ?

— Jamais !

— Je ne le ferai jamais non plus. C'est une coutume infâme, une abomination.

Malgré la force de sa déclaration, il avait prononcé ces mots posément, sans émotion apparente.

Mais Cara ne voyait pas de possibilité de changement ou même d'amélioration.

— Avez-vous entendu parler de Richard Oastler ? avait repris Luke.

Ce nom ne disait rien à Cara. Et, à moins que cet homme ne possédât une boutique de nouveautés ou bien fût sur le point d'ouvrir une fabrique d'éventails, elle n'avait aucune envie d'en entendre parler.

— Oastler, de Huddersfield ? On l'appelle le Roi des Usines.

Cara imagina un homme puissant et son intérêt s'éveilla.

— Il est le leader du mouvement des « Dix Heures ». Vous connaissez au moins cela ? Dix heures de travail par jour, pas seulement pour les enfants mais aussi pour les adultes.

— Est-ce une nouvelle loi ?

Luke secoua la tête.

— Non. Mais si la loi présente avait été proprement rédigée, vous ne verriez pas tous ces petits somnambules. Ils se trouveraient encore au lit ou bien se prépareraient à aller à l'école, où ils devraient être. Ainsi, je ne serais pas obligé d'avoir les yeux fixés sur eux à longueur de journée pour les empêcher de s'endormir sur leur travail. Un de mes frères perdit un bras en s'assoupissant sur son métier. Parfois, ce sont les cheveux qui sont happés par les machines. Dans ce cas, ils sont scalpés. Je leur demande donc d'attacher leur chevelure, mais tous les contremaîtres ne me ressemblent pas. Vous avouerez que douze heures de travail par jour à neuf ans avec, quelquefois, cinq kilomètres à faire à l'aller comme au retour… il y a de quoi vous donner envie de dormir. Pauvres gosses ! A l'usine, un enfant qui dort c'est un enfant mort. Cela vous expliquera l'utilisation de martinets par certains surveillants. Mieux vaut un coup sur le dos que des bras et des jambes entre les courroies de transmission. Oastler se bat pour faire cesser tous ces abus.

— Êtes-vous de ses partisans ?

Luke lui jeta un regard sarcastique. Ses yeux pâles prirent une expression sagace doublée d'un humour indulgent.

— Et comment ! Ben Braithwaite me mettrait à la porte s'il l'apprenait. J'ai fait cent cinquante kilomètres derrière Oastler en compagnie de ses partisans du West Riding. Il y a huit ans, lorsque nous luttions pour obtenir la promulgation de l'« Acte », Oastler avait appelé à un grand rassemblement au Castle Yard de York. Nous y sommes tous allés à pied, hommes et femmes, Oastler en tête. Une fois là-bas, il trouva même la force de rester cinq heures debout pour nous haranguer et, au retour, il assista au bal que nous avions organisé à Huddersfield. Quatre jours sur les routes, pour, en définitive, être abusés par une petite loi truquée ! Nous avions demandé dix heures de travail par jour pour les femmes et les enfants, sachant qu'il n'aurait plus été rentable de laisser tourner les machines uniquement pour occuper les hommes. Nous espérions ainsi que ce serait dix heures pour tous. Nous n'avons obtenu que douze heures pour les plus jeunes, ce qui signifie pas de répit pour les autres. Les patrons font tourner les gosses par équipes, ils peuvent ainsi tenir les filatures ouvertes jour et nuit. Oastler a manifesté son désaccord, on l'a jeté en prison. Il s'y trouve toujours.

Cela rappela vaguement quelque chose à Cara. En un éclair, le souvenir de Daniel Carey la frappa. Elle le revoyait, calé contre les ballots de calicot dans la charrette du colporteur, racontant que l'homme qu'il devait rencontrer à Leeds se trouvait actuellement en prison parce qu'on lui reprochait d'avoir propagé des idées subversives, comme le droit de vote pour la classe ouvrière et l'attribution d'un salaire aux membres du Parlement.

— Est-il en prison pour trahison ?

Pouvait-on appeler trahison l'intérêt porté aux horaires de travail des ouvriers ? Non, certes. Mais il ne fallait surtout pas tarir une source de main-d'œuvre si bon marché, origine de bien des fortunes, à Frizingley et ailleurs. Là était le crime.

— Non, pas pour trahison, dit Luke, pour dettes. Oastler avait mis tout ce qu'il possédait dans le « mouvement ». Il avait même emprunté, ce qui faisait de lui une proie facile pour ceux qui désiraient le voir hors du circuit. Il a été envoyé à la prison de Fleet Debtors à Londres, il y a quelques jours.

Luke remarqua une lueur d'ironie dans le regard de Cara. « Tiens ! encore un de ces idéalistes, se dit-elle. Un de ceux qui prétendent sauver le monde et ne savent même pas s'occuper de leurs propres affaires. » Il s'abstint alors de lui raconter qu'un dixième de son salaire qu'il percevait comme contremaître aux filatures Braithwaite allait non pas à une église, comme c'était l'habitude chez beaucoup, mais à la famille de Richard Oastler.

Ils venaient de traverser Market Square. Leurs chemins se séparaient.

— Ne vous en faites pas pour le petit, dit Luke, ma mère ne le jettera pas dehors. Elle a fait les cent cinquante kilomètres à pied avec moi derrière Oastler pour défendre ces gosses qui travaillent à l'usine. Alors, il n'est pas question qu'elle y envoie le vôtre. Si elle peut l'aider, elle le fera.

— Si moi je peux l'aider, voulez-vous dire ?

— C'est ça, en effet.

Il lui avait souri et ce fut comme s'il venait de lui donner une poignée de main encourageante et amicale.

Cara remercia le jeune homme. Il lui plaisait. Elle lui était reconnaissante de n'avoir pas gâché la limpidité de leurs relations avec les fadaises habituelles, auxquelles elle avait dû si souvent faire face. Elle se dirigea vers la boutique de Mlle Ernestine Baker afin d'entamer sa journée de douze heures à ourler des volants de batiste pour le trousseau d'une autre. Et, lorsque le silence imposé par la modiste devenait trop pesant, elle avait tout le loisir de penser à Daniel Carey.

Elle s'avouait qu'elle était amoureuse. Le sentiment qu'elle éprouvait à l'égard du jeune homme ne ressemblait en rien à l'amour léger et tendre qu'elle avait eu pour le père de Liam. Il lui en restait, malgré les conséquences embarrassantes, comme une douceur, un éclat de gaieté. Ce qu'elle ressentait pour Daniel était d'une autre sorte, une passion dangereuse, plus proche de celle qu'Odette éprouvait pour Kieron. Cara en connaissait les effets dévastateurs pour les avoir observés chez sa mère. Elle devait s'en protéger à tout prix.

Elle se pencha sur son ouvrage, de peur que ses traits ne révèlent à l'œil perçant de la modiste les sentiments qui l'agitaient : par exemple, que Cara était prête à faire, nu-pieds, le tour du monde si c'était en compagnie de Daniel. Qu'elle accepterait d'être abandonnée dans des endroits sinistres, comme sa mère, pour accourir ensuite le cœur battant sur un signe de lui, tout en s'imaginant, en ces moments passionnés de retrouvailles, être une femme comblée. Chose terrible à imaginer ! S'il avait surgi, là, en ce moment, elle aurait laissé tomber ses morceaux de batiste et sauté par la fenêtre pour le rejoindre. Elle aurait volé jusqu'à lui, transformée, exaltée par l'amour. Du moins, si elle n'avait eu d'autres responsabilités que la sienne, or il y avait Odette et Liam. Une partie d'elle-même, cependant, se révoltait contre cette tyrannie, cette sorte d'asservissement. D'autre part, il n'était pas question de gâcher sa vie à la poursuite de grands idéaux, guère plus rassurants que les chimères dans lesquelles se complaisait son père. Ce n'était pas eux qui la réchaufferaient l'hiver, pas plus qu'ils ne lui sauraient gré de son sacrifice.

Pourtant, Odette lui avait souvent répété qu'on ne rencontre le grand amour qu'une fois. Elle en mesurait l'intensité chez sa mère et venait d'en éprouver la force dans son propre cœur, bien que ce sentiment chez elle fût loin d'être aussi confiant que celui de sa mère. Si c'était cela le vrai amour, il faisait peur. Il l'émerveillait en même temps. Elle se sentait fragile, folle et rayonnante d'un bonheur ridicule, alors qu'il n'y avait pas de quoi se réjouir. La peur l'emportait. Elle avait peur de lui, et d'elle. Elle se demandait à quoi elle serait réduite si elle s'abandonnait à cet amour jusqu'à ne plus s'en passer, jusqu'à prendre le risque de devenir l'ombre de la désolation. Comme Odette.

Mieux valait ne plus revoir Daniel, jamais. Il était plus sensé et moins dangereux de se contenter d'émotions mineures, comme la sympathie, l'affection ou bien de ces plaisirs négatifs qu'étaient le fait de ne pas se consumer, de ne pas agoniser pour un homme. C'était bien entendu moins exaltant, mais on était ainsi sûr de garder le contrôle de sa vie et de ne pas courir à l'abîme. Cara s'était courbée un peu plus avant sur son ouvrage et avait commencé une prière, espérant qu'un saint ou un ange consentirait à l'écouter. « S'il vous plaît, venez-moi en aide.

Vous savez qu'en général je me débrouille seule, mais vous ne pouvez pas exiger que je me batte sur tous les fronts. Je ne vous demande pas de veiller sur ma mère et sur Liam, ou de me trouver de l'argent pour payer ma pension. Aidez-moi juste à ne pas perdre la tête pour Daniel ! »

A la fin de la journée, elle écouta patiemment les recommandations de Mlle Baker concernant la façon dont elle devait se conduire dans la rue : raser les murs comme une nonne, ignorer les regards entreprenants des hommes qu'elle croisait, enfin, rentrer droit chez elle se mettre au lit de manière qu'elle fût fraîche et dispose pour reprendre le travail le lendemain.

— Oui, mademoiselle Baker, avait-elle murmuré.

Et elle s'était dirigée vers le *Fleece* dans l'intention d'y rencontrer son propriétaire.

Cara s'était attendue à trouver un bouge bruyant, plein de marins, de prostituées et de voyous comme il s'en trouvait au *Rose and Crown* de l'autre côté de la place, ou encore une taverne sinistre à l'image du *Dog and Gun*. On prétendait que ces deux auberges appartenaient également au capitaine Golsborough et que la spécialité du *Dog and Gun* était la revente d'objets volés. On y passait aussi sous le manteau certains journaux clandestins. L'endroit ne ressemblait pas non plus au *Beehive*, au coin de la place St Jude, où l'on donnait, les soirs de lune, des combats de coqs illégaux, ainsi que des matches de boxe à mains nues. Un garçon avait été tué, il y avait peu de temps, au cours de l'une de ces rixes. Cara avait appris cela, pendant la courte pause du déjeuner, de la bouche d'une de ses collègues liée avec un gentilhomme qui aimait le sport. Aussi fut-elle surprise en pénétrant dans le *Fleece* d'y trouver des plafonds bas et un bar aux panneaux de chêne, imprégné d'odeurs de bière, d'alcool et de tabac. L'obscurité lui fit, pendant un moment, plisser les yeux. Puis elle aperçut un homme qui sortait de derrière le bar pour venir à sa rencontre. Et, comme il n'avait rien du sinistre usurier qu'elle avait imaginé, elle crut à sa chance. C'était un géant à l'aspect débonnaire et au visage de boxeur couvert de cicatrices. De plus, il était irlandais. Sous ses arcades sourcilières meurtries et ses paupières boursouflées, des yeux la considéraient avec une expression d'admiration timide, familière à Cara : la confuse déférence d'un homme qui aime les femmes et qui se sait laid. Cara ne se sentait pas menacée, elle pourrait l'apprivoiser.

— Je suis Cara Adeane, la fille de Kieron Adeane.

— Ned O'Mara.

Le cœur lui manqua. Elle aurait dû se douter qu'il n'était pas le propriétaire de l'endroit.

— Le capitaine est en voyage. Ne me demandez pas où, je n'en sais rien. Il va et vient comme bon lui semble. Il m'a cependant dit avant de partir que, si vous passiez par ici et que vous cherchiez du travail, il y avait pour vous une place de serveuse. Nous en avons toujours besoin. Avez-vous déjà fait ce métier ?

Cara avait été serveuse.

— Parfait, reprit-il. Il a dû penser que, si vous n'aviez pas de travail, vous ne pourriez pas le rembourser. Enfin, vous verrez ça avec lui à son retour.

— Il ne m'est possible de venir qu'un peu après six heures.

— Et jusqu'à minuit ? C'est quatre pence l'heure, plus les pourboires.

Pour Cara, c'était la richesse ! Et, quand un homme se montrait généreux et que, de surcroît, il avait dans le regard cette expression un tantinet gâteuse, c'était le moment d'en profiter.

— Et mon dîner ? se hasarda-t-elle à demander.

Il haussa les épaules.

— Il y a toujours de la nourriture ici.

Elle allait en avoir besoin avec douze heures de travail bien remplies, chez Mlle Baker, plus six autres au *Fleece*. Quatre pence de l'heure, des pourboires et, en prime, l'incroyable aubaine de pâtés de viande et de tartes à portée de main dans la cuisine, qui allaient rapidement prendre le chemin de son estomac jamais satisfait. Et de sa poche, aussi, afin que Liam et Odette en eussent leur part. Elle imaginait déjà les morceaux qu'elle grappillerait ici et là sur des côtelettes de mouton ou une pièce de bœuf, les tartes à la crème parfumées à la vanille, lesquelles, si l'on s'y prenait adroitement, s'émiettaient et ne pourraient donc être servies. Au souper, elle s'offrirait un pichet de bière, boisson plus saine, à coup sûr, que l'eau de cette ville pestilentielle et qui l'aiderait à tenir jusqu'à minuit. Elle en rapporterait quelques lampées à Odette pour lui faciliter le sommeil. Ainsi, son précieux salaire resterait disponible pour autre chose.

— J'espère que tu réalises que le *Fleece* n'est pas un endroit pour une femme décente, lui avait dit Sairellen.

Elle n'avait pas fait ce commentaire dans l'intention de condamner la conduite de Cara. Elles savaient toutes deux que la décence n'entrait plus en ligne de compte quand on avait faim.

— Je le sais, madame Thackray.

Sairellen n'avait émis qu'une protestation symbolique lorsque Luke avait emmené Cara de l'autre côté de la rue, là où commençaient les maisonnettes mitoyennes, pour lui montrer une masure de deux pièces, l'une au rez-de-chaussée, l'autre à l'étage. Une famille en avait été récemment expulsée pour un arriéré de loyer, lequel n'était pas vraiment modeste. On avait expédié tout ce monde à l'asile.

L'endroit ressemblait à une porcherie. Le séjour d'une demi-douzaine d'enfants incontinents et de chats ne l'avait pas épargné. Le sol était humide et moisi, les murs couverts de crasse et noircis par la poussière de charbon. On avait retiré la porte d'entrée de ses gonds et les portes intérieures n'existaient plus depuis longtemps. Elles avaient été découpées pour servir de bois de chauffage et il y avait peu de chance que le propriétaire offrît de les remplacer. Il se trouvait être le capitaine Goldsborough. Il possédait d'ailleurs tout le quartier, ou à peu près. En son absence, Ned O'Mara avait cédé la masure à Cara sans en augmenter le loyer. Il n'y avait d'eau courante dans aucune des habitations du quartier St Jude, excepté les tavernes ; passé quinze heures, on ne trouvait en général plus d'eau aux fontaines. Cara avait supplié Sairellen de lui faire l'aumône du précieux liquide qu'elle mettait en réserve dans le chaudron près du feu. Avec Luke, elle avait fait la chaîne pour acheminer les seaux de l'autre côté de la rue. Ils avaient travaillé côte à côte, en silence, jusqu'à une heure avancée dans la nuit. Sairellen avait bien sûr fait quelques commentaires car elle considérait comme immoral, voire dangereux, que son fils empiétât sur des heures d'un sommeil durement gagné.

— Tu as raison, mon garçon, reste debout toute la nuit. Comme ça demain, on ne sera pas étonné d'apprendre que ce n'est pas un gamin qui s'est fait happer par les machines, mais le contremaître. Ça, on pourra dire qu'il était fatigué à en mourir ! Il y en a d'autres qui diront qu'il était ivre mort ! En tout cas il sera bien mort. Comme tes frères, Mark et Tim. Mais, que cela ne t'arrête pas, surtout !

— Bien sûr que non, mère.

Et il avait continué son travail avec calme, réparant les encadrements des fenêtres ainsi que la porte d'entrée, pendant que Cara et Odette frottaient. Odette avait fini par en pleurer de fatigue au-dessus de son baquet d'eau souillée.

— Charité bien ordonnée commence par soi-même, avait alors rappelé Sairellen à son fils.

Puis elle avait fixé Cara d'un regard aigu qui lui conseillait de se méfier.

« Je sais de quoi tu es capable, ma fille, semblait-elle dire. Mon Luke est un bon garçon. Si tu imagines que tu n'as qu'à papilloter des yeux pour qu'il s'occupe de toi, prends garde parce je ne le supporterai pas. Il a fait cent cinquante kilomètres à pied derrière Richard Oastler avec ma bénédiction, mais, retiens ceci, il ne fera pas un mètre pour toi. »

La nuit suivante, Cara rentra du *Fleece*, la tête et le corps douloureux de ses douze heures de travaux d'aiguille immobile, les pieds enflés de sa brillante prestation derrière le bar. Elle eut l'heureuse surprise de découvrir que Sairellen, aidée de quelques voisins qui lui étaient redevables, avait récuré la maison de fond en comble. Les fissures des murs étaient bouchées, les trous de souris comblés, enfin ils avaient peint les murs et les encadrements des fenêtres et passé le sol à la pâte à plomb. Ils avaient fait du taudis un foyer.

Cara mendia un matelas aperçu dans un débarras au *Fleece*, ainsi qu'une paire de vieux tonneaux destinés à recueillir l'eau de pluie plus propre que celle qui sortait du robinet de la fontaine publique. Elle pourrait ainsi se laver les cheveux aussi souvent qu'elle le voudrait et faire la toilette de Liam. Semaine après semaine, elle avait réussi à acheter, à la maison du prêt, des chaises et des tapis ainsi que tout un bric-à-brac disparate nécessaire à leur intérieur. Elle courait de l'atelier à l'auberge telle une renarde qui aurait la meute aux talons, tandis qu'Odette avait sorti son trésor, sa collection de tissus et de garnitures accumulée en des jours meilleurs. Elle avait commencé à confectionner de délicates parures de dentelles et de soie, merveilleusement brodées, ainsi que de somptueux chapeaux à plumes. Mais elle était trop timide pour les vendre.

Le loup était toujours à la porte, mais, Dieu merci, il n'avait pas franchi le seuil de la maison. Le loyer était payé, il y avait du pain dans la jarre de terre au-dessus de l'évier et les soupes aux pommes de terre, que préparait Odette, accompagnées de tout ce que Cara pouvait glaner dans la cuisine du *Fleece*, mijotaient sur « leur » cuisinière dans « leur » marmite. Liam parlait de nouveau. Il est vrai qu'il s'adressait le plus souvent à sa grand-mère et en français et qu'il s'accrochait à elle un peu plus qu'il ne l'aurait fallu. Les enfants du voisinage, livrés à eux-mêmes parce que leurs mères travaillaient à l'usine, se moquaient de lui. Ils pouvaient se montrer si durs parfois, comme Cara l'avait été dans son enfance. Liam ne leur ressemblerait jamais et, de cela, il ne fallait pas se plaindre.

Cara ne trouvait pas la vie si mauvaise, surtout si elle songeait à ce qu'elles avaient subi autrefois dans d'autres endroits. Aucun de leurs pauvres biens n'était engagé et elles n'avaient pas de dettes, excepté celle de Kieron. L'absence du capitaine Goldsborough se prolongeait et Cara avait confortablement repoussé cette hantise dans un coin reculé de son esprit. Elle n'avait reçu aucune nouvelle de son père, mais son cœur s'était endurci à son égard et elle ne ressentait plus de chagrin. Odette avait trouvé en Liam un dérivé au sien. Luke était devenu un ami dont elle appréciait la compagnie lorsqu'il arrivait à soustraire un peu de son temps à ses nombreuses activités. Entre ses cours à l'Institut de Mécanique, ses lectures, ses promenades dominicales et sa mère, il avait de quoi être occupé. C'était un homme bon, un des seuls qu'elle connût qui ne parût pas la désirer, ou, du moins, avait choisi de ne pas en faire un drame. Ned O'Mara semblait de la même sorte. Il se montrait heureux de lui rendre de menus services, qu'elle se gardait bien de lui demander, sans paraître en attendre de récompense. Cara éprouvait par moments une immense lassitude, mais elle gagnait sa vie.

Daniel avait réapparu à Frizingley, surgissant un beau jour devant elle comme s'il émanait du pavé. Il était toujours mince, farouche et beau. Elle ignorait par quel miracle elle avait trouvé la force de garder son sang-froid et de broder quelque peu sur le déroulement de son existence ; sa nouvelle maison était charmante, sa situation chez Mlle Baker idyllique, d'ailleurs la modiste la traitait comme sa propre fille. Elle glissa sur son emploi au *Fleece*, le transformant en « visite à des amis ». « Les soirées sont si gaies dans cette petite ville chaleureuse ! » s'était-elle exclamée.

Daniel ne fut pas dupe. Il la surveilla. Lui barrant le passage dans la rue, il exigea des explications, puis l'attrapa par le bras d'une main possessive qu'elle repoussa furieusement ; elle lui dit qu'il n'avait aucun droit sur elle et n'avait qu'à disparaître. La réaction de Daniel fut violente. Il la traita de « menteuse », de « tricheuse ». Cara se jeta sur lui. La violence de l'un engendra celle de l'autre, jusqu'à ce qu'elle prît un tour différent ; le sentiment qu'ils contenaient à grand-peine les poussa à s'étreindre, tremblants, contre le mur de la boutique de Mlle Baker, endroit fort discret pour ce genre de règlement de compte. Cara offrit ainsi le spectacle de sa débauche aux yeux de la modiste, ce que celle-ci attendait depuis longtemps.

Tel père, telle fille, pensa-t-elle. Et le père l'avait dédaignée avec tant de vilenie que le moment était arrivé de se venger sur la fille. Ernestine Baker s'était même abaissée jusqu'à offrir de l'argent à Kieron, qui l'avait refusé. La peur de Christie Goldsborough ne l'avait pas non plus amené à elle. Quelqu'un devait payer pour cette humiliation.

— Vous êtes une grue, lança-t-elle à Cara le matin suivant.

Elle avait rassemblé tout l'atelier afin qu'il fût témoin de la disgrâce de l'Irlandaise.

— Dans ces conditions, il m'est impossible de vous donner une recommandation. Pas de certificat de travail. Ce qui signifie, Adeane, que vous ne trouverez plus d'emploi à Frizingley.

Cara, qui n'avait rien à perdre, répliqua avec une désinvolture mordante :

— Très bien, mademoiselle Baker, mais au moins je suis sûre de ne pas mourir vierge.

Dès le lendemain, courageusement, elle peignit sur le vieux carton à chapeau d'Odette : « CARA ADEANE — COUTURIÈRE et MODISTE ». Et, la peinture à peine sèche, commença la tournée fastidieuse des clients potentiels.

Ses boucles d'oreilles et ses bracelets d'argent, trésors personnels, prirent la direction de la maison de prêt sur gages, et, cela, pour toujours. Sa meilleure jupe ainsi que son corsage étaient engagés là-bas au moins un jour par semaine, si ce n'était deux, jusqu'à ce qu'un client généreux, ou ivre, lui donnât un pourboire suffisant pour les dégager. Luke proposa de lui prêter de l'argent, ce qu'elle accepta avec joie. Mais, lorsque Daniel lui offrit les quelques pièces qu'il avait réussi à mettre de côté, elle les lui jeta à la figure en le priant d'aller au diable. Elle passa de nombreuses heures debout derrière le bar du *Fleece* et vola encore plus de nourriture.

Elle se sentait à présent à bout de forces et l'angoisse la tenaillait. Le cerveau vide de pensées, elle s'entendait dire, parfois, sur un ton de babillage étourdi : « Madame serait exquise dans ce satin bleu — une merveille cette nuance lavande — avec juste une touche de dentelle blonde près de la gorge. » Tandis que sa gorge à elle se serrait de terreur, que le dégoût et d'horreur l'oppressaient chaque fois qu'elle passait devant le nouvel asile que l'on construisait sur la colline.

D'ici à cet endroit, il n'y avait qu'un pas. Cette idée ne la quittait plus. Il suffisait de glisser sur les pavés humides et de se casser la jambe, de prendre froid et d'avoir de la fièvre, ou d'attendre un autre enfant pour être dans l'incapacité de payer son loyer pendant quelques semaines. Alors, les portes de l'hospice se refermeraient sur eux. Et, bien que les officiers de l'Assistance sociale insistent sur le fait que l'asile n'était pas une prison, elle savait qu'il était presque impossible d'en sortir. Pour payer leur hébergement, l'État vendrait leurs meubles et leurs vêtements. Son fils lui serait arraché et placé dans le quartier des enfants. Elle ne pourrait plus lui parler, tout juste l'apercevoir de loin. Elle imaginait sa mère et elle-même, vêtues de l'uniforme grossier de l'asile, affaiblies par une nourriture spartiate, réduites à l'état de pauvres choses passives. Elles attraperaient peut-être la syphilis, ou la typhoïde. Et qui sait si la folie ne les gagnerait pas à dormir chaque nuit à quelques centimètres de leurs compagnes de misère ? Comment alors trouver la force d'affronter de nouveau le monde ? En supposant qu'elle y parvînt, pourrait-elle jamais persuader le conseil d'administration de l'asile de lui confier la garde d'Odette et celle de Liam ?

Elle frissonna. C'était un sujet sur lequel elle s'appesantissait un peu trop ces temps-ci. De même, elle ne pouvait s'empêcher d'avoir froid dans le dos, lorsque, au bout du passage St Jude, la femme aux cheveux rouges qui flânait devant la porte de sa maison aux volets clos, son corps grassouillet drapé dans un châle à franges, la saluait d'un :

— Bien le bonjour, Cara Adeane.

Cela ne la surprenait plus que la tenancière du bordel connût son nom, ni que cette autre femme, bien mise celle-là et d'apparence correcte, se fût glissée jusqu'à elle pour lui chuchoter :

— Ma chère, je ne puis résister au plaisir de vous dire combien je vous trouve jolie aujourd'hui. L'un de mes amis brûle littéralement pour vos beaux yeux. Il donnerait cinq guinées pour les voir de plus près. Cinq guinées ! Imaginez !

Elle entendait ce genre de proposition depuis qu'elle avait treize ans. Or, si la confection du trousseau de Gemma Dallam lui permettait de réaliser ses projets, sa nouvelle position mettrait un terme à cela. D'autre part, il serait hors de question de continuer à travailler au *Fleece* si elle tenait à conserver un semblant de respectabilité, d'autant qu'il lui serait difficile de tenir indéfiniment Ned O'Mara en respect. Si elle réussissait à satisfaire Mlle Dallam, laquelle n'avait jamais dû être beaucoup importunée par les hommes, celle-ci la recommanderait à ses amies qui, à leur tour, parleraient d'elle aux leurs. Partant de cela, on pouvait tout espérer. Il y avait *sûrement* une place pour une autre couturière à Frizingley, quelqu'un de plus jeune que Mlle Baker et dont le style conviendrait mieux à ces jeunes filles gâtées et tellement naïves, qui possédaient trop d'argent mais si peu d'expérience dans l'art de se défendre. Cara, elle, saurait les influencer. Pourquoi cela n'arriverait-il pas ? La chance était vagabonde et la fille de Kieron Adeane avait de bonnes raisons de le savoir. Aujourd'hui, il ne pleuvait pas. Elle n'avait pas, comme elle le redoutait tant, gâté son unique paire de bottines, ni sali l'ourlet de sa seule robe convenable qui ne fût pas engagée. A Frizingley Hall, on lui avait servi le thé et commandé quatre douzaines de « tout ». Elle avait même réussi à persuader Mme Dallam, malgré les commentaires perfides de la belle Mlle Gage, de lui laisser exécuter une partie de l'ouvrage dans son propre « atelier ». Cara s'était bien gardée de mentionner que l'endroit aéré et sérieux qu'elle décrivait se trouvait dans la partie la plus sordide du quartier St Jude. La mère de Gemma ne devait pas soupçonner que ces broderies délicates dépassaient les capacités de Cara et qu'elles étaient l'œuvre d'Odette. Plus tard, si les choses s'amélioraient, elle présenterait Odette en grande pompe comme la meilleure brodeuse sortant de l'établissement le plus réputé de la rue Saint-Honoré. Odette s'en rappellerait bien le nom. Mais pour commencer, il était essentiel de capter la confiance de ses clientes. Car la chance était vagabonde se répétait Cara et, si les choses pouvaient empirer, elles pouvaient aussi s'améliorer.

Le soleil brillait toujours. Elle se hâtait en direction du *Fleece*, se rappelant le précieux service de porcelaine fleurie dans lequel on lui avait servi le thé, bien qu'elle eût trouvé celui-ci un peu léger. Elle était prête à oublier leur thé fadasse si les Dallam lui offraient, non pas l'aisance, mais une possibilité de ne plus se sentir aux abois ni de supporter ces humiliations journalières, telles les familiarités des hommes au bar du *Fleece* ou l'obligation de se tenir aux ordres de ceux qui possédaient quelques pièces de plus qu'elle. Ce qui, apparemment, concernait beaucoup de gens.

Était-ce trop demander ? Elle arriva place St Jude et, tournant le dos au *Rose and Crown*, traversa en direction du *Fleece*. Sa journée avait été trop remplie pour qu'elle eût le loisir de se préoccuper de frivolités. Elle comprit soudain pourquoi ce jour lui avait été si propice : elle avait aujourd'hui vingt ans.

CHAPITRE V

Cara arriva au *Fleece* affamée comme d'habitude et pénétra dans la cuisine en rêvant de pâtés et de tartes. Malgré l'odeur torturante du poulet rôti — une cuisse pour Liam, une aile pour Odette, pensa-t-elle rapidement — elle sentit que la situation était tendue et vaguement déplaisante.

Considérant l'intensité de son appétit ainsi que la franche malhonnêteté de ses intentions, elle ne fut pas ravie de trouver Ned O'Mara aux fourneaux, la mine sombre, donnant des ordres pour le dîner d'un client.

— Bonsoir, Ned. C'est mon anniversaire aujourd'hui.

Elle lui fit un sourire impertinent de barmaid en même temps qu'elle lui lançait, de ses yeux bleu de mer, un regard effronté, espérant qu'il lui offrirait un verre de vin ou bien un shilling et qu'en échange il ne demanderait pas à l'embrasser. Mais elle lut, sur le visage cabossé de l'ancien boxeur, que la plaisanterie n'était pas à l'ordre du jour. Il semblait aux prises avec un début de rhume, mais Cara comprit vite que cette indisposition était plutôt la conséquence d'une sobriété inhabituelle chez lui.

Cara soupçonna que son ivresse, joyeuse et quasi permanente ces dernières semaines, avait contribué à détendre l'atmosphère et que sa générosité en était le résultat. Il lui avait ainsi offert des vivres, un matelas, des tonneaux et une poêle en cuivre.

— Le capitaine est de retour, dit Ned.

— Ah ! ... Désire-t-il me voir ?

— Non. Et pour l'amour du ciel, attendez qu'il se souvienne de vous. Il est en train de prendre un brandy en compagnie de sa maîtresse et du mari de celle-ci. Vous feriez mieux de rester hors de sa vue derrière le bar de la grande salle.

C'était un jeudi soir, jour de paye aux filatures. Les terrassiers qui travaillaient à la ligne de chemin de fer entre Frizingley et Leeds avaient fait irruption en ville avec quatre semaines de salaire en poche. Maniant des explosifs à longueur de temps, aucun d'eux n'était assuré d'être en vie le lendemain. De plus, un combat de chiens était au programme, à minuit. Les paris montaient, les esprits s'échauffaient. Les uns vantaient la combativité du bouledogue brun — plus boule que dogue, estimaient certains —, d'autres la décriaient. La bête appartenait au propriétaire du *Rose and Crown*. Cara fit la moue espérant éviter ce divertissement. La grande salle entrait en ébullition et il ne faudrait pas moins de Ned, ex-champion de boxe, et de l'autre serveuse, moins raffinée que Cara, pour maintenir l'ordre. Cara portait sa seule robe en état et elle tenait à la conserver aussi fraîche que possible pour paraître devant les Dallam le lendemain. Comme elle ne pouvait indéfiniment éviter le capitaine, elle décida d'entrer dans le salon du bar, lieu réservé aux gentilshommes, et prit sa place habituelle derrière le comptoir, les paumes moites, moins assurée que de coutume, mais la tête haute.

La pièce, assombrie par la fumée, était tranquille. Il n'y avait là qu'une douzaine d'hommes, tous familiers à Cara, qui sirotaient leurs alcools. Elle aperçut aussi trois étrangers, installés dans les fauteuils les plus confortables près de l'âtre, une bouteille de cognac et des verres gravés devant eux. Cara nota que le brandy provenait de la réserve personnelle du capitaine. Le gentilhomme aux joues roses, aux cheveux frisottés, rebondi et fort ivre, devait être M. Adolphus Moon, le millionnaire de la canne à sucre. On disait qu'il rentrait des Antilles pour acheter le village de Far Flatley, à huit milles d'ici, où il projetait de s'installer. La femme au teint d'albâtre et à la chevelure d'or pâle était Marie Moon, actrice célèbre en son temps. L'autre serveuse avait parlé à Cara de sa réputation sulfureuse, de sa vie emplie de scandales et d'amants. Cela promettait une certaine agitation dans les foyers de Far Flatley et de Frizingley, se dit Cara avec malice.

Elle observait discrètement les deux étrangers et se demandait s'ils arrivaient de Londres avec le capitaine ou bien s'ils avaient voyagé en sa compagnie depuis la Martinique jusqu'ici. Ils paraissaient en tout cas savourer son hospitalité. M. Moon avait l'air à son aise, sa torpeur alcoolique y étant pour beaucoup. Quant à sa femme, la glorieuse et scandaleuse Marie, elle s'inclinait avec ravissement, semblait-il, vers l'autre homme assis en retrait au coin de la cheminée. Le capitaine, pensa Cara, bien qu'elle n'aperçût de lui qu'une masse sombre et de longues jambes, bottées et éperonnées, allongées sur un siège auquel un chien était attaché par une courte chaîne.

Ce fut le chien qui retint l'attention de Cara. La bête, couchée là, possédait une mâchoire puissante, un pelage noir et blanc et elle était laide comme un démon. Son corps rasé de près et ses oreilles coupées en pointe indiquaient le chien de combat, la brute gavée de viande crue pour aiguiser ses appétits sanguinaires, avec la malice au cœur et des mâchoires comme des étaux. Le capitaine Goldsborough avait dû l'entraîner à mordre dur et à ne jamais lâcher prise.

Quand un monstre de ce genre vous happait, on n'avait plus qu'à lui lancer de la farine dans les narines pour qu'il s'étouffe et desserre ses crocs meurtriers. Cara frissonna, se rappelant les dégâts dont ces brutes étaient capables quand, leurs années de combat terminées, on les lâchait à la rue pour qu'ils se nourrissent avec les détritus. Se sentant observé, l'animal grogna un bref avertissement. Cara détourna les yeux, c'était décidément un démon. Elle souhaita que le chien qu'on lui donnerait pour adversaire fût gros comme un éléphant et aussi féroce qu'un tigre. Elle se souciait peu de ce qui se passerait dans l'enclos derrière les étables, les deux bêtes pouvaient se mettre en pièces, perdre un œil, une patte ou la vie et les hommes leur salaire d'une semaine, elle s'en moquait. Cela arrivait partout. Elle trouvait, toutefois, ce genre de combat plus facile à supporter que les cris des coqs qu'elle percevait quelquefois venant du *Beehive* ou que les chasses aux rats qui se tenaient au *Dog and Gun*. Les chiens terriers utilisés pour ce sport étaient de jolis petits animaux à l'ossature fragile, et Cara avait des nausées quand elle voyait arriver les casiers remplis de rats destinés à être sacrifiés sur l'aire de combat.

L'animal que Cara avait en face d'elle était, lui, hideux et sauvage. Comme elle lui jetait de nouveau un coup d'œil, elle entendit la blonde Mme Moon s'adresser au capitaine en français. Elle ne prit pas la peine de baisser la voix car son mari avait posé sa tête sur la table et s'était endormi. Il ne lui vint pas non plus à l'idée que, dans ce bar d'une taverne de province, quelqu'un eût pu parler autre chose que l'anglais.

— Christie (sa voix était profonde, rauque, celle d'une actrice fascinant son audience), partons de nouveau.

— Marie, nous venons à peine de rentrer.

Cara ne voyait pas le capitaine, mais elle remarqua qu'il s'exprimait dans un français parfait.

— Je n'oublierai jamais ce voyage, reprit Marie Moon. Est-ce déjà terminé ? Ce n'est pas possible !

Séduisante, épouse d'un homme riche, elle n'était pas habituée à ce qu'on lui résistât.

— Tous les chemins ont une fin, Marie.

Cara devina qu'il était fatigué d'explorer celui-là.

— Je ne puis croire que vous pensiez cela du nôtre.

Marie Moon n'interrogeait pas, elle affirmait. Puis, sans transition, elle se mit à évoquer les instants heureux de leur romance.

— Vous souvenez-vous de la Martinique ?

Les souvenirs affluaient. La voix chaude de l'actrice monta d'un ton.

— Je me souviens, dit le capitaine.
— Cela ne vous rend-il pas fou ?
— Et comment ! Mais continuez donc.
Elle eut un rire de gorge.
— Marie, mon amour, ne vous arrêtez pas, je vous en prie. Poursuivez. Et surtout, prenez l'air pudique.

Ce n'était pas dans son tempérament. Elle reprit son évocation imagée. Cara se régalait. Quoiqu'un peu choquée, elle s'intéressait fort à ces débordements passionnels que ni son expérience, ni son imagination ne lui avaient laissé soupçonner. Elle avait été beaucoup plus occupée à refouler ses emportements qu'à les exalter ! La femme ressemblait à l'actrice, pensa Cara : une séductrice doublée d'une... grue. Dans son innocence, elle se demandait si les histoires que racontait Mme Moon n'étaient pas des « trucs » de prostituée. Pourtant les manières sophistiquées de Marie Moon n'avaient pas grand-chose à voir avec la « Madame » aux cheveux rouges du passage St Jude.

Cara n'avait jamais imaginé que ce sujet pût faire l'objet d'une conversation, et encore moins que l'on osât le présenter de cette façon directe, spirituelle et très instructive. « Mon Dieu ! se disait-elle, les gens se livrent vraiment à ce genre de plaisanteries ? Quelle farce ! » Elle ne se sentait guère tentée de les imiter parce qu'elle estimait que c'étaient des amusements de riches, qui ne savent qu'inventer pour tromper leur ennui, des divertissements de femmes oisives et fortunées pour lesquelles ces plaisirs-là se terminaient ni par une grossesse, ni par un avortement à une demi-guinée. Et encore fallait-il trouver la demi-guinée.

Marie Moon marqua une pause, plus pour l'effet que pour reprendre son souffle. Puis elle attaqua le finale d'une voix qui aurait aisément empli un amphithéâtre.
— Christie, savez-vous ? ... Je vous adore.
— Je sais que cela vous amuse de le penser.
Il semblait presque déçu.
— Vous pouvez me croire. Vous devez me croire.
— Ma chère, reprit-il avec une intonation provocante en même temps que désabusée, est-ce bien sage ?
Elle eut de nouveau son rire de gorge.
— J'espère que non. Quel ennui si cela l'était !

Il ne lui avait pas donné la réponse qu'elle attendait. Il n'était pas homme à se jeter à corps perdu dans une aventure de ce genre et encore moins à tout risquer pour l'actrice. Bien que, sur ce dernier point, il ne fût pas sûr que Marie Moon elle-même tînt à s'aventurer si loin...
— D'un ennui mortel, laissa-t-il tomber.

Il émergea soudain de la pénombre, poussa la bouteille de côté et appela Cara.

— Vous, là, apportez la même chose.

— Mais certainement, Monsieur.

Cara avait presque traversé la pièce quand elle se rendit compte qu'il avait parlé en français et qu'elle venait de répondre dans la même langue. Il s'était intentionnellement servi d'elle pour ridiculiser sa maîtresse ! L'ayant aperçue, il avait deviné qui elle était et avait cyniquement encouragé les épanchements de Mme Moon, plaçant ainsi les deux femmes dans une situation embarrassante. Et combien dangereuse pour Cara ! A l'expression outragée de l'actrice, elle sut qu'elle venait de se faire une ennemie ; ce qu'elle redoutait par-dessus tout.

— Comment, Christie, vous saviez que cette fille comprenait le français ?

La jolie femme était blessée, furieuse et sidérée qu'il eût osé la traiter de cette manière.

— Disons que je m'en doutais.

— Et cela vous amusait ? Je vous amuse ?

Il claqua la langue comme pour la gronder gentiment.

— Hélas, non.

Elle secoua sa tête blonde, refusant de le croire. Puis elle entrouvrit lentement sa bouche fardée dans l'intention de proférer une tirade immortelle sur les tourments de l'amour et la violence dévastatrice de la passion, qui se graverait à jamais dans l'esprit du capitaine, mais elle était si désemparée que les mots grandioses ne trouvèrent pas leur chemin et elle n'émit qu'un lieu commun :

— Christie, je t'ai tout donné.

— Merci beaucoup, Marie.

Elle se leva, superbe, reine de tragédie. Cara avait entendu dire qu'elle avait été une actrice renommée.

— Je pourrais vous tuer, Christie.

L'idée sembla plaire au capitaine.

— En effet, Marie.

Le regard spéculatif de Christie Goldsborough s'abaissa presque paresseusement sur la bouteille vide placée sur la table entre eux, puis se porta sur les mains blanches et fiévreuses de Marie Moon.

— Oui, Marie, vous pourriez me tuer, ou du moins... essayer.

Était-ce un défi ? Son coup d'œil à la bouteille indiquait-il à l'actrice le moyen de s'y prendre si elle en avait la rapidité, la force et la résolution. Prendrait-il seulement la peine de se défendre ?

Pendant quelques instants, elle resta immobile, hagarde, les yeux rivés à la bouteille, imaginant avec horreur et fascination le geste auquel son amant l'invitait. Elle lâcha un long soupir.

— Cet endroit est infâme. Je m'en vais.

M. Moon, qui émergeait de son brouillard d'alcool, fit un sourire pâteux et approuva avec indifférence.

Le capitaine Goldsborough ne se retourna pas pour la regarder partir, mais il fit face à Cara qui put enfin l'examiner. Il était solidement bâti et basané comme un Espagnol. Cara lui donna un peu plus de trente ans. Ses cheveux noirs poussaient bas sur sa nuque, il avait un cou puissant et des yeux de jais. Ce n'était pas la beauté altière de Daniel Carey, la seule qui émût Cara. Il était beaucoup plus lourd que Daniel, d'ossature aussi bien que de traits, et vulgaire, à en donner la chair de poule. Elle devait se méfier.

Crispée, elle posa une bouteille sur la table. Sa jupe et ses mollets se trouvaient dangereusement près de la mâchoire du fauve. Son instinct lui dictait que, si l'homme autant que l'animal sentaient sa peur, ils en profiteraient. Elle joua le rôle de l'accorte serveuse. Mais qu'était-elle d'autre, après tout ?

— Ainsi, vous êtes la nouvelle coqueluche de Ned O'Mara ?

Sa voix, quand il parlait anglais, avait l'intonation traînante d'un gentilhomme.

— Non, Monsieur, pas que je sache.

— Savez-vous que vous avez quelque chose de votre père, Cara Adeane ?

— Merci, Monsieur.

— Vous ai-je fait un compliment ?

Un haussement de ses épais sourcils indiqua qu'il n'en était pas si sûr.

— Je l'ai pris ainsi, Monsieur.

— Vous aimez votre père ?

Cara ne l'aimait plus, mais ce n'était pas l'affaire de cet homme.

— Oui, Monsieur.

— Bien. Et, n'y aurait-il pas un petit problème à discuter le concernant ?

— Je suis à votre disposition, Monsieur.

— Absolument.

Quelque chose dans le mouvement de sa jupe ou dans son attitude crispée dérangea le chien. Il se leva sur ses courtes pattes arquées et se mit à grogner en tirant sur sa chaîne, empêchant Cara de passer.

— Mon champion ne semble pas vous apprécier, mademoiselle Adeane.

— On le dirait.

— Peut-être ne l'aimez-vous pas non plus ?

L'homme et la bête se confondirent immédiatement dans l'esprit de Cara ; ils étaient tous deux laids, vicieux, détestables. Elle secoua la tête.

— Je ne puis m'offrir le luxe de me faire mordre, capitaine Goldsborough, il faut que je fasse mon travail.

— Alors, faites-le, mademoiselle Adeane.

Comme il l'observait, Cara reconnut dans son regard l'intérêt purement spéculatif avec lequel il avait considéré Mme Moon, un moment auparavant, alors qu'elle hésitait devant l'acte de violence qu'il avait suggéré. Il était intéressé, sans plus. Il venait de découvrir chez Cara la peur de l'animal et avait manœuvré pour la placer dans une situation où elle devait choisir entre le supplier de l'aider ou bien vaincre sa peur et franchir l'obstacle.

— Certainement, Monsieur.

Fermant les yeux, elle avança droit devant elle. Elle sentit le souffle chaud du chien sur ses chevilles, qui continua de gronder longtemps après qu'elle l'eut dépassé.

Le capitaine venait de s'offrir un petit amusement et Cara se demandait avec anxiété s'il la laisserait tranquille.

A minuit, l'élite sportive de Frizingley, de l'argent plein les poches ou coincé derrière les bandes des chapeaux, sortit avec torches et lanternes dans la cour. Des terrassiers, venant du campement installé sur la lande au-dessus de la ville, déambulaient dans leurs costumes de velours, l'air important, au milieu des mineurs et des ouvriers des aciéries et des filatures. On voyait aussi quelques gentilshommes du pays et d'autres en voyage d'affaires, ainsi que quelques fils à papa. Il y avait là un Braithwaite de quinze ans, qui avait raconté à sa mère qu'il passait la nuit chez un ami de collège, flanqué d'un compère légèrement plus âgé que lui, qui n'était autre que le cadet de la famille méthodiste Colcloughs, des fonderies, laquelle ne permettait chez elle aucune boisson alcoolisée. Traînait aussi parmi la foule, un jeune Lord, des brasseries du même nom, dont le père était mal placé pour lui interdire de boire, mais serait fort mécontent de savoir que son fils dissipait des guinées durement gagnées en pariant sur les capacités du monstre noir et blanc, propriété du capitaine Goldsborough, à mettre en pièces le bouledogue brun du *Rose and Crown*.

On apercevait également quelques femmes. La « Madame » du passage St Jude semblait en excellents termes avec les propriétaires de l'une et l'autre taverne. Une fille frêle se pressait, tout émoustillée, contre un autre Braithwaite junior ; elle se préparait probablement à le débarrasser de sa virginité et de sa bourse. Une femme à l'expression égarée, la tête couverte d'un châle, cherchait son mari avant qu'il ne jouât ses gains de la semaine. Et puis il y avait Cara.

— Le capitaine vous demande de rester, lui avait dit Ned O'Mara. Il voudrait vous parler après le match. S'il gagne, tout ira bien.

— Gagnera-t-il ?

— C'est probable. Il possède un très bon chien. Oh ! ce n'est pas que cela l'intéresse tellement. Je crois qu'il aime voir ces gars perdre leur argent, et observer leurs réactions.

Cara s'établit près de la fenêtre dans le salon du bar. Elle s'efforça de regarder dans le vague quand les assistants passèrent près d'elle pour conduire leurs gladiateurs dans la cour éclairée par des torches. Ils allaient être acclamés ou hués comme Ned l'avait lui-même été à son époque. L'affreux chien aux jambes arquées et le tueur brun au poil ras disparurent. Satanés chiens ! pensa Cara, rendus fous par ces joueurs stupides afin de se donner une raison de jeter leur argent par les fenêtres, en appelant cela du sport.

La plupart d'entre eux possédaient pourtant un foyer et avaient charge d'enfants.

— Auriez-vous aperçu un homme avec une casquette à carreaux marron et une chemise rouge ?

La femme affolée s'était précipitée vers Cara. Elle se tordait les mains d'angoisse. Mais la cour était emplie de couvre-chefs à carreaux et de chemises aux couleurs criardes, aux poches bourrées des billets de la dernière paye nécessaires au paiement du loyer ou à l'achat de chaussures. La femme qui se tenait devant Cara avait désespérément besoin de cet argent. Pour dégager ses bottines de la maison de prêt, sans doute ? Elle était en sabots et l'ourlet de sa robe s'effilochait.

Cara ferma les yeux, mais elle ne pouvait se boucher les oreilles aux braillements rauques et aux rires gras. Elle perçut soudain un chut gourmand, puis ce fut le silence avide de l'arène. Brusquement, les aboiements démarrèrent, guère plus furieux que ce que l'on pouvait entendre à n'importe quel coin de rue. Les soigneurs se mirent alors à exciter les bêtes, les poussant au meurtre. La foule commença à hurler et tanguer ; elle n'était plus qu'une voix, qu'une paire d'yeux sauvages. Elle attendait le sang et savourait à l'avance cet instant. Un frémissement malsain allait crescendo avec des incantations : « Attaque, mon gars. Tue-le. Ne le lâche pas, mon gaillard. Vas-y, massacre-le. », puis se mourait, comme la plainte d'un vent violent, dans un murmure macabre. Les soigneurs arrivèrent pour desserrer les crocs du vainqueur de la gorge de son adversaire.

La femme au châle s'en alla, en larmes. La paye de son mari s'était envolée. Cara resta seule dans le bar tandis que la foule se dispersait. Les gagnants allaient célébrer leur victoire, les perdants se consoleraient avec un verre de plus, à crédit si le tenancier l'acceptait. Dans le cas contraire, ils chercheraient la bagarre. On jouerait aux cartes et aux dominos.

Personne ne pénétra dans le bar. Tout était calme depuis le départ des Moons et des autres. Cara se demanda si le capitaine Goldsborough ne l'avait pas oubliée. Elle ignorait s'il avait perdu ou gagné et n'avait qu'une envie, récupérer les parts de tartes et de poulets qu'elle avait mis à l'abri dans un torchon, puis filer chez elle avant que les derniers fêtards ne se répandent dans les rues. Du *Fleece* à la sécurité de sa porte s'étendait tout un entrelacs de ruelles sombres et, s'il prenait à ces brutes l'idée de la suivre, Cara savait que sa seule chance de s'en sortir serait de courir.

Le capitaine l'avait oubliée ! Il entra dans le bar, préoccupé du panier dans lequel on transportait son chien ensanglanté et tremblant et qu'il fit placer près du feu.

— Vous avez perdu ? dit Cara.

Elle détourna la tête. Elle avait les paumes moites et le cœur serré. Elle avait pris sur elle pour faire face à l'animal mais refusait à présent de regarder la pauvre bête dans sa misère.

Le capitaine Goldsborough sourit.

— Le chien a perdu, mademoiselle Adeane. Il a eu son époque, comme tout le monde. En ce qui me concerne, j'ai gagné pas mal d'argent. Je me suis décidé à parier sur son adversaire, un peu tard je l'avoue, néanmoins juste à temps pour rester dans les limites de la légalité.

— Vous m'avez demandé de vous attendre, capitaine ?

— Vraiment ?

Elle fit un signe de tête affirmatif. Elle commençait à avoir froid et se sentait la nuque raide.

— Ah ! oui... La dette de votre père, la bagatelle de cinquante livres.

Le désespoir lui donna le courage de l'interrompre.

— Pas tout à fait cinquante, ma mère vous en a donné vingt.

Il hocha lentement la tête et sourit à nouveau.

— J'ai peur que vous ne vous trompiez. Votre père m'en a emprunté vingt autres, à l'intention de votre mère je suppose, avant de partir pour sa terre promise.

Une rage intérieure envahit Cara. Elle se mit à maudire son père en silence, lui souhaita les pires tourments. Sa fureur se retourna contre l'homme qui se trouvait en face d'elle, le tyran aux mains duquel il l'avait abandonnée, flanqué de son affreux chien qui geignait devant l'âtre, estropié et une oreille arrachée.

— Alors, mademoiselle Adeane ?

Elle remarqua qu'il n'avait pas ôté sa veste. Sa chemise ouverte presque jusqu'à la taille dévoilait son torse puissant et velu, ce que ni Daniel Carey, ni Luke Thackray ne se seraient permis. Sous la fine batiste, la peau était si basanée qu'il ne manquait plus à Christie Goldsborough que des anneaux d'or aux oreilles pour ressembler à un bohémien, ou à un pirate. Malgré son français impeccable, sa prononciation aristocratique de l'anglais et sa superbe chemise portée avec désinvolture, Cara savait fort bien qu'il n'avait rien d'un gentilhomme.

— Allons, mademoiselle Adeane, nous aurions besoin d'une petite conversation pour mettre les choses au point.

Si seulement le chien avait arrêté ses soubresauts et ses gémissements, son regard ne se serait pas égaré vers lui, baignant dans son sang, essayant de lécher ses blessures et les ravivant. Mais il n'avait pas le bon sens de rester tranquille et la pitié gagnait Cara. Son esprit s'embrouillait dans des histoires de pansements et d'eau chaude, alors qu'elle avait tant besoin d'avoir les idées claires.

— Dites-moi, que savez-vous de la loi qui concerne nos affaires ?

— Pas grand-chose.

— C'est ce que je pensais. Écoutez-moi bien. Croyez-vous possible qu'un tribunal vous tienne pour responsable, vous, jeune femme mineure, d'une dette contractée par votre père ?

Elle se vit, une fois de plus, comme un spécimen épinglé pour observation. Elle avala sa salive et répondit sans grand espoir :

— Non, cela me semble improbable.

— Dans ce cas, quelle conclusion en tirez-vous ?

— Aucune qui puisse me réconforter.

Il sourit et elle aperçut l'éclair de ses dents blanches.

— Bien répondu, ma fille. C'est autant pour la loi anglaise. Et maintenant, si nous portions notre attention sur la loi, telle qu'elle est comprise dans ce quartier appelé St Jude et qui s'étend, en gros, de Market Square à la rue St Jude, englobant tous les coins et recoins à l'intérieur de ce périmètre. Alors, que pensez-vous de cela ?

— Je pense (il n'y avait pas le moindre doute à ce sujet) que c'est vous qui décidez.

Il se mit à rire.

— Dans ce cas, me devez-vous ou non cinquante livres, mademoiselle Adeane ?

Elle eut, une fois encore, la sensation d'être attachée sur une planche à dissection. Il jouait avec elle.

— C'est à vous de le dire, capitaine.

Elle lui donna la seule réplique qui lui semblait appropriée ; une réponse humble. Mais elle en cracha chaque mot.

— En effet. Alors, disons que vous ne me devez plus rien.

Elle en fut abasourdie, mais se moquait-il encore ? Un espoir fou la poussait à croire qu'il disait vrai, tandis qu'une petite voix, celle de la raison, lui soufflait que ce n'était là qu'un de ses tours habituels. Elle se sentait vulnérable, désemparée. Exactement ce qu'il avait prévu...

— Mais... pourquoi ?

Une autre femme, un peu plus tôt dans la soirée, lui avait posé une question semblable ave la même intonation de saisissement.

— Parce que cela me plaît.

Qu'il ne suivît que son bon plaisir, Cara n'en doutait pas, mais elle s'interrogeait sur les raisons de ce cadeau inattendu tout en se demandant ce qu'il allait lui coûter.

— Disons que j'ai gagné beaucoup d'argent ce soir et que je me sens d'humeur généreuse. Cela vous va-t-il ?

Cara était certaine à présent qu'il s'amusait d'elle et peu lui importait. Les petits cris plaintifs du chien lui emplissaient de nouveau les oreilles, la faisant grimacer.

— Vous ne me faites pas confiance, Cara Adeane ?

Il attendait une réponse. Elle eut un geste qui pouvait passer pour une excuse, de la confusion ou un appel à l'aide. Il pourrait choisir ce qui lui conviendrait, quant à lui faire confiance, elle aurait encore préféré plonger sa main nue dans un nid de serpents.

— Pour vous rassurer, laissez-moi vous prouver ma bonne volonté. Qu'en dites-vous ?

Avec une rancœur croissante elle vit qu'elle n'était pour lui qu'un divertissement, plus agréable qu'il ne l'avait imaginé. Elle le distrayait plus encore que Marie Moon.

— Voilà, j'ai trouvé. C'est votre anniversaire aujourd'hui, il me semble. J'ai entendu quelqu'un en parler. Eh bien, ma chère, laissez-moi vous offrir quelque chose, le fin du fin...

L'ironie qui se reflétait sur le visage aux traits burinés invitait Cara à chercher autour d'elle quelque chose de lourd et de tranchant pour l'en frapper. Soudain, il se pencha au-dessus du panier, attrapa le chien blessé et, avant qu'elle ait pu esquisser un mouvement de recul, le lui jeta dans les bras.

— Joyeux anniversaire, mademoiselle Adeane !

Pendant un horrible moment, elle lui fit face, agrippant la pauvre bête. Malgré son dégoût, la pitié l'envahit et elle retint contre sa poitrine, afin que le chien ne souffrît pas davantage, son affreuse tête mutilée mais oh ! combien reconnaissante. Il continua de gémir, de trembler et de saigner, copieusement, abominablement sur sa dernière robe présentable.

CHAPITRE VI

Daniel Carey avait prévu que ses affaires dans le Yorkshire le tiendraient occupé à peu près un mois. Il devait rencontrer l'éditeur Feargus O'Connor, emprisonné à York, et passer quelques jours à Leeds dans les bureaux du Northern Star pour s'entretenir avec les collaborateurs de celui-ci — du moins ceux qui restaient — de ce qui pouvait être sauvé du mouvement baptisé « Chartisme ».

Daniel était pessimiste. Les leaders se trouvaient soit en prison, comme O'Connor, soit engagés dans des conflits idéologiques qui menaçaient déjà de faire éclater le mouvement en deux parties. D'un côté, à Birmingham, les hommes de la « Force Morale » pensaient obtenir la signature de la Charte en faisant des pétitions et en organisant de grands rassemblements populaires, de l'autre, au nord, les partisans de la « Force Physique » prônaient la manière forte, c'est-à-dire les piques et les fusils.

Et l'on avait fabriqué un nombre considérable de piques dans le Yorkshire et le Lancashire, les années précédentes, sur les enclumes des forgerons de tendance radicale, qui pouvaient vous usiner une arme meurtrière aussi rapidement qu'ils ferraient un cheval. Comme les intellectuels et les artisans de la « Force Morale », qui appartenaient tous à la classe moyenne, avaient échoué dans leur tentative de persuasion pacifique, c'était aux hommes du nord de faire leurs preuves en employant la manière forte. Ils avaient à leur tête Peter Bussey de Bradford et Feargus O'Connor de Leeds.

Daniel ne les trouva pas plus efficaces. En novembre, à la conférence nationale chartiste organisée à Heckmondwike par les partisans de la « Force Physique », il assista à leurs discussions, participa, par les nuits froides dans les landes alentour, à des sortes de répétitions avec des armes pour ceux qui en possédaient et des bâtons, des pieux et des pioches pour ceux qui n'avaient rien d'autre. Il y eut des incitations à la révolution en vue de renverser le gouvernement et d'instaurer la république comme l'avaient fait, en France, des hommes semblables à eux.

Malgré la ferveur et les discours, Heckmondwike n'aboutit à rien si ce n'est à quelques émeutes désorganisées, soldées par l'arrestation des leaders du mouvement puis leur condamnation à mort. Afin d'éviter qu'on ne les transformât en martyrs, le gouvernement avait déporté les autres en Australie.

La cause était pourtant juste. Et, malgré la confusion, les informateurs de police et les trahisons, elle le demeurait. Tout l'hiver, Daniel se rendit d'un comté à l'autre en Angleterre et en Irlande pour servir d'intermédiaire entre les différents leaders.

En vain, semblait-il. Mais la Grande Charte existait toujours et elle n'exigeait rien qui ne fût démocratique. Elle revendiquait le droit de vote pour chacun, qu'il fût propriétaire terrien ou non, l'abolition de la clause de propriété pour les membres de la Chambre des Communes de façon que tous puissent se présenter aux élections. Elle réclamait, en outre, un salaire pour ces élus afin d'éviter les pressions et, par-dessus tout, la fin du système qui obligeait les électeurs à rendre leur vote public. Voilà la Charte du Peuple ; et s'il était besoin d'une révolution pour l'imposer — les lords du gouvernement de Sa Gracieuse Majesté paraissant, à juste titre, peu enclins à partager leurs privilèges — Daniel était prêt.

A l'inverse de Luke Thackray, il ne portait aucun intérêt particulier à la réforme des usines qui lui paraissait un point de détail. Les lourds horaires de travail et le jeune âge des enfants étaient de tels abus qu'ils prendraient fin dès l'application de la Charte, c'est-à-dire la réforme du système entier. Ses préoccupations allaient plutôt au principe de démocratie appliqué à une plus grande échelle (celle de l'univers) ainsi qu'à la Déclaration des Droits de l'Homme, desquels découlaient naturellement ceux de la femme et de l'enfant. Eux seuls apporteraient plus de justice et plus de liberté. C'est en se rendant à Leeds pour y rencontrer le bouillant et émotif propriétaire du Northern Star qu'il avait fait la connaissance de Cara Adeane.

Contrairement à ses habitudes en ce qu concernait les femmes rencontrées au hasard de ses pérégrinations il n'avait pu oublier celle-là.

Tout l'été il était resté à rôder aux environs de Frizingley, plein de hargne. Il se querellait avec Cara, lorsqu'il l'avait retrouvée, lui prodiguait des conseils dont elle se moquait, haïssant la vie qu'elle menait, la harcelant de sa rancœur et de sa jalousie. Il voulait prendre soin d'elle, la garder, même s'il savait qu'il ne pourrait lui offrir un foyer. Il voulait qu'elle ait besoin de lui, qu'elle s'appuie sur lui, alors qu'il n'avait aucune sécurité à lui offrir ; il la désirait douce et abandonnée, sachant pourtant que, sans la volonté dont elle faisait preuve, elle ne survivrait pas.

L'automne était arrivé et l'atmosphère se rafraîchissait, Daniel était toujours là, torturé et irrésolu, incapable de s'arracher à Cara, pas plus que de changer de vie pour rester avec elle. Il voyait bien qu'il en était de même pour elle ; elle ne se résolvait pas à le quitter, mais ne pouvait prendre le risque de vivre avec lui.

Il en venait à penser que la seule issue était de la laisser en paix. Mais la décence et la raison avaient-elles quelque chose à voir avec la passion ? La terrible conviction que, sans elle, il ne serait plus entièrement lui-même le faisait reculer devant cette décision.

Un matin d'octobre, il sortit seul et se mit à marcher pour réfléchir. Il ressentait un besoin d'air frais et de solitude. Il avançait à grandes foulées sur le terrain accidenté. La ville se trouvait en contrebas, noyée dans son nuage sombre. Au-dessus de lui, un ciel bleu et léger ne lui apportait aucun réconfort. Lui serait-il possible de changer de vie ? Serait-il capable d'abandonner ce métier hasardeux de journaliste qui le faisait à peine subsister pour enseigner à nouveau ? Il faudrait, dans ce cas, laisser de côté ses idéaux, faire une croix sur son grand dessein au profit d'une sécurité illusoire dont la pensée lui donnait la nausée.

S'il aimait Cara, il devait franchir le pas ; mais il sentait qu'en dépit de cet amour il ne pourrait jamais s'y résoudre. Il lui fallait suivre sa propre route et Cara l'aimait pour cela. Assis sur un rocher, s'efforçant de regarder les choses clairement, il arriva à la conclusion qu'il ne lui restait qu'une solution : il irait trouver Cara pour lui faire ses adieux. Plus de querelle entre eux, leurs derniers moments ensemble seraient parfaits. Son ultime souvenir de Cara serait tendre, il enfouirait son image au plus profond de lui-même, mais il devinait qu'elle serait toujours là, prête à faire surface pour le tourmenter, quand il essaierait de tomber amoureux d'une autre femme à la manière insouciante et joyeuse d'autrefois.

Il y aurait d'autres femmes, mais plus jamais de sentiment aussi fort. Personne ne souhaite vivre cela deux fois. Son besoin d'elle, intense et douloureux, s'affaiblirait, il se contenterait d'émotions mineures — c'était ce qui l'attristait le plus.

Il tenta de s'habituer à cette idée ; après tout, le monde était plein de femmes qui lui plaisaient jadis. Il y en avait même une qui, à cet instant, gravissait le sentier pierreux juste en dessous de lui. Elle se trouvait assez près pour qu'il pût l'examiner en détail et trop loin pour qu'elle se sentît gênée de cet examen. Elle était plus jeune qu'il ne l'avait d'abord pensé et son genre de beauté n'était pas de celui qui, en général, le transportait. Bien qu'elle fût vêtue comme une dame, elle paraissait assez robuste pour creuser la tourbe et arracher les pommes de terre de Tipperary. Elle portait une cape d'un violet sombre agrémentée d'un mantelet, un manchon de fourrure grise et une capeline. Un gentilhomme âgé, d'aspect solide, l'accompagnait. Et, parce que la jeune fille n'avait pas l'allure d'une femme entretenue, Daniel pensa que ce devait être son père.

Du perchoir où il était installé et d'où il ne pouvait être vu, il les observait d'un œil distrait, n'ayant rien d'autre à regarder. Il n'éprouvait pas un grand intérêt pour ce couple de nantis qui faisait son petit tour dans la campagne, la jeune fille pour préserver sa silhouette et aviver son teint, le vieil homme pour compenser les effets de ses quatre copieux repas journaliers, sans oublier son porto et son brandy. Il traînait un peu la jambe, comme si des rhumatismes le gênaient.

C'était un homme haut et massif, surtout à côté de Daniel qui avait entraîné son corps jusqu'à n'en laisser que des muscles d'acier et des os. Il avançait malaisément et butait sur les graviers dissimulés dans les touffes d'herbe drue. Il trébucha soudain et s'immobilisa, appelant sa fille qui avait pris de l'avance. Daniel vit alors la ligne du dos qui se voûtait, la main qui agrippait la poitrine et l'horreur sur le visage de la jeune fille quand elle se tourna vers son père. Elle courut à lui. Daniel, peu enclin à leur porter secours parce que sa propre peine occultait celle des autres, fit une grimace en pensant : « Mon Dieu ! j'avais bien besoin de cela ! » Puis, haussant les épaules, il glissa de son rocher et descendit dans leur direction.

Penchée au-dessus de son père qui, recroquevillé sur lui-même, s'était affaissé, haletant et transpirant, Gemma Dallam, qui ne s'adressait au ciel que pendant le service du dimanche, ne trouva rien d'autre à faire que de fermer les yeux pour implorer l'assistance divine. Bien qu'on lui eût inculqué l'idée que les femmes possédaient une habileté innée à soigner les malades, elle n'en croyait rien, ayant eu elle-même l'occasion de souffrir de soins prodigués par des amateurs. Convaincue que les bonnes intentions seules ne suffisaient pas, elle se mit à prier : « S'il vous plaît, aidez-moi à trouver ce qu'il faut faire. » Quand elle ouvrit les yeux, un jeune homme se tenait devant elle.

— Le gentilhomme ne se sent pas bien ? dit-il d'un ton réconfortant.

— Non. S'il vous plaît, pourriez-vous...

— Bien sûr.

Gemma ne savait pas au juste que demander, mais le jeune homme avait compris ce qu'elle voulait et prenait la situation en main, sans panique ni efforts apparents. Il n'avait pourtant pas l'air particulièrement robuste, pensa-t-elle.

— Laissez-moi m'occuper de lui. Lourd comme il est, il ne faut pas essayer de le maintenir debout, il sera mieux allongé. Et, si c'est un manchon que vous tenez là, il se trouvera mieux sous sa tête.

A demi inconscient, John-William Dallam luttait désespérément ; il n'était pas encore prêt à mourir et surtout pas là. Le jeune homme l'étendit à terre, desserra le col empesé, défit les boutons du gilet et l'arrangea de telle sorte qu'il avait plus l'air de se reposer que d'agoniser, s'il était toutefois convenable que John-William Dallam s'étendît sur le sol et dégrafât ses vêtements pour se mettre à l'aise. Gemma ne se sentait plus abandonnée ; son père semblait s'apercevoir de la présence du jeune homme. Il avait les lèvres bleues et pincées, ses joues charnues et colorées s'affaissaient en se creusant et il respirait péniblement.

— Merci, merci, dit Gemma.

Sa pensée était un peu plus claire à présent, mais l'angoisse toujours là. Si son père mourait, l'être sur lequel reposait entièrement le monde protégé dans lequel sa mère et elle-même évoluaient disparaîtrait. Il était à la fois l'architecte et les fondations de leur abri. On aurait pu le qualifier de tyran affectueux, mais ce puissant mélange d'amour et de tyrannie avait codifié autour de Gemma un formidable barrage protecteur. Elle s'apercevait que sa disparition la laisserait, malgré sa soif d'indépendance, exposée, désorientée et glacée.

— Nous avons laissé la voiture plus bas, à environ un mille. Pensez-vous que nous puissions y arriver ?

Le jeune homme se leva et sourit.

— Si j'étais Hercule, nous aurions en effet une chance, mademoiselle. Mais, étant donné que je ne peux transporter votre père sur mon dos, vous feriez mieux de vous asseoir et de lui tenir compagnie pendant que j'irai chercher votre landau.

Il se mit en marche, sans courir, presque désinvolte. Il devait franchir un mile sur ce terrain malaisé avant d'atteindre Williams et la victoria, avant de revenir avec la voiture. Combien de temps leur restait-il ? Elle s'assit sur l'herbe et émit un de ces petits bruits stupides que font en général les femmes aux enfants effrayés.

— Tss tss tss, allons, Père, allons, tout ira bien. Il ne faut pas vous faire de souci.

Cela irrita John-William et il répondit en fermant les yeux. Il avait assez de conscience pour comprendre qu'il ne devait pas perdre ses forces en discutant avec sa fille, mais rester immobile et consacrer ce qui lui restait d'énergie vitale à la besogne épuisante qui consistait à maintenir son âme, dont il ne s'était jamais tellement préoccupé auparavant, à l'intérieur de son corps.

A Frizingley, il était un homme puissant qui possédait des usines, commandait aux autres et valait une fortune. Tandis que là, sur la lande il n'était plus qu'un vieil homme avec une douleur dans la poitrine et des étourdissements. Il pouvait mourir là, sous la pluie qui menaçait, sans plus de considération que l'on en accorderait à un vagabond et sans un penny en poche.

Cela, il l'acceptait. Mais, si la mort lui faisait signe, il ne se rendrait pas sans combat. Et, s'il était écrit qu'il devait trouver sa fin en ce lieu, sous les yeux de sa fille unique, il espérait qu'elle n'en serait pas bouleversée au point de perdre la cervelle. Il estimait Gemma assez avisée. Cependant, avec les femmes, on n'était jamais sûr de rien. Mabel, par exemple, à la place de Gemma, se serait mise à hurler et à s'agiter en tous sens, à se tordre une cheville en tombant sur une pierre, ou bien à glisser sur ces plates-formes rocheuses. Mabel, si féminine, si vulnérable... Combien il l'aimait ! Elle était son luxe, son talon d'Achille. Elle lui avait donné tant de joies ! En retour, il lui avait fait la vie douce. Mon Dieu, qu'il l'avait gâtée ! Elle paraissait aussi jeune aujourd'hui que le jour où il l'avait épousée. Mais les vingt ans qui les séparaient le remplissaient d'angoisse. Un jour, si ce n'était celui-ci, elle devrait apprendre à se passer de lui. Il gémit et serra les paupières pour les garder fermées. Il savait qu'elle en serait incapable.

— Il n'y en a plus pour longtemps, dit Gemma pour lui rappeler qu'il n'était pas seul. Le jeune homme semblait heureux de nous aider. Je crois que c'est un Irlandais.

John-William Dallam étouffa une plainte intérieure et se mordit la lèvre. Irlandais ? Mais de quoi se mêlait-elle ? Fichtre oui qu'il était irlandais. Il avait assez entendu cette façon de parler aux filatures, dans les campements de terrassiers et même, avant Mabel, dans les bras de certaines créatures effrontées, pour la reconnaître, chez n'importe qui. Dans ses jeunes années, lorsqu'on eut besoin de bras solides pour faire démarrer l'usine et que l'on en trouva difficilement parmi les tisserands de la région, il avait été jusqu'à importer, pièce par pièce, des familles entières de Mayo ou de Donegal. Il écrivait au curé de la paroisse d'un quelconque village au nom imprononçable et passait sa commande ; quatre familles, dix familles. Même en payant leur voyage, on y gagnait encore. De toute façon, c'était de la canaille, comme ce beau bougre qui venait de dévaler le sentier et ne prendrait probablement pas la peine de réapparaître. Sans doute pas, décida-t-il. Il irait joyeusement son chemin en sifflotant sa satanée gigue, jeune et bien portant. Que le diable l'emporte, celui-là ! jura-t-il intérieurement.

Le gars devait avoir dans les vingt ans, se dit le vieil homme. Il revoyait, avec une intensité et une douleur encore plus aiguë que celle qui lui traversait la poitrine, un autre garçon, semblable à celui-ci, qui avançait à grandes enjambées vers son avenir, le prenait au collet pour en extraire ses ambitions, ses rêves et ses plaisirs. Cela ne serait plus, jamais. Il sentit les larmes lui jaillir des yeux. Depuis quand n'avait-il pas pleuré ? Il tourna la tête pour les dissimuler, derrière le col de son manteau. Il jugeait inconvenant qu'une femme, surtout sa fille, fût le témoin de ces pleurs.

— Oui, continua Gemma, je crois qu'il est irlandais. Il n'a pas l'air d'un ouvrier, pourtant. Il était un peu miteux, mais poli et éduqué. Il n'avait rien d'un terrassier non plus.

« Et voilà, se dit John-William Dallam, qu'elle recommence à bavasser. Elle parle pour ne rien dire, exactement comme sa mère. Et, par-dessus le marché, je me demande comment elle peut savoir à quoi ressemble un terrassier quand j'ai toujours pris soin de n'en laisser aucun l'approcher. Juste ciel ! Mais que peut-elle bien connaître de tout cela ? Pas grand-chose, je suppose. » Ce qui n'avait aucune importance tant qu'il se trouvait là pour le connaître à sa place. C'était une bonne fille, et il l'aimait, nom d'un chien ! Et, si elle avait été un garçon, il en aurait été fier. Ce qu'il regrettait, à présent, avec tout ce qui lui restait de vie et ce goût de cendre dans sa bouche, c'était la mollesse dont il avait fait preuve à son égard. Il aurait dû l'obliger à épouser Ben Braithwaite. Non qu'il fût entiché de l'aîné du vieux Ben, qui se montrait parfois d'humeur étrange et pingre, en digne fils et son père. Mais au moins lui avait une tête solide. Il saurait faire régner l'ordre et prendre soin de ses femmes. Comme John-William. Et, parce qu'il avait été assez stupide pour se croire immortel, il allait laisser Gemma, Mabel et les filatures aux mains de Tristan Gage. Oh ! il n'était pas méchant, mais niais, si affecté qu'il ne pouvait servir à grand-chose, excepté à faire le beau au salon avec ces dames — il distrayait beaucoup Mabel. Il avait aussi bonne allure à cheval qu'en habit de soirée, ce qui, supposait John-William, avait dû attirer Gemma. Voilà bien les femmes !

Par chance, il avait recruté un directeur d'usine idéal qui pourrait en remontrer à Tristan et à ses semblables n'importe quand et sur n'importe quel sujet. Lui serait capable de faire fructifier les capitaux de Gemma. Et, à moins qu'elle ne se livrât à des spéculations extravagantes, elle était assurée de ne jamais manquer d'argent, sa vie durant. De même pour Mabel.

Il se rendit compte que ce qu'il avait toujours craint sans se l'avouer pouvait arriver : s'il trépassait, Mabel aurait accès à d'importantes sommes d'argent. La panique l'envahit. Il fallait trouver quelqu'un qui s'occupe d'elle, qui ait assez de poigne pour éloigner les séduisants vautours déguisés en colombes — et en paons — qui ne manqueraient pas de fondre sur elle dès qu'il aurait disparu. Ben Braithwaite, étant un rapace lui-même, aurait été idéal dans ce rôle, il aurait mené cette tâche à la perfection. Quant à Tristan... Et Gemma ? Il eut comme une illumination. S'il survivait, il lui apprendrait à gérer sa fortune. Il réorganiserait ses affaires pour lui donner les moyens d'y participer.

— Ce ne sera plus long maintenant, Père.

La voilà qui recommence à débiter des mensonges réconfortants, pensa-t-il. Elle le traitait en enfant, comme lui-même l'avait toujours traitée. Elle devait pourtant savoir aussi bien que lui que, en admettant que ce jeune Paddy O'Riley — ou quelque nom similaire — transmît son message au cocher, ils ne réussiraient jamais à hisser cette victoria à la suspension délicate et d'un prix exorbitant — c'était la voiture préférée de Mabel — en haut de ce sentier étroit et raide. Au mieux, ils la laisseraient sur cette bande de terre, en dessous d'eux et le transporterait comme un sac de farine jusqu'en bas. Dans ce cas, ils allaient avoir besoin des biceps irlandais, parce que Williams, le cocher, qui avait été dans sa jeunesse tisserand sur des métiers manuels, avait à présent les jambes arquées et les épaules voûtées.

Gemma aussi devait le savoir.

Elle l'avait compris, mais son instinct lui dictait de rester auprès de son père afin de le rassurer. Elle ne doutait pas du retour du jeune Irlandais.

— Ce ne sera plus long, répéta-t-elle.

Et pourtant ces instants lui paraissaient interminables, seule au milieu de cette lande dont l'air fraîchissait et devenait humide, avec son père étendu à son côté et qui agonisait silencieusement. Elle demeurait, en apparence, aussi calme que s'il s'était foulé la cheville. Et, quand la voiture fut en vue, elle avait déjà mesuré l'inclinaison de la pente par rapport au poids de son père.

Daniel Carey également. Il avait eu, autrefois, un cocher, sous ses ordres, aussi savait-il comment parler à Williams.

— Prenez les pieds, moi je le soutiendrai sous les épaules. Passez le premier et allez-y doucement. Il vous faudra tenir les chevaux, mademoiselle.

Elle glissa au travers des herbes drues, puis attrapa la bride des chevaux récalcitrants et les fit tenir tranquilles tout en suivant des yeux les deux hommes qui peinaient. Williams maugréait et haletait, tandis que l'Irlandais paraissait à peine essoufflé.

Ils hissèrent enfin son père dans le landau et l'enveloppèrent d'une couverture.

— Voilà, mademoiselle, vous pouvez à présent rentrer chez vous, dit le jeune homme.

— Viendrez-vous avec nous jusqu'à Frizingley ?

Gemma ne savait pas si elle lui proposait de le déposer en ville ou sollicitait la sécurité de sa présence. Mais le jeune homme souriait. Courir un mile sur un terrain malaisé puis soulever ensuite un homme de cent kilos avait été une plaisanterie pour lui. Il secoua la tête.

— Tout ira bien, maintenant. Mettez votre père au lit dès que vous arriverez et appelez le médecin.

— Oui. Merci.

Gemma cherchait désespérément quelque chose d'autre à dire. A moins qu'elle ne le retînt, elle était certaine qu'il allait disparaître en sifflotant et qu'on ne le reverrait plus. Cela n'avait pas une grande importance, mais il s'était montré si prévenant...

— Je suis Mademoiselle Dallam, de Frizingley Hall.

Mon Dieu, pensa-t-elle comme cela semblait prétentieux ! Elle venait de s'exprimer comme une châtelaine qui désire se montrer gracieuse envers un inférieur, ce qui n'était pas du tout dans ses intentions.

— Dans ce cas, je vous souhaite une bonne journée, mademoiselle Dallam de Frizingley Hall.

Elle nota qu'il avait délibérément exagéré son accent irlandais et rougit.

— Je veux dire... je vous suis tellement reconnaissante. Si vous vouliez passer — un peu plus tard — pour vous enquérir de la santé de mon père, je vous en prie, n'hésitez pas.

Elle s'aperçut qu'elle s'enferrait et se tut. L'embarras lui fit monter le feu aux joues.

Daniel Carey souriait toujours, puis changea de manières jusqu'à donner l'image du vagabond irlandais effronté et désinvolte ; le Paddy O'Riley de John-William Dallam. Gemma en aurait pleuré de honte.

— Pour sûr, mademoiselle Dallam, j'y penserai un de ces jours quand j'aurai l'occasion de passer dans le coin.

Elle savait qu'il n'en ferait rien.

— Je n'oublierai pas votre gentillesse.

Elle disait vrai.

— Pour sûr, c'était la moindre des choses. Emmenez vite votre père chez lui.

— Oui.

John-William gisait sur le siège arrière, aspirant ce qui pouvait être sa dernière bouffée d'air et Gemma se demanda si le moment était vraiment choisi pour savoir si elle avait ou non offensé un étranger.

A Frizingley Hall, l'après-midi et la soirée furent mouvementés. On demanda un médecin pour John-William et il fallut une infirmière pour Mabel qui avait eu un malaise en voyant son mari arriver. Elle reposait à présent dans sa chambre, tremblante, le spectre du veuvage au pied de son lit. Linnet Gage se montra splendide. Elle fit tout pour s'assurer que, quel que fût le dénouement de l'affaire, on pourrait dire : « Que serions-nous devenus sans Linnet ? » Elle allait d'une chambre à l'autre, dans un frou-frou de taffetas, prenant les choses en main, « pensant à tout », au désespoir de Mme Drubb qui, en général, pensait à tout avant tout le monde. Quand il devint évident que John-William vivrait, Linnet rappliqua aux côtés de Gemma pour l'assurer de son soutien dans cette épreuve, tandis que le docteur expliquait que cette attaque avait été un avertissement à prendre au sérieux et que John-William devrait, dorénavant, raccourcir ses heures de présence à l'usine. Du bon air et un peu d'exercice étaient également recommandés.

— Très raisonnable, murmura Linnet.

Elle se rendit alors, sur la pointe des pieds, chez Mabel pour lui susurrer les bonnes nouvelles, en particulier celle qui avait trait au « bon air » et qui, de toute évidence, indiquait qu'un déménagement à la campagne s'imposait.

Au matin, la crise était enrayée. On avait installé Mabel, encore dolente, sur une chaise longue près du lit de son mari. Linnet, dont l'esprit brodait avec excitation sur le thème des maisons de campagne ainsi que sur celui de Sir Felix Lark qui la regardait, ces derniers temps, de façon significative, eut enfin le loisir de donner des conseils à son frère sur le comportement à adopter vis-à-vis de Gemma. Elle lui fit remarquer, très justement, qu'une jeune fille qui venait d'éprouver un tel choc avait besoin d'affection. Il lui fallait une épaule d'homme sur laquelle s'appuyer, un bras masculin pour la guider ; de plus, bien que ses fiançailles avec Tristan eussent été officiellement annoncées, un deuil éventuel retarderait le mariage. La tante Mabel porterait certainement le deuil pendant deux années entières et tiendrait à ce que Gemma en fît autant. Tristan, dans ce cas, devrait tout recommencer. Aussi était-il plus sage, s'il tenait à ce mariage — et ce dernier point ne faisait aucun doute —, qu'il s'assurât l'affection de Gemma une fois pour toutes. Non pas que Gemma, qui était un peu simplette, fût le moins du monde coquette. Mais une fois John-William hors du circuit, ceux-là mêmes qu'il avait tenus à l'écart, « les indésirables », ne manqueraient pas de revenir au galop. Linnet, qu'aucun père sévère n'avait jamais protégée, avait de bonnes raisons d'en connaître le danger.

— Laisse-la se reposer sur toi, mon chéri, aussi lourdement qu'il lui plaira. Et, si tu te sens enclin à profiter de la situation, tu vois ce que je veux dire, je suis certaine que personne ne t'en blâmera. Tu sais, dans ces moments-là, la plupart des jeunes filles apprécient un ou deux baisers. Cela risque même de lui changer les idées.

Linnet estimait également que cela fortifierait les sentiments de Gemma pour Tristan. Car Gemma n'avait sans doute jamais été embrassée. Elle y verrait un engagement qui l'attacherait définitivement à Tristan.

— Occupe-toi d'elle, Tristan.

Il sourit et embrassa sa sœur.

— Ne serais-tu pas un peu intrigante, ma chérie ?

— Les circonstances, hélas ! m'y obligent, Tristan, dans notre intérêt à tous deux.

Tristan en était persuadé. Il savait aussi que, si Linnet avait réussi à se faire épouser par un de ces vieux bonshommes qui la lorgnaient et la serraient de près, à Londres, chaque année pendant la saison, depuis ses quinze ans, elle se serait sacrifiée sans mot dire. Elle aurait serré les dents et se serait soumise au bon plaisir du barbon, dans l'unique dessein de procurer un foyer à Tristan et à elle-même. Les choses, fort heureusement, avaient pris une autre tournure et c'était lui qui avait eu la chance de trouver un bon parti ; à lui de travailler pour assurer l'avenir de Linnet. Ses expériences amoureuses avaient été satisfaisantes vu son âge et son milieu, mais il n'avait jamais éprouvé de sentiment pour quiconque, excepté Linnet.

Il n'en parlait jamais parce qu'il trouvait cela naturel. Aimer sa sœur n'avait rien d'anormal, d'autant que Linnet et lui étaient obligés de compter l'un sur l'autre. Ma sœur est une superbe jeune fille, pensait-il, qui mérite le meilleur ; et, si je peux la mener à l'un de ces rustauds de millionnaires, elle deviendra, à coup sûr, la tête de proue de Frizingley. Personne, dans cette ville, n'aurait rien à lui apprendre et elle leur en remontrerait à tous. Elle ferait un triomphe auquel il serait heureux d'assister.

Aussi décida-t-il de se mettre à l'œuvre sans tarder en allant faire un brin de cour à Gemma. Il ne fallait ni l'effrayer, ni l'offenser, mais la persuader qu'elle s'était engagée ; il se montrerait tendre et plein de douceur pour en faire une expérience agréable à tous deux.

Ses appétits n'avaient rien de particulier et il recherchait avant tout la tranquillité d'esprit, ainsi que le mode de vie confortable et harmonieux de son enfance, avant que le caractère de leur père ne s'altère et que l'argent ne leur manque. Si Gemma pouvait lui faire retrouver ce temps délicieux, il ferait en sorte qu'elle ne regrette jamais de l'avoir épousé. Pauvre chère Gemma ! Il était évidemment dommage qu'elle ne possédât pas l'aspect glorieux de la créature irlandaise qu'il entrevoyait de temps à autre dans la maison. Il n'y avait aucune chance, non plus, que Linnet lui permît de s'en occuper ; en supposant que cela lui arrivât, avec elle ou une autre, il prendrait en tout cas grand soin que Gemma n'en sût rien.

Il allait, sur-le-champ, tenter de l'embrasser. Il s'arrangerait pour lui faire croire qu'elle lui faisait perdre la tête et pousserait son avantage aussi loin qu'elle le lui permettrait, ce qui, d'après lui, ne serait pas très loin. Et, en dépit de ce qu'il adviendrait à John-William, elle imaginerait ainsi avoir, non seulement un fiancé, mais un amant.

— Mais où est-elle passée ?

Gemma, qui ressentait le besoin d'être seule, se trouvait au jardin. Elle ne fuyait pas Tristan, ni Linnet, ni même le vieux couple d'amoureux souffrants qui se tenait la main dans la chambre, là-haut ; elle voulait échapper à tous, l'atmosphère de la maison l'oppressait. Elle marchait dans la lumière d'octobre, parmi les feuilles éparses et les arbustes émondés. Le jardin était prêt pour sa tenue d'hiver. Avec surprise, elle aperçut le jeune Irlandais de la veille, qui avançait à sa rencontre.

— Bonjour ! cria-t-elle.

Le rencontrer ici, au jardin, est une chance, se dit-elle vivement. Cela avait évité au jeune homme toutes ces histoires de porte de service et d'entrée des fournisseurs, ou, pire, d'être dévisagé avec méfiance à l'entrée principale et d'y attendre un bon moment parce que les domestiques ne savaient que faire de lui. Il en aurait certainement été offensé. Gemma se reprit : « Offensé ? Plutôt amusé. Non, il aurait pris la chose avec dédain. »

— Bonjour, mademoiselle Dallam, comment se porte votre père ?

Au grand soulagement de Gemma, la voix de l'étranger ne se moquait pas. Il avait abandonné toute imitation satirique de l'accent du traîne-savate irlandais. Ce matin, il n'était plus Paddy O'Riley, mais lui-même, c'est-à-dire un jeune homme bien élevé. Sa redingote verte était, sans doute, râpée et le col remonté à la façon des vagabonds, néanmoins Gemma sentait qu'il valait mieux que cela.

— Mon père va beaucoup mieux, je vous remercie.

Elle nota avec amusement qu'il ne s'appesantissait pas sur le sujet et ce manque d'intérêt pour l'auguste personne de John-William Dallam ne la blessa pas. En somme, il était direct, honnête et c'était plaisant. Ben Braithwaite, ou Uriah Colclough n'auraient pas manqué de prendre des mines contrites.

— Parfait. Je crois, mademoiselle, que vous avez perdu cela hier.

Il ouvrit la main et lui présenta le petit chat d'améthyste et de diamant qu'elle portait au revers de sa cape.

— Je l'ai trouvé près de l'endroit où vous étiez assise.

Il avait ramassé la broche avec irritation en pensant : « Ce n'était pas assez d'avoir secouru le père, il faut encore rapporter les bijoux de la fille. » Il ne voyait aucun intérêt à les rencontrer de nouveau et, si la broche n'avait pas eu de valeur, il aurait volontiers oublié la famille Dallam — dont l'héritière était sans doute couverte de joyaux — pour offrir la broche à Cara en cadeau d'adieu. Elle n'aurait probablement jamais la chance de posséder des pierres comme celles-ci.

Malheureusement, le bijou valait une fortune et Daniel s'était dit que, si Cara était obligée de la vendre ou de l'engager, cela déclencherait une enquête qui risquait de lui occasionner des ennuis.

Ces réflexions l'avaient amené dans ce jardin balayé par le vent, et il se tenait à présent devant un petit bout de femme qui ne savait que faire de lui.

— Je m'appelle Daniel Carey, dit-il, la prenant en pitié. Je suis instituteur, parfois, journaliste de temps à autre. Il m'arrive aussi de faire des traductions de français.

Il se présentait comme un homme instruit, elle savait maintenant qu'il ne creusait pas des tranchées, et allait peut-être se sentir plus à l'aise avec lui.

En effet, elle se détendit.

— Monsieur Carey, je vous remercie encore. Cela m'aurait ennuyée de perdre ce bijou. Je l'ai depuis mon quinzième anniversaire.

Donc depuis une dizaine d'années, se dit Daniel, ou un peu moins. Son petit visage émergeait d'une robe de laine sombre, de coupe sévère, sur laquelle elle avait jeté un châle de cachemire, qui lui donnait l'air d'une matrone alors que ses joues étaient lisses et fraîches. Elle avait des yeux bruns, à l'expression réfléchie et sa main, quand elle l'avança pour prendre le bijou, montrait un tempérament pragmatique et capable d'agir, même si on ne lui en avait jamais donné l'occasion.

— Voulez-vous entrer un instant prendre quelque chose, monsieur Carey ?

Elle se montrait hardie en lui faisant cette proposition. Daniel n'avait pas fréquenté depuis longtemps ces milieux tellement affectés et contraints. La maison devait abriter un dragon de mère qui évoluait dans un frou-frou de soie et de dentelles, une gouvernante aux yeux d'aigle ainsi qu'un frère très collet monté. Tout ce beau monde allait lui fondre dessus pour lui poser des questions, imaginant qu'il était venu chercher une récompense. Daniel, dont c'était le dernier des soucis et qui, au surplus, ne tenait pas à s'embarrasser de mondanités, secoua négativement la tête.

— Cela me ferait plaisir, dit Gemma. Elle paraissait sincère.

— Pourquoi ? Est-ce donc si triste là-bas ?

Elle sourit et bien que cela ne lui donnât pas plus de beauté, le sourire était franc, intelligent, ouvert, pas déplaisant.

— Eh bien, c'est un peu la pagaille à la maison. Ma mère s'est trouvée mal lorsqu'on a ramené mon père et...

— Oh ! la pauvre femme. Elle s'y est peut-être crue obligée ?

Gemma réprima un éclat de rire, dont elle se sentit honteuse. Incroyable ! pensa-t-elle, comment pouvait-il s'exprimer avec tant de franchise ? Elle vit bien, cependant, qu'il ne se moquait pas de sa mère et ne mettait pas en doute la sincérité de celle-ci. Il avait saisi la situation et disait tout haut ce que Gemma pensait tout bas. Mabel, dont on ne pouvait mettre la détresse en doute, avait estimé qu'un évanouissement était une preuve indispensable de l'affection d'une femme envers son mari.

— Mes parents sont très attachés l'un à l'autre, dit-elle avec une certaine raideur.

Mais ses traits reflétaient encore l'harmonie tranquille de son sourire.

— Alors, ils ne doivent être préoccupés que d'eux-mêmes, ce qui est un peu assommant pour vous.

— Un peu.

A l'expression du regard de Gemma, il comprit qu'elle se sentait très seule. Il ne tenait pas à aller se planter sur un canapé au dossier rigide, pour siroter un thé fadasse dans une tasse de porcelaine tout en essayant d'alimenter une conversation réduite, mais n'avait pas non plus le cœur à la décevoir.

— Ce jardin est assez inhabituel, dit-il en matière de compromis.

— En effet.

C'était là une invitation discrète à lui montrer les vieux arbres, les rosiers plantés par des Goldsborough maintenant disparus, le cadran solaire et, en contrebas, le jardin à l'italienne, avec ses fontaines vides et ses chérubins de pierre noircie par les ans.

— Aimez-vous les jardins, mademoiselle Dallam ?

— J'aime en tout cas celui-ci, autant que j'aime cette maison. Ma mère la trouve petite, peu pratique et mal située. Elle soupire après des pièces hautes comme des cathédrales, un vestibule de marbre avec un escalier central, le tout éclairé par une bonne demi-douzaine de lustres. Mais moi je trouve cette demeure pleine de caractère.

— Et de charme, ajouta-t-il.

Pour enrayer le feu qu'elle sentait lui monter aux joues, Gemma dit très vite :

— De quelle partie de l'Irlande venez-vous, monsieur Carey ?

— De Ballina, dans le comté de Mayo. Connaissez-vous cet endroit ?

— Pas du tout.

— Eh bien, moi non plus. Cela doit faire une douzaine d'années que je l'ai quitté.

— Avez-vous toujours de la famille là-bas ?

Daniel sourit. Il aurait pu lui donner une réponse négative ou dire : « Oui, bien sûr », ce qui lui aurait évité de plus amples explications. Qu'avait-elle besoin de savoir ce qui était arrivé aux Carey de Ballina ? Il avait fait face au malheur et ne tenait pas à ce qu'on le prenne en pitié. Elle devait être intelligente, cependant plus qu'on ne l'avait encouragée à le montrer dans son monde protégé. Elle paraissait seule, et manquer de compréhension de la part de ceux qui l'entouraient. Il aurait aimé savoir ce qu'elle saisissait des réalités de la vie et si elle pouvait les regarder en face.

A son propre étonnement, il s'entendit répondre :

— Je n'ai pas de famille. Mon père est mort en prison quand j'avais cinq ans et ma mère a été tuée, six ans plus tard, par une balle perdue dans une manifestation.

Il se raidit, prêt à affronter un hoquet d'horreur suivi d'un flot de paroles consolatrices. Mais elle tourna vers lui un visage calme et attentif qui n'offrait pas plus de compassion qu'il n'aurait pu en tolérer.

— Je suis désolée... Je pense que vous ne devez pas parler de cela très souvent.

Daniel fut étonné de sa finesse.

— Non, en effet. Les gens n'aiment pas les histoires tristes, cela les met mal à l'aise.

— Bien sûr ; ils se sentent navrés et ne savent comment l'exprimer. Et la question qu'on aimerait se poser...

— Allez, posez-moi la première question qui vous viendra à l'esprit.

— Pourquoi a-t-on mis votre père en prison ?

— Question facile. Parce qu'il n'approuvait pas la politique concernant la propriété foncière en Irlande. Savez-vous de quoi il s'agit.

— Pas exactement.

La conversation étant arrivée à ce point, Gemma savait que Ben Braithwaite ainsi qu'Uriah Colclough auraient baissé les yeux et murmuré : « Nul besoin d'encombrer votre charmante tête avec toutes ces histoires. » John-William Dallam aurait, selon son humeur, grogné ou tonné un avertissement pour faire remarquer que ce n'était pas là un sujet pour une femme. Quant à Tristan, il n'aurait même pas saisi les tenants et les aboutissants de l'affaire. Daniel Carey, lui, entreprit avec courtoisie de l'informer. Il semblait trouver naturel d'aborder ces questions avec une femme et d'en discuter comme avec un homme.

— Le régime foncier en Irlande, dit-il, repose sur le pouvoir suprême du propriétaire face à l'assujettissement complet du cultivateur auquel il loue ses terres. Sans bail, voyez-vous, pas de sécurité. Le propriétaire désire reprendre possession de sa terre, il le fait. Il s'attribue, par la même occasion, toutes les améliorations que son locataire a pu y apporter et, cela, sans compensation d'aucune sorte. En général, quand un paysan s'installe sur une terre pour y vivre, il n'y pousse que de l'herbe. Il construit alors une cabane, des abris pour les bêtes et, soudain, on lui retire tout. Le paysan irlandais, qui ne peut compter que sur son lopin de terre pour faire vivre les siens, n'a même pas l'assurance de pouvoir y rester une année entière. Il faut vous dire que nos propriétaires terriens sont anglais pour la plupart, ce qui n'arrange rien. Mais laissons cela de côté. Le cultivateur vit donc dans une insécurité permanente qui ne l'encourage ni à l'épargne, ni à l'honnêteté. Pensez que, souvent, il ne connaît même pas son propriétaire. Cet homme n'est pour lui qu'un étranger qui habite au-delà des mers et qui ne s'intéresse nullement à la terre mais à l'argent qu'elle lui rapporte. Pour encaisser ses revenus, il emploie naturellement un mandataire qui touche un pourcentage sur les loyers. Si la récolte a été mauvaise, ces gens ne font pas de quartiers, le paysan doit payer ou bien être expulsé. Il arrive aussi que le propriétaire veuille récupérer le lopin de terre sur une lubie ou bien pour le louer à un prix plus élevé.

D'autre part, ces hommes savent depuis longtemps qu'on obtient un profit maximum en divisant la terre en une infinité de parcelles. Le cultivateur a juste de quoi vivre d'une moisson à l'autre, et encore, chichement. Les produits de son labeur servent à sa nourriture et à celle de sa famille, le surplus est vendu pour payer le loyer. Il n'a donc aucun moyen de mettre de l'argent de côté en prévision des mauvais jours. Cela vous expliquera qu'un homme qui perd sa terre est rapidement réduit à coucher dans les fossés. C'est la raison pour laquelle nous sommes si nombreux à nous expatrier et à venir travailler chez vous pour ce que vous appelez avec mépris un « salaire d'Irlandais », ce qui nous rend impopulaires auprès de vos compatriotes. Mais, dans de nombreux cas, c'est cela ou bien mourir de faim. Et c'est le sort de beaucoup. Mon père, conscient de la profonde injustice de cette situation, s'était fait un point d'honneur de la dénoncer publiquement. Il était avocat et très éloquent, ce qui gênait pas mal de monde. Je ne connais pas les charges qui furent réunies contre lui, mais, ce dont je suis certain, est que son incarcération fut la conséquence de son engagement politique. De toute façon, notre famille avait déjà mauvaise réputation. Mon grand-père fit partie du mouvement insurrectionnel de 1798 et fut pendu sur le pont de Ballina.

Gemma était médusée ; elle n'avait jamais rien entendu de semblable. Malgré tout, pensa-t-elle, c'était là un « véritable » sujet de conversation. Et, bien que la quiétude du salon de sa mère l'eût tenue à distance sécurisante des aléas de l'existence, elle avait toujours su que la réalité pouvait être cruelle et choquante.

Elle reprit ses esprits et dit :

— 1798 ? C'était il y a quarante ans. Vous n'avez donc pas connu votre grand-père.

— En effet, j'ai vingt-trois ans.

— Et moi, vingt-deux.

Une dame ne révélait pas son âge. De même, un gentilhomme ne se serait jamais permis d'interroger une femme à ce sujet. Pareille chose ne pouvait arriver sans causer un sérieux embarras, voire une offense grave. Et, cependant, se disait Gemma, combien ils avaient spontanément transgressé une des règles de leur monde ! Devant cette indécence, le ciel ne gronda pas et ne leur tomba pas sur la tête.

— Je connais peu de chose de l'Irlande, hasarda Gemma, seulement ce que les Anglais en savent.

— C'est-à-dire ?

Elle sourit et ses yeux calmes s'allumèrent. Elle était beaucoup plus initiée à la chose politique, chasse gardée des hommes, qu'il n'était séant pour une femme, plus qu'elle-même ne l'avait admis jusqu'à présent. Les idées se bousculaient dans son esprit. Mais voudrait-il l'écouter ? S'intéresserait-il à ce qu'elle avait à dire ?

— Eh bien, dit-elle, quand nous avons été menacés d'invasion, il me semble que vous vous êtes alliés avec nos ennemis, les avez invités dans votre pays. De cette façon, ils pouvaient faire irruption chez nous plus facilement. C'est bien ce qui s'est passé, n'est-ce pas, avec l'Invincible Armada au temps de la Bonne Reine Bess ?

Il lui rendit son sourire.

— C'est que, voyez-vous, nous autres, Irlandais, nous nous sentions plus proches du catholique roi d'Espagne que de votre reine Elisabeth qui était protestante.

— Je vois.

Il l'avait écoutée. Elle se mit à parler avec une aisance qui l'étonna. Les raisonnements s'enchaînaient facilement, comme si elle avait été habituée à les manier chaque jour. Elle en éprouvait une joie profonde. Lui, un homme cultivé, la prenait au sérieux ! Mais ce qui, pour Gemma, tenait du miracle, c'est que cette situation lui semblait normale.

— Mais trouvez-vous juste, monsieur Carey, d'avoir laissé l'Inquisition espagnole essayer d'envahir l'Angleterre, pour brûler ensuite ses habitants comme hérétiques ?

— Pas si injuste que cela. Quoi que vous en disiez, votre Bonne Reine Bess ne s'est pas montrée si bonne à notre égard. Elle envoya ses hommes d'armes s'emparer de nos terres et les donna en cadeau d'anniversaire, ou quelque chose de ce genre, à ses favoris et à ses gentilshommes, parce que nous refusions de rejoindre le parti protestant.

— En effet, rétorqua gravement Gemma, mais avec une pointe de malice, peut-être était-ce trop vous demander que de nous suivre dans cette voie, mais vous ne pensiez tout de même pas que nous allions rester plantés là, sans réaction, alors que vous aidiez les jésuites espagnols à conquérir notre pays ?

— Mais vous n'êtes pas restés plantés là, vous avez fait de nous un peuple conquis. Elisabeth nous a mis à genoux et, par la suite, votre Cromwell ainsi que votre Guillaume d'Orange nous ont achevés.

— Vraiment ?

Mais ils savaient tous deux qu'elle connaissait la suite. Daniel n'en était pas particulièrement surpris et Gemma jubilait.

— Eh oui, dit Daniel, et d'une façon typiquement puritaine. Savez-vous que les catholiques n'avaient ni le droit de voter, ni celui de siéger au Parlement irlandais. Ils ne pouvaient occuper aucun poste au gouvernement, dans l'armée ou dans la marine. Et pour finir, il leur était interdit de léguer leurs terres à leur fils aîné à moins que celui-ci n'acceptât de se convertir au protestantisme. Dans le cas contraire, la terre était divisée entre tous les enfants. Les propriétés des catholiques ne tardèrent pas, ainsi, à être morcelées, jusqu'à ce qu'il n'en reste rien.

— Je suppose que tout cela est arrivé parce que les Anglais ont chassé les Stuart et que les Irlandais n'ont rien trouvé de mieux que de lever une armée pour les soutenir, et évincer Guillaume d'Orange notre nouveau roi.

— Ah oui, le protestant Guillaume d'Orange.

Sa réplique était prête.

— Et ces Stuart qui voulaient nous imposer leur catholicisme, à nous un pays protestant ?

Tranquillement, il acquiesça.

— Eh oui.

— Et, en 1798, quand l'Angleterre se trouvait en grand danger du fait des armées de la France révolutionnaire, vous avez laissé les Français pénétrer en Irlande pour mieux nous poignarder dans le dos.

— Nous sommes une nation conquise, mademoiselle Dallam, vous ne nous accordez rien, si ce n'est de nous tirer dans le dos. Nous ne sommes même plus une nation depuis l'Acte d'Union entre votre pays et le mien promulgué en 1801. D'aucuns ont insinué que la perte de notre identité nationale serait compensée par une participation aux bénéfices du commerce anglais. Ce qui est arrivé, en réalité, c'est que les

Anglais se sont servis de l'Irlande comme d'une décharge où écouler le surplus de leur production. D'autres ont prétendu que la suppression de notre Parlement nous donnerait des voix supplémentaires dans le vôtre. On a aussi insisté sur le fait que l'Acte mettrait fin aux discriminations entre catholiques et protestants. Mais il n'y a que onze ans que votre homme d'État, Rober Peel, a permis aux catholiques d'entrer au Parlement. Il s'est beaucoup compromis, celui-là !

Gemma se mit à réfléchir, comme jamais elle ne l'avait fait.

— Que c'est triste, dit-elle enfin. Il semble que tout ce qui est bon pour mon pays ait toujours été néfaste au vôtre et que, pour nous préserver, nous ayons sans cesse été obligés de vous déchirer. C'est tragique.

— Je le pense aussi.

— Êtes-vous catholique, monsieur Carey ?

C'était également une question qu'on ne posait pas.

— Oui. Mais je suis aussi un petit peu tout. Et vous, êtes-vous protestante ?

— Oui et cela me convient, ce qui ne veut pas dire que cela doive convenir à tout le monde.

— Quelles personnes éclairées nous sommes, mademoiselle Dallam, et combien édifiantes ! C'est une pitié que nous ne soyons que deux au lieu d'une multitude !

Éclairée, Gemma espérait tellement l'être. Elle s'était habituée à considérer ses aspirations comme un inconvénient. Elle devait les dissimuler d'abord à son père, lequel se sentirait en droit d'y mettre un terme, ensuite à sa mère qui s'inquiéterait qu'on ne la trouvât bizarre.

— Et, que pensez-vous faire de votre vie, mademoiselle Dallam ?

Tout en posant cette question, Daniel sentit qu'elle n'avait aucun sens. Il savait bien que la vie de cette jeune fille avait été soigneusement planifiée par d'autres. Quel choix avait-elle donc ?

— Je dois me marier en décembre, répondit tranquillement Gemma.

Bien sûr, se dit Daniel, les filles de son monde naissent pour être mariées. Quelle autre alternative existe-t-il pour elles, sinon le désolant statut de vieille fille ? Celle-ci, au moins, échapperait à ce sort.

— Je vous souhaite beaucoup de bonheur, dit Daniel.

Il le pensait. Gemma inclina la tête avec grâce.

— Et vous, que comptez-vous faire, monsieur Carey ?

Soudain, le monde parut vaste à Daniel et le vent d'octobre rafraîchissant.

— Eh bien, il se pourrait que d'ici un à deux jours je me rende en France, peut-être en Italie.

Il était libre d'aller n'importe où. En souriant, il aspira à pleins poumons l'air froid, savourant sa chance. Son exaltation ainsi que le piètre état de sa redingote n'échappèrent pas à Tristan qui s'avançait dans l'allée à la rencontre de sa fiancée. « Doux Jésus ! siffla-t-il intérieurement, Linnet avait entièrement raison, les "indésirables" se montrent déjà. » Il ne blâmait pas ceux qui essayaient de saisir l'opportunité quand elle se présentait ; de plus le jeune gars qui conversait avec Gemma, malgré le piètre état de sa jaquette, avait fière allure. En d'autres circonstances, Tristan aurait été le premier à lui souhaiter bonne chance, et il n'était pas dans son style de laisser tomber un commentaire du genre : « Désolé, mon vieux, chasse gardée » autrement que de manière courtoise.

Il tenait, cependant, à se faire comprendre, car il remarqua que Gemma, qu'il appelait en agitant la main, ne paraissait pas enchantée de son interruption.

Qui peut bien être ce type ? se demandait Tristan tout en remerciant mentalement Linnet de sa clairvoyance et de ses judicieux conseils.

— Oh ! Tristan...

Tristan sentit que l'accueil de Gemma était un peu forcé ; un degré ou deux en dessous de la nuance souhaitée.

— Je vous présente M. Daniel Carey, le gentilhomme qui a aidé Père hier. Monsieur Carey, M. Tristan Gage, mon fiancé.

Mais oui, se dit Tristan, c'était le chevalier errant irlandais ! Son impression première, excellente par ailleurs, se trouva renforcée du fait que la chance l'avait aidé à passer par là. Tristan, qui à sa place, aurait agi de la même façon, se montra non seulement d'une grande correction, mais cordial.

— C'est une bénédiction que vous vous soyez trouvé là, mon vieux ! Je ne pourrai jamais assez vous remercier de vous être occupé d'eux.

— Il n'y avait rien là que de très naturel, répondit Daniel.

Ainsi, c'était le fiancé ! Il était beau, très beau, même, le parfait Adonis de salon, ivoire et doré, avec un sourire artificiel et des yeux améthyste qui devaient juger les hommes d'après leur compte en banque et les femmes à leur dot. Ce petit bout de fille solide valait bien une douzaine de gaillards dans son genre.

Le savait-elle ? Il eut soudain la conviction qu'elle en était consciente et fut submergé de remords et de pitié. Ainsi, Gemma Dallam savait ce qu'elle faisait et elle n'avait pas d'autre choix. Elle avait dû se résigner, une fois pour toutes, à se contenter de ce pis-aller pour le reste d'une vie, unique pour chacun et, par conséquent, précieuse.

Alors, se dit Daniel avec effroi, si cette jeune fille issue d'un milieu favorisé, entourée de relations puissantes, se résolvait à accepter une si médiocre destinée, qu'adviendrait-il de Cara ? Combien de temps encore pourrait-elle se maintenir seule la tête hors de l'eau ? Avec amertume il songea que peut-être déjà un homme âgé ou puissant, tapi quelque part dans le sillage de Cara comme une araignée dans sa toile, attendait son heure en sachant qu'elle viendrait. Mon Dieu ! pensa-t-il, il était difficile d'être un homme, mais le sort d'une femme pouvait être poignant.

Il eut un léger tremblement.

— Auriez-vous froid, monsieur Carey ? demanda Gemma.

Malgré la sollicitude qu'elle manifestait à son égard, Daniel sentit que la jeune fille amorçait un repli vers sa maison.

— On le dirait. Il est temps que je m'en aille, mademoiselle Dallam.

— Mais bien sûr.

Gemma serrait toujours le chat d'améthyste dans le creux de sa paume. Elle brûlait de l'offrir au jeune homme en guise de souvenir, comme témoignage d'amitié. Mais Tristan les observait et elle n'osa pas. Puis elle se dit que l'Irlandais l'oublierait vite, tout comme elle-même ne l'oublierait pas, ce qui était surprenant, quand elle considérait la facilité avec laquelle les visages des Braithwaite et des Colclough s'effaçaient de sa mémoire dès qu'ils étaient hors de sa vue.

— Eh bien, bonne chance, monsieur Carey.

Il en avait besoin. Son genre de vie devait être précaire, voire rude au-delà de ce qu'elle imaginait. Elle aurait aimé apprendre, un jour ou l'autre, qu'il avait réussi, qu'il avait enfin accompli ce qui lui tenait tant à cœur.

— Au revoir, mademoiselle Dallam.

— Au revoir...

Elle le suivit un moment du regard avec intensité, tandis qu'il s'éloignait vers la grille du jardin. Lorsqu'elle se tourna vers Tristan, son regard sombre brillait d'un éclat dur, d'une beauté presque virile qui, par contraste, fit paraître fade la blondeur du jeune homme et insipides ses yeux bleus.

— C'est un type très agréable, dit Tristan.

Sa voix, après l'intonation grave et harmonieuse de Daniel, sonnait plate, criarde et prétentieuse.

— Tout à fait, répondit-elle.

Tristan se demandait si la canaille avait touché le cœur de Gemma. Il le semblait et c'était tant mieux, se dit-il, car cela prouvait au moins qu'elle en possédait un et qu'il était possible de l'émouvoir.

— Gemma ?

— Oui, Tristan.

— Tout ira bien, je vous le promets. Ne vous faites pas de souci.

Il sembla à Gemma que, graduellement, la voix de Tristan reprenait l'accent familier avec lequel elle se sentait dans son élément. Lentement, comme l'image de Daniel s'effaçait, Tristan redevenait beau, élégant et proche. Il était le fiancé charmant et léger, non aimé, mais qui n'aimait pas non plus. Celui qui ne la troublerait jamais, pas plus qu'il ne menacerait son indépendance.

Gemma décida alors, une fois pour toutes, que c'était mieux ainsi.

Et, quel mal y aurait-il, pensa-t-elle, à évoquer de temps à autre un jeune homme qui ne se souviendrait pas d'elle et ne saurait jamais qu'elle avait eu, avec lui, la première vraie conversation de sa vie.

CHAPITRE VII

Personne, dans l'entourage de Cara, n'éprouvait de sympathie pour l'affreux chien noir et blanc. Au premier coup d'œil, Sairellen Thackray l'avait classé dans la catégorie des sales cabots et des fauteurs de trouble. Luke, qui, souvent dans la soirée, traversait la rue pour venir lire au coin de la cheminée des Adeane parce que c'était plus calme que chez sa mère, donna un avertissement loyal : une nature si déformée sur l'aire de combat et par le goût du sang ne pourrait jamais être redressée. Liam, lui, observait avec un regard oblique l'animal qui soufflait et grognait sur une vieille couverture près du feu. Il se gardait bien de l'approcher. Même Odette, dont l'indulgente nature recherchait toujours le meilleur en tout être vivant, n'avait pas montré plus d'enthousiasme. « Ma pauvre enfant, mais à quoi penses-tu donc ? » avait-elle dit, avec un geste d'impuissance qui frisait le désespoir, lorsque Cara s'était écroulée en passant la porte, son sinistre cadeau d'anniversaire sur les bras. Cara elle-même se demandait pourquoi elle n'avait pas déposé l'animal dans la première ruelle venue pour le laisser se rétablir par ses propres moyens ou mourir, comme c'était le sort habituel des chiens de combat à la fin de leur carrière. Au lieu de ça, elle avait titubé tout au long de la rude montée de la rue St Jude sous le poids de la bête, la maudissant, elle et son maître, chaque fois qu'elle trébuchait sur un pavé, une douleur dans la poitrine et la rage au cœur quand elle venait à penser au sang qui tachait le corsage de sa robe bleue ainsi que sa collerette de dentelle. Jamais, se disait-elle, jamais elle ne parviendrait à les nettoyer.

Elle ne vint pas à bout des taches sombres ; le chien ne montrait pas le moindre signe de gratitude. Il avait même trouvé le moyen de mordre Odette, pendant que celle-ci pansait les plaies de ses pattes, donnant un coup de dents dès que ses doigts passaient à portée de sa gueule. Seule la douleur qu'il éprouvait à bouger la tête l'empêcha de la blesser sérieusement. Et, quand Cara, après avoir passé ce qui lui restait de nuit à confectionner, avec deux vieux corsages, une nouvelle jaquette à sa robe, lui apporta une soucoupe pleine d'eau, n'ayant rien d'autre à lui donner, il montra les dents puis, d'un coup de museau méprisant, envoya promener le récipient, inondant la natte.

— Vous n'aurez pas les moyens de le nourrir, lui avait dit Luke avec douceur. C'est une bête qui mange de la viande et, quand il sera rétabli, si vous ne lui en donnez pas, il mettra à sac les poulaillers et les clapiers des environs et vous aurez des ennuis.

— Je pense qu'il mourra, lui avait-elle répondu, en tout cas, je l'espère.

Mais, le soir même, elle mendiait un os à moelle à Ned O'Mara. Sairellen Thackray ne manqua pas de faire remarquer avec acidité qu'il aurait pu servir à préparer un bouillon pour les onze enfants sous-alimentés qui vivaient dans la maison voisine. Cara poussa l'os à portée des mâchoires dédaigneuses.

— Allez, mange, stupide créature.

Il condescendit à s'exécuter, grognant d'une façon inquiétante si quelqu'un osait s'approcher de lui, à moins que ce ne fût avec l'intention évidente de s'occuper du feu. Le lendemain, il accepta avec mépris les restes que Cara avait réussi à détourner au *Fleece*. Elle avait même subtilisé, à la dernière minute, des lambeaux de viande crue, espérant que personne ne s'en apercevrait.

— Il tiendra les souris en respect, avait expliqué Cara à Odette. Et puis, avec lui, tu te sentiras en sécurité le soir quand je serai au travail. S'il vit, avait-elle ajouté.

Il survécut. Il ne bougeait pas de la natte, somnolant et reniflant devant les braises. Il dormait beaucoup et, agité de soubresauts nerveux, geignait parfois dans ses rêves. Mais, si quelqu'un faisait mine de l'approcher autrement que pour remplir son écuelle, il s'éveillait d'un coup, estimant son territoire menacé. Laid et doté d'un tempérament de démon, comment l'aimer ? Il ne semblait bon à rien qu'à traîner la patte devant la maison et à souiller le caniveau engorgé. Si, d'aventure, le soleil se mettait à briller, il s'étendait avec un bruit sourd et un soupir de contentement entre les deux précieuses barriques qui recueillaient l'eau de pluie. Là, enfin, son tempérament vicieux se révélait utile. La voisine, une souillon pour qui faire la queue au point d'eau et la rapporter ensuite chez elle était trop compliqué, avait pris l'habitude d'envoyer l'un ou l'autre de ses rejetons se servir dans les tonneaux.

Avant l'arrivée du chien, la réserve d'eau de Cara avait été une source de conflit permanent. Les enfants de la voisine, une bande de fouines aux yeux rouges, y puisaient en cachette dès que Cara avait le dos tourné. Ils ne prenaient même pas la peine de replacer le couvercle sur les barriques ; ainsi la suie, la poussière et les chats souillaient l'eau. Et, quand Cara leur avait tiré les oreilles un peu fort, ils y jetaient eux-mêmes, pour se venger, un fer à cheval ou des clous rouillés. On y trouva, un jour, une quantité impressionnante de têtards et ce fut mémorable, parce que Odette, qui ne se montrait jamais dure envers personne, cette fois-là explosa. Il n'y avait donc rien d'étonnant à ce que Liam rentrât la tête dans les épaules et fermât les yeux dès qu'il les voyait arriver. Cara, qui ne se gênait pas pour les gifler ou, éventuellement, leur tirer les cheveux dès qu'elle les prenait à rôder autour des barriques, avait la paix depuis que le chien était là.

Ils en avaient une peur bleue. Le père des garnements vint un beau soir se plaindre que l'animal avait fait un accroc au pantalon de l'un de ses fils et qu'il avait réduit à l'état de guenilles les tabliers de ses filles. Il craignait aussi la bête, n'étant lui-même qu'un avorton qui ne devenait féroce que lorsqu'il avait bu.

Les mains sur les hanches, Cara avait rétorqué avec hauteur.

— Je n'ai jamais vu vos enfants qu'en guenilles.

— Ce n'est pas leur faute, fit remarquer Luke quand le nabot eut disparu.

— Mais, je ne suis pas déguenillée, moi, Luke Thackray, et mon fils non plus.

— Vous n'avez pas onze enfants.

— Non. Et cela ne risque pas de m'arriver.

Luke avait souri. Sa bonté rendait Cara un peu honteuse. Mais ce sentiment déplaisant s'évanouit quand elle se rappela le bon usage qu'elle faisait de son eau. Elle se lavait, elle, ainsi que son fils. Elle lavait leurs vêtements à tous deux, frottait le plancher de la maison afin qu'il ne sentît pas l'urine ou Dieu sait quoi et faisait tremper leurs draps et leurs couvertures pour qu'ils ne grouillent pas de vermine. Son fils n'avait pas de poux comme ces affreux petits Rattrie, lesquels traînassaient à longueur de temps en comptant leurs puces. Ils frottaient leurs yeux irrités et lui faisaient des grimaces en découvrant leurs chicots noircis ; Cara se demandait à quoi pouvait bien servir l'eau qu'ils lui volaient.

— Mme Rattrie ne possède ni votre bon sens, ni votre énergie, avait ajouté Luke.

Cara s'en était déjà aperçue. Pendant que la mère Rattrie gisait épuisée sur un matelas, se remettant de la naissance de son dernier enfant ou préparant le suivant, Cara, elle, se démenait pour faire face à la vie. Elle l'avait classée dans la catégorie des épaves, ainsi que son mari que l'on ne voyait jamais qu'à moitié éveillé ou bien ivre mort. Quant aux enfants, à peine en fleur, ils se flétrissaient déjà. Cinq d'entre eux avaient dépassé dix ans et deux étaient des adolescents, mais aucun ne travaillait. En vertu de la formule, « Aide-toi, le ciel t'aidera », Cara avait décidé qu'ils ne valaient pas la peine qu'on les aide.

Luke Thackray, cependant, estimait le contraire. Aux jours froids de novembre, à l'époque où le chien de Cara avait commencé à défendre leur bien, il expliqua à l'aînée des filles Rattrie l'utilité de la fontaine publique ; porter l'eau était l'apanage des femmes. Et, quand le père Rattrie, rendu fou par le gin bon marché, jeta un soir à la rue femme et enfants vêtus exclusivement de leurs dessous ou de ce qui en tenait lieu, et se barricada à l'intérieur de la maison, ce fut Luke qui apporta un châle à Mme Rattrie, enceinte comme d'habitude. Puis, il enfonça la porte, peu épaisse il est vrai, et, empoignant le bonhomme, le traîna au fond du passage St Jude où il le déposa, non sans humour, dans un abreuvoir destiné aux chevaux.

— C'est tout Luke, ne manqua pas de faire remarquer Sairellen à Cara. Ne croyez pas, mademoiselle Adeane, couturière et modiste, que vous bénéficiez de l'exclusivité de ses soins. Et faites en sorte, je vous prie, que votre chien ne vienne pas salir le pas de ma porte ou il aura du poivre dans les yeux.

Cara devina que Sairellen se sentait plus en sécurité face aux Rattrie, lesquels ne menaceraient certainement jamais son autorité ni ne risquaient de séduire son fils. Elle se demanda tout d'un coup si les sentiments que lui portait Luke allaient au-delà d'une simple affection. Lorsqu'elle rentrait le soir, aux heures tardives que lui infligeait son travail, elle le trouvait souvent chez elle lisant au coin du feu, en compagnie d'Odette qui brodait le trousseau de Gemma Dallam. Parfois, il racontait une histoire à Liam. Celui-ci ne répondait à ses questins que par un hochement de tête qui signifiait oui ou non. Au moins il ne le fuyait pas et ne restait pas le nez dans les jupes d'Odette comme il avait encore tendance à le faire si souvent.

Quelquefois, Odette et Liam dormaient déjà et elle trouvait Luke seul. Le chien, auquel on n'avait toujours pas donné de nom, ronflait sur la natte devant le foyer et le feu avait été garni pour la nuit. Cara arrivait toujours un peu essoufflée de sa marche périlleuse dans le noir, parfois satisfaite de sa journée, souvent accablée ; situation que tout homme pouvait être enclin à utiliser à son profit. Cependant, avec Luke, Cara ne ressentait aucune gêne. Elle était simplement heureuse, et du fond du cœur, de se retrouver en sécurité chez elle, de sentir la chaleur de son feu et de le voir là, assis, paisible, devant l'âtre.

De temps à autre, quand la ville était en effervescence parce que les terrassiers du chantier de chemin de fer avaient obtenu une prime substantielle ou qu'un contingent de soldats traversait la ville, Luke venait la chercher. Il l'attendait à la grille du cimetière, derrière la place. Dès que, dans l'ombre, elle apercevait le rougeoiement de sa pipe et qu'elle humait dans l'air l'odeur de son tabac, elle se détendait, pas seulement à cause de sa protection sur le chemin du retour, mais surtout parce que, en lui-même, Luke ne la menaçait pas.

Elle se demandait parfois comment elle réagirait s'il la prenait dans ses bras, comme les hommes le faisaient. De Luke, elle ne pouvait imaginer cela. Non pas qu'elle doutât de sa virilité, mais parce que les hommes l'avaient toujours harcelée, et que dans ce monde ils assouvissaient leurs désirs sans la moindre notion de responsabilité. Elle savait qu'il ne la toucherait pas, à moins qu'elle ne le voulût ardemment. Dans le cas contraire, il s'en tiendrait, sans un mot de reproche, à l'amitié.

Une amitié, que c'était étrange ! Cara n'avait jamais considéré ce sentiment comme possible entre un homme et une femme. Les hommes qu'elle rencontrait se donnaient rarement la peine de voir au-delà de sa chevelure luxuriante, de ses yeux étincelants et de son corps souple. Bien qu'elle ait eu un amant et porté un enfant, Cara n'avait qu'une notion vague des choses de l'amour. Cherchant une explication, elle en vint à se demander si le fait qu'elle fût belle ou non importait à Luke. Peut-être préférait-il la petite fille, craintive parfois, souvent en tort bien qu'animée de bonnes intentions que dissimulaient la hardiesse du sourire et le balancement des hanches. Alors qu'elle s'efforçait d'écarter Daniel Carey de ses pensées, de son cœur, Luke lui offrait une affection qui n'exigeait rien en retour. Il lui apportait l'équilibre, la bonté et, quand elle s'affolait, la sérénité. Ses grandes mains ne tentaient jamais d'explorer sa nuque ou son corsage comme ce pauvre Ned O'Mara. Au contraire, elles réparaient la resserre à charbon pour empêcher la famille Rattrie de subtiliser quelques pelletées de sa précieuse provision. Ces mains-là remplaçaient une vitre qu'une pierre lancée par un Rattrie avait fait voler en éclats. Elles serraient aussi de temps en temps les siennes, non par convoitise, mais pour lui offrir du réconfort.

Cara savait qu'Odette, qui était romantique, aurait aimé qu'elle épousât Luke. Elle devinait également que la terrible Sairellen aurait préféré la voir morte plutôt que la femme de son fils.

Cara pensa avec tristesse que Sairellen avait probablement raison.

Ses journées étaient interminables. Elle s'éveillait à l'aube, allumait le feu pour faire chauffer l'eau de pluie et, peu importait que le petit matin fût glacial et que la température de la petite pièce du bas s'en ressentît, elle allait jusqu'au bout de ce qu'elle estimait être la toilette d'une dame. Dévêtue devant le feu, debout sur le mince tapis, elle se lavait les cheveux, puis le corps, autant qu'il était possible sans geler complètement. Odette et Liam dormaient encore. Le chien était son seul témoin et il ne manquait jamais de grogner de déplaisir à son intrusion parce qu'il avait décidé, une fois pour toutes, que la natte était « sienne » et le devant du feu « sa » place. Son petit œil sardonique informait Cara qu'il savait qu'elle n'était pas une dame, bien qu'elle essayât de le faire croire à Mme Dallam, lui rappelait qu'elle n'était qu'une barmaid du *Fleece* et qu'elle n'avait pas plus de chance de s'élever au-dessus de sa condition qu'un pauvre chien de combat invalide. Ils appartenaient tous deux au *Fleece*, semblait-il ajouter. Il poussait même le vice jusqu'à souligner qu'elle était la propriété du maître de ce lieu, car Cara n'avait jamais trop cru à cette histoire de remise de dette.

Elle se doutait bien qu'un jour le capitaine Goldsborough exigerait quelque chose d'elle. Il ne paraissait pas convoiter son corps, comme Ned qui, ces jours-ci, se trouvait dans un état inquiétant. Il pâlissait et tremblait dès qu'il avait réussi à poser une main sur elle. Le capitaine, fort heureusement, était entouré d'une nuée de femmes pourvoyant à ses plaisirs infiniment mieux que n'aurait su le faire Cara. De ce côté-là, elle ne flairait aucun danger. D'autant que, se commettre avec une serveuse n'avait pas de sens quand il tenait sous son charme une actrice aussi célèbre que l'était Marie Moon. Cara apercevait aussi une rousse, en tenue de cheval et haut-de-forme, qui venait parfois en coup de vent dans l'après-midi, quand son mari la croyait à la chasse, (ce détail étant une supposition de Cara). Il y avait également un assortiment varié d'autres créatures ; elles n'étaient pas toutes belles et quelques-unes faisaient preuve d'un comportement assez bizarre, mais toutes possédaient un air de qualité et du style. Elles passaient en général une nuit ou deux dans l'imposant lit à baldaquin des appartements du haut — le « sérail », comme on l'appelait — puis disparaissaient.

Non, pensait Cara, il n'avait aucun besoin de se commettre avec une serveuse.

Cependant elle sentait, qu'un jour ou l'autre, elle serait convoquée là-haut, dans l'antre du fauve, pas exactement pour le même propos que Marie Moon et ses consœurs, mais pour recevoir des consignes précises sur sa conduite à venir. Elle en voyait d'autres, des hommes aussi bien que des femmes, qui montaient chaque jour l'escalier dérobé.

Elle ignorait ce que le capitaine exigeait d'eux, les ambitions qu'il entretenait ou les buts qu'il visait. Elle ignorait complètement ce qui, dans la vie, lui tenait à cœur, en admettant, toutefois, que quelque chose lui importât. Mais ce dont Cara avait très vite pris conscience était que les sources de son pouvoir reposaient sur la combinaison de deux éléments : propriété et information.

Les Goldsborough, dont le capitaine était le dernier rameau, après avoir vendu leur manoir et leurs terres, avaient conservé des pâtés de maisons entiers, des entrepôts en ruine et de vieilles boutiques délabrées. L'ultime rejeton de la familllle se trouvait en possession de ce qui avait constitué, autrefois, le cœur de Frizingley.

Peu de gens, établis dans cet enchevêtrement de ruelles, d'impasses, et de places qu'on appelait le quartier St Jude, ne lui étaient pas redevables d'un loyer. Presque tous étaient donc à sa merci. La plupart des commerçants ne pouvaient s'offrir le luxe de faire fi de ses volontés ; le capitaine détenait les lieux de leur activité, comme il possédait le toit de leurs clients. Aucune taverne, et elles étaient nombreuses, ne pouvait garder secrètes les allées et les venues des hommes qui la fréquentaient ; il connaissait les noms et les visages de ceux qui participaient aux réunions organisées dans leurs locaux telles que celles des radicaux dans l'arrière-salle du *Dog and Gun* par exemple. Les Chartistes, les partisans des Dix-Heures, les Owenites et les ligueurs de la loi en faveur des pauvres étaient assurés de perdre leur travail si leurs activités arrivaient aux oreilles de Ben Braithwaite, Uriah Colclough ou John-William Dallam.

Le capitaine savait également qui amenait des coqs de combat illégaux au *Beehive*. Il connaissait l'existence de sa porte dérobée, dissimulée derrière un rideau de lierre, et par laquelle passaient ceux qui apportaient du matériel volé. Il savait également, une fois les hommes de main payés, ce qui advenait de ces objets, qui les transformait, les fondait ou les achetait. Il connaissait les prêteurs sur gages honnêtes et ceux qui ne l'étaient pas. Il savait, parce que ce genre de rendez-vous se tenait en général au *Rose and Crown* dans une pièce appelée par dérision la « chambre nuptiale », quelle femme trompait son mari et pourquoi ; par amour ou pour de l'argent, avec qui et pour combien. Il savait qui avait des dettes parce qu'il était en général le bailleur de fonds, celles qui ne seraient jamais honorées mais payées d'une autre façon, c'est-à-dire à sa convenance.

Aussi, quand il souriait et disait : « Vous pourriez faire un petit quelque chose pour moi... », c'était fait, toujours. Parfois, s'éveillant brusquement la nuit, Cara était saisie d'angoisse ; un jour, avec cet humour singulier qu'elle lui connaissait, le capitaine Goldsborough trouverait peut-être amusant de l'offrir à Ned O'Mara.

Elle prenait grand soin de cacher cette partie de sa vie aux Dallam. Tout au long d'octobre et de novembre, elle apparut à Frizingley Hall fraîche et pimpante. Elle ne restait jamais longtemps pour que l'on ne pût soupçonner qu'elle travaillait ailleurs.

Sans cesse sur le qui-vive, elle se tenait prête à saisir la chance au vol. Là-bas, elle était Mlle Adeane, couturière et modiste, quoiqu'il arrivât. Elle déployait pour cela une somme d'efforts considérable. Impeccable, dans sa robe de laine bleu pâle qu'elle avait rénovée en l'agrémentant, du col à l'ourlet, de nœuds minuscules en satin bleu royal, elle s'enveloppait dans une cape sombre cousue à partir de tapis de table en peluche soutirés à Ned O'Mara.

Elle portait aussi des gants brodés par sa mère et elle avait teint en noir ses vieilles bottines pour dissimuler les éraflures. Elle relevait ses cheveux, toujours fraîchement lavés, en torsades et les bouclaient soigneusement en anglaises. Elle se parfumait à la lavande, la violette ou la rose, qu'elle ramassait superstitieusement dans les jardins des autres quand il lui arrivait d'y entrer ; Odette en faisait des essences à la cave. Mlle Adeane, nette et fraîche, écoutait poliment Mabel Dallam qui débordait d'enthousiasme au sujet du mariage prochain de sa fille. Cara ne manquait pas, lorsqu'elle le pouvait, d'aiguiller la conversation dans une direction qui lui serait favorable.

Les noces auraient lieu fin décembre, aussi près de Noël qu'il serait possible, mais certainement pas au mois de janvier. Mabel ne voulait pas renoncer à la suprême élégance de marier sa fille avant la fin de 1840, année où la Reine, d'un an la cadette de Gemma, s'était avancée à l'autel, rayonnante de bonheur, au bras de son Prince Albert. Et, si Gemma avait l'heureuse idée de suivre jusqu'au bout l'exemple de la Reine, qui, mariée en février, attendait son premier enfant pour le mois de novembre, Mabel serait comblée.

On disait « enfant de la lune de miel », Mabel regrettait que l'on n'employât pas le terme « enfant de l'amour » qui exprimait quelque chose de bien différent. Et puis, Mlle Adeane, qui avait réalisé des broderies tellement exquises sur les chemises du trousseau de Gemma, serait peut-être intéressée par la layette du bébé ? La robe de mariée, en satin blanc comme celle de la Reine et agrémentée de volants de dentelle ainsi que de fleurs d'oranger, avait été commandée, pour plus de sécurité et à la grande satisfaction de Linnet Gage, chez Mlle Baker. Mabel ne connaissait personne à Frizingley qui n'eût fait appel à elle pour une cérémonie de ce genre, ni rencontré quelqu'un qui eût à s'en plaindre.

— C'est une femme habile, murmura Cara, mais je me demande comment elle se débrouille pour que toutes ces robes ne se ressemblent pas. Elle en produit tellement dans une saison.

En effet, les robes de Mlle Baker avaient peut-être un vague air de famille, se dit Mabel.

— En tout cas (Cara savait qu'elle venait de semer les germes du doute dans l'esprit de Mabel) elle n'oublie sûrement pas les détails comme coudre de petits sachets de sucre dans l'ourlet d'une robe de mariée, par exemple. C'est bien ce qu'elle fait, n'est-ce pas ?

— Eh bien, ma chère... Du sucre dans l'ourlet, dites-vous ?

— Oui. Ne connaissez-vous pas cela ? C'est un symbole de la douceur de la vie des mariés.

L'idée charmait Mabel.

— Nous le faisions toujours rue Saint-Honoré, madame Dallam. Cela porte bonheur.

Mabel se demanda aussitôt quelles pouvaient être les innovations aussi élégantes que délicieuses qui n'étaient pas encore parvenues jusqu'à l'établissement de Mlle Baker. Elle regrettait de s'être privée du plaisir de chuchoter un mot ou deux des petits sachets de sucre à Lizzie Braithwaite, à Maria Colclough et à Ethel Lord. Ce n'était qu'une vétille, bien sûr, mais la vie de Mabel était emplie de petites joies de ce genre. A présent, la robe de mariée était achevée. On l'avait suspendue, merveille jalousement gardée, dans une garde-robe fermée à clef à l'étage. Mabel estimait que c'était une création de conte de fées. Bien que, en y regardant de plus près, elle présentât quelque ressemblance avec l'autre création de conte de fées qu'on avait vue sur la fille de Maria Colclough en pareille circonstance. Robe qui avait provoqué chez cette dernière un enthousiasme moins mesuré que celui de Gemma.

— Quelle merveille ! Un vrai rêve ! s'était écriée Miss Colclough avec transport lorsqu'on la lui avait livrée.

Mabel se voyait, et peut-être imaginait-elle aussi Linnet, au milieu de ces volants de tulle ciselé, dans cette dentelle mousseuse qui recouvraient le fond de satin.

— Très joli, mère, s'était contentée de dire Gemma.

Ce commentaire lapidaire jeta une ombre au tableau. Mon Dieu ! pensa Mabel, Gemma aurait-elle préféré quelque chose d'un peu moins... comment dire.. mièvre ? C'est le mot qui lui vint à l'esprit. Elle rectifia aussitôt et remplaça mièvre par délicat. Mlle Adeane, qui, elle, n'était pas mièvre du tout, possédait peut-être une idée différente de la manière dont on pouvait habiller cette chère Gemma, laquelle se montrait parfois un peu déconcertante.

Mabel, qui l'instant d'avant rayonnait de bonheur (son mari se remettait de son attaque et sa fille lui apportait le gendre qu'elle avait tant souhaité), se sentit perplexe et troublée. Son seul désir avait été de rendre Gemma plus belle ce jour-là et d'entendre, lorsqu'elle franchirait le seuil de l'église, les murmures admiratifs le disputer aux soupirs d'envie. La robe de Mlle Ernestine Baker produirait-elle l'effet escompté ou bien Gemma ne serait-elle qu'une autre mariée de Frizingley s'avançant à l'autel avec les mêmes volants de tulle que la fille de Maria Colclough, portant la même couronne de fleurs d'oranger que la Reine Victoria, peut-être, mais qu'on avait déjà vue sur la tête de la jeune Amanda Braithwaite quand elle était devenue Mme Jacob Lord ?

Sentant qu'elle avait produit l'effet recherché, Cara se pencha sur les chemises de nuit qu'elle venait d'apporter. Elle les déplia légèrement dans l'intention de faire remarquer à Mabel le travail délicat de la broderie ton sur ton ; il n'y avait pas deux motifs identiques et elle était certaine qu'on ne pouvait rien trouver de semblable à Frizingley. Mlle Baker ne se serait jamais donné tant de peine pour des dessous qu'on ne « voyait pas ».

Elle aurait considéré qu'il n'était pas rentable de perdre du temps et de dépenser autant d'imagination pour une chemise ou un jupon quand on avait une robe de mariée et celles des demoiselles d'honneur à terminer. Cara et Odette avaient, elles, mis tout leur savoir, tout leur talent dans ce travail. Cara avait coupé et cousu les pièces, Odette les avait brodées, travaillant toute la journée, Liam pendu à ses jupes. Elle poursuivait sa tâche le soir, lorsqu'elle avait mis le petit garçon au lit, à la lueur de la chandelle jusqu'à ce que ses yeux la brûlent et qu'un violent mal de tête l'oblige à s'arrêter.

Cara avait calculé que les bénéfices qu'elles allaient tirer de cette commande seraient six fois supérieurs à ce qu'elles auraient gagné en faisant le même travail chez Mlle Baker, qui ne donnait que deux pence de l'heure. Cara se disait que s'il leur était possible d'accomplir pareil exploit dans de si pauvres conditions, car cette lingerie demandait plus de peine, de temps et de fil à broder qu'une robe du soir, que ne seraient-elles pas à même de réaliser dans des conditions plus confortables ? Les vêtements ordinaires requéraient une bonne coupe et du style, les tenues de soirée de l'audace et de l'esprit, ce qui n'était certes pas les points forts de la vieille fille. Quant aux chapeaux à plumes et aux capelines à rubans, ils étaient la spécialité de Cara. Elle pourrait les confectionner beaucoup plus rapidement que ces chemises à la toile arachnéenne et le profit en serait bien supérieur.

Cette perspective excitait Cara. Elle lui ouvrait une porte et lui offrait, enfin, de l'espoir. Elle se demanda si elle n'était pas, comme son père, victime d'un mirage. Se pouvait-il qu'elle ne lui ressemblât que par ses cheveux sombres et ses yeux étincelants ? Elle ne l'avait cependant jamais vu s'échiner à la tâche comme elle le faisait en ce moment. Peut-être n'était-ce pour l'instant qu'un mirage, mais, à la différence de son père, elle veillerait à ce qu'il devînt réalité.

Cara avait observé cette faiblesse chez lui et elle était déterminée à la combattre de toutes ses forces en elle. Rien ne la ferait dévier de son objectif. Elle persévérerait, envers et contre tout. De sérieux obstacles menaçaient déjà ses projets. Malgré ses précautions, Mlle Baker n'avait pas été longue à découvrir la nature des relations de Cara avec les Dallam.

Ce fut Linnet Gage qui déclencha les hostilités, pour des raisons qui lui étaient propres. Elle désirait s'assurer de son emprise sur Mabel et tester jusqu'où il lui serait possible d'aller. Un matin de novembre, Mlle Baker allait quitter le petit salon de Mabel, où elle avait été appelée pour parler des robes des demoiselles d'honneur, quand Linnet avait arrêté la modiste avec un sourire avenant. Elle ne savait pas au juste ce qu'elle pouvait apprendre mais se risquait au hasard.

— Que pensez-vous, avait-elle demandé, du travail de cette nouvelle couturière qui vient de France ? Mlle Adeane, je crois ? On en parle beaucoup. Vous devez la connaître ?

Quand elle vit, sur le visage mince de la vieille fille, l'émotion provoquée par ses questions, elle comprit qu'elle avait visé juste. Elle avait alors ouvert de grands yeux pleins d'innocence en souriant de plus belle.

— Mon Dieu ! Madame Dallam, s'était étranglée la modiste, comment se fait-il que vous ayez pu être importunée par une telle créature ?

Mabel avait été obligée d'avouer leur infidélité. Mais Mlle Baker avait à son tour beaucoup à raconter. Elle commença par se confondre en excuses pour la crudité des révélations qu'il était de son devoir de faire devant une femme de la délicatesse de Mme Dallam et surtout devant deux jeunes filles.

— Ce ne sont pas des choses dont on parle volontiers...

Elle en parla cependant abondamment et s'étendit sur la perfidie de Kieron Adeane qui, pour échapper à ses créanciers, avait abandonné sa femme, créature suspecte puisque étrangère. Elle passa ensuite au caractère hautement immoral de leur fille. Et, malgré les oreilles virginales auxquelles elle s'adressait, elle donna tous les détails qui en démontraient l'évidence. Elle avait été le témoin de ces turpitudes, elle-même, de visu... Et, bien qu'elle se fût doutée que la fille n'était qu'une... Mais était-il besoin d'employer de vilains mots pour signaler le danger physique et moral que représentait sa fréquentation ?

La vieille fille se retira, drapée dans sa vertu.

— Ciel ! exhala Mabel, abandonnant à regret l'idée amusante des petits sachets de sucre roses et blancs.

Puis elle frémit à la pensée de la lingerie contaminée. Il fallait tout laver, très soigneusement et plusieurs fois. Quel dommage, un si joli trousseau ! Mais la sécurité passait avant tout. Depuis les révélations de Mlle Baker, Mabel sentait un regain de confiance pour la modiste.

— Ciel ! soupira Linnet en écho.

Les coins de sa bouche délicate s'étaient abaissés en une moue ennuyée, mais ses yeux brillaient.

— Quand je pense qu'il va nous falloir faire notre deuil de Mlle Adeane. Ne serait-il pas plus sage, chère tante Mabel, de demander à votre sergent-major de Mme Drubb de l'éconduire la prochaine fois qu'elle se présentera ?

Sans doute Mabel se serait-elle rangée avec plaisir à l'avis de Linnet si Gemma n'était intervenue. Elle était installée sur une banquette dans l'embrasure de la fenêtre et feuilletait le *Ladies' Magazine*. Sa voix posée glaça le rire léger de Linnet, lequel s'acheva en un trémolo quelque peu nerveux.

— Vraiment, Linnet ? Je ne vois pas pourquoi.

— Mais... ma chère... n'avez-vous pas entendu ce que vient de raconter cette femme ?

— Mais si, Linnet.

— Ne la croyez-vous pas ?

Le cas de Cara Adeane était, en réalité, de peu d'importance aux yeux de Linnet Gage. Ce qui comptait, c'était sa position et celle de son frère, pour laquelle, à cause d'un père extravagant et d'une mère à la volonté défaillante, elle avait toujours dû se battre. La découverte de l'inconduite de Mlle Adeane pouvait être l'occasion de renforcer chez Mabel le sentiment que Linnet se montrait toujours vigilante et pleine de sollicitude envers sa tante. Dans son propre intérêt et dans celui de Tristan, elle était prête à enfoncer un peu plus encore l'Irlandaise, cruellement, sans pitié, car qui savait ce que l'avenir leur réservait ? Linnet avait acquis la conviction que Mabel, malgré ses lubies et ses caprices, ou peut-être à cause d'eux, pourrait bien vivre cent ans. En conséquence de quoi, ceux auxquels elle accordait ses faveurs avaient toutes les chances de durer longtemps.

— Je suis désolée, dit-elle à Gemma avec son léger accent de Mayfair. Je sais que cette fille était ta découverte, mais tout le monde peut se tromper...

C'était une excellente occasion de faire remarquer à la chère tante que, si Gemma n'y avait vu que du feu, elle, Linnet, avait été plus perspicace.

— Evidemment, dit Mabel avec passivité, je sais bien que cette fille était une enjôleuse. Personne ne pourrait te blâmer, Gemma...

— C'est bien mon avis, répondit Gemma.

Elle se leva et s'avança au milieu de la pièce. Elle paraissait très brune à côté de la blondeur aérienne de Linnet.

— C'est vraiment une tempête dans une tasse de thé, mère, laissa-t-elle tomber en souriant.

— Mais, chérie...

— Parfaitement, mère. Je suis certaine que Linnet est de mon avis ou qu'elle en viendra à la même conclusion quand elle aura pris la peine de réfléchir un instant. N'est-ce pas, Linnet ?

— Gemma... C'est-à-dire...

Elle s'arrêta, indécise. Gemma la provoquait-elle ? Cela en avait tout l'air. Elle calcula qu'il serait peut-être plus sage de ne pas attirer un affrontement entre Gemma et elle avant la signature du contrat de mariage. Elle s'était promis de rester en bons termes avec Gemma jusqu'à ce que Tristan et elle-même soient solidement établis à Frizingley. Il était peu habile d'éveiller l'animosité de celle-ci pour une vétille qui, somme toute, ne présentait de réel intérêt ni pour l'une, ni pour l'autre. Plus tard, quand Gemma serait l'épouse de son frère et qu'elle lui devrait obéissance, Tristan et elle n'auraient plus besoin de précautions.

Linnet sourit avec douceur.

Gemma, les yeux fixés sur sa mère, sourit aussi.

— Et qu'avez-vous appris, mère, de si scandaleux ? Trouvez-vous juste de blâmer une fille pour les fautes de son père ?

Mabel, qui, comme toujours, pliait devant une volonté plus forte que la sienne, secoua la tête en signe d'impuissance, désarmée.

— Non, bien sûr.

— Elle doit travailler dur pour entretenir sa famille, ce que Mlle Baker s'est bien gardée de nous laisser entendre. Cela ne devrait-il pas nous inspirer de l'admiration plutôt que du mépris ? Qu'en pensez-vous, mère ?

— Oh ! ma chérie... je suppose que tu as raison. Mais as-tu songé à « l'autre » problème ?

La voix de Gemma, très assurée à présent, mettait Linnet mal à l'aise.

— Mère, Mlle Adeane est très belle, comme vous avez pu le constater.

— Vraiment ? Trouves-tu ? Elle a un peu le type bohémien, ce qui n'est pas très approprié dans nos milieux, mais en effet, elle est assez jolie.

— Dans ce cas, je ne vois rien de surprenant à ce qu'elle ait un soupirant. Et qui peut dire quelles étaient les intentions de celui-ci lorsque Mlle Baker les a aperçus ensemble. Il la demandait peut-être en mariage. Et puis Mlle Baker n'est pas exactement la personne idéale pour juger de l'affaire... Admettez, maman qu'un jeune homme n'a pas dû attenter à son honneur depuis un certain temps.

— Gemma !

Mabel, qui n'avait jamais entendu sa fille faire une remarque si leste mais malgré tout si amusante, éclata de rire. C'était le genre de plaisanterie que les femmes aimaient à se chuchoter entre elles sur un coin de canapé. Mabel raffolait de ces potins malicieux et divertissants. Cela lui avait beaucoup manqué, ces temps-ci ! Et voilà que Gemma s'y mettait à son tour.

Elle se félicita d'avoir poussé Gemma à se marier. L'amour la rendait primesautière et c'était tout ce dont elle avait besoin pour ressembler aux jeunes filles de son âge. Elle se dérida.

— Voyez, mère, continua Gemma, je pense que Mlle Baker a mal jugé de la situation. Qu'en pensez-vous ?

En effet, se dit Mabel, la pauvre vieille Mlle Ernestine se fait probablement du souci au sujet de la concurrence. John-William lui-même en aurait tiré cette conclusion. Cependant, un léger doute subsistait encore dans son esprit et elle décida de demander l'avis de Linnet. Ce fut Gemma qui répondit.

— Oh ! Linnet pense comme moi, mère. Je suis certaine qu'elle a percé à jour le jeu de Mlle Baker. N'est-ce pas, Linnet ?

Gemma n'était pas aussi concernée qu'elle voulait bien s'en donner l'air par le cas de l'Irlandaise. Elle ne tenait pourtant pas à ce que l'on se conduisît injustement à l'égard de la jeune femme. Elle avait décidé d'épouser Tristan justement dans l'intention de s'affranchir de ce genre de mesquineries. Le moment lui semblait opportun pour étouffer dans l'œuf les velléités de domination de Linnet. Elle avait toujours su que la sœur de Tristan serait source de différends et jugeait bon de s'imposer dès le départ ; elle avait le droit de choisir sa propre couturière, laquelle serait payée avec ses propres revenus.

Linnet opta pour la soumission qui s'imposait pour le moment.

— Pauvre Mlle Baker, murmura-t-elle, la jalousie est un sentiment terrible.

Le lendemain, lorsque Cara arriva pour livrer les dernières chemises, Gemma lui montra une pièce d'un lourd satin brun, de couleur unie. Mais quand la lumière s'y attarda, il se mit à chatoyer d'un profond reflet cuivré tirant sur l'or.

— Je possède ce tissu depuis une éternité, lui expliqua Gemma. Une de mes tantes me l'a offert. Elle prétendait qu'il avait été rapporté de Chine, ce qui est probablement vrai, car je n'ai jamais rien vu de semblable ici. Ma mère estime qu'il est trop sombre et bien sévère pour en faire une robe du soir, mais il me plaît. Pourriez-vous en tirer quelque chose ?

En un clin d'œil, avant que cette chance bénie ne lui file entre les doigts, que quelqu'un ne laisse tomber avec indifférence ou malice : « Non, chérie, pas cela » — et Mme Dallam semblait sur le point d'ouvrir la bouche — Cara produisit papier et crayon qu'elle transportait toujours avec elle, et commença à esquisser une silhouette.

— Aimeriez-vous quelque chose de ce genre, mademoiselle Dallam ?

Cara savait qu'elle n'était pas une brodeuse hors pair, elle n'arriverait jamais à la cheville de sa mère, mais lorsqu'il s'agissait de donner un style à une pièce de tissu, elle ne craignait personne. Elle savait habiller les formes, mais aussi la personnalité d'une femme. Pour plaire à Gemma Dallam, elle donna à son ébauche une élégance dépouillée, voire un brin de sévérité, et en même temps affina la taille, étira la silhouette et dessina la robe dans une version plus élancée que ne l'était Gemma, à l'intention de sa mère.

— Oui, mademoiselle Adeane, cela me plaît énormément.

— Chérie, dit aussitôt Mabel d'un air de doute, tu aimerais certainement quelques fioritures ; des volants de dentelle blonde sur la jupe, par exemple — tiens ! ce ne serait pas mal — et puis un large ruché autour des épaules peut-être ?

Gemma secoua la tête.

— Mais, chérie...

Mabel fixa le croquis. Cara croisa le regard de Gemma et le retint un moment pour lui signifier : « Laissez-moi faire. »

— Je verrais plutôt des broderies, dit-elle, mais discrètes. Quelque chose dans l'esprit d'une fleur de lys d'or.

— Voilà, dit Gemma. Des broderies d'or, mère, vous aimerez cela.

En un tour de main, Mlle Adeane tira de son sac de tapisserie, au contenu décidément miraculeux, un mètre, des ciseaux, une longueur de calicot qui fut bientôt découpée aux contours du corps rond et ferme de Gemma Dallam. Puis le patron aux mensurations de la jeune fille disparut dans le sac de tapisserie en compagnie de la pièce de satin chinois.

— Ne serait-il pas plus sage, hasarda Linnet qui se sentait décidément mise en échec, que le travail soit effectué ici plutôt qu'à l'endroit où Mlle Adeane travaille habituellement ? Je suis certaine que Mlle Adeane n'y verrait aucun...

Sa voix fragile se perdit dans l'air, laissant derrière elle une mise en garde discrète contre les inconvénients de la saleté et même du vol, insinuant qu'après tout Mlle Baker pourrait avoir raison et que si Mlle Adeane était une grue, pourquoi ne serait-elle pas aussi une voleuse ? Et puis la toile de batiste destinée aux chemises était une chose, tandis qu'une pièce d'un satin coûteux provenant d'Orient en était une autre...

Mlle Adeane sembla être devenue sourde.

Mlle Dallam également.

— Seriez-vous prête à me faire un essayage vendredi après-midi, par exemple ? dit cette dernière.

Mlle Adeane serait prête.

Pressant le pas, Cara reprit le chemin de la rue St Jude avec au cœur un sentiment de triomphe. Quand elle arriva chez elle, Odette et Liam étaient sortis et Daniel Carey l'attendait.

Elle ne l'avait pas vu depuis un mois et ils s'étaient déjà fait leurs adieux. Que voulait-il, à présent, se demanda-t-elle, à quoi bon tout recommencer ? Mais, dès qu'elle l'avait aperçu, son pouls s'était accéléré, son cœur s'était mis à cogner à grands coups. Quand il serait parti, cela persisterait pendant des heures.

— Pour l'amour du ciel, Daniel, mais que veux-tu encore ?

Déjà, son esprit était plein de lui et le triomphe futur, dont elle rêvait quelques instants auparavant au travers de ces satins, de ces soies et de ces plumes, lui glissait entre les doigts comme un filet d'eau. Elle se reprit : Mlle Adeane, couturière et modiste et, considérant l'avenir que lui offrait Daniel et vers lequel elle refusait de s'aventurer, le premier lui parut réalisable. Mais, en fin de compte, songea-t-elle avec détresse, serait-elle plus heureuse sans Daniel que ne l'était la vieille Mlle Baker ?

— Ta mère m'a ouvert, dit Daniel, puis m'a annoncé qu'elle emmenait Liam au parc. Je désire te parler seul à seul.

— Eh bien, je t'écoute.

Cara jugeait inutile de se montrer compréhensive, elle ne tenait pas à se briser à nouveau le cœur.

— Je pars pour Londres cette nuit même, puis, de là, je gagnerai la France.

— Tu m'as déjà dit cela il y a un mois.

— Je sais. Mais, cette fois-ci, j'ai mon billet. Et, comme c'est à peu près tout ce que je possède en ce moment, il va bien falloir l'utiliser.

— Certainement.

— J'ai donné congé de mon logement à Leeds. Un ami m'hébergera à Londres jusqu'à ce que je sois organisé. C'est quelqu'un de très bien...

— J'imagine. Le monde est plein de gens de cette sorte. Et pourquoi est-il allé en prison, celui-là ?

Daniel sourit.

— Parce qu'il vendait des journaux illégaux et distribuait des prospectus favorables à la Charte. Mais, je t'assure, c'est quelqu'un de très bien.

— Je n'en doute pas.

— Adieu, Cara.

Elle se détourna, priant qu'il ne la touchât pas. Sa gorge était si contractée de sanglots contenus qu'elle suffoquait. Son cœur bondissait à en éclater.

— Tu ne peux pas continuer comme cela, Cara.

— Pourquoi pas ?

— Cara...

Le même sujet, sans cesse, revenait. Ils en avaient déjà parcouru tous les méandres, exploré toutes les possibilités pour en revenir au même point, chaque fois.

Elle lui fit face.

— Adieu.

Cela sonnait comme un ordre et Daniel le comprit. Ils avaient décidé de se séparer, pourquoi s'éterniser ? Que cela soit fait et que l'on n'en parle plus, semblait lui signifier Cara. Ces adieux répétés ravivaient leur blessure.

— Je pourrais te laisser une adresse ?

— C'est inutile, je ne t'écrirai pas. Ne m'écris pas non plus, je ne resterai pas longtemps ici. Mes affaires ont l'air de s'améliorer et je vais probablement avoir besoin d'un endroit plus spacieux et mieux éclairé pour y placer une vraie table à couture.

— Cara ?

— Tu ne pars donc pas ?

— Je m'en vais.

— Tout ce que tu pourras dire n'a plus d'importance.

— Je le sais. Je ne suis pas un bon parti, rien qu'un pauvre maître d'école qui n'a pas les moyens de t'offrir le luxe auquel tu n'as jamais été habituée, d'ailleurs.

— Maître d'école ! L'as-tu jamais été ? Saurais-tu enseigner autre chose que la manière de se faire jeter en prison ?

— Ne nous disputons pas, Cara, pas maintenant.

— Tu répètes toujours la même chose.

— Oui.

La gorge de Cara était si douloureuse que les mots ne passaient plus. Qu'il disparaisse, pensa-t-elle, que Dieu le protège et... qu'il me revienne un jour.

— Cara, dit Daniel dans une plainte, tu es la plus merveilleuse créature qu'il m'ait été donné de connaître.

— Non, c'est toi qui es merveilleux, Daniel.

Elle avança, comme si une force irrésistible la poussait contre lui. Daniel l'attendait.

— Viens, Cara.

Elle fut dans ses bras. Bouleversée comme elle l'était, il aurait pu l'aimer, tout de suite, avant qu'elle ne commence à raisonner et à trembler. Il aurait ainsi eu des chances de la garder. Elle aurait sans doute été furieuse, après coup, et terrifiée à l'idée d'attendre de nouveau un enfant, mais elle l'aurait accepté. Si elle se donnait à lui, elle serait une femme, enfin, et il le désirait tant ! Elle lui resterait fidèle, il le savait, même s'ils devaient parfois se séparer. Il l'aimait, et ce fut justement cet amour, autant que ce satané chien, devant l'âtre, qui s'était soudain mis à gronder en découvrant ses crocs, qui le firent hésiter.

L'aurait-il uniquement désirée qu'il aurait fait déguerpir l'affreuse brute et lui aurait fait l'amour, l'aurait possédée, là, devant le feu. Mais le chien se leva en chancelant sur ses pattes arquées et montra les dents. Malgré la soif qu'il avait d'elle, les sentiments de Daniel recelaient trop de délicatesse pour qu'il tirât avantage de Cara à un moment où il la sentait si vulnérable. Il l'aimait et voulait cet instant parfait pour elle comme pour lui. Il était déterminé à partir de toute façon et refusait de l'exposer au risque d'être enceinte à nouveau, à moins qu'elle ne fût elle-même prête à affronter cette éventualité.

Mais il savait bien qu'elle redoutait cet état plus que tout au monde.

Cependant, il ne pouvait s'arracher à elle, ni affronter ce sentiment confus, gênant, qui grandissait à l'intérieur de lui-même et qui, quand l'engourdissement présent l'aurait quitté, s'appellerait souffrance.

— Viens avec moi, Cara. Partons ensemble, maintenant.

C'était sa dernière chance.

Cara tremblait et pleurait.

— Pour aller où ?

— N'importe où — cela, il l'avait déjà dit, aussi — mais viens avec moi. Dieu seul sait, Cara, combien de temps il nous reste encore en ce monde.

— Pas beaucoup, répondit-elle. Et encore moins si je dois me traîner nu-pieds à ta suite, une nuée d'enfants accrochée à mes jupes.

— Cara...

— Tout ça pour te voir, en fin de compte, pendu.

Elle tremblait.

— Je préférerais mourir à l'instant, Daniel, plutôt que de traverser cela, comme ma mère.

Elle savait que, si Daniel la traitait comme Kieron avait traité Odette, elle ne le supporterait pas et le pourchasserait plutôt un couteau à la main. Pour lui, ce serait un coup en plein cœur, le second serait pour elle. Car il était probable qu'elle l'aimerait toujours.

Elle ne le vit pas partir. Elle s'était détournée, secouée de sanglots, aveuglée par les larmes. Quand elle se sentit suffisamment calme pour l'affronter de nouveau, il avait disparu.

Elle en remercia le ciel. Mais les larmes refusaient de s'arrêter.

Elle pleurait toujours doucement lorsque sa mère entra.

— Tout va bien, mère.

— C'est ce que je vois.

— J'ai de bonnes nouvelles, mère, regarde ce satin somptueux !

Elle lui raconta son triomphe.

— En effet, ma petite fille, ce sont d'excellentes nouvelles.

— Nous devrions nous mettre tout de suite au travail. J'ai déjà préparé le patron. Veux-tu que je coupe la robe pendant que tu feras un modèle de fleur de lys ? Possédons-nous du fil doré ?

— Du fil doré nous en avons et de la peine aussi, il me semble.

— Tout ira bien, mère.

Cara s'assit, sortit ses ciseaux et s'essuya les yeux du revers de la main. Puis elle alla chercher le patron ainsi que des épingles.

Les larmes coulaient toujours.

— Ça va, mère.

— Oui, ma chérie.

Si seulement Odette avait fait semblant de la croire ! Mais ce qui aurait été un vrai secours aurait été d'ignorer qu'à sa place sa mère aurait tout abandonné, comme elle l'avait fait plusieurs fois, au nom de l'amour.

CHAPITRE VIII

Vendredi matin, la robe de satin était prête à être essayée. Son reflet mordoré chatoyait à la lumière rare et grise de la rue St Jude. Cara la plia dans des couches de mousseline propre et la rangea soigneusement dans son sac. Elle avait coupé la jupe large et le décolleté, très dégagé, découvrirait les épaules tout à fait présentables de Mlle Dallam. Des manches bouffantes, qui s'arrêtaient juste au-dessus du coude, donneraient de la rondeur et de la douceur à sa silhouette carrée et affineraient sa taille. Des fleurs de lys dorées seraient brodées au décolleté et à la large ceinture attachée dans le dos par un nœud aussi gros que Mlle Dallam le pourrait supporter. Les pans du nœud tomberaient jusqu'à l'ourlet.

Sa mère n'allait pas manquer de trouver à cette toilette l'austérité d'une robe de quaker. Mais Gemma s'y sentirait à son aise et paraîtrait à son avantage. Elle la mettrait infiniment mieux en valeur que ces volants vaporeux aux couleurs de pois de senteur dont sa mère et Mlle Ernestine Baker désiraient la couvrir.

Cara n'avait rien contre les volants de tulle, loin de là. Sur Mlle Gage, par exemple, il était aisé d'imaginer une écume de gaze parsemée de nœuds, de dentelles et de boutons de rose en soie. Sur Mme Marie Moon, on pourrait inventer, chaque matin, un nouveau drame de dentelle noire et de taffetas pailleté, ou encor de la moire blanche soulignée d'une éclaboussure rouge à la taille. Pour chacune, Cara était à même de créer la toilette qui rehausserait les charmes que la nature lui avait prodigués tout en dissimulant ses défauts. Elle aimait les vêtements et les comprenait. Elle possédait le don d'habiller les femmes et savait elle-même s'habiller. Et, quand Mme Dallam voudrait bien se souvenir qu'elle lui devait des gages pour la confection du trousseau de sa fille, elle détournerait peut-être quelques shillings et se rendrait dans un certain bazar, à Leeds, où elle avait entendu dire que l'on trouvait des coupons de beau tissu à des prix intéressants. Ainsi, elle se ferait une robe neuve pour Noël.

Cela, au moins, était une perspective excitante et, même si ce n'était qu'un projet de moindre importance, un petit rêve de rien, elle essayait de s'y absorber afin de chasser son chagrin.

Cara avait décidé de se présenter à Frizingley Hall aux environs de deux heures de l'après-midi. Moment propice, avait-elle calculé, à l'essayage de Gemma Dallam qu'elle espérait voir seule. Sa mère, à cette heure-là, ferait probablement la sieste pour se remettre des efforts déployés à commander le repas ainsi qu'à le grignoter. Mlle Linnet Gage se tiendrait auprès du lit de sa tante et lui ferait la lecture. Cara, qui désirait paraître chez les Dallam aussi fraîche et nette que si elle venait de laisser son coupé devant la grille, décida de partir en avance. Le chemin qu'elle devait parcourir pour se rendre à Frizingley Hall lui était à présent familier : descendre la rue St Jude aux pavés malaisés, traverser la place en direction de celle du marché. Elle grimperait ensuite de l'autre côté, passant la brasserie et les fonderies, au travers de l'enchevêtrement des maisonnettes des ouvriers. La masse carrée et trapue de l'énorme souche de la cheminée des filatures appartenant aux Dallam dominait la ligne d'horizon, crachant sa fumée.

Cara appartenait à présent à ce paysage brouillé comme si elle y était née. Elle connaissait chaque pas du chemin qui menait de son univers au monde protégé de Mlle Dallam. Il lui semblait même l'avoir parcouru dans une vie antérieure ; c'était une roue qui tournait sans fin et ne s'arrêtait jamais, les cent dernières années — et les cent autres qui suivraient au même rythme — elle avait franchi la porte de sa maison avec son sac de tapisserie dans cet air humide et plein de suie qui faisait tousser Liam. Malgré la monotonie de cette existence, elle n'oubliait pas de se montrer reconnaissante pour le moindre bienfait que la vie lui accordait : habiter le haut de la rue St Jude et non le bas, avec pour voisin l'honorable famille Thackray (ne pensons pas aux affreux Rattrie). Plus bas, la fumée des usines stagnait à la façon d'un couvercle, jetant une ombre épaisse et humide qui faisait tousser et cracher le sang aux vieillards, fanait les femmes avant l'âge et leur faisait mettre au monde des enfants rachitiques qui mouraient comme des mouches.

Les Rattrie, bien qu'habitant le haut, ne s'en sortaient guère mieux, pourtant. Trois des plus jeunes enfants, Cara ne savait pas lesquels, venaient de mourir des oreillons. On n'avait pas appelé de médecin, bien sûr, et, même s'il s'en était trouvé un disposé à venir les soigner, un seul coup d'œil à l'endroit aurait suffi à le convaincre qu'il ne serait jamais payé. On ne leur donna aucun soin, à l'exception de la soupe que Sairellen leur fit apporter et de la collecte qu'elle organisa après leur décès pour payer les pompes funèbres.

Cara trouvait que cela ne servait à rien. En tout cas, c'est l'opinion qu'elle avait exprimée bien haut, car, personne n'ignorait que, tôt ou tard, les Rattrie finiraient à l'asile. Pourquoi pas les y conduire dès à présent ? Il suffisait d'informer l'officier de l'Assistance sociale qu'ils ne possédaient pas de quoi enterrer les leurs. Les enfants qui restaient auraient au moins une chance d'être épouillés et nourris. De plus, on leur apprendrait à lire et à écrire. Quant à Mme Rattrie, elle serait séparée de son mari, ce qui lui éviterait le souci de se trouver perpétuellement enceinte. Mais quand Luke Thackray passa avec sa casquette, elle y jeta, comme tout le monde, quelques pennies, car elle savait bien que le malheur qui frappait aujourd'hui les Rattrie pouvait s'abattre demain sur n'importe qui.

Elle avait même confectionné, à l'aide d'une vieille toile de coton, un lange à l'intention du nouveau-né qui avait eu le mauvais goût d'arriver le lendemain de l'enterrement de ses frères. Sa générosité n'avait pas servi à grand-chose, car l'enfant n'avait vécu que quelques heures. Quant au vêtement hâtivement brodé par Odette, Mme Rattrie le mit au clou. Cara l'aperçut dans la vitrine du prêteur de gages et en déduisit qu'il servirait probablement à payer le prochain avortement.

Les Rattrie resteraient des épaves : le père un alcoolique, la mère une désœuvrée et les enfants, du moins les survivants, d'affreux petits voyous. Ils ne différaient pas, en cela, des autres gamins du quartier qui grouillaient comme des rats tout au long du jour, et une bonne partie de la nuit, dans les coins et les recoins de St Jude. La plupart se trouvaient à la rue, chaque matin, lorsque leur mère s'en allait aux filatures. C'était une bande loqueteuse, tous en dessous de neuf ans, âge magique où l'on pourrait enfin les envoyer, eux aussi, au travail. Un vrai fléau ! Ils se querellaient, se battaient, pataugeaient pieds nus dans les rigoles et s'agglutinaient autour des boutiques pour essayer d'attraper un peu de chaleur et tout ce qui leur tomberait sous la main avant que le boulanger ou le boucher, tout-puissants, ne fassent leur apparition. Alors, ils se dispersaient comme une volée d'étourneaux. On voyait couramment des bambins de sept ans, aux jambes arquées comme celles des vieillards, détaler pour se mettre à l'abri, et des petites filles de cinq ou six ans se rappelant soudain qu'elles devaient s'occuper du nouveau-né.

Cara fit un signe de tête et sourit au boucher en passant. Elle raffolait des tourtes à la viande qu'il vendait quelquefois moitié prix le samedi soir au moment de la fermeture. Elle envoya également un sourire, plein de charme cette fois, en direction du boulanger, non parce qu'elle pensait au pain mais parce que sa femme détestait les Irlandais en général, et « cette créature impudente et effrontée du haut de la rue » en particulier. Et, comme son sac ne pesait pas, il ne contenait que la robe de satin de Mlle Dallam, et que l'avenir lui paraissait plus clair, elle sourit à tous ceux qu'elle croisa : au poissonnier, au marchand de vieux habits qui poussait sa charrette aux ballots pleins de puces, ainsi qu'au joueur d'orgue de Barbarie dont le singe efflanqué, tapi sur son épaule, causait toujours à Cara un pincement de pitié.

Elle sourit également aux ménagères décentes et actives — dont Sairellen Thackray était le symbole, d'ailleurs trop occupée pour lui répondre — qui frottaient le pas de leur porte et polissaient leur heurtoir. Ces femmes se battaient contre la mort, la suie qui souillait le linge sur les cordes, l'air vicié et l'eau polluée qui menaçaient la santé de leurs enfants. Elles faisaient la guerre aux logements misérables, au brouillard et au mauvais sort lorsqu'une réduction des salaires, conséquence du ralentissement de l'industrie, menaçait de faire crouler l'édifice construit avec acharnement.

Elle se prit aussi à sourire aux souillons. Celles-là vivaient un peu plus bas dans la rue et avaient perdu le goût de bâtir quoi que ce fût. Elles s'accrochaient à une existence précaire avec les quelques dents qui leur restaient et vivaient au jour le jour, empruntant aujourd'hui pour payer ce qu'elles devaient hier, espérant que le lendemain serait plus clément. C'étaient en général des incapables, par nature autant que par malchance. Elles s'étaient acharnées, au début, avec le maigre salaire des filatures. Elles s'étaient même relevées vaillamment, la première fois que le mauvais démon du commerce avait réduit de moitié la paye hebdomadaire, ou que la maladie était entrée chez elles et que les honoraires du médecin avaient absorbé ce qu'elles avaient réussi à mettre de côté aux jours fastes ; la première fois que le mari avait été blessé aux fonderies, ce qui signifiait plus de salaire, plus rien, sinon le produit de la collecte par quelques collègues bienveillants. La première fois, elles s'étaient relevées, parfois la seconde, la troisième rarement. Alors, le gin leur avait semblé le moyen le meilleur marché et le plus rapide pour calmer leur angoisse.

Cara sourit aussi à ces femmes-là, et au prêteur sur gages, frêle gentilhomme à l'aspect clérical qui était à la fois leur sauveur et leur bourreau. Il tenait sa cour à l'un des coins du passage St Jude. L'autre abritait la « Madame » aux cheveux rouges drapée dans un châle à franges, qui n'émergeait jamais de derrière ses volets verts si tôt dans la journée. Ces deux établissements, d'un commerce aussi particulier que sournois, marquaient la fin de la partie de la rue St Jude qui se voulait respectable. A cet endroit, toute trace de vie familiale s'effaçait pour laisser place au vagabondage.

Pour atteindre la partie de Frizingley dans laquelle se trouvait la demeure des Dallam, il fallait longer le passage St Jude, chemin le plus direct pour gagner la place du même nom et, de là, celle du Vieux Marché. Cara avançait entre de hautes maisons sinistres, qui semblaient chanceler sous leur décrépitude, ainsi que sous le fardeau de l'humanité déchue qu'elles abritaient. On les appelait des pensions, et c'étaient des endroits effrayants où les hommes et les femmes dormaient à vingt ou trente sur des chiffons, baptisés matelas, jetés sur le sol pourri. Des clochards, des ivrognes, des débauchés et des syphilitiques y reposaient pêle-mêle en compagnie de prostituées des plus primitives et de petites jeunes filles blafardes, chassées de leur école de charité et qui n'étaient plus vierges au matin. Ce monstrueux entassement humain, cette promiscuité dégradante faisaient blêmir Cara.

Terrible endroit que le passage St Jude, avec ses cuisines noires de crasse où de pauvres hères achetaient le droit de se reposer une heure ou deux près du feu en sirotant un bouillon graisseux dans une gamelle. Dans les caves moisies dormaient ceux qui ne pouvaient s'offrir une place à l'étage sur un ballot pouilleux. Ils payaient un penny le luxe de dormir debout, comme des chevaux, en se maintenant à une corde que l'on détachait le matin quand le propriétaire considérait que leur repos avait été suffisant. Les escaliers étroits, infestés de crottes de souris, servaient de refuge à ceux qui ne possédaient rien.

Ils arrivaient comme des fantômes, pendant la nuit, se recroquevillaient sur les marches et déguerpissaient au matin, excepté ceux qui, de temps à autre, importunaient tout le monde en ayant le mauvais goût de mourir là. Ils passaient si discrètement de l'état de morts-vivants à celui de morts qu'on ne s'en apercevait parfois qu'après une heure ou deux.

C'était aussi dans le passage St Jude que l'on ramassait les cadavres de pauvres gens, qu'ils aient été déclarés disparus ou non. On y trouvait, le plus souvent, des corps d'enfants aussitôt classés dans la catégorie des orphelins parce qu'ils étaient rarement identifiés. Parmi ceux-ci, on comptait une quantité impressionnante de nouveau-nés et, parfois, leurs très jeunes mères. Il était de notoriété publique que trois vieilles femmes, qui officiaient dans le voisinage du passage St Jude, offraient leurs services aux filles en difficulté. A l'occasion, on y ramassait aussi des hommes poignardés ou étranglés. Mais le plus gros des effectifs était constitué de miséreux, passés de vie à trépas pour n'avoir rien mangé pendant quelques semaines.

On dénombrait pas mal d'Irlandais parmi ces victimes. Mais Cara vivait depuis assez longtemps à Frizingley pour savoir que ses compatriotes ne détenaient pas le monopole de la misère. De bons et solides Anglais, anciens tisserands sur métiers manuels à présent au chômage, des fermiers du sud qui avaient perdu leurs exploitations à la suite de l'annexion des terres pouvaient en être réduits à la même extrémité. S'il y avait du travail à Frizingley, il n'y en aurait jamais assez pour cette horde de désespérés dont les besoins en air, en eau potable et en espace dépassaient les ressources sanitaires de la ville. Cette masse humaine asphyxiait l'ancien centre de la cité, obstruant ses égouts, souillant son canal, épuisant ses réservoirs. C'était une population fragile et fluctuante qui ne tenait à la vie que par un fil quand l'industrie lui était favorable et l'embauche abondante. Mais, que le vent tournât, et elle était balayée de la surface de la terre presque sans que l'on s'en rendît compte.

Avec cette foule de candidats à l'emploi, les maîtres des filatures n'avaient que l'embarras du choix et ne se sentaient nullement obligés d'offrir des salaires convenables.

C'était un lieu horrible que ce passage ; le type même d'endroit qui donnait matière aux cauchemars de Cara. Elle se voyait sur un de ces grabats pourris, coincée sous une vingtaine de corps nus, se débattant parce qu'il lui fallait absolument porter secours à Liam et à Odette avant qu'ils ne suffoquent sous toute cette chair suante. Ces rêves la poursuivaient même éveillée, même à cet instant où elle avait l'esprit empli des urgences de la vie quotidienne, alors qu'elle se hâtait vers la demeure des Dallam avec l'intention de se montrer agréable, utile et, si cela se pouvait, indispensable. Mlle Dallam ne devait certainement rien connaître de la nudité, se dit Cara.

Elle pressait le pas afin de laisser au plus vite derrière elle cet endroit sinistre. Elle n'en avait pas vraiment peur, il ne lui inspirait que dégoût et mépris. Elle était toutefois sur ses gardes, comme n'importe qui, en traversant ce repaire de brigands, de voleurs à la tire et de coupeurs de bourse. Elle se sentit sauvée ; la place St Jude s'étendait devant elle, familière, avec ses vieilles tavernes et la gracieuse clôture en fer forgé du cimetière qui entourait l'église. Luke l'y attendait souvent, le soir. C'était jour de marché et la place, bondée, était en effervescence. Des marchands, des colporteurs offraient des colifichets : passementerie, boutons, éventails et de petits oiseaux aux couleurs vives dans des cages, des perles et des paillettes, des robes d'occasion que l'on pouvait retoucher ainsi que des bonnets à remodeler, de vieilles ceintures aux boucles en bon état et puis des sucres d'orge aux teintes d'émeraude et de rubis qui seraient pour Liam une véritable fête.

Et, comme elle hésitait, pensant au petit garçon, émue de son mutisme, de sa tristesse qui l'inquiétaient tellement, se demandant si cette friandise le ferait sourire, elle se sentit soudain entourée, non plus par l'habituel flot de la foule des jours de marché, mais par quelque chose de plus pernicieux. Née elle-même dans une rue populeuse, elle savait ce que c'était.

Dans ses poches, il n'y avait rien, à l'exception des quelques pennies qu'elle comptait dépenser pour Liam. C'est à son sac qu'on en voulait. Aussitôt, sa main se resserra sur la poignée et elle se raidit. Il faudrait lui couper le poignet pour lui faire lâcher prise. Et, comme l'endroit était très fréquenté, elle ne craignait pas grand-chose. Les chenapans loqueteux qui l'encerclaient faisaient la moitié de sa taille. Elle n'aurait qu'à tirer des oreilles de-ci de-là, qu'à cogner quelques têtes les unes contre les autres comme elle le faisait avec les Rattrie et la vermine détalerait.

Elle en était à cette pensée rassurante quand, sans savoir comment, elle tomba brutalement au sol. Elle venait de recevoir un coup par-derrière et avait plongé la tête la première devant des dizaines de passants indifférents. Elle gisait, luttant comme dans un de ses terribles cauchemars, pour reprendre souffle et se redresser tandis que la bande de garnements se laissait tomber sur elle avec d'énormes éclats de rire. Pour la foule alentour, ce n'était qu'un autre chahut de rue provoqué par une poignée de vauriens jouant de façon cavalière avec une putain prise de boisson. Personne n'y prêta attention.

Une force, qui ne provenait pas de son corps mais prenait racine dans le désespoir, la fit se redresser malgré les gamins qui s'accrochaient. Elle les secoua, comme les ours enchaînés, jadis sur cette place, secouaient les chiens qui les harcelaient. Elle savait que son sac s'était envolé. Elle n'avait vu ni le voleur, ni la direction qu'il avait prise. Elle aperçut seulement une demi-douzaine de visages sales qui grimaçaient et quelques petits corps maigres. Cara entendit une femme folle hurler à la mort ; c'était elle. Un jour de marché à St Jude, avec les tavernes qui servaient du gin et de la bière forte depuis cinq heures du matin, qui allait se soucier d'un petit hurlement ? Des folles, des désespérées, des femmes prises de panique étaient un spectacle courant, n'importe quel jour de la semaine.

Le seul espoir de Cara était de réussir à attraper l'un d'eux, n'importe lequel. Et, lorsqu'elle le tiendrait... Mais les secondes étaient comptées. Il fallait à tout prix ne pas perdre des yeux le gamin aux cheveux blond filasse, qui portait un foulard vert autour de son cou de poulet. Peu lui importait de bousculer tout le monde sur son passage, elle devait l'attraper et le crucifier, si besoin était, pour lui faire avouer où était passé son sac.

Elle allait le massacrer et s'en délecter. Elle s'en réjouissait à l'avance et sentait déjà le goût du sang sur ses lèvres, là où ses dents les avaient mordues. Le sang battait à ses oreilles tandis qu'elle courait. Elle heurta l'angle d'une stalle du marché et ne le sentit pas. Elle trébucha et se retrouva à quatre pattes sans se rendre compte qu'elle s'était écorché les genoux et les mains. Elle ne faisait attention ni aux haquets des brasseurs ni aux sabots des lourds chevaux. Elle poussait les passants sans ménagements et renversa même une femme qui portait un panier volumineux.

Elle ne s'avisa de ses cheveux défaits et de la perte de son chapeau que lorsqu'elle s'adossa, hors d'haleine, à un mur quelque part de l'autre côté du passage St Jude. Ses poumons la brûlaient, sa détresse était immense. Hagarde et échevelée, elle n'attirait pourtant l'attention de personne en ce lieu qui en avait vu d'autres.

Cara comprit qu'elle avait couru pour rien. Le galopin avait disparu. Elle ne l'avait pas cru parce que son esprit était si rempli de lui qu'elle le voyait partout. Mais elle devait se rendre à l'évidence ; ses yeux ne voyaient plus rien à présent. Le petit voyou s'était volatilisé et, avec lui, le satin chinois de Mlle Dallam ainsi que tous les rêves d'avenir glorieux.

Il ne restait rien.

Le moment était sans doute venu, pensa Cara, de s'asseoir par terre, n'importe où, et d'attendre, mains repliées, tête baissée, ce qui faciliterait le travail de la hache lorsqu'elle tomberait.

— Y'a quelque chose qui cloche, mon petit ?

Un homme, empestant l'alcool, posa une main sur le mur derrière la tête de Cara et se pencha au-dessus d'elle. Non, se dit-elle, rien ne serait jamais plus comme avant. Elle repoussa l'homme, rassembla autour d'elle les pans de sa cape et prit la direction qui lui faisait face, jusqu'au cimetière qui entourait l'église. Là, elle s'assit sur une tombe, la tête dans ses mains, et se mit à trembler.

Personne ne s'approcha d'elle. Qui, ici, se serait compliqué la vie en aidant une étrangère quand chacun avait déjà plus que son lot de malheurs ? Et quelle aide serait-on à même de lui apporter ? Avec un calme surnaturel, elle pensa que sa vie était peut-être arrivée à son terme. Les rats d'égout qui l'avaient renversée ne réaliseraient jamais, quand ils vendraient le satin précieux pour un shilling ou deux, quel tort ils lui avaient causé. Elle entendait la voix de Mlle Gage : « Ne serait-il pas plus prudent que le travail soit fait ici ? »

Linnet Gage, qui n'aimait pas Cara, avait été la première à laisser planer un doute sur l'honnêteté de l'Irlandaise. Etait-ce sage, suggérait-elle, de la tenter ? Elle ne croirait pas à la malchance de Cara ; il était facile d'imaginer l'opinion de Mabel Dallam, si influençable. Quant à sa fille, préoccupée comme elle l'était des préparatifs de son mariage, elle n'aurait pas le loisir d'entrer dans le détail. John-William Dallam, lui, avait la réputation d'être un maître très dur. Ses employés devaient rester à leur place : celle de subordonnés.

Elle pourrait, bien sûr, essayer de les émouvoir en pleurnichant. Ils prendraient cela comme un mélodrame de femme de chambre et lèveraient un sourcil dédaigneux en faisant remarquer qu'il n'y avait décidément rien de bon à attendre des basses couches de la société et, à plus forte raison, des Irlandais. Au mieux, ils la congédieraient, comme l'avait fait Mlle Baker, avec une mise en garde glaciale : elle ne devait plus espérer travailler à Frizingley. Ils ne la paieraient pas pour le trousseau de Gemma et qu'adviendrait-il d'elle alors ? Mais, le pire, le plus probable, c'est qu'ils la remettraient entre les mains d'un officier de police. Elle entendit la voix de M. Dallam : « Précaution nécessaire, pour décourager ses semblables de suivre cet exemple criminel. »

Elle connaissait depuis longtemps la méfiance des gens de la haute société envers « ses semblables », parmi lesquels ils vivaient, d'ailleurs : les servantes qui avaient accès aux placards à provisions et à l'argenterie, les cuisinières constamment accusées de dérober de la crème ou des poulets, les maîtres d'hôtel de mettre de l'eau dans le vin de Bordeaux. Les fournisseurs, eux, gonflaient les prix, tripotaient les serrures et les loqueteaux des fenêtres dans l'intention de laisser pénétrer les cambrioleurs. Enfin, les couturières préféraient, à l'occasion, vendre une pièce de tissu de valeur plutôt que de s'en tenir au profit modeste que représentait la confection d'une robe.

C'était un profit à court terme, pourtant, cela arrivait. De jeunes servantes, forcément soupçonnées les premières, volaient leurs maîtresses. Chez les modistes, des ouvrières faisaient main basse sur des plumes et des boutons fantaisie et racontaient des contes surprenants quand elles se faisaient arrêter parce qu'elles les arboraient sur leur chapeau du dimanche. Dans ce cas, qui serait étonné qu'une couturière irlandaise, sortant on ne savait d'où, essayât de faire un sort au satin de Mlle Dallam ?

Il était certain que John-William Dallam ne lui ferait aucune confiance. A plus forte raison quand on aurait découvert, ce qui n'allait pas tarder, qu'elle était la mère d'un petit bâtard et la fille d'un homme qui s'était éclipsé de Frizingley en laissant des dettes. On ne tarderait pas à apprendre, non plus, qu'elle avait été remerciée par Mlle Baker pour cause d'inconduite notoire dans un lieu public.

Cara n'aurait pas les moyens de se défendre. Quel magistrat écouterait ses pauvres excuses quand John-William Dallam l'accuserait de vol et Mlle Baker d'être une grue ?

On l'enfermerait probablement au château d'York et pour combien de temps ? Elle avait vu, à Dublin, une femme aller en prison pour avoir dérobé quelques livres. Elle y était restée cinq ans. Ou bien on l'expédierait par bateau en Australie, comme cela avait été le cas, récemment, pour deux femmes du quartier. On disait que, là-bas, les déportés travaillaient enchaînés et qu'il y avait pénurie de femmes.

Odette et Liam seraient séparés et conduits à l'hospice ; Odette, le cœur en morceaux et les nerfs en loques. Quant à son petit Liam, il se retirerait si profondément en lui-même, que plus rien, jamais, ne le ferait sortir de son mutisme anxieux.

Elle tremblait toujours et avait envie de vomir. Mais son estomac vide lui donna des nausées. Elle essaya de trouver une lézarde dans le mur de granit aveugle qui montait sans faille devant elle.

Elle n'en trouva pas.

L'éducation de Cara avait été plutôt sommaire, vague à l'extrême, mais elle connaissait la loi pour l'avoir vue appliquer autour d'elle. Selon celle de John-William Dallam, si Cara commettait une offense contre une personne de même extraction qu'elle, la sentence pouvait être légère. Cette indulgence ne serait en aucun cas étendue aux délits concernant la « propriété » : ceux-ci étaient énergiquement châtiés. Si bien qu'un couteau planté entre les côtes d'un propre-à-rien, comme le père Rattrie, aurait coûté moins cher à Cara que le vol du satin de Gemma Dallam. Les Braithwaite, les Dallam, les Colclough et consorts ne se sentaient menacés en rien par les échauffourées entre les habitants de St Jude. En revanche, ils se serraient les coudes et sévissaient durement si l'on touchait ne serait-ce qu'à une infime partie de leurs biens.

Cara s'appuyait à la tombe, l'estomac chaviré, claquant des dents. Il ne lui vint pas à l'esprit de demander l'aide de la police. Elle savait que, depuis l'apparition des fameux « bobbies » créés par Sir Robert Peel, Frizingley comptait deux gendarmes. On ne les aimait pas, on n'appréciait pas que le maintien de l'ordre fût confié à la police, comme c'était le cas à l'étranger, on préférait laisser cela aux magistrats, parce que c'était la coutume, ou, en temps de troubles, à la troupe. Cara n'avait jamais eu l'occasion d'apercevoir ces policiers. Il n'était pas surprenant que ces hommes armés seulement d'une matraque, négligent de faire respecter la loi dans le quartier St Jude. Cara ignorait au juste quelles fonctions ils remplissaient mais, ce dont elle était certaine, c'était qu'en matière d'ordre public Christie Goldsborough, seul, faisait la loi ici.

Il n'y avait pas le moindre doute à avoir.

Malgré cette découverte réconfortante, son angoisse était toujours intense. Elle mit un moment à obliger son cerveau vide à fonctionner d'une façon cohérente. Une idée faisait lentement son chemin en elle.

Elle serra les dents. Elle devait, au prix d'un effort douloureux, trouver la concentration nécessaire à une réflexion posée. Les objets volés nécessitant un écoulement rapide, ils prennent la direction des boutiques de prêt sur gages de la rue St Jude, ou de l'entrée dérobée du *Beehive* ou du *Dog and Gun*. Dans ce cas, Christie Goldsborough, qui possédait boutiques et tavernes, pouvait, si tel était son bon plaisir, retrouver sa pièce de satin.

Il la retrouverait.

Cara sauta sur ses pieds. Son cerveau engourdi fonctionnait à présent normalement. La résignation devant la dégringolade fatale l'avait quittée. Et, bien qu'une nouvelle vague de panique la submergeât, elle savait qu'elle venait de trouver le moyen d'éviter le pire. Elle ne se laisserait pas écraser par le mauvais sort. Christie Goldsborough la sauverait. Elle ne s'arrêta pas à l'idée du pourquoi et du comment, l'essentiel était de savoir qu'il le pouvait. Avec l'aide de cet homme, elle regagnerait ce monde béni, plein d'espoirs prometteurs, dans lequel elle évoluait une heure auparavant. Une heure, un siècle plutôt. Soixante petites minutes venaient d'anéantir cette vision de paradis terrestre dans lequel Liam avait sa chance de grandir et de devenir un homme, et Odette de vieillir dignement. Devant elle, à présent, se tenaient, grandes ouvertes, les portes de la prison ou la cale de cet affreux navire qui l'emmènerait en Australie afin de passer sa vie à se prostituer pour le compte d'hommes grossiers et dangereux.

Cara se précipita en avant comme une aveugle. La panique, à cet instant, renversait toutes les digues patiemment élevées pendant ces vingt années d'une existence précaire. Elle envahissait son esprit, balayait ses facultés de raisonnement et son sens de la réalité. Elle sentait déjà, sur sa peau, la futaine de l'habit du prisonnier, ou la rude étoffe de l'uniforme de l'hospice. Elle courait, et son corps tout entier se soulevait de répulsion et de terreur à la pensée de l'indignité du prisonnier. Non, hurla-t-elle en silence, elle ne voulait pas mourir enfermée. Elle traversa la place comme une folle et échappa, de justesse, à un dog-cart qui l'aurait tuée. Elle ne s'en aperçut pas. Attirée, comme par un aimant, dans la direction dans laquelle se trouvait Christie Goldsborough, elle suivait une ligne droite. Elle aurait traversé les murs.

Elle n'avait pourtant pas la moindre notion de ce qu'elle allait lui raconter. Elle le trouva dans le salon du bar. Il y était seul, mais elle sentit la présence de Ned O'Mara quelque part dans les environs. Les mots se bousculèrent alors sur ses lèvres, elle ne pouvait plus en arrêter le flot.

— S'il vous plaît, vous pouvez m'aider. Oh ! s'il vous plaît, si vous le voulez, vous le pouvez, je sais que vous le pouvez. Je deviendrai folle, voyez-vous, s'ils m'enlèvent mon petit garçon, parce qu'il est... il n'est pas... comme il devrait être. Il est... plus délicat que les autres, il pleure dans son sommeil et ma mère, s'ils l'emmènent, elle se laissera mourir, c'est sûr. Je ne veux pas qu'ils m'envoient à l'autre bout du monde. C'est bien là qu'ils envoient les femmes, n'est-ce pas ? Les femmes jeunes, je veux dire et assez solides pour faire des petits, chaque année, au printemps, comme les vaches, et pour travailler dans les champs entre-temps. C'est de ça qu'ils ont besoin là-bas pour les hommes, hein ? Ce n'est pas possible, je ne veux pas, pour une pièce de satin que je n'ai même pas volée. Je ne veux pas... Je ne veux pas. Faites quelque chose... mais faites quelque chose !

Elle se rendit compte que l'hystérie la gagnait, mais impossible de se calmer. Elle entendait sa propre voix devenir de plus en plus aiguë sans pouvoir l'arrêter. Christie Goldsborough la regardait de façon étrange ; quelques clients avaient poussé la porte pour voir ce qui se passait. Mais peu lui importait. Elle avait toujours vécu dans des endroits surpeuplés où les drames se trouvaient à portée de n'importe quelle oreille.

Il lui sembla que Christie Goldsborough était sur le point de la frapper. Elle se pencha en avant, acceptant la chose comme inévitable. Cela ou une cruche d'eau froide à travers la figure, tout lui était égal, à présent. Mais il la prit aux épaules et l'embrassa, ce qui la fit taire aussitôt.

Elle sentit comme un arrière-goût de cognac.

— Oh ! Seigneur... gémit-elle, comme si ce contact venait d'aspirer toute son énergie vitale. Oh ! Seigneur...

— Vous voulez que le Seigneur vous aide, à présent ?

— Non, vous.

Et, bien qu'il y eût des spectateurs à la scène, il sembla à Cara que tout devenait irréel. Elle flottait loin du bar et de cet homme massif qui venait de lui faire comprendre qu'il la tenait à sa merci. Refuserait-elle de se soumettre ? Il lui faudrait implorer, supplier à genoux s'il le demandait.

— Vous me flattez, mademoiselle Adeane.

— Vous pouvez retrouver mon satin, n'est-ce pas ? Vous le pouvez ?

— Je le pense.

— S'il vous plaît, dites que vous le pouvez !

— Je viens de vous le dire, il me semble. Rien ne se passe à St Jude que je n'en sois informé — si je me donne la peine de faire une enquête, bien entendu.

— Et... c'est ce que vous allez faire ?

— Et vous, mademoiselle Adeane, qu'allez-vous faire ?

Il l'embrassa de nouveau. On la regardait se soumettre. Il y avait là Ned O'Mara, figé derrière le bar, ainsi que les deux autres serveuses, fort intéressées et qui n'allaient pas manquer d'en parler jusqu'au soir.

— Je ne savais pas que vous me vouliez, dit Cara dans un souffle, avec sincérité.

Si elle l'avait deviné, elle se serait précipitée ici plus tôt ; car si c'était déplaisant, on n'en mourait pas pour autant.

Le capitaine Goldsborough sourit, de ce large sourire qui découvrait des dents très blanches par contraste avec sa peau basanée, légèrement huileuse, qu'elle avait toujours détestée et qui, soudain, lui soulevait l'estomac.

— A dire vrai, je ne me consume pas pour votre personne, ma chère, comme ce pauvre Ned, là-bas, ainsi qu'un ou deux autres compères de ma connaissance. Mais eux ne peuvent pas vous avoir, n'est-ce pas ? Tandis que moi, pour une longueur de satin, il semble que ce soit possible. Qu'en dites-vous, ma chère ?

Oui, pensa Cara, pour une pièce de satin mordoré qui représentait sa vie, celle d'Odette et de Liam, il le pouvait.

Elle baissa la tête.

— Parfait, dit-il. Montez et attendez-moi, il faut que je mette en marche notre petite affaire.

Elle avança comme une somnambule, passa devant Ned O'Mara puis devant la serveuse rousse qui aurait été heureuse de mettre le grappin sur Ned et, par conséquent, la détestait et enfin devant celle aux cheveux gris qui avait la chance de posséder un homme à elle et pouvait donc s'offrir le luxe de la prendre en pitié. Elle monta l'escalier et pénétra dans le salon du capitaine. Elle jeta un coup d'œil aux sièges de cuir, aux tapis turcs, et s'assit près du feu, genoux serrés, mains repliées, l'esprit vide et le cœur battant au ralenti. Quand il arriva, elle alla à sa chambre dans un silence résigné et, à sa demande, se déshabilla. Elle s'étendit alors sur le lit, les bras au-dessus de la tête, le corps déployé et soumis, et ferma les yeux.

Il était d'une importance vitale pour Cara de ne pas songer au capitaine. Cette épreuve, comme toutes celles qu'elle avait traversées, prendrait fin. Et, si elle avait accepté de l'endurer, rien ne l'obligeait à y participer. Ainsi agissaient les prostituées et personne n'ignorait qu'elles étaient incapables de reconnaître leurs clients si, par hasard, elles les croisaient dans la rue une heure après. Puisqu'il lui fallait agir comme une putain, la honte en retomberait sur lui. Rien, absolument rien, ne pourrait l'obliger à le regarder. Et si, à l'instant, il lui ordonnait d'ouvrir les yeux, elle ne verrait pas son corps puissant s'avancer vers elle. Elle le sentirait, le subirait et, quand tout serait terminé, elle l'effacerait de son esprit. A sa manière, elle le détruirait.

— Mademoiselle Adeane, si vous comptez m'impressionner avec cette pose de victime, je dois vous dire que c'est raté.

Il se moquait d'elle, comme de tout le monde. Elle n'en fut pas surprise. Mais qu'attendait-il ? Que voulait-il, au juste ? Elle mit un bras sur ses yeux et les ouvrit. De cette façon, il ne pouvait voir qu'elle le regardait. Il était nu, poilu et aussi noir qu'elle l'avait imaginé. De plus, il était épais, sûr de lui et tout à fait prêt — de cela, pas de doute — à la prendre sans autre forme de préambule.

Qu'il le fasse, se dit Cara, et qu'on en finisse.

Il le fit. A la manière directe et prosaïque dont elle avait toujours imaginé que les hommes prenaient les prostituées. Son esprit flottait ailleurs, mais son corps protesta et se raidit.

Il grogna quelque chose qu'elle ne saisit pas. Quelle importance ! Elle payait sa redevance, que voulait-il de plus ? Elle ferma les yeux et les rouvrit aussitôt, médusée, alors qu'il se retirait d'elle et se relevait. Avec un geste d'impatience appuyé, il jeta sur ses épaules une espèce de robe orientale aux couleurs vives.

Cara s'assit, déconcertée. Elle n'avait eu qu'un amant, très jeune, et ne comprenait pas si elle venait de s'en tirer à bon compte ou si elle était rejetée.

Elle le regarda, incertaine, et vit le détestable éclat de ses dents contre sa peau basanée.

— Chère mademoiselle Adeane, ce fut très aimable à vous, mais je pense que je vais décliner votre invitation. J'ai des vices, cela est certain, mais le commerce avec des statues de marbre ou avec des nonnes défroquées n'en fait pas partie.

Cara restait immobile, ne sachant trop que faire.

— Mademoiselle Adeane, vous êtes autorisée à vous retirer.

Ainsi, il la congédiait.

— Et mon satin ?

Elle le regardait à présent en face, essayant de lire ses pensées, espérant qu'il n'allait pas continuer à s'amuser d'elle. Il l'avait envoyée, en présence de Ned, des serveuses et de Dieu savait qui, l'attendre dans son antre. Il était donc censé avoir obtenu ce qu'il désirait ; Cara s'était soumise à son bon plaisir et personne ne devinerait qu'il n'en avait pas pris beaucoup. Mais était-ce vraiment cela son plaisir ? Ne voulait-il pas plutôt faire comprendre à Ned qu'elle n'était pas à la hauteur, ou bien n'allait-il pas, après ces humiliations, la remettre aux mains de la famille Dallam ?

Il se fit un déclic dans son cerveau. Une voix froide, qu'elle ne reconnaissait pas, murmura que, si elle avait été dupée, elle tuerait. Au moins, elle ne serait pas déportée en Australie pour rien.

Ce crime, à la vérité, n'alourdirait pas outre mesure sa conscience.

— Mon satin ?

Elle jetait déjà un coup d'œil alentour à la recherche d'un couteau ou d'un pistolet.

— Votre satin ! s'esclaffa-t-il, découvrant de nouveau ses dents de loup. Mais vous n'avez pas respecté votre part du marché, pourquoi vous le donnerais-je ?

Les digues se rompirent : elle perdit le contrôle d'elle-même. Négligeant le pistolet ou le couteau, elle se jeta sur lui et le serra à la gorge comme une forcenée. Elle était grande, forte et totalement désespérée. Il aurait été difficile de parer à son attaque, même à un homme de la trempe de Christie Goldsborough d'ailleurs si discourtois qu'il n'aurait pas hésité à rendre coup pour coup comme si elle avait été un homme ; mais il avait prévu sa réaction.

Elle réussit, malgré tout, à lui assener un coup sur la tête et à lui planter ses dents dans l'épaule. Elle lui décocha également au passage quelques coups dans les tibias, mais ses pieds nus n'atteignirent que faiblement leur cible.

— Voilà qui est mieux ! dit-il.

— Je vous tuerai !

— Croyez-vous ?

— Je vous hais.

Et c'était vrai. Une haine féroce la raidissait tout entière. Elle la lui hurla encore et encore, crachant son venin comme un chat, comme un serpent, le menaçant de ses griffes et de ses dents avec sauvagerie. Ses prunelles à l'expression égarée luisaient comme des gemmes, son corps mince et souple, aux longues jambes, avait perdu conscience de sa nudité, sa poitrine haute et ferme, à la peau ambrée, se soulevait avec furie, ajoutant à sa séduction.

— C'est cela, haïssez-moi, dit-il, les yeux sur la gorge de Cara. Vous pourriez même y gagner votre satin. C'est ce que ferait une fille intelligente, en tout cas.

En surface, l'esprit de Cara rejeta la signification de cette phrase. Arrivée à ce degré de rage, c'est un meurtre qu'elle voulait. Mais lorsqu'il l'attrapa et l'entraîna vers le lit, elle comprit, accepta et trouva beaucoup plus facile de le haïr que de l'ignorer. Elle mordait et griffait poussée par la fureur, s'approchant fort de la passion. Aussi, quand il la pénétra à nouveau, d'horreur et de dégoût elle noua ses cuisses fermes autour de lui dans une étreinte qui voulait le blesser, l'écraser.

— Chère mademoiselle Adeane, il y a vraiment de grands progrès... vous vous surpassez.

Quelque chose de bizarre s'annonça dans le corps de Cara, une sensation qu'elle voulait trouver odieuse parce qu'elle ne l'avait jamais ressentie auparavant et ne souhaitait surtout pas l'éprouver avec lui. Sa fureur se ranima. Elle se débattit sous lui au risque de se faire mal et la sensation traîtresse s'évanouit.

Elle ne se serait pas pardonné de l'avoir ressentie, ni à lui de s'en être aperçu. Si elle n'avait pu empêcher cet homme d'assouvir sa convoitise sur elle, il lui restait, au moins, le pouvoir de l'en mépriser. Mais elle ne permettrait pas à son propre corps de la trahir, parce qu'alors elle serait obligée de se mépriser à son tour.

Fort heureusement, on n'en était pas arrivé là. Il ne lui restait plus qu'à conserver sa colère intacte, chauffée à blanc, afin de ne perdre ni son courage, ni son satin, en se dérobant au moment crucial pour lui, fatal, peut-être, en ce qui la concernait, puisqu'elle risquait de se trouver enceinte.

Cara refusa de s'arrêter à cette pensée pour continuer à le combattre jusqu'à ce que l'affaire en arrivât à sa conclusion naturelle.

Immobile, à présent, il ne montrait pas la moindre hâte à se séparer d'elle, alors que la panique la poussait à se libérer de lui. La fureur, qui l'avait soutenue jusqu'ici, s'était dissipée, laissant place à une immense lassitude. Elle était épuisée, perdue, désirant presque ne plus jamais se relever.

Elle songea avec terreur qu'elle allait se trouver enceinte. Mais, se reprenant, elle se dit que cet état était encore préférable à la déportation en Australie où, de toute façon, quelqu'un se serait employé à la même chose. Voilà un argument qu'elle essaierait de se répéter, dans quelques semaines, lorsqu'elle commencerait à être prise de nausées comme lorsqu'elle attendait Liam. La différence résidait dans le fait que l'homme qui reposait sur elle avait les moyens de lui offrir un avortement décent. Elle n'aurait pas le choix. Les femmes l'avaient-elles jamais eu ? Les hommes choisissaient, les femmes s'arrangeaient comme elles le pouvaient. Les hommes prenaient, les femmes obéissaient. C'était leur sort.

— Mon satin.

Il se leva enfin, jeta l'étrange robe sur ses épaules et passa dans la pièce voisine où elle l'entendit crier : « S'est-on occupé de cette petite affaire du *Dog and Gun* ? » Du palier, Ned O'Mara grommela une réponse. Il devait les haïr tous les deux. Soudain, son sac de tapisserie, jeté par un bras enveloppé de tissu exotique, atterrit à côté d'elle sur le lit.

— Votre propriété, madame, intacte. Mais vous pouvez vérifier.

Le prix payé avait été assez élevé ; elle s'assura que son satin se trouvait toujours en parfaite condition. Ensuite, il serait enfin possible de se rendre chez les Dallam comme si rien n'était arrivé. Mais il fallait, d'abord, trouver la force de s'extraire de ce lit, se coiffer et panser ses bleus et ses bosses.

Le satin était intact. Il n'avait même pas été retiré de ses couches de mousseline. Elle pouvait à présent vaquer à ses occupations ; les pendules avaient été remises à l'heure, tout était comme avant.

Comme avant, vraiment ?

Cara ferma le sac d'un claquement sec et se laissa choir contre les oreillers en désordre. Une odeur entêtante de musc et de cigare lui agaçait les narines et une profonde lassitude l'habitait. Elle ne s'était jamais sentie aussi fatiguée, ni si faible. Elle avait froid et l'angoisse d'un sentiment qu'elle savait ne pas pouvoir contenir indéfiniment la terrassait.

Elle venait d'offrir son corps, si longtemps et si soigneusement préservé, pour une pièce de satin marron. Trois jours plus tôt, elle avait refusé la chance de le donner par amour. Et, avant de se lever, de descendre et d'affronter la moquerie et la méchanceté qui l'attendaient en bas, avant de se composer un visage pour gravir la colline et parcourir ce qui lui restait de chemin jusqu'à la pure Mlle Dallam, elle s'accorda un moment, ferma les yeux et pensa à Daniel avec désespoir.

CHAPITRE IX

Gemma Dallam se maria un matin de décembre, en un jour parfait, craquant de givre argenté et éclairé d'un soleil qui rendait l'atmosphère cristalline. La mariée gardait tout son calme, mais sa mère, qui avait tant prié pour que ce jour arrivât, était complètement dépassée par les événements. Mabel n'avait dormi que d'un œil et, dès qu'elle posa un pied à terre, les larmes ne cessèrent de couler, dues à un mélange de joie, d'anxiété et d'excitation nerveuse. Elle essayait, en vain, de coiffer ses fins cheveux blonds et fut prise d'un doute horrible sur l'opportunité de la robe de taffetas bleu pâle commandée chez Mlle Baker.

— Quelque chose ne va pas, dit-elle nerveusement, les yeux embués, à sa femme de chambre.

La robe était peut-être trop simple ? Elle y ajouta un fichu de dentelle blanche ainsi qu'un long châle. Mais l'effet produit lui fit penser à la garniture de sucre glacé du gâteau de mariage de Gemma.

La panique s'empara d'elle. Elle courut à sa garde-robe bourrée à craquer. Mais, excepté la robe du soir de Noël, elle n'y trouva pas une tenue qui n'eût été portée au moins une fois. Il était hors de question de se rendre au mariage de sa fille unique avec un vêtement que quelqu'un dans l'assistance pouvait reconnaître.

Le désespoir la saisit.

— S'il vous plaît, allez chercher Mlle Gage, murmura-t-elle, la lèvre inférieure tremblante, ou Mme Drubb.

Mais Linnet, qui conduisait le cortège des demoiselles d'honneur, était bien trop occupée. Quant à Mme Drubb, elle veillait à l'organisation d'un déjeuner de mariage pour une centaine de convives. Mabel ne pouvait tout de même pas pousser le caprice jusqu'à faire appeler Gemma.

Et, pourquoi pas John-William ?

Il arriva courtois, assuré et se planta dans l'embrasure de la porte, curieux de savoir à quoi rimait toute cette agitation.

— John-William, j'ai l'air d'une créature mal fagotée.

— Quoi ! Vous, Mabel ? Mais jamais de la vie, ma chère ! Mettez donc votre capeline.

En définitive, l'ensemble était ravissant. Les bords de sa coiffure, du même bleu que le taffetas de sa robe, étaient garnis de minuscules volants de ruchés. Au dos, s'épanouissait un nœud aux pans brodés de perles. Elle décida de jeter sur sa robe une pelisse de velours doublée de fourrure blanche et d'arborer le glorieux manchon de même fourrure, sur lequel l'Irlandaise, décidément très adroite, avait cousu, au dernier moment et en cachette de Mlle Baker, un nœud de velours.

— Mabel, dit John-William, personne, à Frizingley, ne vous arrivera à la cheville.

Il s'assit lourdement. Il avait monté l'escalier un peu trop vite et ne tenait pas à ce que sa femme s'aperçût combien il s'essoufflait rapidement à présent.

Mais Mabel examinait sa tenue dans le miroir avec trop d'anxiété pour rien remarquer.

— John-William, mon cher, le pensez-vous vraiment ?

La femme de chambre exaspérée trouva qu'elle minaudait. Lorsque Mabel arriva à l'église, elle eut un bref moment de satisfaction en apercevant son amie Lizzie Braithwaite, vraiment pas à son avantage dans un magenta royal mais un peu strident. Cette chère Lizzie, malgré la fortune laissée par son mari, n'avait jamais su s'habiller. Pas plus, d'ailleurs, que la tribu des Braithwaite au complet assis autour d'elle. Ils avaient choisi ce qu'ils avaient trouvé de plus cher et l'avaient jeté sur leurs grands corps anguleux. Ils se ressemblaient tous, excepté Ben, l'aîné, qui avait acquis un certain vernis, on ne savait trop où. Il était, aujourd'hui, particulièrement élégant avec un gilet broché et une épingle de cravate surmontée d'un superbe diamant.

On ne pouvait pas en dire autant d'Uriah Colclough. A trente-cinq ans, il était déjà chauve et, constamment déchiré entre une vocation religieuse et le désir naturel chez les Colclough, de faire de l'argent, il vivait comme un industriel mais s'habillait comme un pasteur.

Mabel adressa un bonjour très enjoué à Maria, la mère d'Uriah, qui aurait vu d'un bon œil l'union de son ecclésiastique de fils avec Gemma. Et, si Gemma avait, pour finir, choisi d'accorder sa main (bien dotée) à un étranger sans le sou, Mabel n'avait aucune justification à fournir puisque la Reine avait fait la même chose. Son Albert était allemand, prince, plein de charme et d'éducation, il était vrai, mais sans un penny vaillant.

Au surplus, les Dallam n'attendaient pas de la nation qu'elle entretînt Tristan.

L'église était pleine. Mabel, faute de pouvoir adresser un mot à chacun alors qu'elle gagnait son banc, s'arrangea pour faire une pause avant de s'asseoir et envoya à l'assistance un de ses sourires les plus charmants en espérant que personne ne se sentirait exclu. En particulier ceux qui se trouvaient au fond et qui assistaient au service sans être conviés à la réception.

Elle connaissait la plupart d'entre eux depuis toujours, mais ne les avait pas vus depuis longtemps. Elle était très touchée de leur fidélité. Il y avait là la première nurse de Gemma ainsi que différents maîtres de musique et professeurs de danse. Elle aperçut aussi Mlle Ernestine Baker et Cara Adeane, lesquelles s'étaient arrangées pour se placer à bonne distance l'une de l'autre. Elle remarqua également quelques employés supérieurs des filatures accompagnés de leurs épouses guindées. Elle espéra avec anxiété qu'elle n'avait pas commis d'impair en les invitant. A dire vrai, elle avait eu de sérieuses hésitations en ce qui concernait plusieurs autres invités qui, eux, n'assistaient pas seulement à la cérémonie mais étaient priés à la réception où on offrirait le champagne, des mets délicats et, enfin, le gâteau de la mariée préparé avec amour par Mme Drubb.

Mabel s'était trouvée très embarrassée au sujet de M. Moon que, par ailleurs, elle souhaitait vivement inviter. Il venait d'acheter une fort jolie maison entourée de terres près du village de Far Flatley où elle-même rêvait de faire construire, ce qui aurait fait de M. Moon un voisin. C'était un gentleman fortuné et de grande distinction, d'un commerce agréable, qui donnait des fêtes somptueuses pour ses amis londoniens. Mabel le considérait comme une relation précieuse. Malheureusement, il était impossible de recevoir son épouse, une femme de théâtre qui avait vécu en concubinage avec lui d'une façon notoire en attendant que son divorce fût prononcé.

Mabel n'avait jamais échangé un mot avec une actrice, pas plus qu'avec une femme divorcée. Et, bien que les Moon se fussent éclipsés en Martinique — Mabel n'était pas très sûre de savoir où cela se trouvait — pour étouffer le scandale de leur liaison, elle était fort indécise sur la ligne de conduite à adopter à leur sujet.

John-William avait plusieurs fois rencontré M. Moon à Leeds ou à Manchester et l'avait jugé convenable. Il avait même eu l'impression que, dans l'intérêt des enfants qu'il avait eus de sa première femme, décédée depuis longtemps, Adolphus Moon aurait été heureux de retrouver sa position dans le monde.

Mabel, qui l'approuvait, rêvait de l'y aider.

Mais Marie Moon, hélas, avec son étiquette d'actrice adultère et divorcée, ne pouvait être reçue nulle part. Il était également hors de question de lui rendre visite. Et, s'il arrivait que l'on croise, par hasard,

M. Moon en compagnie de sa femme, celui-ci devait alors être ignoré. On pouvait, à la rigueur, lui jeter un coup d'œil de regret, mais en s'assurant auparavant que personne ne le remarquerait.

Mabel s'était donc demandé avec angoisse s'il était possible d'inviter M. Moon sans son épouse. Très certainement, avait tranché Linnet. Elle avait ajouté que ce genre de chose se pratiquait couramment et que Mme Moon, en femme d'expérience qui connaissait les usages, ne s'en offusquerait pas. Si elle prenait à cœur le bien de son mari et des enfants de celui-ci, elle ne pouvait que s'en féliciter. L'amour féminin, comme chacun savait, était composé d'une grande part d'abnégation. La chère tante Mabel ne pouvait qu'abonder dans ce sens ?

M. Moon consentirait-il à venir seul ? A la place de son épouse, elle se serait sentie bien abandonnée. Néanmoins, elle était assez satisfaite de l'apercevoir aujourd'hui, assis au milieu de l'église, resplendissant dans une redingote gris argent portée sur un gilet de brocart flamboyant. Et, quand le capitaine Goldsborough arriva, en retard, comme chacun s'y attendait, et qu'il se plaça à côté d'Adolphus Moon pour lui tenir compagnie, la joie de Mabel fut à son comble.

Elle n'avait eu, en revanche, aucune hésitation à l'égard du capitaine. On insinuait qu'il avait un goût prononcé pour la compagnie de bas étage. Mauvaises habitudes de militaire, pensait Mabel. Mais cela n'était que rumeurs et lui, un vrai Goldsborough. On ne pouvait rien trouver de répréhensible à sa conduite, si ce n'est une nette préférence à vivre dans une taverne. Ce travers relevait probablement aussi d'un reste de son séjour à l'armée. Et, depuis que Mabel avait découvert ses liens de parenté avec des familles aussi anciennes que les Lark de Moorby Hall et les Covington-Pym, elle se sentait tout à fait rassurée.

On passait à l'aristocratie terrienne une certaine excentricité parce qu'elle possédait des biens et une position depuis des générations, tandis que la fortune de John-William ne datait que de l'invention des métiers à tisser mécaniques. Et, quoique ces gens-là fussent moins bien nantis qu'auparavant, ils menaient toujours grand train et ne ressentaient nul besoin de prouver quoi que ce soit à qui que ce fût. Ce qui n'était le cas ni de Mabel, ni de ses amies.

Elle était cependant plus détendue en face des Lark depuis que Gemma avait refusé Sir Félix. Félix Lark n'avait rien de bien méchant, excepté une expression sauvage dans les yeux et une fâcheuse tendance à avoir des accès de fou rire que Gemma qualifiait de « caractériels ». Quant à ses frères, ses oncles, ses sœurs même, Mabel s'était laissé dire qu'ils faisaient preuve d'un certain laxisme moral, peu rassurant. Elle admettait volontiers que les Lark l'avaient toujours rendue un peu nerveuse et redoutait les visites à leur demeure ancestrale et délabrée ;

de sous chaque siège bondissait un chien et partout pendait le produit de leur chasse : faisans, perdrix, grouses.

Cela révoltait Mabel, mais elle s'était faite à l'idée que l'aristocratie était déconcertante. Ils avaient tous répondu à son invitation. On voyait une rangée entière de Lark, la peau tannée par les randonnées sur leurs terres que des hommes comme son mari ou celui de Lizzie Braithwaite ne posséderaient jamais. Il y avait aussi leur cousin, le colonel Covington-Pym, maître d'équipage, flanqué de sa remarquable épouse, quelque peu intimidante. Grande et rousse, on la voyait parfois à Frizingley sanglée dans un costume de cheval noir si moulant qu'on devait le lui avoir cousu à même la peau, plaisantait Linnet. Elle montait un colosse de cheval dont la robe était sensiblement de la même couleur que celle de ses cheveux.

Mabel, qui ne s'était entretenue qu'une fois avec Mme Covington-Pym, avait été incapable de suivre sa conversation. Le colonel et John-William, en tant que juges de paix, siégeaient côte à côte. Mabel, qui, jusqu'à présent, avait évité de les inviter à dîner parce que la perspective de se trouver en tête à tête avec la femme du colonel la terrifiait, était enchantée de les voir ici en ce jour. Leur présence rehaussait le prestige de la cérémonie et, dans le futur, avec Linnet à ses côtés, elle aurait peut-être le courage de les convier à dîner.

Elle sourit de nouveau, cette fois affectueusement, à la tête d'or pâle de Tristan qu'elle voyait de dos. Il se retourna pour apercevoir la mariée, et présenta son profil de médaille grecque. Gemma était-elle en retard ? Mabel, qui ne savait jamais au juste l'heure, eut l'air déconcertée et chercha des yeux autour d'elle quelqu'un qui pût la lui donner. Mais John-William qui, lui, avait une horloge dans le ventre était engagé dans l'heureuse tâche de mener sa fille à l'autel. Quant à Linnet, qui portait ce matin une délicieuse montre de diamant épinglée à son corsage, elle devait se trouver dans la voiture de tête avec les cousins Dallam et les enfants de la sœur de Mabel qui avaient revendiqué le droit de faire partie du cortège d'honneur.

Elle se demanda soudain si quelque chose n'allait pas de travers. Il faisait très froid et le sol était gelé. L'un des chevaux pouvait avoir glissé sur les pavés traîtres de Frizingley et s'être rompu une jambe. Ou peut-être s'était-il emballé ? Cela avait toujours été sa grande terreur. Mon Dieu ! se dit-elle, on vit entouré de dangers ! Elle les sentait là, planant au-dessus d'elle, rôdant autour de la petite église et cherchant la faille dans le mur pour se glisser jusqu'à elle. John-William ! appela-t-elle intérieurement, mais que quelqu'un aille donc le chercher !

Il y eut une flambée d'orgue et, soudain, il apparut, massif et brun, au côté de sa fille carrée et brune. Elle disparaissait littéralement sous cette masse de ruchés, de volants de dentelle et de nœuds de satin. La robe était belle, certes, mais Gemma était-elle assez grande pour la porter, avait-elle la taille assez élancée pour enlever une jupe si lourde ? Mabel se mordit la lèvre, se reprochant avec amertume de n'avoir pas obligé Gemma à porter, même la nuit, un corset à baleines.

En revanche, les fleurs d'oranger lui seyaient à ravir et faisaient ressortir le lustre de sa chevelure. Elle se tenait très droite et l'on apercevait, sous le voile, la ligne de son petit nez ainsi que celle de son menton volontaire. Elle paraissait douce, ni sérieuse, ni mièvre, mais recueillie.

Mabel lui adressa un regard chargé de satisfaction et de tendresse.

Derrière la mariée, mais à bonne distance — plus qu'il n'était réglementaire en fait — s'avançait Linnet Gage. Sa robe ruisselait de sa taille fine aussi naturellement et gracieusement qu'une chute d'eau. Les volants de tulle vaporeux se chevauchaient en une harmonie parfaite et son visage semblait aussi délicat qu'une porcelaine. Son regard bleu s'embuait d'une expression rêveuse à la fois suave et provocante et les commissures de ses lèvres se relevaient légèrement en un sourire mystérieux dont tous les hommes présents devaient rêver de percer le secret. Elle portait un chignon bas sur la nuque dont le poids accusait l'aspect fragile de son long cou mince.

Elle était exquise et si désirable que, dans l'assistance, plus d'un représentant du sexe masculin, dont l'esprit aurait dû être occupé de pensées pieuses, se trouva soudain dans un état assez inquiétant.

Elle paraissait presque immatérielle, inaccessible, mais l'on devinait chez elle une tendresse délicate prête à se déverser sur celui qui trouverait le chemin de son cœur.

Elle se mouvait si lentement que, l'espace d'un moment, elle se trouva seule au milieu de l'allée. On aurait dit un cygne glissant sur une onde tranquille, abandonné et espérant être secouru. Elle créa une telle émotion dans certains cœurs masculins qu'ils en oublièrent les mariés qui, au pied de l'autel, attendaient leur demoiselle d'honneur principale pour s'agenouiller.

Gemma, qui n'était plus pour très longtemps Mlle Dallam, ne remarqua pas l'agitation que provoquait Linnet et s'en serait d'ailleurs peu souciée. Elle n'ignorait pas que sa robe prétentieuse ne la mettait pas en valeur et l'acceptait, comme elle en avait accepté beaucoup par égard pour sa mère. Cette cérémonie était celle de Mabel, pas la sienne, et elle lui offrait spontanément cette journée, ses chausse-trapes et ses tracas avec une affection sincère, teintée, cependant, d'une pointe d'exaspération. Dans son taffetas bleu, Mabel semblait aux anges. Elle avait fabriqué de toutes pièces cette histoire d'amour et ne se douterait jamais que sa fille ne s'était décidée à ce mariage que par commodité personnelle. Gemma lui avouerait-elle à présent la vérité, une fois le choc passé et la bouteille de sels rangée, sa mère lui murmurerait : « Ma chérie, je suis certaine que tu apprendras à l'aimer. »

Gemma n'était pas de cet avis. Elle sourit à son père qui, lui, n'était pas dupe mais ne le montrait pas et, calmement, lui donna sa main afin qu'il la remît à Tristan. Celui-ci baissa la tête vers elle et lui envoya un regard intense. Il paraissait très beau dans la lumière de pierres précieuses des vitraux ; le marié idéal, en fait. Gemma crut apercevoir une larme dans ses yeux. Curieusement, quand ils échangèrent la promesse de s'aimer, de se chérir et, pour elle, celle d'obéir, elle eut la gorge serrée.

Elle sourit à Tristan, puis de nouveau à son père dont elle ne dépendait plus. « Cher père, semblait-elle dire, merci, un grand merci ! » Car s'il avait exigé sa soumission comme un droit, comme un dû, il l'avait aimée et choyée tendrement. Gemma la lui avait offerte par affection, mais en cas contraire la coutume, la loi et la poigne de fer de John-William l'auraient obligée à s'incliner. A partir de cet instant, c'est à son mari qu'elle devait obéissance. A lui incombait à présent de la guider, de la protéger et de parler en son nom, en toutes circonstances. Heureusement, Gemma savait que Tristan l'écouterait, elle, lorsqu'il aurait à parler pour elle. Exactement ce que John-William n'aurait jamais fait.

« Je vous déclare mari et femme. » Il y eut une nouvelle flambée d'orgue et le jeune époux se pencha pour déposer un baiser léger au coin des lèvres de sa femme. Elle appartenait désormais à Tristan ; l'Église et l'État s'étaient prononcés. Mais, plus prosaïquement, Tristan venait joyeusement d'entrer dans le clan des privilégiés sur lequel régnait John-William Dallam. Les hommes d'affaires de son beau-père le lui avaient fait comprendre la semaine passée lors de la signature du contrat de mariage. On lui avait notifié le montant de la rente qui lui était allouée, ce qu'elle recouvrait, quel crédit lui était autorisé et de qui il relevait, si ses affaires venaient à péricliter. Cela ressemblait tout à fait à une entrevue pour un emploi !

Tristan n'en avait pas pris ombrage car, si sa propre fille avait été aussi riche que Gemma et qu'un gars comme lui se fût présenté, il se serait comporté exactement de la même façon que son beau-père : faire le nécessaire pour que sa fille ne soit pas flouée. Dans le cas présent, songeait Tristan, John-William n'avait aucun souci à se faire ; il n'était pas gourmand et il y avait assez pour contenter une douzaine de types dans son genre. Et puis Gemma était une jeune fille extrêmement agréable, pas une pécore. Il avait parfois du mal à réaliser la chance qu'il avait et, si Gemma n'était pas exactement jolie, — pour être honnête, elle ne l'était pas du tout, mais le blanc n'était pas non plus sa couleur — on ne pouvait pas tout avoir, le beurre et l'argent du beurre. Sa situation requérait un certain réalisme et une bonne dose de reconnaissance ; de toute façon il n'existait pas au monde de jeune fille plus ravissante que Linnet.

Comme ils s'entassaient tous dans la sacristie, Tristan glissa à sa sœur : « Quelle magicienne vous faites, chérie ! » Une opinion partagée par bon nombre d'invités masculins, lesquels s'arrangèrent pour murmurer, certains quand Mabel ne pouvait entendre, d'autres justement parce qu'elle écoutait, que Linnet avait ravi la vedette à Gemma. C'était l'avis de Ben Braithwaite, trente ans, son propre maître et à la tête d'une fortune intéressante, puisque son père était mort depuis deux ans. Uriah Colclough, lui, avait déjà entrevu un ange semblable alors qu'il jeûnait à l'occasion d'une fête religieuse. Quand le cortège apparut sous le porche de l'église, clignant les yeux dans la lumière hivernale, Sir Félix Lark, une expression plus égarée que jamais dans l'œil, se trouva, comme par enchantement, au côté de Linnet pour la prier de suivre les chasses de Far Flatley, doublant ainsi Adolphus Moon qui venait de la convier à rencontrer des artistes de ses amis.

Même le capitaine Goldsborough, que les femmes s'accordaient à trouver peu honorable, voire dangereux, et fascinant dans sa longue cape noire doublée de fourrure, trouva le moyen de chuchoter quelques mots à la jeune fille. Il fit un peu plus que murmurer, nota Gemma, à l'oreille de Mme Corvington-Pym, l'amazone qui terrifiait sa mère. Quel homme étrange ! Il lui avait fait, pour son mariage un curieux présent qu'il avait apporté lui-même au manoir un après-midi. En sa présence, elle s'était sentie comme une locataire dans sa propre maison.

C'était une grande sculpture primitive, africaine probablement. Gemma s'était bien gardée de lui en demander l'origine craignant qu'il ne s'étendît plus qu'il n'était souhaitable sur cet objet qu'elle soupçonnait être une déesse de la fertilité. C'était, en tout cas, un cadeau fort dérangeant à exposer sur une console et fait pour embarrasser les invités.

Gemma suivit des yeux le capitaine qui, dédaignant de se joindre à la foule des invités qui escortait les mariés jusqu'à leur voiture, descendait l'étroite allée du cimetière à la rencontre de Mlle Adeane.

Que pouvait-il lui vouloir ? Elle décida sur-le-champ que la question était stupide. L'Irlandaise était belle et les hommes devaient la harceler, ceux de la race des prédateurs, comme le capitaine Goldsborough. Gemma suspectait également Ben Braithwaite d'appartenir à cette espèce. Pas Tristan, se dit-elle. Il aimait certainement flirter à l'occasion mais n'était pas un animal de proie. Gemma jeta un coup d'œil dans la direction de Cara Adeane : elle pourrait se débrouiller seule.

Elle sourit alors à son mari tout neuf et glissa sa main dans la sienne, la prenant au dépourvu. Il répondit courtoisement à cette attention en serrant les petits doigts bruns de sa femme. Puis, il se dit qu'en cet instant il pouvait faire mieux et les éleva à ses lèvres. Ils offraient un tableau des plus romantiques, comme ils s'éloignaient dans leur voiture au milieu des volées de cloches et des vivats des amis.

Cara ne s'était rendue au mariage de Gemma Dallam que dans l'intention d'ennuyer Mlle Baker. Ayant réussi, elle se retrouva seule et se mit à marcher entre les tombes avec l'angoisse au cœur de voir s'achever ce rêve de vie dorée, si longtemps caressé. L'hiver arrivait.

Une fois rentrée en possession de son satin, Cara avait passé une bonne quinzaine de jours à s'administrer des rasades de gin bon marché et à descendre l'escalier de la cave en sautant dès qu'Odette avait le dos tourné. Quand elle s'aperçut que, par un hasard miraculeux, elle n'était pas enceinte, elle crut de nouveau à sa chance.

Mais le trousseau de Gemma Dallam ne lui avait pas, jusqu'à ce jour, apporté de nouvelles commandes, excepté la robe de satin mordoré, laquelle, n'ayant pas encore été vue à Frizingley, ne risquait pas d'attirer le client. Elle ne pourrait pas tenir indéfiniment. Avec l'argent des jupons et des chemises de Gemma Dallam, Cara avait été riche l'espace d'un instant, jusqu'à ce qu'elle eût remboursé à Luke ce qu'elle lui devait et, enfin, emmené Liam chez le docteur. A l'horizon ne se profilait que la perspective de ces longues semaines d'hiver sans travail, avec le temps sombre et le froid mordant. Même les femmes fortunées, comme Mme Dallam et la nouvelle Mme Gage, ne commanderaient pas de toilettes en janvier et février. Cara ne devait rien espérer avant Pâques et elle ne subsisterait pas jusque-là. Ned O'Mara s'était retourné contre elle. Il l'épiait comme un vautour, tarissant ainsi la source des tourtes, des tartes et des os pour le chien. Pauvre Ned, pensa-t-elle, si jaloux qu'il lui avait déjà fait comprendre que, dès que le capitaine aurait tourné le dos pour aller surveiller ses affaires à Antigua et à la Martinique, — ce qui ne saurait tarder — il faudrait lui donner ce qu'il désirait ou bien s'en aller. Elle partirait. Ned avait également le pouvoir d'augmenter son loyer et de la faire interdire de travail au *Beehive* ou au *Dog and Gun*.

Les idées noires ne la quittaient plus et l'hiver aggravait la situation.

Elle continuait cependant de croire qu'elle pouvait réussir à Frizingley, devenir la créature élégante et bien nourrie de ses rêves, cette Mlle Adeane, couturière et modiste, selon la légende audacieuse peinte sur son carton à chapeau. Mais janvier et février s'annonçaient désastreux. Il lui faudrait attendre Pâques en survivant chichement à moins de mettre quelque argent de côté pour les périodes sombres ce qui, dans un monde où l'on vivait au jour le jour, n'était jamais arrivé.

Mais le plus alarmant était son immense lassitude. Elle était minée par l'anxiété et ne parvenait plus à trouver le sommeil. Elle passait des nuits entières les yeux grands ouverts dans le noir, exténuée. Elle devenait si irritable que, ce matin même, elle avait rabroué sa mère.

Elle ne regrettait pourtant pas ce qu'elle avait dit, elle en pensait chaque mot, mais était désolée d'avoir fait pleurer sa mère. Il aurait été plus adroit, puisqu'on approchait de Noël, de montrer un peu de compréhension lorsque Odette s'était précipitée en brandissant la lettre de son père : quelques lignes d'un homme à la conscience tranquille et ne doutant pas de l'attachement inconditionnel de sa famille. Cara avait lu et appris, sans la moindre surprise, qu'il se trouvait en bonne santé et avait pris la direction de la boulangerie de sa sœur. Il terminait en les assurant de toute sa tendresse. Ne lui enverras-tu pas la tienne en retour ? s'était timidement enquise Odette. Non, avait répondu Cara, certainement pas. En ce qui la concernait, il pouvait bien aller rôtir en enfer, c'était là le cadet de ses soucis ! Elle avait autorisé Odette à en informer son père et à lui en donner les raisons qu'elle s'était fait un plaisir d'énumérer avec une éloquence venimeuse. Puis elle avait claqué la porte pour se rendre au mariage Dallam, laissant Odette en pleurs. Et, quand Odette pleurait, Liam s'y mettait aussi.

Elle avait traversé Frizingley à pied dans sa mince robe bleue et sa cape de peluche. Il lui fallait à présent parcourir le chemin en sens inverse et rapidement si elle ne voulait pas être transformée en statue de glace. Parce que ce petit vent de neige soudain, si romantique pour la jeune mariée et sa mère, n'annonçait rien de bon à Cara. Un petit vin chaud épicé et de bonnes bûches attendaient Mme Dallam et Mme Gage, mais pour Odette, Liam et Cara c'était une autre histoire ! Ils seraient obligés de dormir tous les trois ensemble près du feu, avec le chien, de casser la glace dans les barriques, le matin, avec des doigts pleins d'engelures, de trouver de l'argent pour les semelles usées et la toux de Liam.

« Oh ! que Pâques arrive vite ! » supplia Cara. A cet instant, elle aperçut Christie Goldsborough. Il s'avançait nonchalamment vers elle, balançant sa cape spectaculaire, les pieds chaussés d'un cuir d'une grande finesse. Son phaéton élégant et haut perché attendait derrière le mur qu'il lui prenne l'envie de conduire à bride abattue pour aller boire du champagne à Frizingley Hall.

Cara se demanda quelle serait la réaction de Gemma Gage si elle savait le prix qu'il avait fait payer à une autre femme pour son satin mordoré.

Cara avait à peine vu le capitaine, depuis ce jour, parce qu'il s'était occupé de l'amazone rousse qu'elle venait aujourd'hui d'identifier comme étant Mme Covington-Pym en écoutant les bavardages des domestiques dans le fond de l'église. Que lui voulait-il ? Elle n'en attendait, en tout cas, rien de bon.

— Mademoiselle Adeane, vous n'avez pas l'air dans votre assiette.

Cara était transie et le vent mordant soulevait sa cape avec autant de désinvolture que s'il s'était s'agi d'un mouchoir. Son estomac creux la tiraillait et elle avait la migraine. Elle n'avait rien mangé depuis la veille et la lettre de son père l'avait emplie de fureur. Le jeûne et la contrariété ne faisaient jamais bon ménage.

— Je vais tout à fait bien, dit-elle, j'ai juste un peu froid.

— Vous n'attendez pas un enfant, au moins ?

Elle ouvrit de grands yeux, stupéfaite, et les baissa rapidement, faisant un calcul rapide ; puisqu'il avait pris la peine de demander, il était peut-être prêt à aider ! Elle pourrait, ainsi, récolter une ou deux guinées et offrir aux siens quelques douceurs pour Noël. Et puis, comment saurait-il qu'elle avait menti ?

— Non, j'ai froid, c'est tout, laissa-t-elle tomber brusquement.

Il la regardait et cet examen la mit mal à l'aise.

— Tout le monde va à la réception, il me semble, pas vous ?

Il eut le sourire carnassier qu'elle détestait.

— Me congédiez-vous, mademoiselle Adeane ?

— Ils n'apprécieront pas que vous arriviez en retard.

A sa place, elle s'y serait précipitée pour se gaver de pâtés de gibier et de cakes aux prunes, siroter leurs vins et, surtout, se réchauffer devant une bonne flambée. L'hiver s'annonçait terrible ! Elle le sentait venir avec sa neige, sa glace et son humidité meurtrière. Il lui faudrait protéger sa poitrine, ses mains et ses pieds endoloris. La fontaine publique gèlerait, le charbon et les chandelles s'épuiseraient rapidement. On n'aurait plus ni eau, ni chaleur, ni argent, jusqu'en mars.

Liam se mettrait à tousser.

— Je ne serai pas en retard.

Elle mit quelques secondes à comprendre à quoi il faisait allusion.

— J'ai une conduite nettement plus sportive que celle de tous ces industriels huppés. Ils ont tendance, voyez-vous, à se soucier de leurs habits du dimanche et à ménager leur dignité. Ils ne voudraient pas prendre le risque de verser dans le fossé devant leurs ouvriers. Aussi vont-ils lentement mais sûrement, ce que je ne sais pas faire. Et puis je connais un ou deux raccourcis d'ici à Frizingley Hall... ce qui ne devrait pas vous étonner.

— Vraiment... ?

Cara l'écoutait à peine. Elle avait froid et voulait rentrer chez elle. Elle ne pensait qu'à l'heure de marche qui la séparait de son foyer, à l'état déplorable de ses bottines et à la neige qui menaçait.

— Je suis né ici, mademoiselle Adeane, ils en sont tous très conscients.

— Oui…, dit-elle distraitement. Puis, se disant qu'il n'était pas bon de l'indisposer, elle ajouta : Je ne sais pas où je suis née.

Elle n'y avait jamais accordé beaucoup d'intérêt et oublierait même de le demander à sa mère.

Le capitaine posa négligemment un pied bien chaussé sur une tombe que sa somptueuse cape, si confortable, enveloppa douillettement.

— Dans votre cas, dit-il, cela n'a pas grande importance.

— Je suppose que non. N'importe quel trou aurait fait l'affaire.

Il se mit à rire.

— Pourquoi tant d'amertume, jeune femme ? Les fées auraient-elles déposé votre berceau à une mauvaise adresse ? Auriez-vous préféré un palais ?

Cara haussa les épaules. Si les palais étaient bien chauffés, pourquoi pas ? Quelque part dans sa tête douloureuse résonna la voix de son père : « Je ferai de toi une reine en Angleterre, Odette, mon amour. » Avait-il même épousé sa mère autrement que par le droit coutumier en lui annonçant, simplement, qu'ils allaient vivre ensemble ?

Les mariages, les bons feux et les bonnes semelles n'étaient que privilèges de nantis. Le capitaine Goldsborough, drapé dans sa fourrure et qui tuait le temps en attendant que la route fût dégagée, en était la preuve vivante.

— Le mariage, après tout, n'est qu'un système par lequel il est possible de faire passer ses biens à sa postérité. Un homme ne s'inquiète de la virginité de sa fiancée ou de la vertu de sa femme qu'à partir du moment où il a décidé d'avoir un héritier. Mais s'il ne laisse rien derrière lui, ni fortune, comme ces industriels pompeux, ni nom, comme nous autres qui sommes tout de même beaucoup moins vulgaires, pourquoi prendrait-il cette peine ?

Cara, qui n'avait jamais réfléchi à ces choses, n'avait aucune opinion précise. Un mot, cependant, avait frappé son attention.

— Trouvez-vous les patrons des filatures vulgaires ?

Le capitaine parut amusé.

— Je n'ai jamais rencontré d'individus plus communs. L'unique chose qui distingue les Dallam du reste du troupeau, Braithwaite, Colclough et consorts, est que John-William Dallam ait eu l'audace d'acheter le manoir et de le laisser relativement indemne. Quoique, quand je me trouve obligé d'y faire une visite, les coussins de chintz de sa femme me donnent la nausée.

— Mme Dallam déteste cette maison, dit Cara. Elle voudrait aller à la campagne. A Far Flatley... ou quelque chose comme cela.

Elle fut très satisfaite de lui lancer cela à la figure.

Il se renversa en arrière et rit de bon cœur. Lui, le propriétaire d'une taverne de réputation douteuse et de tous les repaires de voleurs de St Jude, un authentique Goldsborough, se gaussait des prétentions de ces nouveaux riches.

— Mais c'est un endroit pour les Lark, ou pour les Covington-Pym. Votre petite Mme Dallam n'y survivrait pas. L'exquise Mlle Gage, en revanche, s'y sentirait mieux. Elle m'a laissé entendre que son père était un parent des Bartram-Hyndes du Cheshire.

Instinctivement, Cara se raidit, prête à sortir ses griffes ; c'était là l'ennemie.

— La connaissez-vous ?

— Oh ! très vaguement. Elle cherche un mari et elle a suffisamment vécu pour comprendre que je ne fais pas l'affaire. Le côté Bartram-Hyndes de sa nature aurait pu la rendre intéressante s'il n'avait été gâché par le sang de sa mère, fille d'un petit filateur de coton plein d'ambitions sociales, m'a-t-on dit, et qui sortait d'une banlieue bourgeoise. Mlle Gage recherche la respectabilité.

— Est-ce un mal ?

— Non, mais c'est ennuyeux à périr et d'un étriqué ! Que voulez-vous, toutes ces bourgeoises minaudantes sont timorées. Elles sont si terrifiées à l'idée de faire quelque chose de malséant qu'elles ne font rien du tout, excepté bêler comme des chèvres sur leurs usages insignifiants, leurs règlements mesquins et leur code moral. Du triste monde, mademoiselle Adeane ! Ils font des dieux à leur image : épargne et économie. Palpitant ! On se demande combien de symphonies furent jamais composées, de chefs-d'œuvre créés avec cela. Il faut entendre les accents de châtrés avec lesquels ces gens vous font savoir ce que leur a coûté ce qu'ils possèdent. Ils font travailler des enfants de cinq ans dans leurs mines et dans leurs filatures et élèvent leurs filles pour qu'elles défaillent à la vue du moindre moineau blessé ! Enfin, ils croient, avec autant de ferveur qu'ils prétendent croire au Très Haut, que l'argent supplée à tout, au mauvais goût comme au manque de manières.

— Mais c'est vrai !

C'était sa religion à elle.

— Votre cas est différent, Cara.

— Pourquoi, alors, assistez-vous à leurs mariages ?

— Pour mon amusement personnel, ma chère. Pour voir le mal qu'ils se donnent afin de ressembler à des aristocrates et l'effort constant que cela leur demande. Pour savoir jusqu'où je puis me permettre d'aller avec eux. Pour les regarder prétendre ignorer certaines choses sur mon compte alors que je ne prends pas la peine de les cacher. Ils peuvent, ainsi, continuer à m'inviter à dîner parce que je suis un Goldsborough. Ils rêvent tous de s'acheter un nom qui aillent avec leurs millions. Félix Lark a bien mis le sien en vente, après tout ! La première fille prête à rembourser l'hypothèque prise sur ses terres peut devenir demain Lady Lark.

— Vous ne possédez plus de terre, il me semble ?

Cette remarque perfide ne le déconcerta pas;

— Mais si, ma chère, mais si. St Jude et ses environs représentent beaucoup d'hectares qui donnent, à leur manière, une récolte très intéressante, je puis vous l'assurer.

— Vous parlez des loyers ? Vous ne méprisez donc pas l'argent ?

Cara ne pouvait se rendre compte de l'expression affamée de son regard posé sur la pelisse de Christie Goldsborough.

— Absolument pas, quand on en use avec élégance et non pour accoupler une fortune à une autre dans une chambre forte, comme ils le font. L'argent est fait pour enjoliver la vie, Cara, d'une façon ou d'une autre. Pour s'offrir des plaisirs, acquérir du pouvoir sans en être honteux. Il sert à ouvrir des portes et à se moquer de l'opinion des autres. Mais ces gens-là utilisent leur argent pour fabriquer des camisoles de force les uns pour les autres. Marie Moon a bien fait de rester à l'écart.

— Était-elle invitée ?

— Certainement pas. Comment une bonne chrétienne telle que Mme Dallam exposerait-elle sa fille et ses amis à rencontrer une femme de l'espèce de Marie, qui s'exhibait sur une scène de théâtre pour gagner sa vie et vivait avec un homme tout en étant mariée à un autre ? Quoique Adolphus Moon soit un autre problème ! Ivrogne et débauché, il possède certains penchants sexuels que Marie et, parfois, la loi, trouvent difficiles à tolérer. Mais puisque rien n'en transpire, Adolphus Moon peut être reçu partout. De même qu'Audrey Covington-Pym qui est la putain la plus accomplie que je connaisse. Elle non plus ne s'est jamais fait prendre sur le fait, n'est jamais montée sur les planches, n'a quitté son mari ni commis d'impair en public. Donc, tout va bien.

— Je suis sûre que Mme Dallam n'est pas au courant de tout cela.

— Et comment ! Tout comme Linnet Gage qui aurait épousé Adolphus Moon sans hésiter si on lui en avait donné l'occasion. Et, comme la pauvre Marie, elle s'en serait accommodée.

— Pourquoi l'appelez-vous, « la pauvre Marie » ?

— Voyez-vous, mademoiselle Adeane, on en revient toujours à l'argent. La générosité n'est pas le point fort d'Adolphus Moon. Ce qui m'amène à ce que je voulais vous dire... Mais vous avez froid, il me semble ?

Cara était sur le point de mourir de froid, l'enclos qui entourait l'église s'était peu à peu vidé, les dernières voitures diparaissaient, emmenant avec elles cette gaieté fragile vers un autre monde dont Cara était exclue. Dans le sien, soufflait avec force et malice un vent glacé qui se préparait à geler le chemin sous ses pas, à décocher des flèches de glace dans son dos, à l'enterrer sous la neige si elle ne se hissait pas promptement jusqu'en haut de la colline de St Jude.

— Oui. J'ai froid.

A cet instant, elle n'avait plus conscience que de cela, et de sa peur d'avoir plus froid encore. Le capitaine ouvrit les bras et l'enlaça dans sa cape à l'odeur musquée. Elle était assez large pour les envelopper tous les deux. Alors, elle ne perçut plus que la chaleur de cet homme et son corps ferme contre lequel elle se laissa aller en frissonnant. Cette fourrure bénie était comme un nid qui étouffait les fureurs de la tempête.

Un nid, certes, mais avec une araignée malveillante en son centre, la reine des araignées qui la réchauffait pour son dîner ! Le froid avait tellement engourdi les sens de Cara qu'elle ne pouvait l'en empêcher.

Elle ferma les yeux, impuissante et attendit avec résignation.

— Eh bien, Cara Adeane, que diriez-vous de passer Noël avec moi ?

Que disait-il ? Pourquoi elle ? En ce qui concernait les femmes, il n'avait que l'embarras du choix !

Son souffle, chaud contre sa joue et sur sa nuque, donnait la chair de poule à Cara.

— Voyez-vous, continua-t-il, mes maîtresses restent chez elles avec leurs maris, ce jour-là. Je pourrais, bien sûr, me rendre chez les Covington-Pym et assister à la chasse de la Saint-Étienne le lendemain, et passer ensuite chez les Moon sur le chemin du retour, histoire de dérider Marie... Mais cela ne me tente guère. J'aime la diversité. Alors, mademoiselle Adeane, aimeriez-vous passer Noël sous une couverture de fourrure moelleuse, avec de quoi boire et manger autant qu'il vous plaira, le tout devant un bon feu ? Et, en prime, ce que je déciderai de vous offrir ou de vous apprendre. Parce qu'il y a des choses que vous devriez vraiment apprendre !

Cara s'en moquait. Elle sentit les mains du capitaine dans son dos, sur ses hanches. La première fois, elle s'était vendue pour une longueur de satin. Aujourd'hui, ce serait pour éviter de mourir de faim et de froid.

Un détail, cependant, restait à mettre au point.

— Il faut que je m'occupe de mon petit garçon et de ma mère.

— Je sais. Mais je ne vois là aucune difficulté. Votre mère garde votre fils, n'est-ce pas ? Je ferai en sorte que la saison des fêtes leur paraisse plus gaie, avec une cave pleine de charbon, une bonne dinde et... disons tout ce que vous réussirez à subtiliser dans ma cuisine en l'espace de dix minutes. Je sens que vous allez aimer cela !

Comme elle pensait à Marie Moon et à Audrey Covington-Pym, une idée frappa Cara : si elle devait se vendre, ce ne serait pas à trop bas prix.

— Mon petit garçon n'a rien à se mettre pour l'hiver.

— Je m'en charge.

— Et puis il a besoin d'un bon docteur pour sa toux.

— Vous lui direz de m'envoyer ses honoraires.

— Très bien.

Sairellen Thackray avait, plus d'une fois, insinué que Cara possédait tout ce qu'il fallait pour devenir une prostituée, ajoutant qu'elle y viendrait. Ce jour était arrivé et elle l'acceptait. Aucun de ceux qui s'étaient maintenus au-dessus de cet abîme au bord duquel elle chancelait depuis si longtemps ne l'en blâmerait. Ceux qui avaient tenu en respect la faim, le froid, la maladie, impossible à endiguer par manque d'argent, ceux qui n'avaient pas de quoi élever leurs enfants ni enterrer leurs morts, aucun de ceux-là ne l'accablerait. Les miséreux, qui se débattaient comme elle dans cette fondrière, comprendraient.

Elle n'avait pas voulu cela.

Mais, pour le moment, puisque le capitaine venait de parler de ce qu'elle devrait apprendre, elle lui demanderait comment des femmes comme Marie Moon et Audrey Covington-Pym s'y prenaient pour ne pas avoir d'enfant.

Cela, au moins, serait utile à savoir !

— Pauvre petite Adeane, dit le capitaine, lui embrassant l'oreille, le cou. Les femmes ne peuvent survivre seules, j'en ai peur. Cela m'a diverti d'observer vos efforts. Vous aiderai-je à essayer encore ?

— Et comment ?

Cara se réchauffait et son esprit reprenait sa vivacité habituelle.

— Nous pourrions peut-être mettre au point une formule. A condition que les quelques jours à venir se passent bien et que vous continuiez à me distraire, évidemment. Qu'attendez-vous de la vie, Cara Adeane ?

Elle soupira. Comment pourrait-il comprendre ?

— La sécurité.

— Oh ! seulement cela !

Elle savait qu'il le prendrait avec dédain.

— De l'argent à la banque, voulez-vous dire ? Je peux vous montrer comment faire. Et quoi d'autre ?

Elle plissa les yeux, le culot lui revenait.

— Ne pas être à la botte de tout un chacun.

Elle sentit, dans son cou, qu'il souriait.

— Tant que vous restez à la mienne, je peux arranger cela aussi. Rien d'autre ? Vous ne voyez rien à part le charbon, les chandelles et la potion pour la toux ? Est-ce là votre unique rêve ?

Une cape de fourrure comme celle-ci, pensa Cara et une promenade dans son phaéton jusqu'à St Jude seraient un bon début. Mais elle savait qu'il ne le lui proposerait pas.

En cela, elle ne se trompait pas.

— Très bien, mademoiselle Adeane. Il est temps que je vous laisse, à présent, pour aller présenter mes civilités à tous ces petits-bourgeois. Je vous attendrai ce soir, dans mon sérail, à huit heures et nous ferons nos arrangements.

Il s'écarta d'elle et le vent la transperça.

— Oui, dit-elle, à moins que je ne me transforme en glaçon d'ici là.

— En effet, le vent est cinglant. Puis-je vous donner le conseil de marcher vite ?

Elle accompagna le capitaine jusqu'au phaéton haut perché qu'elle avait souvent aperçu devant le *Fleece*. Un gamin ratatiné et bleu de froid tenait la bride du cheval. Le capitaine lui lança une pièce.

Il sauta sur le siège de la voiture, arrangea confortablement autour de lui les plis de sa pelisse et prit les rênes. Le cheval piaffait d'impatience, sans doute avait-il froid lui aussi.

Le capitaine abaissa son regard sur Cara et lui sourit. Elle leva les yeux, agrippant sa pèlerine insuffisante pour la saison.

— A ce soir, Cara.

— A ce soir.

— Dépêchez-vous, maintenant. Je ne tiens pas à ce que vous attrapiez froid.

— Je ne vous ferai pas cela !

— J'en suis certain, mais rentrez vite.

Il tira sur les rênes et leva son fouet.

— Vous n'avez pas pensé à autre chose, par hasard ?

— Si.

Elle serra les dents pour les empêcher de s'entrechoquer. Il s'attendait à ce qu'elle lui demandât de la raccompagner en ville : « S'il vous plaît, capitaine Goldsborough, je suis si timide, si pauvre et j'ai tellement froid... » Et, une fois qu'elle se serait mise à prix de façon si pathétique, il claquerait son fouet et la laisserait plantée là, dans le froid mordant, avec tous ces miles à parcourir et cette rude pente à grimper. Plutôt mourir que d'endurer cela.

— Je vous écoute ?

— J'aimerais bien la boutique de Mlle Baker.

CHAPITRE X

Peu après le second anniversaire de son mariage, Mme Tristan Gage fit une fausse couche. Elle garda le lit quelques jours, fut entourée de luxe et d'attentions mais dut subir l'affection embarrassée de son mari, qui s'y connaissait mieux en juments et en chiennes, et la sollicitude empressée de sa mère, qui avait subi huit fausses couches.

Gemma n'eut pas le cœur de leur dire combien ils l'ennuyaient.

— Mon enfant, c'est la volonté de Dieu, se lamentait Mabel qui l'avait entendu dire par sa mère et sa vieille bonne, toutes deux mortes à présent.

— Vous avez une mine superbe, Gemma ! N'est-ce pas qu'elle est splendide, Tante Mabel ? répétait Tristan, parce qu'il imaginait que les femmes aimaient entendre cela.

— Peut-être un peu pâle.

La pâleur semblait de mise pour cet événement.

Quoique avec cette chère Gemma noire comme un pruneau, c'était plutôt difficile à dire, pensa Mabel. Gemma paraissait si sûre d'elle depuis son mariage, tellement accomplie... pas du tout matrone, comme l'avait perfidement suggéré Lizzie Braithwaite, noble, voilà le mot juste, royale même. La reine Victoria, mariée depuis deux ans comme Gemma, s'était arrangée pour produire la Princesse royale dix mois après la cérémonie et le Prince de Galles onze mois après la naissance de sa sœur. On prétendait même qu'elle attendait un troisième enfant. La Reine, plus menue que Gemma, avait un an de moins. Mabel, au bord des larmes, essaya de se maîtriser. On lui avait appris l'accident alors qu'elle se trouvait à sa nouvelle demeure de Far Flatley où justement elle choisissait une pièce pour la convertir en nursery.

Elle ne pouvait s'empêcher de penser que cette ville sinistre était pour beaucoup dans le drame. Si Gemma s'était montrée moins obstinée à vouloir rester dans ce vieux manoir sombre coincé entre la brasserie et les fonderies, cette tragédie aurait été évitée.

Rien de plus normal pour une jeune mariée que de désirer une maison à elle ; Mabel connaissait le besoin d'intimité d'un couple aux premiers temps de leur union. Gemma, à son habitude, ne s'était pas beaucoup épanchée sur le sujet, mais Mabel avait compris à demi-mot.

John-William avait pourtant acheté au colonel Corvington-Pym une grande étendue de terres ; on aurait pu y construire un nid à Gemma et Tristan, bien qu'Almsmead fût assez vaste pour abriter plusieurs couples sans perturber leur délicieux tête-à-tête. Mabel, bien entendu, aurait été la dernière à s'immiscer dans leur vie privée.

Almsmead, le rêve devenu réalité, ressemblait à une sorte de château médiéval en pierre de taille, spacieux, aux plafonds hauts et doté du confort moderne, plus vaste que les demeures des Colclough et des Lord. Avec malice, John-William avait engagé le même architecte et lui avait demandé de produire quelque chose de similaire mais de plus grandiose. Celui-ci avait dessiné Almsmead, au milieu d'une prairie verdoyante, et l'avait entouré d'un jardin de roses. Mabel possédait aussi des pommiers, une pièce d'eau remplie de nénuphars ainsi qu'une charmille qui menait à la rivière dont l'eau, si claire, laissait transparaître des cailloux blancs et de petits poissons qui filaient comme des flèches d'argent. Cela la changeait agréablement de la vase, des bulles gazeuses et des chats crevés que l'on voyait flotter — si, toutefois, on avait le cœur de regarder — sur le canal de Frizingley.

Almsmead ignorait ces interminables rangées de maisonnettes qui avaient tant perturbé la tranquillité de Mabel. A présent, elle n'était plus éveillée au petit matin par ce terrible clic-clac de sabots qui lui rappelait tous ces miséreux et ces pauvres enfants loqueteux se hâtant vers les filatures. Elle n'entendait plus ces sirènes insupportables : celle de M. Colclough, des fonderies, celle de M. Lord lui faisant écho et, du haut de la colline, celle de son mari, puis, venant de l'autre côté de la ville, celle de Ben Braithwaite, aussi stridente que les robes de taffetas rouge de sa mère. Chacune mugissait son avertissement : dans cinq minutes les grilles seraient fermées et tout retard sanctionné.

Il lui était enfin possible de dormir en paix, la fenêtre entrouverte sur le silence et l'air frais. Rien ne la dérangeait plus le matin, si ce n'est le chant léger des oiseaux, le meuglement du bétail du colonel Corvington-Pym ou, parfois, les aboiements d'un chien élevé à rapporter les perdrix et les faisans, dont les jappements n'avaient rien à voir avec ceux de la meute de bâtards de Frizingley. Une fois habillée et coiffée par sa femme de chambre, elle prenait son petit déjeuner devant les larges baies qui donnaient sur le jardin de roses et la prairie étoilée de pâquerettes. Rien ne viendrait troubler sa journée, excepté, peut-être, une visite de la redoutable Mme Corvington-Pym, ou, lorsqu'elle prendrait un peu d'exercice en voiture, la gêne provoquée par une rencontre éventuelle avec la femme de son cher ami Adolphus Moon, tellement gracieux ces temps-ci, particulièrement avec Linnet.

La construction de la maison avait été un peu longue, il fallait l'avouer. Mais John-William avait tenu à ce que tout soit parfait. Mabel avait elle-même passé beaucoup de temps et pris un plaisir immense à composer l'ameublement et la décoration, ce qui avait provoqué, plusieurs fois par jour, de délicieux drames au sujet de tapis d'Aubusson ou de cabinets de marqueterie, de l'audace du damas de soie sur des murs fraîchement plâtrés et de la franche extravagance des cristaux et des porcelaines que Linnet — la chère enfant — l'avait poussée à choisir.

Pendant des années, Mabel avait chéri Almsmead en imagination. Durant dix longs mois elle l'avait regardé s'élever et avait élu, pour l'en parer, les matières et les couleurs qui seyaient à sa propre personnalité. Depuis six mois, elle connaissait enfin la joie sans mélange de s'éveiller chaque matin dans un lit de plumes ressemblant à un coquillage dans lequel aucune autre femme n'avait reposé avant elle.

C'était la période la plus grisante de sa vie, la plus heureuse. A dire vrai, son bonheur aurait été parfait si Gemma n'avait pas tant insisté pour demeurer à Frizingley, au milieu de cette corruption, de cette déchéance, de cette horreur.

Tout en insistant sur sa déception, elle s'était pourtant gardée d'en parler rudement à Gemma, qui répondait : « Mère, je vous ai toujours dit que je ne voulais pas vivre à la campagne. » Le menton de Mabel tremblait. « Bien sûr, ma chérie, mais je ne t'avais pas crue. »

Comment l'aurait-elle pu ? Almsmead était tellement plus agréable que cette vieille bâtisse craquant de toutes parts et dotée d'un mobilier antique — de valeur, certes — mais atroce et ayant appartenu aux Goldsborough. On en avait hérité en même temps que de la maison. Mabel avait toujours pensé que ces meubles ne tenaient debout que grâce à la cire d'abeille dont ils étaient recouverts. Elle détestait ces minuscules fenêtres à meneaux, enchâssées dans de profondes embrasures, qui laissaient passer la lumière d'une façon étrange. Elle se rappelait la clameur écœurante qui montait de la rue par-delà le mur de clôture. Mabel craignait que Tristan ne s'y plaise pas.

— Gemma, ma chérie, les goûts de ton mari doivent être pris en considération et j'estime qu'il est un homme de plein air. Les Gage et les Bartram-Hyndes ont été élevés comme cela. Almsmead n'offre-t-il pas tout ce qu'un gentilhomme demande : chasse, pêche et cricket sur la pelouse communale.

— Biens sûr, maman. Tristan aimera tout cela.

— Mais enfin, ma chérie, comment pourrait-il y participer si vous restez ici ?

— Mère, Tristan est libre d'aller et venir à sa guise. Je ne le tiens pas attaché par les cordons de mon tablier.

Mabel, qui ne se sentait jamais tout à fait en sécurité si John-William n'était pas à proximité, fut scandalisée de cette réflexion.

—, Gemma, chérie, comment expliquer cela sans paraître choquante ? C'est que les hommes, vois-tu, sont... enfin, il n'est pas bon d'être trop longtemps séparées d'eux.

D'après son expérience, c'était toujours les femmes qui se plaignaient de cet état de choses. Ethel Lord, par exemple, se rongeait les sangs depuis que son mari passait tant de temps à Leeds. Maria Colclough, elle, s'était tournée vers la religion parce que le sien ne levait que rarement le nez de sa comptabilité. Jusqu'à la bouillante Lizzie Braithwaite qui se lamentait d'être négligée à cause des affaires.

A l'inverse, Gemma s'était montrée charmée lorsque Tristan participait aux chasses de Far Flatley et qu'il avait confié à l'écurie d'Almsmead une grande jument baie et un hongre alezan. Elle lui avait offert un chien de chasse au poil soyeux et doré, au tempérament doux et dont il était devenu inséparable. Et, comme le chien résidait à Almsmead, Frizingley n'étant pas un endroit pour une bête de ce pedigree, Tristan y séjourna de plus en plus fréquemment. Tandis que Gemma, d'humeur toujours égale, demeurait dans le vieux manoir, ne voyant pas grand monde, à part l'institutrice qui enseignait à l'école des filatures et le directeur des usines.

C'étaient d'excellentes personnes, très compétentes — mais en aucun cas une fréquentation pour Gemma ! Celle-ci n'avait d'ailleurs montré qu'un intérêt poli pour l'aménagement d'Almsmead, alors que Linnet s'y était dévouée avec enthousiasme. Chère Linnet ! Mabel s'attendrit en la regardant broder un mouchoir, patiente et belle comme un ange.

Penser que Ben Braithwaite lui avait pris deux ans de sa jeunesse, à force de faux serments et de vains espoirs, pour finalement se rendre aux injonctions de sa mère et épouser la richissime et laide Magda Tannenbaum ! C'est au cours de la cérémonie — Mabel ne l'oublierait jamais — que Gemma avait ressenti les douleurs annonçant sa fausse couche. Si bien, se disait Mabel avec un manque certain de bon sens, que Ben Braithwiate avait brisé non seulement le cœur de Linnet, mais aussi celui de Gemma.

Elle se pencha au-dessus de sa fille alitée.

— Tout ira bien, ma chérie.

— Bien sûr, mère.

Gemma fut soulagée de voir entrer son père ; son arrivée allait très vite chasser Linnet et Tristan sous un prétexte quelconque ; quant à

Mabel, il suffit de lui rappeler que c'était l'heure du thé et que Mme Drubb l'attendait.

— Comment te sens-tu, mon enfant ? demanda John Willian quand ils furent seuls.

— Très bien, père. Si cela ne tenait qu'à moi, je serais debout.

— Pas question ! Tu dois te reposer. Tu sais... ce sont des choses qui arrivent. Ce n'est pas donné à tout le monde de fonder une famille. Quelquefois... on ne peut pas.

Il ne lui avait jamais parlé de choses si intimes.

— Si ton époux ne te convient pas, il est toujours possible de...

— Tout va bien, père. Je t'assure.

Si elle l'affirmait, il était prêt à la croire, même s'il ne comprenait pas comment. Son esprit se mit à vagabonder au sujet du non-conformisme de sa fille, de son intérêt singulier pour la solitude et l'école de l'usine, et des menaces de grèves qui recommençaient. Il y avait ce nouveau décret sur les importations de blé qui allaient encore provoquer des troubles ; John-Williams se disait qu'il aurait été chartiste lui-même s'il était resté pauvre. Mais puisqu'il avait réussi et que sa famille était à l'abri... Il finit par s'assoupir sur la pensée rassurante que Mabel était en sécurité à Almsmead, loin des troubles de Frizingley.

Gemma s'en aperçut et sourit. Elle se sentait en paix, ainsi qu'elle l'avait escompté en épousant Tristan. Il était exactement comme elle l'avait prévu : charmant, léger, prévenant. Leur voyage de noces s'était très bien passé. Contrairement aux explications embarrassées de sa mère, Gemma avait trouvé plutôt agréables les obligations conjugales. Quant à sa grossesse interrompue, et bien que tout le monde cherchât à la rassurer, elle avait l'intime conviction que c'était un avertissement définitif. Elle n'aurait pas d'enfant.

Mais des enfants, il y en avait tant à côté d'elle. Malheureux, affamés, en haillons. Des enfants qui avaient besoin d'aide, de soins, et d'instruction. Pourquoi l'intelligence serait-elle réservée aux classes dirigeantes ? Gemma pensait à Cara Adeane, si vive, si ambitieuse. D'où lui venait son talent ? N'y avait-il pas des douzaines de petites Cara Adeane à qui donner leur chance ?

Elle guetta le moment favorable où son père émergeait du sommeil.

— Père ?

— Oui ? Comment ? Je ne dormais pas, je réfléchissais.

— Bien sûr, père, il y a quelque chose qui me ferait plaisir...

Elle avait pris intentionnellement la voix de Mabel. Il sourit avec indulgence ; il aimait se montrer généreux et elle lui en donnait si rarement l'occasion. Il espérait qu'elle demanderait quelque chose de rare, et de coûteux.

— Oui, Gemma ?

— Je voudrais que vous me confiiez la responsabilité de l'école.

— Quoi ? Que dis-tu ?

— Ce n'est peut-être pas dans vos possibilités ?

Pas dans ses possibilités ? Tout était possible pour John William Dallam.

— J'aimerais tant en faire la meilleure école de Frizingley, et même du comté. Parce que si une chose mérite d'être faite, autant le faire bien, c'est vous qui me l'avez dit, n'est-ce pas ?

— Oui, Gemma.

Il ferma les yeux de nouveau : il devait empêcher cet absurde flot de larmes de couler. Quel funeste destin, pensait-il, avait fait naître Gemma femme, alors qu'elle avait toutes les qualités pour être un homme. Un chef.

CHAPITRE XI

Daniel Carey reparut à Frizingley en qualité de candidat chartiste à une élection partielle ; en effet le personnage initialement chargé de défendre les couleurs du Mouvement effectuait un assez long séjour en prison pour s'être rendu coupable de sabotage et de complicité de démolition d'un dépôt de mendicité près de Rochdale. On avait dû lui trouver en hâte un remplaçant.

Daniel, qui n'était jamais parti pour la France, encore moins pour l'Italie, et n'avait pas poussé plus loin depuis deux ans que les bureaux londoniens du journal chartiste *Northern Star*, semblait faire l'affaire aussi bien qu'un autre. Mieux même que certains, puisqu'il avait déjà eu des contacts dans la région et que, pour un agitateur politique, il jouissait d'une bonne réputation, sans même la flétrissure d'une condamnation dont ses adversaires puissent se servir contre lui au cours de la campagne.

Il se présentait en jeune homme sympathique, respectable, ce dont ne pouvait se targuer le candidat du Mouvement pour la circonscription de Bradford aux élections de 1841, un Irlandais illuminé qui s'était initié à la vie politique dans des établissements aussi sélects qu'une maison de correction et les prisons de York. En dépit de son exécrable passé, ce William Martin avait acquis un large soutien populaire qui lui aurait valu de l'emporter avec une écrasante majorité et de siéger au Parlement — à condition que ses supporters aient bénéficié du droit de vote.

Daniel Carey saurait-il soulever le même enthousiasme à Frizingley, sinon faire mieux ? Parviendrait-il à troubler la bonne conscience des industrieux bourgeois Whigs, comme des aristocratiques propriétaires Tories, en leur rappelant ce que ces mêmes masses laborieuses, tant méprisées, avaient naguère accompli en France ? En leur parlant de la Liberté et de l'Égalité dont elles s'étaient emparées dans le sang pour en avoir été trop longtemps frustrées ? Sans doute, estima-t-on.

On l'avait donc dépêché vers le Nord — non dans l'espoir de gagner ni même de remporter un seul suffrage, mais à seule fin de répandre la bonne parole chartiste parmi la population et d'exposer ce qui *pourrait* se passer dans un pays où chaque citoyen obtiendrait le droit de vote et la liberté de l'exercer, sans craindre de pressions injustes.

Pour Daniel, c'était là une lutte digne d'être menée, une chance longtemps attendue de servir son prochain. Il aurait préféré que ce fût ailleurs qu'à Frizingley ; mais il surmonta sa répugnance en se disant qu'il ne retrouverait plus personne de sa connaissance dans le quartier St Jude. Deux années s'étaient écoulées. C'était long, surtout pour des gens tels que lui — et elle.

Car *elle* ne serait sûrement plus là.

Et quand bien même il la reverrait, qu'aurait-il à lui offrir de plus qu'avant ? Que découvrirait-il de nouveau, en lui comme en elle, sinon des maux auxquels il serait toujours hors d'état de remédier, des blessures qu'il ne serait pas en mesure de guérir ? Mieux valait fermer les yeux, s'endurcir le cœur et s'absorber dans sa tâche, décision à laquelle il se tenait fermement quand, après un tumultueux accueil à la gare, on l'escorta — à grand renfort de bannières et de chants séditieux — jusqu'à la rue St Jude, où une certaine Mme Sairellen Thackray s'était offerte à le loger gratis.

Une brave femme, lui avait-on expliqué, veuve de Jack Thackray, militant radical devenu une sorte de héros local après avoir péri d'un coup de sabre lors des émeutes de Manchester. Une femme brave, aussi, qui n'avait peur de rien ni de personne et saurait, pour la durée de la campagne, le nourrir, laver son linge et lui assurer la tranquillité nécessaire à la rédaction de ses discours. Ce ne fut pourtant que lorsque le fils de cette Mme Thackray, grand gaillard à la tignasse blonde qui s'était chargé de son bagage, l'eût accompagné à sa porte, que Daniel prit conscience du péril auquel il s'exposait.

Elle n'est pourtant sûrement plus là, se répéta-t-il.

De toute façon, il ne revenait pas en amoureux, mais engagé dans une entreprise sérieuse, dangereuse peut-être, qui devait, jusqu'à sa conclusion, prendre le pas dans sa vie sur tout le reste. Il n'était que le candidat chartiste pour la circonscription de Frizingley. C'est d'ailleurs ainsi que le virent Mme Sairellen Thackray en lui servant un souper à base de bœuf bouilli et de pommes de terre, auquel les Chartistes du cru contribuaient de leurs deniers, et son fils Luke qui allait coucher dans la cuisine afin de laisser au « candidat » la jouissance de sa chambre, minuscule mais propre. Et c'est de même en « candidat » qu'il s'exprima devant eux. Son accent était désormais si neutre qu'on n'y distinguait plus trace de ses origines, sa jaquette toujours aussi élimée mais portée avec autant de distinction que si elle avait été doublée d'hermine, sa physionomie à la fois assez séduisante pour plaire aux femmes, assez résolue pour rassurer les hommes.

Un peu jeune, malgré tout, pour le goût de Sairellen Thackray qui préférait chez les leaders la maturité et la dignité d'un Richard Oastler, avec qui elle avait milité pour la journée de dix heures. Mais Richard Oastler croupissait toujours en prison et la journée de dix heures aux oubliettes. Aussi, lorsque Luke lui avait fait la lecture commentée d'un exemplaire de la Charte du Peuple, sa mère avait écouté avec attention et y avait adhéré sans réticences.

— Si nous votions tous, avait conclu Luke, nous obtiendrions enfin ce que nous voulons. Et, si ce candidat qu'ils envoient de Londres s'intéresse davantage à l'autonomie de l'Irlande qu'à notre journée de dix heures, que nous importe ? Avec la Charte, nous serions les uns et les autres satisfaits.

Ainsi soit-il ! Malgré la fermeté de ses principes et sa répugnance innée pour le compromis, Sairellen eut, ce soir-là, une bouffée de soulagement à la pensée qu'une attaque de fièvre (attrapée, comme d'habitude, de l'infortunée Mme Rattrie, qui en était morte) avait cloué Luke au lit pendant la folle semaine de l'été passé. En quelques jours s'étaient produits le sabotage de l'usine Braithwaite et la brutale répression des « frères » et autres « camarades » qui, le soir venu, venaient refaire le monde en fumant la pipe dans son jardinet. Ils avaient été dénoncés par Oliver Rattrie, l'aîné de la portée et le plus chétif, celui qui tenait les propos les plus incendiaires à ces réunions secrètes. Si Luke avait été trahi avec les autres, sa mère serait-elle aujourd'hui en mesure d'aider le candidat du Mouvement ? N'encourait-elle pas, en l'hébergeant, un risque encore plus considérable ? L'idée était indigne d'elle et l'effleura à peine.

— Vous reprendrez de la tarte, déclara-t-elle.

A son impérieux coup de menton, Daniel comprit qu'il s'agissait moins d'une invite que d'un ordre.

— Volontiers.

Il lui décocha un sourire destiné à charmer la femme et attendrir la mère. Un séducteur, se dit-elle sans déplaisir, bien qu'elle eût depuis longtemps passé l'âge de telles fariboles. Un séducteur doublé d'un déraciné, ce qu'elle ne permettrait jamais à son fils de devenir. Et un Irlandais, par-dessus le marché, ce qui ne constituait pas à ses yeux la meilleure des recommandations. Que savait-il du sort des enfants exploités à mort dans les usines de l'Angleterre ? S'en souciait-il ? Elle voulut en avoir le cœur net.

— Vous vous intéressez sans doute avant tout à l'autonomie de votre propre pays.

— Je m'intéresse à la justice et à la liberté pour tout le monde, madame Thackray.

Elle avait trop souvent entendu de tels propos pour s'en laisser conter.

— Voilà de belles paroles ! Sachez, jeune homme, que mon mari en est mort il y a vingt-quatre ans.

Tant de temps, déjà ? Parfois, le drame lui semblait s'être produit dans une autre vie, parfois la veille. Quand la cavalerie, sabre au clair, avait chargé la foule, elle s'était jetée à terre sur Luke, emmené avec elle faute de pouvoir le confier. Le silence retombé, elle avait rouvert les yeux pour voir du sang sur ses mains, son visage, sur l'enfant à demi suffoqué. Le sang de Jack, qui leur avait fait à tous deux un rempart de son corps et avait expiré dans ses bras, une heure plus tard, sans une parole.

Pauvre Jack Thackray ! Ses derniers mots, à elle, avaient été pour le maudire : « Misérable, tu nous as condamnés ! » Il lui arrivait encore d'être réveillée, la nuit, par l'écho de son hurlement sacrilège. Pourtant, elle avait senti la présence de Jack à ses côtés quand elle marchait sur York derrière Richard Oastler. C'est en mémoire de Jack qu'elle avait élevé Luke afin qu'il soit digne de son père. Et c'est pour lui encore qu'elle accueillait maintenant cet étranger au regard trop vif et au sourire enjôleur, qui la remercierait en séduisant sa fille, si le destin lui en avait laissé une, et s'empresserait d'oublier ce qu'il aurait vu de la faim et de la misère de St Jude, une fois assis, important et bien nourri, sur les bancs du Parlement. Ses mains n'avaient sans doute jamais rien soulevé de plus lourd qu'une plume ou un livre. Sairellen aurait préféré placer sa confiance dans un homme aux mains calleuses, plus simple, peut-être, mais plus solide — comme Luke.

— Vous aimez le thé fort ?

— Oui, merci.

Surmontant à grand-peine sa propre honte, il dit avec une désinvolture affectée :

— J'ai connu une famille irlandaise qui habitait le quartier. Presque en face de chez vous, je crois — mais c'était il y a si longtemps que je puis faire erreur. Une femme et sa fille. Elle avait un petit garçon, si mes souvenirs sont bons.

Le nom même de Cara lui aurait écorché les lèvres.

— Vous voulez parler des Adeane ?

— Oui, c'est bien cela. Mais elles ont sûrement déjà déménagé, n'est-ce pas ?

Il regretta aussitôt sa question car il se sentait incapable, sous le regard pénétrant de cette femme, de supporter sans se trahir le choc de la réponse, quelle qu'elle fût.

— Prendriez-vous les gens comme elles pour des va-nu-pieds ? Vous faites erreur, jeune homme.

— Elles sont encore ici ?

— Oui. Odette et le petit vivent au même endroit, de l'autre côté de la rue.

— Et... Mlle Adeane ?

Il n'arrivait toujours pas à prononcer le nom de Cara.

— Elle a fait son chemin — c'est, du moins, l'impression qu'elle donne. Elle tient maintenant boutique place du Marché, comme elle en rêvait depuis le début : *Cara Adeane, Haute Couture et Modes de Paris.*

— Je vois.

Il voyait même trop bien : Cara n'avait pu se hisser si haut et si vite par ses propres moyens. Mieux valait qu'il se résigne à ce qu'elle avait fait pour occuper sa nouvelle position et s'y maintenir. Mieux valait surtout s'en réjouir pour elle car, sinon, c'était à coup sûr la mendicité, la maison close ou, pis encore, le sort d'une femme d'ouvrier, usée avant l'âge par un labeur d'esclave et d'incessantes grossesses.

— Elles vont bien ?

— Dites plutôt à merveille !

— Mlle Adeane habite sans doute sa boutique ?

— Oui. C'est plus commode pour, disons... sa clientèle.

— Mère, voyons ! intervint Luke.

— Ce n'est pas un secret, mon garçon ! Toute la ville en fait des gorges chaudes, tu ne diras pas le contraire.

— Non. Mais moi, je ne me permets pas de juger.

— Alors, il serait grand temps que tu ouvres les yeux sur le compte de la belle Cara Adeane.

— Elle fait de son mieux, mère. Sachant ce qui l'attendait, je serais le dernier à lui jeter la pierre.

Daniel fut frappé de découvrir en lui une force sereine, une fermeté de conviction dont il se savait incapable et qui commandaient le respect.

— Je ne l'ai jamais vue verser de larmes sur son sort, mon garçon. Encore moins rougir de honte.

— Et vous ne la verrez sans doute jamais, mère ! répondit Luke avec un large sourire.

La discussion en resta là. Le repas terminé, Daniel se retira dans sa chambre ; puis, ayant remis de l'ordre dans ses pensées et ses brouillons de discours, il sortit prendre l'air et se retrouva, par un hasard qui n'avait rien de fortuit, devant la porte fraîchement repeinte de Mme Odette Adeane.

Il gardait d'elle le souvenir indistinct d'une petite Française effacée, chuchotante, frêle au point de sembler transparente à côté de Cara, craintive, usée par les épreuves, flottant dans ses vêtements élimés. Aussi fut-il stupéfait de voir apparaître une personne imposante et replète, vêtue d'une robe de laine bien coupée où brillait une broche d'or, au visage miraculeusement débarrassé de ses rides, au sourire serein de celle qui dort en paix, mange à sa faim et n'a rien à redouter du lendemain. Une femme heureuse, que des coups impromptus à sa porte n'avaient pas de raison d'inquiéter — jusqu'à ce qu'elle eût reconnu son visiteur.

— Monsieur Carey ? Est-ce bien vous ?

— Oui, madame Adeane. Puis-je vous parler quelques instants ?

— Bien entendu. Entrez, je vous en prie. Mettez-vous à votre aise.

Elle se sentait pourtant fort gênée d'avoir à lui apprendre des nouvelles qui le blesseraient à coup sûr.

Il ne reconnut pas la pièce qu'il avait vue jadis nue, lugubre, meublée de vieilleries dénichées au hasard dans les rebuts des brocanteurs. Un tapis, des fauteuils, un canapé de chintz, un dessus de table en velours rouge assorti aux rideaux, des gravures aux murs, des bibelots, une flambée dans l'âtre, d'appétissantes odeurs émanant du fourneau lui conféraient une opulence sans égale à St Jude. Voilà donc le salaire du péché, se dit-il — en s'efforçant de s'en réjouir pour Cara.

Daniel remarqua que le chien avait disparu mais que le fils de Cara était assis au coin du feu. Le chétif enfant de trois ans, taciturne et morose, dont il gardait le souvenir était devenu un garçonnet élégant comme une gravure de mode, beau comme sa mère et timide comme Odette. Il semblait absorbé dans la lecture d'un livre et ne leva pas les yeux à l'entrée du nouveau venu.

— Elle n'est plus ici, Daniel, dit Odette.

— Je sais. J'arrive de chez les Thackray.

— Vous les connaissez donc ?

— Je suis le candidat chartiste à l'élection partielle, Mme Thackray me loge pendant la campagne. Je pensais que vous aviez quitté Frizingley depuis longtemps déjà.

— Nous l'aurions fait si elle n'avait pas...

— Je sais, madame. Est-elle... heureuse ?

— Assurément, depuis qu'elle a sa propre boutique. Rien de considérable, bien sûr. C'est même tout petit — et il y a toujours la concurrence de Mlle Ernestine Baker, de l'autre côté de la place. Mais Cara est si douée, si courageuse. Elle travaille du matin au soir, elle ne pense qu'à cela. Je la décharge du soin de diriger l'atelier, je maintiens l'ordre chez ses filles du mieux que je peux...

Odette ne savait plus que dire, mais elle sentait qu'il valait mieux continuer à parler.

— Ce n'est pas une sinécure, croyez-moi. Les couturières sont réputées pour leur mauvais caractère et, s'il n'y a personne pour les ramener à la raison, les ciseaux volent pour un oui ou pour un non — c'est un miracle qu'il n'y ait pas plus d'accidents ! Je fais les broderies fines et j'apprends le métier aux plus douées. J'habite toujours ici avec le petit, parce que... cela vaut mieux pour lui. Ce n'est pas bon pour un enfant de grandir au milieu de toutes ces écervelées, n'est-ce pas ? D'ailleurs, il va à l'école, sa mère y tient. Elle a préféré s'installer au-dessus de la boutique — par les temps qui courent, ce serait imprudent de laisser l'atelier sans surveillance. De toute façon, ce logement était trop petit pour nous trois...

Daniel n'écoutait plus tant il souffrait au souvenir de sa dernière visite dans cette maison. Un élan chevaleresque, ou un accès de folie, l'avait empêché de la faire sienne, comme il aurait pu, au lieu de l'abandonner à l'inconnu qui se l'était appropriée depuis. Il maudissait l'aveuglement de l'amour qui l'avait retenu de l'obliger à le suivre à travers le monde — sans luxe, certes, mais pas pieds nus ainsi qu'elle l'en avait accusé — au lieu d'en faire le don gratuit à celui qui lui avait offert sa chance. Était-elle plus heureuse ainsi ? Au prix d'un effort, il le lui souhaita.

S'il n'avait pas le droit de lui en vouloir, il ne s'en consumait pas moins d'avoir été incapable de lui procurer lui-même cette chance. D'amers regrets lui serraient le cœur et, malgré ses efforts, lui faisaient monter les larmes aux yeux. Son trouble ne pouvait échapper à Odette. Il devait fuir cette maison, ces souvenirs.

— Mon pauvre ami, murmura-t-elle.

Il lui fallut un long moment pour se ressaisir.

— Je comprends, madame. Quelqu'un — un homme — l'a aidée, n'est-ce pas ?

— Oui. Si vous saviez à quel point je regrette...

— De grâce, ne vous souciez pas de moi !

— Mais c'est *vous* qui souffrez, mon pauvre garçon.

— C'est vrai.

Odette semblait prête à lui prendre la main et à partager sa douleur. Cela, Daniel ne pouvait le supporter.

— Je dois m'y résigner, répondit-il. Tout est ma propre faute, je n'ai pas le droit de la critiquer. Je ne lui ferai jamais de reproche, sous aucun prétexte. J'aimerais que vous le lui disiez. Pouvez-vous le lui présenter d'une manière... acceptable ?

— Je ferai de mon mieux.

— Si par hasard elle manifestait le désir de me revoir...

Elle l'interrompit d'un geste plein de compassion.

— Je ne le pense pas.

— Je ne peux pourtant pas me cacher d'elle, je suis ici afin de prononcer des discours et de participer à des défilés. Elle entendra sûrement parler de moi. Bien entendu, je ne dis pas qu'elle y attachera d'importance. Néanmoins...

— Oui, Daniel ?

— Si elle souhaite ma visite, conclut-il en se levant, j'irai la voir volontiers. Sinon, je me tiendrai à l'écart. Elle décidera seule. Je m'en remets à son jugement.

Il ne lui avait rien donné jusqu'alors ; au contraire, il lui avait déclaré ne jamais pouvoir lui offrir la sécurité à laquelle elle aspirait. Il ne pouvait donc faire moins que sacrifier ses propres désirs et se soumettre aux siens.

Odette n'avait pas prévu de retourner ce soir-là place du Marché. Elle s'y rendit cependant après avoir fait dîner Liam qu'elle confia, pour sa plus grande joie, à Luke Thackray avec qui il entreprit aussitôt de dessiner des locomotives.

Elle trouva sa fille en train de faire ses comptes de la journée dans l'arrière-boutique qui servait à la fois de bureau et de salon. *Cara Adeane, Haute Couture et Modes de Paris*, était une belle et élégante jeune femme que sa mère ne put s'empêcher d'admirer. A vingt-deux ans, elle en paraissait cinq de plus ; le chignon relevant son opulente chevelure noire accusait la saillie de ses pommettes et lui bridait les yeux comme ceux d'une chatte hautaine. Selon Odette, qui les avait toutes mesurées, Cara possédait la plus jolie silhouette de Frizingley, avec une taille souple et fine, une poitrine ferme, de longues jambes au galbe irréprochable, des épaules de déesse et le port d'une reine.

Le caractère aussi, d'ailleurs : se tuant au travail et exigeant autant des autres, elle se montrait ces derniers temps si impérieuse et sujette à des sautes d'humeur qu'Odette usa de grandes précautions pour lui relater la visite de Daniel Carey. L'orage qu'elle redoutait n'éclata cependant pas. La plume à la main devant son registre ouvert, Cara l'écouta avec une froide politesse, comme si elle attendait qu'un fournisseur se justifie d'un retard de livraison ou une coupeuse d'une retouche fautive. Puis, une fois le récit terminé, elle se borna à déclarer calmement :

— C'est fort bien.

— Voyons, ma chérie ! Comment cela, *fort bien* ?

— C'est bien ainsi, un point c'est tout. Inutile d'en parler davantage. Et si, par hasard, tu as l'occasion de le revoir, dis-lui simplement qu'il fasse ce qu'il doit de son côté, j'en ferai autant du mien. A ce propos, Mme Maria Colclough est venue me voir tout à l'heure, après ton départ. Une des meilleures clientes d'Ernestine Baker, me demander conseil, à moi, pour la robe de mariée de sa cadette ! Te rends-tu compte ? Elle tremblait de peur que Baker ne l'ait vue entrer chez moi — ce qui est sûrement le cas, cette vieille peste passe son temps à épier ma porte. J'ai déjà fait quelques croquis. Prépare-moi des échantillons de broderie d'ici demain, j'irai les lui montrer. Il faut décrocher le mariage Colclough...

Elle tendit à Odette les esquisses d'une robe joignant la légèreté vaporeuse d'un lis à la dignité modeste d'une aube religieuse. Aussi dévots que vaniteux, les Colclough voulaient en avoir pour leur argent mais l'étaler sans ostentation. Cara expliqua comment elle espérait concilier des exigences aussi contradictoires.

— Prends des perles à l'atelier, tu pourras t'y mettre dès ce soir. Il faut conclure l'affaire au plus vite, Mme Colclough a sans doute demandé des projets à Ernestine Baker avant de trouver le courage de venir me voir. Je ne me contenterai pas encore une fois des miettes ! Maintenant que je tiens à peu près la robe de la mariée, je vais dessiner celles des demoiselles d'honneur. J'y passerai la nuit s'il le faut, mais j'obtiendrai cette commande !

Lorsque Odette fut partie, mi-rassurée, mi-attristée par l'apparente insensibilité de sa fille, celle-ci se leva, énervée, arpenta la boutique, monta à l'atelier, redescendit à son bureau. Afin de couper court à toute possibilité de recul, elle avait exagéré devant sa mère l'importance qu'elle attachait à ce mariage. Odette s'attendrait le lendemain à voir les modèles de toilettes du cortège, sans oublier le chapeau de la mère de la mariée, sinon elle comprendrait que le souvenir de Daniel Carey avait réussi à distraire Cara de ce qui était censé être son unique raison de vivre.

Cette vie, elle l'avait elle-même choisie, ou presque. Puisqu'elle ne pouvait plus en détourner le cours, à quoi bon raviver des peines oubliées, sans espoir de les remplacer par un bonheur qui n'avait jamais existé ? Mieux valait préserver en elle le vide affectif auquel elle s'était accoutumée et qu'elle n'avait plus aucun désir de combler.

Dans un instant, elle allait reprendre ses croquis et, mieux encore, s'efforcer de recréer le sentiment de plaisir que la réapparition de Daniel avait gâché. Elle allait imaginer les mauvais tours qu'elle avait, plus que jamais, l'intention de jouer à Ernestine Baker, et polir, avec une joie mauvaise, les allusions perfides qu'elle comptait glisser dès le lendemain dans l'oreille de Mme Maria Colclough. Elle avait toute la nuit devant elle. Mais, auparavant, elle avait encore besoin d'un instant, sinon pour se guérir de la douleur sourde qui lui serrait la gorge, du moins pour lui laisser le temps de s'estomper. Dans le grand fauteuil de velours rouge dont elle était si fière, le chien vautré à ses pieds sur le tapis, grognant et ronflant comme à son habitude, Cara se laissa enfin aller sous le poids de la lassitude et ferma les yeux.

La boutique n'était pas grande. Consacrant plus volontiers ses libéralités à la satisfaction de ses caprices qu'aux ambitions d'une maîtresse rétive, dont l'acharnement à s'élever dans la société le distrayait, Christie Goldsborough ne lui avait fourni que le strict minimum, avec sa bénédiction d'user des moyens qui lui plairaient ; qu'elle dépense toute l'énergie dont elle était capable ! Et elle n'y avait pas manqué ! Elle s'était épuisée, parfois jusqu'à la limite de ses forces — jamais au-delà : sa chance ne se représenterait plus si elle échouait ; si elle tombait, elle ne se relèverait pas. Le moindre faux pas, la plus légère défaillance lui étaient interdits, elle le savait.

Il lui avait laissé le choix du local et octroyé un petit capital qu'elle était résolue à lui rendre, quelles que soient les compensations qu'elle lui accordait par ailleurs. Elle avait jeté son dévolu sur ce bâtiment de la place du Marché, en dépit de son état lamentable, car il comportait à l'étage de hautes fenêtres laissant pénétrer à flots la lumière du jour qui, avait-elle calculé, économiserait à la fois ia chandelle et la vue de ses couturières.

Quand elle en avait pris possession, l'endroit était répugnant pour avoir longtemps servi d'abri à des clochards. Préférant ne pas imaginer dans quelles conditions Christie Goldsborough les en avait expulsés, Cara avait nettoyé de ses mains leurs immondices avant de confier à une femme de charge l'entretien des locaux. Elle avait peint l'atelier d'un vert pâle censé apaiser les tempéraments irascibles, installé des tables assez hautes pour éviter aux couturières de se tordre le dos sur leur ouvrage — torture ordinaire des ateliers de couture — et disposé des repose-pieds qui, en améliorant le confort des brodeuses, lui permettaient de les faire travailler plus longtemps. Elle avait aménagé l'autre partie de l'étage en salle de repassage, afin d'isoler l'atelier de la chaleur et de la buée respor ;ables de tant de migraines. Elle avait enfin fait peindre sa devanture en bleu pastel, sur lequel son nom en gracieuses lettres d'or semblait narguer Ernestine Baker.

L'intérieur, traité dans les mêmes teintes, avait fait l'objet de tous ses soins ; c'est surtout sur ses étalages, constamment renouvelés, qu'elle répandait des trésors d'imagination afin de piquer la curiosité et la convoitise des dames. Ses efforts n'avaient pas tardé à être récompensés. L'une des premières, Mme Magda Braithwaite, succomba à la tentation et revint régulièrement, bien que Mme Lizzie Braithwaite, sa belle-mère, restât obstinément fidèle à Miss Baker. Mmes Mabel Dallam et Gemma Gage se fournissaient désormais chez elle, malgré les tentatives répétées de Mlle Linnet pour les entraîner chez la sempiternelle Miss Baker. La jeune Mme Jacob Lord, née Amanda Braithwaite, restait docile aux commandements de sa mère, alors que Mme Ethel Lord, sa belle-mère — sans doute pour mieux manifester son antipathie envers Mme Braithwaite — ne jurait que par Cara, dont elle avait été l'une des premières clientes.

Il n'empêche que ces dames, à de notables exceptions près, continuaient à se fournir pour l'essentiel chez Ernestine Baker. Cara devait se contenter de leur vendre les affriolants accessoires dont elle s'était fait une spécialité — jusqu'à ce que Mme Colclough vînt tout à l'heure la consulter pour la noce de sa fille. Le triomphe était proche ; dès qu'elle aurait surmonté le malaise provoqué par le retour imprévu de Daniel, elle le célébrerait comme il convenait.

Elle avait déjà eu l'occasion de se féliciter des sourires du hasard ou du succès de ses ruses. Ainsi, lorsqu'elle avait obtenu d'un fournisseur l'exclusivité de réticules brodés et d'ombrelles de dentelle espagnole, ou quand elle avait débauché deux des meilleures couturières d'Ernestine Baker. Ou lorsque Lady Lark lui avait fait exécuter la robe du bal d'ouverture de la chasse que Miss Baker avait été apparemment incapable de lui fournir selon son goût, ou encore quand Mme Covington-Pym, la scandaleuse épouse du colonel, lui avait commandé ses tenues d'amazone — sans oublier l'épisode des deux robes de bal de Marie Moon qu'elle devait facturer séparément, l'une à M. Adolphus Moon et l'autre à « notre ami commun, le charmant officier » avait spécifié Marie.

— Lequel, chère madame ? s'était suavement enquise Cara. Le colonel Covington-Pym ou le capitaine Goldsborough ?

Christie Goldsborough avait jugé l'anecdote assez amusante pour payer sans discuter la plus coûteuse des deux, tout en assurant à Cara que Marie était aussi ravissante vêtue de ses toilettes que dans le plus simple appareil. Espérait-il ainsi piquer sa jalousie ? Il savait pourtant que Cara n'éprouvait pour lui aucun sentiment et se moquait de ses liaisons.

Non qu'elle lui eût jamais rien refusé. Quand il lui ordonnait de le rejoindre, où que ce fût, elle obéissait sans retard. C'est pourquoi, d'ailleurs, elle gardait la maison de St Jude pour Odette et Liam et logeait elle-même à la boutique, sans autre compagnie que ce maudit chien qui ronflait toute la journée devant la cheminée et ne sortait de sa torpeur que pour grimper à l'atelier mordre les doigts des couturières qui lui donnaient à manger des restes.

Une brute, comme son ancien maître. Cara avait pourtant beaucoup appris de Christie Goldsborough. Elle lui devait, entre autres connaissances pratiques, de savoir calculer son bénéfice, négocier ses achats, déterminer ses prix de vente. Il l'avait libérée de sa crainte des grossesses en lui montrant comment se protéger à l'aide d'éponges trempées dans du vinaigre, procédé si simple dont elle usait avec un tel succès qu'elle s'en voulait de n'y avoir pas songé plus tôt. Il lui avait révélé la grande cuisine et les vins fins, l'art de les présenter et de les savourer. Il l'avait initiée à d'autres appétits, en lui enseignant comment stimuler sa sensualité et l'amener au plaisir par des méthodes qu'elle n'aurait jamais imaginées seule — secrets de prostituées auxquels elle se défendait mal de trouver un certain attrait.

Elle ne lui résistait que sur un seul point : si elle lui donnait du plaisir quand et comme il le voulait, jamais elle ne lui accordait la satisfaction de lui en donner à elle. C'était là son unique preuve d'indépendance, la seule partie d'elle-même qu'elle maintenait rageusement, parfois douloureusement, hors de son emprise. La seule de ses facultés qu'il était hors d'état de contrôler par la force ou la ruse, la seule de ses possessions dont elle pût encore disposer librement et qu'elle lui refusait d'autant plus qu'il la désirait. Et s'il lui arrivait, d'aventure, de ressentir au fond d'elle-même le frémissement tant redouté, elle maudissait la nature féminine qui la trahissait et luttait de toutes ses forces pour l'étouffer avant qu'il ne s'épanouisse en un orgasme, forme de reddition qui lui était intolérable. Certaines le qualifiaient d'extase. Peut-être s'y serait-elle abandonnée avec un autre homme. Mais dans le cas présent, si elle se soumettait à l'acte sans honte ni remords, elle se dérobait au plaisir parce qu'il devenait un besoin, une dépendance dont elle voyait trop bien les effets dégradants.

Une Marie Moon se dénuderait en pleine place du Marché, laverait les pieds de Christie Goldsborough de ses larmes et les sécherait de ses cheveux s'il lui prenait fantaisie de l'exiger d'elle. Jamais Cara n'avait consenti à s'avilir de la sorte, à devenir l'esclave de cet homme, à mendier ses caresses comme un chien, sans en attendre d'autre récompense qu'une moquerie cruelle ou une nouvelle humiliation. Libre à Marie de tout subir pour le plaisir de pardonner. Pour sa part, Cara ne pardonnait rien et le traitait toujours en adversaire.

Elle n'avait, malgré tout, guère lieu de se plaindre de lui. La première année, il ne lui avait pas fait payer le loyer de la boutique. C'était elle, maintenant, qui insistait pour le lui verser régulièrement, sans accepter de réduction ni de faveur. Elle était connue dans toute la région comme la maîtresse de Christie Goldsborough — ou, du moins, l'une d'entre elles — et personne n'osait lui chercher noise. Nul garnement malintentionné ne jetait de cailloux dans les fenêtres d'Odette ni ne se moquait de Liam et de ses mises trop élégantes. Les fournisseurs se disputaient l'honneur de la servir.

— Vous me décevez, Adeane, lui disait parfois Christie Goldsborough. Vous vouliez déposséder Ernestine Baker de sa boutique et, dans mon immense bonté, j'ai mis votre joli pied à l'étrier. Qu'attendez-vous pour passer aux actes ? J'ai hâte de voir le spectacle commencer.

En fait, Cara convoitait moins la sombre boutique de la vieille fille que sa brillante clientèle. Elle avait jeté son dévolu sur l'épicerie mitoyenne de son local — Christie, bien entendu, en était aussi propriétaire — dont le bail venait à expiration. Elle voulait agrandir, installer de nouveaux comptoirs où déployer ses coupons d'étoffe et ses modèles, aménager des cabines d'essayage et même un élégant salon, pour offrir à la fois le thé dans de la fine porcelaine et la tentation sous forme de magazines de mode. En un mot, transformer une visite chez Cara Adeane en occasion mondaine. Tant de projets à mûrir, de risques à évaluer, d'écueils à éviter — et si peu de temps pour tout mener à bien ! Or, vautrée dans son fauteuil depuis bientôt une heure, elle gaspillait ce temps précieux en pensant à Daniel Carey !

Il était urgent de se reprendre et d'en finir. L'aimait-elle encore ? Oui. Qu'espérait-elle y gagner ? Rien. Pouvait-elle, dans ces conditions, se permettre le luxe d'en souffrir ? Et d'ailleurs, que diable faisait-il chez les Chartistes, dont les triomphes se mesuraient plus en années de travaux forcés qu'en réformes efficaces ou en nombre de sièges au Parlement ? Finirait-elle en haillons au bord de la tombe de Daniel, sinon au pied du gibet ? Non, cent fois non !

Cara se leva en frémissant. Elle devait à tout prix se dominer. Daniel Carey resterait à Frizingley jusqu'au scrutin. Trois semaines durant, ce ne seraient par toute la ville que discours, manifestations et autres stupides accès de violence qui, aux dernières élections, n'avaient pas laissé une vitre intacte sur la place du Marché. Elle ferait mieux de s'inquiéter de la solidité de sa porte et de ses volets que de ses états d'âme ou des faits et gestes du candidat chartiste. Prenant son crayon, elle se remit à dessiner les toilettes des huit demoiselles d'honneur du mariage Colclough et finit par si bien s'y absorber que, quand le chien se dressa sur ses pattes en grondant pour l'avertir d'une présence à la porte, elle sursauta.

Près d'onze heures du soir. Qui était-ce, à pareille heure ? Sûrement pas Christie. Il ne venait jamais et, de toute façon, ne se donnait pas la peine de frapper. Odette n'aurait pas laissé Liam seul. En cas d'urgence, elle aurait envoyé Luke qui, comme à son habitude, se serait annoncé en sifflant pour la rassurer.

Qui, alors ? Daniel ?

Soudain glacée, les mains moites, elle s'y reprit à plusieurs fois pour tirer le loquet et dut s'appuyer à la porte jusqu'à ce qu'une voix étouffée, derrière le vantail, lui fît reprendre contenance.

— Pardonnez-moi de venir si tard, mademoiselle Adeane, mais j'ai vu de la lumière. Je sors tout juste de l'atelier, vous savez ce que c'est,...

Une petite femme, pauvrement mais proprement vêtue, se tenait sur le seuil. Voûtée, les yeux rougis par une lumière trop chiche, elle paraissait quarante ans alors qu'elle en avait à peine trente. Madge Percy, la meilleure brodeuse de Frizingley après Odette et la seule ouvrière qualifiée encore présente dans le sinistre atelier d'Ernestine Baker, épuisée comme à l'accoutumée mais, pour la première fois depuis que Cara la connaissait, pas résignée.

— Vous m'aviez dit que je pourrais vous parler si je pensais un jour changer d'emploi, reprit-elle timidement.

Combien demanderait-elle ? Peu de chose, sans doute et, dans tous les cas, ce ne serait pas trop cher payé. Cara ne tremblait plus. Sa lassitude et ses doutes s'évanouirent.

— Entrez, Madge, entrez. Je suis ravie de vous voir.

CHAPITRE XII

Lorsque Luke Thackray vint le lendemain matin à huit heures — moment commode pour l'un et l'autre, puisque c'était la pause à l'usine et que la boutique était encore vide de clientes — Cara avait retrouvé son aplomb et son autorité. En robe de taffetas noir rehaussée d'écarlate au col et à la ceinture, sa marque distinctive, elle accueillit son visiteur avec plaisir — jusqu'à ce qu'il lui eût demandé d'engager Anna Rattrie comme apprentie.

Perdait-il la tête ? Elle aurait vertement rabroué tout autre que lui. Mais il s'agissait de Luke, l'homme le plus sensé qu'elle eût jamais connu, le seul doué d'un jugement si sûr qu'elle s'y fiait les yeux fermés. Elle se maîtrisa donc et parvint à répondre sans trop d'acrimonie :

— Je ne prends pas d'apprenties, je n'ai ni le temps ni les moyens de former des filles sans expérience. Plus tard, quand je serai mieux établie, je l'envisagerai peut-être. Pour le moment, en tout cas, je ne puis me permettre d'avoir dans mon atelier que des ouvrières qualifiées.

Elles étaient, en effet, les meilleures de la région et formaient, sous la férule d'Odette, une équipe dont les plus grandes maisons de couture se seraient enorgueillies. Appliquées, compétentes, elles constituaient son plus précieux, son véritable capital. Or, si Cara entendait exploiter leurs capacités au maximum, elle les soignait en conséquence. Luke ne pouvait donc sérieusement lui proposer de mêler une Rattrie, autant dire une souillon ignare — et d'abord, cette Anna, laquelle était-ce donc ? — à l'élite de la profession !

— Je ne vous demande pas de la payer, Cara.

— La payer ? s'écria-t-elle, indignée. Ce serait plutôt à *elle* de me payer ! Il y a dix ans, mon apprentissage m'a coûté trente livres par an. Aujourd'hui, rien que pour le vivre et le couvert, sans parler de la formation, je serais en droit d'en exiger au moins trente-cinq.

— Qu'à cela ne tienne, je vous défraierai.

Elle sursauta, moins choquée que peinée. La croyait-il vénale à ce point ? Pour ses affaires, oui, elle l'admettait sans fausse honte. Mais pas avec Luke !

— Jamais je n'accepterais un sou de votre argent, Luke, vous le savez bien ! J'aimerais mieux vous donner...

— Alors, donnez, Cara.

Pourquoi n'en appelait-il pas à sa générosité pour lui-même ? Lui aurait-il demandé de l'aider à s'évader de la crasse de St Jude et du bagne de l'usine Braithwaite, à s'assurer un avenir digne de lui en poursuivant son éducation ou en s'établissant à son compte, elle lui aurait sacrifié avec joie sa dernière livre, elle se serait même endettée sans s'inquiéter de l'opinion de Christie Goldsborough, de Sairellen Thackray ou de n'importe qui.

— Donnez-lui au moins sa chance, Cara.

— Pourquoi, je vous prie ?

— Parce que personne d'autre ne le fera.

Prête à céder, elle résista pour la forme.

— Je connais trop la tribu Rattrie. La notion même de travail leur est étrangère.

— Anna veut travailler. Je la crois consciencieuse.

— Eh bien, prenez-la chez Braithwaite. Vous êtes chef d'atelier, c'est vous qui embauchez votre personnel.

— Non, Cara. L'usine est pleine de femmes dont les fils ou les maris ont été licenciés ou emprisonnés à cause d'Oliver Rattrie. Elles se résigneraient peut-être à la présence d'Anna de peur de perdre leur emploi, mais je n'ai pas le droit de la leur imposer. D'ailleurs, combien de temps croyez-vous qu'elle tiendrait, dans ces conditions ?

— Pourquoi résisterait-elle mieux chez moi ?

— Aucune de vos employées n'a eu à souffrir de la trahison d'Oliver. Quant à vos clientes, elles seraient plus portées à l'en féliciter qu'à lui en tenir rigueur. De toute façon, Anna ne peut pas rester chez elle. Elle a dix-sept ans...

— Dix-sept ans ? C'est beaucoup trop tard pour la mettre en apprentissage, vous le savez aussi bien que moi !

— En effet. Mais elle en paraît à peine douze et elle a la mentalité d'une enfant — ce qui n'a pas empêché son père d'essayer de la violer, l'autre soir, en rentrant chez lui un peu plus saoul que d'habitude.

— Ah ! Voilà le fin mot de l'histoire !

La chose était trop courante dans le quartier pour qu'elle en fût étonnée ou choquée.

— Eh oui ! dit Luke avec lassitude. Mme Rattrie est morte depuis six mois. Anna est l'aînée, c'est donc elle qui s'occupe du ménage et des plus jeunes, comme sa mère. Quand le père est ivre mort, il ne voit pas la différence — c'est du moins ce qu'il prétend. J'avoue avoir été tenté de le croire.

— Je suppose que vous avez jeté le père dans l'abreuvoir, comme d'habitude ?

— Oui, et il en est sorti à peine moins ivre, dit Luke avec un sourire contraint. Mais cela ne l'empêchera pas de recommencer à la première occasion, si Anna reste à sa portée.

— Évidemment, une putain lui coûterait plus cher !

Luke ne releva pas son ricanement méprisant.

— Le malheur, c'est qu'Anna risque d'y laisser sa peau. En plus de son père, il y a son frère Oliver. Depuis son coup d'éclat, les filles du quartier le traitent en pestiféré. S'il suit l'exemple paternel, comment voulez-vous qu'elle s'en sorte ? Ce n'est qu'une fille, Cara.

Il n'eut pas besoin d'ajouter « comme vous » pour qu'elle comprenne. Elle savait aussi bien que lui combien la nuit peut paraître noire dans une masure comme celle des Rattrie. Elle connaissait mieux que lui le sentiment de terreur qu'éprouve une femelle traquée, humaine ou animale. Elle lui en voulait malgré tout de lui demander service pour une étrangère, quand elle brûlait du désir de se dévouer pour lui.

— Est-elle aussi pouilleuse que les autres ?

— Soyez tranquille, ma mère y veille. Depuis deux jours, elle dort chez nous, devant la cheminée de la cuisine.

Cara y avait elle-même trouvé refuge, jadis...

— Soit, dit-elle, résignée. Mais, si j'accepte de la prendre, elle couchera sur un matelas sous le comptoir ou dans l'atelier. Je m'en suis bien contentée, moi, il n'y a pas si longtemps ! En tout cas, sobre ou pas, je ne veux voir son père ici sous aucun prétexte.

— Il ne viendra pas, Cara, je vous en donne ma parole.

Pour elle, la parole de Luke valait mieux que de l'or.

— Bon, allez la chercher.

Le sourire qu'il lui décocha constitua sa meilleure récompense. Il avait compté sur elle, elle ne l'avait pas déçu.

— Inutile, Cara, elle attend dans la cour.

— J'aurais dû m'en douter !

Malgré son parti pris dédaigneux de confondre tous les Rattrie, Cara n'eut pas plus de mal à reconnaître Anna qu'elle n'en avait eu à mettre un nom sur son frère, désormais employé par Christie Goldsborough à des tâches plus ou moins honteuses. Ils étaient l'un et l'autre chétifs, furtifs comme des fouines. Mais ce qui était sournoiserie chez Oliver n'était que timidité chez Anna, qui s'avança la tête basse et les mains jointes, anonyme dans sa misère et son humilité. Déjà intimidée par Cara quand elles étaient voisines, Anna était si visiblement terrifiée que Cara écourta l'entretien et confia sa nouvelle recrue à Odette, qui avait la main moins lourde.

— Installe-la à l'atelier et trouve-lui de quoi se vêtir décemment, ajouta-t-elle.

Que faire de plus pour cette épave pitoyable ? Rien, sinon la nourrir, lui apprendre à tirer l'aiguille, lui jeter quelques sous, un sourire ou quelques mots gentils quand elle y penserait.

Anna suivait Odette en trottinant quand, au moment de quitter la pièce, elle releva la tête pour la première fois et Cara vit ses yeux brouillés de larmes poser sur Luke un regard d'adoration.

— Cette gamine est amoureuse de vous, dit-elle d'un ton accusateur quand la porte se fut refermée.

— Elle l'imagine, peut-être.

— De grâce, faites attention, Luke.

— A quoi ? Je n'ai pas, que je sache, la réputation d'être un bourreau des cœurs.

Non, certes, mais elle le savait vulnérable, enclin à se laisser exploiter, aveuglé par un altruisme qu'elle jugeait excessif. Luke était foncièrement bon, qualité si rare chez les hommes de sa connaissance qu'elle voulait lui accorder contre lui-même une protection qu'il ne demandait pas et dont il n'avait, en fait, aucun besoin.

— Vous ne voyez le danger nulle part, Luke !

— Bien sûr que si, Cara.

— Essayez au moins de l'éviter ! Vous ne vous ferez pas d'amis chez Braithwaite en secourant Anna Rattrie.

— Je ne voudrais pas pour amis des gens qui tiendraient rigueur à cette pauvre fille des méfaits de son frère.

— Et maintenant, après avoir sauvé Anna — en me la mettant sur les bras, ne l'oubliez pas ! — vous allez sans doute organiser une collecte au profit des familles de ceux que son frère a envoyés en prison. Et tel que je vous connais, vous y engloutirez votre salaire !

— Écoutez, Cara, je ne bois pas, je fume modérément la pipe. Accordez-moi au moins quelques plaisirs.

— Qui en ferait autant pou vous, Luke ?

— Vous, Cara.

— N'y comptez pas, répliqua-t-elle, agacée. Vous êtes trop présomptueux ! Savez-vous, au moins, qu'Oliver Rattrie vous aurait dénoncé comme les autres, si vous n'étiez pas tombé malade à cause de sa mère à ce moment-là ?

— Je sais, Cara.

— Et savez-vous ce que ce misérable petit putois manigance en ce moment pour le compte de Christie Goldsborough ?

— Peu importe, Cara.

— Je vous le dirai quand même ! Il fouine dans toute la ville, il dénonce les Chartistes à Goldsborough, à Braithwaite et à leurs semblables, en précisant même lesquels sont les plus dangereux et doivent être surveillés.

— Je m'en doutais déjà.

Son calme donna à Cara l'envie de le gifler.

— Naturellement ! Et cela ne vous empêche pas de vous afficher avec eux, de sorte que nul n'ignore vos opinions.

— Personne ne peut me traiter d'insensé, Cara, mais je ne suis pas non plus un agneau qui se laisse mener à l'abattoir. Je suis le fils de Jack Thackray, le militant radical, et ma mère loge le candidat chartiste. Tout le monde le sait. A quoi servirait de me cacher ?

Elle aurait voulu éviter toute allusion à Daniel. Mais puisque Luke en avait parlé le premier, elle ne pouvait l'éluder de peur d'éveiller sa curiosité.

— Daniel Carey ? Je le connais. Nous nous sommes rencontrés, il y a des années, sur le bateau qui nous amenait d'Irlande.

— Il nous l'a dit, en effet.

Au prix d'un effort surhumain, elle se retint de demander de ses nouvelles. A quoi bon, d'ailleurs ? Était-il heureux ? Il n'était pas plus doué qu'elle pour le bonheur. En bonne santé ? Ni plus ni moins qu'elle-même, sans doute. En danger ? Sûrement. Qu'y pouvait-elle ? Au moins avait-elle réussi à prononcer son nom sans trahir son trouble, succès dont elle se félicita à mesure qu'approchait le jour des élections.

En réalité, elle se désintéressait des joutes politiques et se contentait d'approuver poliment la dernière personne qui la prenait à témoin. Au souvenir du vandalisme provoqué par les élections précédentes, elle se souciait avant tout du sort de sa vitrine que la première pierre venue, qu'elle soit jetée par une main whig, tory ou chartiste, pouvait réduire en miettes.

— Si vous avez besoin de protection, proposa son amant avec sollicitude, je vous ferai garder par quelques Irlandais musclés. Non, vraiment ? Prenez au moins Oliver Rattrie.

Elle refusa avec véhémence : un seul Rattrie chez elle, c'était déjà trop ! Non qu'Anna, discrète au point de se rendre invisible, lui eût jusqu'alors causé le moindre ennui. Elle exécutait sans se plaindre les tâches les plus rebutantes et, le soir venu, considérait comme un luxe de faire son lit dans un coin de l'atelier. Était-elle contente de son sort ? Luke le savait peut-être mais Cara ne s'en souciait guère, entre l'urgence de faire poser de solides volets à ses fenêtres et les éprouvants marchandages de Mme Colclough.

Les dessins de Mlle Adeane, déclarait cette dernière, soutenaient favorablement la comparaison avec ceux de Mlle Baker ; du moins en ce qui concernait le style. Car pour le prix, c'était une autre affaire ! A moins d'un rabais substantiel, sans pour autant sacrifier la qualité des étoffes et la richesse de l'ornementation, la sagesse imposait, tout compte fait, de traiter avec Mlle Baker.

Rachel Colclough, la première intéressée, après tout, puisqu'il s'agissait de son propre mariage, s'enhardit pour la première fois de sa vie à contredire sa mère et déclara, en rougissant de son audace :

— Les dessins de Mlle Adeane sont les plus beaux.

Aussi, ne voulant pas passer pour une mère indigne, Mme Colclough retourna chez Mlle Adeane la veille de l'élection, flanquée de la future mariée, de son fils Uriah et de Linnet Gage, qu'il appelait son « cher ange » sans se décider à en faire sa fiancée, et de Mme Gemma Gage, rétablie de son « accident » de décembre. Cara les fit asseoir, glissa un coussin derrière le dos de Gemma et attendit leur verdict.

— Superbe ! dit Gemma à Mme Colclough en examinant les dessins. A mon avis, vous ne trouverez pas mieux ailleurs.

— La robe de la mariée ne vous paraît-elle pas un peu austère ? susurra Linnet Gage, dans l'espoir d'éveiller chez Uriah le souvenir des voiles diaphanes dont elle était drapée au mariage de Gemma et de l'amener enfin à la considérer moins en cher ange intouchable qu'en épouse désirable.

Sa ruse eut l'effet imprévu de piquer l'imagination du pieux Uriah, qui évoqua les formes de sa chère Linnet non pas couvertes de satin virginal mais bel et bien dans leur nudité, fort attrayante certes, mais incompatible avec la dévotion que lui imposait son état. Soucieux de dissimuler aux regards le trouble où le plongeaient ces coupables pensées, il se leva d'un bond et courut à la fenêtre.

— Qu'y a-t-il, Uriah ? dit sa mère inquiète.

Il devait au plus vite imaginer quelque excuse plausible à ce comportement incongru. Mais quoi ? Au comble du désarroi, il implora la Providence — qui voulut bien exaucer la fervente prière de Son serviteur.

— Oh ! Voyez, là ! Ce misérable Chartiste qui parade à la tête de sa bande de vauriens ! Si j'en avais le pouvoir, je ferais disperser cette racaille par la troupe. Un tel individu, candidat aux élections ! Décidément, l'audace de ces gens n'a plus de bornes.

Intriguées, les dames vinrent profiter du spectacle.

— Pourquoi permet-on de pareilles horreurs ? s'enquit Mme Colclough avec accablement.

— Cette procession ne manque pas de pittoresque, dit Linnet Gage d'un ton dédaigneux qui réduisait les partisans de la Charte du Peuple

— foule infiniment plus considérable que ne pouvaient en rassembler les autres partis en lice — aux proportions inoffensives d'une bande de garnements turbulents et crasseux.

Gemma s'abstint de tout commentaire.

Mlle Adeane garda elle aussi le silence. Cherchant avec inquiétude à reconnaître Luke dans la cohue, son regard s'était posé sur la haute silhouette de Daniel, qui marchait en tête du cortège avec l'allure dégagée d'un chevalier errant. Quand il tourna la tête vers la devanture, Cara sentit son cœur battre à se rompre. Ne sachant s'il la distinguait parmi les visages massés derrière la vitre, elle se demanda si c'était pour elle, ou par simple défi envers les bourgeois, qu'il marqua un arrêt devant la boutique, ôta son chapeau en faisant un moulinet et salua, avec l'impudence du comédien narguant le public qui s'apprête à le siffler. La foule rugit de plaisir, se referma autour de lui et l'entraîna.

— Quelle effronterie ! soupira Linnet, comme si elle avait été personnellement menacée et comptait sur Uriah pour voler à son secours.

— Cet individu mérite le fouet ! gronda le charitable homme d'Église.

Mme Colclough restait sans voix. Gemma ne disait mot non plus. Elle agrafait une broche d'améthyste en forme de chat qui semblait détachée de son revers.

Cara, qui avait un urgent besoin de dérivatif, offrit de l'aider et remit le bijou en place.

— Peut-être devriez-vous faire réparer l'épingle, chère madame, elle me paraît endommagée.

— Cela se peut, j'ai ce bijou depuis longtemps.

— Raison de plus pour ne pas l'égarer.

— Justement, je l'ai déjà perdu une fois, mais...

Elle s'interrompit soudain, les joues rouges et le souffle court comme si elle avait couru. Cara attendit la suite et, ne voyant rien venir, lui suggéra de se rasseoir.

— Non, merci, il est temps de rentrer. Linnet ?

L'interpellée prit son air le plus angélique.

— Vous sentiriez-vous mal, ma chérie ?

— Nullement, mais il est tard.

— En effet, approuva Mme Colclough qui, n'ayant encore rien décidé, saisissait cette occasion de battre en retraite. Bientôt sept heures ! Viens, Uriah, tu sais que je n'aime pas me trouver dehors dans l'obscurité par les temps qui courent. Rachel, secoue-toi, ma fille ! Je vous ferai savoir demain ce que j'aurai décidé, mademoiselle Adeane.

— Quand il vous plaira, chère madame.

Demain, jour du scrutin ? Cara en douta. Le lendemain, cependant, à l'abri de ses volets clos derrière lesquels retentissaient les exhortations des orateurs et les lazzis de la foule, elle reçut de Mme Colclough un message l'informant, sur un ton plutôt sec, qu'elle lui passait commande des toilettes de toute la noce.

Cara tenait enfin son triomphe — un triomphe chèrement acquis et amplement mérité ! Mais avec qui partager la grande nouvelle ? Elle avait fermé l'atelier pour éviter à ses ouvrières de se faire molester dans la rue par des électeurs ayant vendu leurs suffrages pour des boissons fortes. Odette avait emmené Liam prendre l'air à la campagne. Anna Rattrie aidait Sairellen Thackray à distribuer du thé et des tartines aux Chartistes. Aucune de ses clientes ne hasarderait sa dignité et ses chevaux dans les rues un jour comme celui-là.

Alors, à qui parler ? Luke Thackray était trop occupé à exiger une liberté et une justice universelles qui le conduiraient à coup sûr en prison, en compagnie de Daniel selon toute vraisemblance. Quant à Christie Goldsborough, avec qui elle n'aurait pas aimé partager sa joie mais qui l'aurait comprise mieux que personne, il avait quitté la ville de bonne heure, sans doute pour ne se compromettre avec aucun parti. Cara devait dîner avec lui ce soir-là, après que le vainqueur eut été désigné et le tohu-bohu un peu calmé. Il ne restait que le chien, qui s'approcha d'elle en grognant, moins par affection que dans l'espoir d'avoir une friandise.

— Écoute, maudit animal ! J'ai obtenu la plus grosse commande de ma vie, celle pour laquelle j'ai tant travaillé. N'est-ce pas merveilleux ?

Son mufle revêche n'exprima aucun intérêt.

— La fille Colcough, ce laideron, je la rendrai belle ! Pas pour elle, vilaine bête, mais pour moi. Parce que je suis la plus belle ! Dis-moi que je suis belle, sombre brute.

Le chien ne sembla pas partager cette opinion.

— Ingrat ! Je te nourris mieux que beaucoup d'enfants. Quand ton maître t'a chassé, c'est moi qui t'ai recueilli.

Pour toute réponse, la bête se coucha pesamment.

Ce maître au cœur sec était aussi le sien, Cara ne cherchait plus à le nier. *Cara Adeane, Haute Couture et Modes de Paris*, femme indépendante, respectée, ayant pignon sur rue, ne se faisait pas d'illusions sur la précarité de sa position. Elle avait une longue habitude du déracinement et des équilibres instables, elle avait connu le pire et le pire pouvait encore survenir. Mais, maintenant que la commande Colclough lui donnait l'espoir d'en obtenir beaucoup d'autres, rien ne lui interdisait de se libérer un jour de l'emprise de Christie Goldsborough ou de n'importe qui. Elle considéra cette éventualité prometteuse, la savoura longuement. Pourquoi pas ? L'avenir réservait parfois tant de surprises ! Elle deviendrait peut-être riche, assez pour commander aux hommes d'un claquement de doigts — comme des chiens. Christie pourrait se ruiner, bien que ce fût improbable, ou recevoir un coup de couteau d'une victime poussée à bout, Marie Moon ou Ned O'Mara, sans compter les centaines d'autres pauvres hères qui avaient de bonnes raisons de lui en vouloir.

Tôt ou tard, en tout cas, il lui prendrait fantaisie de la remplacer par une autre favorite. Si d'ici là elle devait rester son esclave, puisque c'était le sort de toutes les femmes, elle userait contre lui de l'arme des esclaves, le mensonge et la ruse. Elle lui soutirerait tout ce qu'elle pourrait et volerait le reste, sans plus de scrupules que n'en avaient envers leurs époux légitimes les bonnes bourgeoises qu'elle entendait échanger leurs confidences dans sa boutique.

Quand elle sortit de chez elle, l'avenir lui paraissait moins sombre et moins incertain. Seule dans la nuit, une cape de velours noir jetée sur sa robe de dentelle, la taille soulignée par une ceinture de satin blanc, une rose de soie piquée dans son décolleté, les cheveux pris dans une résille ornée de perles, elle ne passait pas inaperçue. Elle parcourut cependant le court trajet jusqu'à la taverne à l'abri d'une armure invisible. Dans la foule de plus en plus dense et avinée, nul ne se serait risqué à lever la main sur elle. Celui qui tient à la vie ne s'attaque pas à la protégée de Christie Goldsborough.

La journée avait été rude. Chaque parti avait exhibé sa puissance réelle ou supposée, défilés et meetings s'étaient succédé sans discontinuer. La bière et le gin aidant, de folles rumeurs échauffaient les esprits. On supputait le nombre des électeurs empêchés, de gré ou de force, de remplir leur devoir car, sur une population de plus de trente mille âmes, les listes électorales de Frizingley ne comportaient guère plus d'un millier de noms. Au passage, Cara vit les résultats du scrutin hâtivement tracés à la peinture rouge sur les murs : les Whigs totalisaient 526 voix alors que les Tories ne recueillaient que 522 suffrages — mais plus de dix mille hommes, faute de mieux, avaient voté à main levée pour les Chartistes. Ces voix ne comptaient pas, bien entendu, aucun d'entre eux ne justifiant de ressources ou de propriétés les qualifiant pour le cens électoral. Ces milliers de mains levées avaient quand même de quoi alarmer les Whigs autant que les Tories, car elles exprimaient la volonté du peuple dont, précisément, les vociférations redoublaient. Qu'ils s'époumonent tant qu'ils veulent, se dit Cara, du moment qu'ils ne s'en prennent pas à mes vitres.

La place était noire de monde comme un jour de marché. Les Tories, qui avaient perdu de quatre voix, exprimaient des opinions désobligeantes sur la moralité de leurs adversaires. Les Whigs répliquaient sur le même ton qu'ils pouvaient se permettre d'« égarer » sans crainte plus de dix électeurs. Les Chartistes s'en prenaient aux uns et aux autres et se proclamaient seuls vrais vainqueurs. Les tavernes et estaminets, qui regorgeaient de clients, ne fermeraient qu'à l'aube, quand on balaierait le dernier ivrogne avec les ordures. Le lendemain, chacun regagnerait son domaine, les gentilshommes tories leurs manoirs, les industriels whigs leurs usines et les « vainqueurs moraux », pour beaucoup, la prison. Un peu partout, on voyait les partisans de l'un ou de l'autre parti ramasser des pierres, brandir des pioches, des fouets, des tessons de bouteille. Espéraient-ils, en s'entre-tuant, promouvoir la Justice et l'Harmonie universelles qu'ils réclamaient à grands cris ?

Sur cette pensée désabusée, Cara franchit le seuil du *Fleece* et se fraya un chemin jusqu'à l'escalier menant aux appartements de Christie. Là, sans savoir pourquoi, elle se retourna pour jeter un coup d'œil sur la salle. C'est alors qu'elle vit Daniel.

Porté par la foule de ses partisans qui clamaient leur joie et leur fierté, affirmaient haut et fort que, la prochaine fois, ils emporteraient la victoire et que leur héraut irait siéger au Parlement soutenir leurs justes revendications, il faisait une entrée de triomphateur. On riait, on chantait, on se bousculait pour le toucher quand, soudain, tout parut se figer.

Daniel se détacha de la foule et s'avança vers l'escalier.

— Cara...

Elle tendit la main vers lui.

— Daniel...

Déjà, la foule — qui ne s'était immobilisée que dans son imagination — reprenait possession de son champion. Des mains le tiraient par la manche, lui tapaient sur l'épaule ; des voix l'interpellaient, criaient ses louanges. Cara vit ses lèvres articuler des mots que le vacarme l'empêcha d'entendre, comme il couvrit sa propre réponse. Et ce fut en voyant tout à coup son sourire s'évanouir et son regard changer qu'elle devina derrière elle l'apparition de Christie Goldsborough, dont la voix domina sans peine le tumulte.

— Cara ! Vous connaissez donc notre candidat chartiste ?

— Non... Enfin, à peine.

Saint Pierre avait dû éprouver la même honte en reniant le Christ trois fois. Il ne fallait pourtant à aucun prix trahir Daniel et attirer sur lui l'attention de Christie.

— Les apparences sont donc trompeuses. J'aurais juré que vous étiez de vieux amis.

— Qu'allez-vous imaginer ? dit-elle en feignant l'insouciance. Son visage ne m'est pas inconnu, voilà tout.

La tête vide, les jambes flageolantes, elle rassembla ses jupes et finit de gravir l'escalier jusqu'au salon. Elle fit élégamment glisser sa cape de ses épaules et, telle une marionnette habilement manœuvrée, salua d'une gracieuse révérence l'invité de son manipulateur.

Cara avait souvent vu Ben Braithwaite quand il attendait sa femme devant la boutique, en retenant avec désinvolture ses fringants chevaux alezans. Elle le connaissait pour être le patron tyrannique de Luke Thackray, l'acquéreur sans scrupules de la petite âme noire d'Oliver Rattrie, l'amoureux plein de délicatesse qui, après avoir bercé Linnet Gage d'illusions matrimoniales, l'avait froidement délaissée pour la dot de Magda Tannenbaum. De son côté, il voyait en Cara une femelle excitante et désirable, qu'il se serait volontiers offerte comme un achète une jument et qu'il aurait chevauchée avec le même entrain s'il en avait eu le loisir. Il ne chercha même pas à lui dissimuler à quel point elle l'émoustillait.

— Voici donc la charmante personne qui nous ruine en toilettes et en fanfreluches.

Elle lui tendit la main en souriant, sans s'offusquer du regard plongé dans son décolleté — curiosité d'autant plus naturelle que Cara était bien placée pour savoir que sa riche épouse avait une poitrine de garçonnet. Qu'il regarde, se dit-elle, cela m'évite la corvée de la conversation. Non qu'un homme tel que lui daignât parler à une femme ; c'était un honneur réservé à un représentant de son propre sexe, ainsi qu'il le faisait avec Christie sans cesser de dévorer Cara des yeux.

— Réjouissons-nous, Goldsborough. Quatre voix de majorité, c'est maigre, j'en conviens, et les Lark vont nous en rebattre les oreilles. Il n'empêche que nous avons gagné. Vous avez fait du bon travail.

Christie n'avait pas plus voté pour eux que pour les autres, se dit Cara ; c'est donc qu'il a détourné les voix d'électeurs tories au profit des Whigs et trahi, ce faisant, ses alliés naturels.

— Ravi d'avoir pu vous rendre ce petit service.

Du moment que le résultat le satisfaisait, l'autre ne se souciait pas de son manque de sincérité. Ils burent à la victoire, Braithwaite tapa cordialement sur l'épaule de Christie et se retira après avoir une dernière fois déshabillé Cara du regard.

Elle prit place à table, mangea des mets trop riches et but des vins trop lourds servis, pour aggraver son malaise, par Ned O'Mara qui lui lançait des regards haineux. A la fin du repas, lorsque Christie l'eut installée dans un fauteuil au coin du feu avec un verre de cognac, elle eut le courage de lui demander :

— Que peuvent avoir en commun un aristocrate tory tel que vous et un bourgeois whig comme Braithwaite ?

Il lui sourit à travers la fumée de son cigare.

— Ce bourgeois peut m'être utile.
— J'avais plutôt l'impression que c'était lui qui se servait de vous.
— Tant mieux, je m'efforce de le lui faire croire.
— Qu'attendez-vous de lui ?
— De l'argent, Cara. Rien d'autre.
— Lui avez-vous réellement rendu service, aujourd'hui ?
— Oui, parce que cela me convenait. Il a besoin de moi, comme le prouve cette misérable majorité de quatre voix, et il le sait. Cinq de mes fidèles fermiers auraient voté Tory si je ne les avais influencés...
— En les menaçant de ne pas renouveler leur bail ?
— La menace est inutile, ma chère ! Ces braves gens n'ont pas besoin d'explications pour savoir où se trouve leur intérêt. Existe-t-il un ingénieur de chez Braithwaite assez obtus pour voter contre son patron ?
— Donc, vous vous êtes absenté afin de ne pas voter pour l'un ou l'autre et ne vous brouiller avec aucun.
— En effet. Et où suis-je allé, selon vous ?
— Voter ailleurs, peut-être ?
— Exact. Le droit de vote n'est pas attaché aux personnes mais aux biens. Je ne suis qu'un seul individu, mais je détiens dans dix endroits différents des propriétés me permettant de voter, à condition de m'y rendre au jour dit. Une de mes relations figure ainsi sur quatorze listes électorales et n'hésiterait pas à voter quatorze fois s'il avait des ailes. Il y arrive en général quatre ou cinq fois.

Et Luke Thackray, le plus sérieux et le plus responsable des hommes, ne disposait d'aucune voix, se dit Cara.

— Vous avez donc voté quelque part pour les Tories pendant que vous aidiez les Whigs à gagner à Frizingley. Pourquoi ? Je croyais que vous détestiez les bourgeois.
— C'est vrai, ma chère. Mais le mépris qu'ils m'inspirent accroît mon plaisir de prendre leur argent.
— Comment cela ?

Calé dans son fauteuil, il paraissait ce soir-là enclin aux confidences.

— La nature humaine éprouve parfois un sentiment que je qualifierai, faute de mieux, de « chauvinisme ». Je ne l'éprouve pas le moins du monde, vous l'ignorez sans doute vous-même, mais Ben Braithwaite en est pétri et je compte bien en profiter pour qu'il me rapporte une fortune.

Cara lui lança un regard étonné.

— Je vous parle de Frizingley, ma très chère amie. Aimez-vous cette ville ?
— Ce trou sinistre ? Certainement pas !
— Moi non plus. J'en garde quelques souvenirs d'enfance non dénués

de charme, mais la ville actuelle... Une horreur ! Les Braithwaite, les Colclough et autres Dallam, avec leurs usines, leurs fumées et leur bigoterie hypocrite, en ont fait ce qu'elle est. Pourtant, ma chère, ils l'aiment — c'est normal, après tout, ils ont créé cette monstruosité à leur image. Un jour, n'en doutez pas, ils en seront fiers, les imbéciles ! Pour le moment, ils se contentent de singer les aristocrates, bâtir des pâtisseries ridicules baptisées châteaux, s'épater les uns les autres, à défaut du reste du monde, en modernisant leurs usines. Mais une fois ce beau programme accompli, l'un ou l'autre observera que leur cher Frizingley fait piètre figure à côté de Leeds ou de Bradford. Les autres suivront le mouvement et ils voudront un hôtel de ville, des monuments publics, toute une rénovation urbaine à la gloire de ces nouveaux riches. Et si le premier maire élu, vraisemblablement Ben Braithwaite, s'arrange pour amener le chemin de fer jusqu'ici, il leur faudra alors une belle gare, un ou deux hôtels de luxe, que sais-je encore ? Et tout cela s'élèvera en plein centre, parce qu'il n'y a nulle part ailleurs de terrains plats et que les collines d'alentour seront vite occupées par l'extension des commerces et des nouveaux quartiers, provoquée par l'arrivée du chemin de fer.

Il marqua une pause et sourit d'un air satisfait.

— Et à qui appartiennent ces terrains, Cara ?

— A vous, Christie.

— Très juste. Cela prendra sans doute dix ans, mais quand tout se réalisera, je compte sur mes excellents rapports avec la municipalité pour en tirer profit. Je me lancerai peut-être moi-même dans la construction — pourquoi pas ?

— Que deviendront les gens qui vivent maintenant dans les vieux quartiers ?

— Comment le saurai-je ? dit-il avec un geste d'indifférence. Je l'ignore tout autant que mon père, quand il a vendu le manoir et les terres qui en dépendaient. Mais mon père était un imbécile. Moi, pas.

Incommodée par la chaleur, Cara se leva et alla poser sa joue contre la vitre à la recherche d'un peu de fraîcheur. Elle ne doutait pas que tout se déroulerait ainsi qu'il venait de le décrire. A Ben Braithwaite le pouvoir et les honneurs, à Christie la fortune et la vraie puissance. St Jude serait rasé pour faire place à de larges avenues bordées de bâtiments publics et sa population dispersée comme celle d'une fourmilière par un coup de pied négligent. Où serait-elle, à ce moment-là ? Où seraient Luke et Daniel ? Elle disposait de dix ans, selon les prévisions de Christie, pour faire fortune et acquérir sa liberté. A cette idée, son courage faiblit. Dans dix ans, en aurait-elle encore la force ?

Christie la rejoignit. Il lui prit la taille d'un bras, glissa l'autre main dans l'échancrure de son corsage. Son haleine sur sa nuque glaça Cara.

— Que regardez-vous ainsi, Cara ? Cherchez-vous votre ami chartiste ? Avouez, il paraît que cela soulage.

Elle frémit malgré elle.

— Je le connais à peine. Nous nous sommes rencontrés sur le bateau en venant d'Irlande, voilà tout.

Il la serra contre lui et lui caressa le sein avec un sans-gêne qui la scandalisait mais contre lequel elle ne pouvait rien.

— Je n'en crois pas un mot, très chère Cara, dit-il en l'embrassant au creux de la nuque Je me suis renseigné, c'est normal, sur les trois candidats, même celui qui n'avait aucune chance d'emporter une seule voix. Comment s'appelle-t-il, Cara ? Je sais que vous le connaissez.

Il était trop tard pour feindre.

— Daniel Carey.

— Voilà ! J'ai pris à mon service une infâme petite créature — Oliver Rattrie, vous le connaissez, lui aussi — qui se souvient fort bien de lui. Il se rappelle en particulier le jour où M. Carey est venu vous faire ses adieux dans la maisonnette qu'habite encore votre mère et dont je suis propriétaire. Les murs sont d'une minceur si déplorable qu'Oliver, votre voisin, n'a pas même eu à tendre l'oreille pour tout entendre. Cette scène lui procure jusqu'à présent je ne sais quel plaisir malsain et il aime la raconter avec un luxe de détails. Serait-il amoureux de vous, lui aussi ?

Elle ne releva pas cette dernière perfidie.

— Cela se passait il y a deux ans, Christie.

— Quand vous l'avez revu tout à l'heure au pied de mon escalier — quelle situation romanesque ! — cela semblait pourtant dater de la veille, si j'en crois les regards enflammés qu'il vous lançait. J'avais l'impression que son amour pour vous était aussi ardent que jamais. Est-ce vrai, Cara ?

— Et quand cela serait, quelle importance ?

— C'est à vous seule d'en juger, ma très chère ! Vous êtes une femme libre. Rien ni personne que votre volonté ne vous retient ici ni ne vous empêche d'aller où bon vous semble. Aimeriez-vous le rejoindre ?

— Vous ne me le permettriez pas.

— Bien sûr que si, voyons ! dit-il en riant et en lui mordillant l'épaule. Comment vous l'interdire ? La porte est là, derrière vous. Il suffit de la franchir. En ce moment même, le pauvre garçon se morfond peut-être seul au bar en se disant que vous êtes là, au-dessus de sa tête, dans mes bras. Allez, ma très chère, partez si vous le souhaitez. Vous n'avez qu'à descendre l'escalier. Je ne lèverai pas le petit doigt pour vous retenir, croyez-moi.

Elle frémit, moins de froid que de peur. Elle devinait trop bien ce qu'il pourrait lui infliger, elle le haïssait et elle se détestait elle-même de lui rester soumise.

— Votre entière liberté d'action ainsi établie, aimable Cara, dites-moi : comment pensez-vous que je réagirais si vous décidiez de me quitter ?

Il la jetterait à la rue, démunie de tout, affamée, sans protection. Telle qu'elle était arrivée, telle qu'elle avait toujours vécu jusqu'à ce qu'il lui donne le goût capiteux de la sécurité et de la réussite. Elle s'y accrochait désespérément, comme un noyé à une branche. En lui montrant ce que la vie offrait, ce qu'elle deviendrait grâce à lui, il l'avait affaiblie. Avilie.

— Répondez, Cara.

— Vous reprendriez ma boutique.

— Si vous aimez cet homme, cela ne devrait avoir aucune importance, ni pour lui ni pour vous. Vrai ou faux ?

Elle voulait éviter de prononcer des mots définitifs et se borna à agiter la tête. Il ne s'en contenta pas.

— Répondez, Cara. Dites-le. Si vous l'aimez, la boutique ne devrait pas compter pour vous. N'est-ce pas ?

— Non.

— J'en conclus que vous ne l'aimez pas.

Elle ferma les yeux.

— Cara ?

— Je ne l'aime pas.

— Ce que vous aimez en réalité plus que tout, je dirais même avec passion, c'est l'argent. Mon argent.

— Oui.

— A la bonne heure, nous nous comprenons ! Faites maintenant l'effort de mieux vous comprendre vous-même. Vous restez avec moi de votre plein gré, non par la contrainte ou la menace, mais parce que vous dépendez de mon soutien au point de ne plus pouvoir vous en passer. Vrai ou faux ?

— Vrai.

Elle ne cherchait même plus à feindre, encore moins à lutter. Il la serra plus fort contre lui.

— De mieux en mieux ! Allons donc sceller au lit notre bonne entente. Et s'il vous prend l'envie de fermer les yeux en pensant à l'homme que vous aimez — pas au point, cependant, de délaisser mon argent pour le suivre — ne vous en privez surtout pas, puisque c'est moi qui profiterai de vos émois.

Il l'avait déjà dépouillée de tant d'illusions qu'elle s'étonna de son soudain accès de rage.

— Vous passez les bornes, Christie ! Un jour, vous irez trop loin. Vous jouerez une fois de trop au chat et à la souris, vous abuserez une fois de trop de la crédulité, vous humilierez trop un innocent !

— Je sais, vous n'êtes pas la première à le dire. Que se passera-t-il alors, selon vous ?

— Celui-là aura envie de vous tuer.

— Vous avez raison, dit-il en riant. Je suis sûr, néanmoins, que ce ne sera pas vous, charmante Cara — du moins, pas avant que je ne vous aie donné le titre de propriété de cette boutique qui vous tient tant à cœur. Mais comme je n'en ai nullement l'intention, ma vie vous est précieuse. Vous avez besoin de moi, Cara, ne l'oubliez pas.

Non, elle n'oublierait pas. Oui, elle restait avec lui de son plein gré. Il l'avait laissée libre de le quitter et, pourtant, elle était là dans ses bras, à demi nue, soumise à ses caprices. Elle le haïssait mais elle avait besoin de lui. Il lui tendait un miroir où son visage se réfléchissait de telle sorte qu'elle ne pouvait en nier la ressemblance. Celui d'une femme pour qui l'amour était une chose et l'argent une autre.

Mieux valait s'endurcir le cœur. Elle ne reverrait jamais Daniel Carey. N'ayant plus rien à faire à Frizingley, il quitterait la ville sans esprit de retour. Elle en était sûre, elle devait s'en convaincre.

Telle était en effet, ce soir-là, l'intention du candidat vaincu, qui remontait la rue St Jude sans parvenir à se débarrasser de la douzaine d'« amis intimes » accrochés à ses basques, sans doute incapables de le reconnaître s'ils le croisaient le lendemain à la lumière du jour. Il avait cent bonnes raisons de partir, aucune de rester.

Mais alors qu'il foulait le pavé à grands pas, le col relevé et les mains dans les poches, ses doigts se refermèrent sur un objet qu'on lui avait mystérieusement remis quelques heures auparavant et qu'il avait presque oublié. Une broche d'améthyste en forme de chat, accompagnée de quelques lignes d'une écriture féminine lui rappelant en quelles circonstances il avait vu ce bijou pour la première fois.

CHAPITRE XIII

La nouvelle que Mme Tristan Gage engageait le candidat chartiste comme maître d'école pour les enfants de l'usine Dallam fit, dans certains milieux de Frizingley, l'effet d'un coup de tonnerre.

De nature charitable, Mme Ethel Lord n'en voulut rien croire. Mme Lizzie Braithwaite se déclara, pour sa part, prête à croire n'importe quoi sur le compte de Gemma, qui avait passé sa jeunesse le nez dans les livres au lieu d'apprendre la broderie comme toute jeune fille qui se respecte. Inspirée par le dévot Uriah, Mme Maria Colclough invoqua la possession démoniaque. Quant à Lady Lark et à Mme Audrey Covington-Pym, l'agitation de ces vulgaires bourgeoises ne leur inspira que du dédain.

— Il est si beau garçon, soupira Marie Moon dont on ne demandait pas l'opinion mais pour qui cela justifiait tout.

Cara Adeane, qui entendait ces dames exposer leurs vues en consultant ses magazines de mode et en tâtant ses coupons d'étoffe, se bornait à les approuver à tour de rôle.

Quant au point de vue des messieurs, nul, de l'avis général, ne l'exprima mieux que Ben Braithwaite qui résuma l'affaire en quelques mots : Gemma ne savait pas ce qu'elle faisait — qui s'en étonnerait, de la part d'une femme ? — et John-William Dallam, son père, y mettrait vite bon ordre.

Or, John-William n'en fit rien.

Venu tout exprès d'Almsmead à l'instante prière de Mabel afin de régler un problème qu'elle était hors d'état d'affronter, il ne doutait pourtant pas de la solution à appliquer. Il avait donné l'école de l'usine à sa fille comme il lui aurait fait cadeau d'un beau jouet. Si elle s'en servait pour se ridiculiser devant toute la ville et affliger sa mère, il la lui confisquerait, voilà tout.

— M. Carey est hautement qualifié, père, et notre maîtresse d'école était sur le point de prendre sa retraite, dit Gemma avec l'assurance d'une femme consciente de ses responsabilités. D'ailleurs, Miss Wren n'a jamais été à la hauteur. Comment une ancienne gouvernante aurait-elle su ce qu'il fallait enseigner à ces enfants ?

— Et ton M. Je-ne-sais-qui le sait, lui ?

Gemma se rebiffa. Sa tête était aussi solide que celle de son père, estimait-elle, et sa force de caractère n'avait rien à lui envier.

— Il s'appelle Daniel Carey. Quant à ses opinions politiques, elles choqueront d'autant moins les parents des enfants qu'ils sont tous chartistes.

— Et que sais-tu toi-même de la politique, ma fille ?

Autant que vous ! pensa-t-elle. Elle s'abstint toutefois de le déclarer aussi nettement et, à l'exemple des femmes de sa connaissance, préféra la ruse à la franchise pour présenter ses arguments et atteindre son objectif.

— Ne croyez pas, père, que j'aie pris ma décision à la légère. Loin de nous causer du tort, sa réputation jouera, je crois, en notre faveur. Cette école vous a coûté cher et notre seul problème consistait à y faire venir les enfants...

— Il n'y a pas de problème, l'interrompit John-William en allumant un de ses chers cigares — interdits par son médecin et que Mabel, à force de supplications, avait réussi à bannir d'Almsmead. Combien veux-tu d'élèves ? Cent, deux cents ? Rien de plus simple. Fais le tour des cités de l'usine et choisis les têtes qui te plaisent. Je n'ai qu'un mot à dire, mes gens amèneront eux-mêmes leurs gamins à ta porte le lendemain matin. Tu devrais le savoir !

— Oui, père, dit-elle en se dominant. Je préférerais pourtant qu'ils viennent à l'école par désir de s'instruire plutôt que par la force.

— Billevesées utopistes, ma fille.

— Non, père ! Ils ont besoin d'un enseignement pratique, qui stimule leur intérêt et éveille leur intelligence, plutôt que des absurdes leçons de maintien de Miss Wren ou des inutiles proverbes qu'elle leur serine : « Un sou épargné est un sou gagné », « Heureux les pauvres et les humbles »...

Elle se rendit compte, trop tard, de son impair.

— Je ne vois rien d'absurde ni d'inutile là-dedans. Si Miss Wren dresse ces moutards à bien se tenir, être économes et rester à leur place, cela me convient tout à fait. Et à eux aussi. Que pourraient-ils espérer de mieux que se préparer à travailler dans mes ateliers et vivre dans mes logements sans se plaindre de leur sort ?

— C'est exactement ce que les Lark et les Covington-Pym disaient naguère des gens comme vous, père !

Sûr que Gemma ne le trahirait pas auprès de sa mère, il tira de plus belle sur son cigare, secrètement flatté d'être pris pour modèle d'ambition et de réussite sociale.

— Remplir ta salle de classe de gaillards comme moi ? Tu nous prépares la révolution, ma fille !

— Il ne s'agit pas de révolution, père ! En découvrir un seul de votre trempe et lui assurer un bon départ dans la vie, voilà qui mérite quelques efforts de notre part — je le pense, du moins. Pas vous ?

— Si, bien sûr, ma chérie. Bien sûr.

Il lui tapota le bras, attristé au souvenir des propos du médecin affirmant qu'elle aurait d'autres enfants. Or, rien ne venait et il eut tout à coup — lui, homme positif et fermé à l'imaginaire — la vision prémonitoire que rien ne viendrait plus. Pauvre Gemma ! Mariée à un écervelé superficiel comme Tristan Gage, on comprenait à quel point sa stérilité devait la faire souffrir, combien la consumait le désir de reproduire un être à son image — de même qu'il avait toujours eu, marié à cette sotte de Mabel, la joie et la fierté de se reconnaître en Gemma.

— Un maître qualifié obtiendra de bien meilleurs résultats qu'une vieille fille desséchée comme Miss Wren, reprit-elle avec conviction. Pourquoi ne pas essayer de faire mieux que les autres, père ? Pourquoi ne pas éduquer à notre idée des garçons intelligents qui, plus tard, feront des collaborateurs de valeur pour M. Cook, votre directeur, plutôt que de rester des subalternes comme on en trouve à la pelle ? Je ne vois pas en quoi M. Carey pourrait les influencer, ils entendent les mêmes propos chez eux à longueur de journée ! Si nous devons nous justifier auprès de Mme Braithwaite ou de Mme Colclough, disons que nous combattons le feu par le feu.

Ainsi que Gemma l'espérait, l'allusion chatouilla aussitôt la susceptibilité de John-William.

— De quoi se mêle cette dinde de Lizzie Braithwaite ?

— Elle prétend que je divague, que je suis... bizarre.

— Qu'elle ne s'avise pas de le répéter devant moi !

— Sûrement pas, elle vous croit de son avis. Elle raconte partout que je suis folle d'avoir engagé M. Carey et que vous mettrez un terme à cette lubie.

— Ah, oui ? gronda-t-il. C'est ce que nous verrons !

La partie n'était cependant pas gagnée. Pour faire pencher définitivement la balance en faveur de Gemma, il fallut l'intervention intempestive de Linnet Gage qui, inspirée par les Colclough, dépeignit à Mabel en termes effrayants l'ostracisme social dont ce scandale menaçait la famille entière.

— Balivernes ! déclara John-William à Mabel en larmes. Je ne renierai pas ma fille pour faire plaisir à ces hypocrites de Colclough et à cette petite pimbêche de Linnet, qui tremble de peur de voir Uriah s'envoler. Qu'elle perde ses illusions ! Quoi que fasse Gemma, il ne l'épousera pas.

— Mais voyons, mon ami, ils s'adorent !

— En effet — sauf que Linnet n'adore que Linnet et que le fils Colclough ne s'intéresse qu'à lui-même. S'il se marie un jour, il fera comme son père, il épousera une dot. Linnet devrait se dépêcher de se rabattre sur le premier venu pendant qu'elle est encore mariable, vous lui rendriez service en le lui conseillant, Mabel. Et tant que vous y serez, dites-lui donc aussi que Gemma a engagé cet instituteur sur mon ordre et faites le savoir aux autres. C'est lui, après tout, qui m'a ramené sain et sauf quand je me suis trouvé mal sur la lande. Je lui dois une compensation, non ? Je voudrais voir cette péronnelle de Lizzie Braithwaite ou ce bigot d'Uriah Colclough oser critiquer mon jugement ! D'ailleurs, je veux bien être pendu si on en parle encore dans un mois.

Mabel pleura mais s'exécuta. Si John-William affirmait que tout se passerait ainsi, il avait sûrement raison. Elle apaiserait sa conscience en redoublant de bonté envers Linnet quand Uriah, comme les précédents, la délaisserait.

Linnet tenta de convaincre son frère Tristan que sa position d'époux lui imposait, pour l'amour de sa sœur et le salut de sa réputation, de forcer Gemma à congédier cet infâme individu. Elle suggéra ensuite à Uriah qu'il était de son « devoir de chrétien » de la sauver, de préférence par le mariage, du repaire d'iniquité où on la condamnait à rester le témoin impuissant du péché. Puis, devant l'échec de ses efforts, elle finit par se résigner de fort mauvaise grâce.

L'affaire allait être plus vite oubliée que ne le prédisait John-William : moins de quinze jours plus tard, le scandale Dallam fut éclipsé par celui de Rachel Colclough, qui déclara n'être point destinée à s'unir au riche rejeton des Rochdale, sagement choisi par ses parents, mais à Dieu en personne et qu'elle s'apprêtait, en conséquence, à prendre le voile dans un couvent ; comble d'infortune, celui-ci dépendait de la Haute-Eglise d'Angleterre, dont les rites rappelaient fâcheusement l'idolâtrie papiste. La famille en fut d'autant plus horrifiée que les invitations étaient lancées, le trousseau commandé à grands frais — et Cara Adeane ne se montra pas la moins empressée à seconder les efforts de Mme Colclough pour couper court à cette vocation aussi subite qu'inopportune.

Le scandale rebondit lorsqu'on découvrit que la douce Rachel confondait sa ferveur envers le Christ anglican avec celle que lui inspirait un de Ses ministres, jeune vicaire de l'église paroissiale doté par le Créateur de cheveux d'or et d'un regard azur. La fureur et la honte des Colclough procurèrent au Tout-Frizingley d'assez saines distractions pour repousser dans l'ombre les racontars suscités par les rapports de Gemma et de son pédagogue aux idées avancées.

En envoyant son chat d'améthyste à Daniel Carey, Gemma avait accompli l'acte le plus audacieux de sa vie. Certes, elle était libre d'en disposer à son gré ; elle aurait donné ce bijou de peu de valeur à une amie comme souvenir, à une servante en guise de récompense, sans provoquer de commentaires. Mais l'offrir à un homme impliquait une intimité qui, réelle ou imaginaire, suffirait à ruiner sa réputation et à le placer lui-même dans une situation embarrassante.

Rien ne la prédisposait à une telle imprudence ; mais en voyant apparaître Daniel devant la boutique de Cara Adeane, sa main s'était portée d'elle-même à la broche, sa tête s'était vidée des convenances dont son éducation l'avait farcie. Elle ne s'était plus souvenue que du jour où ces mêmes conventions importunes l'avaient empêchée de l'inviter à entrer et de lui donner ce souvenir de leur rencontre. Eclipsée par la blondeur de Linnet Gage et la beauté brune de Cara Adeane, noyée dans le groupe des Colclough, il ne l'avait sans doute pas même remarquée derrière la vitre.

Troublée toutefois plus que de raison, elle avait battu en retraite et n'avait cessé de penser à lui en rentrant chez elle. Ce soir-là, Linnet Gage et Uriah Colclough dînaient au manoir. Ecœurée de la comédie hypocrite qu'elle les voyait se donner l'un à l'autre, Gemma s'était demandé si ses propres efforts pour se libérer des faux-semblants et des principes de son enfance avaient porté leurs fruits. Alors, se lançant à elle-même un défi, elle avait écrit le billet à Daniel, y avait joint la broche et avait fait porter le tout par sa femme de chambre.

Elle avait ensuite jugé plus sage de n'y plus penser. L'envoi ne parviendrait peut-être jamais à son destinataire ou bien, celui-ci ne le comprendrait pas. Au mieux, il la remercierait avec indifférence en quelques phrases polies. Elle n'en espérait rien de plus : ce geste, symbolique de son libre-arbitre, n'avait de signification que pour elle-même. Elle n'avait ni besoin ni même envie de revoir Daniel Carey et cependant, lorsqu'il se présenta au manoir le lendemain du scrutin, sa visite lui causa un plaisir si immédiat, si naturel qu'elle l'invita sans arrière-pensée à entrer. Désormais maîtresse de son logis comme de ses actes, son statut de femme mariée lui donnait licence de connaître autre chose dans la vie que la manière d'ourler des napperons ou de composer des bouquets.

De son côté, Daniel cherchait ce matin-là à échapper au pénible souvenir de la main de Christie Goldsborough posée sur l'épaule de Cara dans l'escalier de la taverne. Le spectacle ne l'avait néanmoins pas surpris. Connaissant la réputation de cet homme, il l'avait fait figurer sur la liste des amants probables de Cara. Braithwaite, Lord, Colclough, Goldsborough, peu lui importait que l'un ou l'autre de ces hommes riches et influents la possède du moment qu'elle n'était pas à lui.

Il avait passé la nuit à s'efforcer en vain d'oublier Cara. Au matin, blême et les yeux rougis par l'insomnie, il n'avait, une fois de plus, pris aucune décision. Il ne savait que faire, ni où aller. La campagne électorale était close, il avait rempli de son mieux la mission qu'on lui avait confiée. La veille, on l'avait complaisamment félicité du triomphe qu'il était censé avoir remporté pour la cause de la Charte et du Peuple — et qui lui laissait dans la bouche un goût de cendre. Demain, qui le reconnaîtrait dans la rue ? Il n'était plus le candidat chartiste, il était redevenu tel qu'il se jugeait lui-même, un vagabond irlandais, un inconnu, un propre-à-rien...

Eh bien, soit, il reprendrait la route. Il en avait l'habitude — et Sairellen Thackray ne retiendrait sûrement pas chez elle une bouche désormais inutile. Il ne lui faudrait que quelques minutes pour gagner la gare la plus proche, monter dans le train de Leeds. Et après ? Liverpool et l'Irlande, ou Londres et la salle de rédaction du *Northern Star* ? Sa place ne resterait pas longtemps vacante s'il ne se hâtait de la reprendre. Ou bien monter au hasard dans le premier train en partance ? Ce ne serait pas la première fois. Mais auparavant, il glisserait sous la porte de Mme Adeane un billet adressé à Cara pour lui souhaiter bonne chance, lui demander pardon, lui dire... quoi, au juste ? Peu importe. Lui dire n'importe quoi.

Il y avait aussi cette drôle de petite brunette qui lui avait envoyé sa broche. Devait-il la lui rendre ? Elle se demandait sans doute avec angoisse s'il en parlait autour de lui en se moquant d'elle. Elle ne le connaissait pas, la rassurer serait la moindre des choses — car s'il avait depuis longtemps rejeté les principes de son éducation bourgeoise, Daniel ne les oubliait pas. Pauvre petite brunette, qui risquait le déshonneur à cause de lui ! Que faire ? Un mot écrit pouvait tomber sous les yeux de son père ou de son mari. Par prudence, il valait mieux la tranquilliser, lui dire qu'avec lui elle ne risquait rien. Dix minutes, s'était-il dit, pas plus — à moins que le mari ne soit là et ne le reconnaisse. Dans ce cas, il se paierait d'audace et dirait qu'il venait prendre congé de tous les électeurs de la circonscription.

Mais Gemma était seule et l'accueillit avec une chaleur, une spontanéité qui le soulagèrent. Il n'avait pas besoin de la rassurer ; d'instinct, elle lui avait fait confiance.

— Monsieur Carey ! Je suis enchantée que vous ayez pu venir. Mais si vous aviez l'intention de me rendre ma broche, je vous préviens tout de suite que vous m'offenseriez — et ce n'est sûrement pas le but de votre visite. Entrez, je vous en prie, venez prendre un rafraîchissement.

Le salon au plafond bas, aux meubles de chêne polis par l'âge et la cire, le sol dallé où jouait la lumière éveillèrent en lui des souvenirs qu'il croyait oubliés. La maison de sa mère était comme celle-ci, sombre, paisible, fraîche en été, embaumée l'hiver par la senteur des hyacinthes et les feux de bois. Il avait grandi au milieu de ces meubles meurtris par le temps, de ces tapis persans aux couleurs fanées, de ces fenêtres à petits carreaux cernés de plomb. D'emblée, il s'était senti à l'aise dans ce lieu, en compagnie de cette jeune fille — il ne pouvait se résoudre à la qualifier de jeune femme — si bien accordée à son cadre de vie.

Après les premières banalités courtoises, Gemma lui parla de son école avec une ardeur, une intelligence, un désir si évident d'élargir son horizon que sa personnalité, plus que son entreprise, avait éveillé la sympathie de Daniel.

— Voulez-vous visiter mon école ?

Il tenta de se dérober. Il avait vu assez de ces écoles d'usines, uniquement créées pour être en règle avec des lois réformatrices auxquelles les industriels étaient hostiles ; il n'y trouverait que quelques gamins moroses et mal nourris, venus non pas s'instruire, mais seulement parce qu'il faisait moins froid que dans leurs taudis. Que verrait-il de mieux dans celle-ci ? Des tabliers propres, peut-être, sur des fillettes qui subiraient la maternité avant de savoir lire. Des garçonnets aux culottes bien reprisées, destinés à des travaux dangereux avant même d'avoir achevé leur croissance.

— Si, venez, monsieur Carey — à moins que vous n'ayez un train à prendre d'urgence ? J'ai tant de projets ! Un homme d'expérience tel que vous me donnerait de bons conseils.

Lesquels ? Il s'était borné à préparer de jeunes cancres bien nés à entrer au collège en leur assenant des leçons de grec et de latin ; depuis longtemps, il n'avait plus pratiqué son métier. Gemma n'écouta pas ses protestations. En digne fille de son père, elle calculait déjà comment manœuvrer pour obtenir ce qu'elle désirait.

— Ne me croyez pas naïve, monsieur Carey. Je sais que, pour la plupart, ces enfants n'attendent que la cloche à la fin de la classe. Mais pas tous ! Je suis sûre que parmi eux, garçons et filles, il y a des esprits qui ne demandent qu'à s'éveiller. Je veux les découvrir, leur donner une chance de progresser. M'aiderez-vous à réaliser ce rêve ?

— Y songez-vous, chère madame ? dit-il en riant. Moi, pauvre Irlandais sans foi ni loi, catholique de naissance et chartiste par vocation, me lâcher parmi ces innocents petits protestants comme le loup dans la bergerie ? Même si j'acceptais votre proposition, votre père et votre mari se croiront obligés de me chasser, dans votre propre intérêt.

— Alors, faisons un marché. Si j'arrive à convaincre mon père

— et mon mari, bien sûr —, laissez-moi une chance de vous persuader à votre tour.

Plus qu'aucun autre argument, ce fut la détermination, la profondeur de son regard qui poussèrent Daniel à céder. Rester ou partir par le premier train revenait au même. Mais il y avait Cara. Résolu à ne jamais la revoir, il serait pourtant impossible de l'éviter dans cette petite ville où il se condamnait à demeurer.

Aussi, après que John-William Dallam lui eut remis les clefs de l'école et du petit logement attenant, Daniel s'obligea à en informer Cara, qui le reçut en présence de sa mère ; à sa demande expresse, celle-ci ne les laissa pas seuls durant leur entretien, d'une courtoisie aussi scrupuleuse qu'insoutenable.

— Vous voici donc redevenu maître d'école, Daniel ?

— J'ai accepté la première occasion qui se présentait, mais je ne pense pas que ce sera très long.

— J'imagine mal, en effet, que vous vous fixiez ici.

Pour la première fois, il la voyait dans son cadre de vie, exigu mais luxueux — du moins pour elle. En cette femme affairée, sûre d'elle, plus belle que jamais, s'épanouissaient les promesses de la jeune fille rencontrée sur le pont du bateau. Il l'aimait alors, il la désirait toujours, même en sachant qu'elle appartenait à un autre.

— Vos affaires paraissent florissantes.

— Elles le seraient davantage si j'étais moins à l'étroit. Dès que j'aurai réussi à me débarrasser du voisin, je ferai abattre le mur de séparation.

Au terme de cet échange de banalités, Daniel se retira, le cœur meurtri, au point que la petite école lui fit l'effet d'un refuge. Il n'avait cependant pas l'intention de se cacher, ni de s'interroger davantage sur les raisons qui l'avaient poussé à rester. Ne voulant surtout pas décevoir la courageuse Gemma, il s'appliquerait donc à détecter les « esprits éveillés » dont elle rêvait, tâche ingrate dont il n'attendait guère de satisfactions.

Miss Wren s'était bornée à inculquer aux filles des rudiments de couture et à apprendre l'alphabet aux garçons ; ambition limitée mais réaliste, se dit-il en constatant que ses premières tentatives de susciter chez ses élèves un minimum de curiosité intellectuelle se heurtaient à une apathie totale, sans doute due à la malnutrition et à la surpopulation de la salle de classe, mais qui n'en était pas moins décourageante.

— Je *sais* que vous réussirez ! lui répétait Gemma.

Il en doutait. Ces déshérités avaient plus besoin de bons lits, de repas et d'affection maternelle que des leçons d'un maître plus versé dans les lettres classiques que les leçons de choses, et de plus rebuté par les enfants. Mais comment se dédire, après avoir proclamé sa foi dans le droit à l'instruction pour tous ? Dans combien de discours avait-il répété que l'instruction constituait l'arme la plus puissante contre l'exploitation de l'homme par l'homme, l'élément essentiel de la Liberté et de l'Egalité auxquelles il se disait si attaché ? Alors, confronté à ces ébauches d'humanité qu'il avait pour mission d'initier non pas aux glorieux principes des Droits de l'Homme mais aux vulgaires rudiments de l'alphabet et du calcul, mieux valait oublier l'image, qui ne cessait de le hanter, de trains et de navires empanachés de vapeur, appareillant pour des horizons inconnus. Il ne pouvait faire moins pour la courageuse petite brunette qui avait l'incroyable audace d'employer un réprouvé tel que lui.

Et puis, après qu'il eut aperçu son bellâtre de mari, son père rébarbatif, la femme-enfant lui tenant lieu de mère, sa belle-sœur égoïste, intrigante et futile, elle lui avait inspiré de la compassion. Comment être heureuse dans un tel entourage ? Puisque le salut des enfants illettrés semblait constituer son seul espoir d'évasion, eh bien, lui qui connaissait l'évasion, il lui viendrait en aide. Pour peu de temps, sans doute, et avec peu de moyens, mais il ne reculerait pas devant ses devoirs envers elle.

Ils se voyaient souvent à l'école. Elle venait régulièrement lire aux élèves les contes de son enfance, ou bien elle arrivait chargée de marmites de soupe chaude pour combattre le froid, de paniers d'oranges quand l'été devenait étouffant. Tous les vendredis soir, il passait au manoir lui faire son rapport sur ses progrès et, plus souvent, ses échecs, en s'efforçant pour la distraire d'embellir la terne réalité. Dans le petit cabinet de travail qui avait été celui de son père, elle l'écoutait avec attention, lui demandait son avis, faisait des observations toujours pertinentes et suggérait des innovations auxquelles il n'aurait pas pensé de lui-même.

Lorsque, deux fois par mois, elle recevait à dîner M. Ephraïm Cook, directeur de l'usine, avec sa femme et d'autres relations — tous ceux que Linnet et Mabel appelaient les « excentriques de Gemma », poètes, musiciens, « réformateurs de la société » — elle ne manquait jamais de convier aussi Daniel, sans cacher son plaisir de l'asseoir à sa table et de le voir si bien intégré à ce cercle d'amis, dont le moindre mérite n'était pas d'être ceux de son propre choix.

Jusqu'à un certain vendredi soir de la fin août, ils n'étaient cependant jamais restés seuls très longtemps. Venu faire son rapport hebdomadaire, Daniel se réjouissait de lui annoncer qu'il avait enfin découvert un garçon doué pour le dessin et une fille possédant d'étonnantes dispositions pour les mathématiques. Son optimisme restait toutefois lucide : sur quoi cela déboucherait-il, à moins de détourner le talent du garçon vers le dessin industriel plutôt que les fleurs ? Quant à la fille, elle serait condamnée à l'usine à neuf ans et à la maternité à treize si Mme Gage n'intervenait pas de façon décisive mais, hélas ! improbable : sa détermination et son enthousiasme suffiraient-ils à convaincre un pauvre manœuvre irlandais qu'une *fille* méritait de poursuivre ses études ?

Elle l'accueillit avec enjouement, s'étonna de sa mine satisfaite et, quand il lui en eut expliqué la cause, ils s'absorbèrent dans leur conversation au point que le temps s'écoula sans qu'ils y prennent garde et qu'elle l'invita tout naturellement à rester partager son dîner. Daniel qui, par mépris des horaires fixes, ne se nourrissait que lorsque l'occasion se présentait ou quand il y pensait, fit honneur de grand appétit au repas simple mais copieux préparé à la dernière minute par la cuisinière.

— Servez-vous, cher monsieur, répétait Gemma en lui remplissant d'autorité son assiette.

Son allure affamée donnait depuis toujours aux femmes l'envie de le dorloter et d'assouvir son appétit. Il connaissait le phénomène, il savait où cela menait et comment il se terminait. Mais cette fois, il s'agissait de Mme Gage, la plus sérieuse, la plus digne, la plus responsable des femmes. L'idée qu'il pourrait en être de même ne l'effleura pas.

Certes, il était conscient de ce que l'envoi de la broche avait été audacieux ; il sentait aussi que son intérêt pour lui n'était pas dénué d'un certain penchant romanesque, explicable chez une femme qui, élevée dans l'ignorance de la sensualité, avait appris à y substituer le sentiment. Certes, il lui était arrivé de flirter avec elle, avec légèreté et innocence, presque sans y penser. Mais jamais il ne lui serait venu à l'esprit de porter la main sur elle et il ne concevait pas qu'elle l'eût elle-même envisagé. Alors, disposé à jouer le rôle qu'elle lui attribuerait — chevalier errant, troubadour ou bouffon — il entra dans le jeu et se laissa gagner par l'atmosphère chaleureuse qu'elle avait su créer dans cette maison.

La conversation languit peu à peu. Gemma posa sur lui le regard calme de ses yeux bruns. Le silence se prolongea de telle sorte que Daniel dit n'importe quoi pour le rompre.

— Quelle jolie robe ! Elle vous va à ravir.

Le mot « joli » ne convenait pas, il le savait, pour décrire l'étoffe sombre aux inhabituels reflets cuivrés, la coupe simple mais parfaite qui lui affinait la taille et adoucissait les courbes de sa silhouette replète.

— Merci. Elle n'est pourtant pas neuve, c'est même la première robe que m'ait faite Mlle Adeane.

— Ah ? Bien sûr...

— Vous connaissez Mlle Adeane ?

Il aurait dû le prévoir, mais il était trop tard pour reculer. Elle avait vu l'éclair dans son regard, entendu son exclamation. Mentir ne ferait qu'attiser sa curiosité.

— Oui, un peu. Sa famille, plutôt.

— Elle a donc une famille ? Quand je pense que je la connais depuis des années et que je n'en savais rien !

Gemma manifestait un étonnement et un intérêt sincères. En savait-elle davantage sur la vie privée de sa femme de chambre ou de son cocher ? Daniel en doutait.

— Sa mère vit auprès d'elle. Une charmante Française au cœur tendre qui fait tout ce que veut sa fille.

— Mais... S'agirait-il de Mme Odette ?

— Mme Adeane s'appelle Odette, en effet.

— C'est incroyable ! Je ne me doutais pas qu'elles étaient mère et fille, elles ne se ressemblent pas du tout.

Puisqu'il devrait, un jour ou l'autre, parler de Cara à des tiers, autant se prouver maintenant qu'il était capable de le faire sans se troubler.

— Mlle Adeane tient, je crois, de son père. Je ne l'ai toutefois jamais rencontré, il était parti pour l'Amérique en les abandonnant tous trois...

— Tous trois ?

Cela, encore, lui avait échappé. Il fut sur le point de se taire, mais il lui fit confiance.

— Mlle Adeane a un fils d'environ cinq ans.

— Et... son mari ?

— Mort, sans doute, dit-il avec un haussement d'épaules.

— Me croyez-vous incapable, sans avoir recours à mon flacon de sels, de comprendre qu'il ne l'a sans doute jamais épousée ? Je ne suis pas aussi naïve, monsieur Carey.

— Je suis heureux de vous l'entendre dire, madame Gage.

— Mlle Adeane a donc traversé des moments difficiles et elle les a surmontés avec courage, j'en suis sûre, c'est un trait de caractère que j'ai tout de suite remarqué chez elle.

— Elle est très courageuse, en effet.

— J'espère qu'elle est définitivement sortie de ses épreuves et que ses affaires prospèrent, j'ai toujours eu beaucoup d'amitié et d'admiration pour elle. Son succès me réjouit d'autant plus qu'il est celui d'une femme seule. A moins que... Elle vit seule, n'est-ce pas ?

— Euh... Plaît-il ?

— Sotte que je suis ! Un gentleman tel que vous ne peut pas répondre à une question aussi indiscrète. Mais je connais si peu Mlle Adeane et le monde où elle vit, voyez-vous, que je me suis souvent demandé

— n'y voyez aucune curiosité malsaine de ma part, mais... Elle est belle, très belle, captivante à bien des égards. Vous m'apprenez qu'elle est arrivée ici sans ressources. Dans mon milieu, où les femmes sont élevées comme des potiches décoratives, une jeune fille seule n'a pas d'autre choix que de chercher un mari — en d'autres termes, de se vendre pour assurer sa propre sécurité. Mlle Adeane semble capable d'entreprendre n'importe quoi avec un égal succès et, pourtant, elle doit elle aussi dépendre d'un homme. Dites-moi, monsieur Carey, quelle différence y a-t-il entre ces deux mondes ? Une femme peut-elle espérer, dans l'un ou l'autre, jouir d'une réelle indépendance ?

— Je crains que non, chère madame.

— Je le déplore sincèrement... Pauvre Mlle Adeane ! Elle a donc un — comment dit-on ? — un *protecteur*, riche et puissant sans doute. Non, ne me dites pas qui c'est ! Dans une si petite ville, je le connais sûrement et je ne voudrais pas éprouver pour lui plus d'antipathie que je n'en ressens peut-être déjà. Lui porte-t-elle des sentiments... d'affection ?

— Elle ne me fait pas de confidences, vous vous en doutez, mais je crois savoir qu'elle ne l'aime guère.

— Que c'est triste ! A la voir aller, venir, diriger son affaire avec tant d'élégance et d'autorité, je la croyais libre de cette sorte de sujétion.

— Entre cela et la misère — avec un enfant, qui plus est — que faire d'autre ? J'aurais agi de même à sa place. Qui pourrait prétendre le contraire ?

— Vous avez raison, monsieur Carey. Il est terrible de ne pas jouir de la sécurité et des luxes de ma classe tout en étant assujettie aux mêmes servitudes. Je n'ai jamais subi l'adversité, je ne sais donc pas comment je réagirais. Mais j'ai si souvent été contrainte de manœuvrer, d'employer le calcul et la ruse au lieu de simplement demander, sinon prendre, ce que je souhaitais obtenir — rien d'extraordinaire, non, juste les petites choses de la vie quotidienne... Cela m'afflige plus que je ne puis le dire de savoir qu'une femme telle que Mlle Adeane en est réduite au même point.

D'un geste instinctif, prolongement naturel de l'intimité complice qui se tissait entre eux, Daniel prit la main de Gemma sur la table. Elle ne la retira pas.

— Je suis tout à fait de votre avis. J'ai toujours pensé que les femmes étaient des captives.

— Que voulez-vous dire ? Expliquez-vous.

Puisqu'elle le lui demandait, il ne pouvait résister à une telle invite.

— Nous vous couvrons de chaînes parce que nous vous désirons et craignons de vous perdre. Et puis, ne le niez pas, vous parvenez si souvent à nous faire sentir faibles alors que nous voudrions paraître toujours grands et forts ! Celles d'entre vous qui, à force de volonté, dépassent les objectifs mesquins que leur assignent les hommes, leur sont cent fois supérieures en courage et en maturité. Un homme fera le sacrifice de sa vie s'il pense entrer ainsi dans l'Histoire. Seule, une femme acceptera de se sacrifier dans l'ombre, sans que nül en sache rien, sans même l'espoir d'un peu de gratitude, parce que la société lui a conféré une fois pour toutes le rôle de la victime et qu'en se sacrifiant elle ne croit accomplir rien de plus que son devoir.

— C'est vrai. Trop vrai, hélas !

— Il en est de même partout. Ainsi, quand la famine frappe mon pays, les femmes meurent en premier parce qu'elles donnent la nourriture à leurs enfants, et tout le monde estime cela normal. Vous en feriez sans doute autant, Cara Adeane aussi. Moi, au contraire, je me persuaderais de me rendre plus utile en restant en vie afin de faire voter une loi, de déclencher une révolution, ou tout autre mauvais prétexte. Chez vous, ici même, votre père emploie des femmes parce qu'elles acceptent un salaire inférieur dans le seul dessein de nourrir leurs enfants. C'est un fait, il le sait et je crois même qu'il le considère comme une preuve de courage et de maturité dont peu d'hommes seraient capables. Et c'est sans doute aussi pourquoi, pardonnez mon indiscrétion, il maintient votre mère en enfance de crainte qu'elle ne s'émancipe et ne lui porte ombrage. Les hommes ont organisé la société à leur profit : ils vous forcent à rester inférieures et ils méprisent cette même infériorité — ce qui provoque, à juste titre, votre ressentiment. Nous vous réduisons en esclavage pour notre plaisir et, malgré cela, nous n'en éprouvons aucun — parce que nous exigeons que vous nous aimiez et que les esclaves n'aiment pas leurs maîtres. Ils les trompent, ils leur mentent, ils les volent, c'est une conséquence normale de la servitude, et ils s'avilissent eux-mêmes par ces méthodes qui encouragent la paresse et l'irresponsabilité. Les femmes nous épousent pour notre argent, puisque nos lois leur interdisent d'en gagner. Elles gaspillent leur temps en futilités, elles se moquent de nous et nous leur en faisons grief alors que c'est entièrement notre faute. Me suis-je bien expliqué ? Me comprenez-vous ?

— Oh, oui ! dit-elle avec plus de ferveur qu'elle n'en avait mis pour prononcer le oui nuptial.

— C'est le système entier qui est mauvais ! reprit-il en s'échauffant. Je suis contre tout ce qui oppose les hommes, les femmes, les classes, les croyances, les nations ! Je hais tout ce qui nous divise ! Nous sommes des êtres humains, rien de plus mais rien de moins. Chacun d'entre nous doit être jugé selon ses mérites, pas selon l'étiquette que la société lui impose. Ni vous ni moi n'avons été créés pour vivre en cage. J'ai la conviction d'être au monde afin de me développer, de m'élever. Je dois donc lutter contre tout ce qui m'abaisse ou me réduit. Et vous aussi ! Nous tous ! Peut-être sommes-nous sur Terre dans le seul dessein de nous libérer des préjugés, de l'obsession d'assurer notre salut personnel, de ces mesquineries qui nous mettent des œillères. Peut-être avons-nous pour mission de nous sauver et de nous libérer les uns les autres. Voilà, du moins, ce que j'aimerais croire !

Entraîné par sa propre éloquence, il lui serra fortement la main et ils se levèrent en même temps sans s'être lâchés, de sorte que l'inévitable se produisit. En signe de communion spirituelle, il prit Gemma aux épaules comme il aurait donné l'accolade à un compagnon d'armes — et fut soudain conscient qu'elle s'abandonnait contre sa poitrine et levait vers lui son visage, avec une expression de ravissement sur laquelle il ne pouvait se méprendre. Par toute son attitude, elle s'exprimait dans un langage qu'il connaissait trop bien. Elle cédait à une force intérieure, naturelle mais dont elle ne comprenait pas la portée.

Il s'était souvent laissé aller au désir physique, sans réticences ni regrets puisque, pour un homme, les « conséquences » ne comptaient pas. D'ailleurs, ses écarts de conduite n'avaient fait de tort à personne. C'est justement pourquoi il ne pouvait envisager de lui causer le moindre tort, à elle moins encore qu'à une autre.

Pourtant, en extase comme une novice se préparant à l'initiation, elle lui tendait les lèvres dans l'attente d'un baiser. Daniel se trouva plongé dans un embarras extrême. Céder à son invite risquait de briser son fragile univers. Reculer serait une offense.

C'est le rejet, conclut-il, qui serait le plus cruel.

Alors, avec une infinie douceur, il posa sa bouche sur la sienne, moins en signe de possession qu'en hommage à sa féminité — jusqu'à ce qu'elle eût entrouvert les lèvres et éveillé en lui un désir qui, à vingt-six ans, n'avait guère besoin de tels encouragements pour être attisé. Elle était jeune, fraîche, ardente. Il éprouvait pour elle respect et affection. Mais le robuste petit corps qu'il serrait dans ses bras lui parut soudain si frêle qu'il en fut terrifié : il ne devait à aucun prix la blesser !

Lorsque leur long baiser prit fin, il feignit d'avoir perdu la tête sous l'effet de la passion comme si c'était lui, et non elle, qui avait provoqué la situation.

— Pardonnez-moi, je ne savais plus ce que je faisais, dit-il en haletant. Je vous ai gravement offensée...

Il ne trouva pas d'autre excuse que cette banalité.

— Non, ne dites surtout pas cela, murmura-t-elle. N'y pensez plus, je vous en prie ! N'y pensez plus.

C'est ce qu'on apprenait à dire aux femmes, même quand, le cœur débordant de passion et les sens en émoi, comme Gemma en cet instant, elles venaient de vivre un événement qui les troublerait pour longtemps, peut-être pour toujours. Il n'avait fait que donner un baiser à une jeune femme aimable et consentante, mais elle avait défié l'un des tabous les plus sacrés de sa classe et de sa conscience. Et elle l'adjurait de n'y plus penser !

Bien sûr, il oublierait, il était trop honnête pour ne pas se l'avouer. Dès demain, selon toute vraisemblance, les sifflets des trains et les sirènes des navires redoubleraient pour lui d'attraits. Il ne pouvait néanmoins se résoudre à s'esquiver en murmurant : « Vous avez raison, n'y pensons plus », ce serait trop lâche. Il lui devait bien davantage — il *voulait* lui offrir davantage. Faute de mieux, il pouvait au moins tenter de la persuader qu'elle avait été ardemment désirée. Qu'il avait cédé à l'embrasement de la passion — (celle qu'il avait ressentie pour Cara dès la première fois) — plutôt qu'à la tiédeur de sentiments confus, où se mêlaient la pitié et la reconnaissance.

Il l'attira vers lui en affectant un trouble qu'il espéra convaincant.

— Non ! Non, ne me demandez pas cela.

— Mais, monsieur Carey...

— Non ! répéta-t-il. Je ne me permettrai jamais plus de telles privautés, si c'est cela que vous signifiez et que vous exigez de moi. Mais ce que je ne puis, ce que je ne veux pas faire, c'est oublier.

CHAPITRE XIV

Le lendemain, désorientée, Gemma resta longtemps couchée en écoutant les bruits familiers qui montaient du jardin. Elle aimait Daniel Carey et, ce qui la stupéfiait, elle ressentait un bonheur inouï, elle nageait dans une indicible béatitude sans honte ni regrets. Moins naïve qu'il ne la jugeait, elle savait pourtant qu'il ne l'aimait pas — ce dont, compte tenu des innombrables barrières morales, sociales et légales qui les séparaient, elle devrait se réjouir.

Une telle aventure ne pouvant amener rien de concret ni de durable, autant la savourer tant que son goût restait suave. A quoi bon s'adresser des reproches ce matin plus qu'hier ? Elle était, à coup sûr, amoureuse depuis un ou deux mois, sinon davantage, sans s'en être blâmée. Elle poursuivrait donc son existence comme si de rien n'était ; elle se satisferait, pour le moment du moins, de contempler ce miracle en silence, dans le secret de son cœur, sans rien faire qui puisse lui porter atteinte, en l'abritant des dangers du monde extérieur comme un fragile nouveau-né.

Cet enfant miraculeux était-il destiné à vivre ? Existait-il la plus petite possibilité qu'il grandisse sans causer de peine ni de tort à quiconque ? C'était bien improbable. Elle-même, au bout de tant d'années arides consacrées au devoir, saurait-elle endiguer un flot aussi impétueux, aussi fertile que celui qui la submergeait ? Sans doute pas. Mieux valait donc continuer à vivre, avec une circonspection devenue une seconde nature, et cultiver cet amour de sorte qu'il n'ait que des effets heureux — pour lui, surtout. Même si cela exigeait un jour qu'elle s'efface — issue dont elle ne pouvait raisonnablement douter.

Elle fit malgré tout atteler ce matin-là et se rendit chez Cara Adeane, simplement pour se trouver en présence de quelqu'un qui connaissait Daniel, quelqu'un dont l'accent était semblable au sien, dont l'enfance puisait ses souvenirs aux mêmes sources et qui, peut-être, l'appelait par son prénom, alors qu'elle n'en avait pas elle-même l'audace.

Bien entendu, il n'était pas question de parler de lui ni même d'y faire allusion : la noce Colclough au grand complet avait envahi la boutique. Rachel semblait plus que jamais aspirer à s'unir au Christ, sinon à Son trop séduisant serviteur, plutôt qu'à son promis ; sa mère se souciait avant tout de la dépense ; les demoiselles d'honneur babillaient ; et parmi elles Linnet Gage, dépitée d'être une fois de plus reléguée dans la figuration au lieu de jouer enfin le premier rôle, essuyait les rebuffades de Mme Colclough, qu'indignaient ses assauts réitérés sur la chasteté que s'imposait abusivement Uriah.

Linnet vit arriver Gemma sans plaisir. Gemma ne fut pas plus heureuse de la rencontrer.

— Ah, ma chérie, comme le hasard fait bien les choses ! s'exclama néanmoins Gemma. Je suis ravie de te voir.

— Moi aussi, susurra Linnet. Pourras-tu me reconduire à Almsmead quand cette corvée aura pris fin ? ajouta-t-elle en baissant la voix. Tante Mabel serait si contente ! D'ailleurs, nous avons du monde à déjeuner. Viens donc !

Prise au piège, Gemma dut accepter. De toute façon, ce matin-là, rien en Mlle Adeane n'évoquait Daniel. Parfaitement maîtresse d'elle-même malgré la cohue, elle allait et venait, prodiguait à ses clientes sourires et amabilités, donnait des ordres précis à son personnel, sans qu'une mèche déplacée, un geste impatient ou un éclat de voix trahisse la moindre nervosité.

— Vous êtes très affairée ce matin, observa Gemma.

D'un sourire, Cara lui signifia que, débordée ou non, elle avait toujours du temps à consacrer à sa cliente favorite. Puis, comme d'un coup de baguette magique, elle fit apparaître un siège quand ils semblaient déjà tous occupés.

— Installez-vous ici, chère madame, vous serez tranquille. Que puis-je vous montrer ?

— Rien, je vous remercie, j'attends ma belle-sœur. Je ne voudrais surtout pas vous distraire de vos essayages.

Un instant plus tard, Anna Rattrie lui servit le thé et de délicieux biscuits. Gemma les dégusta en feuilletant les journaux de mode et en essayant de deviner l'identité du protecteur de Mlle Adeane. A aucun moment, elle ne se rendit compte que celle-ci, derrière ses sourires et son sang-froid, faisait face à une crise grave.

Une demi-heure auparavant, alors que la noce Colclough était attendue d'une minute à l'autre, Marie Moon avait fait irruption dans un état d'ébriété avancé et, depuis, Odette s'efforçait de la dégriser dans l'arrière-boutique. Cara craignait que Marie n'échappe à la surveillance d'Odette et s'exhibe dans cet état ; Mme Colclough en prendrait prétexte pour soustraire sa fille au scandale et, du même coup, porter sa clientèle à Ernestine Baker — qui n'attendait que cette occasion de se venger de sa rivale exécrée et avait encore le temps de confectionner des toilettes dénuées d'originalité, sans doute, mais d'une valeur morale irréprochable. Et cela, Cara ne pouvait le permettre à aucun prix.

S'assurant d'un coup d'œil que l'essayage se déroulait sans anicroche, Cara s'éclipsa. C'était le moment ou jamais de redonner figure humaine à Marie et de la faire sortir discrètement. Pour comble de malheur, la porte de derrière donnait sur une cour rendue impraticable par les gravats d'un chantier voisin. Il faudrait donc la faire passer par la boutique car, ivrogne ou pas, elle était bonne cliente. On devait d'abord retrouver sa voiture qui ne stationnait pas sur la place. Cara décrivit l'équipage à Anna, la chargea de le ramener, en explorant au besoin les tavernes où le cocher serait allé se rafraîchir, et s'occupa de Marie.

Affalée sur un fauteuil, les épaules nues sous sa robe du soir et les cheveux défaits, elle levait le regard myope de ses yeux bleus vers Odette qui lui prodiguait des consolations en français. Cara était furieuse. Comment cette femme, comment *une femme*, osait-elle se dégrader à ce point, s'exhiber à pareille heure dans cette tenue — une superbe robe de soie blanche, souillée par la boue du ruisseau où elle s'était vautrée ? Pourquoi, grand dieu ? Elle était riche et belle, elle ne manquait de rien. Que lui importait d'être snobée par Maria Colclough ou Lizzie Braithwaite ? Quand on a été actrice, quand on a connu la liberté et l'indépendance du théâtre — à moins que ce ne fût du music-hall ou du café-concert, les témoignages divergeaient sur ce point — on ne devrait pas se soucier de la considération de stupides provinciales à l'esprit étroit ! Rien ne la retenait ici. Qu'attendait-elle pour faire la nique à Frizingley et retrouver la gloire des feux de la rampe ?

Cara comprit pourquoi quand un rayon de soleil tomba sur le visage de Marie : cette femme ravissante et désirable était d'un âge beaucoup plus proche de celui sa mère que du sien — et Odette venait d'avoir quarante-cinq ans. L'âge critique auquel il serait imprudent, épuisant en tout cas, de se lancer à nouveau dans la course aux hommes et à l'argent ; l'âge auquel la peau se flétrit et où les meurtrissures, quelle qu'en soit la cause, refusent de s'effacer — comme en témoignaient le cerne violacé s'élargissant autour d'un œil, les ecchymoses noirâtres sur la joue, les zébrures rouges frangées d'un jaune malsain qui marquaient les épaules.

— Mon mari me bat, expliqua Marie avec fatalisme. Parce qu'il est impuissant et qu'il ne peut rien faire de mieux.

Cara réprima à grand-peine un élan de pitié.

— Depuis combien de temps ? demanda Odette.

— Depuis le début. Il attribue son impuissance au scandale soulevé par notre mariage. Il m'accuse de l'avoir castré. C'est moi seule, prétend-il, qui l'aurais amené à m'arracher des bras de mon premier mari. C'est moi qui suis censée l'avoir perdu de réputation au point que sa sœur l'a fait déclarer indigne d'élever ses propres enfants. Et c'est dans tous ces malheurs, dont il me rend responsable, qu'aurait péri sa virilité. De quel droit me plaindrais-je, me dit-il, lorsque ses frustrations le poussent à la violence ?

— Pourquoi le supportez-vous ? dit Cara.

— Il faut s'accommoder de ce qu'on a, ma petite, vous devriez le savoir aussi bien que moi ! Est-ce trop cher payer une douzaine d'années sans dettes, sans l'obsession de chercher, de *garder* un emploi ? Avez-vous idée des douleurs aux jambes et au dos qui terrassent une danseuse, quand elle a ce « certain âge » que votre mère et moi atteignons ? Savez-vous combien de ces pauvres filles se vendent sur les trottoirs de Montmartre, de Mayfair, de partout ? On finit par se lasser de tout cela, mademoiselle. Votre mère le comprend, elle.

— Ce que vous dites me désole.

— Vraiment, Cara ? Ne pensez-vous pas plutôt que je ferais mieux de détaler en emportant mes bijoux ? A votre âge, je n'aurais pas hésité, c'est vrai — même au mien, puisque j'ai voulu le faire cette nuit. Adolphus et moi étions je ne sais plus où. Nous buvions beaucoup. En ce moment, ses enfants sont chez nous, ce qui le rend toujours sentimental : il pleure son épouse disparue et sa vertu évanouie... Hier soir, j'ai pleuré avec lui et il m'a punie, parce qu'il me juge indigne de me lamenter sur la mémoire de cette sainte et noble personne ! Que s'est-il passé ensuite, le champagne, un coup sur la tête ? Mes idées ne sont pas très claires, je l'avoue. Bref, je me suis retrouvée en plein jour à Frizingley dans la tenue où vous me voyez, sans bijoux, sans argent. J'espérais me consoler auprès de notre ami commun, mais il n'était pas d'humeur à s'apitoyer sur mon sort. Je suis sortie me rafraîchir les idées, j'ai vu votre porte ouverte et je suis entrée. Voilà. Vous ai-je beaucoup incommodée ?

— Pas du tout, murmura Odette.

— Oui, beaucoup, dit sèchement Cara.

— Alors, je dois partir sur-le-champ.

— Pour aller où ?

— Chez mon mari, bien sûr ! Où voudriez-vous que j'aille ? Je verserai des larmes de repentir, j'implorerai à genoux son pardon. Il y prend tant de plaisir — et il a si peu de plaisirs, ces temps-ci... Avez-vous une sortie dérobée ?

— Elle est impraticable.

— Diable ! Et votre boutique est pleine de nos pieuses tigresses ? Eh bien, ma chère, jetez-moi en pâture aux fauves ! Elles seront si contentes de me cracher au visage qu'elles ne vous en tiendront pas rigueur — pas plus qu'à mon mari, d'ailleurs. Pensez donc, le pauvre martyr, enchaîné à une créature telle que moi ! Elles se disputeront l'honneur de l'inviter à dîner. Alors, Cara, un bon conseil : hurlez avec les louves.

Elle se leva en vacillant, prête à livrer ses cheveux défaits et son visage tuméfié aux regards malveillants des bigotes, qui s'empresseraient à coup sûr de rapporter cette scandaleuse exhibition au mari, lui offrant ainsi une nouvelle occasion de la punir. Sacrifiez-moi, sous-entendait Marie, puisque tout le monde en fait autant.

— Non, dit Cara. Mère, enfermez Mme Colclough dans la cabine d'essayage sous n'importe quel prétexte — dites-lui que vous n'êtes pas satisfaite du montage des emmanchures, par exemple — et occupez les demoiselles d'honneur comme vous pourrez. Quant à vous, Marie, déshabillez-vous.

Cara lui enfila une robe mieux adaptée aux sorties matinales, la recoiffa, la repoudra. Puis, les fards se révélant impuissants à dissimuler son œil tuméfié et ses ecchymoses, elle posa sur sa tête un spectaculaire chapeau à large bord, l'inclina coquettement sur le côté et paracheva le tout par une voilette. Marie se laissait faire.

— Là ! Sous un chapeau pareil, personne ne s'intéresse aux yeux d'une femme.

— Je vous le paierai, chère amie.

— J'y compte bien ! Vous ne voudriez quand même pas me le rendre après que la tribu Colclough et Linnet Gage l'auront vu sur votre tête.

Marie fit une moue dégoûtée.

— Linnet Gage, cette péronnelle ? Je ne peux pas la souffrir ! Mais dites-moi, Cara, vous inquiéterez-vous de mon sort quand je vous aurai débarrassée de ma présence et que je serai partie faire scandale ailleurs ?

— Je ne crois pas.

— Vous avez raison, je réagirais comme vous. Malgré tout, c'est bizarre... Nous donnons tout aux hommes - notre corps, nos sentiments. Nous dépendons d'eux en tout. Pourtant, c'est toujours vers une femme que nous nous tournons quand nous avons besoin d'aide et de réconfort. Qu'en dites-vous ? Ou seriez-vous trop jeune encore pour philosopher ?

Elles traversèrent la boutique côte à côte. Le groupe virginal des demoiselles d'honneur s'écarta au passage de la femme adultère, tout en observant avidement sa tenue élégante. Ne sachant s'il fallait prier pour les pécheurs ou les envoyer au bûcher, Rachel Colclough chercha vainement sa mère du regard. Gemma Gage ne leva même pas les yeux de ses magazines. Quant à Linnet, qui entretenait les meilleures relations avec M. Adolphus Moon, elle laissa passer son indigne épouse comme si elle n'existait pas.

Un landau bleu attelé de deux chevaux bais attendait devant la porte. Avec l'aide discrète de Cara, Marie se hissa sur le marchepied, s'affala sur les coussins et partit d'un fou rire en claironnant sous sa voilette :

— Merci, chère mademoiselle Adeane, à vendredi ! Cette robe de velours noir ira à ravir avec mes nouveaux diamants.

— Comptez sur moi, chère madame.

L'équipage partit sans encombre. Cara rentra affronter Mme Colclough et la tribu s'égailla peu après.

Comme promis, Gemma raccompagna Linnet à Almsmead. Elle se borna à ponctuer de temps à autre d'un « Ah, oui ? » ou d'un « Vraiment ? » l'exposé de Linnet sur la croix que portait « ce pauvre M. Adolphus Moon » — expression qui revenait souvent dans sa bouche ces derniers temps. En écoutant ses pépiements avec l'oreille de Daniel, Gemma distinguait plus nettement que jamais les accents rauques du vautour caché sous le brillant plumage de l'oiseau des îles.

— J'étais stupéfaite de voir Marie Moon dehors de si bonne heure, elle qui a la réputation de passer ses journées au lit avec des rondelles de concombre sur les yeux pour se remettre de ses excès de la veille. J'ose à peine imaginer à quelles turpitudes elle se livre !

Gemma s'abstint de répondre. A Daniel, elle aurait dit : « Elle boit, je me demande ce qui pousse cette pauvre femme à une telle extrémité. »

— Les enfants sont encore plus à plaindre ! Une adorable fillette de quatorze ans et un garçon un peu plus âgé, timide et doux comme un ange — je le crois même un peu amoureux de moi. Quel exemple leur donne cette créature ! Chacun sait de quelle manière indigne elle l'a détourné de sa famille pour faire main basse sur sa fortune. On raconte aussi...

S'ils ressemblent à leur père, on aurait mieux fait de les noyer à la naissance, pensa Gemma, qui ne put s'empêcher d'interrompre le monologue :

— Dis plutôt qu'il te le raconte lui-même.

— Oui. Et alors ? dit Linnet d'un ton glacial. Je n'ai pas de raison de cacher que ce pauvre M. Moon me fait parfois ses confidences. S'il a besoin de s'épancher auprès d'amis sûrs, je suis heureuse et fière de mériter sa confiance.

A quel jeu joue-t-elle ? se demanda Gemma. Était-ce même un jeu ? Linnet n'agissait jamais sans arrière-pensée. Sa poursuite acharnée d'une « position sociale » par tous les moyens, y compris les plus douteux, inspirait à Gemma du dégoût, son cynisme de l'effroi, ses constants échecs une sorte de pitié.

Linnet changeait à volonté de personnage. Confidente attentive de M. Adolphus Moon, bien qu'il ne fût pas libre — pas *encore* libre ? — de mettre à ses pieds son énorme fortune, elle incarnait une princesse lointaine consumée d'ardeurs secrètes devant Ben Braithwaite qui, désormais pourvu de la fortune textile de Magda Tannenbaum, jetait de nouveau sur elle des regards enflammés. Réussirait-elle mieux en se faisant provocante avec Uriah Colclough, qui semblait se borner à l'admirer, la désirer et lutter contre la concupiscence jusqu'à ce que sa beauté se fane ? Et après qu'Uriah se serait finalement désisté, y aurait-il encore à Frizingley un homme capable de lui procurer le train de vie qu'elle désirait ? Se résignerait-elle à des ambitions plus modestes ? Gemma l'espérait car, en épousant Tristan, elle n'avait pas prévu de subir Linnet jusqu'à la fin de ses jours.

Gemma supportait aussi mal la maison d'Almsmead. C'était une belle demeure située dans un méandre de la rivière et dotée, selon son père, de tout ce qui pouvait faire le bonheur d'une femme. Mais c'était la maison de sa mère et elle y étouffait.

Mabel l'accueillit avec autant d'enthousiasme que si elle ne l'avait pas vue depuis dix ans.

— Quel bonheur, ma chérie ! En ouvrant les yeux, ce matin, j'étais sûre que la journée me réservait une merveilleuse surprise.

— Voyons, mère, je n'arrive que de Frizingley, pas du désert d'Arabie !

John-William fronça les sourcils devant cette impertinence, mais Mabel reprit :

— Peu importe l'endroit d'où tu viens, je sais seulement que tu n'y retourneras jamais plus ! Nous allons te garder ici avec nous, pour toujours. N'est-ce pas, Tristan ?

— Bien sûr, bien sûr, approuva Tristan avec tiédeur.

Il avait prévu de s'absenter quelques jours, sous le prétexte d'acheter des chevaux dans le Leicestershire en compagnie de Félix Lark et de ses cousins Covington-Pym, et ne tenait pas du tout à annuler cette joyeuse excursion à cause de sa « chère Gemma ». A son vif soulagement, celle-ci ne souleva aucune objection (sans aller jusqu'à préciser « au contraire ») et rassura son époux avant de faire ses politesses aux invités de sa mère.

Ou plutôt ceux de Linnet, qui régnait sans partage sur sa cour d'admirateurs éperdus. Le pétillant M. Adolphus Moon, escorté de ses deux enfants, ainsi qu'un monsieur d'âge mûr, médecin du village voisin, n'avaient d'yeux que pour elle et se disputaient les paroles qu'elle leur distillait à tour de rôle, sous le regard émerveillé de Mabel.

— On déjeune aujourd'hui ou la semaine prochaine ? gronda John-William, excédé par tout ce verbiage.

En prenant place à table, Gemma eut l'impression qu'une vitre l'isolait des convives comme s'ils appartenaient à une autre espèce. Elle avait toujours lutté contre le sentiment d'être un coucou dans un nid de cygnes et de ne pouvoir s'en évader. Pour la première fois, elle accepta pleinement sa différence et observa avec lucidité ces curieux spécimens — ses parents, son mari, leurs amis. Qu'y avait-il de commun entre elle et ces étrangers ? Presque rien...

Sa mère, tenue en lisière par l'amour de son père comme une Chinoise par ses pieds bridés, sombrait dans la puérilité. (« Il la maintient en enfance de peur qu'elle ne s'émancipe et lui porte ombrage », avait dit Daniel. Ce n'était pas tout à fait vrai, mais le résultat revenait au même). Gamin monté en graine, Tristan s'amusait d'un rien, un repas fin, un cheval, ses camarades et, quand l'occasion se présentait, une soirée vite oubliée avec une « bonne personne ». Aigrie, ambitieuse, toujours insatisfaite, Linnet s'aigrirait toujours davantage. Quant à son père, constata Gemma avec chagrin, il semblait las et bougonnait de plus en plus.

Le repas terminé, le père et la fille allèrent se promener dans la campagne plutôt que de subir les interminables programmes de festivités que proposait M. Moon.

— Un bal masqué ! clamait-il au moment où ils franchissaient la porte. Ce sera tellement amusant...

— Maudit imbécile, grommela John-William.

— Mère le trouve sympathique.

— Ta mère adore tous ceux qui sont polis avec elle ! En fait, il est au goût de Linnet — ou, plutôt, les cadeaux dont il l'inonde. Et cela ne me plaît pas, Gemma. Pas plus que ses conciliabules avec Félix Lark et la bande des jeunes Covington-Pym, qui ne sont bons qu'à venir piétiner mes pelouses et boire mon vin. Jusqu'à ce chenapan de Goldsborough qui était pendu l'autre jour à ses basques ! Elle a beau me dire en minaudant qu'il est apparenté aux meilleures familles du comté, cet individu ne m'inspire aucune confiance. Qu'espère-t-elle gagner, avec ces gens-là ? Où cela la mènera-t-il ? Elle ferait bien mieux de se rabattre sur le docteur que tu as vu tout à l'heure et d'entendre raison.

— J'ai bien peur qu'elle n'en soit incapable, père.

— Moi aussi. Je suis inquiet, Gemma. Il faudra que tu la surveilles de près, quand je ne serai plus là. Je compte aussi que tu quitteras

Frizingley pour venir t'installer ici et t'occuper de ta mère, à ce moment-là.

— Oui, père. Je veillerai sur elle. Et sur Linnet.

A quoi bon se révolter ? Une femme pouvait-elle espérer se trouver un jour déchargée par miracle de ses responsabilités et jouir de son indépendance ?

— Tu es une bonne fille. Ce ne sera pas une partie de plaisir, je te préviens. Après moi, c'est ton mari qui sera légalement responsable de toi — et de ton argent.

— Je sais, père.

— Tu te crois sans doute capable de le tenir en laisse. Si tu n'avais à te soucier que de lui, tu y arriverais sans mal. Au fond, c'est un brave garçon. Il n'a rien dans la tête mais il n'est pas difficile à contenter. C'est d'elle, vois-tu, qu'il faudra te méfier. Quand elle aura perdu tout espoir de devenir Mme Colclough ou Mme Je-ne-sais-qui, Linnet ne laissera pas une minute de répit à son frère. Elle lui soufflera des idées qu'il n'aurait pas de lui-même, elle le poussera à harceler Ephraim Cook, mes avocats, mes banquiers pour mettre la main sur mon argent — *ton* argent ! Elle perdra son temps, j'ai pris mes précautions. Mais ce qui est incontrôlable par un document légal, c'est Linnet elle-même, sa vindicte, ses ruses, les mille et une manières dont elle peut manipuler ta mère, la dépouiller et lui empoisonner la vie. Et tu ne pourras rien faire en restant au manoir, surtout si tu veux être sûre de contrôler la situation. Voilà pourquoi je compte sur toi, ma fille, quand je ne serai plus là.

Il n'eut pas besoin de lui demander une promesse, elle avait été élevée, conditionnée, pour accomplir son devoir. Il lui prit la main en refoulant avec colère les larmes qui lui piquaient les yeux. Si seulement Gemma avait été un garçon ! Si seulement Mabel avait été une vraie femme ! Il les aimait, pourtant, de la seule manière qu'il sût aimer, de la seule manière que la vie lui eût appris à aimer. Avait-il bien rempli ses obligations envers elles ? Comment savoir...

— Profites-en, ma fille, dit-il d'un ton bourru. Profites-en tant que tu le peux.

Gemma prit congé de Tristan et lui souhaita de trouver un cheval qui lui plaise. Ému d'être une fois de plus l'objet d'une telle générosité sans avoir rien fait pour la mériter, il se troubla jusqu'à dire :

— Quelle chic fille vous faites, Gemma !

Seule sur le chemin du retour, Gemma pensa à lui. Son père avait raison, Tristan était un brave garçon, préférant bien faire si cela ne posait pas trop de problèmes ; beau aussi, plein d'un charme léger, sans plus de substance qu'un rayon de soleil ; heureux, superficiel, incapable de sentiments profonds et que rien ne pouvait durablement blesser.

Si Tristan la faisait sourire, le somptueux mausolée d'Almsmead l'oppressait, la perspective de s'y enterrer la glaçait. Que disait, la veille, celui qui lui avait si fort fait battre le cœur ? « *Ni vous ni moi n'avons été créés pour vivre en cage... Nous devons lutter contre tout ce qui nous entrave et nous réduit.* » Comment pourrait-elle lutter contre ceux qui l'entravaient et la réduisaient le plus cruellement, puisqu'il s'agissait des siens ? Combien de temps serait-elle capable de leur résister ?

Que lui avait dit son père, quels mots étaient sortis, moins de ses lèvres que des profondeurs insoupçonnées de son cœur ? « *Profites-en, ma fille, tant que tu le peux...* »

A peine de retour chez elle, Gemma se rendit à l'école.

Seul dans la salle de classe où il corrigeait des cahiers, Daniel était à la fois tenaillé par la fièvre du départ et trop bouleversé pour y céder. Toute la journée, il avait pensé à Gemma, essayant de se glisser à sa place, dans son esprit de femme enchaînée par sa conscience. De femme honnête, courageuse, digne de respect et d'admiration. Comment l'abandonner alors qu'elle avait besoin de lui ? Et s'il ne se méprenait pas sur ce besoin, saurait-il le combler ? Il ne voulait pas courir le risque de la blesser, elle moins que toute autre. Quand il la vit apparaître dans la pénombre du crépuscule, plus solide, plus sereine, plus mûre que lui, qu'il eut pris ses mains tendues avec un sourire et une simplicité désarmante, il ne sut que faire.

Devait-il l'embrasser ? La lucidité qu'exprimait son regard devant l'énormité du risque qu'elle encourait en venant chez lui et le courage avec lequel elle l'acceptait balayèrent ses hésitations. Oui, il voulait l'embrasser. Il désirait ardemment apprendre à la connaître, découvrir les espoirs, les joies et les peines qu'elle recelait, amener au grand jour les trésors secrets de sa personnalité.

— Gemma...

D'un geste, elle le retint.

— Écoutez-moi, Daniel. Je dispose de peu de temps — peu de temps à moi, veux-je dire. Peu de temps pour être moi-même. Mon père est âgé, sa santé décline. Bientôt, j'en ai peur on aura besoin de moi à la maison, comme on a toujours besoin d'une femme en pareil cas. Le moment venu, je devrais donc partir. J'espère que vous le comprendrez.

Il comprenait bien davantage. Maintenant, il savait ce qu'il allait — ce qu'il *devait* dire. Et il le lui dit avec sincérité :

— Faisons l'amour, Gemma. En amis qui ont besoin l'un de l'autre pour se réconforter.

— Oui, Daniel.

Son expression radieuse, sa confiance le bouleversèrent. Elle n'était pas vierge, certes, mais il devina qu'elle ignorait tout du plaisir et que c'était à lui d'en révéler les joies — de la révéler à elle-même — et d'y puiser un plaisir plus profond qu'aucune femme ne pourrait lui donner.

Avec une patience infinie, il lui prodigua les caresses les plus savantes et les plus tendres. Et lorsqu'elle reposa dans ses bras, enfin comblée, il la couvrit de baisers.

— Vous êtes merveilleuse, Gemma.

— Non, Daniel. Ne vous croyez pas obligé de le dire.

— Je ne me crois obligé à rien ! Je le dis parce que je le pense : vous êtes la plus merveilleuse des femmes.

— Oh, je ne le pense pas.

Ce n'était pas fausse modestie de sa part mais une opinion réfléchie, qu'elle exprimait avec sa franchise habituelle. D'abord tenté de s'irriter d'une humilité abusive, Daniel se réjouit de cette occasion de lui offrir davantage.

— Accordez-moi au moins d'être mieux placé que vous pour en juger, Gemma. Je ne parle pas de la beauté du corps, qui se fane tôt ou tard. Je vous parle de vous-même, de votre beauté intérieure, la seule qui dure, la seule qui compte. Et c'est en cela que vous êtes merveilleuse, Gemma.

— C'est vous, Daniel, qui êtes merveilleux.

La joie quasi mystique que reflétait son sourire le combla à son tour — et le fit frissonner. Qu'avait-il fait pour mériter un tel trésor ? Il sentit qu'elle allait lui ouvrir son cœur comme elle lui avait fait don de son corps. Qu'elle allait oser lui dire qu'elle l'aimait.

Et quelle réponse lui donnerait-il alors ?

CHAPITRE XV

Par un beau matin de septembre, le mariage de Rachel Colclough et du riche filateur de Rochdale fut célébré avec toute la pompe désirable. Le marié semblait fort satisfait mais nul ne prêta attention à la pâleur et aux yeux rouges de la mariée, car la somptueuse simplicité de sa robe attirait tous les regards. Quant aux toilettes du cortège, des dames de la famille et des invitées, elles firent d'autant plus sensation que chacune d'elles sortait du cerveau fertile et des doigts de fée de Cara Adeane, avec une telle richesse d'invention qu'aucune ne se ressemblait.

Dès le lendemain de l'événement, les dames de Frizingley se ruèrent chez elle pour bénéficier à leur tour du miracle grâce auquel l'insipide Rachel Colclough avait été métamorphosée en sylphide. La renommée de *Cara Adeane, Haute Couture et Modes de Paris*, déborda bientôt de la région pour s'étendre jusqu'à Bradford et même à Londres, les riches cousines de Mme Ben Braithwaite, née Tannenbaum, comme les hautaines parentes de Lady Lark se disputant ces toilettes inédites qui faisaient fureur dans les bals et les salons.

Pour Cara, les mois qui suivirent furent une véritable folie. Ses rêves se réalisaient au-delà de ses espérances. Son carnet de commandes était plein, sa boutique débordait de clientes insatiables, son atelier bourdonnait plus fort que cent ruches, ses ouvrières et elle-même étaient débordées. Tout au long de l'automne et de l'hiver, à l'approche de Noël quand le rythme redoubla, elle ferma son esprit à toute autre préoccupation. Rien ne compta plus pour elle que l'exécution irréprochable des commandes et la satisfaction des souhaits les plus improbables de ses clientes, de telle sorte que les dames de Bradford, de Leeds et de Londres gravent dans leur mémoire le nom de Cara Adeane — et que celles de Frizingley oublient à tout jamais celui d'Ernestine Baker.

Douze, quatorze, jusqu'à dix-huit heures par jour et souvent davantage, elle avait l'œil à tout. Elle menait ses couturières au-delà des bornes de l'épuisement sans qu'elles osent se plaindre, puisque leur patronne donnait l'exemple en travaillant plus qu'elles. Elle engagea deux livreurs, épuisa les stocks de ses fournisseurs et les fit pousser leur recherche d'articles nouveaux et exclusifs jusqu'à Manchester et Liverpool. Et lorsque Christie Goldsborough exigeait sa compagnie, elle le rejoignait sans discuter — mais c'était pour mieux lui demander conseil sur le calcul des prix de vente et des bénéfices, et lui répéter combien il lui simplifierait la vie s'il se décidait enfin à expulser son voisin l'épicier afin de lui louer le local.

— Voyons, Cara, vous ne voudriez quand même pas que je jette ce pauvre bougre à la rue. Quelle dureté de cœur !

— Peut-être. Mais il ne fait que se quereller avec les cochers de mes clientes et je suis infestée des rats et de la vermine qui grouillent dans son taudis. De toute façon, il est trop vieux et il ne vend plus rien. Qu'il se retire chez sa fille ! J'ai vraiment besoin de la place, Christie.

— Vous me l'avez dit cent fois. Son bail expire l'année prochaine, nous verrons à ce moment-là.

— C'est maintenant qu'il me le faut !

— Je sais.

— Alors, puis-je l'avoir ?

— Quand cela « me » conviendra, Cara.

Elle ne put retenir un soupir excédé.

— J'aurais mieux fait de vous dire que je n'en voulais pas, vous m'auriez forcée à le prendre.

— Vous aurais-je crue ?

— Je n'en sais rien.

Elle n'en savait pas plus sur son compte, à vrai dire, que trois ans auparavant, quand elle était entrée pour la première fois dans cette chambre où il l'avait initiée, trois jours et trois nuits durant, aux subtilités du plaisir. C'est à l'issue de cette éducation, sensuelle plutôt que sentimentale, qu'elle avait gagné le bail de sa boutique. Depuis, rien ne semblait avoir changé — sauf que cette année, pour la première fois, elle avait de l'argent de côté. De l'argent bien à elle.

Le travail se maintint à un rythme frénétique jusqu'au 24 décembre. Mais à huit heures, ce soir-là, les tables de l'atelier étaient vides, le plancher balayé des dernières épingles et des derniers bouts de fil, les dernières robes livrées à leurs destinataires dans les boîtes bleu et or désormais célèbres. Et chacune des employées de Cara Adeane s'en fut, une dinde sous un bras, une bouteille de vieux madère sous l'autre, avec la permission de se reposer deux pleines journées — mais pas plus : il y aurait l'inventaire à faire, les stocks à reconstituer, deux baptêmes à prévoir en février, un grand mariage en mars, sans parler des préparatifs des fêtes de Pâques.

Après leur départ, Cara fit le tour de la place en marchant vite pour lutter contre le froid. Elle acheta tous les jouets qu'elle pensait devoir plaire à Liam, des chocolats et des fruits confits pour Odette. Elle présenta ses vœux à ses collègues commerçants, y compris son voisin l'épicier dont elle ruminait la perte, se fit offrir un gros os à moelle pour le chien. Puis, toujours dans sa robe de taffetas noir, elle boucla sa porte, se laissa tomber sur son lit et sombra dans l'inconscience.

Réveillée le lendemain matin par les carillons de Noël, elle enfila une chaude robe de laine, jeta sur ses épaules la cape de velours noir doublée de satin écarlate qu'elle s'était confectionnée, empoigna ses lourds paniers et prit le chemin de St Jude. En ce seul jour de l'année, les sirènes d'usines se taisaient, les pavés ne résonnaient pas du claquement des galoches, les rues silencieuses et désertes prenaient un aspect étrange. Pour une fois, les ouvriers restaient couchés tandis que leurs maîtres, qui avaient cent autres occasions de grasses matinées, sortaient de bonne heure pour aller faire leurs dévotions. Cara les croisa les uns après les autres, leur rendit les saluts qu'ils lui prodiguaient au passage et arriva alors qu'Odette et Liam revenaient de la messe.

Elle se sentait d'excellente humeur, ce matin-là. Parti chasser Dieu savait où, Christie Goldsborough ne reviendrait sans doute pas d'une semaine. Elle n'avait plus rien à craindre de Ned O'Mara. Pour la première fois de sa vie, ses recettes excédaient ses dépenses et elle pouvait, en guise de cadeau de Noël, s'accorder à elle-même un témoignage de satisfaction. Si Liam ne manifestait pas, devant ses nouveaux jouets, l'enthousiasme qu'elle espérait, dédaignant les soldats de plomb et le cheval à bascule pour préférer son vieil album à colorier, elle se retint de le lui reprocher de peur de faire de la peine à Odette. Elle avait, après tout, d'autres sujets de se réjouir : l'énorme dinde qui dorait dans le four à côté du jambon, les pâtés et les confitures, les vins vieux et les pâtisseries alignés sur les rayons du placard.

Le lendemain, après une nuit inaccoutumée sous le toit de sa mère, elle s'éveilla mal à l'aise, énervée, désorientée de n'avoir rien à faire. Elle tenta en vain de converser avec son fils et chercha querelle à Odette au sujet de son père, dont une lettre était récemment arrivée.

— Je ne veux pas savoir ce qu'il devient !

— Pourquoi tant de rancune, Cara ?

— Pourquoi ? Envoyer son affection, c'est trop facile ! Vous a-t-il jamais fait parvenir un sou ? Je vois mal à quoi vous servirait cette belle affection si vous mouriez de faim.

Sans un mot, mais avec un regard de reproche qui la troublait plus qu'elle ne l'aurait voulu, Liam avait quitté la pièce pendant qu'Odette pleurait et que Cara se laissait aller à de nouveaux éclats de voix. Cet enfant — son enfant — la jugeait. Lui en voulait-il de provoquer les larmes d'Odette, sans comprendre la raison de sa colère ? A son vif soulagement, Luke Thackray vint lui proposer de se promener sur la lande. Réconfortée par sa présence, réconciliée avec elle-même, elle accepta sans se faire prier.

Une fois sortie de la ville enfumée, l'air froid et sec la stimula et lui redonna sa belle humeur. Rien dans le paysage n'inspirait pourtant la gaieté. Devant elle, à perte de vue, l'herbe sèche et pelée. Derrière, les taudis de St Jude, les cheminées des usines. Elle s'était malgré tout installée dans ce lieu inhospitalier, elle touchait maintenant du doigt la sécurité et la réussite. Elle n'avait pas de raison de se laisser troubler par le mouvement d'humeur d'un enfant au caractère difficile, ni par les larmes d'Odette. Après le frénétique surmenage de ces derniers mois, il était normal qu'Odette soit à bout de forces. On pourrait sans doute se passer d'elle à l'atelier une semaine ou deux ; elle pourrait aussi l'envoyer au bord de la mer avec Liam cet été — pourquoi les Colclough et les Braithwaite jouiraient-ils seuls de ce privilège ? Bien sûr, cela entraînerait des dépenses supplémentaires, mais elle s'en arrangerait...

Au début, plongée dans ses réflexions, Cara s'accorda sans peine au train rapide qu'imposait Luke. Au bout d'un moment, freinée par le poids et l'ampleur de sa cape, elle avisa une roche plate, l'épousseta de la main et s'assit avec un soupir de soulagement.

— Je n'irai pas plus loin, Luke !

— Seriez-vous devenue douillette, Cara ?

— Moi ? Pas le moins du monde !

Il s'assit à côté d'elle et alluma sa pipe en regardant un vol de canards sauvages dans le ciel rosi par le soleil déclinant, un lapin qui détalait au loin, les bruyères agitées par le vent.

— Vous aimez cet endroit, n'est-ce pas, Luke ?

Son ton accusateur le fit sourire.

— Oui. Pourquoi ? Je ne devrais pas ?

Était-elle plus troublée qu'elle ne voulait l'admettre par l'attitude de Liam et les nouvelles de son père, était-ce le calme imperturbable de Luke ? D'un coup, elle laissa éclater sa nervosité.

— Parce que tout cela est indigne de vous, Luke ! Vous pourriez, vous *devriez* faire mieux... Non, ne m'interrompez pas comme toujours par de mauvaises raisons ! Dites-moi simplement ceci : quel avenir vous attend dans cette maudite usine — je devrais dire dans cet enfer ?

— J'y suis habitué, Cara, pas vous. Comment pouvez-vous juger si c'est un enfer ?

— J'ai des yeux et des oreilles, je le vois moi-même et j'entends ce qu'on m'en dit : les grilles fermées comme celles d'une prison, les amendes infligées pour les motifs les plus absurdes, le bruit, la crasse, la chaleur... Et vous admettez de superviser cette horreur ?

— Je ne suis plus chef d'atelier, je répare et j'entretiens les métiers. Ce n'est guère plus réjouissant, je l'avoue. Toutefois, la mécanique...

Plutôt que de l'entendre parler de ses machines, elle se hâta de dévier la conversation.

— Ce qui m'intéresse, Luke, c'est vous. A quoi occupez-vous votre temps libre — s'il vous en reste ?

— Le mieux du monde, Cara.

Elle savait déjà tout des conférences sur l'histoire, la musique et autres sujets inutiles auxquelles il assistait, elle connaissait les *cercles d'études* du mardi soir où on parlait littérature et philosophie, elle était au courant de ses rencontres avec les agitateurs fumeux dans le genre de Daniel et des sommes qu'il faisait parvenir à tous les fonds de secours qui le sollicitaient. Allait-il éternellement continuer une telle vie ? Était-ce là sa seule ambition, son seul avenir ?

— C'est indigne de vous, Luke ! Vous échiner pour un Ben Braithwaite, quand c'est lui qui devrait travailler pour vous.

— Situation improbable ! dit-il en riant.

— En effet. Aussi longtemps, du moins, que vous vous obstinerez à étudier le *Messie* de Haendel ou la *République* de Platon au lieu de préparer le diplôme d'ingénieur qui vous ouvrirait une carrière ! Aussi longtemps que vous vous laisserez entraîner par votre mère dans toutes les causes perdues !

— Vous savez fort bien que je choisis moi-même les causes qui m'intéressent. Quant au reste, ma foi, je fais de mon mieux. Comme vous.

— Justement non ! Si vous le vouliez, vous seriez directeur d'usine.

— Sûrement pas.

— Sûrement si ! Vous êtes assez intelligent.

— La question n'est pas là, Cara. Personne ne proposera un tel poste au fils de Jack Thackray et je le refuserais pour la même raison. Mes capacités ou mon intelligence ne me sont d'aucune utilité dans ce domaine, car je ne suis capable que de spéculations intellectuelles qui, vous le dites vous-même, ne me rapporteront jamais un sou. J'ai trente ans et je suis à l'usine depuis l'âge de huit ans. Mon instruction, je me la suis donnée moi-même. Je suis considéré à St Jude parce qu'un contremaître est un personnage que l'on craint, mais mes études bancales ne me qualifient en rien. Les professions libérales, les carrières d'avenir ne sont pas pour les gens comme moi. Les seuls qui partent de rien et gravissent les échelons sont ceux qui pensent comme un Braithwaite leur ordonne de penser. Ce n'est pas mon cas.

— Encore vos idéaux fumeux !

— Pourquoi pas ? Ils me tiennent chaud.

Si son honnêteté et sa franchise le protégeaient du froid, la luxueuse cape chaudement doublée n'empêchait pas Cara d'être transie. Elle refoula en frissonnant les larmes qui lui montaient aux yeux.

— Moi non plus, je n'ai pas de religion.

— Que voulez-vous dire, Cara ?

— Que je n'ai rien sur quoi m'appuyer — religion, idéal, convictions politiques, rien... Enfin, grand dieu, Luke, vous savez ce que je suis !

Elle n'eut pas le courage d'ajouter : la maîtresse de Christie Goldsborough, une femme entretenue, méprisable.

— Je sais ce que vous êtes, Cara : une personne exceptionnelle. Je le sais depuis le premier jour.

— Je voudrais tant qu'il vous arrive enfin quelque chose de beau, de merveilleux !

— Peut-être est-ce déjà arrivé, dit-il posément.

S'il voulait dire qu'elle représentait ce quelque chose de merveilleux, il commettait une énorme, une tragique erreur ! Il ne la connaissait pas sous son vrai jour, il y avait en elle trop d'aspects qu'elle lui cachait, qu'elle ne pouvait pas lui dévoiler — qu'elle ignorait peut-être elle-même.

— Je veux simplement que vous soyez heureux, Luke.

— Je vous le souhaite aussi, Cara, mais je doute que vous y parveniez car il y a entre nous une grande différence : je sais me contenter de peu.

Ils regagnèrent la ville en silence. Comme toujours, la compagnie de Luke la rassurait, la purifiait ; elle éprouvait pourtant une sourde angoisse à l'idée qu'il cherche à obtenir d'elle quelque chose qu'elle ne pourrait pas lui donner.

Un attroupement s'était formé dans la rue St Jude, un groupe silencieux aux mines sombres, signe d'un événement grave. Un accident peut-être, ordinaire dans ce quartier où les enfants jouaient sans surveillance dans les rues. Cara sentit son cœur bondir en pensant à Liam. La présence d'Odette dans la foule à côté de Sairellen Thackray la rassura. Luke se renseigna et revint vers Cara :

— Les Rattrie sont expulsés.

C'était un miracle que le père leur ait conservé aussi longtemps un toit, quand il buvait tout son maigre salaire. Des hardes, des matelas à demi éventrés, des meubles vermoulus s'entassaient sur le pavé. Les neuf enfants se blottissaient derrière Anna, un peu plus grande, un peu plus forte depuis que Cara la nourrissait. Blême de fureur impuissante et de froid, Oliver cherchait vainement autour de lui un regard de sympathie, une main secourable. Il ne disposait pas même d'une brouette pour dégager la rue de ses pitoyables possessions. Les exempts chargés d'exécuter l'expulsion s'impatientaient.

— Où est mon père ? demanda-t-il.

Personne ne répondit.

— A l'intérieur, chuchota Anna. Je l'ai vu entrer.

On le retrouva pendu dans la cave. En pestant contre cet ivrogne qui leur compliquait la tâche, les exempts coupèrent la corde, sortirent le corps et le dissimulèrent sous une vieille couverture. L'un d'eux alla prévenir la police pour les formalités pendant que les autres clouaient des planches en travers des fenêtres et posaient les scellés sur la porte.

— Allons, vous autres ! lança Sairellen à la cantonade, enlevez-moi ces gamins avant qu'ils ne soient morts de froid ! Martha-Ann, prends-en un. Et toi, Béatrice, et toi Ellen...

Si méprisable qu'ait été le père, si universellement haï que le soit Oliver, on ne pouvait pas abandonner ces innocents à eux-mêmes. Une à une, les femmes prirent la main d'un des enfants Rattrie et s'éloignèrent — sans éprouver de pitié inutile, ni d'affection parce que la source en était tarie. Il ne resta plus qu'Anna, prostrée sur le pavé, et son frère Oliver. Le brocanteur du quartier s'approcha de lui :

— Je devrais te faire payer pour enlever ce bric-à-brac sans valeur. Mais je ne suis pas un sauvage, je veux bien te débarrasser du lot gratuitement.

Oliver accepta d'un signe. Les huissiers étaient partis, la foule se dispersait, les premiers flocons de neige commençaient à tomber. L'existence même de la famille Rattrie s'effaçait déjà des mémoires.

Du pas de sa porte, Sairellen héla Anna :

— Entre te chauffer, petite !

Anna ne bougea pas. Livide, paralysée, on ne voyait vivre en elle que ses yeux, luisants de fièvre et écarquillés de terreur, rivés sur Luke comme s'il représentait le seul espoir lui restant en ce monde. Luke traversa la rue, la prit dans ses bras avec autant de précaution que s'il soulevait un nouveau-né et l'emporta vers la maison. Mais, quand Oliver fit mine de suivre, Sairellen lui barra la route :

— Pas toi, vaurien !

Il recula d'un pas — il savait trop bien pourquoi.

— Il gèle, madame Thackray !

— Je le sais, qu'il gèle. Ceux que tu as envoyés en prison en disent autant dans leurs cellules.

Et elle lui claqua la porte au nez.

Un peu à l'écart, drapée dans sa chaude cape noire et écarlate, Cara eut un sursaut de pitié pour ce gamin chétif, vicieux et disgracié qui tremblait de peur et de froid, qui avait eu faim et froid toute sa vie — et un haut-le-cœur de dégoût envers le traître qui avait vendu ses camarades, l'imbécile qui avait perdu ses trente deniers, l'espion haineux et sournois qui écoutait aux portes et regardait par les trous de serrure. La pitié l'emporta de justesse.

— Va chez ma mère, dit-elle sèchement avant de changer d'avis. Elle te donnera à boire quelque chose de chaud.

La tête basse, il détala sans mot dire.

— C'était généreux de votre part, Cara.

La voix de Luke derrière elle la fit sursauter.

Elle se jeta contre lui, comme poussée par les forces obscures de l'adversité qui sourdaient du pavé, et se laissa emporter vers l'étroit passage séparant la maison des Thackray de la maison voisine. Ses lèvres s'offrirent au baiser, son visage se reposa contre la poitrine de Luke avec le soulagement du voyageur arrivé à bon port. Elle était enfin en sécurité, en confiance, en paix avec elle-même. La passion qui s'éveillait en elle ne présentait aucun danger puisque c'était *lui* qui l'inspirait. Les mains qui la caressaient tendrement sous sa cape ne pouvaient pas la blesser. Tant qu'elle serait à l'abri des bras de Luke, serrée contre lui, il ne pouvait rien lui arriver. C'est elle qui redoutait plutôt de lui faire mal. Pour la première fois, elle éprouvait le besoin impérieux de protéger et de chérir un homme, tant elle avait conscience de la valeur de cet homme et de ses propres insuffisances.

Un coup sec au carreau et la rude voix de Sairellen brisèrent le charme.

— Luke ! Va remplir le seau à charbon. Et rentrez donc, tous les deux. Vous êtes fous de rester dehors par ce temps !

— Allez-y, dit Luke en souriant. Vous la connaissez, elle ne vous mangera pas.

Cara resta un instant adossée au mur afin de se ressaisir. Les jambes encore flageolantes, elle regagnait l'entrée du passage quand elle buta contre Oliver Rattrie, le visage déformé par la haine, le venin lui suintant des pores.

— Je vous ai vue, siffla-t-il. Avec lui.

Cara en eut la chair de poule. Déjà, quand ils étaient voisins, il l'épiait sans arrêt — avec envie, désir peut-être. Avec un haut-le-cœur, elle le repoussa contre le mur et entra dans la maison. Sairellen épluchait des légumes ; d'appétissantes odeurs montaient de la marmite.

— J'ai à te parler, ma fille, et je n'irai pas par quatre chemins : laisse mon fils tranquille.

Soudain lasse et découragée, Cara ne voulut cependant pas capituler sans un dernier combat.

— Est-ce bien à vous de me le dire ?

— Peut-être pas, mais je te le dis quand même.

— Allez-y, j'écoute.

— Je n'ai pas besoin de ta permission pour dire ce qui me plaît ! Il faut être deux pour se marier, Cara. J'emploie le mot mariage parce que Luke y pensera bientôt lui-même si tu ne le décourages pas tout de suite. Et cela ne marchera jamais entre vous : ou bien on est accordé, ou bien il y en a un des deux qui mène et l'autre qui suit. Le suivrais-tu, toi ? Lui ne te suivra pas où tu voudrais l'emmener.

— Il pourrait faire pire ! dit Cara d'un ton de défi.

Pourtant, Sairellen avait raison. Cent fois raison.

— Crois-tu ? Que ferais-tu de lui, ma fille ? Comptes-tu le transformer en livreur ?

— Non, évidemment ! Je ferais en sorte qu'il ait enfin une profession digne de lui. Moi, au moins, je ne le pousserais pas dans les causes perdues où...

Sairellen l'interrompit :

— Tu sais très bien que personne ne les choisit à sa place. Il y consacre la moitié de ce qu'il gagne, c'est son affaire. Mais, si tu l'épouses, il voudra que tu donnes toi aussi la moitié de tes gains. Accepterais-tu de t'user les doigts au bénéfice des Chartistes ou des campagnes de Richard Oastler ? J'en doute !

— Il ne m'y forcerait pas.

— Non, bien sûr, il croit *aussi* aux droits des femmes ! Il te laisserait libre d'agir à ta guise et il en ferait autant de son côté. Mais je te connais, Cara, tu voudras le retenir ou le changer. Et il ne se laissera pas faire, tu le sais.

Cara ne luttait que pour le principe. Sairellen avait raison, elle partageait son point de vue, elle anticipait même ses arguments. Les yeux baissés, elle fit mine de réfléchir.

— Alors, ma fille, t'ai-je convaincue ?

— Non, Sairellen. Pas du tout.

— J'aurais préféré ne pas avoir à te dire ceci, mais puisque tu insistes... Tu appartiens déjà à un autre homme, Cara. A Goldsborough.

— Voyons, Sairellen !...

— Laisse-moi finir ! Je ne veux pas que l'attention de cet homme soit attirée sur cette maison et sur mon fils, à cause de toi ou de n'importe qui. M'as-tu bien comprise, Cara ?

— Oui, j'ai compris.

Au lieu du mépris auquel elle s'attendait, le visage de Sairellen exprimait une compassion bourrue qui la désarçonna.

— Il se moque de ce que je fais, Sairellen. Je l'intéresse parce que c'est... commode et parce que d'autres hommes me désirent. Cela ne va pas plus loin.

— Je ne te reproche rien, ma fille. A ta place, j'en aurais sans doute fait autant — sauf que je n'ai jamais été belle et que je n'ai pas eu de mérite à éviter les tentations. Je ne te juge pas, Cara. Mais je ne veux pas prendre de risque quand il s'agit de mon fils. Goldsborough s'en moque, dis-tu ? Je veux bien te croire, mais tout St Jude témoignera qu'il a un sacré caractère. Et puis, comment saurais-je — comment saurais-tu toi-même — s'il n'est pas aussi fou que son père ? Il lui ressemble, en tout cas.

— Son père ? Je ne sais rien à son sujet.

— Ce n'est pas lui qui t'en parlera, bien entendu. Il préfère sans doute ne plus y penser. Seulement, vois-tu, Frizingley était beaucoup plus petit à l'époque et tout le monde savait que Goldsborough était jaloux de sa femme. Il l'aurait enchaînée s'il avait pu. Ma sœur servait au manoir, elle voyait la pauvre femme dépérir à vue d'œil. Moi-même, je la voyais passer en voiture la tête baissée, sans même oser regarder à droite ou à gauche. La jalousie à ce degré, c'est pire qu'un défaut, c'est une maladie. C'est plus, en tout cas, qu'une femme ne peut supporter.

— Son fils n'est pas du tout pareil, Sairellen.

— Le père non plus, jusqu'à son mariage. C'était un jeune fêtard comme les autres, un coureur de jupons. Il n'y avait pas une servante de moins de trente ans, même un laideron, qui soit en sécurité avec lui. Après, il a changé — et tout le monde est au courant de ce qu'il a fait.

— Que s'est-il passé, Sairellen ?

Elle n'avait pas envie de savoir mais cela pourrait lui servir, la prochaine fois qu'elle voudrait obtenir quelque chose de Christie. Perdue dans ses lointains souvenirs, Sairellen semblait avoir oublié sa présence.

— Il n'a jamais payé pour son acte. Ces gens-là ne paient jamais, ils se tiennent les coudes, ils étouffent leurs scandales entre eux. La loi n'est pas la même pour eux que pour les autres, lui un Goldsborough, elle une Covington-Pym. Ils oublient simplement que leurs domestiques ont des yeux et des oreilles et que tout finit par se savoir.

— Mais enfin, que signifie ce mystère ?

— Cela ne l'a pas empêché de se remettre à chasser, à boire, à courir les filles, pas plus qu'à vendre ses terres pour se payer ses plaisirs.

Avant, la jalousie le rendait fou. Après, c'était la boisson — ou les remords, allez savoir. C'était peut-être cela, son expiation.

Cara craignait désormais d'en entendre davantage. Peut-être feraitelle mieux d'attendre que Sairellen retrouve son état normal et parle d'autre chose.

— Qu'avait-il fait ? demanda-t-elle malgré elle.

— Il l'a tuée. Bien sûr, ils ont tous parlé d'accident, mais il l'a bel et bien assassinée. Ma sœur avait compris la vraie raison du drame : parce qu'il l'aimait trop et qu'il était fou de jalousie, il a préféré la tuer plutôt que de vivre avec elle. Lady Goldsborough, l'ancienne châtelaine de Frizingley, a été tuée par son mari. Voilà la vérité.

CHAPITRE XVI

Libéré de prison au mois de février, Richard Oastler, champion de la journée de dix heures, de l'abolition du travail des enfants et autres nobles causes, fit une arrivée triomphale en gare de Brighouse. Parmi la foule des militants et des sympathisants venus l'accueillir, Luke Thackray et Daniel Carey n'étaient pas les derniers à manifester leur soutien au grand homme.

La veille, Daniel avait consacré sa soirée à Gemma, comme chaque fois qu'elle était libre de le rejoindre. Leurs rencontres étaient devenues plus fréquentes et plus nombreuses qu'il ne l'avait imaginé, ou même souhaité. Puis, sans avoir pu cerner le moment exact de la métamorphose de ses sentiments, il en était arrivé à supporter de plus en plus mal de rester une journée sans la voir.

— Tu me manques, Gemma, répétait-il.

Il lui disait tout ce qui lui passait par la tête, tout ce qui pourrait lui plaire ou la distraire. Il l'écoutait, il badinait, il la grondait, il lui parlait gaiement et sans pudeur de son désir pour elle. Ils ne se posaient jamais de question sur les journées et les nuits pendant lesquelles ils étaient séparés. Sachant que « le temps d'être elle-même » était mesuré, il avait décidé de combler ce temps de son mieux, même si c'était loin d'être parfait, de se dédier entièrement à elle et de lui dispenser sans compter un amour d'autant plus précieux qu'elle n'en connaîtrait sans doute jamais d'autre. Le moment venu pour elle d'accomplir son devoir, il bouclerait son baluchon et reprendrait le cours interrompu de ses errances.

— Tu es émouvante, Gemma.

Elle le bouleversait par son honnêteté, son courage, sa tendresse, sa générosité. Il s'y était attaché au point que, lorsque viendrait le temps de la séparation, il savait qu'elle lui manquerait. Ce ne serait pas la cruelle sensation d'arrachement que lui avait inspirée Cara, plutôt la mélancolie douce-amère que suscite la perte d'un ami très cher et très proche, dont on évoque la mémoire avec un plaisir tempéré par le regret. Pour elle, il aurait voulu souffrir, et il s'en voulait de son incapacité de souffrir davantage.

— Dors-tu, Gemma ?

— Non.

Elle ne se résignait pas à gâcher leurs nuits par le sommeil, tant elle aimait écouter Daniel respirer et le sentir vivre à côté d'elle, dans le grand lit à baldaquin où Tristan avait laissé une si légère empreinte.

Gemma pensait assez peu à Tristan. Elle ne le voyait qu'à Almsmead et le persuadait sans peine de faire ce qui lui plaisait même si, par scrupule, il hésitait parfois. Le mois d'août, celui de la naissance de son amour pour Daniel, avait aussi été celui de l'ouverture de la chasse à la *grouse*. L'automne et l'hiver avaient apporté leur cortège de chasses d'où les dames étaient absentes, de joyeux soupers entre hommes, suivis de parties de cartes et de billard. S'il arrivait à Tristan, à l'issue de ces longues journées au grand air ou de ces nuits copieusement arrosées, de trébucher dans le lit de Gemma, ses étreintes étaient plus fraternelles que conjugales ; et s'il manifestait parfois d'autres assiduités, elle s'y pliait de bonne grâce. Dans son expérience amoureuse fraîchement acquise, elle se rendait compte qu'il le faisait par devoir, pour lui plaire, et cette attention la touchait.

Pourquoi éprouverait-elle des remords ? Ils respectaient tous deux les termes de leur contrat : ils s'étaient mariés chacun dans un dessein précis, lui afin de continuer à mener l'existence insouciante qui lui convenait, elle pour se libérer de l'autorité d'un autre homme, son père, qui l'aimait et qu'elle aimait pourtant cent fois plus que Tristan. Certes, l'adultère ne faisait pas partie de ses projets, mais elle n'avait pas honte d'aimer Daniel. Elle avait choisi d'assumer ce risque, elle en acceptait les conséquences sans demander à personne de la plaindre ni de l'aider. Elle avait pour Tristan de l'amitié, elle respectait sa foncière honnêteté. La trompait-il parfois ? Sans doute — du moins espérait-elle qu'il y prenait plaisir, parce qu'il le méritait.

— Tristan, mon ami, amusez-vous ! ordonnait-elle.

Elle était la plus forte, il obéissait avec joie et reconnaissance. Le moment venu, elle endosserait ses respor sabilités à Almsmead sans les esquiver. D'ici là, elle entendait jouer son rôle d'amoureuse, plus honorable que celui de femme forte puisqu'il était sincère, et profiter jusqu'au bout de ce temps qu'elle s'était accordé à elle-même.

— Dors-tu, Gemma ?

— Non.

— Veux-tu venir avec moi demain matin rencontrer Oastler ?

— Non, Daniel.

— Pourquoi ? Parce qu'il est l'adversaire de ton père ? Parce qu'il voudrait l'empêcher de faire tourner ses machines vingt-quatre heures par jour et d'exploiter des enfants ?

— Je te rappelle quand même que ces machines seront un jour à moi, dit-elle en souriant.

Il n'y pensait jamais sans un certain malaise, comme il s'étonnait souvent de ce que Gemma, Anglaise, protestante et bourgeoise, incarnant tout ce qu'il détestait et méprisait en ce monde, soit devenue son amie la plus chère.

— Je sais. C'est pour cela que tu ne veux pas venir ?

— Non plus.

— Pourquoi, alors ? Craindrais-tu qu'on te voie ?

— Pas du tout, les gens me croient déjà folle. On dira : « Quelle mouche a encore piqué la fille Dallam ? » On plaindra mes pauvres parents, voilà tout.

Ils rirent à l'unisson.

— Viens avec moi au bout du monde, Gemma ! La vie de nomade est merveilleuse, tu verras. Au diable la politique !

Au diable les pères et les maris, s'abstint-il d'ajouter.

— Non, Daniel. Il ne s'agit pas de politique ni de M. Oastler. Trois lieues jusqu'à la gare et trois lieues pour revenir, c'est trop pour moi. On ne m'a pas dressée à marcher, simplement à me promener à pas comptés, suivie d'un équipage prêt à me recueillir si je défaillais. Tu serais obligé de me porter — ou de me laisser sur place. Je ne suis pas légère comme une plume, tu le sais bien.

Il avait oublié que cette âme forte, faite pour l'aventure et les grands espaces, était emprisonnée dans un corps étiolé comme une plante de serre, doté par la nature d'une énergie inemployée. Il éprouva une bouffée de haine pour ses parents qui l'avaient dorlotée, pour son éducation qui l'avait atrophiée. Et ce fut pour rendre hommage à ce corps autant qu'à cette âme qu'il lui fit l'amour cette nuit-là avec une intensité qu'ils n'avaient ni l'un ni l'autre encore éprouvée.

A l'aube, avant le réveil des servantes, Daniel se glissa dehors comme un voleur. Il n'avait guère de craintes pour lui-même. Que risquait-il, s'il était surpris ? Rien de pire que d'être chassé par le père, provoqué en duel par le mari — combat qu'il esquiverait sans scrupule. Pour Gemma, en revanche, ce serait un désastre. Soucieux de ne pas lui causer de tort, il s'astreignait donc, depuis le début de leur liaison, à des précautions fort étrangères à sa nature insouciante.

Son réel attachement pour Gemma ne l'empêcha cependant pas de l'oublier tout à fait quand il se retrouva sur la route — son premier amour. Désormais, seule importait la sensation grisante d'espace et de liberté qui lui faisait battre le cœur. La distance, la fatigue, la traîtrise des ornières ne comptaient pas plus pour lui que pour les hommes surgis des collines qui le rejoignaient, toujours plus nombreux.

Beaucoup reconnaissaient le candidat chartiste de Frizingley et le saluaient. Daniel ne se souvenait d'aucun de ces rudes hommes du Nord qui, à ses yeux, se ressemblaient tous, mais dont il se sentait aussitôt rapproché par la camaraderie de la lutte partagée.

— Une grande et belle journée qui commence !

— Vous l'avez dit, compagnon !

En moins de dix minutes, ces inconnus devinrent des amis intimes, des frères d'armes avec qui, le cœur léger et la tête dans les nuages, il marchait du même pas en sifflant leurs chansons quand il en ignorait les paroles.

Une dizaine de milliers d'hommes et de femmes, massés avec quatre fanfares devant la gare de Brighouse, s'apprêtaient à porter leur grand homme en triomphe jusque chez lui à Huddersfield. Mais tandis que le cortège s'ébranlait, certains, et Daniel Carey parmi eux, se posaient déjà des questions. Champion de l'abolition de l'esclavage aux Antilles, héraut de la réforme des conditions de travail depuis 1830, Richard Oastler accepterait-il, à cinquante-cinq ans, d'intégrer son action dans le cadre plus large de la Charte ? Comprendrait-il que le moyen le plus sûr et le plus rapide d'obtenir la journée de dix heures passait par l'adoption du suffrage universel, ou resterait-il attaché aux objectifs limités pour lesquels il luttait depuis quatorze ans ?

Ce problème fut longuement discuté entre Daniel et Luke Thackray qui, s'étant reconnus dans la foule, s'étaient rendus ensemble à la taverne avant de reprendre le chemin de Frizingley, sans se soucier du froid ni de l'obscurité.

Ils marchaient sans hâte, le col relevé et les mains dans les poches. Daniel refaisait le monde, Luke tirait paisiblement sur sa pipe et plaçait à propos le mot juste qui relançait la conversation. S'étant amicalement informés de leurs positions respectives, Luke décidé à soutenir en priorité Oastler et ses réformes des conditions de travail tandis que Daniel restait fidèle à la Charte, ils parlaient pour le plaisir de philosophie, de musique, de morale et de poésie, l'homme à la culture classique et l'autodidacte si bien absorbés à comparer et partager leurs connaissances et leurs expériences, qu'ils furent ahuris de voir soudain se matérialiser devant eux une silhouette semblant surgie du néant.

— Tu ne tiens sans doute pas à faire le chemin en ma compagnie, Luke, dit l'apparition.

Daniel vit un jeune homme d'une vingtaine d'années qui lui inspira une répulsion instinctive. Maigre et mal bâti, le visage étroit et chafouin, il se pavanait dans un costume de bon drap bien coupé, étonnant sur un tel personnage, qui n'ôtait cependant rien à son aspect malsain. Luke Thackray conserva pourtant son calme.

— Pourquoi pas, Oliver, puisque nous allons dans la même direction. Notre candidat chartiste ne t'est pas inconnu, je crois. Daniel, je vous présente Oliver Rattrie, un de mes anciens voisins.

— Je connais déjà M. Carey.

Daniel le salua, étonné de l'émotion que sa rencontre semblait éveiller chez ce jeune homme.

— Tu reviens de Huddersfield, Luke ? Tu as vu Oastler ?

— Mais oui, Oliver, tu le sais bien.

La réponse de Luke était si naturelle, son attitude si flegmatique que Daniel ne s'expliquait pas les grimaces et les spasmes nerveux qui agitaient Oliver de la tête aux pieds.

— Tu es bien élégant ce soir, Oliver, dit Luke.

— Je n'ai pas à me plaindre.

— Tant mieux pour toi. Tu reviens de voir Oastler toi aussi, n'est-ce pas ?

— Oui. Un homme remarquable. Et il y avait une foule d'hommes aussi remarquables pour l'applaudir.

— Et tu les as remarqués, bien sûr, dit Luke avec un sourire ironique. Te rappelleras-tu leur nom demain matin ?

Daniel comprit : Luke le prévenait de se méfier, de ne rien dire devant cet espion. Écœuré, il lui lança un regard de mépris — et vit avec effarement que l'autre le dévisageait avec une haine si violente qu'elle en était presque comique. Qu'avait-il fait pour la mériter ? Il n'avait jamais vu cet individu ou, du moins, n'y avait jamais prêté attention. Était-il simple d'esprit ? Ses contorsions, ses grimaces pouvaient le faire croire, comme sa disparition un quart d'heure plus tard, lorsqu'il obliqua subitement dans un sentier rocailleux en prétextant un rendez-vous avec « des amis ».

— Je me demande quels amis il va retrouver dans ce coin perdu, dit Luke.

— Où ce chemin mène-t-il ?

— S'il va jusqu'au bout, à la grand-route — ce qui le rallongera. Mais il a peut-être peur d'être seul sur la lande dans l'obscurité. Il pourrait y rencontrer des gens qui reviennent eux aussi de Huddersfield et qui auraient de bonnes raisons de lui vouloir du mal.

— Ce gamin est donc un espion ?

— Oui, mais pas des plus habiles. En 1842, il a failli être noyé dans le canal par les femmes des saboteurs dont il avait vendu les noms à son maître de l'époque. Il travaille maintenant pour un autre qui lui a mieux appris le métier, semble-t-il. Je ne l'ai remarqué nulle part de toute la journée et, pourtant, j'avais l'œil.

— Serait-ce fâcheux qu'il fasse une mauvaise rencontre cette nuit sur la lande ?

— Sans doute pas. Mais je ne pourrais pas le faire moi-même, Daniel. Et vous ?

— Moi non plus, dit Daniel avec un soupir de regret. Je ne demanderais pas mieux, mais je ne m'en sens pas capable. C'est grand dommage.

— Grand dommage, en effet. On peut dire à sa décharge qu'il a eu faim toute sa vie, qu'il est disgracié et crasseux au point que personne dans le quartier, où on a pourtant l'estomac solide, ne voulait l'approcher. Et le voilà ce soir avec un costume neuf et des bottes de vrai cuir — quelle promotion pour un garçon tel que lui ! Je me demande à quelles bassesses il doit son opulence.

— Apparemment, Luke, il ne vous aime pas.

— Non, c'est le moins qu'on puisse dire !

Le sourire énigmatique de Luke piqua la curiosité de Daniel, qui se prenait d'amitié pour ce grand gaillard taciturne dont le bon sens lui inspirait du respect.

— A-t-il une raison de vous en vouloir ?

— Oui, une excellente raison : une fille. Elle est hors de sa portée, bien entendu. De la mienne aussi, d'ailleurs.

— Et vous la désirez quand même ?

— Oui !

— Avez-vous une chance ?

Luke hésita.

— Oliver Rattrie le croit, en tout cas. Peut-être aurais-je pu, si j'avais persévéré. Mais cela n'aurait pas marché, nous n'aurions pas été heureux ensemble, voyez-vous. Pas pour longtemps, du moins. Nous sommes trop dissemblables.

Était-ce une raison suffisante pour abandonner ? D'un coup, l'image de Cara se planta dans la mémoire de Daniel comme une flèche empoisonnée. Cette raison lui avait suffi, à elle. Pas à lui — et il en souffrait encore.

— Si vous y tenez vraiment, Luke, prenez-la, bon sang ! Je sais de quoi je parle.

— Probablement.

— Forcez-la à vous suivre s'il le faut et réfléchissez aux conséquences plus tard. Si vous ne le faites pas, vous le regretterez, croyez-moi !

— Je sais.

— Mais vous n'en ferez rien, n'est-ce pas ?

C'était moins une question qu'une constatation. Au nom de quels principes absurdes, de quel sens du devoir mal compris, tant de gens se rendaient-ils malheureux à plaisir ? Pourquoi ne réussissait-il pas lui-même à l'oublier ? Pourquoi son désir pour elle revenait-il le ronger comme un remords, au moment le plus imprévu, le plus inopportun ? Le vent de février lui parut soudain plus froid, l'exaltation de la journée retomba pour laisser place à la fatigue. Les derniers kilomètres allaient lui paraître longs.

Il les parcourut cependant du même pas. Puis, lorsqu'il fit halte en haut de la rue St Jude, près de l'endroit où Cara Adeane habitait naguère, et alors qu'il refusait l'invitation de Luke Thackray à entrer un instant se réconforter avec le thé et les biscuits au gingembre de sa mère, l'ombre furtive d'Oliver Rattrie se glissa près d'eux et disparut vers le centre de la ville. Comment avait-il fait pour arriver si vite quand ils l'avaient laissé si loin derrière eux ? Luke haussa les épaules avec moins d'insouciance qu'auparavant.

— Il disait qu'il allait retrouver un ami sur la route. Cet « ami » avait peut-être une voiture.

— Son employeur, voulez-vous dire ?

— Probablement.

— Jusqu'à quel point peut-il vous nuire, Luke ?

Le haussement d'épaules de Luke trahit moins l'inquiétude que le fatalisme et la lassitude.

— Nous étions près de dix mille autour d'Oastler. Les patrons ne pourront pas tous nous saquer.

— Ils peuvent faire un exemple d'un certain nombre, pour décourager les autres. Vous seriez en première ligne, Luke, avec vos contacts chez les « radicaux » et la mort de votre père aux émeutes de Manchester...

— Sans parler de ma mère qui hébergeait le candidat chartiste, compléta Luke avec un large sourire.

— Je le regrette, croyez-moi. Va-t-il vous dénoncer ?

— Évidemment, ainsi que tous ceux dont il aura noté les noms. Mais nous savions ce qui nous attendait quand nous sommes partis ce matin pour Huddersfield, n'est-ce pas ?

— Pourrez-vous retrouver un emploi ?

— Pas à Frizingley, en tout cas.

— Le monde est vaste, Luke. Il n'y a pas que Frizingley.

— Je serais le dernier à vous contredire!

Ils se serrèrent la main.

— De toute façon, reprit Luke, cela dépend de celui qui tire les ficelles d'Oliver. Ben Braithwaite hésitera peut-être à perdre un technicien qualifié, même si je suis membre fondateur du comité Oastler. Mais si Oliver travaille pour un autre employeur, mes compétences et mes vingt-deux ans de service chez Braithwaite ne pèseront pas lourd.

— Vingt-deux ans ? s'exclama Daniel, horrifié.

— J'ai trente ans, dit Luke.

— Quand je pense que je n'ai jamais pu rester au même endroit plus d'un an ou deux...

Frizingley lui donna soudain une sensation d'étouffement, comme si le piège auquel il s'était efforcé d'échapper toute sa vie se refermait sur lui. Son expression était si éloquente que Luke devina sans peine ses pensées.

— Avant de partir, venez donc parler devant notre comité, il se réunit tous les jeudis soir. Retournez aussi voir Oastler. Quand il soulèvera de nouveau la région, le spectacle en vaudra la peine. A vrai dire, il est grand temps.

— Vous avez raison, il est temps.

Mais il ne pensait ni à Richard Oastler ni au soulèvement des masses laborieuses.

CHAPITRE XVII

Le début de l'année 1844 fut pour Cara le temps des bilans et des occasions de se réjouir. Son chiffre d'affaires gonflait alors que celui d'Ernestine Baker s'amenuisait à vue d'œil, comme le confirmaient les transfuges qui venaient chercher du travail chez elle. Sa réputation d'originalité dans la conception et de qualité dans l'exécution grandissait, tandis que celle de ladite Mlle Baker sombrait — en grande partie grâce aux rumeurs, sournoisement répandues par Cara elle-même, d'une retraite imminente pour cause de sénilité.

— N'avez-vous pas honte d'être aussi méchante ? s'esclaffait Marie Moon qui venait, quand personne d'autre ne voulait d'elle, siroter son champagne, parfois son gin pur, dans son arrière-boutique.

La toilette toujours plus ou moins en désordre, le corps toujours marqué çà et là d'un amoureux suçon ou d'une trace de coup, Marie discourait à perdre haleine sur le dernier en date de ses amants, un jeune Lark sans le sou, en âge d'être son fils, qui lui infligeait des sévices raffinés dont elle raffolait et qui surpassaient de très loin les brutalités ordinaires de Christie Goldsborough. Cara la laissait parler sans écouter en poursuivant la tenue de ses livres de comptes, dont les colonnes de chiffres formaient à ses yeux le plus exaltant et le plus glorieux des poèmes.

Pour la première fois de sa vie, elle était à l'abri du besoin ; il aurait beau venter, neiger, geler, elle avait de quoi assurer le nécessaire et le superflu. Pour la première fois de sa vie, elle pouvait considérer l'avenir avec confiance et s'apprêter à recueillir la pluie d'or que l'arrivée du chemin de fer, selon les dires de Christie, allait bientôt répandre sur Frizingley. Ses rêves étaient peuplés de trains de marchandises lui apportant à toute vapeur les soies et les brocarts qui, par la route de Leeds défoncée et peu sûre, mettaient si longtemps à lui parvenir, et de trains de voyageurs l'emmenant sans fatigue jusque chez ses fournisseurs, ou déversant devant sa porte de pleines voiturées de clientes.

Car la gare et l'hôtel seraient nécessairement implantés au cœur de la ville, à proximité de la place du Marché. Mais où, au juste ? Plus elle suppliait Christie, dont dépendait la décision finale, plus elle le harcelait de questions, plus elle débordait de charme et d'amabilité envers les ingénieurs des chemins de fer qu'il recevait à sa table, plus il prenait un malin plaisir à entretenir son incertitude quant au tracé de la voie ferrée et à l'emplacement des bâtiments.

Lorsque le choix du site fut définitivement arrêté, Cara constata avec un plaisir sans mélange que, si les projets épargnaient la boutique d'Ernestine Baker, ils ménageaient à la sienne des avantages incalculables. La gare était assez éloignée pour lui éviter le bruit, la fumée des locomotives et les encombrements de fiacres alors que l'hôtel, dont les plans montraient un luxe de bon aloi, était orienté de telle sorte que les fenêtres donneraient directement sur sa devanture.

Elle n'avait plus qu'un sujet d'insatisfaction, le manque d'espace, et un sujet de mécontentement, la mauvaise volonté de ses nobles clientes, Lady Lark en particulier, à régler leurs factures. Le jour où cette dernière vint lui commander des chapeaux pour son armée de nièces et de cousines, en ayant superbement dédaigné jusqu'alors les relevés portant sur quatorze robes dues depuis plus de six mois, Cara explosa.

— Vieille garce ! Elle me paiera ce qu'elle me doit ou je lui coupe son crédit — et je dis pourquoi à Mme Braithwaite et à Mme Colclough. Elles en seront ravies.

— Griselda Lark est ma cousine, déclara Christie Goldsborough à qui elle signifia sa menace. Je ne tolérerai pas, ma très chère amie, que vous l'humiliez en public.

— Et moi, mon très cher ami, je ne tolérerai pas de passer par pertes et profits quatorze robes, sans parler des chapeaux et autres babioles ! Me les réglerez-vous à sa place ?

— Certainement pas.

— Vous exigerez néanmoins que je vous paie mon loyer à heure et à temps.

— Cela va sans dire.

— Que dois-je faire, alors, quand elle viendra commander sa garde-robe d'été ?

— Vous apprécierez comme il se doit l'honneur qu'elle daignera vous faire et vous augmenterez en conséquence les factures de Mmes Lord, Braithwaite et Colclough.

— En d'autres termes, vous voudriez que les bourgeoises honnêtes paient pour la ladrerie des aristocrates ?

Il parut stupéfait qu'elle mette aussi crûment les points sur les i.

— Mais naturellement, Adeane ! Ces femmes-là ne savent que payer, c'est une religion chez elles. Et, si un jour Lady Lark s'oubliait jusqu'à en faire autant, vous aurez été deux fois remboursée. Ce sera tout bénéfice.

L'hiver se poursuivait dans une atmosphère d'exaltation mêlée de routine, de menus soucis tempérés par l'attente d'un avenir plein de promesses, quand Cara apprit que la foudre s'abattait sur les Thackray.

Avril commençait dans la douceur, rien ne laissait prévoir l'événement. Un soir, Cara et Luke s'étaient promenés sur la lande en bavardant avec bonne humeur ; le surlendemain matin, Anna Rattrie en larmes lui annonça que Luke était renvoyé de chez Braithwaite et que Sairellen allait être expulsée. Elle avait déjà congédié ses pensionnaires, décroché ses rideaux, vendu ses poules au propriétaire d'une taverne voisine. C'était la fin du monde.

Cara confia la boutique à Odette et se précipita rue St Jude. Sairellen emballait ses ustensiles et ses effets avec le calme de celle que rien ne prend au dépourvu et qui n'aime guère être dérangée dans ses occupations. A l'entrée de Cara, elle fit une grimace ironique qui signifiait clairement : « Je savais que tu nous porterais malheur. »

— Tu es venue bien vite, ma fille !

— Je viens juste d'apprendre ce qui vous arrive, dit Cara, hors d'haleine. Quand cela s'est-il passé ?

— Luke a reçu son congé hier soir. A la fin de sa journée de travail, on lui a dit de passer à la caisse et de ne pas revenir le lendemain. Il travaillait chez Braithwaite depuis vingt-deux ans. Deux heures plus tard, on est venu m'informer que le propriétaire me serait « reconnaissant » de déguerpir à la fin de la semaine. Nous habitons cette maison depuis vingt-cinq ans.

— En a-t-il le droit ?

— Goldsborough, le *droit* ? Ne te fais pas plus bête que tu n'es, ma fille ! Mon bail venait à expiration. Et quand bien même il aurait encore eu neuf ans à courir, cela n'y changerait rien. Tu es irlandaise, tu devrais savoir mieux que personne qu'un propriétaire qui expulse un métayer le jette dehors sans même lui laisser sa chemise sur le dos.

— Ce n'est pas ma faute, Sairellen, je vous le jure !

— Alors, explique-moi ceci, Cara, dit-elle en assenant un coup de poing sur la table. Qui était dans le passage avec mon fils un soir, il n'y a pas si longtemps ? Qui se laissait embrasser et caresser, sous les yeux d'Oliver Rattrie qui n'en perdait pas une miette, hein ? C'était toi, et pas une autre. Si tu me disais que ce petit vaurien ne s'est pas précipité tout raconter à Goldsborough, je ne te croirais pas.

— Mais je vous l'ai déjà dit, Sairellen, il s'en moque ! Pour lui, je ne compte pas. Il est flatté qu'on me désire, qu'on me regarde, voilà tout. Cela l'amuse.

Qu'on regarde, mais pas qu'on touche. Qu'elle provoque le désir, mais pas qu'elle le partage. Manifestement, cela n'avait pas *amusé* Christie d'apprendre qu'un autre que lui l'embrassait, il avait été mortifié qu'elle lui donne pour rival un roturier, un travailleur manuel. Cara le comprenait maintenant, mais trop tard.

— Je vous dis qu'il s'en moque, répéta-t-elle avec désespoir, cherchant moins à convaincre Sairellen qu'à se persuader elle-même qu'elle n'était pas responsable du désastre.

— J'aimerais te croire, ma fille, sauf que perdre la maison et l'emploi le même jour, ce n'est pas un hasard.

— Que lui reproche-t-on, chez Braithwaite ?

— D'être un partisan d'Oastler et un Chartiste, ce dont il ne s'est jamais caché. Depuis février, il est allé écouter parler Oastler une dizaine de fois, c'est vrai, mais ils étaient dix mille. Réfléchis un peu ! Pourquoi Braithwaite l'a-t-il renvoyé, lui plutôt qu'un autre, si ce n'est pour rendre service à un ami ? Et pourquoi serais-je expulsée de cette maison, que j'ai toujours entretenue et réparée de mes mains, sinon pour que Luke n'ait plus de domicile en ville ?

Cara avait maintes fois essuyé les rebuffades et les sarcasmes de Sairellen, dont elle s'était toujours défendue par de virulentes contre-attaques. Cette fois, elle était vidée de ses forces. Les battements de son cœur s'affolaient, sa vision se troublait, elle se sentait tour à tour brûlante et glacée.

— Assieds-toi avant de tomber ! Je n'ai pas envie de me donner un tour de reins en te ramassant. Et d'abord, tu n'es pas du genre à défaillir pour un oui ou pour un non. Dis-moi la vérité, Cara : attends-tu un enfant ? Pas d'histoires, ma petite, je veux savoir.

— Non. De toute façon, il ne serait pas de Luke.

Son moment de faiblesse était passé. Cara retrouva sa combativité et reprit l'initiative.

— Comment savez-vous que c'est de Luke qu'ils veulent se débarrasser et pas de vous, Sairellen ? Vous avez transformé cette maison en permanence chartiste, vous y hébergez tous les agitateurs qui passent dans le pays distribuer des tracts et échauffer les esprits par des discours incendiaires. Si je les ai vus et entendus, Oliver Rattrie ne les a pas manqués lui non plus et il ne s'est sûrement pas privé de le raconter à Goldsborough et à Braithwaite.

Sairellen parut ébranlée par ce raisonnement.

— C'est possible.

— Donc, ce qui arrive est peut-être entièrement votre faute et pas la mienne !

— Je ne dis pas le contraire.

Sairellen s'assit à son tour, en laissant échapper un soupir que Cara sentit résonner dans sa propre poitrine. Les deux femmes se dévisagèrent avec un respect mutuel et une affection qui ne pouvaient s'exprimer par des mots.

— Où irez-vous, Sairellen ?

— Nottingham. J'ai un frère là-bas. Luke pense y trouver du travail. Nous serons partis d'ici à vendredi.

— Avez-vous assez d'argent ?

— Voilà une question, ma petite, qu'on m'a appris à ne jamais poser et à laquelle ne jamais répondre.

— Ce qui veut dire qu'il ne vous reste rien après que vous avez donné vos économies à « la Cause » — ou à plusieurs !

Combien, de toute façon, aurait-elle pu mettre de côté, quand on connaissait le flot ininterrompu de vagabonds et de nécessiteux — Anna Rattrie aujourd'hui, Odette et Cara naguère — qu'elle avait logés, nourris, réchauffés au fil des ans ? Quand on savait que Luke se dépouillait du plus clair de son maigre salaire au profit de mouvements politiques plus riches de projets que de résultats ? Que restait-il d'une vie de travail ? De quoi prendre le train jusqu'à Nottingham, subsister une semaine, deux peut-être, le temps que Luke trouve un emploi.

— Je peux vous aider, Sairellen.

— Merci, c'est inutile.

— Je gagne bien ma vie, maintenant. Vous m'avez aidée quand j'en avais besoin.

— Ce n'est pas moi, c'est Luke qui t'a aidée. Et je te le répète pour la dernière fois : laisse mon fils tranquille. Si tu m'avais écoutée...

— Vous vous seriez quand même compromise avec tous ces Chartistes et je ne sais quoi encore !

— Sans doute, mais cela me regarde. Et je ne te permets pas de me critiquer sous mon toit. Je suis encore ici chez moi jusqu'à vendredi.

— A votre aise ! Vous êtes têtue comme une mule, je renonce à vous faire entendre raison.

Il ne restait que trois jours. Cara fondit en larmes, le cœur débordant de mots — « Je vous aime, votre départ me bouleverse » — qu'il valait mieux s'abstenir de prononcer.

— Je ne sais comment vous dire...

— Eh bien, ne dis rien, ma fille. Occupe-toi de tes affaires, soigne-toi comme il faut et bonne chance. Je ne crois pas que nous nous reverrons.

— Écoutez, Sairellen...

— Non, Cara.

Sairellen se leva péniblement, comme si ses articulations protestaient d'être restées quelques minutes inactives. Une vieille femme, que ses forces trahiraient un jour et qui ne s'y résignerait pas. Cara en souffrit pour elle.

— Je te dirai encore ceci, Cara : Luke *veut* partir. Il est né ici, il y a grandi mais maintenant, il doit tourner la page — parce que quelque chose ou quelqu'un lui brouille les idées. Est-ce encore à *moi* que tu vas le reprocher ?

— Non.

— Alors, écoute-moi. Quand il viendra te dire adieu, ne lui complique pas la tâche en lui faisant espérer qu'il aurait une raison de revenir. Voilà comment tu peux nous aider, lui et moi, puisque tu le proposais. Je ne veux pas le voir se ronger les sangs ni rêver à des chimères au lieu de s'atteler à ce qu'il doit faire. Ne lui fais pas mal, comprends-tu ?

— Jamais je ne lui ferai du mal, Sairellen !

Pour la dernière fois, peut-être, Cara entendit son ricanement sarcastique.

— Si on te laissait faire, ma petite, je préfère ne pas penser à ce qui se passerait ! Dieu merci, mon fils a la tête solide. Un de ces jours, le plus tôt possible j'espère, il épousera une brave fille bien tranquille. Pour toi, de toute façon, je ne m'inquiète pas, tu t'en sortiras toujours.

Elle ouvrit, Cara sortit. Et la porte se referma d'une manière que Sairellen, à n'en pas douter, considérait comme définitive.

Un instant accablée, Cara se ressaisit. Il n'était pas dans sa nature d'accepter la défaite. Le départ de Luke creusait déjà en elle un vide que rien ne comblerait, mais c'était avant tout l'injustice qui la faisait bouillir.

Elle descendit à grands pas la rue St Jude et se retrouva, sans l'avoir voulu, devant la porte du *Fleece*, comme le jour où on l'avait dépouillée du coupon de satin de Gemma Dallam. Seul Christie pourrait lui venir en aide, s'il le voulait. Elle en avait payé le prix alors, elle était prête à le payer maintenant, quel qu'il soit.

A demi ivre, Ned O'Mara tenta de lui barrer le passage. Elle dut le rabrouer sans ménagements pour qu'il consente à envoyer Oliver Rattrie prévenir son maître.

— Montez, dit le jeune homme en évitant de la regarder en face.

Malgré la douceur de la température, un feu flambait dans la cheminée. Christie était assis à son bureau, des plans et des dessins étalés devant lui, ceux des banques, des hôtels, des immeubles du nouveau Frizingley qui ferait de lui un millionnaire et lui permettrait peut-être de retourner vivre dans les îles des Antilles, où il avait pris goût à cette chaleur de serre qui incommodait Cara.

Elle ne perdit pas de temps à des préliminaires.

— Vous avez expulsé une de mes amies, Christie. J'aimerais savoir pourquoi.

— La redoutable Mme Thackray ? Fort bien. Je m'attendais à votre visite, Cara. Cela vous étonne ?

— Rien ne m'étonne de votre part, Christie. Je me pose néanmoins des questions : Mme Thackray a été bonne pour moi, elle a été votre locataire pendant vingt-cinq ans, une locataire modèle ajouterai-je. Que vous a-t-elle fait ? Pourquoi l'expulser maintenant ?

— Elle professe des opinions subversives.

— En quoi cela vous concerne-t-il ?

— En rien. Je m'en moque comme d'une guigne.

— Alors ?

— S'il vous faut une raison, en voici une excellente. Votre Mme Thackray occupe une maison assez vaste pour être subdivisée, donc d'un meilleur rapport. Entre un seul occupant à dix shillings la semaine et huit qui m'en rapportent seize, le choix est facile.

— Non. Sous le prétexte de gagner quelques sous, vous allez livrer cette maison à des vagabonds, et la laisser tomber en ruine.

— Que voulez-vous que cela me fasse puisque, de toute façon, le quartier est destiné à être rasé ? D'ici là, mon intérêt consiste à en tirer le maximum. C'est une politique à laquelle je me suis toujours tenu, comme vous le savez.

Cara avait cependant du mal à croire que la maison de Sairellen, tout en haut de la rue St Jude, serait incluse à court terme dans les plans de rénovation. Il s'écoulerait des années avant que les larges artères du centre de la ville se prolongent jusque-là et elle le lui déclara sans détour.

— M'accuseriez-vous de mentir, Cara ?

— Vous ne dites pas la vérité, Christie.

— Subtile nuance ! Mais je vous retourne le compliment : vous ne me dites pas non plus la vérité. En fait, ce n'est pas le sort de Mme Thackray qui vous bouleverse à ce point. Si vous commenciez par me donner l'exemple de la franchise ? Nous gagnerions du temps.

La gorge sèche, Cara déglutit avec peine. « N'attirez pas son attention sur mon fils, avait dit Sairellen. Cet homme est peut-être aussi fou que son père. » Cara n'avait pas tenu compte de ces mises en garde. Elle jugeait Christie trop égocentrique pour s'intéresser à autrui, trop orgueilleux pour être jaloux. Et elle le croyait encore.

— A qui pensez-vous ? A Luke Thackray ? C'est absurde, Christie ! Luke est un travailleur, un garçon sans fortune, sans situation, sans rien qui puisse vous concerner !

Toujours souriant, il se leva, fit le tour du bureau et se posta devant elle comme pour mieux la dominer.

— Ai-je dit que cela me concernait ? Parlez-moi donc un peu de ce garçon. Il est votre amant, si je ne me trompe ?

— Absolument pas !

— Pourtant, mes informateurs sont dignes de foi.

Comme une heure auparavant en face de Sairellen, Cara sentit ses forces et sa raison la déserter.

— Quels informateurs ? parvint-elle à dire sans trembler.

— Cet « honnête travailleur » vous porte une passion telle qu'il ne peut, semble-t-il, se retenir de vous couvrir de caresses sur la voie publique...

— Ah, je comprends ! Oliver Rattrie, n'est-ce pas ?

— Eh oui ! Un garçon observateur, ce petit Oliver. Sensible, aussi. Il était profondément choqué de vous voir vous presser sans pudeur contre ce valeureux personnage...

— Assez, Christie !

— Encourager ses caresses les plus osées...

— Assez !

La fureur lui éclaircit les idées. Elle ne tolérerait pas que ce moment de tendresse, le plus précieux de sa vie, soit souillé par un Christie Goldsborough et une vermine comme Oliver Rattrie.

— Racontez, Cara. Dites-moi comme il est excitant de sentir sur sa peau le contact de rudes mains de travailleur.

— J'ai dit, assez !

Sourde aux calomnies obscènes qu'il continuait à dévider, elle se jeta contre lui et frappa à l'aveuglette jusqu'à ce qu'il lui saisisse les poignets.

— Alors, Cara, me suis-je trompé ? Ce garçon vous est-il aussi indifférent que vous le prétendez ?

— Non ! Il est le meilleur homme que j'aie jamais connu, le plus digne d'estime ! J'ai en lui une confiance aveugle. Il vaut cent fois, mille fois mieux que vous !

A sa stupeur, il la relâcha en riant.

— Eh bien, voilà ! Confiance, estime, bonté, valeur... Un vrai petit saint, si je comprends bien ! Décidément, j'ai eu raison de l'expédier au diable. Vous n'auriez jamais pu vous mesurer à de si belles qualités, ma pauvre amie.

Pourquoi trouvait-il toujours le mot juste qui blesse ? La tête entre les mains, Cara se ressaisit à grand-peine.

— Si vous teniez à connaître mes sentiments pour Luke, pourquoi ne pas me l'avoir tout simplement demandé, Christie ?

— Vous voilà bien naïve, Cara ! M'auriez-vous répondu ? Aviez-vous même conscience de vos sentiments, désiriez-vous les découvrir en vous ? Maintenant, au moins, vous savez ce qu'il en est. Pauvre garçon ! Peut-être aurait-il préféré un peu moins d'estime et un peu plus de passion.

— Peut-être.

— Mais vous ne pouviez pas lui en donner, n'est-ce pas, Cara ? Vous n'en avez jamais eu, de cette passion qui soulève les montagnes. Allons, très chère amie, soyez franche avec vous-même. Auriez-vous été réellement capable de devenir sa femme, de porter ses enfants, de vivre dans la médiocrité, la pauvreté ? Sans aucun espoir d'avoir un jour les robes de soie et les châles de cachemire auxquels vous avez pris goût ?

— Je n'aurais pas pu, c'est vrai.

— Et je parie que vous le regrettez.

— Oui, parce que cela signifie qu'il vaut mieux que moi

— Pauvre, pauvre Cara ! dit-il en éclatant de rire. Il faudra bien un jour que vous vous regardiez en face et que vous acceptiez votre vraie nature.

— Que je m'endurcisse, voulez-vous dire ? Que je prenne plaisir comme vous à faire souffrir les autres ?

— Vous ai-je fait souffrir, Cara ?

Il avait fait pire : il avait exposé au grand jour ce qu'il y avait en elle de plus fragile et de plus précieux, il l'avait souillée, ridiculisée, en la forçant à participer à sa propre humiliation.

— Oui, Christie. Cruellement. En avez-vous terminé avec moi ? Puis-je me retirer ?

— Bien sûr. Allons, consolez-vous, ma chère. Oastler s'agite, on reparle de la journée de dix heures. Braithwaite n'est ni le seul ni le premier à épurer son personnel. Vos amis Thackray auraient été visés tôt ou tard.

— Mais vous auriez pu intervenir, n'est-ce pas ?

— Bien entendu.

— Alors, pourquoi, Christie ? *Pourquoi* ?

— Parce que, très chère Cara, je suis affligé d'une nature possessive. J'étais fils unique, voyez-vous, je n'ai jamais appris à partager. Tout ce qui était à moi, je le gardais, que j'en aie envie ou non — et même quand je ne m'y intéressais plus — afin que personne d'autre ne le possède. C'est là un trait de caractère tout à fait déplaisant, je l'avoue volontiers, et dont je n'ai jamais pu me défaire.

— Vous n'étiez pas si possessif avec Marie Moon ou Audrey Covington-Pym.

— Bien sûr que non, voyons ! Ce sont des femmes mariées, elles appartiennent à leurs maris. C'est moi le braconnier, le filou qui s'empare du bien d'autrui. Les autres sont libres de réagir comme il leur plaît. Pour ma part, je n'admets pas de voir un quidam, tout digne d'estime soit-il, venir chasser sur *mes* terres et me voler *mon* gibier.

Sa franchise cynique plongea Cara dans une telle stupeur qu'elle ne trouva rien de mieux à répondre que cette banalité puérile :

— Je n'ai donc pas le droit d'avoir des amis ?

— Mais si ! A moins qu'il ne s'agisse de jeunes gens qui vous soient sympathiques au point de vous afficher avec eux de manière indécente. Vous n'auriez pas dû le faire, Cara. Heureusement pour vous, vous vous étiez mieux dominée avec notre candidat chartiste — bien que cela n'ait plus grande importance dans les circonstances présentes.

Cara frémit. Daniel, maintenant ! Qu'avait-il fait à Daniel ? Qu'inventait-il encore pour la blesser, pour s'amuser à la regarder souffrir ?

— Quelles circonstances ? De quoi parlez-vous ?

— Je n'aime pas être indiscret, vous le savez, d'autant qu'il s'agit d'une dame...

— Que lui avez-vous fait, Christie ?

Elle jouait dans sa main, elle le savait et, pourtant, elle avait besoin de savoir. Un jour, il irait trop loin, elle le lui avait déjà dit. Un jour, il pousserait quelqu'un à bout. Et celui-là se vengerait.

— Personnellement, je ne lui ai rien fait, Cara. Rien du tout. Au contraire, je lui souhaite beaucoup de bonheur avec cette charmante femme.

— Qui ?

— Gemma Gage. Vous n'étiez pas au courant ? Ils vivent une touchante idylle depuis le mois d'août dernier. A votre avis, puisque vous prétendez connaître si bien les élans du cœur, aurait-elle bravé le qu'en-dira-t-on en lui confiant son école si elle n'était pas amoureuse de lui ?

Le premier choc passé, elle retrouva son calme. Du poste d'observation privilégié de sa boutique, jamais elle n'avait surpris la moindre rumeur sur Gemma Gage, la plus digne, la plus respectable, la moins frivole des femmes.

— Qu'en savez-vous ? Comment l'avez-vous appris ?

— De la manière la plus ignoble qui soit, répondit-il avec désinvolture. Les femmes telles que Gemma Gage sont trop foncièrement honnêtes et naïves pour pratiquer l'adultère en s'entourant des précautions nécessaires. Certes, elle a eu assez de présence d'esprit pour jouer la comédie devant sa famille et acheter le silence de sa gouvernante, mais elle n'a pas pensé aux autres membres du personnel, en l'occurrence une fille de cuisine dont elle ignorait sans doute jusqu'à l'existence. Oliver, lui, la connaissait et a su en tirer profit. Il m'est très utile, ce cher garçon.

Cara en eut la chair de poule.

— Utile ? En quoi cette infamie peut-elle vous servir ?

— Qui sait ? Il est bon de garder certaines choses dans un coin de sa mémoire afin de les ressortir au moment opportun. Cela m'a toujours beaucoup amusé de voir ce qui se passe quand on ouvre un placard rempli de squelettes.

— Allez-vous prévenir son mari ? s'écria-t-elle avec une indignation qui fit sourire Christie.

— A quoi bon ? Il est plat et ennuyeux, il réagirait en homme du monde. Sa sœur, en revanche...

— Ah ! Cette vipère !...

— Une femme exquise, ambitieuse, calculatrice et sans aucun scrupule, qui se morfond de jouer les dames de compagnie auprès de cette sotte de Mabel Dallam. Imaginez un peu ce qu'elle ferait de cette information — si elle lui parvenait.

Cara était horrifiée au point que, pour la première fois depuis l'école religieuse de son enfance, elle éprouva le besoin de se signer et se retint à grand-peine.

— Ne faites pas cela, Christie !

— Pourquoi donc, je vous prie ?

— Parce qu'il ne faut pas ! Ce serait... diabolique !

— Cara, mon cher ange, seriez-vous inquiète pour le salut de mon âme ?

— Je ne plaisante pas, Christie ! Pourquoi vous en prendre à Gemma Gage ? Elle ne vous a jamais rien fait. A moins que vous ne vouliez vous venger parce qu'elle habite votre manoir.

Son nouvel éclat de rire exprima un sincère amusement.

— Grand dieu, qu'allez-vous chercher là ? Je n'ai que faire de cette vieille bâtisse, surtout depuis qu'ils l'ont déshonorée avec leurs usines. Je n'ai rien non plus contre cette bonne Mme Gage. Cela me rend-il plus méchant à vos yeux ?

— Oui, cent fois.

— Que voulez-vous, j'adore me mêler de ce qui ne me regarde pas, j'aime mettre mes théories à l'épreuve, procéder à des démonstrations. Il y a quelques instants, je vous ai prouvé la fragilité de vos sentiments envers l'estimable Luke Thackray par rapport à la solidité de votre affection pour une certaine Cara Adeane et sa florissante petite entreprise de la place du Marché. Je ne crois pas avoir perdu mon temps, encore moins vous avoir fait perdre le vôtre. D'ailleurs, j'étais sûr depuis le début que vous n'étiez pas faits l'un pour l'autre. Le saviez-vous, au moins ?

Elle le savait désormais, comme elle était convaincue qu'un jour il irait trop loin dans la perversité et pousserait une de ses victimes à la folie meurtrière. Il fallait qu'elle s'en aille, sur-le-champ, avant d'y succomber elle-même.

Tremblante et le visage en feu, elle maîtrisait encore ses nerfs en quittant la pièce. La rencontre d'Oliver Rattrie, à demi accroupi dans l'escalier et manifestement en train d'écouter à la porte, les fit craquer.

— Ote-toi de mon chemin, petite vermine !

Hors d'elle, elle le poussa si fort qu'il trébucha et descendit à reculons, sans un geste pour se défendre, en la fixant de ses yeux écarquillés, comme hypnotisé. Elle le poussa de nouveau avec violence, il perdit l'équilibre et dévala les dernières marches sur le dos. Sa tête heurta la rampe avec un craquement sinistre qui aurait dû l'assommer et, surtout, redonner à Cara sa lucidité. Il n'en fut rien.

Quand elle le vit se relever en se frottant les yeux comme un enfant qui pleure, elle sentit sa rage décupler et se rua sur lui en le bourrant de coups de poing, en le couvrant d'insultes jusqu'à la cour des écuries. Il lui restait assez de raison pour se demander si elle était en train de devenir folle, pas assez pour se ressaisir. Le grondement sauvage qui retentissait dans ses oreilles la rendait insensible à toute pitié ou simple humanité. Elle était possédée par une violence aveugle qu'elle devait extérioriser sous peine de s'embraser comme une torche.

— Vermine ! Ordure ! Bête puante !

Ses épreuves du matin et ses frustrations passées, ses craintes, ses souffrances, tout ce qu'elle avait perdu ou qui avait été souillé se cristallisaient dans sa haine pour Oliver Rattrie — parce qu'il était là, parce qu'il était à sa merci comme elle l'avait été à celle de Christie, parce qu'elle pouvait déverser sur lui son trop-plein de fureur impuissante trop longtemps réprimée. A coups de poing, à coups de pied, elle frappait, anesthésiée par la rage au point de ne pas sentir ses propres meurtrissures.

— Je vais te tuer, Oliver !

Elle hurla ces mots à plusieurs reprises avant d'en prendre conscience. Eh bien, oui, elle allait le tuer ! Avec joie, avec le sentiment du devoir accompli, comme on détruit les rats qui propagent la peste, comme on purifie la terre des bêtes nuisibles ! Mais pourquoi ne se défendait-il pas ? Ne sentait-il pas que sa folie dépassait le point de non-retour ? Perdait-il lui aussi la raison ? A coups de poing, à coups de pied, elle le repoussa à travers la cour jusqu'à ce qu'il trébuche et tombe dans l'abreuvoir.

Elle y vit un signe du destin. La noyade ! C'est ainsi qu'on se débarrasse des rats ! Elle l'empoigna par le cou, lui plongea la tête dans l'eau, l'y maintint fermement. A son oreille, une voix criait : « Tue-le ! »

tandis qu'une autre, plus faible, implorait : « Arrête, ne va pas jusqu'au bout de ce crime ! » Un instant, Cara écouta la seconde voix et desserra son étreinte. Mais quand elle vit sa victime émerger de l'eau en haletant et en crachant, la première voix retentit à nouveau, plus impérieuse encore : « Tue-le, mais tue-le donc ! Comme il t'a tuée toi-même des dizaines de fois ! » Pensait-elle vraiment à Oliver ? Le tuait-elle faute de pouvoir se venger de *l'autre* ? Elle ne savait plus. Elle était sourde, aveugle...

— Lâchez-le, Cara !

Cette voix-là, derrière elle, n'était pas imaginaire.

— Lâchez-le ! C'en est assez !

Merci, mon Dieu ! Du fond du cœur, merci.

Elle se redressa, échevelée, haletante, la robe dégouttante d'eau, le corps inerte et meurtri. Elle devina plutôt qu'elle ne vit Oliver prendre la fuite en titubant. Pour rien au monde, elle ne l'aurait regardé.

— L'ai-je sérieusement blessé ?

— Rien de grave, il s'en remettra.

— Le petit imbécile ! Pourquoi ne s'est-il pas défendu ?

— Vous vous êtes occupée de lui pour la première fois de sa vie. Il considère cela comme un succès.

Tremblante, Cara se cacha le visage dans les mains.

— Comment ai-je pu, mon Dieu, comment ai-je pu ? J'ai voulu le tuer. J'ai vraiment cherché à le tuer...

— Mais non, Cara, dit-il avec calme. C'est moi, tout simplement, que vous vouliez tuer à travers lui.

Soudain défaillante, elle se laissa tomber contre sa poitrine — et s'étonna qu'il se donne la peine de la retenir.

— *Tout simplement ?* Et cela ne vous fait rien ?

— Rien, puisque je suis toujours là. Allons, remettez-vous. Je connais d'expérience ces accès de folie meurtrière. Vous n'en aviez encore jamais eu ?

Elle fit un signe de dénégation.

— Cela passera, croyez-moi, reprit-il. En général, une sensation d'abattement succède à la surexcitation. Un verre de cognac vous ferait du bien. En voulez-vous ?

Elle osa enfin lever les yeux vers lui. Il la dévisageait sans ironie, avec un sérieux inaccoutumé.

— C'est vous qui m'y avez poussé, murmura-t-elle.

— Je sais.

— Le regrettez-vous, au moins ?

Il sourit sans répondre.

— Rentrez chez vous. Prenez ma voiture, si vous voulez, je vous ferai conduire.

Rentrer chez elle ? Pour voir qui ? Odette ? Il n'était pas question de lui parler de ce qui venait de se produire. Luke ? Il avait assez de ses propres soucis. Daniel ? Il aimait une autre femme et, de toute façon, il était incapable d'aider quiconque. Sairellen ?

Cara sourit avec amertume. Vers qui se tourner, quand elle avait besoin de réconfort ? Personne. Personne qu'elle-même, comme toujours. Vers Cara Adeane, la vagabonde solitaire de Dublin, d'Edimbourg, de Paris. Vers *Mademoiselle* Adeane, de la place du Marché. Longtemps, elle avait rêvé mieux. Tout compte fait, ce n'était pas si mal.

Peu à peu, les forces lui revinrent. Elle s'essuya les joues et les yeux d'un revers de main, remit en ordre ses cheveux défaits, se couvrit la tête de son châle comme d'une mantille. Quant à sa robe mouillée et aux traces de fumier sur sa jupe, il y avait assez de chevaux rétifs et de ruisseaux boueux à Frizingley pour que nul ne s'en étonne.

— Merci, inutile de vous déranger, Christie. Je suis parfaitement capable de marcher.

CHAPITRE XVIII

Après un tel coup, Cara était en droit d'espérer que le sort la laisserait en repos. Alors même qu'elle voyait poindre la réalisation d'une partie de ses rêves, alors même que son esprit, libéré pour la première fois de l'angoisse de la survie, pouvait se tourner vers d'autres ambitions, elle se voyait forcée d'opérer un brutal repli sur elle-même. Christie lui avait démontré, et avec quelle cruauté, qu'elle ne pouvait se fier, se « donner » à personne. Pour son bien et le leur, elle avait dû se détourner des deux hommes qui l'avaient aimée. Pourtant, elle enviait Gemma Gage, comme elle était d'avance jalouse de l'inconnue qui partagerait la vie de Luke.

Aussi, absorbée dans ses réflexions, fut-elle prise au dépourvu quand, le soir même de son aggression contre Oliver Rattrie, sa mère entra dans son bureau après la fermeture de la boutique.

— Cara, il faut que nous parlions...

— Je comptais justement te demander d'aller voir Sairellen en rentrant. Essaie de savoir ce dont elle a besoin, elle n'a pas voulu me parler. Nous n'allons quand même pas la laisser partir sans rien faire pour elle !

— Il ne s'agit pas des Thackray, Cara.

— De quoi, alors ? De qui ?

L'angoisse lui serra la gorge. Odette avait-elle appris quelque nouvelle catastrophe ? Daniel, peut-être ?

— Je ne sais comment te dire... J'ai beaucoup de peine, vois-tu, alors que je devrais être heureuse...

Odette soupirait, hésitait, si mal à l'aise que l'inquiétude de Cara redoubla. Sa mère était-elle malade ? Souffrait-elle de ces désordres féminins, propres à son âge, dont Cara entendait parler à mots couverts sans y avoir prêté attention jusqu'alors ?

— Ne te fais pas de souci, mère, je m'occuperai de toi, je ferai venir les meilleurs médecins de Londres...

Odette l'interrompit avec un embarras croissant.

— Il ne s'agit pas de moi, Cara, mais de... ton père. Il est revenu.

Cara se figea. Il y eut un silence.

— Où est-il ?

— A Leeds.

D'un coup, elle fut submergée de souvenirs empoisonnés par l'amertume et le ressentiment. Elle avait trop aimé cet homme pour lui pardonner ses faiblesses et ses trahisons.

— Combien cela va-t-il me coûter — pour nous débarrasser de lui, veux-je dire ?

— Oh, ma chérie !...

— Allez, dis-le : combien veut-il ? N'aie crainte, ce sera de l'argent bien placé.

— Il m'avait prévenue que tu réagirais sans doute ainsi, dit Odette tristement.

Cara serra les poings. De quel droit osait-il présumer de ses réactions ? De quel droit se permettait-il de donner des rendez-vous secrets à Odette après l'avoir indignement abandonnée ? Pour cette seule et unique fois, elle paierait ses dettes, mais elle le renverrait au diable. Au moins, Odette et elle en seraient débarrassées une fois pour toutes !

— Il n'a pas besoin d'argent, Cara.

— Ne dis pas de bêtises, je t'en prie !

— Je t'assure que non, mon enfant ! dit Odette d'un ton suppliant. Il n'est pas riche, peut-être, mais tout à fait à son aise, crois-moi. Il dirige la boulangerie, sa sœur ne peut plus se passer de lui. Elle prend de l'âge. A qui d'autre se fierait-elle, sinon à son propre frère ?

— C'est ce qu'il dit !

— Mais non, c'est vrai ! Au début, bien sûr, connaissant son tempérament... instable, elle se méfiait un peu de lui. Maintenant, il s'est solidement établi et leur entreprise est devenue très prospère. J'étais au courant depuis longtemps, il me l'avait déjà appris dans ses lettres que tu as toujours refusé de lire.

— Elles ne contenaient pas un sou !

— Il m'envoyait mieux que de l'argent, ma chérie. Il me donnait l'espoir d'une vie nouvelle. Je voyais qu'il prenait ses responsabilités et qu'il avait appris la leçon.

— Quelle bonne institutrice que ma tante de New York !

— Non, ma chérie. Elle est intelligente, elle a du caractère — en fait, vous vous ressemblez beaucoup, je crois. Mais c'est lui qui a fait l'effort de se réformer.

— Et, naturellement, tu le crois sur parole ! S'il a si bien réussi là-bas, que vient-il faire à Leeds ? Un voyage d'agrément ? N'est-ce pas plutôt une fuite, parce que tous les huissiers de New York sont à ses trousses ?

— Mais non, Cara...

— Pourquoi, alors ? Cherche-t-il à rentrer dans mes bonnes grâces depuis qu'il sait que j'en ai les moyens ? Espère-t-il s'imposer comme un seigneur et maître, s'installer dans « mes » meubles, vivre à « mes » frais, se faire broder des chemises de soie par « mon » personnel ?

— Non, Cara. Il est venu me chercher.

Au bout d'un long silence, Cara entendit un rire grinçant et déplaisant qui sortait de sa propre gorge.

— Revenons aux choses sérieuses, mère. Parlons de la nouvelle collection de capelines...

— Je lui ai promis de repartir avec lui, Cara.

Cette fois, Cara explosa.

— Et tu y crois ? Même s'il avait de quoi payer le voyage à son arrivée, ce dont j'ai de bonnes raisons de douter, il n'a certainement plus un sou. Entre les cartes, les chevaux, les femmes, l'imagination ne lui manque pas pour gaspiller de l'argent !

— Tu te trompes, Cara, répondit Odette avec une fermeté inhabituelle. Il est venu me chercher parce que je le lui ai demandé, c'est une décision que nous avons prise en commun dans nos lettres. Plusieurs fois, j'ai voulu t'y préparer mais tu refusais de m'écouter. Vois-tu, ma chérie, nous avons toujours su que, si nous surmontions nos épreuves, nous serions réunis un jour.

— Comment peux-tu dire cela après qu'il t'a abandonnée ici à une mort certaine ? Ai-je tort ou raison ?

Odette réfléchit avant de répondre.

— Tu as raison, en ce sens que je serais morte si tu n'étais pas venue me sauver. Mais tu as tort aussi, parce qu'il n'avait pas l'intention de me faire du mal. Il a agi par légèreté, peut-être, mais que pouvait-il faire d'autre dans de telles circonstances ?... Non, Cara, laisse-moi parler ! A sa place, tu serais restée, tu te serais battue, je le sais et j'ai pour toi une immense reconnaissance. Je t'aime mais je l'aime aussi, et pour d'autres raisons. Tu es forte et persévérante, il est faible et versatile. Tu es intrépide, il est souvent pusillanime. Il a passé sa vie à s'aventurer à marée haute sans savoir nager, de sorte que, par moments, il a peur et prend la fuite. Je le sais et cela ne m'empêche pas de l'aimer. Oui, je l'aime, Cara, du fond du cœur. Je ne peux pas vivre sans lui. Quand je l'ai revu à Leeds, je suis redevenue moi-même comme je ne l'avais jamais été depuis son départ. Et que tu veuilles le croire ou non, il n'a jamais rêvé que d'une seule chose — à Londres, à Edimbourg et même dans cet horrible Frizingley : me traiter comme une reine. Chaque fois, ne serait-ce que pour un jour ou une heure, il a cru qu'il y parviendrait et je n'ai jamais douté de sa sincérité, même si je n'avais pas d'illusions. Avant de partir pour l'Amérique, il avait pris des précautions qu'il croyait suffisantes — nous pensons le contraire, toi et moi, mais cela ne change rien à ses bonnes intentions. Il m'avait laissé de l'argent, je me suis fait voler. J'avais un emploi que je ne prévoyais pas de perdre aussi vite. Et surtout, il t'avait fait venir parce qu'il avait confiance en toi et qu'il était sûr, comme je le savais aussi, que tu prendrais soin de moi en son absence.

— Parlons-en, de ses précautions ! Que serait-il arrivé si le bateau qui m'amenait d'Irlande avait fait naufrage et moi avec ? Où en serais-tu aujourd'hui ?

Odette fit un sourire amusé.

— Tu le connais assez, ma chérie, pour savoir qu'il n'a jamais tenu compte de ce genre d'éventualité.

— Oh oui, je le connais ! Je ne le connais que trop !

— Tu devrais donc aussi savoir, comme j'ai vainement essayé de te le faire admettre, qu'il n'a jamais considéré que notre séparation serait définitive. Une fois de plus, il est parti en avant-garde, il nous a ouvert la voie... Oui, je dis *nous*, Cara. Pas seulement moi, mais nous quatre. Cette fois, il est allé plus loin, il a pris de plus grands risques, il lui a fallu plus longtemps, voilà tout. Quant à l'argent, je sais qu'il existe, je n'ai aucun doute sur ce point. Je possède des lettres de sa sœur, de sa banque. En fait, elles te sont destinées, car je n'ai pas besoin de preuves.

— Tu lui fais confiance ? dit Cara, incrédule.

— Je l'aime, Cara.

— Bravo ! Cela résout tout, n'est-ce pas ?

— Pour moi, oui.

Cara n'en croyait pas ses oreilles. Elle refusait surtout de croire qu'Odette se considérât moins tenue envers sa fille, à qui elle devait tant, qu'envers ce mari irresponsable, plus volage qu'un amant.

— Tu te conduis comme une gamine de quinze ans qui sort en cachette pour rencontrer son amoureux. A ton âge, c'est ridicule ! Tu agis comme si je n'existais pas ! Tu piétines tout ce que j'ai fait pour toi !

Odette la regarda dans les yeux avec gravité.

— Tu l'as fait par amour, n'est-ce pas, ma chérie ?

— Oui. Et alors ? L'amour doit se suffire à lui-même ? Il ne mérite pas de gratitude et n'a pas besoin de récompense.

— Bien sûr, ma chérie, parce que c'est vrai. Je n'en ai jamais cherché moi-même.

L'évidente sincérité de sa mère fit à Cara l'effet d'un coup de poignard.

— De mieux en mieux ! Ainsi, tu t'esquives avec l'homme de ta vie sans même un regard en arrière. Tant mieux pour toi, mère ! Je te souhaite beaucoup de bonheur dans ta « vie nouvelle », comme tu l'appelles. N'aie pas une pensée pour ta fille ni pour celui qu'elle a aimé. Celui que j'ai rencontré sur le bateau d'Irlande, quand mon père m'a menti pour me faire venir ici en me jetant dans un piège ! Ne t'inquiète surtout pas de cet homme que j'ai perdu à cause de toi — oui, à cause de toi ! Parce que j'étais incapable de t'abandonner comme ton précieux mari, parce qu'il fallait choisir entre ton malheur et le bonheur que la vie m'offrait ! Tu n'es pas morte parce que je me suis tuée à ta place. Ne proteste pas, c'est vrai — du moins, c'est ainsi que je vois les choses avec le recul. J'aimais Daniel Carey, mère. Je l'aimais...

Sa voix se brisa. Pour la seconde fois de la journée, son cœur s'affolait, sa tête brûlait. Sous le regard attristé d'Odette, elle allait et venait dans la pièce comme un oiseau qui se cogne aux barreaux de sa cage. Elle avait perdu Daniel Carey par la faute de son père. Jamais elle ne le lui pardonnerait, elle ne lui pardonnerait *rien*. Sans reprendre haleine, elle énuméra en détail ses fautes, ses mensonges, ses crimes contre sa femme et sa fille, jusqu'à ce qu'une quinte de toux interrompe sa tirade et déclenche une crise de larmes qui la fit se jeter dans les bras de sa mère.

Odette la berça, la consola de son mieux, lui promit comme à une petite fille que tout s'arrangerait le lendemain. Par lassitude, Cara feignit de la croire. La nuit lui accorda tout au plus le temps de recouvrer un calme apparent, tendu et malaisé, et de s'acoutumer à l'idée que sa mère avait décidé de la quitter. Si elle devait s'y résigner, elle n'était pas pour autant disposée à le lui pardonner.

— Tu pars tout de suite, ou puis-je compter sur toi pour terminer le travail en cours ?

— J'aimerais d'abord que tu viennes avec moi à Leeds voir ton père, ma chérie.

— Certainement pas !

— Il voudrait t'emmener à New York avec nous, Cara. Je suis sûre qu'il a désormais les moyens de nous assurer une vie confortable. Une vie de famille, comme avant.

— S'il se prétend si riche, mon cher père, qu'il commence donc par me racheter à Christie Goldsborough, puisque c'est lui qui m'a vendue !

La journée s'écoula dans une nervosité croissante. Pour une vétille, Cara rabroua Madge Percy de manière si blessante que celle-ci prit la porte en jurant de ne plus revenir. Il fallut pour la ramener qu'Odette la rattrape et lui promette une augmentation. Le soir tomba enfin, la boutique se vida. Dans le silence du bureau, Cara reprit avec Odette son dialogue de la veille.

— Je serai là quand tu auras besoin de moi, mère.

— Je sais, ma chérie, et je suis sûre que tu m'accueilleras à bras ouverts, même si je reviens pieds nus et en haillons — comme tu t'y attends sans doute.

— Cela n'a rien d'impossible, hélas !

— En effet, mais c'est un risque auquel je suis habituée. Tu ne veux toujours pas revoir ton père ?

— Non ! Et ne l'encourage surtout pas à venir ici. Tu partiras avec une malle et une bourse pleines, ne m'en demande pas davantage.

Une nuit et une journée passèrent. Le soir venu, Cara était aussi endurcie, Odette avait le cœur aussi gros.

— Une dernière chose, Cara. Liam...

— Ah ! Je me demandais quand tu te déciderais à y penser ! Il sera très malheureux, sans toi.

— Je sais.

— Quand vous nous avez laissés seuls en Irlande, il était sur le point d'oublier de parler.

En fait, il n'avait guère ouvert la bouche depuis, se dit Cara tristement. Sauf avec Odette.

— Je sais, ma chérie. C'est pourquoi — réfléchis bien avant de me répondre, je t'en supplie — il vaudrait sans doute mieux que je l'emmène.

— C'est tout réfléchi ! cria Cara en assenant un coup de poing sur la table. Jamais !

— J'insiste, Cara. Il sera plus heureux avec moi. Tu ne le vois pour ainsi dire jamais, tu le connais à peine...

— Et c'est la faute à qui, je te prie ?

— Ce n'est pas entièrement la mienne. A sa naissance, tu avais seize ans, tu n'étais toi-même qu'une enfant. J'ai été votre mère à tous les deux...

— Liam est *mon* fils !

— Je ne prétends pas le contraire, ma chérie. Je sais que tu l'aimes. Malheureusement — et cela me peine de devoir te le dire — il n'en est pas toujours sûr, lui.

Un moment, Cara fut hors d'état de répondre.

— Assez, je t'en prie, dit-elle enfin à mi-voix.

— Il faut pourtant regarder la vérité en face, mon enfant. Pour lui, tu t'es rendue esclave. Tu t'es privée de manger pour le nourrir, tu t'es donnée sans amour à un homme pour le soigner, l'éduquer, lui assurer un avenir meilleur. Je le sais. Mais lui, et je le déplore, il n'a pas conscience de l'étendue de tes sacrifices. Il le comprendra un jour mais, pour le moment, il ne connaît que moi. Je suis seule présente dans sa vie quotidienne. Sans moi, il dépérira.

Faute de réponse, Odette poursuivit son plaidoyer.

— C'est injuste et cruel, j'en souffre pour toi, Cara, mais les circonstances ont voulu que tu aies été pour lui un père et moi une mère. Or, ce dont il a le plus besoin, à son âge et avec son caractère, c'est d'une mère. Et puis, sois honnête avec toi-même : seule, que ferais-tu de lui ? Tu n'aurais pas le temps de t'en occuper, tu devrais le confier à une étrangère ou le mettre en pension et tu sais qu'il ne le supporterait pas. Voudrais-tu le blesser davantage ?

Ses efforts, sa réussite ne comptaient donc pour rien ? N'exigeait-on d'elle que des sacrifices — d'abord, l'homme qu'elle aimait et, maintenant, son fils ?

— Tu es impitoyable, mère. Je ne t'aurais jamais crue capable de tant de dureté.

— Toutes les femmes deviennent féroces quand il s'agit de protéger leurs petits. Tu n'as pas besoin de moi, Cara, pas autant que Liam — ou ton père. Ce sont eux mes vrais enfants.

Une famille, comme avant… Sauf qu'ils ne seraient plus quatre mais trois et qu'ils se passeraient d'elle sans chagrin — pire, avec soulagement. De toutes les trahisons, celle-ci était la plus amère. La plus révoltante.

— Liam est mon fils, tu n'as pas le droit de me le prendre !

— Je ne suis pas sûre qu'il veuille rester avec toi, ma chérie.

— Il fera ce que je lui dirai, un point c'est tout ! Et maintenant, si tu veux bien me laisser tranquille, j'ai du travail à finir.

Ce soir-là, Luke vint lui faire ses adieux. Il envisageait l'avenir avec optimisme et prévoyait de retrouver sans peine un emploi. Excédée, Cara l'interrompit :

— Me rendez-vous responsable de vos malheurs ?

— Grand dieu, non ! dit-il en riant. Si j'étais resté sagement à la maison au lieu de courir la campagne derrière Richard Oastler, je n'aurais eu aucun problème. Je suis réellement coupable de tout ce dont ils m'accusent et j'en suis fier. Nous ne sommes pas non plus les premiers à avoir été expulsés de St Jude et nous ne serons pas les derniers. Cela tombe bien, j'ai moi aussi envie de changement.

— Faut-il aller si loin ?

— Je vais là où il y a du travail, voilà tout.

La désertion d'Odette, le départ de Luke, c'en était trop. Cara dominait mal son énervement.

— Vous n'aurez sûrement rien de plus pressé que de vous enrôler dans tous les comités subversifs de Nottingham et vous attirer là-bas les mêmes ennuis.

— C'est probable.

Son calme l'exaspéra.

— Et dès que vous aurez un sou en poche, vous en ferez profiter les causes les plus fumeuses au lieu de vous acheter les chaussures et le manteau dont vous avez besoin ! A quoi cela vous mène-t-il, Luke ? Qu'espérez-vous accomplir ?

— Pas grand-chose vaut toujours mieux que rien du tout. Si nous n'obtenons pas le droit de vote à temps pour l'exercer nous-mêmes, nos enfants en profiteront grâce à nous. La Terre continuera de tourner après nous, Cara.

Elle n'était pas plus d'humeur à se soucier du sort des générations à venir que de celui d'un monde qui leur interdisait de trouver ensemble le bonheur dans la paix.

— Cara...

— Oui, Luke ?

— J'emmène Anna Rattrie.

Cara ferma les yeux. A vrai dire, elle n'était pas même étonnée. Déçue, plutôt. Attristée — pour lui.

— Je me sens responsable d'elle depuis déjà longtemps. Naturellement, je l'épouserai si elle le souhaite.

— Bien sûr qu'elle le souhaite ! Et si vous voulez mon avis, c'est pousser un peu loin le sens des responsabilités.

— Vous auriez raison, s'il n'y avait rien de plus.

Anna n'avait jamais aimé personne au monde que Luke. Trouverait-il son bonheur dans celui d'Anna, se contenterait-il de l'adoration qu'elle lui vouait ? Beaucoup d'hommes se satisfaisaient de moins que cela. Et puis, grâce aux soins et à l'éducation de Cara, Anna avait acquis une grâce délicate, un charme discret qui rappelaient Odette. Serait-elle capable, elle aussi, d'accepter de mourir pour l'homme qu'elle aimait ? Probablement. Cara ne pouvait que surmonter sa déception et leur souhaiter d'être heureux.

— Anna a de la chance, Luke. Mais la pitié ne suffit pas... Pardon ! Je n'aurais pas dû dire cela.

Sans réfléchir, elle se blottit contre sa poitrine, posa la tête sur son épaule.

— J'ai trente ans, Cara, largement l'âge de me marier. Ma mère vieillit, elle a besoin d'une belle-fille pour l'aider à la maison. Ce sont de bonnes raisons, pour les gens de St Jude que nous sommes. N'ayant jamais entretenu l'illusion que j'aurais pu vous avoir, je préfère une femme qui soit votre contraire plutôt qu'une qui vous ressemble sans jamais vous égaler. Et puis, j'ai de l'affection pour Anna.

Il l'écarta avec douceur.

— Je dois m'en aller, maintenant. Je n'ai besoin de rien, Cara. Contrairement à ce que vous croyez, j'ai quelques économies, ma mère aussi. Mon oncle nous hébergera le temps que nous cherchions un logement. Soignez-vous bien, ce sera le meilleur service à me rendre.

Puisqu'il ne voulait rien accepter, elle ferait un cadeau de mariage à Anna. Une grosse somme d'argent dont Luke ni Sairellen n'auraient le cœur de la priver.

— Je m'en vais, répéta-t-il.

— Non, Luke ! Restez encore un peu...

L'idée de ne plus le voir lui était insoutenable et son appel sonna comme un cri d'amoureuse délaissée. Pour une fois, une seule fois sans lendemain, elle voulait s'offrir à un homme plutôt que de se laisser prendre, faire l'amour plutôt que donner du plaisir, connaître enfin l'extase qu'elle s'était toujours refusée. Peut-être aussi, porter par choix plutôt que par fatalité un enfant du seul homme qui lui ait inspiré autant de tendresse.

Sous son regard éloquent, Luke rougit, se troubla.

— C'est bien mal me juger, Cara, que de me croire capable de vous prendre ce soir pour vous laisser demain en supporter seule les conséquences.

— Vous et votre ridicule grandeur d'âme ! s'écria-t-elle avec rage. Dites plutôt que vous ne voulez pas vous salir les mains avec la putain de Goldsborough ! Je comprendrais mieux.

Elle fondit en larmes. Il la prit dans ses bras.

— N'essayez pas de me donner le change si maladroitement, Cara, dit-il en souriant. Jamais, Dieu merci, vous ne vous êtes considérée comme une putain. Quant à me salir les mains, vous pensez en réalité que je devrais remercier ma bonne étoile d'avoir la chance de les poser sur vous — ce qui est d'ailleurs le cas. Voilà ce que j'aime en vous, Cara.

— M'aimez-vous, Luke ? dit-elle avec un sursaut d'espoir.

— Vous le savez, ne faites pas semblant de l'ignorer.

— Je sais seulement que vous êtes le meilleur des hommes et que je tiens à vous.

— Je vous crois volontiers. Mais l'amour, c'est autre chose, n'est-ce pas ?

Elle ne sut que répondre. Etait-elle seulement capable d'éprouver — comme Anna, comme Marie Moon, comme Odette — cet amour qui se joue des obstacles, se moque des convenances et de la raison ? Christie assurait que non.

— Je vous aime, Luke. Comme je peux. A ma manière, la seule que je connaisse.

— Ce serait assez pour être heureux si j'avais appris à désirer les mêmes choses que vous dans la vie, dit-il en lui caressant les cheveux. Je ne les désire pas pour moi-même, Cara, mais pour vous. Aimer, c'est souhaiter à l'autre tout ce qu'il y a de mieux — et je ne fais pas partie de ce mieux, Cara. Voilà pourquoi je suis content de m'éloigner sans esprit de retour. J'ai eu trop de mal à apprendre cette leçon pour vouloir maintenant l'oublier. Faire l'amour avec vous aurait été un miracle ce soir mais une souffrance de plus demain — pour moi, du moins. Et puis, il y a Anna...

Cara pleurait en silence. Un sanglot lui échappa.

— Non, Cara, ne pleurez pas ! On ne doit pas regretter ce qui ne mérite pas de l'être. Je ne veux pas que vous gardiez de moi le souvenir d'un homme qui vous a simplement désirée, comme tant d'autres. Ce que j'aime en vous, c'est moins votre corps que votre personne, hérissée de piquants à l'extérieur, plus douce qu'une plume de cygne au fond d'elle-même. C'est votre droiture, votre pureté — aucun homme n'est parvenu à vous souiller ni à vous changer. Il me suffit de vous connaître pour être heureux. J'ai souri la première fois que je vous ai vue, je n'ai pas cessé depuis et j'espère bien continuer longtemps.

Il lui prit le visage entre ses mains et posa sur ses lèvres un long baiser d'adieu, qu'il interrompit avant que l'émotion ne réveille la passion. Pendant quelques minutes, ils meublèrent le silence en parlant très vite de détails pratiques. Sur le seuil, tels deux naufragés s'accrochant l'un à l'autre, ils s'étreignirent une dernière fois.

— Dieu vous bénisse, Luke.

Elle traça sur sa poitrine un signe de croix, amusée malgré son chagrin d'imaginer l'indignation de Sairellen, protestante convaincue, si elle l'avait vue. Il lui prit la main, lui baisa le bout des doigts.

— Je ne vous avais jamais vue faire ce signe, Cara.

— Dans les moments difficiles, on retrouve les gestes de son enfance.

— Mon éducation ne m'a rien appris que je puisse vous offrir en échange, sauf de vous dire moi aussi « Dieu vous bénisse, Cara ». Et qu'Il vous garde.

Elle le regarda traverser la place à grands pas, jusqu'à ce que sa silhouette eût disparu dans la rue St Jude. Bientôt, elle n'aurait plus aucune raison de se rendre dans ce quartier, où personne ne la reconnaîtrait ni se souviendrait de son nom.

Porte close, verrou tiré, elle se retrouva dans son domaine douillet avec, pour seule compagnie, le chien qui ne daigna même pas lever un œil sur elle. Elle avait froid. Un grand verre du madère capiteux dont Christie renouvelait sa provision ne lui réchauffa ni le cœur ni le corps — ce corps si voluptueux, objet de tant d'ardents désirs.

Elle se savait cent fois plus belle que Gemma Gage, mille fois plus qu'Anna ; pourtant, elle était seule et les autres non. Comme sa mère, comme Marie Moon, elles étaient prêtes à tout sacrifier à l'amour. Elle avait cru pouvoir le faire, elle aussi. Deux fois elle avait essayé, deux fois elle avait échoué. Elle ne supportait pas l'échec. Elle n'admettait pas la défaite. Elle était blessée par la rapidité avec laquelle Daniel et Luke s'étaient consolés de la perdre. Elle souffrait du vide de son cœur et de son existence.

Indifférent, le chien ronflait dans son panier. Cara reporta sur lui sa détresse et sa hargne.

— Maudite bête ! Tu es l'animal le plus repoussant et le plus odieux de la création.

Le chien ouvrit un œil, le referma. Puisqu'elle ne lui offrait rien, elle ne méritait pas qu'il remue.

Oui, c'était bien le plus laid, le plus inutile, le plus glouton, le plus ingrat des êtres. Et pourtant, pensa-t-elle en souriant pour la première fois, elle aurait roué de coups quiconque aurait eu l'audace de le dire devant elle.

CHAPITRE XIX

Le mois d'août, cette année-là, fut particulièrement éprouvant pour un homme de l'âge et de la corpulence de John-William Dallam. La chaleur l'accablait ; il supportait plus mal encore le babillage des femmes et la présence continuelle des invités de Mabel — ou plutôt de Linnet — qui se pavanaient sur ses pelouses et dans son salon. Un soir, excédé, il s'en prit à Sir Félix Lark qui, après que les dames se furent retirées au salon, selon la coutume, pour laisser les messieurs boire seuls le porto et le cognac, s'était permis, avec une désinvolture toute aristocratique, de poser les pieds sur la table.

— Quand on sait se tenir, jeune homme, on garde ses bottes sous sa chaise, le rabroua sèchement John-William.

Vexé, Sir Félix riposta en prenant fait et cause pour les revendications des masses laborieuses et en faisant l'éloge de Richard Oastler. John-William s'échauffa si bien que les échos de la dispute parvinrent jusqu'au salon à travers les portes closes et que Mabel, rouge de confusion et au bord de l'évanouissement, se vit déjà contrainte de fuir la région.

— Rien ne me ferait plus plaisir ! gronda John-William.

Il n'aimait pas cette maison encombrée de parasites qu'il exécrait. Il s'était installé à la campagne, lui qui n'aimait rien tant que la poussière de Frizingley et préférait les sirènes d'usines au pépiement des oiseaux, afin de jouir auprès de son épouse d'un repos bien mérité à l'automne de sa vie. Il ne dépensait pas son bon argent pour faire plaisir à Linnet Gage, à son propre-à-rien de gendre et à leurs amis inutiles. Il en avait assez. Plus qu'assez !

Le lendemain, il se réveilla de fort méchante humeur, affligé d'une migraine et l'estomac alourdi par le dîner de la veille. Son arrivée à la table du petit déjeuner provoqua un silence embarrassé. Mabel se demandait avec angoisse si, après un tel esclandre, elle oserait se représenter devant Lady Lark ; Linnet rassurait sa « chère tante » sur la mansuétude de Sir Félix, trop grand seigneur pour lui garder rancune, à elle, des impairs de son rustre de mari.

John-William se versa du thé et déplia le *Times* dans un silence pesant, que Linnet meubla aussitôt en dépeignant les efforts d'Adolphus Moon pour se débarrasser de sa femme, sujet qu'elle croyait anodin entre tous. Qu'importait à John-William le sort de Marie Moon ? En fait, à l'exception du jeune Gustave Lark, dont les dissipations avec cette grue faisaient la honte de sa famille, nul dans les parages ne s'intéressait à elle. Quant à « ce pauvre M. Moon », si ses millions ne lui épargnaient pas les déconvenues conjugales, ils lui faciliteraient au moins l'obtention d'un divorce, procédure si coûteuse qu'elle faisait reculer nombre d'époux bafoués.

— A moins, bien sûr, qu'il ne réussisse à la faire interner dans une maison de santé, poursuivit Linnet de son ton le plus suave. Cette créature ne jouit pas de toutes ses facultés, elle en donne chaque jour des preuves évidentes. Il serait grand temps que ce pauvre M. Moon retrouve sa liberté et redonne à ses chers enfants une mère digne de ce nom.

— Oui, je vois, opina docilement Mabel.

John-William n'avait soufflé mot pendant ce long exposé. On le croyait donc plongé dans sa lecture quand il se dressa avec une majestueuse lenteur et jeta son journal sur la table, causant le plus grand désordre dans la soigneuse ordonnance des tasses, des pots de lait et des confituriers.

— Que voyez-vous donc, Mabel ? s'écria-t-il tandis que son visage virait au cramoisi. Je vais vous dire ce que je vois, moi ! Je vois là, à côté de vous, une intrigante avide d'argent, une arriviste dénuée de scrupules au point qu'elle m'épouserait moi — oui, moi ! — si elle trouvait le moyen de se débarrasser de vous !

Mabel poussa un cri d'horreur, Linnet fit un sourire narquois qui agit sur John-William comme un chiffon rouge sur un taureau furieux.

— Parfaitement, ma petite ! Vous iriez jusque-là pour mon argent — à condition que je veuille bien de vous. Mais je n'en voudrais pas — pas plus d'ailleurs qu'Uriah Colclough. Et si vous réussissez à traîner à l'autel ce vieux satyre vicieux d'Adolphus Moon, vous n'aurez que ce que vous méritez !

Linnet se leva avec la hautaine dignité de la châtelaine qui rappelle aux convenances un paysan malappris.

— Monsieur, je ne vous permets pas d'insulter mes amis.

— Asseyez-vous, péronnelle, jusqu'à ce que j'en aie fini avec vous !

Linnet s'exécuta, son expression signifiant à un public imaginaire que le pauvre homme perdait manifestement la tête et qu'il valait mieux ne pas le contrarier.

— Ah ! ils sont beaux, vos amis ! reprit John-William. Le fils Colclough, un tartufe ! Le jeune Lark, un gommeux ! Et Adolphus Moon, un dégénéré ! Si quelqu'un mérite d'être enfermé dans un asile de fous, c'est bien lui !

— John-William, je vous en conjure !... gémit Mabel.

— Taisez-vous, ma femme ! Vous prétendez que cette malheureuse Marie est couverte de bleus parce qu'elle tombe quand elle boit trop ? C'est son mari qui la bat ! Il la traîne par les cheveux, il la fouette, tout le village est au courant. Il faut être une innocente comme vous pour croire les gens incapables de méchanceté ! Cet individu est une brute, vous le savez, Linnet, mais cela vous est égal tant que vous gardez l'espoir qu'il vous passera un jour la bague au doigt. Oh ! Je les ai observés, vos manèges à tous les deux ! Il vous agite ses millions sous le nez comme une carotte, vous en faites autant avec les prétendus titres nobiliaires de vos ancêtres, dont il ne reste plus un seul pour vous démentir ! Et pendant ce temps, derrière votre éventail, vous lui susurrez les moyens de se débarrasser de sa femme et de la dépouiller. Vous feriez n'importe quoi pour arriver à vos fins, du moment que personne ne s'en doute. Je vous connais, petite peste ! Il n'y a pas en vous une ombre de pudeur, pas la moindre trace de sentiments humains ! Avec vos airs sucrés et votre prétention, vous êtes indigne d'essuyer les chaussures de Mabel !

Là-dessus, étouffant d'indignation et de plus en plus congestionné, John-William repoussa bruyamment sa chaise et sortit dans le jardin par la porte-fenêtre. Il lui tardait tant d'échapper aux jérémiades de Mabel et aux manigances de Linnet qu'il courait presque. Le soleil déjà chaud l'éblouissait — quelque chose, en tout cas, lui brouillait la vue. Au diable cette maudite femme ! Qu'elle soit désespérée d'être encore vieille fille, soit ! Il lui était même arrivé une ou deux fois d'avoir pitié d'elle au point d'envisager de lui acheter un mari. Pas Colclough, bien sûr, qui se serait montré trop exigeant, mais un autre, assez présentable pour qu'elle y trouve son compte. Pourtant, il ne l'avait pas fait, Dieu sait pourquoi — peut-être parce qu'il n'avait pas de raison de rendre service à une étrangère. Mais maintenant, il devenait urgent de se débarrasser d'elle, par n'importe quel moyen.

La perspective des scènes, des larmes, des reproches de Mabel aggrava son malaise. Il ne se sentait pas bien, la tête lui tournait. Il n'aurait pas dû s'énerver hier soir avant d'avoir digéré son dîner, encore moins se laisser aller tout à l'heure à cet éclat en mangeant ses toasts. Pourquoi sa tête lui jouait-elle de pareils tours ? Était-ce la chaleur ?...

Il s'était à peine posé la question qu'il vit la terre basculer vers lui et perdit conscience. Il rouvrit les yeux à temps pour distinguer, comme au bout d'un tunnel, deux espèces de phalènes géantes, déguisées en femmes afin de mieux le tromper, qui se ruaient vers lui dans le dessein, il en était sûr, de l'étouffer sous leurs ailes en forme de jupes.

Mabel et Linnet.

Il essaya de se relever, de fuir. En vain. Ses jambes refusaient d'obéir. Il sentait son visage déformé, comme tiré d'un côté par un poids. Il était incapable de bouger, de parler. Son esprit fonctionnait, mais il ne pouvait pas exprimer ses volontés. Il était sans défense — devant *elles* !

Pour la première fois de sa vie, John-William Dallam connut la terreur.

— Gemma. Cherchez Gemma.

Constatant que ses borborygmes restaient incompris, il rassembla ses dernières forces sans se soucier de savoir si cela le tuerait — dans son état, de toute façon, le plus tôt serait le mieux. Comme un sourd-muet qui apprend à parler, il parvint enfin à articuler les syllabes : « Gem-ma, Gem-ma » et les répéta jusqu'à ce qu'il fût certain d'avoir été entendu.

Désormais, il se désintéressait du sort de Mabel et ne pensait plus qu'à lui. Il avait peur, non pas de mourir mais d'une fausse mort qui le laisserait en vie, une vie qui ne méritait pas d'être vécue. Il ne se résignait pas à se voir plus impuissant qu'un enfant. Sa volonté, sa lucidité intactes étaient emprisonnées dans un corps inerte, inutile, livré à la merci de femmes à qui il ne pouvait se fier, Mabel parce qu'elle ne saurait pas quoi faire, Linnet parce qu'elle le savait trop bien. Linnet qui, de ses gracieuses mains de fer, prenait déjà le contrôle de sa maison. De sa femme. Et de lui.

Gemma ? Où était Gemma ?

Quand elle arriva, le médecin la prépara de son mieux. La vision du visage déformé, des mains tordues, du regard implorant de son père, ce monument de volonté qui n'avait jamais imploré personne, lui causa cependant un choc terrible.

— Aide-moi.

Avec les derniers vestiges de ses forces physiques et morales, il avait lutté pour former les mots dans sa tête, les garder, les transmettre à sa langue rebelle. Incapable d'en dire plus, il ne pouvait qu'espérer s'être fait comprendre.

Elle comprit.

— Ne vous inquiétez pas, père, elles ne vous importuneront plus. Elles resteront à leur place, je m'en charge.

Agenouillée à son chevet, elle lui expliqua en détail comment elle viendrait s'installer à Almsmead ainsi qu'elle le lui avait promis, comment elle serait désormais une mère pour Mabel, une épouse pour Tristan, un soutien pour son père, la gardienne de son repos et de sa dignité. Sans regrets ni murmures, elle ferait tout ce pourquoi elle avait été conçue et éduquée, c'est-à-dire son devoir.

Sa mesure de temps était épuisée avant d'être remplie. Elle l'avait toujours su, elle s'y était préparée. Sa douleur n'était pourtant pas moins vive, son désarroi moins grand.

De retour à Frizingley le lendemain après-midi afin de préparer ses bagages, Gemma se rendit d'abord à l'école. La classe n'était pas finie ; du seuil de la salle, elle fit signe à Daniel de ne pas s'interrompre. Elle voulait revoir une dernière fois ce lieu où son bonheur était né, où elle avait été, non la fille de John-William mais, trop brièvement, elle-même. Elle venait faire ses adieux à son amant, mais aussi à sa propre vie.

Les enfants s'en allèrent. Elle caressa quelques têtes au passage, effleura un pupitre, une ardoise, prit les mains que Daniel lui tendait en silence. A son visage sérieux, à sa tristesse, il avait compris.

— Mon père a eu une nouvelle attaque, plus grave que la précédente. Je dois rentrer à la maison comme je vous en avais prévenu, Daniel. Ils ont besoin de moi.

— Quand ?

— Ce soir même.

Comment pouvait-elle lui annoncer avec autant de calme ce qui était, pour elle, une réclusion perpétuelle ? Il admirait son courage, il éprouvait à la fois de la pitié pour elle et de la haine pour tout ce qui la condamnait à toujours subir sans jamais avoir le droit de se plaindre.

— A votre place, je les abandonnerais. Je leur dirais que ma vie m'appartient, qu'ils ont eu la leur, qu'ils n'ont pas le droit de...

Elle l'interrompit d'un sourire indulgent.

— Non, Daniel. Si vous étiez vraiment à ma place, vous seriez une femme, vous auriez une conscience de femme. C'est un fardeau bien pesant, croyez-moi.

— Alors, je les haïrais.

— J'essaierai de ne pas le faire.

— Votre courage m'effraie, Gemma. Je n'aurai jamais la patience d'affronter comme vous les problèmes quotidiens, de résister au temps...

Il y eut un silence.

— Quand voulez-vous que je parte ? reprit-il.

— Quand vous voudrez. Ce soir, si cela vous convient.

— Je ne peux pas fermer l'école et mettre la clef sous la porte ! Je ne suis pas irresponsable à ce point. J'attendrai au moins que vous ayez trouvé un autre instituteur.

— Mme Cook se chargera de l'école. Je vous connais assez, Daniel, pour savoir que vous ne tiendrez pas en place. Vous voilà libre. Prenez le premier train qui vous plaira.

— Me chassez-vous ? dit-il en souriant.

— Non. Je vous offre ce qu'on donne à celui qu'on aime, c'est-à-dire ce qu'il souhaite. Vous avez toujours subi l'immobilité avec impatience, Daniel. Je le sais.

— C'est vrai, dit-il en la prenant dans ses bras. Mais j'ai aussi ardemment souhaité rester, Gemma. Pour toujours.

— Merci, Daniel.

— Me remercier ? C'est moi qui vous dois tout !

— Non, Daniel, je vous dois davantage, dit-elle en s'écartant. N'ayez ni remords ni regrets. Partez, je vous le demande. Et si vous voyez un navire lever l'ancre dans un port, suivez votre fantaisie, parcourez le monde, découvrez ce qu'il y a de l'autre côté de l'océan. Vivez !

— Pour vous ?

— Non, pour vous-même, Daniel. Souffririez-vous de croire que je vous aime plus que vous ne m'aimez ? Si oui, ce serait absurde. L'amour n'est pas un bilan comptable, dont les deux colonnes doivent s'équilibrer. Vous m'avez donné plus que je n'osais espérer, vous m'avez rendue heureuse et cela me suffit, croyez-moi. Vous ne voudriez pas me laisser de vous un mauvais souvenir, n'est-ce pas ?

— Sûrement pas !

— Alors, acceptez mon amour pour ce qu'il est, de même que j'accepte votre... affection. Ne protestez pas ! Je sais que vous ne m'aimez pas d'amour. Ce n'est pas vous qui m'avez forcée à vous aimer, je l'ai fait spontanément et je savais à quoi je m'engageais. Mon amour vous appartient, ne le refusez pas et soyez heureux. Puis-je compter sur vous ?

Il se détourna, les yeux pleins de larmes.

— Gemma... Si jamais vous aviez besoin de moi pour quoi que ce soit. Je ne sais pas encore où j'irai, mais...

— Aucune importance, Daniel. Moi, je ne bougerai pas. Si vous, vous aviez besoin...

— Non, Gemma !

— Si, Daniel. Prévenez Mme Cook, elle me le fera savoir. Vous avez son adresse.

Le silence retomba.

— Allons, il faut que j'aille m'occuper de mes malles.

Ils se quittèrent à la porte en se serrant la main, comme des gens raisonnables, civilisés, qui savent que leur séparation est inéluctable et que, de toute façon, ils ne pourront faire leur vie ensemble.

Gemma n'avait pas parlé à Daniel de son salaire. Elle le lui ferait parvenir plus tard, juste avant de quitter la ville, afin qu'il ne puisse pas le lui renvoyer en constatant qu'il dépassait le montant convenu. De son côté, il n'avait pas même réfléchi qu'après avoir payé les dettes d'un ami chartiste emprisonné il lui restait à peine le prix d'un billet de chemin de fer pour Londres. Cette sorte de préoccupation lui était étrangère.

Il rangea la salle de classe, plaça en évidence une pile de livres trop lourds pour être emportés, écrivit un mot à Mme Cook pour l'informer de son départ et lui laisser les clefs de l'école. Il avait hâte, maintenant, de partir, d'abandonner derrière lui ces lieux et ces souvenirs. De nouveau, il reprenait la route. Moins de deux ans plus tôt, il était venu rapporter à une inconnue une broche en forme de chat. Ce soir, il partait avec la broche épinglée sous son revers. Plus que jamais, il aurait besoin d'un porte-bonheur.

Il s'était montré indigne de Gemma et de sa grandeur d'âme, il n'avait pas payé de retour sa générosité. Il aurait voulu se dévouer pour elle, il déplorait amèrement ne pas l'avoir fait. Mais il était trop tard. L'appel de l'aventure, trop longtemps repoussé, était le plus fort.

Traverser la lande jusqu'à Leeds serait plus long que d'aller à la gare de Brighouse ; mais la nuit était belle, la brise tiède, le ciel plein d'étoiles. Il marcherait une heure ou deux, il dormirait dans un repli de terrain, il assisterait au lever du soleil. Personne ne l'attendait, personne ne s'inquiétait de lui, lui-même moins que tout autre. Il était seul. Il était libre — il se retint d'ajouter : enfin.

Daniel abordait la place du Marché quand l'enseigne bleu et or de Cara Adeane attira son regard. Il sauta le muret de la cour, frappa à la porte de derrière — et regretta aussitôt son geste impulsif, car il arrivait visiblement au beau milieu d'un drame domestique. Prostrée dans un fauteuil, vieillie de dix ans, Odette sanglotait ; agenouillée près d'elle, le jeune Liam regardait sa mère avec une expression qui ressemblait à de la haine. Tendue, les nerfs à vif, Cara se tenait sur le seuil ; ses yeux turquoise étincelaient d'une manière que Daniel connaissait. Mais puisqu'il ne reviendrait jamais à Frizingley, il ne pouvait plus reculer.

A sa vue, Cara sursauta.

— Daniel ! Que faites-vous ici ?

— Je suis désolé de tomber si mal, mais...

— Pas plus mal que les autres jours.

Avec un haussement d'épaules excédé, elle claqua la porte derrière elle comme si elle faisait retomber le rideau sur le dernier acte d'un mélodrame et sortit dans la cour, les bras croisés, en frissonnant malgré la douceur de l'air.

— Que voulez-vous ? dit-elle d'un ton signifiant sans ambiguïté : « Finissons-en vite et partez. »

— Je suis venu vous dire adieu.

— Pourquoi ? Où allez-vous ?

— Je répondrai aux deux questions en vous disant que je n'en sais rien.

— Vous faut-il de l'argent ?

— Mais non, Cara ! Je ne prends pas la fuite, rassurez-vous. Personne ne me poursuit.

— En êtes-vous sûr ?

— Tout à fait certain.

— Fatigué de jouer les maîtres d'école, alors ?

En quelques mots, il lui apprit l'apoplexie de John-William Dallam et le départ de Gemma pour Almsmead.

— Je n'ai donc plus rien à faire ici, conclut-il.

— Ainsi, tout va bien pour vous ?

— Oui. Et vous ?

Elle ne put retenir un ricanement.

— A merveille.

— Je ne reviendrai sans doute pas, Cara.

— Rien ne le justifierait, en effet.

On ne pouvait être plus clair.

— J'ai vraiment mal choisi mon moment, n'est-ce pas ?

Elle ne répondit pas. Jamais il ne l'avait vue aussi belle, aussi éblouissante — aussi douloureusement blessée.

— Eh bien... adieu, Cara.

Elle se borna à faire un signe de tête. Il hésita, puis, voyant qu'elle n'ajoutait rien et restait immobile, les bras croisés, il s'éloigna.

Elle le rappela alors qu'il se fondait dans l'obscurité.

— Daniel ! Soyez prudent — si vous en êtes capable.

Il entendit sa voix se briser sur les derniers mots. Alors, sachant qu'il n'aurait pu répondre sans se trahir à son tour, il allongea le pas. Il lui tardait, désormais, de mettre le plus de distance possible entre lui et cette femme torturée, cette ville poussiéreuse et malsaine ; d'emplir ses poumons d'air pur, sa vision d'espaces infinis.

Quelle farce cruelle que la vie ! Quel jeu absurde que celui dont les pions, jetés sur l'échiquier par le hasard — Gemma, Cara, lui-même — sont condamnés à se faire souffrir les uns les autres en dépit de leurs intentions. Plus que jamais, il aspirait à changer d'horizon, à partir loin, vite — et seul. A ne plus connaître que ces compagnons de route rencontrés un jour et quittés le lendemain, qui n'apportent presque rien, exigent moins encore et disparaissent sans laisser de traces. Il n'en demandait pas davantage à l'existence.

Et pourtant, la nuit n'était pas achevée qu'il s'assit, épuisé, sur un rocher plat, quelque part sur la lande entre Frizingley et Leeds. Il savait — il l'avait compris depuis le début mais s'était efforcé de le chasser de son esprit — que Gemma lui mentait par pitié, par générosité, en lui affirmant qu'il l'avait rendue heureuse, qu'il lui avait donné plus qu'elle n'espérait de lui.

Non, elle n'avait pas pu se contenter de son affection, de sa tendresse, de son amitié. Elle avait sincèrement désiré qu'il l'aime d'amour, elle avait rêvé de serments passionnés qui n'étaient jamais sortis de ses lèvres — encore moins de son cœur. Elle avait en vain souhaité se rendre, ne serait-ce qu'un instant, indispensable à son bonheur. Et elle lui avait dit le contraire à seule fin de lui rendre sa liberté et de le laisser partir sans remords.

Ce trésor dont elle lui avait fait don, il fallait dorénavant qu'il s'en montre digne. Par tous les moyens — sauf le mensonge.

Au-dessus de lui, le ciel commençait à pâlir des premières lueurs de l'aube. Daniel se leva. Il faisait plus froid qu'il ne l'aurait cru. Devant lui, la route lui parut soudain plus longue et plus rude. Et plus pesant le sac qu'il jeta sur son épaule.

CHAPITRE XX

A quelques jours de là, Cara accompagna sa mère et son fils à Liverpool, leur première étape vers l'Amérique, avant de rentrer seule à Frizingley. Elle avait mis cinq mois à mûrir sa décision de les laisser partir, cinq mois durant lesquels le spectacle quotidien d'Odette en train de dépérir et Liam de la haïr avait été un calvaire.

En avril, elle était restée intraitable : personne ne lui prendrait Liam. Odette pouvait agir comme bon lui semblait, mais si elle se souciait autant qu'elle le disait de son petit-fils, elle n'avait qu'à rester près de lui à Frizingley. Ne pouvant négliger plus longtemps ses affaires, Kieron Adeane était rentré seul à New York. Depuis, Odette pleurait, Liam se murait dans un silence hostile. A toutes les tentatives de rapprochement, il répondait par des injures. Leur vie était devenue un enfer permanent.

Mai fut pire encore, juin à peine moins atroce. Par les relations de Christie Goldsborough et de Marie Moon en Amérique, Cara se renseigna sur la situation de son père. Elle apprit non seulement que la boulangerie de sa tante existait, mais qu'elle en possédait d'autres et que ses affaires semblaient florissantes. Pour une fois, Kieron n'avait donc pas menti.

— Va le rejoindre si tu veux, dit Cara à Odette, je garde Liam.

— Il ne veut pas rester avec toi, Cara.

— Ce gamin fera ce que je lui dirai !

Liam se cramponnait à sa grand-mère et traitait Cara en ennemie. Rien, ni les promesses, ni les cadeaux, encore moins les corrections, ne semblait pouvoir ramener le petit garçon à la raison. Le conflit atteignit son point culminant le soir où Liam fit une fugue. Folle de rage et d'inquiétude, Cara le retrouva en pleine nuit sur la lande, caché derrière un rocher. Le lendemain matin, grelottant de fièvre, il hurla de frayeur en la voyant et appela Odette au secours.

Ce jour-là, en quelques phrases sèches et hautaines, Mlle Cara Adeane de Frizingley écrivit à Mlle Térésa Adeane de New York afin de s'enquérir de l'accueil que sa mère et son fils recevraient chez ladite demoiselle si, d'aventure, ils se rendaient en Amérique. Mlle Térésa Adeane ayant manifesté par le passé une vive opposition au mariage de son frère et une non moins vive répugnance à accorder l'hospitalité à sa famille, pourquoi aurait-elle changé d'avis ? Par retour du courrier, Mlle Térésa Adeane répondit sur le même ton que, compte tenu de la participation décisive de son frère à l'expansion de ses affaires, l'épouse et le petit-fils de ce dernier seraient les bienvenus sous son toit, bienvenue qui ne s'étendait cependant pas à sa nièce, car elle n'estimait pas souhaitable la présence dans la même ville de deux demoiselles Adeane, dotées l'une et l'autre d'un tempérament autoritaire.

Cara rangea la missive en lieu sûr. Une semaine plus tard, sa résolution ébranlée, elle reprit la plume pour signifier à sa tante que, dût-elle autoriser son fils à traverser l'Atlantique, elle la tiendrait pour responsable de la santé physique et morale de Liam, le caractère de son père étant tel qu'il ne saurait être question de lui confier un chat, à plus forte raison un enfant. Sa tante devrait en outre s'engager à lui communiquer régulièrement des nouvelles de Liam et à le lui renvoyer sans délai, si son père retombait dans ses folles prodigalités. Elle souhaitait enfin que ces instructions soient déposées entre les mains d'hommes de loi chargés de les exécuter, dans l'éventualité de l'invalidité ou du décès de ladite demoiselle. Celle-ci fit répondre par ses avocats que les volontés de Mlle Cara Adeane seraient respectées.

Cara réserva encore sa décision. Puis, à force de voir Liam lui lancer des regards apeurés et Odette pleurer, elle n'y tint plus.

— Pars, emmène-le. Prends-le, te dis-je, tu m'as déjà pris tout le reste !

Juillet touchait à sa fin. Malgré sa hâte d'en finir, Cara dut attendre jusque vers la mi-août avant de pouvoir les accompagner à Liverpool où Kieron Adeane, signe d'une merveilleuse galanterie selon sa femme et d'une prodigalité criminelle selon sa fille, était revenu les chercher.

Ce jour-là, Cara confia la boutique à Madge Percy et se rendit rue St Jude dans une voiture de louage, où elle fit monter sa mère et son fils comme des prisonniers dans un panier à salade. Une famille aussi misérable que les Rattrie occupait la masure voisine, un ramassis de vagabonds et de prostituées déshonorait la maison de Sairellen. Cara n'y jeta pas même un coup d'œil en surveillant le chargement des malles, bourrées de robes à la dernière mode pour Odette, de costumes pour Liam, de lingerie et de mille autres choses. Elle ne voulait pas que sa mère arrive à New York comme une indigente, mais sa générosité s'arrêtait là. Elle refusait de lui pardonner ce qu'elle considérait comme une trahison.

A l'exception des quelques mots indispensables, ils ne desserrèrent pas les dents pendant tout le trajet. Blotti contre sa grand-mère, Liam regardait Cara avec méfiance, comme s'il craignait qu'elle ne le reprenne de force. Odette n'osait pas laisser transparaître sa joie de revoir son mari bien-aimé. Cara n'était pas d'humeur à détendre l'atmosphère. Ils s'étaient déjà tout dit. Qu'aurait-elle pu ajouter ? Aussitôt libérés de sa présence, ils seraient heureux tous les trois. Entre Kieron qui lui raconterait des histoires et Odette qui le dorloterait, Liam réapprendrait vite à rire et à parler. Odette donnerait enfin libre cours à son bonheur. Elle, elle resterait seule. Tout compte fait, ce n'était que le plus banal des drames. Ils avaient eu besoin d'elle, ils avaient pris ce qu'il leur fallait ; maintenant, ils s'en détournaient sans un remords, sans une pensée pour les sacrifices qu'elle leur avait consentis. Face à l'amour et la fidélité qu'elle s'obstinait à leur vouer, cette ingratitude lui laissait dans la bouche un goût de fiel.

A la gare de Liverpool, toujours en silence, ils montèrent dans un fiacre et ils traversèrent la ville jusqu'à l'hôtel de luxueuse apparence où son père avait retenu un appartement en attendant le départ du bateau. Debout sur le trottoir, environnée de malles et de cartons, Cara se sentait déjà aussi éloignée d'Odette et de Liam que s'ils étaient au milieu de l'Atlantique. Et elle ne voulait pas faiblir et s'humilier à les supplier de rester.

— Au revoir, mère. Fais bon voyage.

— Cara ! s'exclama Odette, bouleversée. Tu ne vas pas nous quitter comme cela, mon enfant.

— Pourquoi donc ? C'est bien l'adresse qu'il a indiquée. Crains-tu qu'il te fasse faux bond ?

Mais il les avait vus par la fenêtre et accourait déjà à leur rencontre. La boutonnière fleurie, plus élégant, plus séduisant que jamais, le succès et la prospérité l'avaient si bien rajeuni qu'Odette, auprès de lui, paraissait tout à coup vieille et fanée. La magie de New York ne tarderait sans doute pas à la métamorphoser à son tour...

— Cara !

Il lui tendit les mains, prêt à la prendre dans ses bras et à l'y garder, à l'entraîner dans le tourbillon de son existence, à lui rappeler que nulle couleur au monde n'est plus vive que celles qu'il peint, qu'on ne respire nulle part un air plus pur et plus grisant qu'à ses côtés.

— Bonjour, père, dit-elle froidement.

— Entrez, mes chéris, entrez !

Cara refusa jusqu'à ce que les larmes d'Odette, qui ne se résignait pas à faire ses adieux à sa fille dans la rue, aient raison de son entêtement. Dans l'espoir d'en finir plus vite, elle les suivit à l'intérieur tandis que son père distribuait des pourboires aux porteurs qui montaient les bagages et commandait des rafraîchissements.

Sourire aux lèvres, plein de charme, il les fit entrer dans un salon plus vaste et plus luxueux que le sien, constata Cara avec dépit. Elle savait que son père plaisait aux femmes, elle l'avait elle-même aimé. Elle savait aussi qu'il avait décidé de la séduire et ne doutait pas de la voir, le surlendemain, agiter son mouchoir sur le quai, peut-être même à côté de lui sur le pont du navire quand celui-ci lèverait l'ancre. Eh bien, il pouvait toujours attendre !

— Odette, mon ange, montre donc sa chambre à ce cher enfant, de sorte qu'il ne se sente pas dépaysé en allant se coucher tout à l'heure.

Ce qui signifiait, en clair : « Laisse-moi seul avec notre fille, voir si je peux en tirer quelque chose. » Odette prit Liam par la main et s'en fut. Cara préféra ne pas suivre des yeux ce fils qu'elle ne reverrait sans doute jamais.

— Cara, ma chérie, je suis fier de toi ! Tu es si belle, si élégante.

Il était sincère, comme jadis en lui disant : « Je ferai de toi une princesse. » Mais Cara n'avait que faire de ses compliments et de ses promesses. Un jour, avant longtemps, elle se ferait elle-même princesse.

— Écoute-moi, Cara...

Elle n'avait pas plus envie de subir ses mauvaises excuses que de résister à sa séduction. Elle ne voulait que le blesser, au risque d'en souffrir elle-même.

— Cela m'amuserait d'écouter tes dernières fables, père, mais je n'ai pas le temps, dit-elle d'un ton si méchant qu'il sursauta. Ah ! Une dernière chose, avant que j'oublie. Tu avais laissé une dette à Frizingley.

— Vraiment ?

A l'évidence, il était à cent lieues de ces sordides souvenirs d'un passé évanoui et ne voulait que lui parler du pardon des offenses, de réconciliation, de la magie du Nouveau Monde et des rues de New York pavées d'or.

— Oui, *vraiment*. Et comme nous ne nous reverrons sans doute jamais...

— S'agirait-il de la petite somme empruntée à Goldsborough ? Je croyais qu'il l'avait annulée.

— Non, je la lui ai remboursée. Cinquante livres, je te prie. Et je ne compte pas les intérêts.

Elle tendit la main.

— Me soumettrais-tu à une sorte d'épreuve, ma chérie ?

Son sourire n'exprimait ni rancune ni colère, mais le regret mélancolique de ce qui aurait pu être et n'avait pas été, l'amour qu'il n'avait cessé de lui porter, la douceur des retrouvailles, la joie d'un nouvel avenir ensemble.

— Cinquante livres, répéta-t-elle.

Il soupira avec résignation.

— Si tu y tiens...

— J'y tiens.

Il compta les billets dans sa main. Elle quitta la pièce sans se retourner. Il lui tardait de s'éloigner le plus vite, le plus loin possible des émotions qu'il avait ravivées dans son cœur, des souvenirs empoisonnés par la confiance trompée, du « cercle de famille » dont ils l'avaient exclue — ou auquel elle s'était elle-même arrachée, elle n'aurait su le dire au juste.

Pour elle, l'adversité était une vieille connaissance ; la faim, le froid, les dettes, des ennemis avec lesquels elle n'avait plus peur de se colleter depuis qu'elle les avait vaincus. Mais elle n'avait jamais encore affronté la solitude. Depuis l'enfance, elle avait appris à penser, à agir en fonction du clan — « nous les Adeane », les plus beaux, les plus intelligents, toujours supérieurs au reste du monde... Encore un mirage créé de toutes pièces par son père, un jeu inventé à son usage. Elle y avait cru, elle y avait joué toute sa vie. Désormais, le jeu était fini. Elle était seule. Elle n'avait plus de parents, plus d'enfant. Il ne lui restait que cinquante livres au creux de la main. Au fond du cœur, un froid de glace. Et une irrésistible envie de sangloter.

Quand elle revint place du Marché ce soir-là, plus rien dans son comportement ne trahissait son accès de faiblesse. Madge Percy l'assura qu'il ne s'était produit aucun désastre en son absence, qu'aucune cliente ne lui avait fait défection, qu'aucune ouvrière négligente n'avait gâté un coupon de soie.

— Merci, Madge. Vous pouvez rentrer chez vous.

Brisée de fatigue, hors d'état de trouver le sommeil, elle espéra se détendre avec un verre de madère. Demain, libérée des regards accusateurs de Liam et des reproches muets de sa mère, elle reprendrait seule le cours de son existence, elle poursuivrait ce qu'elle savait faire de mieux — travailler, gagner de l'argent, assurer l'avenir.

Mais pour qui, désormais, et pourquoi ? Personne n'avait plus besoin d'elle. Daniel était parti sans esprit de retour. Luke s'était marié et refaisait sa vie à Nottingham. Odette voguait sur les flots du bonheur conjugal. Quant à son père, qui le méritait moins que quiconque, il était mieux établi et plus prospère à New York qu'elle-même à Frizingley.

Elle se versa un verre — le deuxième ou le troisième ? — et l'avala d'un trait. Une bienfaisante torpeur commençait à détendre ses nerfs et lui alourdir les paupières quand elle entendit une voiture rouler à vive allure sur les pavés de la place et s'arrêter devant chez elle. Qui était-ce, à pareille heure ? Sûrement pas une cliente. Un mari, peut-être, confondant trop volontiers son amabilité commerciale avec de la complaisance ? Ce ne serait pas la première fois et elle savait comment mettre fin au malentendu. A moins que ce ne soit Marie Moon. Pauvre Marie, poursuivie par les experts juridiques et médicaux de son mari qui cherchait à la répudier ou à la faire enfermer ! Pour elle, la porte restait ouverte à toute heure du jour ou de la nuit.

Cara traversa la boutique sans allumer. La forme d'un élégant phaéton se découpait derrière la vitrine. Des coups impérieux retentirent sur le vantail. Un seul homme pouvait se permettre de mener un tel tapage en pleine nuit et de réveiller le quartier sans craindre de rebuffade : Christie Goldsborough.

Cara tira le verrou, ouvrit la porte.

— Que faites-vous ici ? Il est minuit passé !

Jamais encore il n'avait daigné venir chez elle.

— Il m'a pris fantaisie de vous rendre visite, déclara-t-il sans se justifier davantage.

Il entra du pas assuré du propriétaire venu inspecter son domaine. Déconcertée, Cara courut chercher une lampe. Que diable lui voulait-il ? Il sortait visiblement d'un dîner. Son élégance un peu trop voyante indiquait à coup sûr qu'il venait de chez un industriel, Ben Braithwaite sans doute. Entre « gens de bonne compagnie », on ne s'endimanchait pas de la sorte.

— Ainsi, voilà où vous vivez, dit-il en examinant la pièce avec curiosité.

Il lança négligemment ses gants et son chapeau dans la direction de la table, sans s'inquiéter de l'endroit où ils tomberaient ni des dégâts qu'ils risquaient de causer.

— Et vous buviez seule, à ce que je vois, reprit-il. Je vous tiendrai compagnie.

Indignée de son sans-gêne, Cara sortit un verre du placard, le remplit exprès à ras bord et le lui tendit sans mot dire. Certes, la maison lui appartenait, elle ne le savait que trop. Mais ce n'était pas une raison pour s'y installer comme chez lui ! Le chien n'avait même pas grogné.

— Par exemple ! s'écria-t-il en s'apercevant de sa présence. Mais c'est mon vieux Caligula !

Caligula ? Elle ne l'avait jamais appelé que « le chien » ou, plus volontiers, « sale bête ». Alors qu'il ne se dérangeait à l'appel de Cara que quand cela lui convenait, il traversait déjà la pièce et posait son mufle sur les genoux de son maître avec un regard d'adoration.

— Je croyais que vous vous en étiez débarrassée depuis longtemps. Et le voilà, gras à lard et le poil luisant... Vous paie-t-il au moins de vos soins en vous gardant ?

— Lui ? Il n'est bon qu'à se goinfrer ! Si vous me tranchiez la gorge, il vous laisserait faire sans broncher.

Avec un éclat de rire, Christie renvoya le chien d'un claquement de doigts. Elle avait perdu deux hommes qu'elle aimait, un père, une mère, un fils. Pourquoi souffrait-elle tout à coup de se voir trahie par cet animal ?

— Quand êtes-vous rentrée de Liverpool ?

— Tard.

— Et cela s'est bien passé ?

Cara lui demanda rageusement s'il se doutait de ce qu'éprouve une femme qui vient de se séparer de son enfant.

— Je suis mal placé pour en juger, ma chère, je n'en ai jamais eu — ce qui, je l'avoue sans honte, ne m'inspire pas de regrets particuliers. Voilà au moins une chose, en tout cas, que vous ne pourrez pas me reprocher.

— Oh, si !

— Ma chère Cara, la douleur vous égare. J'admets volontiers avoir joué un rôle dans le départ de votre ami Thackray. Mais celui de votre fils ? Je n'y ai aucun intérêt, voyons !

— Vous en êtes quand même responsable parce que cela vous arrange.

— Étrange accusation ! Expliquez-vous.

Confortablement installé dans *son* meilleur fauteuil, *son* chien à ses pieds, il paraissait la narguer et Cara s'en réjouit. Si elle parvenait à déverser un peu de son trop-plein d'amertume, sa peine en serait peut-être allégée. De toute façon, elle pouvait dire n'importe quoi, Christie n'y prêterait aucune attention.

— Vous saviez que j'avais un fils. Vous en êtes-vous jamais soucié ? Sur un signe de vous, je devais tout abandonner, à commencer par lui, pour accourir jouer à vos jeux malsains...

— Diable ! Je les ai toujours considérés, au contraire, comme les plus naturels qui soient.

— Je ne fais pas allusion à... *cela*, dit-elle, refusant comme d'habitude d'employer avec lui le mot « amour ». Vous savez très bien de quoi je parle ! Jouer aux échecs, comme vous dites, avec des pions vivants. Me montrer telle que je suis pour me faire horreur à moi-même. Si vous voulez me faire avouer ce soir que je suis une mère indigne, épargnez-vous cette peine ! Je suis une mauvaise mère, je le sais !

— Allons, bon ! Et pourquoi donc ?

— Parce que j'ai abandonné mon fils. Parce que...

Elle s'interrompit, le visage soudain ruisselant de larmes, partagée entre le dépit de se donner en spectacle et le désarroi d'être incapable de se dominer.

— Pleurez, Cara, cela soulage et n'empêche pas de parler. Pourquoi l'avez-vous laissé partir ?

— Parce qu'il me rejetait. Parce qu'il avait peur de moi. Parce que je n'ai jamais eu la patience de l'écouter ni fait l'effort de le comprendre. Au début, j'étais trop fatiguée à la fin de la journée. Après, je n'avais pas le temps. Il y avait toujours quelque chose qui passait avant lui. En réalité, je ne pensais qu'à gagner ma vie — notre vie. J'espérais au moins qu'il m'aimerait comme une grande sœur, alors que je n'ai jamais été pour lui qu'une intruse. Une ennemie, qui menaçait de l'arracher à Odette. Il m'a fallu longtemps pour comprendre qu'il aurait été trop cruel de le garder de force. Alors, je l'ai laissé partir...

Haletante, elle se tut. Il lui versa un verre de vin, sécha ses larmes. Ces marques de bonté de sa part lui parurent si étranges que l'effort d'en deviner les mobiles ou les arrière-pensées lui permit de reprendre contenance.

— Excusez-moi. Je n'aurais pas dû...

— Mais si. J'ai entendu beaucoup plus de confessions que vous ne croyez. Vous sentez-vous mieux ?

— Un peu.

— Alors, cessez de vous accabler de reproches. Quel âge a-t-il, ce petit ? Sept, huit ans ? C'est l'âge auquel on m'a mis en pension et je ne m'en porte pas plus mal. Avant, je ne voyais pour ainsi dire jamais ma mère plus de dix minutes par jour — et encore, pas tous les jours. Les dames ont trop à faire pour s'intéresser aux enfants.

— Dans votre monde, peut-être ! Pas dans le mien.

Il remplit son verre une fois de plus.

— Je ne vois pourtant guère de différence. On envoie les petits pauvres à l'usine, les petits riches à l'internat. Pour eux, cela revient à peu près au même.

Outrée par son cynisme et sa désinvolture, Cara avala d'un trait et s'étrangla.

— Ne parlez pas de ce que vous ignorez ! Vous ne savez pas ce que c'est que la faim. S'il vous arrive d'avoir froid, c'est pour avoir vécu sous les Tropiques et non pas faute d'un toit sur votre tête ou d'une couverture pour vous réchauffer ! Vous n'avez jamais manqué de rien. Comment sauriez-vous à quoi ressemblent la pauvreté, l'adversité ?

Il affecta de ne pas remarquer son indignation.

— J'ai toujours eu un toit, je vous l'accorde. Mais je tiens à préciser que les écoles où on enferme les enfants tels que moi sont conçues pour leur forger le caractère, pas pour les dorloter. Pour en faire des soldats, des explorateurs, des colons, pas des intellectuels. Et la seule façon de forger le caractère, ma chère amie, c'est par les privations et les épreuves. Ainsi, des années durant, j'ai dû me laver dans la cour de l'école, hiver comme été, à une seule pompe où nous attendions notre tour à moitié nus. On a beau ne pas aimer, on apprend à le supporter, de sorte que si on se retrouve un jour dans un avant-poste à l'écart de toute civilisation, on ne risque pas de se déconsidérer devant les indigènes faute d'un peu d'eau chaude. On apprend aussi à être fouetté sans se plaindre. Quant à l'armée, elle a ses bons côtés, certes, mais d'autres plutôt désagréables — se faire tirer dessus, par exemple. Vous voyez donc, très chère Cara, que mon chemin n'a pas toujours été semé de pétales de roses.

L'armée ? Elle le voyait mal obéissant aux ordres d'un supérieur. Avait-il même été soldat ? N'était-ce pas plutôt une couverture pour des activités moins honorables ? Les idées embrumées par le madère, elle l'imaginait plus volontiers en contrebandier, en pirate, en trafiquant d'esclaves. Elle le lui dit et il ne s'en offusqua pas.

— Navré de vous détromper, Cara, j'ai bien été militaire. Mon grand-père maternel, le général Sir Jarvis Covington-Pym, a eu la grande bonté de me faire affecter dans un régiment d'élite, comme on dit. L'uniforme était superbe, il vous aurait plu. J'avais quelques revenus, à l'époque, de quoi entretenir un ou deux chevaux et payer mes additions au mess. Ce n'était pas une vie désagréable.

— Pourquoi l'avoir abandonnée, alors ?

— Disons plutôt qu'on m'a... démissionné

— Quoi ? Vous avez été chassé de l'armée ?

— Oui. Pour insubordination.

— C'est tout ? dit-elle, déçue. Ce n'est pas un crime ! J'aurais pu en être accusée cent fois.

— Si l'on y met de la persistance, cela suffit pour être mal vu de ses supérieurs.

— A-t-on arraché vos épaulettes et brisé votre épée devant le front des troupes ? demanda-t-elle avec jubilation.

— Non, on n'est pas allé jusque-là. C'était malgré tout assez déplaisant, mais je m'en suis fort bien remis. Au lieu de me brûler la cervelle ou de noyer ma honte dans l'alcool, je suis parti me faire oublier aux Antilles, où j'ai gagné de l'argent dans le rhum et les épices. La belle vie, en somme.

— Pourquoi n'y êtes-vous pas resté ?

— Cela vous aurait plu, n'est-ce pas ? Je suis revenu à la mort de mon père, prendre possession d'un manoir vendu depuis des années, d'un domaine dont il ne subsistait que les quartiers mal famés de Frizingley. De quoi refaire ma fortune le moment venu, du moins je l'espère... Vous me paraissez en meilleur état. Il n'y a rien de plus efficace pour se remettre, dit-on, que de satisfaire sa curiosité.

— Merci. Je me sens mieux, en effet.

A peine l'eut-elle dit qu'une nouvelle vague de désarroi la submergea, d'autant plus douloureuse que la source en était plus imprévue. Ce n'était plus sa mère ni son fils dont elle ressentait la perte, ce n'était plus leur absence qu'elle déplorait de tout son être, mais celle de Kieron Adeane, son père, le magicien de son enfance, qu'elle s'efforçait de haïr depuis des années — et elle découvrait qu'elle ne l'avait jamais autant aimé. Ce matin encore, il lui offrait une chevauchée magique dans un jardin enchanté. Elle l'avait rejeté et le rejetterait sans doute s'il surgissait devant elle sur un nuage, comme tous les enchanteurs ; elle se consumait pourtant du regret de ne pas arpenter à son bras le pont d'un navire cinglant vers l'aventure. Sa vie avait perdu ses couleurs et son charme depuis qu'il en était absent.

Énervée, elle se leva, tendit machinalement la main vers la bouteille — alors qu'elle avait perdu le compte des verres que Christie lui avait déjà versés. La bouteille était vide, elle en déboucha une autre.

— Méfiez-vous, le madère est traître, lui dit-il.

— Je sais.

Elle ne parvenait pas à se défaire de l'image de son père, du souvenir de tout ce qu'il avait été pour elle jusqu'à ce qu'elle ait perdu sa foi en lui, une foi qu'elle ne retrouverait jamais mais qu'elle regretterait aussi longtemps qu'elle vivrait. A bout de nerfs, elle explosa.

— Vous ne pouvez pas comprendre ! Vous ne savez pas ce que c'est d'avoir une famille. Comment le sauriez-vous ? Entre l'internat et l'armée, vous n'avez jamais connu vos parents ! Tandis que moi...

— Comment était-ce donc ? Racontez, Cara.

Non, elle ne pouvait pas mettre encore une fois son âme à nu devant lui. Malgré le vin qui lui tournait la tête, elle devait faire l'effort de retrouver sa lucidité, de sauvegarder ce qui lui restait de dignité en gardant pour elle ses secrets. Et c'est le mot « secrets » qui la poussa à détourner son attention d'elle-même avec la première question qui lui vint à l'esprit.

— Mon père est sans intérêt, parlons plutôt du vôtre. Comment a-t-il fait pour se ruiner ?

— Par les méthodes les plus banales qui soient : le jeu, les femmes, la boisson, dit-il calmement.

— Et votre mère ?

Moins ivre, elle n'aurait pas osé s'aventurer sur ce terrain. Au moins espérait-elle entendre des révélations assez scandaleuses pour supplanter son père et Liam dans ses pensées.

— Ah ! Je vois que les commérages sont parvenus à vos oreilles. Que vous en a-t-on dit ?

— Qu'elle était morte dans des circonstances troublantes.

— Mais encore ?

Elle commençait à avoir peur d'être allée trop loin.

— Personne ne sait rien de plus. De toute façon, je n'ai entendu que de vagues rumeurs.

— Il y a plusieurs versions. Dois-je vous les dire ?

— Si vous voulez, mais...

— Approchez-vous, Cara. Ces choses-là se murmurent.

Hésitante, elle fit un pas vers lui. Il la prit par le cou presque tendrement.

— Ils étaient en haut de l'escalier, mon père accusait ma mère, elle niait. Il a serré plus fort pour la faire avouer — comme ceci. Je vous fais mal, Cara ? Non ? Si je serre trop fort, arrêtez-moi. Je suis son fils, après tout, je suis parfois violent, moi aussi. Bref, plus elle se défendait, plus il serrait, si bien qu'elle est tombée morte à ses pieds...

— Assez, Christic !

— Voilà, du moins, ce que la femme de chambre jurait avoir vu, alors que la cuisinière aurait été témoin de tout autre chose, poursuivit-il en prenant Cara aux épaules. Il la secouait pour la faire avouer — comme ceci, voyez-vous ? — jusqu'à ce que, dans un accès de rage, il la soulève et la jette par-dessus la rampe, chute amplement suffisante pour tuer une faible femme. La version du palefrenier, en revanche, était tout à fait différente... Cela vous amuse, j'espère ?

— Non ! C'est vous qui vous amusez à me terroriser.

Il laissa glisser ses mains comme une caresse jusqu'aux poignets de Cara et la lâcha au bout d'un instant.

— Allons, revenez, vous tenez à peine debout. Je vous dirai maintenant la vérité — mais au creux de l'oreille.

Elle se laissa prendre dans ses bras sans résister.

— Elle était très Covington-Pym, vous ne l'auriez sans doute pas trouvée belle. Quant à mon père, je lui ressemble trop pour qu'il vous ait plu. Cousins éloignés, ils avaient la même nature excessive et passionnée — certains les jugeaient aussi fous l'un que l'autre — qui les rendait sujets à des accès de rage meurtrière tels que celui qui vous a poussée, il n'y a pas si longtemps, à molester l'infortuné Oliver Rattrie. Dans leur cas, le détonateur de la violence était la jalousie. Ils ne pouvaient littéralement pas vivre sans d'effroyables scènes suivies de réconciliations tout aussi exaltées. Ils en avaient besoin pour épicer leur existence, au point que je me suis demandé s'ils pouvaient faire l'amour sans cela... Bref, tous les prétextes leur étaient bons. Je suis pourtant prêt à jurer qu'elle ne l'avait jamais trompé.

— Et lui ?

— Bah ! Pas plus que tous les hommes, une aventure de temps à autre. Il le faisait surtout, je crois, pour provoquer une nouvelle réconciliation. Ensuite, ils passaient des heures, des jours entiers, enfermés dans leur chambre à se hurler des injures suivies de gémissements amoureux — c'est cela, plus que n'importe quoi, qui a alimenté les racontars des domestiques. Le jour de sa mort, ils se querellaient en effet en haut de l'escalier. Mais ce que la femme de chambre et la cuisinière ont oublié de dire, c'est qu'elle l'y avait poursuivi depuis les écuries. Et s'il la tenait à la gorge ou aux épaules, c'est parce qu'il était aveuglé par son sang et n'y voyait pas assez clair pour la gifler. Oui, j'oubliais de préciser qu'elle l'avait frappé à coups de cravache, en lui faisant une balafre sur le front, une autre sur la joue, et qu'il saignait comme un porc qu'on égorge. Quelle était la cause de cette dispute ? Peu importe, ils n'en avaient de toute façon guère besoin. Quoi qu'il en soit, elle s'est dégagée, elle a voulu lui lancer un nouveau coup de cravache, il s'est baissé. Emportée par son élan, elle s'est pris les pieds dans la traîne de son amazone et elle est tombée dans l'escalier. A l'époque, il n'y avait pas de tapis sur les marches ni sur les dalles du vestibule. Voilà la version véridique des faits, tels que les a vus de ses yeux le garnement que j'étais, caché dans un recoin comme tous les gamins qui ne veulent rien perdre de ce que font les adultes. Mon père a été responsable de la mort de ma mère, mais je puis attester qu'il n'en avait pas l'intention. Il en était si profondément affecté qu'il a juré de se tuer pour aller la rejoindre — au Ciel ou en Enfer, je l'ignore encore. Si elle avait repris conscience, elle lui aurait tendu un pistolet chargé. Malheureusement pour lui — et pour moi — il a choisi pour se détruire la méthode la plus lente et la plus coûteuse. Une bien triste histoire, n'est-ce pas ?

— Quel âge aviez-vous ?

— Quatorze ans.

— Pauvre Christie...

— Au lieu de me plaindre, Cara, venez faire l'amour et guérissez les blessures de mon âme.

Ce brusque changement de sujet la choqua. Elle venait de voir le drame avec les yeux de cet adolescent inquiet de retrouver un jour en lui le germe de la même folie, et qui se disait peut-être que, si c'était cela l'amour entre adultes, il en serait dégoûté à jamais. Elle ne reconnaissait plus rien de l'enfant qui lui avait inspiré de la compassion dans l'homme cynique qui la serrait contre lui.

— Comment osez-vous parler de *cela* après avoir évoqué votre mère ? Et d'abord, vous n'avez pas de blessures !

— Faisons l'amour, vous verrez.

— Nous le faisons depuis des années...

— Non, Cara. En réalité, vous couchez avec moi, vous exécutez — avec virtuosité, je le reconnais — les exercices que je vous ai enseignés. Vous comblez mes désirs en faisant des efforts surhumains pour que je ne comble pas les vôtres. Pourquoi, Cara ? Pour qui préservez-vous vos émois désormais ? Ils sont tous loin. Vous ne vous en rendez peut-être pas compte, mais vous êtes enfin libre. Totalement libre.

Elle ne se sentait pas libre. Désorientée, oui. Mais à quoi attribuer cette langueur soudaine du corps et de l'esprit, cette incapacité à réagir et à raisonner ?

— Je n'ai pas de désirs, Christie.

— Si, Cara. Je vous connais, je crois, mieux que vous-même. Servez-vous de moi comme instrument de votre plaisir, je me suis assez longtemps servi de vous pour satisfaire le mien. Je vous le demande encore, pourquoi, pour qui vous en priver ?

Il n'avait pas dit : « Qui d'autre veut encore de vous ? », mais cette affreuse pensée s'insinua dans sa tête jusqu'à ce que les savantes caresses dont il la couvrait réveillent sa sensualité. Quatre ans durant, elle avait fait l'amour avec cet homme en sevrant à tel point son corps de plaisir qu'elle donna avidement libre cours à sa curiosité. Dans un état second, elle se laissa entraîner vers une extase dont elle ne soupçonnait pas l'intensité et dont, pour la première fois, elle émergea à demi hébétée — mais comblée.

Elle sombra aussitôt dans un profond sommeil et se réveilla, affolée, sans savoir combien de temps elle avait dormi. Le ciel pâlissait derrière les rideaux. Avait-elle entendu une sirène d'usine ? Il y avait un homme dans son lit et ses ouvrières allaient arriver d'un instant à l'autre !

— Il est à peine quatre heures et demie ! gronda-t-il, irrité. A quelle heure viennent-elles, vos femmes ?

— Six heures...

Son soulagement fut de courte durée.

— Christie, votre cheval ! Votre voiture !

— Et votre réputation, n'est-ce pas ? dit-il en riant. J'y ai pensé, ma douce amie. Mon palefrenier les a emmenés dès que vous m'avez ouvert la porte. Je n'allais quand même pas laisser cet animal attelé toute la nuit. Venez, tendre Cara. En me tirant du sommeil, vous avez réveillé mon désir.

— Non, Christie ! Nous n'avons pas le temps !

Elle devait faire disparaître sans tarder les traces de sa visite, les verres vides, les cendriers pleins de mégots de cigares. Ignorait-il qu'il n'y a pas plus cancanières que les couturières ? Si elle recevait ouvertement son amant chez elle, comment pourrait-elle le reprocher à ses filles ? Il ne fit qu'en rire. Bientôt, elle ne résista plus et se laissa aller.

Un long moment plus tard, alanguie par la volupté du plaisir comblé, elle lui caressa la joue en souriant.

— Comptez-vous rentrer dans cette tenue, pas rasé, à l'heure où les rues grouillent déjà de monde ?

— Croyez-vous vraiment qu'on osera me le reprocher ?

— Non. Je préférerais quand même qu'on ne vous voie pas sortir de chez moi... Vous ne pourriez pas sauter le mur de l'épicier et passer par chez lui ?

— Bien sûr que si ! Il y a une dizaine d'années, je l'aurais même fait sans hésiter... Ah ! pendant que j'y pense. L'épicier quitte son local à la fin du mois.

Toute torpeur envolée, elle se redressa.

— C'est vrai ? Et le bail ?

— Dans ma poche — à moins que je ne l'aie perdu hier soir en venant.

— Je peux le chercher ?

Elle bondit et fouilla les poches de la jaquette.

— Le voilà ! s'écria-t-elle d'un air de triomphe.

— Ce ne sera pas bon marché, je vous préviens. Et j'ai d'autres candidats sérieux.

— Vous me l'avez promis !

Il se leva à son tour et commença à s'habiller.

— Promesse ou pas, étudiez mes conditions, inspectez les lieux, évaluez les travaux que vous comptez entreprendre et faites-moi une offre. Si votre chiffre est assez proche du mien, nous en discuterons. Ce soir, par exemple. D'accord ?

Elle était déjà trop absorbée dans ses calculs pour répondre autrement que d'un signe de tête.

— Bien, Cara. Et maintenant, vous feriez mieux de vous habiller si vous ne voulez pas accueillir votre personnel et vos clientes en costume d'Ève.

Tout à coup — était-ce une dernière bouffée d'ivresse ? — elle se jeta à son cou et l'embrassa gaiement sur la bouche, en camarade, en égale, comme elle aurait embrassé Daniel ou Luke et avec le même entrain.

Il eut un mouvement de recul. Ses sourcils soudain froncés, sa mine sombre signifiaient : « Apprenez à rester à votre place. C'est à moi de faire des avances, pas à vous. » En un clin d'œil, l'enchanteur qu'elle avait cru discerner la veille avait fait place à un maquignon, qui la jaugeait d'un regard froid. C'est fort bien ainsi, se dit-elle avec colère. Elle le connaissait mieux sous ce jour-là, elle ne serait plus tentée de céder à son charme.

Ils finirent de s'habiller en silence. Quand il fut prêt à partir, il la prit par le bras. Furieuse, elle voulut se dégager. Il la maintint fermement.

— Vous êtes libre, Cara, je vous l'ai toujours dit. Dorénavant, vous n'avez plus le prétexte de votre mère ni de votre fils pour rester ici. Vous ne pouvez plus vous cacher derrière eux pour prétendre avoir été forcée de faire ceci ou de ne pas faire cela. Vous auriez pu partir avec eux, ils en auraient été ravis. Je me suis renseigné, votre père est solidement établi en Amérique, vous pouvez me croire, et il est tout à fait à son aise. Assez riche, en tout cas, pour vous trouver là-bas un mari présentable, en vous faisant passer pour une veuve afin d'expliquer l'existence de Liam. Alors, qu'est-ce qui vous retient ici ?

— Mes affaires, dit-elle sèchement.

Il fit le sourire ironique qu'elle détestait.

— Vraiment ? Soyons clairs. Les occasions de partir ne vous ont pas manqué, ces derniers temps. Vous auriez pu aller à Nottingham avec Luke Thackray, à New York avec votre famille ou même en enfer avec votre Chartiste. Vous auriez pu vendre votre fonds de commerce et recommencer ailleurs, j'aurais été incapable de vous en empêcher. Et pourtant, vous êtes restée ici. Avec moi. Qu'est-ce que cela révèle, à votre avis ?

Elle ne répondit pas. Il la lâcha enfin.

— Nous savons, vous et moi, que ce n'est pas par amour. Je m'en réjouis, d'ailleurs. Cette pauvre Marie Moon était amoureuse de moi, ce qui a causé nombre d'inconvénients. Or, je n'apprécie pas que les femmes m'incommodent.

— Non. Vous préférez qu'elles vous servent !

— Quelle intuition, ma chère ! Mais je n'aime pas être servi de façon servile, par quelqu'un qui se met au service de n'importe qui. Dieu merci, ce n'est pas votre cas. Je me suis donc habitué à vous et, à mesure que je prends de l'âge, je suis de moins en moins enclin à changer mes habitudes. C'est pourquoi, si, pour une raison ou une autre, je délaisse les autres femmes, je serais gravement offensé si vous... En fait, Cara, je crois que nous nous convenons, vous et moi, et voilà pourquoi vous restez. Êtes-vous du même avis ?

Non, certes, mais que pouvait-elle répondre ? Allait-elle lui rendre ce bail qu'elle avait tant attendu et qu'elle tenait dans sa main ? Allait-elle racler ses fonds de tiroir, prendre le train de Liverpool, partir à l'aventure ?

— Peut-être, dit-elle à contrecœur.

Il enfila ses gants, inclina son chapeau sous l'angle correct, lui tapota la joue.

— Allons, souriez, Cara ! Je ne suis sans doute pas l'homme dont vous rêviez. Mais vous êtes-vous jamais demandé si je n'étais pas plutôt celui que vous méritiez ?

Elle ne répondit pas aussitôt, tant il lui coûtait de l'admettre.

— C'est possible, dit-elle enfin.

CHAPITRE XXI

L'esprit de John-William Dallam resta prisonnier de son corps durant tout l'automne et l'hiver. Il dépendait entièrement de Gemma. S'il avait en partie regagné l'usage de la parole, il ne voulait parler qu'à elle. Il ne se fiait qu'à elle pour interpréter et anticiper ses besoins et, plus encore, le protéger de ceux qui le traitaient comme un enfant. S'il parvenait, avec effort, à se déplacer de son lit à un fauteuil près de la fenêtre, il exigeait chaque fois la présence de sa fille pour veiller à ce que les infirmières ne l'humilient pas davantage en le laissant tomber par maladresse.

Sans Gemma, il était sans défense. Son impuissance l'enrageait jusqu'à lui faire parfois perdre les faibles moyens qu'il avait recouvrés. Il ne pouvait pas souffrir Linnet Gage et la présence de sa femme ne lui apportait aucune consolation. Certes, Mabel débordait de bonnes intentions, mais son incapacité à le comprendre et à lui communiquer quoi que ce soit d'utile exaspérait John-William et l'épuisait à tel point que les médecins durent conseiller à Mabel de limiter ses visites le soir, à l'heure où il était déjà à demi assoupi par les médications. Ne pouvant rien pour lui, elle pleurait en silence dans un coin et attendait qu'on lui dise quoi faire.

Gemma fit d'une pierre deux coups et se débarrassa avec diplomatie de sa mère et de Linnet.

— Le meilleur service à lui rendre, mère, c'est de vous ressaisir et de vous montrer vaillante. C'est à vous de recevoir les visiteurs qui viendront prendre de ses nouvelles, car vous êtes beaucoup plus douée que moi et nous ne pouvons pas imposer à Linnet de veiller Père, ce qui lui rappellerait trop cruellement la maladie de sa mère. Je compte sur vous pour lui épargner cette épreuve et l'encourager à se distraire en sortant avec ses amis.

Pendant les premières semaines de la maladie de son mari, Mabel ne quitta donc plus son salon. De toutes les villes industrielles de la région, de dignes messieurs vinrent rendre hommage à l'un des leurs frappé par l'adversité. Puis, quand l'état de John-William parut stabilisé et que ces visites se raréfièrent, elle renoua ses relations avec certains voisins, jusqu'alors bannis par Linnet, qui devinrent des familiers de la maison. C'est ainsi qu'elle fréquenta le pasteur, homme simple et de bon conseil à qui elle n'avait pas honte de confesser son sentiment d'inutilité ; le Dr Thomas, dédaigné par Linnet, s'en était consolé avec une excellente épouse qui, malgré ses trente ans, adoptait envers Mabel une attitude maternelle ; les demoiselles Sedley, aimables vieilles filles demeurant non loin du presbytère, et leur ami Dudley Stevens, veuf d'un certain âge, ancien négociant en laines pourvu d'une coquette fortune.

— Ai-je tort d'inviter tant de gens ? demandait-elle à Gemma avec inquiétude.

— Au contraire, la rassurait celle-ci, père est le premier à vous y encourager, il me l'a répété hier soir.

Les demoiselles Sedley et M. Dudley Stevens prirent ainsi l'habitude de passer la plupart de leurs après-midi à jouer aux cartes et à bavarder autour d'une tasse de thé avec Mabel, à qui cette existence paisible convenait infiniment mieux que la sophistication cosmopolite de M. Adolphus Moon ou la morgue de Sir Félix Lark, que Linnet lui avait jusqu'alors imposés. Elle menait, en fait, la vie qu'avait espérée John-William quand il avait acquis la maison. Et les jours s'écoulèrent ainsi, Mabel dans son salon et Linnet sur les grands chemins, tandis qu'à l'arrière-plan Gemma dirigeait tout avec efficacité.

Dissimulant la peine que lui causait son état, elle passait le plus clair de son temps dans la chambre de son père, qu'elle continuait à traiter en homme intelligent et capable plutôt que comme l'enfant capricieux et apeuré qu'il devenait chaque jour davantage. Puisqu'elle avait accepté d'accomplir son devoir, il aurait été aussi vain qu'inutile de s'en plaindre. La femme amoureuse qu'elle avait trop brièvement été existait toujours en elle, mais Daniel appartenait au passé. Pour le présent, elle était avant tout la fille de John-William, qui avait besoin d'elle, et celle de Mabel, qui devait être constamment rassurée : elle ne commettait aucun crime en prenant le thé avec ses amis.

Elle restait aussi l'épouse de Tristan.

Au moment de l'attaque de John-William, il était dans le Lincolnshire. Gemma attribuait son retour immédiat à Linnet qui, ne prévoyant pas que John-William survivrait, estimait que son frère devait revenir veiller à ses intérêts. Mais John-William avait survécu contre toute attente, y compris la sienne ; Linnet avait repris sans se faire prier le cours de ses mondanités, mais Tristan était resté.

— Je devrais me rendre utile, avait-il dit en s'excusant avec un irrésistible sourire. S'il faut chercher le docteur au milieu de la nuit, par exemple. Et ne vous souciez pas des repas, Gemma, vous savez que je me contente de rien.

Il était beau, charmant, simple de cœur et d'esprit. Il prenait les plaisirs comme ils venaient, sans se poser de questions. Gemma ne doutait pas de la sincérité de ses bonnes intentions, mais elle ne le croyait pas capable de supporter longtemps l'atmosphère d'une maison organisée autour d'un moribond. Bientôt, prétextant qu'il gênait ou ne servait à rien, il s'empresserait d'accepter une invitation des Lark à aller chasser à l'autre bout du pays.

Et pourtant — peut-être parce qu'elle ne s'ingéniait plus à lui fournir de bonnes raisons de s'éclipser — Tristan resta à ses côtés. Il chassait en compagnie du Dr Thomas ou du pasteur, dressait un chiot ou se promenait seul dans les bois. Le reste du temps, il tournait en rond à moins que Gemma ne le charge d'une course ou que Linnet ne l'entraîne dans quelque mondanité où elle ne pouvait se rendre seule, comme ce fut le cas à l'inauguration de la gare de Frizingley par un duc de la famille royale.

Déjà ulcérée de n'avoir pas accès à la tribune officielle, Linnet crut périr d'humiliation quand elle se vit reléguée au banquet avec les gens du commun, tels que Mlle Cara Adeane, tandis que Magda Braithwaite, ce laideron, se pavanait à la droite du duc. Tristan en souffrait pour sa sœur car ce mesquin problème de préséance comptait d'autant moins pour lui que les cérémonies de ce genre l'ennuyaient fort. Vers la fin, heureusement, Christie Goldsborough sauva Linnet d'une disgrâce complète en la faisant asseoir près de lui à la table d'honneur pour la présenter au duc, avec qui il paraissait en excellents termes. Elle flirta si bien avec Christie que son frère, sur le chemin du retour, se crut obligé de la mettre en garde.

— Je préfère ne pas savoir ce que tu mijotes, ma chérie, mais si tu as des visées sur Goldsborough, tu ferais mieux de les oublier très vite.

— Quoi ? dit-elle en pouffant de rire. Insinuerais-tu que le vaillant capitaine n'est pas un parti convenable ?

— Ne me taquine pas ce soir, Linnet, je ne suis pas d'humeur. Le bordeaux était excellent et, comme il n'y avait rien d'autre à faire, j'en ai bu plus que ma part.

— Et tu as eu cent fois raison, mon chéri. Tu es trop gentil de te faire du souci pour moi, mais c'est inutile puisque je deviendrai très bientôt Mme Adolphus Moon et que je garde Uriah Colclough en réserve. Quant à Christie Goldsborough, rassure-toi, je le considère comme un homme utile, rien de plus. Il m'a présentée au duc alors que cette garce de Magda Braithwaite faisait l'impossible pour me tenir à l'écart — je la crois surtout jalouse de son Benjamin. Mais tout va changer, Tristan, quand le vieux sera enfin mort. Et cela ne saurait plus tarder.

Cela tarda, pourtant, car John-William persistait à ne pas mourir.

Enragé de ce corps impotent dont son esprit ne pouvait se libérer, il supporta si mal les festivités de Noël, les pépiements de Mabel et les inutiles cadeaux enrubannés qu'elle entassait à son chevet qu'il préféra se couper du monde au Nouvel An, ferma les yeux et ne les rouvrit pour ainsi dire plus. Il s'alimentait de moins en moins et ne s'exprimait que par signes. Le médecin ne pouvant plus rien pour son corps ni le pasteur pour son âme, le reste ne concernait que lui seul. Et, par une belle journée venteuse de mars, il expira enfin.

Ayant entrepris de sauvegarder la dignité de son père au long de son agonie, Gemma mena sa tâche jusqu'au bout. Par respect pour son esprit qu'elle sentait toujours présent, elle veilla à lui épargner les éloges funèbres ampoulés, les pleurs hypocrites, les épitaphes mensongères gravées en lettres d'or sur le marbre et autres faux-semblants qu'il n'aurait pas admis. Il eut droit à un service sobre devant une assistance recueillie et à une croix de granit ne portant que son nom et les dates de sa vie. En l'accompagnant à sa dernière demeure, les messieurs parlèrent affaires d'une façon qu'il aurait approuvée, prononcèrent quelques mots respectueux sur sa tombe et se hâtèrent de regagner Frizingley avant la pluie. Pour eux, la vie continuait.

Mais aussi pour Gemma. Déchargée du fardeau de son père mort-vivant et de la lutte quotidienne qu'elle menait contre elle-même pour lui dissimuler sa pitié, comment éviter plus longtemps ses propres problèmes ? Le soir de l'enterrement, elle était seule et désemparée. Assommée par une double dose de laudanum, Mabel dormait. Tristan et Linnet prenaient l'air au jardin. Physiquement et moralement épuisée, Gemma ne parvenait ni à trouver le repos, ni à se convaincre que son rôle auprès de John-William avait pris fin, qu'elle n'était plus dorénavant que la fille de Mabel.

Et la femme de Tristan. Depuis longtemps, il semblait trouver normal leur simulacre de mariage. Quoi de plus commun, après tout, qu'un mariage de convenance ? Mais elle l'avait elle-même décidé et ne pouvait donc s'en prendre à personne. Si l'on s'engage, disait maintes fois son père, on va au bout de son engagement. Jusqu'à présent, elle avait honteusement négligé Tristan. Que faire, désormais ? Il ne l'avait pas touchée depuis des mois. Pendant la maladie de son père, il s'en était abstenu, sans doute par bienséance. Ce prétexte écarté, ferait-il à nouveau valoir ses droits conjugaux, ou feindrait-il de prendre plaisir à ce qui n'était peut-être pour lui qu'une corvée ? Un mariage de convenance… Fallait-il en rire ou en pleurer ? Ni l'un ni l'autre. En fait, cela aurait pu être pire. Elle avait choisi Tristan pour ses qualités — ou, plutôt, son absence de défauts. Il n'avait pas changé, elle devait donc s'en contenter.

Elle vit passer devant la fenêtre le frère et la sœur, qui bavardaient avec animation. Parlaient-ils d'elle ? Plutôt des dernières mésaventures de Marie Moon qui, perdant la tête ou le courage, avait par deux fois tenté de fuir son mari. Sa première escapade s'était terminée à la gare de Leeds, la seconde chez Cara Adeane, qui l'avait hébergée dans son appartement au-dessus de son nouveau et somptueux magasin de la place du Marché. Le bruit courait que Mlle Adeane avait vertement rembarré M. Moon venu chercher sa femme le lendemain matin. Malgré le démenti formel qu'il avait opposé à ces rumeurs, pourquoi dépensait-il depuis des sommes considérables chez Mlle Adeane, sinon pour se faire pardonner ?

Gemma plaignait Marie ; mais si Linnet parvenait à se faire épouser par Adolphus Moon, au moins Gemma n'en serait plus responsable. Et si, de son côté, Mabel reprenait ses agréables relations avec ses voisins, rien ne s'opposerait à ce que Gemma retourne s'installer à Frizingley… A quoi bon ? se dit-elle avec tristesse. Comment vivre avec Tristan dans ce manoir empli du souvenir de Daniel ? La maladie de son père avait atténué la douleur de la séparation. Mais son chagrin n'était pas éteint, au contraire, et elle en souffrirait aussi longtemps qu'elle vivrait.

Les voix de Tristan et de Linnet retentirent soudain dans le vestibule. Et, bien qu'elle n'ait pas l'habitude de fuir le danger ou les problèmes, Gemma se sentit incapable de supporter leur babillage.

— Excusez-moi, dit-elle en les croisant, je suis morte de fatigue.

Pouvoir enfin s'offrir le luxe de pleurer tout son soûl ! Elle s'y livra avec la conscience qu'elle mettait en toute chose. Assise près de la fenêtre en chemise de nuit, elle pleura donc jusqu'à s'en donner la migraine — et fut frappée de stupeur quand son mari entra. Il était la dernière personne qu'elle s'attendait à voir, surtout en robe de chambre et prêt à se coucher. Avec elle ? C'était vraisemblable, hélas ! Linnet lui avait sûrement enjoint de rentrer dans les bonnes grâces de sa femme, maintenant que son beau-père ne tenait plus les cordons de la bourse.

— Vous pleuriez ? s'exclama-t-il. Ma pauvre chérie ! C'était dur, je sais. Et vous avez été si courageuse, tout ce temps ! Je n'ai cessé de vous admirer.

Il la prit dans ses bras, la porta sur le lit, l'embrassa, la couvrit de caresses. Homme simple, il ne comprenait que les remèdes simples : si Gemma avait du chagrin, il fallait la consoler comme une enfant.

Elle se laissa d'abord faire sans résister, mais elle eut un moment de refus en sentant approcher le dénouement obligé. Ses précédents rapports avec Tristan n'avaient pas eu d'importance, puisque Daniel en effaçait l'empreinte aussitôt. Cette fois, c'était le souvenir même de Daniel que Tristan allait anéantir. Elle faillit protester, se retint. Puis, son corps revendiqua malgré elle son droit au plaisir physique, dont elle n'avait aucune raison valable de se priver plus longtemps.

Le lendemain, Gemma préféra ne pas remarquer le regard de connivence entre Tristan et sa sœur. Elle s'amusa de le voir bâiller ostensiblement ce soir-là à la fin du repas et se déclarer prêt pour une bonne nuit de sommeil. Il s'agissait moins d'amour de sa part que de bonne volonté et Gemma se résigna à jouer le jeu, puisque de toute façon elle devrait assumer de nouveau son rôle d'épouse.

Un événement imprévu allait tout remettre en question.

Le mercredi suivant, M. Moon se rendit à Frizingley afin de rencontrer, à la descente du train de Londres, un juriste spécialisé dans le divorce. L'expert distingué aurait pu s'épargner la fatigue du voyage, car le problème de M. Moon se trouva résolu d'une manière à laquelle l'intéressé ne s'attendait pas : effrayé par un journal soulevé par le vent, son cheval fit un écart si brutal que le fiancé putatif de Linnet Gage se rompit le cou sur le pavé.

A l'enterrement, appuyée au bras d'Uriah Colclough, son seul et dernier recours matrimonial, elle apparut drapée comme une veuve dans des voiles de deuil. Elle eut cependant un bref aparté avec Christie Goldsborough sous le porche de l'église, où Gemma crut surprendre : « Pas de chance, Linnet, mais ne vous découragez pas. Le prochain coup de vent pourrait nous priver de notre chère Magda. » Gemma refusa d'en croire ses oreilles. Elle avait pourtant remarqué que Ben Braithwaite lançait à Linnet des regards appuyés pendant toute la cérémonie, et se pendrait-elle de la sorte au bras d'Uriah Colclough si c'était Magda que l'on portait en terre ce matin-là ? Sans doute pas... Elle en était là de ses réflexions désabusées quand elle entendit prononcer d'un ton apitoyé : « Pauvre Mme Moon, voyez comme elle est pâle. »

Pâle, certes, mais épanouie. Hier encore folle à lier, femme adultère unanimement honnie et méprisée, elle était aujourd'hui, par la grâce d'un coup de vent, la veuve la plus fortunée à cent lieues à la ronde. Car on savait déjà, par l'attitude du génie juridique venu tout exprès de Londres afin de la dépouiller et qui se jetait maintenant à ses pieds, que M. Moon avait laissé un testament en bonne et due forme faisant d'elle le légataire universel de son immense fortune, la succession de leur mère mettant les enfants à l'abri du besoin. On pouvait donc sans remords la laisser jouir en paix des millions de l'infortuné cavalier.

Lady Lark écrivit à son neveu, qu'elle avait elle-même arraché aux

« griffes de cette intrigante », pour l'engager à revenir dare-dare. Uriah Colclough se répandit en propos charitables sur la rémission des péchés — en rêvant peut-être d'absoudre de sa main la pécheresse. Et comme chacun savait qu'une faible femme avait grand besoin de conseils pour la gestion d'une pareille fortune, l'idée ne tarda pas à faire son chemin dans nombre de têtes masculines.

Un beau matin, tandis qu'elle savourait les biscuits et le madère de Mlle Cara Adeane dans son nouveau salon bleu et or, Linnet Gage se vit subitement abandonnée par Mme Colclough qui se précipita à la rencontre de Marie Moon, lui offrit son propre siège avec sollicitude et relégua Linnet à l'écart de sa compagnie et de sa conversation.

Pour Linnet, c'en était trop. Elle ne pouvait admettre de vivre dans une ville où Marie Moon et Magda Braithwaite, ses ennemies intimes, feraient la pluie et le beau temps. Plutôt mourir que subir de continuelles humiliations. Mais, comme la mort ne présentait aucun attrait pour elle, il fallait envisager une autre solution.

Elle fit donc une longue promenade avec son bien-aimé frère, à qui elle dépeignit les charmes de la vie à Londres, dont ils avaient l'un et l'autre été trop longtemps exilés. Ne serait-ce pas merveilleux de quitter enfin ce trou de province peuplé de bourgeois mesquins, de se replonger dans la vie exaltante de la capitale, de profiter de ses spectacles, de ses plaisirs ? Rêve impossible, certes, tant que ce vieux grigou de John-William tenait les cordons de la bourse. Mais maintenant ? Tante Mabel ferait sans discuter ce qu'on lui dirait de faire. Quant à Gemma… Moralement, légalement aussi, une femme devait suivre son mari.

— Elle est tellement sentimentale, cette chère fille. Montre-toi encore plus gentil, plus amoureux, et tu verras qu'elle te suivra au bout du monde.

Tristan n'en était pas convaincu. Peu lui importait, pour sa part, de vivre ici ou là. Mais il y avait l'usine, les maisons. En avons-nous besoin ? demanda Linnet. Puisque son frère n'était pas attiré par l'industrie textile et que Gemma n'aurait plus d'enfant, autant vendre ces encombrantes possessions.

— Ce serait très difficile, sinon impossible ! protesta Tristan. Le testament de mon beau-père est d'ailleurs tellement compliqué que je n'y comprends rien.

Linnet lui conseilla de faire au moins l'effort d'y voir clair en consultant l'homme de loi de la famille Dallam.

Quand elle l'apprit, Gemma se mit en colère, fait rare chez elle et, par conséquent, profond et durable. Tristan avait-il vraiment le droit de disposer de ses biens ? Légalement, oui. Or son père avait pris des dispositions. Étaient-elles valables ? Son avocat et M. Ephraim Cook s'efforcèrent de la rassurer. Son contrat de mariage lui réservait la toute-propriété de sommes considérables auxquelles nul ne pouvait toucher et son père avait pris toutes les précautions concernant la gestion de ses intérêts, sans prévoir cependant que son mari pourrait vendre l'usine sans son consentement, éventualité tellement improbable dans la plupart des cas qu'on la négligeait volontiers. Malheureusement, un élément impondérable risquait de tout remettre en cause : Mlle Linnet Gage. On pouvait donc s'inquiéter à bon droit.

De retour à Almsmead dans une rage froide, Gemma vit son mari jouer sur la pelouse avec un chien et passa devant lui sans lui adresser la parole. Serait-il jamais autre chose qu'un pion aveugle dans les mains d'autrui ? Linnet menait la partie, c'est à elle qu'elle aurait à faire.

Elle la trouva au salon, en train de broder.

— Linnet, dit-elle de but en blanc, j'apprends que vous vous mêlez de mes affaires.

L'interpellée reposa son ouvrage avec un sourire suave.

— Grand dieu, ma chérie, vous voilà rouge de colère ! Quelle mouche vous pique ? Vous me feriez presque peur...

Mais la fille de John-William Dallam n'était pas d'humeur à se laisser entraîner dans les subtilités d'une joute à fleurets mouchetés.

— Vous avez l'intention de vendre mon usine et d'aller vivre à Londres, votre frère et vous, avec mon argent. Vous avez même envoyé Tristan se renseigner à mon insu auprès de mon notaire...

— Voyons, ma chérie, une femme doit obéir à son mari. N'est-ce pas à quoi elle s'engage, en prononçant ses vœux conjugaux ?

— A son mari. Pas à la sœur de son mari.

— Et si le frère et la sœur sont du même avis ?

— Non, Linnet. Je connais Tristan, il ne pense pas à ce genre de manœuvres. Il est parfaitement heureux de vivre comme il vit, avec ses chiens, ses parties de chasses et ses dîners. Je vais donc lui dire que je m'opposerai par tous les moyens à ce qu'il vende l'usine. Mon père n'a pas mis trente ans à la bâtir et à la développer pour que le produit de son travail soit gaspillé par une intrigante...

Gemma poursuivit sa diatribe, en s'échauffant si bien qu'elle ne prêta pas attention à la soudaine lueur qui s'alluma dans le regard de Linnet.

— Vous voudriez donc, répondit celle-ci, me condamner à vivre comme une miséreuse jusqu'à la fin de mes jours, à subir l'humiliation de manger vos miettes, à me laisser insulter par ces bourgeoises qui vous ressemblent ? Eh bien, non ! Ce n'est pas vous, Gemma, qui me dicterez ma conduite, parce que vous ferez au contraire exactement ce que je vous dirai. Vous allez retrouver Tristan sur-le-champ — le pauvre chéri doit déjà s'inquiéter de notre long tête-à-tête — et lui dire avec amour que vous vous en remettez à lui, qu'il peut vendre votre usine si cela lui plaît et que vous le gâterez comme il le mérite jusqu'à la fin de ses jours. Est-ce clair ?

Elle marqua une pause afin de mieux savourer son effet.

— Sinon, je me verrais forcée d'apprendre à mon pauvre frère que vous l'avez trompé pendant plus d'un an avec ce va-nu-pieds de candidat chartiste. Et n'essayez pas de le nier, j'ai toutes les preuves qu'il me faut.

Il y eut un silence.

— Des preuves ?

— Oui. Mes informations viennent d'une source sûre.

Avec ou sans preuve, Frizingley serait de toute façon trop heureux de le croire. Gemma sentit sa colère tomber pour faire place à l'effroi.

— Tristan n'aime pas le scandale, dit Linnet avec un sourire qui n'avait plus rien de suave. S'il vous répudie pour adultère, imaginez le coup que cela fera à votre mère. Et qui plaindra-t-on, après cela ? Sûrement pas vous. S'il décide de vendre l'usine, on dira : « Le pauvre, il se débarrasse d'un douloureux souvenir. » Les femmes infidèles ont rarement bonne presse dans le public, ma chère. Et maintenant, allez voir Tristan et nous ne parlerons plus de ces choses désagréables.

Peu à peu, Gemma avait repris contenance.

— Jusqu'à notre prochain désaccord.

— Si cela devait se produire, ma chérie, je me ferais un plaisir de vous indiquer la conduite à tenir — ou un devoir d'informer Tristan de son infortune.

— Dans ce cas, inutile d'attendre. Faites votre devoir.

Gemma avait parlé d'un ton si décidé que Linnet, malgré l'euphorie de sa victoire, dressa l'oreille.

— Voyons, Gemma, réfléchissez ! Pensez à votre mère.

Pour Gemma, c'était tout réfléchi. Entre le scandale et le chantage de Linnet, elle n'avait pas le choix.

— Inutile.

— Me défiez-vous d'aller tout lui dire ?

— Oui. Je refuse de me soumettre à vos caprices, Linnet. Je refuse de vous céder ma place et ma fortune, de vous abandonner ma mère. Je ne passerai pas ma vie avec cette menace suspendue au-dessus de ma tête.

— Je ne bluffe pas, Gemma.

— Moi non plus, Linnet.

Leur dialogue aurait pu se poursuivre longtemps si Gemma avait répondu autrement que par des refus catégoriques aux menaces, aux injures, aux plaidoyers de Linnet. Mais elles se menaçaient l'une l'autre d'un avenir qu'aucune des deux n'envisageait sans frémir, elles n'avaient rien à perdre de sorte qu'elles s'étaient enfermées dans un piège sans issue.

— Eh bien, ma fille, vous allez voir ce qui vous arrivera quand j'en aurai fini avec vous ! Et vous vous en mordrez les doigts, croyez-moi !

Là-dessus, hors d'elle, Linnet partit en courant pour rejoindre son frère. Par la fenêtre, Gemma vit Linnet le prendre par le bras et le forcer à l'écouter. Elle s'assit et attendit.

Il était maintenant trop tard pour reculer. Consciente du risque qu'elle encourait, elle l'avait pris en toute connaissance de cause. Daniel n'était plus là, Dieu merci. Elle subirait seule l'humiliation et les épreuves. Aurait-elle le courage de les supporter ? Elle l'ignorait. Après cela, elle serait enfin libre. Mais serait-elle capable d'en profiter ?

Le cœur battant, elle attendit. Que faisait donc Tristan ? Pourquoi ne venait-il pas préciser ses menaces ? Elle aurait au moins quelque chose de concret sur quoi exercer son esprit... Elle l'entendit enfin entrer dans la maison, traverser bruyamment le vestibule, claquer les portes. Un bel animal de plein air, frivole, sans volonté — mais qui détenait désormais sur elle un pouvoir absolu.

Gemma releva la tête. Il se tenait devant elle, se mordait les lèvres comme s'il ne savait que dire. Ce n'était pas à elle de l'aider.

— Je ne suis pas très doué pour ce genre de choses, dit-il enfin. Grand dieu, comme c'est difficile...

Était-il doué pour quelque chose ? Gemma le dévisagea sans indulgence. Sa conversation avec Linnet avait été longue, mais pas assez sans doute pour apprendre sa leçon par cœur.

De plus en plus troublé, il se lança enfin.

— Eh bien, voilà, Gemma... Tout d'abord — écoutez, me croyez-vous vraiment capable de vendre vos biens sans vous demander votre avis ? Si c'est l'impression que je vous donne, Gemma, je le regrette, parce que... En tout cas, il n'en est pas question, cela va de soi. Enfin, voyons, je ne suis pas un voleur — oui, ce serait un vol. C'est du moins comme cela que je le considère. Et si Linnet n'avait pas subi un tel coup, elle le comprendrait aussi.

Il s'empêtrait à tel point que Gemma eut pitié de lui.

— Vous comprenez, elle n'est pas si méchante, mais... désespérée, comprenez-vous ? Au fond, elle a peur d'être laissée pour compte... Moi, en tout cas, je suis incapable de faire une chose pareille. Je ferais n'importe quoi pour Linnet, vous le savez. Mais aller jusque-là... non.

Avait-elle bien entendu ? Elle n'eut pas le temps de se remettre de sa stupeur, car Tristan poursuivit :

— Quant à l'autre... l'autre chose, quoi, eh bien, ce n'était vraiment pas la peine de m'en parler parce que... Oh ! et puis, inutile de biaiser, Gemma ! Je le savais déjà. J'étais au courant depuis longtemps.

La stupeur la rendit muette.

— Oh, je sais ! reprit-il, de plus en plus mal à l'aise. Je me conduis souvent comme un imbécile, je prends trop volontiers la vie du bon côté, mais je ne suis pas complètement idiot, vous savez. Il aurait fallu être aveugle pour ne pas remarquer que vous aviez changé... Je sais que vous ne m'aimez pas et il ne fallait pas être devin pour comprendre que vous l'aimiez, lui — rien que de vous voir à côté de lui, de vous entendre lui parler... Alors, je me suis dit que si cela vous rendait heureuse, eh bien... Je ne vous ai jamais rien donné, Gemma. Je ne savais que prendre, au point que j'en étais gêné. Au moins, j'ai pu vous donner... cela. Quand vous me poussiez à aller chasser, à me promener avec mes amis, j'y allais pour vous laisser seule avec l'autre — et je ne revenais jamais sans vous avoir prévenue. Je ne m'imposais pas trop non plus quand j'étais à la maison. Bref, j'ai fait de mon mieux pour vous rendre un peu tout ce que je vous devais, Gemma. Voilà tout.

— Oh, Tristan ! Que puis-je vous dire ? Je ne sais pas... Je ne sais plus...

Elle fondit en larmes.

— Allons, Gemma, il n'y a pas lieu de... Je savais que cela ne pouvait pas durer, de toute façon, entre vous et lui. Ces choses-là ne durent jamais beaucoup.

— Vraiment ?

— Mais oui. Je suis surtout heureux qu'il ne vous ait pas fait souffrir... Oh ! et puis, c'est fini maintenant, n'y pensons plus.

— Avez-vous dit tout cela à Linnet ?

— Je n'avais pas le choix.

— Et... ce n'était pas trop pénible ?

— Je n'ai jamais rien fait de pire dans ma vie.

— Oh, Tristan ! Je suis bouleversée...

Il s'assit enfin, les coudes sur les genoux comme un enfant attentif devant une grande personne.

— Écoutez, Gemma, il faut essayer de comprendre Linnet. Elle est belle, intelligente, elle n'est pas née pour les seconds rôles. Si elle avait été un homme, elle aurait fait son chemin, elle aurait pu être ministre ou général... Mais elle est une femme et les femmes n'ont pas le choix, elles doivent se marier. Si elle avait pu, elle aurait été la meilleure épouse de la terre. Elle le sait, et c'est pourquoi elle est jalouse de voir que les autres ont ce qu'elle n'a pas. Elle souffre et... quoi qu'elle fasse,

Gemma, je l'aime et j'essaierai toujours de l'aider, de lui faire plaisir. Il fallait que je vous le dise et que vous le compreniez.

— Oui, Tristan. Je comprends.

Comment dire à cet homme simple et bon, qu'elle découvrait avec stupeur, qu'elle était prête à tout pour apaiser son chagrin, ses scrupules ?

— Voulez-vous encore vivre avec moi, Gemma ?

Il lui avait lancé la question comme un enfant puni. Gemma sentit son cœur se briser.

— Et vous, Tristan ?

— Bien sûr !

— Vous savez pourtant que...

— Non, n'en parlons plus, je vous l'ai déjà dit. C'est un souvenir qui vous appartient.

Il se leva, embarrassé par des émotions auxquelles il n'était pas accoutumé, par sa générosité qu'il ne considérait sans doute que comme une simple marque de bonne éducation. Il avait besoin d'elle, il le lui avait dit sans détour. Était-elle digne d'une telle marque de confiance ?

Elle se leva à son tour et le prit dans ses bras.

— Merci, mon amour, lui dit-elle.

Il laissa échapper un profond soupir de soulagement. Il venait de vivre une rude épreuve, qui aurait pu durer longtemps ; et qui était terminée, vraiment.

CHAPITRE XXII

A la fin de l'automne 1845, un an et demi après son départ de Frizingley, Daniel Carey fut envoyé en Irlande par son rédacteur en chef, afin d'enquêter sur les rumeurs de famine et de troubles. Il fit la traversée sur le steamer régulier en cabine de première classe et, dix-huit mois plus tard, revint à Liverpool dans l'entrepont d'un cargo, où s'entassaient des gens réduits à l'état de squelettes, hébétés par la plus effroyable calamité que l'Irlande ait jamais subie.

Au cours de ces dix-huit mois, Daniel avait assisté en spectateur impuissant à des atrocités qu'il n'aurait jamais crues possibles. A la maladie de la pomme de terre, qui privait des centaines de milliers d'Irlandais de leur seule alimentation et les condamnait à mort, s'ajoutait la brutale répression menée par les Anglais contre les malheureux que la famine poussait à la révolte. Le typhus, auquel Daniel n'avait lui-même échappé que par miracle, acheva les survivants — ceux, du moins, qui n'avaient pas déjà cherché le salut dans l'émigration. A son arrivée, il avait retrouvé son pays natal à peu près tel qu'il en gardait le souvenir ; à son départ, il laissait derrière lui une contrée exsangue, peuplée d'une poignée de fantômes.

Il posa le pied sur le quai de Liverpool un matin de juin et prouva sans trop de mal aux autorités soupçonneuses qu'il possédait un emploi, de l'argent et une parente en Angleterre, une demoiselle Cara Adeane établie à Frizingley, qui se porterait garante de lui en cas de besoin. S'étant déjà servi d'elle huit ans auparavant pour franchir les mêmes barrages, il cita son nom sans scrupules et y aurait ajouté celui de Gemma Gage si nécessaire. Il savait qu'elles l'aideraient l'une et l'autre, Gemma avec joie, Cara en maugréant, mais qu'elles ne se déroberaient pas.

Il pensait à elles sans émotion particulière. Endurci par les épreuves et le contact quotidien de la mort, c'était un homme différent. Le citoyen du monde à l'idéal fumeux était devenu un patriote irlandais, le rêveur irresponsable un militant pour qui seul comptait désormais l'objectif à atteindre. Cara et Gemma appartenaient à un passé révolu, à un monde irréel où des sentiments aussi vains que l'amour, le plaisir, l'ambition ne constituaient que des luxes inutiles. Aucune femme, que ce soit une Anglaise appartenant à la race ennemie ou une Irlandaise qui s'en rendait complice en s'y intégrant, ne le distrairait plus de sa mission. Car le gouvernement de Robert Peel, celui qui avait refusé de nourrir ses compatriotes et écrasé leur révolte, venait de tomber. Et Daniel Carey avait accepté de se porter à nouveau candidat du mouvement chartiste dans la circonscription de Frizingley.

Il empruntait pour la première fois la voie ferrée reliant Frizingley à Leeds et, de là, au monde et à ses richesses. Le chemin de fer avait métamorphosé la ville, aux rues plus propres et mieux éclairées que naguère. Il ne reconnut pas la place du Marché, dominée d'un côté par l'orgueilleuse façade de la gare, de l'autre par les colonnades d'un luxueux hôtel de soixante-dix chambres comportant des appartements privés, une salle de banquets et des fêtes. Quant à l'hôtel de ville, dont l'architecture classique correspondait au goût du propriétaire du terrain et de l'entreprise de construction, c'est-à-dire le capitaine Goldsborough, il devait être inauguré peu après les élections par le nouveau maire, M. Benjamin Braithwaite.

La plupart des anciens relais de poste et des auberges avaient disparu, avec le réseau de ruelles qui les entouraient, pour faire place à d'élégants magasins, des banques et des bureaux, si neufs que la suie des cheminées d'usines n'en avait pas encore noirci les façades. Le *Beehive,* d'où partait auparavant la diligence de Leeds, avait fermé ses portes pour être transformé en un hôtel fort convenable où les Chartistes, eux aussi mieux vêtus et éduqués que leurs prédécesseurs, avaient retenu une chambre pour leur candidat.

Seul, le *Fleece* restait intact. Ce n'était plus la résidence du capitaine Goldsborough, qui avait élu domicile dans un luxueux appartement du nouvel hôtel, mais restait cependant son quartier général sous la direction de son fidèle lieutenant, M. Oliver Rattrie, jeune homme fluet à l'élégance excessive, que Daniel, qui avait d'autres soucis en tête, ne reconnut pas. Mais à un jet de pierre des splendeurs de la place du Marché, le quartier de St Jude étalait sa misère et sa crasse, plus sordides que jamais depuis que le même Oliver Rattrie s'abstenait, sur ordre du propriétaire, de procéder à la moindre réparation et se bornait, avec le soin méticuleux qui le rendait précieux à son maître, à aligner sur des planchers pourris un maximum de paillasses. On avait même suspendu la démolition de masures insalubres pour loger, au milieu des gravats, les hordes d'Irlandais rescapés de la famine.

Leur invasion avait d'abord horrifié Frizingley. Ces misérables n'apportaient rien que leur vermine et leurs fièvres, qui menaçaient la santé publique, et leur culte idolâtre, qui offensait la dévotion protestante.

— On ne peut pas vraiment blâmer les gens d'en avoir peur, déclara à Daniel le prêtre qu'ils avaient amené avec eux, ancien garçon de ferme sorti tout droit de son Kildare natal. Soyez franc, Daniel Carey. Si vous aviez vous-même une douzaine de gamins en bonne santé, vous ne resteriez pas là, au milieu de la rue, à discuter avec moi.

Le typhus sévissait toujours, en effet. La population de Frizingley faisait de son mieux car, disait le bon père, elle avait compris qu'on ne pouvait pas noyer tout ce monde dans la mer d'Irlande pour des raisons sanitaires ou économiques. Le dépôt de mendicité débordait de vieillards et de veuves, les orphelinats d'abandonnés. La charité publique, qui s'exerçait sous forme de tickets de pain et de soupes populaires, était relayée par la charité privée ; parfois avec la même froideur impersonnelle quand des dames donnaient du bout des doigts de vieux vêtements et des couvertures usagées, parfois avec plus de chaleur, comme dans le cas de Mme Gage qui avait transformé son école en cantine et servait de ses mains un excellent ragoût à tous ceux qui se présentaient.

— Une bien bonne personne, observa le prêtre.

— En effet, répondit Daniel avec indifférence.

Le souvenir de Gemma n'éveillait en lui aucun écho. Il préférait se consacrer à sa candidature, préparer ses discours, surveiller la distribution des tracts, prendre la parole aux meetings et rendre visite aux électeurs hésitants, ainsi, à la demande du Père Francis, qu'aux quelques résidents irlandais assez prospères pour contribuer à la cause.

— Ils n'apprécient pas plus ma main tendue que ma présence chez eux, tant ils redoutent que je leur apporte des microbes, dit-il à Daniel. Allez frapper à leurs portes, mon garçon, rappelez-leur leurs origines et leurs obligations. Avec votre sourire froid et votre regard de glace, vous leur apparaîtrez comme l'ange du Dieu vengeur.

Daniel se rendit donc chez le loueur de chevaux et de voitures de la place St Jude, qui lui donna une guinée ; chez un retraité dont la femme était née à Dublin, qui lui en donna autant à condition de ne plus se représenter chez lui ; il alla voir Ned O'Mara, de plus en plus ivrogne et réduit au rang de simple barman sous les ordres d'Oliver Rattrie ; il sollicita un brocanteur du passage St Jude, une vieille demoiselle qui avait été gouvernante d'un pair irlandais et, enfin, la directrice du luxueux magasin à l'enseigne de *Cara Adeane, Haute Couture et Modes de Paris*.

Il ne ressentit d'autre émotion qu'un léger amusement en voyant son nom se détacher en énormes lettres d'or sur fond bleu pastel. La boutique, dont une devanture faisait face à l'hôtel et l'autre au nouveau jardin public, occupait maintenant un coin entier de la place. Un portier en livrée bleue lui ouvrit, une vendeuse vêtue de la même couleur le fit asseoir et alla s'enquérir si Mlle Adeane souhaitait recevoir ce curieux visiteur qui s'était contenté, sans plus de précisions, de lui remettre sa carte. Daniel meubla l'attente en observant, de l'œil exercé du journaliste, l'épaisseur des tapis, l'enfilade des pièces spacieuses à l'atmosphère feutrée, les vitrines regorgeant d'accessoires coûteux. Il se dégageait de l'ensemble un indiscutable parfum de réussite.

La voix de Cara derrière lui mit fin à son examen.

— Comment vous portez-vous, monsieur Carey ?

— Fort bien, mademoiselle Adeane. Et vous-même ?

— A merveille, je vous remercie. Si vous voulez bien me suivre dans mon bureau.

La pièce où, la dernière fois, Daniel avait vu les larmes d'Odette et la détresse de Liam, était méconnaissable. Un vaste bureau de noyer, des fauteuils de cuir, des gravures de mode aux murs tendus de damas lui conféraient un luxe de bon aloi. Seul rappel du passé, le chien ronflait dans son panier devant la nouvelle cheminée de marbre blanc.

— Asseyez-vous, Daniel.

Il la suivit des yeux tandis qu'elle contournait son bureau et prenait place en face de lui comme une reine sur son trône. Elle lui parut lointaine, froide — mais belle, plus que jamais. Aucune griffure du temps ne déparait son visage lisse, sa coiffure élaborée donnait de la grâce à la courbe de son cou et le noir profond de sa chevelure formait un étonnant contraste avec le turquoise de ses yeux. Il l'avait aimée avec passion, mais l'écho de cet amour s'était éteint en lui. A n'en pas douter, elle lui inspirait encore du désir, mais il lui suffisait de fermer les yeux pour l'oublier. Il était enfin délivré du sortilège.

— Je me réjouis de vous retrouver aussi belle, Cara. Et aussi riche, si j'en crois les apparences.

— Je n'ai pas à me plaindre.

Elle expliqua comment elle avait annexé les trois boutiques voisines, agrandi ses salons, aménagé de vastes ateliers au-dessus et son appartement au dernier étage. Elle s'abstint toutefois de décrire sa chambre tendue de rose et sa baignoire de marbre, son salon bleu, sa salle à manger d'acajou, et même de mentionner l'existence de la femme de chambre et de la cuisinière à son service exclusif. Pourquoi la regardait-il avec tant de froideur, comme s'il la jugeait ? Lui faisait-il sentir qu'elle était indigne de sa nouvelle opulence ? Qu'était devenu l'enchanteur désinvolte, le poète ? D'où lui venaient ce regard dur, ce sourire d'ange exterminateur ? Que s'était-il passé pour le métamorphoser de la sorte ?

— Vous voyez, conclut-elle, je ne me plains pas.

— Je vois, en effet. Si vous étiez un homme, je chercherais à vous convaincre de voter pour moi. Une propriété comme celle-ci vous y donnerait droit, je suppose ?

— Oui, mais je suis une femme et les femmes ne votent pas. Qu'êtes-vous venu faire ici, Daniel ?

Il lui apprit brièvement qu'il revenait d'Irlande et se présentait aux élections.

— Encore la politique ! dit-elle avec mépris. Je n'ai pas de temps à perdre avec ces jeux stériles.

— Je sais. Dites-moi plutôt comment va votre mère.

— Elle est en Amérique depuis trois ans. Les affaires de mon père sont florissantes, paraît-il. Je leur ai confié Liam, le changement lui fait le plus grand bien. Il m'écrit souvent, il me parle de tout ce qu'il découvre là-bas...

Elle s'interrompit de crainte d'en avoir trop dit. Huit ans plus tôt, elle avait rejeté Daniel sous prétexte de ne pas vouloir se séparer de sa mère et de son fils. Or, elle les avait expédiés à l'autre bout du monde sans remords apparent. Elle se sentit pourtant obligée de préciser que ses liens avec son fils n'étaient pas rompus — même si ses lettres, rares et empruntées, étaient manifestement dictées par Odette et lui causaient plus de peine que de joie.

— Que peut-on découvrir à New York, ces temps-ci, en dehors des Irlandais qui meurent de faim ? dit Daniel.

Sous son regard ironique et froid, elle se sentit incapable de lui dire qu'elle avait déjà donné de l'argent au père Francis — ainsi que tout le stock d'étoffes racheté à Ernestine Baker quand celle-ci s'était enfin résignée à fermer ses portes. Elle envisageait même de prendre en apprentissage des orphelines irlandaises quand les protestations de ses employées l'en avaient dissuadée.

— Inutile d'aller si loin pour en voir ! répliqua-t-elle d'un ton de défi. St Jude en est rempli.

— Y êtes-vous allée, Cara ?

— Certainement pas et je n'en ai pas l'intention.

— Je ne vous le demandais pas, non plus.

— Que voulez-vous, alors ? Le père Francis vous envoie-t-il tendre sa sébile à sa place ?

— En effet.

Cela lui convenait mieux. L'argent venait facilement, ces derniers temps. Trop, même. Le plaisir qu'elle éprouvait en luttant pour le gagner sou par sou avait perdu beaucoup de sa saveur.

— Cent livres, cela irait loin ?

— Guère.

— Mille livres, alors ?

— Cela soulagerait à la rigueur quelques-uns, ceux du moins dont le cas n'est pas totalement désespéré, de sorte qu'ils pourraient survivre jusqu'au prochain désastre. Ce n'est pas l'argent qui manque : l'Amérique a déjà collecté un million de dollars et l'Angleterre elle-même — oui, la perfide Albion — plus de cinq cent mille livres. Mais la charité ne résout rien. Des situations comme celle-ci ne peuvent être réglées par les gouvernements. La famine n'est pas une fatalité. Partout dans le monde, des gens meurent de faim alors que d'autres souffrent de suralimentation. Si les gouvernements le voulaient, cela ne se produirait jamais plus. Malheureusement, ils ne le veulent pas. Ma mission consiste à essayer de changer les mentalités, celle du père Francis à réparer ce qui peut l'être. Voilà pourquoi ce n'est pas ma sébile que je suis venu tendre, mais la sienne.

— Et vous espérez changer le monde avec votre Charte du Peuple ? Personne ne votera pour vous, Daniel.

— Cette fois-ci, peut-être, mais rien ne m'empêche de persévérer jusqu'au succès. Il faut bien que la vie serve à quelque chose, n'est-ce pas ?

Elle se leva, rouge de colère.

— Me demanderiez-vous de justifier l'usage que je fais de la mienne, Daniel ?

— Mais non, Cara...

— Je vous interdis de me juger, Daniel ! Ne réduisez pas en cendres tout ce que j'ai, tout ce que je suis. C'est mon seul univers, ne le méprisez pas !

Il se leva à son tour, son expression changea.

— Si votre univers était réduit en cendres, comme vous dites, je suis sûr que vous le rebâtiriez. Vous avez toujours eu ce courage, Cara. Moi, pas. J'ai dû l'acquérir.

— Parce que vous n'avez jamais connu la faim.

— Maintenant, si.

Ils se dévisagèrent un instant, prêts à l'affrontement. Et tout à coup, la tension retomba, leurs personnages présents s'estompèrent pour laisser place à ceux qu'ils étaient naguère. A Daniel et Cara, qui se souriaient.

— Vous avez toujours méprisé mes ambitions, Daniel.

— Tout à fait. Et vous m'avez toujours pris pour un rêveur et un inutile, Cara.

— Absolument.

— Serions-nous revenus à notre point de départ ?

Non. Aucun des deux ne le souhaitait.

— Puis-je venir vous voir de temps en temps ? dit-il en prenant son chapeau.

— Uniquement pendant les heures ouvrables et par la porte de derrière.

— Comme un fournisseur... Auriez-vous un amant jaloux, mademoiselle Adeane ?

— Oui.

— Toujours le même ?

— Toujours le même.

— Cela dure depuis longtemps. Un mariage, en somme.

Plutôt une association, comme tant de mariages où l'on tient une exacte comptabilité des plaisirs reçus, des satisfactions accordées. En échange de sa fidélité, il lui apportait l'argent, le plaisir. Dans ce domaine-là non plus, elle n'avait pas lieu de se plaindre.

Quand elle le raccompagna à la porte, ils se tenaient si près l'un de l'autre que leurs lèvres se frôlèrent. Il l'avait aimée sans jamais l'avoir possédée, il la désirait encore. Mais il avait souhaité mieux et davantage — un amour exclusif, passionné. Cela appartenait au passé Ils ne pouvaient rien y changer sans risquer d'en gâcher le souvenir, ils n'avaient rien de mieux à s'offrir l'un l'autre — sinon, peut-être de l'amitié. Daniel posa un léger baiser sur le front de Cara

— Je viendrai vous voir et je serai discret.

— Cela m'étonnerait de votre part.

— Mais si ! dit-il en riant. Ce ne serait pas la première fois que...

Le souvenir de Gemma le fit taire. Il ne comprit cependant pas pourquoi Cara se raidit.

— Ce ne serait pas la première fois, en effet, dit-elle sèchement. Êtes-vous allé lui présenter vos condoléances ?

— A qui ?

— A la veuve.

— Quelle veuve ?

Il n'était donc pas au courant. Cara préféra baisser les yeux afin de ne pas être témoin de sa réaction.

— Gemma Gage. Son mari est mort il y a six mois.

Il y eut un silence.

— Comment est-il mort ?

— Très vite.

— Une chute de cheval, sans doute ?

— Je m'attendais à cette réflexion de votre part. Sa sœur en rend sa femme responsable...

— De quoi est-il mort, Cara ?

— Un jour, en se promenant sur la lande, ils ont croisé une famille irlandaise en route vers Frizingley dans l'espoir d'y trouver du travail — ils étaient parmi les premiers. Ils marchaient pieds nus en poussant une vieille charrette cassée avec toutes leurs possessions — quelques casseroles, une demi-douzaine d'enfants, vous savez de quoi je parle...

— Oui, je sais.

— Gemma Gage a bon cœur, vous le savez aussi, elle en a eu pitié. Son mari a porté deux des enfants jusqu'en ville, l'un sur son dos, l'autre dans ses bras, une petite fille pas plus lourde qu'un lapin. C'est elle qui avait le typhus. Elle a guéri, Tristan Gage en est mort. On dit que sa femme a organisé sa cantine en souvenir de lui.

Puis, comme il gardait le silence, elle lui jeta avec une soudaine flambée de hargne :

— Eh bien, qu'attendez-vous, Daniel ? Elle est libre !

Il n'alla pas la voir aussitôt, sa visite en de telles circonstances étant inopportune, sinon déplacée. Et pourtant, une quinzaine de jours plus tard, alors que la campagne électorale battait son plein et qu'il n'avait pas un instant à perdre, il se rendit à l'école un matin. Les indigents attendaient devant la porte naguère réservée aux filles et ressortaient par l'entrée des garçons, munis d'un bol de soupe et d'un quignon de pain.

S'il n'y avait pas été accoutumé, l'odeur de crasse et d'humanité misérable l'aurait suffoqué. A une longue table chargée de marmites et de corbeilles de pain, Gemma faisait le service avec Mme Ephraïm Cook et plusieurs autres femmes que Daniel ne connaissait pas. Il se glissa sans bruit derrière elles, prit une louche et emplit des bols. Le défilé terminé, il les aida à laver et ranger les marmites et les ustensiles, de sorte qu'il s'écoula un long moment avant qu'il pût adresser la parole à Gemma.

Bien entendu, elle était au courant de son retour à Frizingley. Craignant qu'elle ne se sente obligée de lui parler de son affliction, quels que soient ses véritables sentiments, il n'osa pas aborder le sujet ; il évoqua les conséquences de la famine et la félicita de ses efforts pour y porter remède.

— Nous faisons ce que nous pouvons, répondit-elle.

Des mèches de cheveux retombaient en désordre sur son front couvert de sueur. Elle dénoua les cordons du tablier qui protégeait sa robe de deuil et se coiffa d'un chapeau muni d'un long voile noir.

— Je suis revenue au manoir. Venez me voir, Daniel. Cet après-midi vers trois heures, voulez-vous ?

Elle n'était pas sûre qu'il viendrait mais attendit quand même. Elle avait une longue habitude de l'attente et la solitude lui pesait moins que la présence de certaines personnes. Linnet, par exemple, qui la haïssait, ou sa mère, qui ne faisait aucun effort pour la comprendre. Et même Tristan. L'intensité de son affection pour elle l'avait d'abord stupéfiée puis presque humiliée. Deux ans et demi durant, il avait manifesté envers elle un amour si profond qu'elle s'en jugeait indigne. Il lui faisait une confiance totale, aveugle, qui la désarçonnait. Ses opinions et ses jugements étaient pour lui vérités d'évangile. « Si Gemma dit que c'est bien, elle a sûrement raison », répétait-il.

Et c'est ainsi que, sur sa demande, il s'était chargé de ces deux pitoyables enfants jusqu'à la porte du père Francis. Il les avait portés en riant, sans effort, sans dégoût, même quand la petite fille avait vomi sur sa jaquette neuve. Puis, quand le prêtre était venu leur dire que cet enfant, comme tant d'autres, était malade du typhus, il avait accueilli la nouvelle sans émoi et continué, comme si de rien n'était, à collecter de l'argent et organiser les secours, à intervenir auprès du conseil municipal à la place de Gemma, parce que ce n'était pas le rôle d'une femme de prendre la parole en public et, surtout, parce que Gemma le souhaitait et qu'elle ne pouvait pas se tromper.

Grâce à Dieu, il était mort très vite, sans avoir le temps de souffrir. Depuis, le remords n'avait pas laissé à Gemma un instant de répit. Ce jour-là, Linnet l'avait traitée de criminelle et menacée de la tuer. Gemma était retournée sans mot dire au chevet de Tristan veiller sur ses derniers instants tandis que Linnet, prostrée devant la porte, hurlait de douleur sans oser s'approcher. A l'enterrement, dans une véritable scène d'hystérie, elle avait déchiré son voile et s'était arraché les cheveux. Ses accès de démence la reprenaient par moments et se concluaient le plus souvent par de longues ponctions à la bouteille de cognac qu'elle cachait dans sa chambre et dont Gemma feignait d'ignorer l'existence.

Par haine envers Gemma, Linnet restait auprès d'elle afin de mieux la tourmenter. Les rumeurs malveillantes qu'elle répandait, les problèmes qu'elle soulevait quotidiennement, les scènes dont elle l'accablait étaient, aux yeux de Gemma, la pénitence que le Ciel lui imposait pour n'avoir pas aimé Tristan avec la passion dont elle se savait pourtant capable et avoir indirectement provoqué sa mort. Alors, aussi peu capable de mettre fin aux crises de Linnet que de se plier à ses caprices, Gemma se drapait dans ses voiles de veuve et reprenait son travail à la cantine, où elle se rendait chaque jour depuis la mort de Tristan.

Elle avait acquis de sérieuses connaissances sur les sources d'approvisionnement et les prix de la viande et des légumes ; elle s'était surtout libérée de ses obligations mondaines.

Aucune dame comme-il-faut ne pouvait se résoudre à lui rendre visite, encore moins à la recevoir, par peur de la contagion. Sa mère elle-même lui avait écrit d'Almsmead en la suppliant, pour le bien des villageois, de s'abstenir de venir tant que l'épidémie ne serait pas jugulée. Deux de ses servantes avaient préféré le risque du chômage à celui de la maladie, sa cuisinière refusait de toucher le moindre ustensile ayant été en contact avec ceux qu'elle traitait de pestiférés. Les voisins de l'école se plaignaient du danger auquel leurs enfants étaient exposés ; il y avait eu des incidents, on avait même tenté de chasser les intrus à coups de pierre.

De tout cela, Gemma n'avait cure. Elle secourait les nécessiteux, chaque jour plus nombreux, sans prêter attention à l'opinion d'autrui. C'était elle qui détenait désormais les cordons de la bourse et l'autorité. Elle était libre mais elle restait, par choix, enchaînée aux devoirs qu'elle s'était imposés. Il était trop tôt pour profiter de cette liberté acquise grâce à la mort de deux hommes qui l'avaient aimée, son père et son mari. Il lui faudrait longtemps pour s'y résigner — si elle y parvenait jamais.

— Un monsieur demande à voir Madame.

Elle se leva pour l'accueillir.

— Je suis contente de vous voir, Daniel.

Elle lui servit du thé, des toasts, des pâtisseries qu'il accepta sans appétit, par habitude.

— Parlez-moi de l'Irlande.

Il lui fit un rapport concis ; les mots lui venaient plus aisément que s'il avait dû évoquer le passé et ses propres insuffisances, ou un avenir dans lequel la recherche du bonheur ne faisait plus partie de ses préoccupations. Elle l'avait aimé, elle était de nouveau libre de l'aimer. Pourtant, telle qu'il la voyait dans sa robe de deuil, l'idée lui parut presque indécente. Elle avait su mieux que lui surmonter ses épreuves ; la souffrance lui avait enseigné tolérance et compassion, il n'en avait appris qu'amertume et ressentiment — mais n'avait-elle pas toujours été meilleure que lui ?

— Vous avez été récemment malade, je crois ?

Oserait-il lui dire qu'il avait eu le typhus, comme son mari, et avait guéri ? La sachant assez courageuse pour entendre la vérité, il la lui dit.

— Et vous avez lutté seul contre la maladie ? Je vous admire. Tristan n'a résisté qu'un jour et une nuit.

Comment croire, en effet, qu'un homme aussi fort, aussi sain, n'ait pas survécu quand tant d'autres, à demi morts de faim, s'en sortaient indemnes ? Comment oublier ses regards confiants qui l'imploraient de le sauver, elle qui ne se trompait jamais ? Pourtant, il était mort...

Daniel vit ses yeux se voiler de tristesse et dévia aussitôt le cours de la conversation.

— Comment va votre mère ?

— A merveille. Elle projette même de se remarier avec M. Dudley Stevens, un homme sensé, pourvu d'une belle fortune, qui lui rappelle mon père. Ils s'entendent fort bien.

— Vous l'approuvez, par conséquent ?

— Disons que je la comprends. Elle s'est mariée à seize ans, elle n'a jamais connu d'autre vie que le mariage.

Mabel avait été désemparée jusqu'à ce que Dudley Stevens la prenne par la main, la guide pas à pas et lui dise les mêmes mots qu'elle entendait dans la bouche de John-William. Quel soulagement pour elle — et pour Gemma !

— Parlez-moi de votre Charte, Daniel. Croyez-vous vraiment qu'elle aurait sauvé ces pauvres gens de la famine ?

— Oui, Gemma, répondit-il avec conviction. Le suffrage universel représente la seule solution de ce problème, comme de beaucoup d'autres. Aucun gouvernement n'aurait pu négliger les besoins des affamés, de peur de mécontenter autant d'électeurs, c'est aussi simple que cela ! Le peuple ne demande pas la charité mais la justice, l'égalité, la dignité. Voilà ce que lui offre la Charte, avec le droit — dont les nobles Tories ou les riches bourgeois whigs jouissent depuis si longtemps — d'élire ses représentants. Des hommes qui sauront ce que c'est que la faim et agiront en conséquence.

— Des hommes comme vous, Daniel ?

— Peut-être.

— Et si vous êtes élu un jour, saurez-vous garder votre foi, votre conviction ? Peu de gens en sont capables.

— Parce qu'ils n'ont pas connu la faim. Je l'ignorais moi-même jusqu'à l'hiver dernier. Maintenant, j'ai un tel appétit de justice que je crois ne jamais pouvoir l'assouvir.

Sa sincérité était si évidente, sa détermination si communicative que Gemma n'hésita plus. Aimer, n'est-ce pas donner à l'autre ce qu'il désire ?

— Je vous aiderai, Daniel. Distribuer de la soupe n'est pas une fin en soi, ajouta-t-elle en souriant. Et puis, n'oubliez pas que je dispose de beaucoup d'argent.

Cette dernière remarque l'embarrassa à tel point qu'il baissa les yeux. Certes, elle était riche, sans doute plus qu'il ne l'imaginait, et seule maîtresse de cette fortune depuis la mort de son père et de son mari — jusqu'à son remariage éventuel. Or, s'il prenait fantaisie à Gemma de le choisir, sa fortune constituait un obstacle impossible à franchir, même s'il l'aimait avec passion.

— Je ne suis guère doué pour les questions d'argent !

— Je sais, Daniel. Heureusement, je le suis. Mon père m'a légué son sens des affaires. N'ayez crainte, je ne gaspillerai pas mon argent pour des causes perdues.

Devant son embarras, elle lui facilitait la retraite, elle lui offrait son amitié plutôt que son compte en banque.

— Je vous disais simplement qu'un peu d'argent bien placé peut résoudre beaucoup de problèmes. Le moment venu, je serais heureuse que vous m'en demandiez…

— Non, Gemma !

— J'ai dit *demander*, Daniel. J'étudierai votre demande et, si je la juge mal fondée, je la refuserai sans hésiter.

Elle se leva et lui tendit la main, signalant ainsi la fin de leur entretien.

— Ne me déniez pas le droit de servir une cause juste, Daniel, vous protesteriez si je vous déniais le vôtre. Quand la Charte sera adoptée, car elle le sera tôt ou tard, n'oubliez pas non plus que mon droit à la parole aura autant de valeur que le vôtre. J'ai beau être une femme et appartenir à cette bourgeoisie que vous méprisez, la justice et l'égalité que vous réclamez devront s'appliquer à tous, y compris à moi et aux miens.

Il pouvait difficilement contredire un tel argument.

Dans un geste de galanterie, il se pencha pour lui baiser la main et ce bref contact lui causa un trouble qui ne devait rien au désir. Elle restait à ses yeux la meilleure des femmes. Mais leurs mondes étaient trop dissemblables, trop éloignés l'un de l'autre ; et la passerelle qu'elle tentait de jeter entre eux lui paraissait trop fragile pour qu'il accepte de s'y aventurer.

— Le monde est désormais divisé pour vous en deux camps, n'est-ce pas, Daniel ? Ceux qui ont faim et les autres ?

Il y avait pourtant d'autres sortes de faim. Et, dans le désarroi de son amour déçu, Gemma constatait qu'il semblait en avoir oublié l'existence.

CHAPITRE XXIII

— Voulez-vous sauver les paysans irlandais de la famine et les ouvriers anglais de l'exploitation ? La Charte ! Libérer l'Irlande du joug britannique et l'Angleterre de l'oppression des classes dirigeantes ? La Charte ! Rendre les hommes tous frères, sauver le genre humain ? La Charte !...

Ce discours enflammé du poète chartiste Ernest Jones lui valut à Halifax des milliers de mains levées, mais sans valeur électorale, ainsi que 279 voix bien valides. A Derby, le candidat chartiste recueillit 220 suffrages ; Daniel Carey en rassembla 205 sur son nom à Frizingley. Quant au leader chartiste Feargus O'Connor, il fut élu à Nottingham.

Élu ? s'exclamèrent d'une même voix Lady Lark et Lizzie Braithwaite, pour une fois réunies par ce cataclysme. *Nottingham* ? s'étonna de son côté Cara Adeane, en imaginant aussitôt la main de Luke Thackray brandie dans la foule. Elle n'avait reçu aucune nouvelle de lui depuis son départ ni cherché à en obtenir. Malgré tout, son honnêteté et sa droiture lui donnaient confiance et son souvenir lui réchauffait le cœur.

Mais la Charte, avenir radieux pour certains, était pour d'autres une nuisance qu'il fallait étouffer dans l'œuf avant qu'elle ne devienne une menace : rien qu'à Frizingley, deux cent cinq hommes dignes de figurer sur les listes électorales avaient approuvé son programme. Des hurluberlus certes, journalistes, médecins, pasteurs dévoyés, voire quelques jeunes écervelés qui ne cherchaient qu'à provoquer leurs parents. Il y avait quand même de quoi s'inquiéter.

Pour sa part, M. Ephraïm Cook, directeur de l'usine Dallam, était resté fidèle au parti whig, ce qui ne l'empêcha pas d'assister au dîner organisé, pour célébrer ces fameuses deux cent cinq voix, par Mme Gemma Gage qui, depuis son veuvage, semblait perdre le peu de bon sens qui lui restait.

Ce fut un banquet fort réussi, sans rien à voir avec les ragoûts irlandais de la charitable hôtesse, ainsi que le prétendaient les mauvaises langues. L'affaire fit toutefois scandale quand on sut que le candidat chartiste y avait tenu des propos fort impudents. Se considérant comme élu par la majorité de la population, à défaut des électeurs, il se disait déterminé à agir en conséquence — voyez l'audace de cet individu ! — et à consacrer son temps aux besoins de « sa circonscription ». A condition, bien entendu, qu'il ait les moyens de venir de Londres par le train aussi souvent que nécessaire, ce qui, compte tenu de la fortune de Gemma Gage et des idées bizarres qui germaient désormais dans sa tête, justifiait toutes les craintes. S'il en était témoin de l'Au-delà, John-William devait se retourner dans sa tombe...

Les excentricités de Gemma alimentèrent tout l'été les conversations. On plaignait aussi Linnet Gage, dans une position plus que jamais inconfortable auprès de sa belle-sœur. La pauvre fille se desséchait d'ailleurs à vue d'œil. Si elle faisait encore illusion dans la pénombre de l'église paroissiale, où elle se recueillait tous les matins pour le repos de son frère, elle était pitoyable en plein jour, déclarait Magda Braithwaite — son mari, observait-on, ne s'empressait pas de l'approuver. Car maintenant que le destin avait lancé deux riches veuves sur le marché matrimonial, la volage Mme Moon et l'imprévisible Mme Gage, il ne restait guère à Linnet d'autres recours que le pasteur anglican, homme naturellement enclin au célibat — selon Marie Moon, au jugement de qui l'on pouvait se fier dans ce domaine — et le capitaine Goldsborough, qui se dévouait parfois pour ne pas la laisser faire tapisserie aux réceptions où elle était de plus en plus rarement conviée. Depuis que sa fortune lui redonnait une certaine respectabilité, une femme de la naissance et de l'éducation de Linnet Gage lui permettrait, disait-on, de reprendre sa place dans la bonne société.

— Pourquoi diable vous encombrez-vous d'une vieille fille comme Linnet Gage ? lui demanda Cara, agacée par les racontars, chuchotés en sa présence, selon lesquels on aurait vu Linnet et Christie dans des halls d'hôtels et de théâtres à Leeds, et même dans le train de Londres.

— Seriez-vous jalouse, par hasard ?

— Ai-je des raisons de l'être ?

— Je me demande, ma chère Cara, de qui vous tenez cette exaspérante habitude de répondre à une question par une autre.

— De vous, Christie, cela va de soi. Alors, que faites-vous de ou avec Linnet Gage ?

— Rien. Elle m'intéresse, voilà tout.

Comme un pion à manipuler ou un spécimen à disséquer, se dit-elle.

— Elle est plus acide qu'une pinte de vinaigre !

— Son aigreur provient d'un excès de virginité — un lourd fardeau pour une femme, vous savez.

— Songeriez-vous à l'en soulager ?

— Non, Ben Braithwaite s'y intéresse beaucoup plus que moi. C'est d'ailleurs pourquoi son épouse la déteste.

— Je sais.

— Vous savez aussi que Linnet Gage n'aspire qu'au mariage et que cela ne figure pas dans mes ambitions. Les médisances qui nous concernent, elle et moi, ne méritent aucun crédit. Songez plutôt aux rumeurs scandaleuses qu'on fait courir sur Gemma Gage et votre ami chartiste ! Seraient-elles fondées, à votre avis ?

— Je l'ignore.

— Au fait, l'avez-vous revu ?

Il avait posé sa question d'un ton naturel mais Cara fut aussitôt en alerte.

— Oui, il vient de temps en temps. Le père Francis l'envoie quêter chez les Irlandais, pour ses œuvres.

— Chez tous les Irlandais ?

Là encore, sa question anodine la mettait sur la défensive alors qu'elle n'avait rien à se reprocher.

— Parfaitement ! O'Halloran le marchand de chevaux, la veuve Cunningham, Ned O'Mara au *Fleece*...

— Hélas, non ! Ce pauvre Ned n'est plus là.

Cara saisit l'occasion de changer de sujet.

— Pourquoi ? Qu'est-il devenu ?

— Que voulez-vous que devienne un ancien boxeur abruti par l'alcool ? Si vous apprenez où il a échoué, dites-le-moi, car je n'en ai pas la moindre idée.

— C'est pourtant vous qui l'avez renvoyé !

— Pas du tout, je me suis contenté d'entériner la décision d'Oliver Rattrie. Quand on confie des responsabilités à quelqu'un, on lui permet de les exercer. C'est la moindre des choses, n'est-ce pas ?

— Dites plutôt que Ned a refusé de se laisser commander par cette petite vermine sortie du ruisseau...

— Voyons, ma chère Cara, pourquoi parler si méchamment de ce pauvre garçon ? J'estime, au contraire, qu'il a fait des progrès exceptionnels, compte tenu de ses origines — et vous connaissez mon faible pour les ambitieux.

— Évidemment, vous n'avez jamais eu faim !

— Il y a faim et faim, ma douce amie, dit-il en l'attirant dans ses bras.

Elle se savait capable d'assouvir la plupart de ses appétits, mais n'ignorait pas aussi qu'elle n'était qu'un pion dans ses jeux compliqués. S'il la parait en reine, s'il l'exhibait et la faisait scintiller comme un diamant chez ses amis et dans les restaurants de luxe, c'était pour le plaisir d'éblouir et de provoquer l'envie des autres hommes. Elle lui appartenait mais il lui échappait. Elle ne lui demandait rien, elle ne lui posait pas de questions, puisqu'il n'y répondait jamais. Elle prenait ce qu'il lui offrait et attendait le moment d'en obtenir davantage. Souhaitait-il la voir heureuse ? Elle souriait. Coléreuse ? Elle le simulait avec la même facilité. S'il décidait d'éveiller sa sensualité, il n'avait qu'à poser la main sur elle ou lui lancer un certain regard. Mais elle devait aussi refréner l'élan qui la poussait parfois à partager avec lui ses joies et ses succès, à lui sauter au cou par simple amitié. En toute circonstance — sauf au lit, bien sûr — elle avait appris à garder ses distances et s'abstenir de toute familiarité.

Les réceptions auxquelles il l'emmenait, les séjours à Londres et dans les manoirs de ses amis étaient pourtant loin de lui déplaire. Elle avait trop longtemps envié les équipages de ses clientes pour ne pas apprécier son landau neuf, ses toilettes qu'elle avait le loisir de créer à son seul usage, ses bracelets d'or massif qui ornaient ses poignets. Et si elle éprouvait parfois une sensation de vide et de frustration, cela ne lui causait sans doute pas plus de gêne qu'à Magda Braithwaite, sûrement moins qu'à Linnet Gage.

— Ainsi, ce cher garçon fait la quête pour les bonnes œuvres ? reprit Christie. C'est très louable de sa part mais ce sera bientôt inutile. La récolte de pommes de terre s'annonce abondante en Irlande, paraît-il, surtout depuis que la population est — comment dire ? — quelque peu réduite. Vous ai-je dit que j'avais des terres là-bas ? Un héritage du brave général Covington-Pym, mon grand-père.

— Que sont devenus vos fermiers, Christie ?

— Comment voudriez-vous que je le sache, ma chère ? Je n'y ai jamais mis les pieds et je laisse la bride sur le cou à mon régisseur, du moment qu'il m'envoie les fermages.

Elle se retint de lui demander s'il les avait perçus depuis deux ans. Déjà, il poursuivait :

— Vous n'aurez donc plus l'occasion de revoir votre ami chartiste, maintenant que la famine a officiellement pris fin.

— De toute façon, il n'a plus de raison de revenir. Sans élections en vue, il va rentrer à Londres, ou Dieu sait où.

— Il abandonnerait sa chère amie Gemma Gage ?

— Bien sûr.

Depuis qu'elle avait revu Daniel, Cara avait compris qu'aucune femme ne le détournerait de la voie qu'il suivait avec l'étrange fanatisme glacé qui semblait l'habiter. Gemma Gage l'avait-elle senti, elle aussi ?

Daniel Carey revint cependant plusieurs fois au cours de l'automne et de l'hiver puisqu'il se considérait comme le véritable député de la classe ouvrière, c'est-à-dire de quatre-vingt-dix pour cent de la population de Frizingley. Et il dînait avec Gemma chez les Ephraïm Cook un soir de février 1848 quand on apprit que la révolution avait éclaté en France.

Ce n'était pas la première ni la seule en Europe. Le roi Louis-Philippe avait à peine décampé des Tuileries que des foyers de révolte s'allumaient d'un bout à l'autre du continent. Les Habsbourg seraient-ils à leur tour menacés ? Les Romanov eux-mêmes craignaient-ils pour leurs trônes — et leurs têtes ? En Angleterre, où la reine Victoria résistait seule à la tourmente, beaucoup l'espéraient avec ardeur. Nationalistes et socialistes se soulevaient contre l'oppression en Hongrie, en Pologne, en Italie ; l'Irlande martyre bouillonnait comme un chaudron de sorcière prêt à exploser. Une fois de plus, la France avait montré la voie. L'Angleterre allait-elle enfin s'y engager ?

Pour leur part, les Chartistes y croyaient. Ceux de Halifax défilèrent pour manifester leur soutien aux Français républicains qui avaient renversé la tyrannie et établi à jamais, du moins l'espérait-on, le pouvoir du peuple pour le peuple. Ceux de Bradford se réunirent afin de rendre un vibrant hommage à leurs frères en révolution d'outre-Manche, s'enquérir du prix des piques auprès de forgerons sympathisants et chanter en chœur des hymnes séditieux, parmi lesquels *La Marseillaise*. A Frizingley, une foule en délire porta Daniel Carey en triomphe après qu'il eut déclaré que le moment était venu d'instaurer la Justice et la Démocratie par le Suffrage Universel. A Manchester, Feargus O'Connor, député chartiste de Nottingham, adjura treize mille hommes rassemblés autour de lui de ne jamais déserter la cause de la Charte jusqu'à sa victoire finale. Les treize mille jurèrent comme un seul homme.

La même ferveur, le même espoir animaient tout le pays. Partout, on chantait, on défilait, on discourait. Les tenants de la « force morale » recueillaient les signatures d'une nouvelle pétition, si considérable cette fois qu'elle ne pourrait être traitée par le mépris, pendant que les partisans de la « force physique », plus pragmatiques, affûtaient leurs piques, graissaient leurs fusils et s'entraînaient par les nuits sans lune sur les landes désertes du Nord.

La Charte devenait menaçante, estimaient les Lark et les Braithwaite, ennemis héréditaires réconciliés. On ne pouvait plus s'en débarrasser d'une chiquenaude, comme on chasse un insecte, il fallait l'écraser — vite et fort. Le gouvernement de Sa Majesté partageait si bien cette opinion qu'au mois d'avril le duc de Wellington mit Londres en état de siège contre l'invasion annoncée des hordes de barbares descendus du Nord afin de présenter leur pétition au Parlement et proclamer s'ils n'obtenaient pas gain de cause, l'indépendance de la République d'York et du Lancashire. Le bruit courait que ladite pétition rassemblait cinq millions de signatures et qu'elle serait apportée par deux cent mille hommes résolus qui, instruits par l'exemple français et refusant les exhortations pacifiques de la « force morale », se faisaient fort de faire basculer l'Angleterre dans la Révolution.

Allait-on voir la populace envahir Buckingham Palace après les Tuileries et la reine Victoria prendre une fuite éperdue comme l'infortuné Louis-Philippe ? Le duc de Wellington, vainqueur de Napoléon, eut beau déclarer que c'était impensable, il n'envoya pas moins la reine et sa famille à l'abri dans l'île de Wight, fit venir des renforts dans la capitale et constitua à la hâte une milice de deux cent mille *constables* armés de gourdins. On fortifia les ponts et les bâtiments publics ; les aristocratiques possesseurs d'hôtels particuliers battirent le rappel de leurs gardes-chasses et de leurs piqueurs, de sorte qu'une menaçante floraison de fusils et de canardières poussa bientôt aux fenêtres de Belgravia.

Chacun se préparait au pire.

Feargus O'Connor comptait franchir le pont de Westminster à la tête de ses deux cent mille hommes et déposer la Charte avec sa pétition aux pieds de la « Mère des Parlements ». Ce serait, annonçait-il, le triomphe de la « force morale », car il entendait accomplir son pacifique coup d'État sans effusion de sang et avait, dans cette intention, exigé de ses partisans d'affronter l'ennemi sans armes.

— Je me demande si O'Connor a pris les dispositions nécessaires pour amener ses hommes à pied d'œuvre, dit Christie avec nonchalance la veille du grand jour, en buvant du champagne dans son appartement, surchauffé comme toujours.

— De quoi parlez-vous ? demanda Cara.

— Beaucoup de ceux qui ont promis d'aller à Londres s'apercevront sans doute à la dernière minute qu'ils n'ont pas de quoi prendre le train. J'espère pour O'Connor qu'il y aura pensé, car le duc de Wellington serait furieux d'avoir déplacé ses troupes pour rien.

Cara se souciait moins du succès ou de l'échec de ce soulèvement que du sort de deux de ses acteurs, qui lui causait une réelle inquiétude. Une fois de plus, Luke et Daniel allaient s'exposer au danger. Alors, à la vue de Christie en chemise brodée et gilet de soie qui sirotait son champagne, elle ne put se retenir :

— Et si leur révolution réussissait, comme en France, que deviendriez-vous, Christie ?

Il leva son verre avec un sourire ironique.

— Et vous-même, ma chère ?

— Moi ? Je ferais des robes et des chapeaux aux couleurs chartistes, voilà tout. Je m'en sortirais.

— Eh bien, moi aussi.

— Vous êtes bien sûr de vous ! La guillotine fonctionnait en France il n'y a pas si longtemps, vous savez.

— C'est exact et je ne l'oublie pas. S'ils installaient un de ces charmants instruments sur la place du Marché — pas trop près de vos vitrines, je l'espère — nous verrions probablement rouler les têtes de Ben Braithwaite, d'Uriah Colclough et de ma chère cousine Grizelda Lark. En revanche, cette bonne Gemma Gage sauvera la sienne, car elle sera sous la protection du comité révolutionnaire ou de quelque autre organisme de la même farine — comme moi-même.

— Vous ? Qui donc voudrait vous protéger ?

— Je l'ignore encore, mais il se trouvera à coup sûr quelqu'un qui considérera mes services comme assez précieux pour me garder en vie. Sachez, ma chère amie, que ce sont rarement, sinon jamais, les idéalistes qui tirent profit des révolutions. Les Feargus O'Connor, ou les Daniel Carey, ne sont doués que pour renverser les trônes, sans se douter qu'ils travaillent toujours pour de nouveaux rois qui attendent en coulisse.

— Vous vous feriez chartiste ?

— Bien entendu.

— Personne ne vous prendrait au sérieux !

— Pourquoi pas ? J'ai bien été à la fois whig et tory pendant des années. Les nouveaux régimes ont besoin d'hommes d'expérience, voyez-vous. Je me crois même capable d'arrondir ma fortune sous celui-là — si par hasard il gagnait, ce qui est loin d'être prouvé.

— Vous n'y croyez donc pas ?

— Non, d'abord parce que nous autres Anglais n'avons pas le tempérament révolutionnaire. Ensuite, O'Connor n'a pas la moindre chance. Il sait que les troupes ont ordre de tirer dans la foule. Cela s'est récemment produit à Glasgow et les meneurs — c'est-à-dire les pauvres bougres sur lesquels la police a mis la main — ont été condamnés pour l'exemple à de lourdes peines. Cela découragera les plus enragés.

Cara frémit.

— Pauvres diables... Les plaignez-vous, au moins ?

— Je suis surtout déterminé à ne jamais me mettre dans une situation comme la leur. Pas vous ?

Elle ne s'était jamais posé la question ; ne croyant qu'en elle-même, elle se jugeait immunisée contre les désillusions.

— Que va-t-il se passer à votre avis, Christie ?

— Pas grand-chose. En fait de manifestation pacifique de masse, O'Connor ne disposera pas même du dixième de ses effectifs. Les hommes de la « force physique » s'abstiendront, puisqu'il leur a interdit de venir armés, ceux de la « force morale » ne viendront pas non plus par crainte de la violence. De toute façon, la loi interdit aux groupes de plus de vingt personnes de pénétrer dans le Parlement. O'Connor le sait et, quand il se verra abandonné par ses troupes, il ne prendra pas de risques. Deux cent mille hommes marchant sur Westminster imposaient le respect, moins de vingt mille donneront envie de rire. Le mieux serait de les renvoyer chez eux — en espérant qu'ils ne se perdront pas en chemin.

— Et après ?

— O'Connor sera discrédité, la « force physique » prendra le relais. Elle sera réprimée dans le sang et ce sera la fin du Chartisme, qui n'a aucun appui dans les milieux dirigeants. Vous pouvez dormir tranquille, Cara.

Elle attendit le matin avec une telle anxiété qu'elle dormit à peine. Et, quand les nouvelles commencèrent à filtrer dans ses salons bleu et or, elle ne put même pas se permettre d'en rire ou d'en pleurer.

Tous les témoignages concordaient : l'affaire avait tourné au fiasco. Avec moins de vingt mille hommes, il n'était pas question de marche triomphale. Quant aux cinq millions de signatures, on ne comptait plus les fausses et les fantaisistes. La police s'était contentée d'entraîner Feargus O'Connor à l'écart et, à la stupeur des autorités, le vieux lion qui, depuis des années, crachait des flammes et répandait l'anathème, s'était piteusement incliné. Afin d'éviter une effusion de sang, disait-il, il s'était rendu au Parlement en fiacre — ou plutôt suivi de quatre fiacres, compte tenu du volume de cette fameuse pétition qui, comme tant d'autres, allait désormais se couvrir de poussière aux archives.

Cara envoya à la gare une de ses apprenties, dont le père était chartiste et dont la présence pouvait donc se justifier, mais personne ne débarqua des trains de Londres. Le soir venu, ayant décidé de s'y rendre elle-même, elle traversa la place comme si elle prenait l'air, se fondit dans l'ombre contre la façade de la gare et attendit.

Si Daniel arrivait, elle ignorait ce qu'elle lui dirait, et même s'il accepterait son aide ; elle savait simplement qu'il en aurait besoin et qu'elle la lui offrirait. Elle se moquait de la Charte, mais Daniel y consacrait ses forces et souffrait à coup sûr de cet échec. Elle aurait éprouvé la même douleur si, le jour où sa mère et son fils l'avaient abandonnée, elle était revenue de Liverpool pour trouver sa boutique en cendres et ses clientes chez Ernestine Baker. Elle s'en serait relevée, mais Daniel n'avait pas sa force de caractère. Elle devait lui tendre la main.

Le dernier train arriva, presque vide. Cara ne vit sortir de la gare que deux représentants de commerce et quelques inconnus dont les pas s'estompèrent dans la nuit. Des portières claquèrent, le train s'ébranla. Elle attendit encore, le temps pour Daniel de remonter le quai, de renouer peut-être un lacet de chaussure. Puis, ce délai écoulé, elle comprit qu'il ne viendrait plus et se décida à sortir de l'ombre... pour se trouver nez à nez avec Gemma Gage.

Aussi stupéfaites que gênées de découvrir qu'elles se cachaient à quelques pas l'une de l'autre en se croyant seules, elles ne pouvaient cependant pas sans ridicule se contenter d'un signe de tête et passer leur chemin. Gemma prit les devants en rougissant de sa maladresse.

— Bonsoir, mademoiselle Adeane. Je vois que vous attendiez quelqu'un, vous aussi. Daniel Carey, peut-être ?

C'était moins une question qu'une constatation, qu'il aurait été vain de nier.

— Oui, nous nous connaissons depuis longtemps. Je n'ai pas l'impression que nous le verrons ce soir.

— Je le crains aussi. Ma voiture est là. Permettez-moi de vous raccompagner.

— Vous êtes trop aimable, chère madame, je ne vais que de l'autre côté de la place et...

— Je sais, mais il est tard et il fait frais. Montez, je vous en prie.

Le ton était aimable mais plein d'une autorité à laquelle Cara ne put se soustraire. Elle laissa le cocher déployer sur ses genoux une couverture de cachemire, qu'elle palpa d'une main exercée en supputant machinalement son prix et le succès éventuel d'un tel article si elle en vendait l'hiver prochain.

Gemma avait repris contenance et alla droit au but.

— Nous supposions, vous et moi, que notre ami viendrait par la correspondance directe de Leeds. Il se peut qu'il ait préféré descendre à une autre gare, celle de Brighouse par exemple. Par où passerait-il ensuite, à votre avis ?

— Par la lande.

— Dans ce cas, savez-vous quel itinéraire il emprunterait ?

— Il couperait certainement au plus court, chère madame, par des sentiers impraticables en voiture.

Cara les connaissait d'autant mieux qu'elle les avait elle-même maintes fois parcourus à pied.

— Pourrait-on le voir depuis la route ?

— Non, il fait trop noir.

— Remarquerait-il une voiture, alors ?

— Il l'entendrait peut-être, mais le roulement des roues et les sabots des chevaux se ressemblent tous.

— Et si l'on s'arrêtait de temps en temps — avec une lanterne pour se faire reconnaître, par exemple ?

— Non, ne faites surtout pas cela, madame !

— Pourquoi donc ?

Grand dieu ! se dit Cara, effarée. Ignore-t-elle tout des réalités de la vie ? Le monde semble-t-il si sûr et les hommes si innocents, vus d'un salon lambrissé ? Se croit-on invulnérable sous une couverture de cachemire ?

— Parce que j'ignore qui répondrait à vos signaux ! La lande paraît déserte, mais elle est pleine de cachettes où se terrent toutes sortes de gens. Beaucoup se disent chartistes, qui ne sont en fait que des bandits de grand chemin. Il y a là-haut un ou deux cabarets isolés qui sont des repaires de brigands et dont vous ne sortiriez pas vivante si on vous y entraînait. N'y allez pas, je vous en prie, c'est beaucoup trop dangereux !

Et pendant ce temps, Daniel était probablement sain et sauf à Londres... Et sinon ? Cara frémit.

La voiture avait fait le tour de la place et s'arrêtait devant chez elle.

— Vous avez raison, dit Gemma. Même en prenant des risques, on ne le retrouverait sans doute pas.

Cara hésita :

— Dites-moi... Est-il en danger ?

— Je le crains, répondit Gemma pensivement. Ses camarades et lui font peur à trop de gens pour que ceux-ci ne veuillent pas se venger. Je dînais ce soir chez les Braithwaite, qui se congratulaient comme s'ils avaient eux-mêmes empêché la prise de je ne sais quelle Bastille. Ma belle-sœur m'accusait de naïveté quand j'affirmais que la Charte n'a jamais voulu de guillotines ni de tribunaux révolutionnaires — mais Linnet trouve sans doute amusant de croire que les ouvriers de mon père massés derrière nos grilles n'attendent qu'un signe pour nous voler nos bijoux et nous dépouiller. Quant à Ben Braithwaite, ou au duc de Wellington, c'est le suffrage universel qu'ils redoutent comme la peste. Nous avons donc tout lieu de craindre que les Chartistes soient menacés. Hier, le gouvernement a réussi à ridiculiser la Charte. Il va maintenant s'efforcer d'éliminer ses partisans pendant que le public rira.

— Comment cela ?

— Au début du mois, le Parlement a voté une loi qui aggrave la répression des « propos séditieux ». C'est un délit dont nous nous rendons tous plus ou moins coupables à un moment ou à un autre, mais dont peut se voir accusé à coup sûr tout Chartiste prenant la parole en public.

— Voulez-vous dire qu'ils seront systématiquement pourchassés et jetés en prison ?

— J'en ai peur, en effet.

Daniel sortirait-il intact d'une telle épreuve ? Résisterait-il à la prison ou, pire, à la déportation en Australie ? Il fallait l'y soustraire, mais comment ? L'Amérique ! se dit Cara. Pour une fois dans sa vie, son père se rendrait utile. Si elle parvenait à faire embarquer Daniel sur un navire, elle chargerait son père de l'accueillir à New York. Il lui devait au moins cela.

— Bonne nuit, mademoiselle Adeane.

— Bonne nuit, madame Gage. Merci de m'avoir raccompagnée.

— Pas du tout, cette conversation m'a fait grand plaisir. Allons, il est grand temps de rentrer chez moi.

Cara se tenait encore sur le seuil et cherchait ses clefs dans son sac quand elle vit la voiture faire demi-tour et partir au grand trot, non pas dans la direction du manoir, mais vers la rue St Jude — et la lande.

Le premier réflexe de Cara avait été de combiner la fuite de Daniel Carey vers l'Amérique et la sécurité. Mais la douce, la paisible Gemma oubliait toute prudence et partait seule dans la nuit à la recherche de l'homme qu'elle aimait.

CHAPITRE XXIV

Hantée par des cauchemars, où elle voyait Gemma Gage mise en pièces par toutes sortes de monstres humains et animaux attirés par ses signaux lumineux, Cara se rendit le lendemain matin au manoir sous un vague prétexte afin de s'assurer si elle était encore en vie. Gemma se portait à ravir et n'avait pas fait de rencontre plus terrifiante que celle d'un lapin ; mais elle n'avait pas non plus trouvé Daniel, qui ne se manifesta pas davantage le lendemain ni le mois suivant.

Si seulement il avait assez de bon sens pour se tenir tranquille ! espérait Cara. Car, depuis que la « force morale » avait sombré dans le ridicule, les farouches militants de la « force physique » manifestaient dans toutes les villes industrielles. Ainsi que Christie l'avait prédit, ils se heurtaient aux dragons qui chargeaient sabre au clair et dégageaient les rues avec une telle efficacité qu'il n'y restait que les morts et les blessés. Partout, le même cycle infernal se répétait : l'arrestation des leaders provoquait une émeute qui libérait les prisonniers ; la troupe s'en saisissait à nouveau et, par la même occasion, en appréhendait quelques autres. C'est ainsi que les tribunaux prononcèrent entre mai et juin, le plus souvent sous le chef d'accusation des « propos séditieux », plus de trois cents condamnations à la prison ou à la déportation en Australie.

La répression battait ainsi son plein quand, par un bel après-midi d'été, une fillette irlandaise, nu-pieds et en haillons, s'introduisit dans le magasin de Cara Adeane où son apparition provoqua, chez les dames qui papotaient en consultant les gravures de mode, autant d'affolement que l'intrusion d'une portée de souris.

— De grâce, mademoiselle Adeane, donnez-lui de l'argent et débarrassez-nous-en ! gémit Magda Braithwaite. Et d'ailleurs, que font les gens comme elle en plein centre de la ville ? C'est inadmissible ! Il faut que j'en parle à mon mari.

— C'est vrai, murmura Linnet Gage, il sait si bien s'y prendre en toute circonstance.

Magda lui lança un regard meurtrier. Depuis quelque temps, elle nourrissait des doutes croissants sur la nature réelle de l'« amitié » que portait son mari à Linnet, qu'elle soupçonnait d'être sa maîtresse.

— Quelle langue parle donc cette enfant ? s'enquit Linnet avec suavité.

Cara n'en était pas très sûre, sa connaissance du gaélique tel qu'on le parle dans les chaumières du Kerry ou du Donegal étant rouillée et, de toute façon, assez sommaire. Elle parvint cependant à engager le dialogue.

— Que veux-tu ?

— « Il » vous fait dire qu'il est à l'auberge du Coq, sur la lande, et de ne pas prononcer son nom.

— La police le recherche ?

— Oui.

— Dis-lui que je viendrai à la nuit. File, maintenant.

Cara lui donna une piécette, la traîna par l'oreille jusqu'à la porte et revint avec un sourire d'excuses.

— Je suis navrée, mesdames.

— Etait-ce raisonnable de lui donner de l'argent ? voulut savoir Linnet Gage.

— Que pouvais-je faire ? Elle ne serait pas partie sans cela et ce n'est pas la première fois, hélas ! La mendicité est une plaie. Si M. Braithwaite pouvait nous en débarrasser, nous lui en serions tous infiniment reconnaissants.

— Vous pouvez compter sur lui, se hâta de déclarer Linnet avant que Magda n'ait pu placer un mot. Il est toujours très... efficace. Mais je ne savais pas que vous parliez aussi couramment ce dialecte - le gaélique, je crois ?

— « Couramment » est exagéré, mademoiselle, dit Cara avec son plus beau sourire. J'en sais juste assez pour comprendre qu'on me demande de l'argent, voilà tout.

L'incident en resta là. Cara ne s'était pas trahie et elle sut conserver son sang-froid jusqu'à la fin de la journée. Elle s'amusa même à imaginer la réaction de Magda Braithwaite si elle lui révélait qui, depuis quelques mois, payait les factures de Linnet Gage — comme M. Adolphus Moon l'avait fait avant sa triste fin. Mais elle savait garder les secrets.

Le soir venu, elle ferma le magasin, monta à l'atelier, fit sa ronde d'inspection et vérifia ses comptes sans rien changer à ses habitudes ni à son comportement. Elle dîna comme à l'accoutumée, en se préparant à passer une soirée paisible ; sa cuisinière et sa femme de chambre auraient été stupéfaites d'assister à sa métamorphose. Ne sachant pas jusqu'à quel point Christie la surveillait ni même s'il soudoyait un espion dans son personnel, Cara se méfiait. Ce soir-là, pour la sécurité de Daniel, elle ne voulait rien laisser au hasard.

A peine ses servantes se furent-elles retirées qu'elle chassa sans ménagements le chien de son panier et souleva les lames de parquet sous lesquelles elle cachait son trésor. Depuis le début des troubles, elle y gardait assez d'argent pour payer le passage de Daniel en Amérique et l'y faire vivre un ou deux mois. Elle avait déjà prévenu son père de l'arrivée éventuelle d'une certaine personne à aider. Elle s'informait plusieurs fois par semaine des départs de navires pour l'Amérique. Elle s'était procuré des adresses à Liverpool où, moyennant finances, les fugitifs trouvaient abri. Comme en toutes choses, ou presque, il suffisait d'y mettre le prix. Nul ne connaissait ni se souciait de Daniel Carey à Liverpool. A New York, il serait libre. Il ne courait donc le risque d'être reconnu et dénoncé qu'à Frizingley, seul endroit où il puisse demander de l'aide puisqu'il ne pouvait se tourner que vers elle ou Gemma.

A l'heure habituelle, elle éteignit les lampes du salon et alluma dans sa chambre, de sorte que si on observait ses fenêtres de la rue, on croirait qu'elle se préparait à se coucher. Puis, après avoir enfilé une robe de laine noire, une pèlerine dont le capuchon dissimulait son visage, elle chaussa de vieilles bottes, sortit par la porte de derrière et prit la direction de St Jude.

Elle se lançait dans un parcours dangereux. Les rues grouillaient de mendiants, de vagabonds et de personnages louches, toujours tentés d'accoster une femme seule ; une patrouille des nouveaux *constables* pouvait l'intercepter en exigeant de savoir ce qu'elle faisait dehors à pareille heure. Mais elle avait appris à la dure la manière, que Gemma ignorait, d'esquiver les importuns et de surnager en eau trouble. Elle connaissait ses forces. Daniel aussi et c'est pourquoi il avait fait appel à elle plutôt qu'à Gemma. Devait-elle le prendre comme un compliment ? Peut-être. En tout cas, il ne lui était pas venu à l'idée de s'y dérober. Depuis longtemps, elle était prête à passer à l'action.

Sortie de la ville, elle plongea dans la nuit noire d'où risquait de surgir n'importe quel péril, mais elle en avait l'habitude et quelques années de facilité n'avaient pas eu le temps de l'amollir. Ce qui comptait avant tout, sur ce terrain inégal et parsemé d'obstacles où l'on risquait de se tordre les chevilles, c'était de garder le cap et de ne pas reculer. Elle ne se pardonnerait jamais de céder à la peur ou d'arriver trop tard par négligence ou pour toute autre raison.

Elle connaissait peu d'endroits plus sinistres que cette auberge du Coq, bâtisse de pierres grises plantée au milieu de la lande déserte. Les fantômes des clients pendus, émeutiers et bandits de grand chemin, hantaient ses bancs de bois grossier et sa salle enfumée. Toute la ville savait que les meneurs chartistes y donnaient rendez-vous à leurs troupes pour manœuvrer militairement sur la lande par des nuits comme celle-ci.

La lune perçait de temps à autre le voile des nuages déchirés par le vent. Les fenêtres étaient sombres, l'auberge paraissait déserte. Cara poussa la porte et reconnut sans surprise Ned O'Mara accoudé derrière le comptoir. Chassé par Christie, il ne pouvait trouver d'emploi nulle part ailleurs et, puisqu'il n'avait comme clients que des Chartistes, il l'était sans doute lui-même devenu.

Ils se dévisagèrent un instant sans mot dire. Ned montra d'un signe de tête l'embrasure d'une porte où Daniel apparut. Cara le rejoignit en trébuchant sur le sol de terre battue recouvert de sciure. Une fois seuls dans la pièce, ils se tinrent à quelques pas l'un de l'autre.

— Vous avez l'allure d'un clochard, dit-elle avec une moue dégoûtée.

— Probablement. Je marche depuis plusieurs jours et je dors à la belle étoile.

— Vous auriez pu vous raser !

— Bah ! Je me suis dit que la barbe me déguiserait.

— Dites plutôt que c'est par paresse.

— Vous avez raison, Cara. Mon apparence, je m'en moque.

Elle avait déjà compris qu'il se moquait de tout. La flamme qui l'habitait semblait éteinte.

— Est-ce grave, Daniel ? demanda-t-elle, radoucie.

— Assez, oui. J'ai déjà été arrêté une fois.

— Pourquoi ?

— Pour le crime inexpiable de m'être adressé en plein champ à une demi-douzaine de pauvres bougres encore plus fatigués que moi et de leur avoir parlé de justice et d'égalité des chances. Nous revenions de Londres, où Feargus O'Connor ne s'est pas même rendu compte, dans son fiacre, de la quantité d'hommes qu'il laissait derrière lui sans un sou ni même un billet de retour pour rentrer chez eux.

— Vous aviez le vôtre, Daniel. Vous l'avez donné ?

— Peut-être bien, dit-il avec un haussement d'épaules fataliste. Quoi qu'il en soit, je faisais mon beau discours sur la fraternité universelle quand la police est arrivée. On m'a prévenu que j'en aurais sans doute pour deux ans...

— Et vous vous êtes évadé pour vous précipiter ailleurs clamer les mêmes sornettes.

— Non, Cara. Je n'ai plus ni l'envie ni le courage de parler en public. En fait, j'ai l'impression que tout cela est fini, bien fini.

— La Charte ? Ils la ressortiront un jour ou l'autre.

— Peut-être. Mais la nature humaine étant ce qu'elle est, c'est une cause perdue. Alors, à quoi bon se donner du mal ?

Pour sa part, Cara le savait depuis longtemps. Mais il fallait maintenant le convaincre de se « donner du mal » pour se sauver lui-même. Tout en énumérant les mesures qu'elle avait déjà prises, elle lui donna l'argent, les noms, les adresses, les dates d'appareillage des navires.

— A New York, mes parents s'occuperont de vous. Une vie nouvelle, Daniel ! La sécurité. Une chance de repartir de zéro...

Le désirait-il ? Il paraissait absent, comme s'il avait franchi le seuil d'un autre monde, endossé la peau d'un autre personnage. Comme si celui qui se tenait là était un étranger — à lui-même autant qu'à elle.

— Partez immédiatement, Daniel. La ville grouille de *constables*, n'attendez pas le lever du jour.

— Non, bien sûr... Pardonnez-moi, Cara, je ne pouvais faire signe à personne d'autre. Vous ai-je mise en danger ?

— Peu importe. Pourquoi m'avez-vous fait confiance ?

— Le contraire ne m'est jamais venu à l'esprit.

— Merci quand même ! Et maintenant, partez ! J'ajoute bon débarras si cela vous fait plaisir, mais de grâce, partez !

— Je m'en vais. Une dernière chose : pouvez-vous dire à Gemma Gage que vous m'avez vu ?

— Rien d'autre ?

— Non, rien d'autre. Vous comprenez, je ne pouvais pas lui demander de venir ici. Une femme comme elle...

— Je sais, Daniel.

— Cette fois, je m'en vais pour de bon. Et je vous promets de ne jamais plus venir vous empoisonner la vie.

— Ne dites pas de bêtises, Daniel !

Elle fondit en larmes. Il y eut un long silence.

— C'était il y a longtemps, Cara.

Dans un autre siècle, un autre monde. Une toute jeune fille sur le pont d'un cargo, portant sa vieille robe comme une reine sa parure. Un jeune homme mince, le cœur léger et vibrant d'enthousiasme sous sa jaquette de dandy bohème. La jeune fille et le jeune homme se donnèrent l'accolade et se séparèrent à regret.

— De grâce, soyez prudent, Daniel.

— Je vous ai tant aimée, Cara.

— Je vous ai trop aimé, Daniel.

L'idéaliste au cœur vibrant d'enthousiasme était devenu un homme vieilli avant l'âge, vaincu par la lassitude et la désillusion. Mais, sous son vernis, la jeune femme au port de reine n'en avait jamais aimé un autre.

Ils sursautèrent au bruit de la porte.

— Ah ! Vous voici donc, monsieur Carey, fit une voix.

Avec une horreur sans nom, Cara vit Christie apparaître sur le seuil de la pièce. Elle recula contre un mur tandis qu'une troupe de « constables » envahissait l'auberge. Christie affecta de ne pas remarquer sa présence et alla s'adosser au comptoir.

— Bonsoir, Ned, dit-il par-dessus son épaule. Je vous avais bien dit que je vous rendrais visite un de ces soirs.

Si elle n'avait vu le rictus de haine qui lui déformait le visage et la crispation meurtrière de ses mains sur le comptoir, Cara aurait soupçonné le barman de les avoir trahis.

Sur un geste de Christie, deux supplétifs empoignèrent Daniel, lui tordirent les bras derrière le dos et lui lièrent les poignets. Christie surveillait la scène avec l'arrogance amusée du gentilhomme venu s'encanailler dans un mauvais lieu, en dédaignant la présence derrière son dos de Ned O'Mara qui, Cara le voyait de la pièce voisine, se retenait à grand-peine de lui plonger un couteau entre les omoplates.

— Emmenez-le, dit Christie à ses hommes.

Folle de rage impuissante, Cara resta collée au mur. Daniel se laissait emmener avec indifférence, comme si les soucis de la réalité ne pouvaient plus l'atteindre. Sur le seuil de l'auberge, Christie se retourna vers elle pour la première fois, avec un sourire que démentait la dureté de son regard.

— Merci, Cara. Je vous revaudrai cela, bien entendu.

La porte se referma. Jamais Cara ne s'était sentie aussi seule. Aveuglée par les larmes, elle se précipita vers le comptoir en hurlant :

— Faites quelque chose ! Faites quelque chose !

Il fallut que Ned l'empoigne aux épaules et la secoue sans douceur pour la faire taire.

— Venez, on va s'en occuper comme il faut, grommela-t-il. Ce salopard de Goldsborough qui croit tout savoir ne se doute pas que trois douzaines de nos gars font l'exercice cette nuit dans le secteur. On va le coincer, lui et ses sbires. Et donnez-moi simplement dix minutes avec lui, en tête à tête. Il comprendra...

Sans écouter les injures et les menaces qu'il continuait à dévider, Cara courait à côté de lui. Elle devait, avant tout, rejoindre Daniel, le libérer, lui dire qu'elle ne l'avait pas trahi. Ensuite, tuer Christie Goldsborough. Et si Ned voulait en faire autant, eh bien ! elle s'arrangerait pour lui voler sa vengeance.

Elle s'était laissé distancer quand elle vit une troupe sortir de l'ombre. Ned les rejoignit et leur dit quelques mots qui les firent changer de direction. La nuit était si noire que Cara craignit de s'égarer et pressa le pas.

Les hommes n'étaient armés que de gourdins et de manches de pioches ; mais ce fut suffisant pour semer la terreur dans les rangs des supplétifs, pour la plupart employés de banque ou clercs d'avoués en mal de gloire et d'aventures, quand ils surgirent d'un repli de terrain et fondirent sur eux au cri de « Vive la République ! » Sans réfléchir aux conséquences, sans se soucier des coups Cara se jeta au cœur de la mêlée et entreprit de dénouer les liens de Daniel. Il n'y avait pas une seconde à perdre. Les supplétifs commençaient à se débander, mais des soldats auraient tôt fait de tailler en pièces la troupe des sauveteurs. Avec ses ongles, avec ses dents, elle s'acharna tant et si bien que le nœud céda. Le sang de ses doigts meurtris se mêlait à celui des poignets de Daniel.

— Partez ! Vite ! cria-t-elle.

— Je n'ai pas cru ce que vous a dit Goldsborough.

— Quelle importance ? Partez, mais partez donc !

Il voulut l'entraîner. Elle se dégagea.

— Non ! Laissez-moi. Allez-vous-en !

— Cara...

— Allez-vous partir, à la fin ?

Excédée, elle le repoussa de toutes ses forces et prit la fuite dans la direction opposée. Elle ne se sentit rassurée qu'en voyant quelques Chartistes entourer Daniel et se fondre avec lui dans l'obscurité. Ils savaient sûrement, eux, s'il y avait des soldats à proximité et ils chercheraient à se mettre le plus vite possible à l'abri.

Quand elle s'arrêta enfin pour reprendre haleine, Cara était seule sur le champ de bataille déserté. La lune se cachait derrière les nuages, le vent se levait. Frissonnante, elle se remit en marche au hasard et arriva bientôt au bord d'une dépression entourée de rochers. Elle allait y pénétrer pour s'abriter du vent quand le plafond de nuages se déchira brièvement et la lune révéla un terrifiant spectacle. Elle n'eut que le temps de se glisser dans l'ombre.

Le cercle des chasseurs se refermait déjà sur sa proie : Ned O'Mara, et cinq autres colosses aux larges épaules et aux bras noueux, au visage inexpressif de bourreaux se préparant à une exécution. Ce n'étaient pas des Chartistes luttant pour l'avènement d'une société plus juste, mais des ennemis de l'autorité qui avaient, cette nuit-là, l'aubaine de tenir à leur merci l'un des représentants les plus exécrés en la personne de Christie Goldsborough. Cara le vit reculer pas à pas jusqu'à un rocher auquel il s'adossa. Un éclair de lune lui révéla son sourire hautain, un coup de vent lui fit entendre le défi qu'il lançait à ses agresseurs :

— Eh bien, messieurs ?...

Pour la deuxième fois de la nuit, elle ne pouvait qu'attendre. Dans l'obscurité revenue, elle ne perçut que le bruit mat des poings martelant la chair, le choc sourd des bottes ferrées. De temps à autre, elle distinguait les silhouettes autour de leur victime, tels des chiens de chasse à l'hallali, qui lui infligeaient une mort plus lente, plus atroce que celle du renard et prenaient un plaisir visible à réduire le tout-puissant propriétaire des taudis de St Jude en un amas de chairs sanglantes.

Elle avait perdu toute notion du temps quand elle en vit un ou deux se relever, leur soif de sang rassasiée, et que cet acharnement n'amusait plus.

— Allons, les gars, ça suffit !

De derrière un rocher, une voix avait lancé un appel en ajoutant d'un ton pressant quelques mots que le vent emporta, sans doute un des Chartistes revenu les prévenir d'un danger imminent. Ned O'Mara assena un dernier coup de botte dans le corps inerte et détala avec les autres en grommelant des jurons. Christie ne bougeait plus. *Un jour, vous irez trop loin. Un jour, vous pousserez quelqu'un à bout et on vous tuera...* Combien de fois lui avait-elle adressé cette mise en garde ? Ce jour était venu et ce quelqu'un était Ned.

Cara attendit en reprenant sa respiration. Elle devait s'éloigner au plus vite. Ned pourrait revenir et, s'il la voyait, s'aviser de la violer et de la tuer à son tour sur le cadavre de son ennemi pour en parachever l'humiliation. Des soldats pouvaient surgir. A l'évidence, Christie était mort, elle ne pouvait rien pour lui. Il suffisait de partir sans se retourner. La conscience tranquille ? Non, ce serait trop de lâcheté, elle se le reprocherait toute sa vie.

Sortie prudemment de son abri, elle s'approcha du corps recroquevillé, les jambes repliées sur la poitrine et les bras autour de la tête. Les agresseurs l'avaient frappé au visage et s'étaient acharnés sur son dos. Le sang ruisselait de son nez, il avait une joue entaillée jusqu'à l'os, un œil fermé, un bras cassé. Mais les morts ne saignent pas et un souffle rauque, à peine audible, s'échappait de ses lèvres tuméfiées.

Il n'était donc pas mort, mais si elle l'abandonnait il ne survivrait pas jusqu'au matin. Ned reviendrait l'achever, le froid et l'humidité auraient raison de lui ou encore les vagabonds qui hantaient les collines et viendraient faire main basse sur sa chevalière, sa montre en or, l'argent dont ses poches étaient pleines. Aurait-elle le temps d'aller chercher de l'aide ? Sans doute pas, d'autant moins qu'elle n'était même pas sûre de retrouver l'endroit dans l'obscurité. Seule, elle aurait déjà assez de mal à s'orienter jusqu'à Frizingley! A moins qu'elle ne prenne le risque de passer par la route ? Elle n'avait pas d'autre solution. Christie était fort, solide, bien nourri, il devait être capable de marcher en s'appuyant sur elle...

Elle se pencha, le secoua par l'épaule.

— Levez-vous, Christie!

Au moins, il était conscient. Le juron qu'il lâcha la fit sourire malgré elle.

— Venez! Si vous ne faites pas un effort, vous ne vous en sortirez pas. Quand Ned aura bu, il reviendra avec une hache. Et si ce n'est pas lui, c'en sera un autre — ce ne sont pas les ennemis qui vous manquent. Dépêchez-vous, il n'y a pas de temps à perdre.

— Bon, bon, j'ai compris...

Elle était incapable de le soulever, encore moins de le traîner ou de le porter si la douleur lui faisait perdre conscience. Elle l'aida cependant à se redresser et, comme il frissonnait, elle l'enveloppa dans sa houppelande. Elle était couverte de sang, qui traversait ses manches et imprégnait le devant de sa robe. Quand donc avait-elle déjà vécu cette scène — et avec le même homme ? C'était huit ans plus tôt et c'était le sang d'un chien. « Bon anniversaire, mademoiselle Adeane! », avait-il dit en jetant l'animal vaincu dans ses bras. Elle avait pourtant gardé le chien qui la mordait en grognant de rage et de douleur, parce qu'il avait besoin d'elle — comme lui, et elle ne l'abandonnerait pas.

— Faites un effort! Vous êtes un homme, que diable! Passez votre bras valide sur mon épaule, relevez-vous.

Elle vacilla sous son poids, comme elle avait chancelé sous le chien. Leurs premiers pas furent si pénibles qu'elle faillit perdre courage. Mais il n'avait pas plus l'intention de mourir qu'elle de le délaisser, et leurs volontés réunies leur permirent de continuer.

Faute de temps pour s'assurer de la gravité de ses blessures, elle ne pouvait prendre aucune précaution pour lui épargner la douleur. Obsédée par l'unique souci de marcher, elle l'agrippait du mieux qu'elle pouvait et se forçait à conserver assez de lucidité pour retrouver la route, puis avancer aussi longtemps qu'elle en aurait la force. Aucune voiture ne passait ; ils marchaient, pas à pas. Sans réfléchir à ce qu'il adviendrait s'il tombait ou si elle se tordait la cheville. Sans céder à l'épuisement qui, par moments, la poussait presque à le lâcher, à s'asseoir au bord de la route et attendre la mort. Soutenus l'un et l'autre par leur seule volonté, ils marchaient.

Le contour de la colline de St Jude à l'horizon leur apparut comme un mirage. Après dix minutes d'un effort toujours plus pénible, ils abordèrent les premiers taudis. Ils touchaient au but.

— Laissez-moi, lui dit-il, allez chercher du secours.

Il se ferait couper la gorge aussi facilement ici qu'au plus profond de la lande, et pour les mêmes raisons.

— Non! Venez, continuons.

— Vous me sauvez la vie, Cara. Pourquoi ?

Elle ne put retenir ce cri du cœur :

— Je n'en sais vraiment rien!

Dans la rue St Jude, où les hommes ivres ou ensanglantés étaient monnaie courante, ils passèrent inaperçus. Les pavés inégaux, les ruisseaux malodorants étaient moins périlleux que la lande parsemée de trous, de bosses et d'autres embûches et nul ne reconnut le propriétaire exécré dans cet individu au visage tuméfié qui se traînait en titubant, appuyé sur une femme pauvrement vêtue.

Cara entra au *Fleece* par les cuisines, où leur apparition plongea dans l'affolement les marmitons et les serveuses jusqu'à ce qu'Oliver Rattrie, attiré par le tumulte, arrive en hâte. Plus suave, plus élégant, plus obséquieux que jamais, il s'aspergeait, à l'imitation de son maître, d'un parfum musqué et entêtant qui, mêlé à l'odeur du sang et de la sueur, souleva le cœur de Cara.

— Grand Dieu ! s'écria-t-il en les voyant.

Pour un garçon qui avait vu sa mère mourir de maladie, son père se pendre, ses frères et sœurs périr les uns après les autres de faim et de misère, il en fallait davantage pour s'émouvoir qu'un peu de sang et quelques os brisés. Rien, en fait, ne l'émouvait plus depuis qu'il procédait, avec une insensibilité digne d'éloges, à la « gestion administrative » des biens de son patron, c'est-à-dire à l'encaissement des loyers et à l'expulsion des mauvais payeurs. Le paria de la rue St Jude était devenu un personnage important et considéré, pour qui l'arrivée inopinée de son maître à demi mort, la dispersion des curieux et la convocation d'un médecin ne posaient aucun problème.

— Je vais faire tout de suite monter de l'eau chaude, mademoiselle Adeane, et je vous ferai servir du thé, à moins que vous ne préfériez quelque chose de plus reconstituant ? Si vous me permettez, je demanderai aussi au médecin de vous examiner — une épreuve pareille, pensez donc !

Il fit entrer Cara dans l'ancien salon de Christie, qui était maintenant le sien, et coucha Christie dans son ancienne chambre, désormais la sienne. Cara se laissa tomber dans un fauteuil près du feu — un feu, au mois de juillet ? Encore un tic imité de Christie ! — et s'efforça de penser à n'importe quoi sauf à Daniel — où se cachait-il ? Était-il sain et sauf ? — et pas non plus à Christie. Christie, qui lui avait décoché sa phrase assassine : *Merci, Cara, je vous revaudrai cela.* Christie qui l'avait inondée de son sang, comme ce maudit chien huit ans plus tôt.

Pourquoi s'en souvenait-elle ? Pourquoi y accordait-elle tant d'importance ? A l'époque, elle était jeune, inexpérimentée, beaucoup moins forte et astucieuse qu'elle ne se plaisait à le croire. Oliver Rattrie, qui faisait maintenant l'important, n'était qu'un va-nu-pieds pouilleux qui jouait dans le ruisseau de la rue St Jude et lui volait sa précieuse eau de pluie. Daniel aussi était jeune, un fantaisiste, un bohème, épris de justice peut-être mais plus encore attaché à son indépendance et à ses plaisirs. Seul, Christie n'avait pas changé — ou, peut-être, ne le remarquait-on pas parce qu'il ne permettait à personne de l'approcher.

Il avait frôlé la mort de près, ce soir, et elle avait risqué sa propre vie pour le sauver, sans qu'il le lui demande. Sans même savoir pourquoi. Les mobiles qui l'y avaient poussée se brouillaient dans sa tête. Elle sentait cependant que cette nuit changeait tout, que des forces inconnues allaient intervenir. Pour le meilleur ou pour le pire, rien ne serait jamais plus pareil.

Elle entra dans la chambre et s'approcha du lit. Couché sur le côté, Christie lui tournait le dos. Sur l'oreiller de satin, elle voyait de profil son visage crispé par la douleur. Son œil valide était clos.

— Cara ?

— Oui.

Voyant qu'il faisait en vain l'effort de se tourner vers elle, elle tendit la main. Elle lui touchait l'épaule avec amitié, presque avec tendresse, quand elle sentit soudain son corps se raidir. De son œil unique, il darda sur elle un regard aussi hargneux, aussi malveillant que celui du chien.

Alors, tournant cet œil vers Oliver Rattrie qui entrait, plein de sollicitude, il aboya :

— Flanque-moi cette femme dehors, Oliver, et veille à ce qu'elle ne remette plus les pieds ici !

CHAPITRE XXV

Après avoir faussé compagnie à ses sauveteurs qui, de toute façon, n'avaient guère envie de s'en encombrer davantage, Daniel se coucha au creux d'un repli de terrain en se demandant pourquoi il se sentait si peu enclin à reprendre la route.

L'argent de Cara lui permettait de partir n'importe où. Elle le lui avait apporté au risque de sa vie, la logique lui imposait de s'en servir, ne serait-ce que pour aller se faire prendre un peu plus loin. Il n'aurait pas dû la mêler à ses aventures ; mais quand il s'était retrouvé à l'auberge du Coq, en fuite et sans un sou comme elle le prédisait depuis si longtemps, son premier réflexe avait été de se tourner vers elle — quitte à l'entendre dire d'un air triomphant « Je l'avais bien dit ! ». Le remords était venu trop tard, la petite mendiante était déjà partie.

Cara ne s'était pas dérobée. Un bref instant, lorsque Goldsborough l'avait remerciée de sa dénonciation, il avait eu un doute. Mais non, impossible. Cara n'aurait jamais commis une pareille bassesse. Sa confiance, sa foi en elle étaient intactes. Si son amour et son désir étaient évanouis, sans qu'il sût dire à quel moment précis, la valeur qu'il accordait à leur amitié s'était accrue en proportion. Ce qu'elle avait fait pour lui ce soir, il était prêt à le faire pour elle demain. Du fond du cœur, il espérait qu'elle n'en doutait pas.

Il s'était trop souvent trompé, il avait nourri de trop grandes ambitions pour lesquelles personne n'était prêt, pas même lui. Sa foi avait été déçue, il se sentait désormais incapable de croire. Il avait consacré sa vie à cette Charte qui, désormais, se couvrait de poussière dans des archives après s'être couverte de ridicule dans la rue, ses idéaux souillés par des hommes qui s'en révélaient indignes. Il en allait de même dans la plupart des religions, certes, mais prendre conscience des imperfections de la nature humaine n'apportait aucune consolation. Il se demandait, au contraire, si une espèce aussi débile, aussi inconstante, méritait qu'on s'y dévouât. Il avait combattu pour la Justice et la Dignité. Il n'y avait gagné que le choix entre l'exil et la prison, en compagnie d'idéalistes aussi impuissants et désenchantés que lui.

En ce moment même, plutôt que de contempler le ciel vide en remuant des idées creuses, il devrait être en train de fuir. Cara voulait le sauver, il n'avait pas le droit de la décevoir une fois de plus. Il se leva, partit d'un pas rapide. Bientôt, il serait à Liverpool, en sécurité. Avec de l'argent, il y parviendrait sans mal — Cara disait toujours qu'en tout et pour tout, il suffit de mettre le prix. Mais en voulait-il vraiment, de cette sécurité ? Aussi soudainement qu'il s'était mis en marche, il s'arrêta.

Que lui arrivait-il ? Il se croyait à jamais purgé de ses émotions et de ses sentiments par les épreuves dont il avait été à la fois le témoin et la victime. Là encore, il s'était trompé. Qu'avait-il accompli ? Rien — moins que rien. Obsédé par les besoins des masses, auxquels il était hors d'état de remédier, il s'était aveuglé sur ceux qui l'avaient aimé.

Gemma lui avait offert l'amour — et le bonheur s'il l'avait permis. Comme tout le reste, il avait sacrifié ces humbles réalités à des utopies. Il les avait dédaignées, piétinées. L'exil lui aurait paru moins lourd s'il avait pu lui apporter un peu du bonheur qu'elle méritait. Sa vie aurait eu un sens. Une utilité. Était-il trop tard pour se racheter ?

Assis sur un rocher plat, le menton dans les mains, il contempla au loin les lueurs de Frizingley. Naguère, presque au même endroit, il s'était assis en pensant à elle. C'était elle, alors, qui s'exilait vers son père malade et son mariage boiteux. Elle lui avait facilité la séparation par de généreux mensonges, et il était parti conquérir le monde, sans un mot. Lui aurait-il tant coûté de dire « Je vous aime, Gemma » ? Qu'était-ce, l'amour ? Sûrement pas l'explosion provoquée en lui par Cara, dont ils n'attendaient ni l'un ni l'autre qu'elle durât et dont il ne subsistait que cendres. Tout s'était écroulé autour de lui, tout l'avait trahi. Sauf Gemma. S'il lui disait maintenant ces mots, il rachèterait une partie de ses erreurs.

Frizingley grouillait de *constables* mais Daniel atteignit le manoir sans encombre dans l'obscurité. Il sauta le mur, se dissimula derrière un buisson ; puis, voyant quelques minutes plus tard la silhouette de Gemma se profiler dans le salon, il passa par la fenêtre. C'était pure folie, certes, mais il était résolu à lui parler, quoi qu'il arrive, même s'il devait le crier pendant qu'on lui lierait les mains derrière le dos.

Sa première stupeur passée, Gemma ne lui posa pas de question. Elle accourut vers lui, il tendit les bras ; et, quand elle s'y blottit, il eut l'impression d'avoir enfin touché au port. Vidé de sa propre substance par la famine et par la Charte, il se sentait enfin comblé.

— J'étais sûr de tout, Gemma. Je ne suis plus certain de rien. Je pensais tout savoir. Aujourd'hui, je me dirige à tâtons vers un semblant d'espoir — et c'est un miracle car, il y a moins d'une demi-heure, je n'espérais rien. Je ne croyais plus — ni en moi-même, ni dans mes croisades. J'étais Galaad égaré dans la tempête et qui avait perdu le Graal. Le pauvre diable, le pauvre sot ! Avec vous, Gemma, je retrouve la vérité et l'espoir. La bonté, aussi. Hier, j'étais prêt à me sacrifier pour une humanité qui n'en a cure. Aujourd'hui, je revendiquerais comme un privilège de donner ma vie pour vous. Serait-ce l'amour, Gemma ? Je le crois, du moins.

— Oui, Daniel. Je le crois aussi.

Ce n'était pas l'amour tel qu'il se l'était imaginé, le coup de foudre, l'éclair qui éblouit avant de s'évanouir à jamais, mais une paisible, une solide réalité mille fois plus précieuse que ses rêves stériles. Entre l'exil et la prison pour seule perspective d'avenir, n'était-il pas miraculeux qu'il se sente aussi heureux, aussi apaisé ? Chère, adorable Gemma... Quel acte, quel don extraordinaire lui prouverait cet amour dont il faisait la découverte ? Il la voyait enfin telle qu'elle avait toujours été, telle qu'il l'avait ignorée, la meilleure partie de lui-même.

Avec douceur, elle se dégagea sans trahir son inquiétude et regarda par la fenêtre.

— Quand devez-vous partir ?

— Sur-le-champ. La prison ne me tente guère.

— Ne risquez-vous rien de plus grave ?

— Non. La déportation de Mitchel en Australie a provoqué trop de troubles, ils n'auront pas envie de recommencer.

— Et l'Amérique ?

— Une solution de facilité. Revient-on jamais d'exil ? Si je vous demandais de me rejoindre, le feriez-vous ?

— Oui, Daniel. Avec joie et avec fierté.

— Vous cacher avec moi ? Sans répit ? Sans amis ?

— Je n'ai pas besoin d'autre ami que vous, Daniel.

Le don exceptionnel, la preuve d'amour... Il savait maintenant ce qu'il devait faire.

— Je ne vous quitterai plus, Gemma. Les navires font naufrage, les lettres mettent des mois à traverser l'océan. Je ne supporterai pas de me ronger d'inquiétude sans savoir où vous êtes, ce que vous faites. Mieux vaut la prison d'York.

Elle pleurait sans bruit. Il la reprit dans ses bras.

— On ne gâche pas sa vie quand on lui donne un but, mon amour. Je ne me suis guère soucié de la mienne jusqu'à présent, je l'avoue. Maintenant, tout a changé. Peut-être n'avez-vous pas besoin de moi, Gemma. Mais moi, j'ai besoin de vous. Ma décision est prise : l'Amérique est trop lointaine, j'irai donc en prison. Je risque deux ans, tout au plus. Ensuite, si vous voulez bien de moi, nous pourrons vivre ensemble. Dignement. Sans plus nous cacher.

Elle sécha ses larmes d'un revers de main. Son visage s'éclaira d'un sourire, reflétant à la fois le bon sens de son père et la détermination de prendre sous son aile ceux qu'elle aimait. Et Gemma n'aimait que Daniel.

Hissée sur la pointe des pieds, elle l'embrassa.

— M'épouserez-vous, Daniel ?

Il hésita, déconcerté.

— Je ne veux que vous épargner l'embarras de me le demander vous-même. A cause de mon argent, ajouta-t-elle. Alors, votre réponse ?

— Oui, Gemma.

D'un regard et d'un baiser, ils scellèrent des liens plus indissolubles que ceux du mariage.

— Maintenant, je vais envoyer chercher Ben Braithwaite et Uriah Colclough. Et je ne vous lâcherai pas avant qu'ils soient arrivés tous les deux.

— Pourquoi, mon amour ?

— Parce que l'un est le maire encore en exercice et l'autre vient de remporter l'élection. Ils se haïssent. Si vous subissiez de mauvais traitements sous leur garde, ils s'en rejetteraient l'un l'autre la responsabilité. Ils veilleront, par conséquent, à ce que vous soyez bien traité. Surtout si je les avertis que je ferai un scandale au moindre incident.

Soulagé, Daniel ne put s'empêcher de rire — à la différence de MM. Braithwaite et Colclough lorsqu'ils furent convoqués moins d'une heure plus tard pour s'entendre dire, avec une autorité leur rappelant fâcheusement le regretté John-William Dallam, ce que sa fille attendait d'eux. Ben Braithwaite n'avait reçu d'ordres de personne depuis la mort de son père, une douzaine d'années auparavant. Uriah Colclough prétendait ne recevoir les siens que de Dieu. Mais John-William avait toujours su se faire obéir de tout un chacun et Gemma ne le lui cédait en rien sur ce chapitre.

Elle informa ses visiteurs qu'elle détenait sous sa garde M. Daniel Carey, au sort duquel elle portait un intérêt qui ne pouvait les surprendre, sachant que Mmes Braithwaite et Colclough avaient elles-mêmes contribué à répandre des rumeurs désobligeantes à ce sujet. Elle attendait donc de leur part non pas de vagues promesses mais de solides garanties. Tout d'abord, la délivrance d'un sauf-conduit pour M. Carey jusqu'à York et l'assurance qu'il y serait emmené non pas à pied et la corde au cou sous la garde d'une escouade de *constables*, encore moins d'un peloton de dragons, mais dans un compartiment de première classe, en compagnie de M. Braithwaite ou de M. Colclough, afin de se présenter en homme libre se livrant librement à la Justice. D'autre part, compte tenu du caractère purement politique des griefs retenus contre M. Carey, il ne saurait être question de l'enfermer pour la nuit avec des malfaiteurs, dans le trou à rats qui tenait lieu de prison à Frizingley ; il conviendrait donc qu'il accepte l'hospitalité de M. Ephraïm Cook, lui-même magistrat municipal et *constable* supplétif de surcroît, qui s'en portait garant.

M. Cook, qui attendait dans la pièce voisine la conclusion de cet entretien, se dit enchanté de rendre ce léger service à M. Carey et s'offrit même à se joindre au voyage de ces messieurs le lendemain. Il proposa également d'intervenir au procès afin de témoigner de son estime pour l'intégrité du caractère de M. Carey. Gemma dit que MM. Braithwaite et Colclough, après avoir passé une journée en sa compagnie et ainsi mieux appris à le connaître, souhaiteraient sans doute faire de même. Elle l'espérait, en tout cas — et le leur fit comprendre sur un ton qui ne leur laissa d'autre choix que de manifester leur accord.

MM. Braithwaite et Colclough réfléchirent. La fortune Dallam imposait le respect. John-William avait été une puissance avec laquelle il fallait compter. Beaucoup lui devaient encore des faveurs, dont sa fille n'ignorerait rien. Elle était veuve. Une supposition qu'elle épouse cet individu, qu'elle parvienne à le civiliser jusqu'à faire de lui un député, un ministre ? Elle en était tout à fait capable et elle en avait les moyens. Dans ce cas, M. Braithwaite et M. Colclough se féliciteraient d'avoir rencontré M. Carey — voire d'en avoir fait leur obligé.

— Je pense que nous nous comprenons, conclut Gemma.

On se souhaita le bonsoir et les quatre messieurs se retirèrent en devisant avant de remonter dans leurs voitures respectives. Rendez-vous fut pris pour le lendemain, chez M. Ephraïm Cook ou à la gare, comme si l'idée leur était venue naturellement plutôt que de leur avoir été soufflée par Gemma.

Une femme remarquable, pensaient les quatre messieurs dont trois, à un moment ou à un autre, avaient envisagé de l'épouser. Habile, intelligente, pragmatique, elle avait une tête d'homme sur ses robustes épaules et de petits pieds solidement plantés sur la terre.

Pourtant, lorsqu'ils l'eurent quittée, elle resta un long moment assise, la tête dans les nuages et les pieds ne touchant plus terre, à songer et à soupirer comme la première jeune fille romanesque venue. Elle ne sortit de sa rêverie qu'en entendant sur le gravier de l'allée les roues d'une voiture, la sienne cette fois, qui ramenait Linnet de chez les Braithwaite où Magda avait organisé une soirée musicale. Elle se redressa, se joignit les mains et attendit.

— Bonsoir, Linnet.

— Bonsoir, Gemma, gazouilla Linnet avec suavité.

Le défi ainsi lancé et relevé, les hostilités s'engagèrent.

— Vous arrivez de chez les Braithwaite, je suppose ?

Dans une envolée de tulle et une délicate senteur de lavande, Linnet se posa sur son siège.

— En effet. Quel émoi vous avez provoqué !

— Vous savez donc pourquoi Ben Braithwaite est venu me voir il y a quelques moments.

— Comment l'ignorer, ma chérie ? A cause de vous, il a dû interrompre son souper et abandonner ses invités ! Nous en mourions de curiosité. Imaginez notre stupeur quand nous en avons appris la cause à son retour. Tout Frizingley en parle.

— Disons plutôt les deux douzaines de gens qui se trouvaient ce soir chez les Braithwaite.

— Ils représentent tout ce qui compte à Frizingley, Gemma, dit Linnet dont le sourire se faisait de plus en plus froid. Bien entendu, je vous ai défendue de mon mieux...

— Pourquoi ? C'était inutile.

Le sourire disparut tout à fait. Le pépiement se mua en un croassement. Linnet se pencha en avant, prête à l'attaque.

— Pour défendre la mémoire de mon frère, voilà pourquoi !

— Je vous répète que c'était inutile, Linnet. Tristan en savait davantage que vous sur mes rapports avec Daniel Carey. Il ne m'en voudrait pas plus maintenant qu'il ne me les reprochait à ce moment-là.

— Naturellement ! Mon pauvre frère n'avait pas le choix, il était toujours obligé de faire ce que vous lui ordonniez — comme de ramasser ces misérables petits mendiants...

— C'en est assez, Linnet ! Puisque ma compagnie vous devient insupportable, il n'y a aucune raison de continuer à vivre ici.

— Me jetez-vous à la rue, Gemma ?

Linnet aurait envisagé sans déplaisir le rôle de victime. La note satisfaite de sa voix n'échappa pas à Gemma.

— Non, je vous offre simplement de prendre votre liberté. Puisque ma décision d'épouser Daniel Carey vous déplait, comment pourriez-vous partager notre toit ?

— Que dois-je faire, alors ? Chercher une place de gouvernante ?

— Si cela vous plaît, pourquoi pas ? Ce serait cependant inutile. Entre le legs de mon père et celui de Tristan, vous avez amplement de quoi vivre.

— Oui, dans une masure, seule avec un chat !

— C'est à vous d'en décider, Linnet. Vous êtes libre de faire de votre vie ce que vous voulez.

Il y eut un silence.

— Bien. Quand voulez-vous que je déguerpisse ?

— Quand vous serez prête.

— Et vous, Gemma, quand le serez-vous ?

— Rien ne presse, dit-elle avec un sourire heureux en pensant à Daniel. J'ai un an devant moi, peut-être deux.

Elle aurait souhaité en rester là, sans réconciliation impossible, sans haine non plus. Son sourire de bonheur piqua Linnet au vif.

— Une chance que la tête de M. Carey ne soit pas mise à prix, dit-elle aigrement. Nous aurions eu un nouveau sujet de dispute pour savoir laquelle de nous deux mérite la récompense, vous pour l'expédier à York, ou moi...

— Vous, Linnet ?

Elle n'avait rien à perdre, elle n'attendait de la vie plus d'autre plaisir que de faire mal.

— Oui, moi, Gemma. Voyez-vous, j'étais dans la boutique de Mlle Adeane, cet après-midi, quand une petite mendiante en haillons — comme celle qui a tué mon frère — est entrée. Elle voulait de l'argent, semblait-il, et le demandait en dialecte irlandais que nous ne pouvions pas comprendre. Or, j'ai eu l'impression que Mlle Adeane lui consacrait plus de temps et d'attention qu'il n'en aurait fallu pour lui donner quelques sous. M. Carey est irlandais, si je ne me trompe ?

— Oui. Et alors ?

— Je n'ai pu m'empêcher de faire le rapprochement, reprit Linnet d'un air satisfait. La coïncidence n'a pas non plus échappé au capitaine Goldsborough, quand je suis allée lui demander son avis. Ainsi que je m'y attendais, ma remarque l'a beaucoup intéressé — et pour une excellente raison.

— Ah, oui ? Laquelle ?

— La jalousie, ma chère.

Perplexe, Gemma semblait avoir perdu le fil. Linnet s'empressa de le lui fournir.

— Ignorez-vous donc que Christie est follement jaloux de Mlle Adeane et de votre cher Daniel ? Vous paraissez surprise. Il y a de quoi s'étonner, en effet, qu'un homme de son rang et de sa naissance s'attache à une telle créature. Ils sont amants depuis des années ! Bien entendu, vous n'avez rien remarqué, ce genre de choses est indigne de votre attention. Oh, certes, il ne s'agit pas d'une grande passion éthérée telle que la vôtre, plutôt d'un lien terre à terre, comme il en existe parfois entre des personnages que rapproche un intérêt commun. Christie est très... sensuel, Adeane était très pauvre et très ambitieuse. Il l'a donc achetée comme on achète un animal. Jusque-là, rien de plus normal. Depuis, il a conçu pour elle des sentiments ! Stupéfiant, n'est-ce pas ?

— Pourquoi ? Elle est belle, intelligente, courageuse. Je comprends qu'elle inspire des sentiments à un homme.

— A votre Daniel, par exemple ?

— Oui, je suis au courant. Il me l'a dit lui-même.

— Tant mieux. Vous comprenez donc pourquoi Christie était fou de rage. Pauvre Christie ! Au fond, il en a honte.

— De sa jalousie ? Il a raison.

— Pas du tout ! De son intérêt excessif pour une femme indigne de lui.

Au sourire triomphant de Linnet, Gemma répondit par un sourire ironique.

— Vous estimez qu'il ferait mieux de s'intéresser à vous, n'est-ce pas, Linnet ?

— J'estime même qu'il devrait m'épouser !

— Je m'en doutais.

— Taisez-vous, vous ne savez rien ! s'écria Linnet, de nouveau enragée. Il est beaucoup plus riche qu'on ne le croit, bien assez en tout cas pour faire oublier ses frasques passées et lui permettre de retrouver son rang et sa respectabilité.

— Et vous vous croyez capable de l'y aider ?

— Évidemment ! D'abord, par ma naissance, qui vaut largement la sienne. Et, s'il le fallait, sa fortune lui tiendrait lieu de vertu.

— Je vois. Mais dites-moi, Linnet. Quand vous êtes allée dénoncer Daniel Carey à Christie Goldsborough, à qui cherchiez-vous à nuire, en réalité ?

— Plaît-il ?

— Ma question est pourtant simple. Espériez-vous punir le capitaine de vous préférer Mlle Adeane ? Mlle Adeane de vous être préférée ? Ou moi, parce que je suis aimée et que vous ne l'admettez pas ?

— Aimée ? s'exclama Linnet avec un ricanement de mépris. Décidément, vous êtes aveugle, ma pauvre Gemma ! Cet individu n'en veut qu'à votre argent. Comme Tristan, d'ailleurs.

— Non, Linnet. Mais si cela vous amuse de le croire.

Depuis longtemps, plus rien n'amusait Linnet.

— J'aimais mon frère, dit-elle avec amertume. Il était tout pour moi...

Elle s'interrompit, ne voulant pas donner à Gemma la satisfaction de la voir pleurer.

— Il était le meilleur de tous, reprit-elle. De même que Christie Goldsborough s'avilit avec une Cara Adeane, vous avilissez la mémoire de Tristan avec ce Daniel Carey.

— Vous aussi, Linnet. Avec Ben Braithwaite.

Linnet devint livide.

— Vous écoutez les mensonges de sa femme ! Cela ne m'étonne pas, vous avez tant de points communs. Pauvre Magda ! Encore un laideron épousée pour la fortune de son père.

— Cela vous excuse-t-il ?.

— M'excuser, moi ? Et c'est vous qui avez l'audace de me faire des reproches ! Vous, qui avez tué mon frère ! Je ne commets pas d'adultère, moi ! C'est Ben Braithwaite, mon amant, qui le commet. Je n'ai pas de mari à tromper, moi ! Je suis innocente, entendez-vous ? Innocente ! Je suis sa victime — et la vôtre ! Il m'exploite, comme vous et votre idiote de mère. Comme tous les autres !...

— Vous ne l'aimez donc pas ?

— Vous êtes encore plus bête que je ne croyais ! L'amour, c'est bon pour ceux qui peuvent se le permettre, ou pour les brutes qui ne pensent qu'à leur plaisir ! S'il m'avait épousée, s'il m'avait donné dans la société la place que je méritais, oui, je l'aurais aimé ! Aucun homme n'aurait eu d'épouse plus dévouée, plus fidèle. Il le savait, il me désirait et, pourtant, il a épousé cette dinde parce qu'elle était riche ! Il n'a jamais cessé de me désirer. Alors, quand j'ai vu venir le moment où je n'inspirais plus de désir à personne, eh bien, je suis allée dans son lit parce que je ne pouvais aller nulle part ailleurs. Parce que cela valait mieux que rien — du moins ai-je essayé de m'en convaincre...

Elle s'interrompit, haletante, et laissa échapper un long soupir avant de poursuivre :

— Oui, Magda a de bonnes raisons d'être jalouse et de passer ses nuits à pleurer. Je suis la maîtresse de Ben. Et cette situation me fait horreur, Gemma. Horreur au point d'avoir la chair de poule et le cœur révulsé alors même que je m'offre à ses caresses...

— Linnet, de grâce !...

— Oh non, vous ne m'arrêterez plus ! Vous teniez à m'humilier, n'est-ce pas ? Comme tout le monde. Et pourquoi pas ? Je vous aurais traînée dans la boue, je vous aurais détruite si j'avais pu. J'ai assez souvent essayé, vous le savez. Auprès de Tristan, dont l'affection qu'il vous portait me tuait à petit feu. Auprès de Daniel Carey, qui serait parti sans vous avoir revue et serait déjà à Liverpool si je ne m'étais pas mêlée de le faire arrêter. Quelle mauvaise plaisanterie que la vie ! Pauvre Magda — et pauvre moi ! Nous partageons le même homme qui nous donne à chacune ce dont l'autre a envie. Elle aspire à sa passion, moi à sa position sociale. Je voudrais être sa maîtresse de maison et non pas sa maîtresse, elle ne rêve que d'être dans son lit et de prendre plaisir aux indignités que je subis contrainte et forcée !

Elle dut s'interrompre à nouveau, hors d'haleine.

— Vous aime-t-il, au moins ? demanda Gemma.

— Qu'importe ? Il me voulait, il m'a eue. Et il est généreux. Tout compte fait, les corvées sont moins pénibles et les compensations plus substantielles que si j'avais été dame de compagnie au fin fond des Indes. J'ai fait le bilan et je ne me plains pas. Ne serait-ce qu'à mes yeux et à ceux de Magda, je suis sauvée du ridicule d'être une vierge prolongée. Je suis peut-être devenue une grue, mais au moins je ne suis plus une vieille fille. Rien d'autre ne compte.

— Cela durera-t-il ?

Linnet fit un geste fataliste. Sa rage s'était consumée, il n'en restait que des cendres froides.

— Je ferai en sorte que *cela* dure, puisque de toute façon personne ne veut plus de moi.

— Vous vous trompez, Linnet...

— Ah, non ! Ne me parlez pas de médecins de campagne, ne me citez pas l'exemple de femmes entreprenantes telles que votre chère Cara Adeane ! Je ne suis pas née pour moisir dans un presbytère ou me faire boutiquière. J'ai été élevée pour être la femme d'un gentilhomme et rien d'autre. Alors...

— Alors ?

En un clin d'œil, Linnet retrouva son éclat.

— Je prendrai jusqu'à la dernière miette ma part de ce mari que je n'ai pas. Cher Benjamin, si ardent aux jeux de l'amour et si profondément déçu de sa Magda, qui semble de plus en plus incapable de lui offrir les satisfactions qu'il attend de la vie. Pas même des enfants.

— Le pouvez-vous, Linnet ?

— Le satisfaire ? Bien entendu ! Je suis la plus satisfaisante des femmes dont un homme puisse rêver. Quant aux enfants... Il se consume du désir d'en procréer au moins un. Et j'ai beau avoir trente ans, comme tout le monde se plaît à me le rappeler, qui sait ? Ses ardeurs se calmeront une fois ce désir comblé et je suis sûre que Ben saura chérir la mère de son enfant. Il pourrait même l'épouser un jour, si le destin voulait qu'il devienne veuf — Magda n'a jamais été très robuste. D'ici là, cela va sans dire, je devrais m'établir loin de Frizingley, mais ce ne serait pas pour me déplaire. Je vous choque, Gemma ?

— Non, Linnet.

— Alors, peut-être me trouvez-vous stupide ou pitoyable ? Je ne suis ni l'un ni l'autre, croyez-moi. A ma manière, je survivrai à tout. Je ne serai jamais une vaincue !

— Je l'espère sincèrement, Linnet.

— Je n'en attendais pas moins de vous. Me souhaitez-vous aussi bonne chance ?

— Oui.

— Je vous en souhaite autant, ma pauvre Gemma, parce que personne n'en aura plus besoin que vous, j'en suis sûre.

A peine se fut-elle retirée que Gemma se rassit à sa table de travail et s'affaira avec une plume et du papier. Il ne restait dans son esprit pas plus de trace de Linnet que la légère senteur de lavande qui flottait encore dans l'air.

Linnet était rayée de ses préoccupations. Tout comme sa mère, d'ailleurs, heureuse dans son rôle d'épouse de M. Dudley Stevens, son nouveau mari. Seule, désormais, Gemma gardait le souvenir de John-William, dont elle portait en elle tant de traits de caractère. La mémoire de son père ne la tourmentait pas davantage, car elle savait qu'il aurait été heureux du bonheur qu'elle se préparait et qui, elle en était sûre, viendrait en son temps. D'ici là, elle se consacrerait aux tâches qu'elle s'était données elle les accomplirait avec le soin qu'elle mettait en toutes choses.

Demain, elle irait informer Mlle Adeane du sort de Daniel. Ensuite, elle s'occuperait de sa défense, des conditions de sa détention. Un monde de nouvelles expériences, de nouveaux intérêts s'ouvrait devant elle, des chemins inconnus qu'elle se savait capable de parcourir d'un pas assuré. Des mois, des années d'attente utile, heureuse. Formée à l'art d'attendre, elle attendrait. Et le temps lui paraîtrait court.

CHAPITRE XXVI

Le Chartisme avait secoué Frizingley, mais la poussière ne tarda pas à retomber et la vie, telle que la concevaient les Lark et les Braithwaite, reprit son cours. Il y eut quelques arrestations. Deux ou trois membres du contingent chartiste envoyé à Londres n'en revinrent pas, mais ces hommes étant plus connus pour leurs déboires conjugaux que pour leurs convictions politiques, on prit le parti d'en rire et on n'y pensa bientôt plus.

On aurait même complètement oublié toute l'affaire sans la choquante obstination de Gemma Gage à défendre son protégé. Mais, puisqu'elle n'avait plus de père ni de mari pour la ramener à la raison, elle pouvait bien aller au diable ou, plus vraisemblablement, à la faillite si cela lui plaisait. Certains le déploraient, d'autres s'en réjouissaient mais chacun plaignait Mabel, trop sotte pour en concevoir elle-même du chagrin, et Linnet Gage, contrainte de chercher refuge dans un humble cottage des environs avec une bonne à tout faire et un chat.

L'infortunée Linnet faisait face et dépensait, remarquait-on, beaucoup plus que par le passé afin de paraître toujours fraîche et pimpante chaque matin dans de nouvelles créations de Mlle Adeane. Ses toilettes vaporeuses aux teintes délicates rivalisaient avec les somptuosités barbares de l'autre arbitre de la mode, Magda Braithwaite, de plus en plus fébrile et décharnée semblait-il, qui paradait à toute heure du jour, couverte d'or et de bijoux clinquants, dans des satins et des brocarts aux couleurs éclatantes.

De l'avis unanime, ces deux lionnes devaient cependant céder le pas à la reine incontestée des élégances, Marie Moon l'enchanteresse, qui tenait sous son charme tant de victimes ravies et consentantes. L'élite de Frizingley s'interrogeait avec angoisse. Puisqu'elle paraissait ne pas désirer se remarier, à qui, le moment venu, léguerait-elle son immense fortune ? A Gussie Lark, son fidèle jouvenceau, ou à Uriah Colclough, son directeur de conscience ? Courait-on le risque de voir surgir — à Dieu ne plaise ! — quelque parent éloigné, une sœur, un enfant peut-être, attendant son heure dans un coin reculé de France ou des Amériques ? D'autres questions se posaient, qui n'étaient pas moins intéressantes. Linnet Gage parviendrait-elle enfin à traîner à l'autel le capitaine Goldsborough, voire n'importe quel représentant du sexe masculin ? Fallait-il croire les bruits qui couraient sur sa vertu — ou, plutôt, la perte de sa vertu ? Était-il vrai que Magda ne la couvrait d'égards que sur ordre de son mari, celui-ci la submergeant de cadeaux et lui faisant, de temps à autre, l'insigne faveur de partager son lit ? En tout état de cause, on ferait bien de surveiller le tour de taille de Linnet. Or, à la cruelle déception de beaucoup, elle conservait sa silhouette gracile tandis que Magda devenait plus émaciée et que Gemma Gage, autre objet de scandale, resplendissait comme une fleur en plein épanouissement.

S'il y avait en ville une personne au fait du moindre changement dans les mesures de ces dames, c'était Cara Adeane. On ne se privait donc pas de l'interroger.

— Mme Gage a fort bonne mine depuis quelque temps, n'est-ce pas, mademoiselle Adeane ?

Cara approuvait d'un sourire.

— Linnet Gage semble un peu pâlote et amaigrie, ces jours-ci. Qu'en pensez-vous, mademoiselle Adeane ?

Cara restait évasive.

— Cette pauvre Magda Braithwaite est maigre à faire peur ! Elle n'aura bientôt plus que la peau sur les os.

Et Cara levait au ciel un regard compatissant.

Elle avait elle-même maigri, sans que nul parût s'en rendre compte. Par une ironie du sort, elle perdait le sommeil et l'appétit alors même qu'elle avait pour elle seule un moelleux lit de plumes et les moyens de s'offrir les mets les plus délicats. Elle disposait de son temps et même de loisirs, jadis ardemment convoités, aujourd'hui importuns, qui creusaient dans son existence un vide qu'elle ne parvenait pas à combler. A l'aise dans la lutte, elle était désemparée par la victoire. Maintenant que son affaire tournait rond, que sa clientèle était fidèle, sa concurrence inexistante, son personnel compétent, son compte en banque bien garni et, dans sa cachette sous les lames de parquet, son coffre toujours plein d'argent, elle ne savait que faire.

Elle avait non seulement atteint son objectif, elle dépassait ses rêves les plus fous. Et après ? Amasser toujours plus ? Elle le faisait déjà presque sans y penser, sans réussir à faire taire les questions qui l'obsédaient, encore moins à y répondre. A quoi bon continuer ? Pourquoi ? Pour *qui*, surtout ? Certes pas pour elle-même. Elle l'avait d'abord fait pour sauver Odette et Liam de la misère. Aurait-elle été libre de sa décision, si son père n'avait pas abandonné les autres à sa charge, elle aurait suivi Daniel Carey, elle aurait vécu dans la pauvreté à coup sûr, dans le bonheur peut-être. Maintenant, il était trop tard pour aimer Daniel ; elle l'acceptait sans chagrin, comme elle admettait avec lucidité n'avoir jamais eu pour Luke plus que de l'affection. Elle était libre. Libre et riche — plus riche qu'elle n'aurait jamais osé l'espérer. Pourtant, elle se sentait vide et solitaire.

De temps à autre, elle prenait le thé avec Gemma Gage qui, indifférente à ce qu'on colportait sur son compte, se préparait à louer une maison à York, près de la prison du château où Daniel purgerait sa peine. Elle dînait parfois avec O'Halloran, le riche négociant, ou un ingénieur du chemin de fer, Irlandais lui aussi, quand ses fonctions l'appelaient en ville. Elle invitait Madge Percy à Leeds, pour une soirée au théâtre suivie d'un souper dans un hôtel réputé. Elle alla une fois passer trois jours et trois nuits au bord de la mer et s'y ennuya tellement qu'elle ne recommença pas. Elle écrivait à sa mère et à sa tante Térésa au sujet de son fils et versait quelques larmes de dépit parce que sa tante, en ne l'invitant pas, la privait du plaisir de refuser. Elle écrivait à Liam, dont les réponses indifférentes et maladroites l'attristaient. Elle se promenait sur la lande avec son chien, elle dessinait pour elle-même des robes qu'elle ne portait qu'une fois ; elle entretenait sa ligne, soignait son visage, lustrait sa chevelure. Pour qui se donnait la peine, ou le plaisir, de la regarder, elle avait l'éclat du diamant — éblouissant mais creux — que Christie avait fait d'elle.

Elle n'avait reçu aucune nouvelle de Luke, à qui elle avait écrit à plusieurs reprises après les troubles. Elle apercevait parfois Christie, qui boitait bas et ne lui donnait pas signe de vie. Il l'avait libérée ou, peut-être, congédiée. En tout cas, elle était libre, ainsi qu'elle l'avait toujours désiré, elle n'était plus assujettie à rien ni à personne. Pourtant, la rencontre d'Oliver Rattrie, qui la saluait respectueusement et lui lançait des regards chargés de sous-entendus quand ils se croisaient dans la rue, lui donnait toujours un coup au cœur. Répondrait-il si elle l'interrogeait ? Christie l'avait-il déjà remplacée par une autre ? Et pourquoi diable s'en soucierait-elle ? Elle était libre ! Mais alors, chuchotait une voix intérieure qu'elle ne parvenait plus à faire taire, pourquoi avait-elle perdu son enthousiasme, ses élans, ses envies folles de faire ceci ou cela ? Maintenant qu'elle pouvait agir comme bon lui semblait et quand il lui plaisait, plus rien ne lui plaisait, ne lui semblait bon.

Elle était comme un oiseau dont la cage est ouverte et qui a peur de s'envoler. Quelle idiotie ! Pourtant, les oiseaux finissent toujours, ou presque, par s'envoler. Elle le ferait aussi. Il ne lui manquait qu'un peu de temps pour s'accoutumer à la prospérité, à la parfaite sensation de liberté que l'on éprouve lorsque personne n'a plus besoin de vous.

Elle était libre. Libre de toute entrave.

« Je suis tellement à mon aise, écrivait-elle à Odette, que j'imagine mal ce que je pourrais désirer de plus. » Pour elle, c'était une mort plus horrible que la vraie. Une lente dégénérescence de l'esprit. Elle végétait dans la paix et l'abondance, dans un havre de sécurité sans défis à relever, sans efforts à accomplir. Dans l'atmosphère toujours douce et tiède de ce paradis, elle suffoquait.

Et puis, vers la fin de l'été, sa femme de chambre vint lui dire à l'heure du petit déjeuner qu'il y avait à la porte une « personne » qui refusait de se faire éconduire, une vieille femme à la carrure de grenadier de la Garde, au visage taillé dans un bloc de granit, et qui portait quelque chose enveloppé d'un châle. On avait beau lui dire que Mademoiselle ne recevait jamais à pareille heure, elle s'était plantée sur le pas de la porte et paraissait décidée à y prendre racine.

— Une dame Thackray, conclut la servante.

Cara jeta sa serviette, souleva ses jupes et dévala l'escalier comme à la rencontre d'un amoureux. Son cœur battait à tout rompre, le sang coulait dans ses veines avec l'impétuosité d'un fleuve qui a rompu ses digues. Il lui avait suffi d'un signe du passé pour redevenir l'infatigable Cara pleine de feu et d'ardeur. On avait *besoin* d'elle ! Que demander de plus, que demander de mieux ? Sairellen était là !

Vieille, lasse, fripée, couverte de poussière comme si elle arrivait de Tombouctou plutôt que de Nottingham, Cara la reconnut à peine. Ses traits déjà rudes avaient perdu leurs dernières traces de féminité — le visage qu'aurait Luke en devenant vieillard. Mais où était Luke ? Pourquoi avait-il laissé sa mère venir seule, dans cette vieille robe tachée, ces bottes éculées ? Les questions se pressaient dans l'esprit de Cara, les mots se bousculaient sur ses lèvres. Elle commençait des phrases qu'elle ne finissait pas. Sairellen écoutait sans mot dire. Si elle avait vieilli, son sourire était aussi sarcastique, son regard aussi perçant que par le passé.

Quand Cara se tut, hors d'haleine, elle déclara :

— Il m'a dit que tu te chargerais de l'enfant

— Quel enfant ? Celui de Luke ?

— Évidemment, ma fille ! Pourquoi crois-tu que je me serais donné le mal de te l'amener de Nottingham ?

Sairellen écarta le châle pour dévoiler une fillette endormie, âgée d'environ deux ans, qu'elle portait sur la hanche, à la paysanne, comme Cara elle-même avait porté Liam. La fille de Luke. Un visage fin et doux, des joues roses, des boucles blondes. Un miracle... Mais où étaient Luke et Anna ? Pressentant quelque drame, Cara ne voulut pas s'y exposer à la porte, sous des regards indiscrets.

— Montons. Venez vous asseoir.

— Ce n'est pas de refus.

Elles montèrent. Sairellen s'assit lourdement, l'enfant toujours dans les bras, et posa sur un tabouret ses bottes si poussiéreuses qu'on aurait dit qu'elles avaient fait tout le chemin à pied. Avec un choc, Cara comprit que c'était sans doute le cas.

— Le train ?... hasarda-t-elle.

Sairellen avait déjà compris et l'interrompit d'un geste péremptoire :

— Je n'aime pas les trains.

— Dites plutôt que vous n'aviez pas de quoi prendre un billet !

Cara avait oublié ce que c'était de n'avoir pas un sou ni le moyen d'en gagner, d'être forcé de marcher si on voulait se rendre d'un point à un autre. La dernière fois que cela lui était arrivé, elle avait vingt ans, pas soixante-dix. D'un coup, la mémoire lui revint — et elle frissonna en pensant à Luke.

— Où est-il, Sairellen ? En prison ?

— Oui, une prison flottante. A moins qu'il ne soit déjà arrivé. Ils l'ont condamné au début de mai et, comme je ne sais pas où est l'Australie, je ne sais pas davantage combien de temps il faut pour y aller.

Cara savait seulement que c'était loin, très loin. A l'autre bout du monde.

— Ils l'ont condamné à la déportation, comme John Mitchel ?

— Oui. Mitchel était de Nottingham, le seul Chartiste élu. Luke l'avait aidé à gagner.

— Et vous êtes fière de lui, n'est-ce pas ?

— Oui, ma fille. J'en suis fière, répondit-elle d'un ton l'avertissant qu'elle ferait mieux de garder pour elle ses larmes et ses lamentations.

— Est-il aussi allé à Londres avec la pétition ?

— Naturellement.

Cara ne douta pas un instant que Sairellen s'y serait rendue elle-même, si elle n'avait pas dû rester s'occuper de l'enfant. Mais alors, où était Anna pendant ce temps ?

— Ne pouvons-nous rien faire, Sairellen ?

N'y a-t-il personne à soudoyer afin qu'il ait une cellule moins sale, une meilleure nourriture, comme Gemma le faisait pour Daniel ?

— Oui, ma fille. Attendre, voilà tout. Sept ans. Et puisqu'il ne me reste pas sept ans à vivre, je t'ai apporté la petite, comme il l'a demandé. Anna est morte et enterrée depuis quinze jours. Elle ne s'était jamais remise de l'accouchement, la condamnation de Luke l'a achevée. Tu as déjà vu des femmes mourir comme cela, je suppose.

Oui, de désespoir. Odette avait failli y succomber. Cara avait résisté. Sairellen aussi, qui avait dépensé ses derniers sous pour éviter à Anna la fosse commune des indigents et lui donner une sépulture convenable avant de prendre la route, son léger fardeau dans les bras. Combien de temps avait-elle marché ? Dix, douze jours ?

— De quand date votre dernier repas ?

— On ne mange pas beaucoup, à mon âge.

Ce problème-là était facile à résoudre. Un coup de sonnette suffit pour qu'apparaissent une théière chaude, du lait frais, des muffins, du beurre.

— Mangez, Sairellen.

Elle s'exécuta sans cérémonie, sans gratitude non plus, comme on remplit de combustible le foyer d'une vieille machine à bout de souffle parce qu'elle peut encore faire de l'usage. Pendant ce temps, Cara contemplait l'enfant endormie. Elle espérait retrouver Luke, elle ne reconnaissait qu'Anna.

— Quel âge a-t-elle ?

— Elle aura trois ans le jour de Noël.

— Elle est si menue...

— Elle tient de sa mère.

— Étaient-ils heureux, Sairellen ?

— Oui, Cara, ils étaient heureux.

Cara lui remplit sa tasse et quitta la pièce quelques instants pour parler à sa servante. A son retour, elle trouva Sairellen assoupie près du feu et la petite paisiblement assise sur le tapis. Grand dieu, elle avait oublié le chien, cette brute sauvage, jaloux de son domaine au point de mordre ceux qui osaient s'en approcher ! Cara bondit, prête à se jeter entre la mâchoire du monstre et la fragile menotte qui se tendait vers la bête dans l'intention évidente de la caresser. Pétrifiée, Cara ferma les yeux. Au lieu d'horribles craquements d'os et de cris de douleur, elle entendit un soupir d'aise émaner de l'animal, un gazouillement de plaisir de la bouche de l'enfant. Elle vit un moignon de queue s'agiter avec amitié et, sur le visage terne et pâle de la fille d'Anna Rattrie, apparaître un sourire lumineux qui le transfigurait.

Sairellen ouvrit les yeux en bougonnant.

— Je ne dormais pas.

— En tout cas, vous allez vous coucher.

Cara avait fait préparer la chambre au fond du couloir avec deux bons lits de plumes et des draps neufs, une table de toilette en marbre avec une cuvette et des brocs en porcelaine à fleurs, des cadres aux murs, un tapis sur le plancher.

— Non, ma fille, je n'ai plus rien à faire ici. Mon fils m'avait demandé de t'apporter la petite Anna, si tu voulais bien la prendre...

— Bien sûr que je la prends !

— Alors, je m'en vais.

— Pour aller où, au juste ?

— Cela ne te regarde pas.

— Si, cela me regarde ! Vous n'avez nulle part où aller.

Sairellen ne répondit pas. Cara l'imagina errant sur les routes pour finir seule au creux d'un fossé comme un chat perdu, sans gêner personne, dans le dénuement et la dignité.

— Vous resterez ici, Sairellen !

— C'est à moi de décider de ce que je fais, ma fille !

— Pour une fois, vous ferez ce qu'on vous dira !

Sairellen se leva. Sa carrure en imposait encore assez pour ramener au respect une mauviette comme Cara Adeane — ou mourir d'épuisement en s'y essayant.

— Je n'accepte pas la charité, ma fille. Je n'ai jamais tendu la main, ce n'est pas aujourd'hui que je commencerai.

— Espèce de vieille tête de mule ! s'écria Cara, hors d'elle. N'avez-vous pas encore compris que, s'il vous a demandé de m'apporter sa fille, c'est parce qu'il voulait aussi que je m'occupe de vous ? Il fallait qu'il trouve un prétexte pour ménager votre ridicule vanité ! Il m'a fait confiance pour ne pas vous laisser repartir au diable et, sacré nom d'un chien, Sairellen, je vous en empêcherai, croyez-moi, même s'il faut que vous attache avec une corde !

Sairellen se rassit.

— Parle-moi poliment, je te prie.

— Vous resterez.

— Peut-être bien.

— Il n'y a pas de peut-être ! Vous resterez, un point c'est tout. Et ne le prenez pas pour de la charité, parce que j'ai largement de quoi vous employer. Le travail ne manque pas, chez moi. Il y a... cent choses à faire.

— Oui. Tu en inventerais s'il le fallait, je te connais. Mais ce n'est pas en me gardant que tu le reverras, ma fille, si c'est ce que tu espères. Il ne reviendra pas.

— Mais si ! Il est solide, il aura la force...

Cara imagina les rigueurs du bagne, les forçats enchaînés cassant des cailloux. Luke y survivrait-il ?

— La question n'est pas là. Il purgera sa peine mais il restera là-bas. Que reviendrait-il faire ici ? Anna est morte, je ne mettrai pas longtemps à la suivre. Dans sept ans d'ici, il ne reconnaîtrait même plus la petite. Et, comme tu ne résisteras pas à l'envie d'en faire une demoiselle, elle ne sera sans doute pas enchantée de le revoir. Alors, pour la dernière fois, laisse mon fils tranquille. Là-bas, il aura une nouvelle vie, de nouveaux horizons. Il en parlait avant qu'on ne le prenne. Tu ne le reverras pas, Cara. Ni moi non plus.

Non, mais elle verrait son enfant grandir. C'est à Luke qu'elle devait cette joie — ce miracle — au moment même où les circonstances lui permettaient de redevenir mère. Anna ne remplacerait pas Liam, certes ; mais cette fillette au sourire lumineux prenait déjà place dans son cœur. Oui, elle la protégerait, elle l'éduquerait, elle en ferait une « demoiselle » sur qui répandre tous les privilèges dont elle avait été elle-même privée. En lui confiant sa fille, Luke lui donnait ce dont elle avait le plus besoin : un être à qui se dévouer, pour qui travailler La chance de racheter les erreurs de son passé chaotique. Une nouvelle raison de vivre.

— Vous êtes lasse, usée, Sairellen. Vous allez vous reposer, vous soigner. Je connais de bons médecins...

Pour la première fois, le sourire de la vieille femme exprima l'indulgence plutôt que l'ironie.

— Non, ma fille. Il y a un temps pour tout, le mien est passé. J'ai eu ma part, plus que ma part de vie. Et que m'en reste-t-il ? Sur treize enfants, un fils vivant — s'il l'est encore — et ce petit bout de chou qu'il te donne. Vois-tu, Cara, je ne sers plus à rien ni à personne. Certaines femmes s'accommodent d'être inutiles, d'autres se plaisent même dans l'oisiveté. Ce n'est pas mon cas — ni le tien non plus, d'ailleurs. Je n'ai pas envie de me prolonger pour rien.

Sairellen, inutile ? Jamais ! Les yeux pleins de larmes, Cara s'agenouilla près d'elle, comme un pénitent devant son confesseur.

— Ne soyez pas têtue, Sairellen. Laissez-moi prendre soin de vous.

Sairellen soupira avec résignation.

— A ton aise, dit-elle comme si elle lui concédait une faveur. Mais c'est bien pour te faire plaisir.

CHAPITRE XXVII

Cet automne-là, Daniel Carey fut condamné à un an de réclusion au château d'York, verdict dont la clémence ne causa pas de surprise quand on savait avec quelle diligence Gemma Gage avait usé de sa fortune et de son influence. Elle est aussi folle, disait-on, que sa mère, cette écervelée de Mabel, qui passait son interminable seconde lune de miel dans le Midi de la France et n'en reviendrait que pour assister aux secondes noces de sa fille. Désormais, Frizingley se lavait les mains des Dallam. Plus rien n'étonnait de leur part, au point que la présence de Gemma au procès de son amant en compagnie de Cara Adeane souleva à peine quelques vaguelettes de curiosité.

Mlle Adeane serait-elle une cousine de M. Carey ? Magda Braithwaite penchait pour cette hypothèse, que Linnet Gage se contentait d'infirmer d'un sourire entendu. On s'étonnait bien davantage de l'apparition soudaine d'une charmante fillette chez Mlle Adeane, qui la couvrait de gâteries et la noyait sous les fanfreluches avec une libéralité qu'on ne réserve en général qu'à sa proche parenté. Et d'où sortait donc cette vieille femme revêche, que l'on voyait souvent prendre l'air dans la voiture de Mlle Adeane ? Une véritable virago, disait-on, qui avait poussé la gouvernante de Mlle Adeane à rendre son tablier et avait pris sa place. Depuis, il fallait lui rendre cette justice, elle maintenait mieux l'ordre dans les rangs de la domesticité et des apprenties.

Mais après tout, tant que Mlle Adeane créait ses ravissantes toilettes, tenait ses engagements à heure et à temps et se montrait assez obligeante pour fournir avec discrétion les crèmes et les fards réprouvés par des pères ou des maris intransigeants, on pouvait fermer les yeux et la laisser mener sa vie privée à sa guise.

Elle n'y manquait pas.

Le départ de sa gouvernante avait permis à Cara de loger Sairellen dans une belle chambre du rez-de-chaussée, d'où elle régnait sur deux femmes de chambre et une cuisinière. Cara vivait au-dessus avec l'enfant et le chien, celui-ci dans son panier qui gardait le trésor, la fillette dans une nursery tendue de soie rose, aux placards bourrés de robes et de dentelles. On voyait toutefois moins volontiers Mlle Anna Élizabeth Thackray dans son petit paradis qu'étendue sur le tapis devant la cheminée du salon, la tête posée sur le dos du chien et les yeux fixés sur les formes fantastiques dessinées par les flammes.

Toujours souriante, émerveillée de tout, elle donnait son affection à qui voulait, babillait et riait sans retenue et ne craignait rien ni personne. Sa personnalité formait un curieux mélange entre le caractère réfléchi de Luke et ce qu'aurait été une Anna Rattrie préservée des épreuves de son enfance misérable. Cara l'adorait et n'hésitait pas à le lui répéter cent fois, alors qu'elle s'abstenait avec prudence de dire à Sairellen qu'elle l'aimait aussi. Elle pouvait enfin donner libre cours à sa nature, qui la poussait à prendre soin de ceux qu'elle aimait ; elle avait du temps à leur consacrer, les moyens de satisfaire et de prévenir leurs besoins.

Ses lettres à Liam et à Odette prirent un tour plus aisé, plus heureux. Elle écrivit à Daniel dans sa prison et, comme on jette une bouteille à la mer, à Luke en Australie afin de lui donner des nouvelles de sa mère et de sa fille. Un jour, se trouvant nez à nez avec Christie Goldsborough dans la cour de la gare, elle marqua une pause signifiant qu'elle acceptait de lui parler — insigne concession de sa part, estimait-elle, sachant de quelle manière il l'avait traitée. Il se borna à la saluer d'un coup de chapeau et à poursuivre son chemin. Il boitait toujours bas, remarqua-t-elle en le suivant des yeux jusqu'à son phaéton, attelé d'un fringant cheval bai, où il monta avec difficulté.

A l'évidence, les os fracturés, les tendons sectionnés, ou Dieu sait quels dommages infligés par Ned O'Mara à sa jambe gauche, guérissaient mal. L'espace d'un instant, elle souhaita méchamment le voir trébucher et se briser l'autre jambe, sinon le cou. Puis, avec un haussement d'épaules, elle remonta dans son landau qui s'éloigna d'un trot paisible.

Elle était délivrée de l'emprise de Christie, comme elle l'avait toujours désiré. Mais alors, pourquoi cette liberté ne lui apportait-elle pas les satisfactions espérées ? Avait-elle si bien pris l'habitude d'être captive qu'elle ne pouvait plus s'en défaire ? Le jour où Oliver Rattrie, toujours obséquieux, vint encaisser le montant du terme qu'elle lui jetait avec dédain, elle ne put se retenir de lui dire :

— Comment se porte le capitaine, ces temps-ci ?

— Il projette un voyage à Antigua, je crois, répondit Oliver sans lever les yeux de son registre.

Cara se mordit la langue pour ne pas demander avec qui.

— Ma belle-sœur doit bientôt partir pour l'étranger, dit Gemma

Game avec indifférence à quelques jours de là. Dans le Midi de la France, il me semble.

— Elle n en a pas les moyens ! Comment peut-elle se l'offrir ?

En achevant les croquis des robes de voyage commandées par Linnet Gage, Cara se surprit à rêver de naufrages dans des eaux infestées de requins, de coupeurs de canne à sucre révoltés brandissant des machettes, de tiroirs grouillants de scorpions, de serpents venimeux tapis dans les hautes herbes. Ainsi, c'était Linnet ! Linnet et Christie. Les deux faisaient la paire ! Elle les voyait en train d'énumérer les ducs et les comtes figurant dans leur lignage tandis que les indigènes rebelles enfonçaient les portes de la plantation. Tout compte fait, pourquoi s'étonner ? Elle avait connu des couples plus surprenants. Daniel et Gemma. Luke et Anna. Ou même Odette et Kieron Adeane, le magicien au verbe d'or.

De toute façon, elle s'en moquait. Éperdument.

Elle avait *sa* fille et *son* chien. Chaque soir de ce bel automne, elle les emmenait en voiture au bout du nouveau parc de Frizingley, là où un rideau d'arbres se reflétait dans un étang. La fillette et la bête couraient ensemble, se roulaient dans les monticules de feuilles mortes qui, entre les mains d'Anna, devenaient d'or.

— Regardez comme elle est belle, tante Cara !

Que de trésors à découvrir ! Des feuilles, des cailloux, des champignons. Et le chien. Le bon chien, si gentil !

Cara éclatait de rire.

— Regarde, Anna ! Le soleil couchant.

Éblouie par le disque rouge à l'horizon, il fallut le craquement des feuilles mortes sous des pas inégaux, l'un plus appuyé que l'autre, pour l'avertir de l'approche de Christie.

Elle était assise sur une souche assez large pour deux. Il s'installa près d'elle sans mot dire. Elle remarqua ses deux yeux désormais bien ouverts, ses dents de loup intactes ; mais la joue qu'il lui montrait de profil était encore marquée, de l'œil au menton, d'une profonde cicatrice qu'elle regarda avec une curiosité à laquelle il ne se déroba pas.

— Cette balafre a mauvaise allure, dit-elle enfin. Elle guérit mal. Était-elle infectée ?

— Oui.

— Votre jambe est toujours douloureuse ?

— Je souffre le martyre à chaque pas.

Elle n'avait pas entendu de roues de voiture ni de sabots de cheval et le chemin était long, depuis l'hôtel.

— Alors, pourquoi vous forcer à marcher ?

— Un homme à cheval ou en voiture ne boite peut-être pas, ma chère, mais il ne s'habitue pas non plus à son handicap ni n'apprend à le surmonter. Et puis, le cœur des femmes est volontiers sensible au courage et à la souffrance...

— Pas le mien.

— Je m'en doutais.

— Qu'avez-vous fait à Ned O'Mara ?

— Rien. Il semble croire, d'ailleurs, que je lui en ai déjà assez fait.

— Vous êtes allé trop loin, je vous l'avais dit.

Il ne pouvait rien lui infliger à elle non plus. Elle n'avait plus peur de lui, son charme était éventé. Elle ne lui devait rien, il ne pouvait rien exiger d'elle — que son loyer. Ce n'était qu'un homme comme les autres, diminué par sa jambe blessée, pelotonné dans sa houppelande pour se protéger du froid. Mais ses traits tirés trahissaient l'ampleur de l'effort qu'il avait accompli pour venir la rejoindre.

— Ce chien a toujours été aggressif. La petite est-elle en sécurité avec lui ?

— Oui. Ils s'adorent.

Il observa leurs jeux en souriant.

— La Belle et la Bête... Elle est la fille d'Anna Rattrie, si je ne me trompe ?

— C'est exact.

— Oliver serait donc légalement son plus proche parent ?

Elle n'y avait pas encore pensé. Elle y réfléchit en se demandant quel parti Christie pourrait en tirer.

— Non. Elle est *légalement* sous la garde de sa grand-mère qui vit chez moi. Si votre Oliver faisait seulement mine de vouloir la prendre, je l'étranglerais de mes mains, vous pouvez le lui dire de ma part.

Il y eut un silence que Christie rompit par un bruyant éclat de rire.

— Rassurez-vous, ma chère ! Il ne le ferait pas sans mon autorisation, et je ne la lui donnerai pas.

— Trop aimable !

— En effet. C'était mon dernier atout, je vous le livre de mon plein gré.

— Des jeux, toujours des jeux ! J'en suis lasse, Christie. Si vous n'avez que cela à me dire, je n'ai aucune envie de vous parler. Rien ne m'y force, d'ailleurs.

— Non, en effet. Rien du tout.

— Je tiens aussi à vous dire que vous avez été ignoble de me faire chasser par Oliver Rattrie ce soir-là.

— Je sais.

— Alors, pourquoi l'avoir fait ?

— Parce que j'avais trop envie que vous restiez.

Elle le dévisagea, incrédule.

— Vous déciderez-vous une fois, rien qu'une fois, à parler de façon compréhensible ?

— Vous ai-je manqué, Cara ? Rien qu'un peu ?

— Non. Pas le moins du monde. Et moi ?

— Oui, sinon je ne serais pas venu jusqu'ici.

— Eh bien, maintenant que vous êtes venu, vous pouvez vous en aller. Je ne vous retiens pas, dit-elle avec son plus charmant sourire. De toute façon, il est temps de rentrer.

Elle appela l'enfant et le chien et se dirigea à grands pas vers la voiture. Christie parvint à la rattraper.

— Refuseriez-vous de raccompagner un pauvre infirme ?

Longtemps, très longtemps auparavant, c'était lui qui était parti en la laissant grelotter sous la neige, dans son manteau fait de deux dessus de table en velours...

— Rien ne m'y oblige.

— Si : le plaisir de vous croire plus forte que moi.

Avant qu'elle ait pu protester, il s'installait à côté d'elle et faisait coucher le chien sous la banquette d'un claquement de doigts autoritaire.

— Et le chien ? dit Anna, qui voulait comme d'habitude la tête de son compagnon de jeux sur ses genoux.

— Non, dit-il aimablement. La place des petites filles est sur une banquette, celle des gros chiens par terre.

Anna le regarda avec étonnement.

— Tu peux me croire, ma petite, je sais tout.

Il lui sourit et, au vif dépit de Cara, Anna lui rendit son sourire. La Belle et la Bête ! Cara se retint de ricaner.

Il entra chez elle sans lui demander son avis, ce dont elle aurait eu mauvaise grâce à se plaindre puisqu'il était le propriétaire — argument dont elle essaya de se persuader en montant à son appartement. L'homme et le chien la suivirent dans l'escalier en haletant, l'enfant alla se préparer pour la nuit avec sa grand-mère.

Les trois étages avaient épuisé Christie et, pourtant, Cara ne l'invita pas à s'asseoir. Il s'assit quand même.

— Un verre de vin ?

— Je préférerais du cognac.

— Va pour le cognac.

Cette fois, elle lui servirait le sien, choisi par elle, dans ses verres de cristal achetés de ses deniers. Elle en prendrait même volontiers quelques gouttes.

— Vous avez une mine à faire peur, dit-elle gaiement. Je dirais même que vous avez vieilli.

— Merci mille fois.

— De rien. Le soleil d'Antigua vous fera le plus grand bien et Linnet Gage vous dorlotera comme il faut.

Le cognac lui montait-il déjà à la tête ? Non, c'était plutôt l'ivresse de la victoire, le plaisir de se venger.

— Que vient faire Linnet Gage là-dedans ?

— Elle se prépare à partir pour l'étranger, elle aussi. Je sais qu'elle n'en a pas les moyens et j'en déduis...

— Elle ne part pas avec moi, elle va en France accoucher de l'enfant de Ben Braithwaite. Quant à moi, j'hésite encore à entreprendre ce voyage. Je ne partirai sans doute pas.

— Si c'est à cause de moi, inutile. Je n'ai pas besoin de vous et vous ne m'imposerez pas de force votre présence.

— Je n'ai jamais pu vous forcer à rien, Cara, il serait grand temps que vous le compreniez. Vous avez toujours été libre de me quitter.

— C'est bien pourquoi je l'ai fait.

— Écoutez-moi, Cara !

Quelque chose, dans son ton, la dégrisa.

— J'étais follement jaloux de Daniel Carey.

— Vous aviez raison.

— Il a donc été votre amant ?

— Jamais, mais c'est sans importance. S'il m'appelait à l'aide demain, je recommencerais.

— Dans ce cas, épargnez-vous cette peine. Gemma Gage et lui ont l'intention de se marier.

— Je le sais déjà et je compte la rendre très belle pour son mariage J'ai déjà dessiné sa robe.

— Dois-je comprendre que vos sentiments pour M. Carey ?...

— Ne vous regardent pas !

Les mains soudain crispées sur les accoudoirs du fauteuil, il se détourna avec une grimace de douleur. Cara se réjouit de le voir souffrir.

— Me haïssez-vous à ce point, Cara ?

— Vous m'en avez fourni assez de raisons, je crois.

— Oui, volontairement.

— Ne jouez plus, Christie, de grâce !

— Je ne jouais pas, Cara. J'éprouvais simplement le besoin impérieux de me protéger — pour survivre. Vous savez aussi bien que moi ce qu'est l'instinct de survie et ce qu'il implique, n'est-ce pas ?

Elle lui fit signe de poursuivre.

— Je suis un pragmatique, vous le savez — vous me taxez même d'opportunisme. Je prends ce qui peut me servir et je me débarrasse du reste. C'est ainsi que j'ai rejeté un certain nombre de choses inutiles ou déplaisantes héritées de mes parents. Je ne les ai jamais plaints, parce que leur vie privée me faisait honte. Ils se croyaient superbes dans leurs explosions de passion et de jalousie, je les trouvais grotesques. Quand j'ai vu ma mère se tuer dans l'escalier du manoir, je me suis dit qu'elle en était seule reponsable et qu'elle avait bêtement gâché sa vie. Quand j'ai vu mon père se détruire par la boisson et sombrer dans la déchéance, il se croyait peut-être un héros de roman, moi je le prenais pour un imbécile. Je n'ai jamais voulu gâcher ma vie et perdre ma dignité d'une manière aussi lamentable. Comprenez-vous de quoi je parle, Cara ? dit-il avec une nouvelle grimace de douleur.

— Bien sûr que non ! Je ne suis qu'une pauvre petite paysanne illettrée. Avec moi, vous perdez votre temps.

— C'est bien possible, en effet. Cependant...

Il se pencha vers le feu — qu'il jugeait sûrement trop chiche, se dit-elle en le voyant frissonner. Il réfléchissait, il calculait. Quelle manœuvre tortueuse était-il encore en train d'échafauder ?

— Cependant, reprit-il, je suis bien obligé de vous parler, il ne me reste que la parole. Je n'aimais pas mon père. Il me choquait, pire, il me révulsait, comme tous ceux qui lui ressemblent. Aussi, quand je me suis rendu compte que j'avais en partie hérité de sa nature, j'ai tout fait pour l'éliminer ou, alors m'en servir. Son absurde jalousie est devenue chez moi le besoin de posséder. Les femmes et, plus encore, l'argent, le pouvoir. Je n'avais pas besoin de me forcer, d'ailleurs, cela me venait tout naturellement. Oui, Cara, j'aimais l'existence que je m'étais faite, ces jeux auxquels je jouais. J'étais un égoïste, sans doute, mais jamais un imbécile ni un naïf. Je sauvegardais ma tranquillité d'esprit en ne choisissant que des femmes telles que Marie Moon ou Audrey Covington-Pym, dont on ne peut pas être jaloux même si on le voulait. Ou bien des filles comme vous, qui piquaient ma curiosité — sauf que vous avez pris dans ma vie une place beaucoup plus considérable que prévu, j'ai le regret de vous le dire...

— Le regret, vraiment ?

— Oui, le regret. Il ne pouvait rien m'arriver de pire. Voilà pourquoi je vous ai couverte de chaînes et, pour me sonder moi-même, je vous ai mise au défi de les briser.

— Pourquoi n'avoir pas cherché à vous faire aimer ? C'eût été plus simple.

Il y eut un silence.

— L'aurais-je pu, Cara ?

Avec un sourire évasif, elle se leva et feignit de ranger çà et là des bibelots dans la pièce. A aucun prix, elle ne voulait répondre.

— Vous auriez, je crois, éprouvé de grandes difficultés à m'aimer Cara.
— Peut-être.
Le silence retomba, se prolongea.
— Bien. Maintenant, Cara, écoutez-moi. Je vais vous faire bâtir une maison, exprès pour vous. Aussi grande, aussi somptueuse que vous le désirerez.
– Où cela ?
— Aux environs. Assez près pour que vous puissiez venir à votre boutique tous les matins si vous y tenez...
— Bien sûr que j'y tiens ! Et cet appartement ?
— Laissez-le, avec une servante pour s'en occuper, au vieux dragon que vous avez recueilli. Elle surveillera vos biens mieux qu'une meute de chiens de garde. Elle aime son indépendance, ce sera un service à lui rendre...
— Et en même temps, cela soulagera votre conscience du remords de l'avoir expulsée !
— Je n'ai pas de conscience.
— Très juste, j'oubliais... Et la petite ?
— Vous la garderez avec vous, bien entendu. Vous pourrez même reprendre votre fils, si vous le souhaitez.
— Non, il est trop tard. Il est mieux là où il est.
— Soit. Je vous offre donc un foyer, Cara, avec tout ce que cela implique.
— Et vous viendriez vivre avec moi, ouvertement ?
— Oui.
Avec un soin méticuleux, elle redressa la pendule posée sur la cheminée, déplaça les flambeaux qui l'encadraient et se consacra longuement à cette tâche futile, jusqu'à ce qu'elle se sente prête à se tourner vers lui.
— Et que ferai-je toute la journée dans votre belle maison, Christie ?
— Je ne sais pas. Que font les autres femmes ?
— Elles attendent le retour de leurs hommes et elles subissent leurs humeurs, bonnes ou mauvaises. C'est du moins ce que j'ai appris des conversations de celles qui viennent tous les jours boire mon thé et manger mes pâtisseries. Elles peuvent paraître hautaines ou insouciantes, mais en réalité elles sont angoissées, comme la dernière pauvresse de la rue St Jude, en pensant à ce que dira leur seigneur et maître du montant de mes factures. Non, Christie, grand merci ! Cette vie-là, je n'en veux pas. Les barreaux auront beau être en or, une cage restera une cage et je ne suis pas un moineau qui se contente de picorer des miettes.

— Que voulez-vous, alors ?

Une fois, déjà, il lui avait lancé le même défi, avec le même geste arrogant du riche gentilhomme qui jette une obole à une mendiante. Mais les temps avaient changé. Elle pouvait, à son tour, se permettre l'arrogance.

— Je veux un autre magasin. A Bradford, pour commencer. Ensuite, à Leeds...

— Je ne possède rien à Bradford, Cara.

— Vraiment ? Quelle lacune ! Eh bien, achetez vite un terrain dans le centre, construisez un bel immeuble d'angle de trois ou quatre étages, en pierre de taille, avec de grandes baies vitrées. Et sur le fronton, mon nom en lettres d'or...

— Non, le mien. Et ne prenez pas cette mine offusquée. Si j'accepte de procéder à un investissement, il est normal que je veuille y mettre mon nom.

— Sur une devanture de magasin ? Fi, donc !

— Pourquoi pas, du moment que ce sera le plus grand et le plus beau de la région ? J'ai dit *Goldsborough's*.

— *Adeane's* !

Dans l'obstination, elle n'avait rien à envier à personne. Le demi-sourire qu'elle vit apparaître sur ses lèvres la laissa cependant perplexe.

— *Goldsborough's & Adeane's* vous conviendrait-il mieux ?

— Non. Ce sera *Adeane's* ou rien !

Elle voyait déjà son nom en lettres d'or dominer les rues commerçantes les plus élégantes de Bradford, de Leeds, de Halifax — et même de Londres, un jour. Pourquoi pas ?

— Soit. Il y aurait une solution...

Pourquoi s'inclinait-il si vite ? Quelle supercherie avait-il encore inventée ?

— Ce serait un dernier recours, bien sûr, mais s'il le fallait... Changez de nom, Cara. Prenez le mien. Marions-nous.

Était-ce un nouveau défi ? Un nouveau piège ?

— Même si j'acceptais, ce serait quand même *Adeane's* !

Il se détourna, son expression s'assombrit.

— Que préférez-vous vraiment, Cara ? M'épouser, ou vous battre tous les jours contre moi à une table de conseil d'administration ? Les deux, peut-être ? A vous de décider.

Elle, décider ? Pourquoi faisait-il miroiter cet appât, sinon pour l'enferrer plus sûrement ?...

— Encore vos jeux, Christie !

— Non, je ne joue pas. En vérité...

— La vérité ! Savez-vous seulement ce que c'est ?

— Oh, oui !

Le regard fiévreux, il semblait sur le point d'avouer un secret. Partagée entre la curiosité et la compassion devant sa silhouette tassée par la fatigue et la douleur, Cara le soupçonnait pourtant d'en jouer. Christie le Magicien, aux sortilèges infiniment plus puissants et plus insidieux que ceux de Kieron Adeane. Était-elle de taille à se mesurer à lui ? Peut-être.

— Écoutez, Cara...

— Non, Christie, ne jouez pas les guerriers blessés, je ne vous crois pas, dit-elle, mi-amusée, mi-excédée. Vous aurez beau boiter et vous tordre de douleur à mes pieds, vous ne me me ferez pas pitié. Cela vous convient peut-être de passer pour un infirme, mais vous savez très bien que vous ne l'êtes pas. Vous pouvez aller où bon vous semble, faire ce qui vous plaît, avoir toutes les femmes que vous désirez. Vrai ou faux ?

— Tout à fait vrai.

— Alors, pourquoi ?...

— Parce qu'il y a longtemps, Cara, que je n'ai pas désiré de femmes. Je veux dire... d'autres que vous.

Elle ne répondit pas.

— Écoutez, Cara...

Il s'interrompit avec une nouvelle grimace de douleur.

— Quoi, Christie ?

— Pensez-vous que nous puissions repartir de zéro, vous et moi ? Pouvons-nous nous accorder une nouvelle chance ?

Elle ne répondit pas aussitôt.

— C'est possible, Christie.

— Je l'espère, Cara. Rien, je crois, ne me plairait davantage.

— Vraiment ? Dans ce cas, capitaine Goldsborough, vous feriez mieux de changer de conduite, si vous voulez vous faire bien voir d'une femme telle que Mlle Cara Adeane — croyez-moi, je la connais. Il en faut beaucoup pour lui plaire. Elle est exigeante, elle ne se laisse pas impressionner. Un homme qui voudrait la séduire devrait faire de grands efforts pour la mériter et se considérer comme très heureux s'il y parvient. N'êtes-vous pas de mon avis, Christie ?

Il se détourna, hésita.

— Oui, Cara.

Cet aveu lui avait coûté. Cara le récompensa d'un sourire.

— Attendez-moi, dit-elle, je descends quelques instants.

— Pourquoi ?

Elle vit à son expression que l'attente lui paraîtrait longue. Il tendrait l'oreille pour guetter le bruit de ses pas dans l'escalier. Il s'inquiéterait si elle tardait, ou imaginerait même qu'elle ne reviendrait pas.

— Parce qu'à cette heure-ci, Christie, la boutiquière soigneuse et avisée que je suis doit vérifier si ses verrous sont bien tirés, si tout est en ordre. Si personne n'a laissé, par exemple, de lampes allumées dans l'atelier, ou si...

Il l'interrompit d'un geste agacé.

— Bon, bon ! J'ai compris. Allez, mais faites vite.

Il ferma les yeux, allongea ses jambes vers la cheminée. Le chien était couché à ses pieds. Du pas de la porte, Cara les regarda un instant, l'homme et la bête, aussi rébarbatifs, aussi compliqués, aussi difficiles à aimer l'un que l'autre. Et aussi vulnérables, parce qu'ils avaient tous deux autant besoin d'elle et qu'ils ne se résignaient pas plus l'un que l'autre à se l'avouer.

Mais d'abord, elle devait vérifier ses lampes et ses verrous, veiller à ses affaires comme à l'accoutumée, à son rythme, sans précipitation. Et puis, au moment et de la manière qui lui conviendrait, elle déciderait elle-même comment organiser sa vie et celle des autres : Anna et Sairellen ; Liam, qui lui devait déjà sa liberté ; et puis l'homme et le chien, qui l'attendaient là-haut en contemplant les flammes.

Achevé d'imprimer
en janvier 1993
par Printer Industria Gráfica, S.A.
08620 Sant Vicenç dels Horts 1993
Depósito Legal: B. 42663-1992
pour le compte de
France Loisirs
123, Boulevard de Grenelle,
Paris

Numéro d'éditeur : 25942
Dépôt légal : janvier 1993
Imprimé en Espagne

